Klaus Kordon
Frank guck in die Luft

Klaus Kordon

Frank guck in die Luft

Brüder wie Freunde
Seite 7

Tage wie Jahre
Seite 143

Einer wie Frank
Seite 261

Bilder von Wolfgang Rudelius

BELTZ
& Gelberg

Klaus Kordon, geb. 1943 in Berlin, war Transport- und Lagerarbeiter, studierte Volkswirtschaft, unternahm als Exportkaufmann Reisen nach Afrika und Asien, lebt heute als freier Schriftsteller in Schwalbach/Taunus. »Brüder wie Freunde« kam auf die Auswahlliste des Deutschen Jugendbuchpreises, für »Mosun oder der weiße Tiger« erhielt er den Friedrich-Gerstäcker-Preis, für »Die roten Matrosen« den Zürcher Kinderbuchpreis ›La vache qui lit‹ und wurde mit »Hände hoch Tschibaba« (Klopp Verlag) in die Ehrenliste zum Österreichischen Staatspreis für Kinder- und Jugendliteratur aufgenommen.

CIP-Kurztitelaufnahme der Deutschen Bibliothek

Kordon, Klaus:
Frank guck in die Luft / Klaus Kordon. Bilder von
Wolfgang Rudelius. – Jub.-Ausg., 1.–20. Tsd. –
Weinheim : Beltz und Gelberg, 1986.
(Jubiläumsbibliothek Beltz & Gelberg)
Enth. 3 Romane
ISBN 3-407-80053-3

Jubiläumsausgabe, 1.–20. Tausend, 1986

Diese Ausgabe umfaßt die bereits veröffentlichten Romane
»Brüder wie Freunde« (1982) und »Einer wie Frank« (1982) in bearbeiteter Form
»Tage wie Jahre« wurde für diese Ausgabe neu geschrieben
Gesamtausstattung Wolfgang Rudelius, Friedberg
Gesamtherstellung Beltz Offsetdruck, 6944 Hemsbach über Weinheim
Printed in Germany
ISBN 3 407 80053 3

BRÜDER WIE FREUNDE

Brüder wie Freunde

Ein tolles Fest

Burkhard geht langsam durch das kniehohe Gras, Frank folgt ihm, den Kopf gesenkt, die Hände in den Hosentaschen. Nur ab und zu blickt er hoch, um zu sehen, ob sich Burkies Laune gebessert hat, doch Burkies zerschrammtes Gesicht bleibt verschlossen.

Frank hat sich blamiert, ist ein miserabler Torwart. Fünf Schüsse hat er durchgelassen, fünf Tore, die aus einem 5:1 Vorsprung einen 5:6 Rückstand machten. Aber das ist noch nicht alles. Als Fritze ihm vor Ärger über die Niederlage den Ball an den Kopf warf, stürzte sich Burkie auf Fritze, und die beiden großen Jungen prügelten sich, rollten umher und schlugen aufeinander ein. Und dann saß auf einmal Fritze auf Burkies Bauch, und Burkie konnte sich nicht mehr wehren. Frank spürt noch die Angst, die er um den Bruder hatte und die ihn dazu trieb, ein Brett aufzuheben und es auf Fritzes Kopf niedersausen zu lassen. Hinterher wußte er vor Schreck nicht, was er tun sollte. Doch er hatte Glück, auf Fritzes Hinterkopf bildete sich nur eine Beule, es war kein Blut zu sehen, und die Jungen ließen endlich wieder voneinander ab.

Ein vollbeladener Lastwagen donnert über die Prenzlauer Allee. Es ist sehr heiß, viel zu heiß für Mitte Mai. Auf dem Teerbelag der Straße zeichnen sich dicke Reifenspuren ab. Frank nimmt einen Nagel aus der Hosentasche und drückt ihn in den von der Hitze weich gewordenen Teer; es geht ganz leicht.

An der Ecke Raumerstraße dringt Stimmengewirr aus der Gaststätte mit den beiden blondgelockten Jungen auf den Glastafeln neben dem Eingang, die jeder aus einem schäumenden

Bierkrug schauen. *Zur Gemütlichen Ecke* steht über dem Eingang und darunter, etwas kleiner: *Inhaberin: Lisa Gaspard.*

Die *Gemütliche Ecke* gehört der Mutter von Frank und Burkhard, und deshalb schaut Frank zur Tür hinein und fragt, wann es Mittagessen gibt. »Frühestens in einer Stunde«, antwortet die Mutter, die gerade am Tresen steht und Bier zapft.

Noch eine ganze Stunde sollen sie warten? Das ist Frank zu lange. »Dürfen wir uns Salzstangen holen?«

»Wenn ihr's sonst nicht aushaltet.« Die Mutter nickt.

Frank freut die Aussicht auf Salzstangen, Burkie aber ist immer noch ärgerlich wegen der Sache mit Fritze, geht nur Frank zuliebe mit und steht dann gelangweilt vor dem Schaufenster der kleinen Bäckerei, in dem nur ein paar Brote und Brötchen, Salzstangen und Hefekuchen und eine Cremetorte ausgestellt sind. Frank ist nicht gelangweilt. Genießerisch läßt er den Blick schweifen.

»Guck mal da!« Burkie weist mit dem Kopf auf die Cremetorte, auf der sich Bienen tummeln. Eine der Bienen dreht sich wie ein Brummkreisel. Es sieht lustig aus.

»Vielleicht ist Schnaps in der Torte.« Burkie muß nun doch grinsen. Aber sein Grinsen erlischt schnell wieder. Die Tür zur Bäckerei wird geöffnet, und ein Mädchen im karierten Kleid kommt heraus. Es ist Moni, die in Burkies Klasse geht und in der weihnachtlichen Märchenaufführung der Schule die Prinzessin spielte. Burkie nickt ihr zu und streicht sich das Haar aus der verschwitzten Stirn. Im Krieg, wenn Bombenalarm war, hatten Moni und er im Luftschutzkeller miteinander gespielt. Trotz ihrer Angst vor den Bomben hatten die Leute dann Scherze gemacht und gesagt: »Die beiden werden bestimmt noch mal ein Paar.« Und manchmal sagen sie das immer noch.

Moni guckt Burkhard groß an und geht langsam an den beiden Jungen vorüber. Burkie sieht ihr nach, bis er Franks verwunderten Blick bemerkt. »Glotz nicht so«, schimpft er und schiebt Frank in den Laden. »Jeder zwei Salzstangen, mehr gibt's nicht. Haste verstanden?«

»Nee«, sagt Frank, aber Burkie weiß, daß das ja heißt.

Beim Bäcker riecht's nach frischem Brot, ein Geruch, den Frank liebt, genauso wie die Spiegel an den Wänden, in denen sich die Brotregale so oft widerspiegeln, als wäre der kleine Laden ein riesiges Brotlager. Er mag überhaupt alles, was mit Essen zu tun hat. Die Mutter schimpft deshalb oft mit ihm, nennt ihn einen Fresser. Tante Lucie aber sagt: »Das ist gesund.«

Die beiden Jungen bekommen ihre Salzstangen und brauchen nicht zu bezahlen. Frau Wetzel schreibt die achtundvierzig Pfennige bei der Mutter an. Mit ihren Salzstangen in den Händen setzen Frank und Burkhard sich vor der Bäckerei auf den von der Sonne heißen Rinnstein, kauen und behalten die Straße im Auge. Doch es gibt nichts Aufregendes zu sehen, es ist Mittagszeit. Die einzige Abwechslung ist es, wenn ein Gast aus der mit Ventilatoren gekühlten *Gemütlichen Ecke* in die Sonnenglut hinaustritt und wie vom Schlag getroffen zusammenzuckt.

»Da! Wieder einer!« Frank muß so sehr lachen, daß er sich beim Kauen verschluckt und ins Husten kommt.

Auch Burkie kann nun wieder richtig lachen. Und da wagt Frank es, ihn um seinen Taschenspiegel zu bitten. Er will blinkern. Burkie gibt ihm den Spiegel, und Frank legt los, fängt mit dem Spiegel die Sonne ein, wirft den Lichtpunkt an die gegenüberliegende Häuserwand und läßt ihn wandern, von Stockwerk zu Stockwerk, Fenster zu Fenster. Im vierten Stock ist der Punkt nur noch ganz schwach zu sehen, dort aber läßt er ihn kreisen, hinter diesen Fenstern wohnt Peter Hammerstein, sein bester Freund. Danach läßt er den Punkt wieder die Fassade herabgleiten, bis hin zu dem kleinen Lebensmittelladen, der den Eltern von Hotte und Gisela gehört. Herr Wilke hatte Glück, kam heil aus der Kriegsgefangenschaft zurück und steht nun wieder hinter dem Ladentisch und verkauft Mehl und Zucker, Milch und Bonbons.

Weiter wandert der Punkt an der Hausfassade entlang, bis er die Schneiderei Modersohn erreicht hat. Wie immer sitzt der kleine Schneidermeister hinter seinem riesigen Schaufenster an der Nähmaschine und guckt auf die Straße hinaus. Er hat sich extra so ein großes Schaufenster anfertigen lassen, damit er, egal ob er bügelt oder näht oder gerade irgendeinen Stoff absteckt, immer alles sehen kann, was auf der Straße passiert. Frank weiß auch warum: Herr Modersohn ist Jude, und in der Zeit, als die Juden verfolgt wurden, hatte seine Frau ihn im Keller verstecken müssen – über drei Jahre lang! Da hatte Herr Modersohn nicht ein einziges Mal auf die Straße hinausschauen oder auch nur einen Schimmer Tageslicht sehen können.

Frank kann sich an diese Zeit nicht mehr erinnern. Als der Krieg zu Ende ging, war er erst zwei Jahre alt. Aber Burkie erinnert sich noch daran und erzählte ihm, daß damals die Hitler-Leute regierten, die die Juden für minderwertig hielten, sie einsperrten und die meisten von ihnen sogar umbringen ließen. Und wer Juden versteckte oder ihnen auf andere Weise half, geriet auch in Gefahr, eingesperrt und umgebracht zu werden. Frau Modersohn hatte deshalb in all den Jahren, in denen sie ihren Mann versteckte, jeden Tag ihr Leben riskiert. Und damit nicht herauskam, daß ihr Mann im Keller saß, hatte sie überall herumerzählt, er sei ins Ausland geflohen, und sich schließlich sogar von ihm scheiden lassen; was einige Leute im Haus, die ja nichts von dem Kellerversteck wußten, ihr damals sehr übelnahmen. Als aber der Krieg vorüber war und es keinen Hitler mehr gab und Herr Modersohn zwar sehr bleich, aber doch lebendig wieder aus seinem Kellerversteck auftauchte, rissen die Leute die Augen auf: Drei Jahre im Keller? Und sie hatten nichts davon gewußt? Und Frau Modersohn hatte ihren Mann nicht verraten, sondern ihm das Leben gerettet? Es dauerte lange, bis sie alles richtig begriffen. Dann aber beeilten sie sich, den Modersohns zu sagen, daß sie in Wahrheit nie etwas gegen die Juden gehabt hätten; sie hätten sich nur nicht getraut, sich den Nazis* zu widersetzen. Doch der kleine Schneidermeister nahm ihnen

* Erläuterungen im Anhang

nichts übel, sagte nur: »Ihr hattet eben auch Angst« und »Besser im Keller schmoren als für Hitler fallen«. Damit meinte er all die Männer, die wie Franks Vater für Hitler in den Krieg ziehen mußten und nicht wiederkamen. Als die Schneidersleute dann wieder heirateten, gaben sie ein großes Fest, und zwar in der *Gemütlichen Ecke.* Sie luden alle ein, die kommen wollten, und obwohl es zu dieser Zeit kaum was zu essen gab, muß es ein tolles Fest gewesen sein, von dem Burkie immer wieder gerne erzählt.

Der Sonnenpunkt umkreist Herrn Modersohns Gesicht und fährt ihm in die Augen. Doch der Schneidermeister rührt sich nicht, läßt den hellen Fleck auf seinem Gesicht ruhen und verzieht keine Miene, bis Frank das Spiel übertreibt. Erst da droht er mit der Faust. Aber das ist nicht ernst gemeint. Herr Modersohn mag die beiden Jungen und sagt oft, wenn er Kinder hätte, müßten sie so sein wie Frank und Burkhard.

Onkel Willi kommt

Die Mutter steht an der Kasse und schaut gedankenverloren vor sich hin. Burkie stellt sich hinter den Tresen, um für Frank und sich je ein Glas Sprudel abzufüllen. Waldmeister ist im Faß, herrlich grün und nicht so süß. Frank nimmt sich gleich das erste Glas und trinkt in tiefen Zügen.

Die Mutter kommt, zupft Frank mal hier und mal da was zurecht, sagt aber nichts, denkt immer noch nach.

»Warst du in der Wäscherei?« fragt Burkie. Mutters Kittel ist blütenweiß und noch ganz steif.

»Tante Lucie ist hingegangen. Du warst ja nirgends zu finden.«

»Jetzt bin ich doch da.« Burkie nimmt sein Glas, trägt es an den Stammtisch, setzt sich direkt unter den Lötkolben mit der verzierten Aufschrift *Komm, laß uns noch einen verlöten!* und trinkt. Über das Glas hinweg aber guckt er Frank an. Halt bloß die

Klappe! sagt sein Blick. Er will nicht, daß Frank von der Prügelei erzählt. Es genügt, daß die Mutter ihm anfangs nicht die Erlaubnis geben wollte, in einen Fußballverein einzutreten. Sport ist Mord, sagt sie immer, und auf die Fußballspielerei schimpft sie besonders.

Die Mutter setzt sich zu Burkhard und Frank, aber die erwartete Standpauke bleibt aus. Sie sieht zu, wie die Jungen trinken, legt die Hände zusammen, wird ganz verlegen und sagt schließlich: »Ich muß mit euch reden. Über Onkel Willi.«

Onkel Willi ist der Mann in der Eisenbahneruniform, der seit einiger Zeit in der *Gemütlichen Ecke* verkehrt. Er hat ein Bärtchen auf der Oberlippe, das wie eine dicke, fette Fliege aussieht. Wenn er grinst, zieht sich das Bärtchen in die Breite; das sieht aus, als ob der Brummer startet. Von Beruf ist Onkel Willi Rangierer bei der Reichsbahn, hauptsächlich aber ist er ein Organisierer; er organisiert, was es nicht zu kaufen gibt: Speck und Wurst und Marmelade und manchmal auch eine Rolle Drops, extra für Frank.

»Was ist denn mit Onkel Willi?« fragt Burkie. Er mag Onkel Willi nicht. Schon bei der bloßen Erwähnung von Onkel Willis Namen hatte er mißtrauisch die Augenbrauen hochgezogen.

»Onkel Willi und ich ... wir wollen heiraten.«

Burkie stellt sein Glas hin. »Wie bitte?«

Die Mutter hebt den Kopf. »Wir wollen heiraten. Bist du schwerhörig?«

Burkhard schaut die Mutter an, als könne er immer noch nicht glauben, was sie da eben gesagt hat, dann aber stößt er heftig aus: »Wenn du den heiratest, haue ich ab. Damit du's weißt!«

Das hat die Mutter nicht erwartet. »Aber Burkhard! Onkel Willi ist doch kein schlechter Mensch. Wie kannst du so was sagen?«

»Kein schlechter Mensch!« Burkie bekommt rote Flecken im Gesicht. »Ein ganz Ausgekochter ist das, der will nur die Kneipe.«

Die Mutter verliert die Geduld, will Burkhard packen und ihm eine runterhauen. Burkie duckt sich und läuft quer durch die Gaststube in den dahinterliegenden Wohnraum. Frank guckt die Mutter einige Sekunden verständnislos an, dann läuft er hinter Burkie her. Und auch die Mutter betritt das Hinterzimmer, um noch mal mit Burkhard zu reden. Burkie aber schreit: »Über den rede ich nicht. Mit dem will ich nichts zu tun haben. Das ist ein altes Ekel.«

Wieder will die Mutter Burkie packen, und wieder läuft er vor ihr her, immer rund um den großen Wohnzimmertisch herum. Frank vergißt den Anlaß dieser Verfolgungsjagd, er springt auf der Couch herum und feuert den großen Bruder an. Da bricht die Mutter die Jagd ab, bekommt Frank zu fassen und versetzt ihm die Burkhard zugedachte Ohrfeige. Dann sieht sie ihn erschrocken an. »Tut mir leid, ich ...« Sie verstummt.

Frank hält sich die Backe und ist sich über seine Gefühle nicht im klaren: Soll er weinen, weil er ungerecht behandelt wurde? Oder soll er sich schämen, weil er für den Bruder und damit gegen die Mutter war?

Burkie nimmt ihm die Entscheidung ab. »Heul nicht! Daran wirste dich gewöhnen müssen, wenn dieser Buffke erst bei uns rumgluckt.«

»Wieso Buffke? Er heißt Meisel«, sagt die Mutter verwirrt.

»Buffke paßt. Den kann man gar nicht anders nennen, so ausgebufft ist der.«

Da geht die Mutter. Leise schließt sie die Tür.

Frank möchte ihr nach, aber Burkie hält ihn fest. »Wir dürfen jetzt nicht weich werden. Haben wir ihn erst einmal im Haus, werden wir ihn nie wieder los.«

»Warum willste ihn denn unbedingt loswerden?« Frank versteht den Bruder nicht. Er hat gegen Onkel Willi nichts einzuwenden. Wenn er weiterhin Drops, Wurst und Speck anschleppt, soll er ruhig kommen.

Burkie antwortet nicht, öffnet nur das Fenster, setzt sich aufs Fensterbrett und schaut auf die sonnenüberflutete Straße hinaus.

Frank verzieht sich still auf die Couch. Er weiß, in solchen Momenten darf er Burkie nicht stören.

Tante Lucie bringt das Essen. Sie stellt die beiden Teller auf den Tisch, seufzt und putzt sich, wie immer, wenn sie nervös ist, mit fahrigen Bewegungen ihre Brille.

»Na, hat sie's euch gesagt?«

Burkie knurrt. Er hat noch immer keine Lust, den Mund aufzumachen. Aber dann steht er auf und setzt sich an den Tisch.

Tante Lucie will Burkie über ihre dicken Brillengläser hinweg streng anblicken, aber es wird ein eher hilfloser als vorwurfsvoller Blick. »Ich werde gehen«, sagt sie leise. »Wenn euer neuer Vater kommt, bin ich zuviel an Bord. Ich hab schon mit Tante Gertrud gesprochen. Ich ... ich zieh dann zu ihr.« Ihre Augen werden feucht, sie kramt ihr Taschentuch hervor und trompetet hinein.

Burkie läßt den Löffel sinken, und auch Frank vergißt weiterzuessen. Tante Lucie will sie verlassen?

»Ihr dürft nicht etwa denken, daß ich mich beschwere. Um Himmels willen! Nein, nein!« Die Tante schüttelt heftig den Kopf. »Eure Mutter ist ja schließlich noch nicht mal fünfundvierzig; soll sie da bis ans Ende ihres Lebens mit mir alten Schachtel zusammenleben? Wo sie ja auch noch die Kneipe auf dem Hals hat?«

Tante Lucie hat recht. Die Mutter ist noch nicht alt, sie wird oft gefragt, warum sie denn nicht wieder heiratet. Aber warum muß Tante Lucie gehen, wenn Onkel Willi kommt? Frank versteht das alles nicht so richtig, aber er kann sich denken, daß es für Tante Lucie sehr schwer sein muß, zu Tante Gertrud zu ziehen. Wo sie doch nun schon seit über zehn Jahren bei ihnen lebt.

»Nein!« Tante Lucie bekreuzigt sich schnell. »Was Lisa tut, ist richtig. Auch für euch. Ihr braucht endlich wieder einen Vater.«

Burkie schiebt seinen Teller so heftig von sich fort, daß ein wenig von der Grützsuppe überschwappt.

»Burkhard!« Tante Lucie versucht erneut einen strengen Blick und geht, als er ihr wieder mißlingt, lieber in die Küche zurück.

»Der und ich, das geht nicht gut!« Burkie nimmt den Zettel mit den Aufträgen vom Büfett, den die Mutter ihm jeden Tag dort hinlegt, überfliegt ihn, knüllt ihn zusammen und wirft ihn in die Ofenecke. »Soll sie doch ihrem lieben Willi Zettel schreiben«, sagt er böse. Dann sitzt er noch eine Zeitlang stumm da und steht schließlich auf. »Ich geh zum Training. Hotte wartet schon.«

Hotte wartet nicht; Hotte wartet nie, Burkie ist immer vor ihm da. Er geht jetzt nur, weil er weg will, weg von der Mutter, weg von Tante Lucie, weg von ihm. Das macht er immer so, wenn ihm irgendwas nicht paßt. Frank weiß das ganz genau, aber er weiß auch, daß er daran nichts ändern kann, deshalb ißt er ruhig weiter.

Vaters Kamerad

Frank hat seinen Teller leer gegessen und danach auch Burkies. Nun steht er auf, geht zum Kalender über dem Büfett und reißt das Kalenderblatt ab. Heute ist Mittwoch, der 17. Mai 1950, nicht Dienstag, der 16. Mai. Dienstag war gestern. Er knüllt das Blatt zusammen, wirft es zu Burkies Zettel in die Ofenecke und legt sich auf die Couch. Erst die beiden Salzstangen, nun die beiden Teller Grütze; er ist so voll, als hätte ihm jemand den Bauch aufgepumpt.

Tante Lucie geht fort! Und nur weil Onkel Willi kommt? Vertragen sich die beiden nicht?

Erwachsene sind schwer zu verstehen, sie sagen einem immer nur die Hälfte. Und Burkie ist auch schon so ein halber Erwachsener. Wie wütend er war! Richtig giftig. Aber nun will Frank nicht mehr daran denken, nun möchte er träumen. Er träumt gern mit offenen Augen. Jeden Abend, bevor er einschläft, träumt er was. Mal träumt er, daß er auf einem Wunderpferd durch die Lüfte fliegt, ein andermal sind Burkie und er große Fußballspieler, die in einem Spiel zehn Tore schießen, oder er ist ein Ritter, der siebenköpfige Drachen besiegt. Manchmal aber träumt er auch am Tage, auf der Nordmarkplatz-Wiese oder auf der Couch – so wie jetzt. Die Mutter und Burkie nennen ihn deshalb »Frank guck in die Luft«, aber das macht ihm nichts aus, er träumt trotzdem gern. Oder er erinnert sich – an etwas, das er erlebt hat oder was ihm erzählt wurde.

An eine Geschichte denkt er besonders gern. Es war am Tag vor Nikolaus, der Krieg war zwar schon vor über zwei Jahren zu Ende gegangen, aber nun bedrohten Hunger und Kälte die Menschen. Von Weihnachtsvorfreude war nicht viel zu spüren. Mutter und Tante Lucie aber wollten Burkie und ihm trotzdem eine Freude machen und brieten in der abgeschlossenen Küche Kartoffelpuffer aus geriebenen Kartoffelschalen. Sie taten sehr wichtig und scheuchten Burkie und ihn ins Bett. Burkie und er schliefen damals noch in dem Zimmer hinter der Gaststube, der Duft aus der Küche stieg ihnen in die Nase, und sie konnten lange nicht einschlafen. Als die Mutter dann endlich kam und ihnen die in Butterbrotpapier gewickelten Puffer in die Schuhe schob, schlief Burkie schon, er aber war noch wach. Die warmen Puffer dufteten zu ihm hoch und kribbelten in der Nase, als bäten sie, möglichst bald aufgegessen zu werden. Und da stand er auf und verschlang heißhungrig die Kartoffelpuffer, die in seinen Schuhen steckten.

Am Nikolausmorgen wickelte Burkie dann voller Vorfreude seine Puffer aus. Sie waren inzwischen kalt geworden, aber sie dufteten noch immer. Er lag im Bett und rührte sich nicht. Burkie bemerkte die Stille und fragte: »Schon aufgefuttert?« Da konnte er nicht anders und schluchzte in die Bettdecke hinein.

»Wann?«

»Gestern abend.«

Burkie dachte nach. Er sah, wie der große Bruder mit sich kämpfte, und wagte keinen Muckser. Burkie würde doch nicht ... Doch! Er steckte ihm seine Puffer in die Schuhe und ging, ohne sich noch einmal umzudrehen, aus dem Zimmer.

Frank lächelt still vor sich hin. Es geniert ihn nicht, daß er

Burkie damals die Puffer wegfutterte. Er war ja noch sehr klein, kann sich nicht mal mehr daran erinnern, sieht nur alles vor sich, weil es ihm so oft erzählt wurde. Aber die Geschichte freut ihn, weil sie zu Burkie paßt. So streng und abweisend er sich auch manchmal gibt, im Grunde genommen hat er ein Herz aus Butter, wie Tante Lucie immer sagt. Und sie hat recht, bestimmt verzichten nicht alle großen Brüder für ihre kleinen Geschwister auf was zu essen, wenn sie selber Hunger haben. Und erst recht nicht, wenn sie nicht mal richtige Brüder, sondern nur Halbbrüder sind. Burkie und er haben ja nicht die gleichen Väter. Burkies Vater hieß mit Nachnamen Scholz, war Mutters erster Mann und starb früh, weil er furchtbar krank war. Deshalb heißt auch Burkie mit Nachnamen Scholz. Er aber heißt mit Nachnamen Gaspard, wie Mutters zweiter Mann, der im Krieg fiel. Burkie und er sehen sich auch nicht ähnlich. Burkie hat ein schmales Gesicht, ist dunkelblond und nicht besonders groß für seine vierzehn Jahre. Er selbst hat viel hellere Haare, ein breites Gesicht und Sommersprossen über der Nase. Und für seine sieben Jahren ist er auch schon ziemlich groß, fast alle halten ihn für acht oder neun. Aber ob sie sich nun ähnlich sehen oder nicht, ob sie jeder einen anderen Vater haben oder nicht – wenn sie nur zu einer Hälfte Brüder sind, dann sind sie zur anderen eben Freunde.

Tante Lucie kommt, räumt das Geschirr ab und wischt das Übergeschwappte weg. »Hast du Bauchweh?« fragt sie, als sie Frank auf der Couch liegen sieht.

Frank nickt nur. Er möchte jetzt nicht gestört werden. Nachdenken, träumen, sich erinnern, das kann er nur, wenn er allein ist.

Tante Lucie stellt das Geschirr noch einmal ab, setzt sich zu Frank, streichelt seinen Bauch und sagt: »Wenn es nicht besser wird, bringe ich dir etwas Natron.« Und bevor sie dann wieder geht, legt sie ihm noch ein Kissen auf den Bauch, weil Wärme manchmal Wunder tut, wie sie sagt.

Das Kissen auf dem Bauch ist angenehm. Trotzdem ist Frank

froh, als er wieder allein ist. Er will jetzt an seinen Vater denken, an den er sich zwar nicht mehr erinnern kann, den es aber doch für ihn gibt, seit voriges Jahr im Frühherbst der Mann mit dem Holzbein unter dem langen, graugrünen Soldatenmantel zur Mutter kam. Er war erst vor kurzem aus der Gefangenschaft entlassen worden und dabeigewesen, als Vater fiel. Bisher war der Vater nur vermißt worden, das hieß, man durfte noch hoffen, daß er wieder heimkehren würde. Jetzt war keine Hoffnung mehr.

Frank erinnert sich genau an das spitze, graue Gesicht dieses Mannes und auch daran, wie dankbar und genüßlich »Vaters Kamerad« das Bier trank, das die Mutter ihm hinstellte, und wie vorsichtig er an der Zigarre zog, die sie ihm dazulegte. Und natürlich auch an das, was er sagte: »Du bist der Frank, was? Dein Vater hat viel von dir erzählt.«

Frank weiß, daß sein Vater ihn nur ein einziges Mal gesehen hat. Es war kurz nach seiner Geburt. Der Vater hatte seinetwegen Urlaub bekommen und mußte durch halb Rußland fahren, um nach Hause zu kommen. Die Mutter hatte ihm oft davon erzählt, wie der Vater sich gleich nach seiner Ankunft mit ihm auf die Couch legte – auf die gleiche Couch, auf der er jetzt liegt –, ihn auf seiner Brust hielt und lange ansah, während er mit seinen Babyhändchen nach den Knöpfen der Uniformjacke griff. Er hatte sich diese Szene öfter vorgestellt und auf einmal einen Mann vor sich gesehen, den er seither immer wieder sieht und der nun für ihn sein Vater geworden ist. Geholfen haben dabei nur die beiden Fotografien; die einzigen, die es vom Vater gibt.

Die Mutter weinte erst, als der Mann mit dem Holzbein gegangen war. Sein Vater war ja nun schon der zweite Mann, der ihr wegstarb. Und er weinte dann auch. Das Gefühl, etwas Großes verloren zu haben, bedrückte ihn, auch wenn er nicht genau wußte, was es war.

An diesem Tag begriff er aber noch mehr, nämlich, daß Krieg nicht nur zerstörte Häuser bedeutete, sondern auch gestohlene Väter. Und er verstand zum ersten Mal, was die Mutter damit meinte, wenn sie sagte: »Lieber trocken Brot essen, aber nie wieder Krieg.«

Er mußte damals viel nachdenken, und Burkie erfüllte ihm, um ihn aus seiner Grübelei herauszureißen, seinen allergrößten Wunsch: Er durfte zum ersten Mal ganz alleine den Ofen heizen.

Frank legt sich das Kissen unter den Kopf. Ofenheizen! Er will jetzt ans Ofenheizen denken, an nichts anderes.

Ofenheizen ist spannend. Zuerst legt man Holzspäne in den Ofen, dazu etwas Zeitungspapier. Dann faltet man einen Fidibus, brennt ihn an und hält ihn an das Papier. Wenn dann die Späne lichterloh brennen, werden zwei, drei Holzscheite darübergelegt, und wenn auch die von den Flammen beleckt werden, kommen drei, vier Kohlen dazu. Mehr nicht, mit Kohlen muß man sparsam umgehen. Zuviel Hitze bringt Kopfschmerzen und kostet unnötig viel Geld, weil man ja dann doch nur das Fenster aufreißt. Sind die Kohlen durchgebrannt, müssen beide Klappen geschlossen werden, damit der Ofen richtig heiß wird.

Es ist ein herrliches Gefühl, vor dem Ofen zu sitzen und in die Flammen zu starren, wenn das Holz prasselt und knackt und die Flammen die Kohlen zum Glühen bringen. Und abends sitzt man dann in der Ofenecke, den Rücken an die heißen, grünen Kacheln gelehnt, und spürt die Hitze, die der Ofen ausstrahlt, während man mit Burkie und, wenn sie Zeit hat, auch mit Tante Lucie *66* oder *Mensch ärgere dich nicht* spielt.

Frank richtet sich auf und sieht zum Ofen hinüber. Ein kalter Ofen ist das Ungemütlichste, was es gibt. Er steht auf und öffnet das Fenster.

Sonne! Nichts als Sonne! Noch immer flimmert die Luft vor Hitze.

Das große blaue Haus

Es ist Sonntagnachmittag. Burkhard sitzt über seinem Zeichenblock und zeichnet Fußballszenen: Einen Torwart, der sich nach dem Ball streckt, einen Spieler beim Schuß auf das Tor, einen grünen und einen roten Spieler, beide beim Versuch, den Ball zu köpfen. Er gerät dabei in Eifer, immer wieder fällt ihm das Haar in die Stirn, und immer wieder wirft er es mit einem Ruck nach hinten.

Frank schiebt seinen Stuhl neben Burkies und sieht zu. Auch wenn die Figuren nicht schön sind, irgendwie steckt Leben in ihnen.

Zum Schluß zeichnet Burkie ein Spielfeld, formt weiße und blaue Papierkügelchen und bewegt sie auf dem Zeichenblatt hin und her. Taktik nennt er das und will Frank gerade erklären, was dieses Wort bedeutet, als es plötzlich klingelt und er nur noch das Gesicht verzieht: Onkel Willi ist gekommen – für immer!

Da öffnet sich auch schon die Wohnzimmertür, und sie treten ein: die Mutter in ihrem einzigen festlichen Kleid, dem blaugeblümten, Onkel Willi in der Eisenbahneruniform mit den goldenen Knöpfen. Die Mutter ist dunkelrot vor Aufregung, sie weiß nicht, wo sie die Hände lassen soll. Onkel Willis kleine Augen blicken unsicher, seine Fliege auf der Oberlippe wird unruhig. Zögernd stellt er den kleinen braunen Koffer auf die Erde.

»Onkel Willi bleibt jetzt bei uns«, sagt die Mutter endlich. »Nächste Woche gehen wir aufs Standesamt.«

Frank sagt guten Tag und schielt auf die ausgebeulten Taschen der Uniformjacke, doch Drops hat Onkel Willi diesmal nicht dabei.

Burkie rührt sich nicht, schiebt nur weiter seine Kügelchen hin und her. Onkel Willi tut, als bemerke er das nicht, und die Mutter zieht ihn schnell weiter. »Wir setzen uns nachher noch zusammen«, vertröstet sie Frank.

»Haste sein Gepäck gesehen?« Burkie schiebt heftig den

Zeichenblock beiseite, die Kügelchen verrutschen. »Nichts als 'ne Zahnbürste!«

Wenig später sitzen sie dann alle um den großen Wohnzimmertisch herum: Mutter, Onkel Willi, Tante Lucie, Burkie und Frank. Die Gaststätte ist für zwei Stunden zu. Ein Zettel klebt an der Tür: *Aus familiären Gründen geschlossen.*

Es ist keine lustige Gesellschaft, alle schweigen vor sich hin, und Burkie ißt nichts. Frank übernimmt das dem Bruder zustehende Stück Streuselkuchen, aber auch er bekommt kaum etwas herunter.

Die Mutter stößt Onkel Willi an. Da holt er tief Luft und sagt, daß er die Mutter gern hat, daß sie heiraten werden und daß dann alles besser wird. Die Mutter nickt dazu und muß sich vor Rührung die Nase schneuzen. Hinter dem Taschentuch aber blickt sie Tante Lucie an.

Auch Tante Lucie hält eine kleine Rede. Sie erklärt, daß sie eine schöne Zeit bei ihnen verbracht hat, daß es jetzt aber etwas eng würde. Außerdem habe die Mutter ja nun Hilfe. Tante Gertrud aber hätte eine Menge am Hals, seit sie den kleinen Murkel habe; deshalb wolle sie ihn unter ihre Fittiche nehmen und versuchen, aus ihm einen ebensolchen Prachtkerl zu machen, wie Burkhard und Frank welche wären.

Onkel Willi und die Mutter atmen auf, Tante Lucie guckt starr geradeaus, und Burkie zieht die Stirn kraus. Frank legt sein Stück Kuchen zurück. Nun ist auch ihm der letzte Appetit vergangen.

Dann ist die Kaffeetafel beendet, und Onkel Willi, der die ganze Zeit recht steif dasaß, freut sich, daß er endlich aufstehen darf. Frank sieht, wie er hinter der Theke erst einmal einen Schnaps trinkt, und stößt Burkie an. »Muß er jetzt eigentlich noch bezahlen?«

Burkhard antwortet nicht, sieht nur schweigend zum Fenster hinaus.

Frank stellt sich neben ihn. »Wie war eigentlich mein Vater? Konntest den besser leiden?«

Burkie überlegt. »Ich kann mich kaum an ihn erinnern. Er war ja nur kurz bei uns. Ich weiß nur, daß er oft schlechte Laune hatte. Aber das kam wohl vom Krieg.«

»Wo ist man eigentlich, wenn man tot ist?«

Diese Frage geht Frank schon lange im Kopf herum. Besonders abends, wenn er nicht einschlafen kann. Dann versucht er manchmal sich vorzustellen, er wäre tot, wäre gar nicht da, und bekommt Angst davor.

»Unter der Erde. Und zwar ziemlich lange.« Burkie grinst.

»Und das mit dem Himmel ist Quatsch?« Frank ist enttäuscht. Er glaubt, daß sein Vater irgendwo über den Wolken ist und ihn sehen kann. Und er hofft, daß sein Vater mit ihm zufrieden ist, wenn er ihn durch die Straßen spazieren sieht.

»Keine Ahnung. Vielleicht ja, vielleicht nein.«

»Und wenn es einen Himmel gibt, wie sieht er aus?«

Burkie antwortet nicht gleich. Er sieht zum Fenster hinaus. Es dämmert bereits, aber am Himmel ist kein Wölkchen zu sehen. »Es wird ein großes blaues Haus sein, ein Haus ohne Türen«, sagt er schließlich. »Jeder kann gehen, wann es ihm paßt, und kommen, wann er will. Niemand darf einem anderen befehlen, und man verkehrt nur mit Menschen, die man mag. Die, die man nicht mag, läßt man links liegen.«

»Und trifft man seine toten Verwandten wieder?« Frank starrt in den samtblauen Himmel hinein. »Den Vater oder den Großvater?«

»Na klar!« Burkie macht ein ernstes Gesicht. »In rauhen Mengen stehn sie da und warten auf dich, Vater, Großvater, Urgroßvater, Ururgroßvater – bis zurück zu den ersten Affen.«

»Spinner!« sagt Frank, aber dann muß er lachen. Und als Burkie in den *Deutschen Meister* geht, um sich die Fußballergebnisse zu holen, geht er mit.

Der *Deutsche Meister* ist die Konkurrenzgaststätte an der Ecke Danziger Straße. Herr Persicke, der Wirt, hat links von seiner Theke eine große Holztafel angebracht, auf die trägt er jeden

Sonntagabend die Fußballergebnisse ein. Für den großen Mann mit dem dicken Bauch und dem grauen Haarkranz ist Fußball das wichtigste von der Welt, über andere Dinge redet er fast nie. Und von Burkie hält er besonders viel, nennt ihn das größte Talent vom Prenzlauer Berg und prophezeit ihm sogar, daß er eines Tages in der Berliner Auswahl spielen wird. Wenn nicht der große Altersunterschied wäre, könnte man sagen, Burkie und Herr Persicke sind Freunde.

»Na, Burkie?« Herr Persicke hat schon gewartet. »Wat sagste nu? 3:1 für Hertha. Und dabei hatten se sogar noch Pech, hätten sogar noch höher gewinnen können.«

Burkie sagt gar nichts, zieht nur seinen Notizblock aus der Hosentasche und notiert sich die Ergebnisse. Seine Freude aber kann er nicht verbergen; Hertha BSC ist sein Lieblingsverein, er träumt davon, einmal in Herthas 1. Männermannschaft zu spielen.

»Komm mal her.« Herr Persicke hat schon ausgerechnet, welche Spiele Hertha noch gewinnen muß, um wieder Berliner Meister zu werden. Nun fachsimpelt er mit Burkie herum, ob Hertha diese Spiele gewinnen kann. Frank hört zu und ist stolz auf den großen Bruder. Und als Herr Persicke dann auch ihn etwas fragt, wächst er gleich noch ein bißchen. Herr Persicke will wissen, ob Alemania 90 nächste Woche endlich auch wieder mal gewinnt. Frank hat keine Ahnung, aber er sagt ja. Alemania 90 ist sein Lieblingsverein – weil ihm die Farben Blau-Gelb so gut gefallen und weil die Alemanen einen so tollen Torwart haben. Wenn er mal groß ist, will er bei Alemania spielen, ganz egal, ob sie dann Meister werden oder nicht.

Hochzeit machen, das ist wunderschön

Das Standesamt ist ein gelbes Backsteingebäude, rechts und links vom Eingang befinden sich bunte Blumenbeete. Die Mutter und Onkel Willi stehen zwischen diesen Beeten und wissen nicht, wie sie noch lächeln sollen. Der Fotograf, der das Hochzeitsfoto macht, wird und wird einfach nicht fertig.

Die Mutter hat einen Hut auf dem Kopf und einen Fuchspelz um die Schultern. Beides hat sie noch von ihrer ersten Hochzeit. Onkel Willi trägt einen schwarzen Mantel mit Samtkragen und einen grauen Hut. Er sieht sehr vornehm aus, ganz anders als in der Eisenbahneruniform. Doch weder er noch die Mutter sehen glücklich aus, sie gucken nur ungeduldig in die Kamera.

Frank steht ein wenig abseits. Er ist zum ersten Mal auf einer Hochzeit und findet alles wahnsinnig interessant. Burkie ist nicht mitgegangen. »Ich werden nicht noch Beifall klatschen«, sagte er und flüchtete sich zu Tante Lucie in die Küche.

Es ist nur eine standesamtliche Trauung. Das dritte Mal heiratet man nicht kirchlich, hat die Mutter gesagt. Und schon gar nicht, wenn man fünfundvierzig Jahre alt ist wie sie, oder sogar sechzig wie Onkel Willi.

Ab heute heißt die Mutter also Lisa Meisel? Frank fragt sich, wie ihr wohl dabei zumute ist. Erst hieß sie Lisa Ulrich. So wurde sie getauft. Dann heiratete sie Burkies Vater und hieß Lisa Scholz. Dann seinen Vater – Lisa Gaspard. Und nun also Lisa Meisel. Da muß sie sich doch sehr komisch vorkommen.

Gefeiert wird in der festlich geschmückten *Gemütlichen Ecke.* Und daran, daß fast alle Gäste die Dekoration so loben, hat auch Frank einen Anteil. Es waren Tante Lucie und er, die all die grünen Girlanden von Wand zu Wand spannten und mitten hinein die bunten Lampions hängten, den gelben Mond, die farbigen Ziehharmonikas und die vielen roten, grünen, gelben und blauen Kugeln. »Wenn alte Leute heiraten, kann's gar nicht bunt genug sein«, hatte Tante Lucie gesagt.

Es kommen viele Gäste. Meist Stammkundschaft wie Ilse Fröhlich, die schon seit vielen Jahren bei Mutter verkehrt, oder Herr Bessel, der dicke Schuhladenbesitzer. Und natürlich auch Herr und Frau Modersohn und der alte Herr Braun aus dem zweiten Stock. Verwandte sind nur wenige angereist. Das ärgert die Mutter, obwohl sie so tut, als ob es ihr egal wäre. Und von Onkel Willis Familie ist überhaupt niemand gekommen. »Gott sei Dank!« sagte er. Er hatte auch niemanden eingeladen.

Die Stimmung ist schon nach wenigen Minuten sehr ausgelassen. Alle sitzen an der riesigen, mit Blumen geschmückten Hochzeitstafel, essen, trinken und lachen, und ein Akkordeon und eine Geige sorgen für die nötige Musikuntermalung. Sie spielen Lieder wie *Wenn du denkst, du hast'n, springt er aus dem Kast'n; Siehste wohl, da kimmt er schon, der versoffne Schwiegersohn* und *Hochzeit machen, das ist wunderschön.* Herr Modersohn ist einer der lustigsten. Wenn er nicht lauthals mitsingt, dirigiert er die »Kapelle« oder scherzt mit den Gästen.

Das Essen ist nicht feudal, wie die Mutter sagt, aber dafür reichlich. Es gibt Bockwurst und Buletten mit Kartoffelsalat nach Tante Lucies Geheimrezept. Dazu wird Bier und Schnaps serviert. Herr Modersohn läßt die Kapelle für einige Minuten in Ruhe, ißt und trinkt und flüstert Frank zu, eine Kneipenhochzeit sei noch viel schöner als die allervornehmste Beerdigung. Vor allen Dingen aber sei sie lebhafter.

Frank kann kaum noch lachen, so satt ist er. Er hat drei Portionen Salat und vier Buletten gegessen und dazu zwei Malzbier getrunken. Nun hat er ein Gefühl, als sollte ihm alles wieder zu den Ohren herauskommen. Burkie dagegen hat kaum was gegessen, beobachtet nur die Leute. Und es ist nicht schwer, in seinem Gesicht zu lesen: Er mag die meisten Anwesenden nicht, hat noch nie all diese Leute gemocht, zu denen die Mutter freundlich ist, damit sie wiederkommen und ihr Bier bei ihr trinken.

Tante Lucie hat Tränen in den Augen. »Tränen der Freude«,

erklärt sie den Gästen. Frank bezweifelt das. Es ist ihr letzter Tag im Haus. Morgen wird sie ausziehen. Sie wird eine Lücke hinterlassen; er darf gar nicht daran denken.

Nach dem Essen bilden die Gäste einen Kreis, die Mutter und Onkel Willi müssen den Schleiertanz tanzen. Da die Mutter keinen Brautschleier hat, stiehlt Ilse Fröhlich Frau Modersohn das Schultertuch und wickelt es der Mutter um den Kopf. Alle brechen in Gelächter aus, nur Burkie bleibt auch weiterhin ernst. Und als die Gäste der Mutter beim Tanzen den »Schleier« vom Kopf reißen und sich dabei ihre Frisur auflöst, dreht er sich weg.

Als der Tanz zu Ende ist, setzt die Mutter sich zu Tante Lucie und nimmt sie in die Arme. »Lucie«, sagt sie, noch ein wenig außer Atem, »Lucie, ich weiß nicht, wie ich dir danken soll für all die Jahre, die du mir zur Seite gestanden hast.«

Tante Lucie putzt sich ihre Brille. »Da gibt's doch nichts zu danken. Im Gegenteil, ich muß mich bei dir bedanken, daß du mich olle Mamsell damals aufgenommen hast. Was hätte ich denn tun sollen ohne dich?« Und dann nimmt sie Mutters Hände und sagt: »Ich wünsche dir mit dem dritten mehr Glück als mit den beiden anderen. Du hast es wirklich verdient.«

Die beiden Frauen fallen sich um den Hals, und Frank sieht zu Onkel Willi hinüber. Der »dritte« tanzt nun mit Ilse Fröhlich. Er bemüht sich, elegant zu tanzen, spreizt die Hände weit ab, und Ilse Fröhlich ruft der Mutter zu: »Paß lieber auf, Lisa! Sonst schnapp ich ihn dir noch weg, deinen schnieken Bräutigam.«

Danach hält Onkel Willi eine Rede. Er spricht von der tapferen Frau, die er heute geheiratet hat, und sagt, daß nun alles anders wird. Jetzt sei ein Mann im Haus, der es gewohnt ist, die Dinge in die Hand zu nehmen.

Burkie, der sich zu Frank gesetzt hat, lacht böse: »Von mir aus kann er gleich loslegen – aber ohne mich!«

Frank will etwas sagen, spürt aber, wie er immer schläfriger wird. Schon halb weggetaucht, sieht er nur noch, wie Herr Modersohn die um fast einen Kopf größere Mutter durch die

Gaststube schwenkt. Die Mutter lacht albern, und Frank lächelt auch. Dann ist er weg und sieht im Schlaf die Mutter weitertanzen. Doch nun tanzt sie nicht mehr mit Herrn Modersohn, nun tanzt sie mit ihren drei Männern und lacht mal diesem und mal jenem zu. Er will, daß sie nur mit seinem Vater tanzt, aber er kommt nicht an sie heran, sie dreht sich immer wieder von ihm fort ...

»Frank! Frank!«

Er öffnet die Augen. Die Mutter steht vor ihm. Sie schwankt leicht. »Willst du schlafen gehen?«

Frank schüttelt den Kopf und behauptet, schon wieder ganz munter zu sein. Da fällt Mutters Blick auf Burkie. Er ist noch immer so ernst. Sie nimmt ihn an der Hand und zieht in auf die Tanzfläche. Burkie sträubt sich, will nicht vor allen Leuten mit der Mutter tanzen. Sie muß lange auf ihn einreden, bis er sich endlich von ihr im Kreise drehen läßt. Doch kaum sind sie richtig im Schwung, kommt Onkel Willi vorübergetanzt und sagt etwas, was Frank nicht verstehen kann. Er sieht nur, daß die Gäste lachen und Burkie rot wird, die Mutter stehenläßt und wegläuft.

Frank will dem Bruder hinterher und läuft der Mutter in die Arme.

»Was hat Onkel Willi denn gesagt?«

»Ach, nichts! Ein dummer Scherz, weiter nichts. – Warum ist Burkhard nur so empfindlich?«

Die Mutter ist ratlos, und Frank kann ihr nicht helfen. Deshalb läuft er weiter und findet Burkie im Hinterzimmer. Der Bruder liegt auf der Couch, hat den Kopf im Kissen vergraben und schlägt ab und zu mit der Faust in die Polsterung.

»Was ist denn? Was hat er gesagt?«

»Nichts«, sagt auch Burkie. Und dann schweigt er; Frank kann fragen, was er will, er bekommt einfach keine Antwort.

Das fünfte Rad am Wagen

Es sieht nicht so aus, als ob Tante Lucie ausziehen wollte. Erst räumt sie auf, dann kocht sie, dann wäscht sie ab, dann stellt sie das Geschirr weg. Alles ganz ordentlich.

Es war ein feines Essen, ihr Abschiedsessen: Szegediner Gulasch. Frank hat wieder reingehauen, bis es nicht mehr ging. Nun sieht er zu, wie Tante Lucie packt, und denkt daran, daß er nicht nur sie, sondern auch ihre Kochkünste sehr vermissen wird.

Burkie kommt und bringt der Tante einen Blumenstrauß. Er geniert sich dabei, und als Tante Lucie ihn an ihre Brust drückt, hält er verdächtig lange die Augen geschlossen. Dann setzt er sich zu Frank und guckt ebenfalls zu, wie Tante Lucie mal aus diesem und mal aus jenem Schrank etwas holt und in ihren kleinen braunen Koffer legt. Aber viel ist es nicht, was sie ans Tageslicht befördert, und oft überlegt sie: »Ist das nun meins, oder gehört es Lisa?« Und dann lacht sie, weil sie es manchmal beim besten Willen nicht weiß. Die Mutter aber fragt sie nicht, die würde ja doch nur sagen: »Es ist deins. Was denn sonst?«

»Das vergeß ich Mutter nie, daß sie dich wegschickt.« Burkie kann nicht mehr an sich halten. Er hat die Worte zwischen den Zähnen herausgepreßt und ist ganz blaß im Gesicht.

»Burkie!« Tante Lucie setzt sich zu ihm. »Deine Mutter hat mich doch nicht fortgeschickt. Ich gehe von allein – weil es besser ist.« Und als Burkie nicht antwortet, sondern nur weiter so finster und unglücklich vor sich hinstarrt, bittet sie ihn: »Du mußt dir mehr Mühe geben, sie zu verstehen. Die Gaststätte braucht einen Mann – und ihr einen Vater.«

»Aber nicht den. Das wird Mutter auch noch merken.«

Tante Lucie schweigt, dann sagt sie: »Aber was er auf der Hochzeit gesagt hat, klang doch ganz vernünftig.«

»Das war doch nur Gerede.« Burkie ballt die Fäuste, als wolle er jeden Augenblick etwas zerschlagen. »Und außerdem war er schon halb besoffen.«

Tante Lucie legt den Arm um ihn. »Burkie! Junge! Du bist doch sonst so vernünftig. Selbst wenn du recht hast, darfst du deine Mutter nicht im Stich lassen. Sie hat ihn doch in erster Linie euretwegen geheiratet. Sie möchte einfach mehr Zeit für euch haben und nicht ewig nur hinter der Theke stehen. Und dann, überleg doch mal: Ihr hängt aneinander wie die Kletten, die Lisa aber ist allein.«

»Wieso allein?« Burkie bleibt stur. »Sie hat doch uns. Oder etwa nicht?«

»Na klar! Sie hat uns.« Frank findet es an der Zeit, endlich auch einmal was zu sagen. Doch Tante Lucie lächelt nur traurig. »Sie hat euch eben nicht. Keine Mutter hat ihre Kinder wirklich. Und je älter ihr werdet, desto weniger hat sie euch. Das ist überall so, und ihr seid da auch keine Ausnahme.« Und damit steht sie auf und packt weiter ein, als wäre nun alles gesagt und klargestellt. Burkies Gesicht aber hellt sich nicht auf.

Endlich hat Tante Lucie alles eingepackt – bis auf ihren weißen Kittel. Den hat sie immer noch an, und Frank kann sich auch gar nicht vorstellen, daß sie ihn auszieht. Tante Lucie ohne weißen Kittel? Das gibt es nicht. Wenn er morgens aufsteht, hat sie ihn schon an; wenn er abends schlafen geht, hat sie ihn noch an. Selbst zu Mutters Hochzeit zog sie ihn nur kurz aus. Nun ist er gespannt, ob sie ihn mitnimmt. Doch als die Mutter kommt, um zu fragen, ob Tante Lucie auch nicht das grüne Kleid vergessen hat oder das Silberbesteck ihrer Eltern, das sie damals mitbrachte, zieht sie den Kittel aus und gibt ihn der Mutter. »Hier, Lisa. Der gehört nun wirklich in die *Gemütliche Ecke.*«

Danach sitzen sie zu viert im Hinterzimmer und warten auf Tante Gertrud. Keiner weiß, was er nun noch sagen soll, alle sind bedrückt, und Tante Lucie sieht in dem dunkelblauen Kleid mit der Silberbrosche schon aus, als wäre sie nur zu Besuch bei ihnen. Als dann Tante Gertrud und Onkel Heinz mit dem Auto vorfahren, atmen die Mutter und Tante Lucie fast gleichzeitig auf, so erleichtert sind sie, daß die Warterei ein Ende hat. Tante Lucie setzt ihren braunen Hut auf, nimmt ihren Mantel über den Arm und blickt sich noch mal kurz um, dann geht sie entschlossen durch die Gaststube.

Onkel Willi hatte sich bereits vorher von der Tante verabschiedet und sie zu einem »Abschiedstrunk« überredet. Es hat sie mächtig geschüttelt, aber sie hat tapfer ausgetrunken. Sie will von allen im guten scheiden, und deshalb gibt sie ihm jetzt zum endgültigen Abschied nicht nur die Hand, sondern drückt ihm auch noch einen Kuß auf die Wange und bittet ihn: »Sei gut zu meiner Lisa.«

Auf der Straße ist die Mutter auf einmal übertrieben geschäftig und nimmt der Tante noch schnell einige graue Haare vom Kleid. »Mach's gut, Lucie! Und besuch uns mal.«

»Aber ja doch, ja doch!« Tante Lucie muß sich ein um das andere Mal schneuzen. Burkie und Onkel Heinz verstauen ihr Gepäck im Auto und stehen unschlüssig herum.

»Ja, dann ...« Die Mutter und Tante Lucie umarmen einander und geben sich keine Mühe mehr, ihre Tränen zu verbergen. Tante Lucie küßt erst Burkhard und dann Frank und setzt sich neben Tante Gertrud auf den Rücksitz. Onkel Heinz startet, es wird gewinkt.

Die Mutter, Burkhard und Frank sehen dem Wagen nach, bis er in der Senefelder Straße verschwunden ist. »So!« sagt dann die Mutter und seufzt. »Das hätten wir geschafft.«

Burkie dreht sich hastig um und verschwindet im Gaststätteneingang. Die Mutter und Frank finden ihn in der Küche. Er starrt verbissen vor sich hin. Die Mutter will sich rechtfertigen: »Man muß im Leben manchmal etwas machen, was einem schwerfällt. Fast zehn Jahre war ich mit Tante Lucie zusammen, den ganzen Krieg haben wir miteinander überstanden. Meinst du, mir fällt es leicht, mich von ihr zu trennen?«

»Warum tust du's dann?« Das ist keine Frage, es ist ein Vorwurf. Es schwingt Ablehnung mit in Burkies Stimme und Unverständnis.

Die Mutter verteidigt sich. Sie glaubt, diese Ablehnung nicht verdient zu haben. Aber es stört sie, daß sie sich verteidigen muß. »Weil wir erwachsene Menschen sind. Wenn etwas nicht mehr geht, geht es eben nicht mehr.«

»Das ist ja wieder mal 'ne feine Antwort.« Burkie dreht der Mutter den Rücken zu.

Die Mutter muß sich zusammennehmen. »Burkhard! Tante Lucie ist jetzt hier überflüssig. Das Fortgehen fällt ihr schwer, aber das Hierbleiben fiele ihr noch schwerer. Sie wäre jetzt das fünfte Rad am Wagen, sie würde nur stören.«

»Mich nicht.« Burkie packt sein Fußballzeug zusammen, stopft es ungewohnt achtlos in den Sportbeutel und ist den Tränen nahe.

Frank möchte ihm helfen. »Mich stört sie auch nicht«, sagt er. »Und wieso ist sie denn überflüssig? Kocht Onkel Willi jetzt das Essen?«

Der kleine Willi

Onkel Willi kocht nicht. Das macht Mutter. Doch er hat die Eisenbahneruniform an den Nagel gehängt und geht nicht mehr rangieren. Die ersten Tage vor und nach der Hochzeit hatte er nur Urlaub, jetzt hat er es ganz aufgegeben. Die Mutter ist froh darüber. »Endlich wieder ein Mann im Geschäft«, sagt sie. »Auf die Dauer ist das nichts für eine Frau.«

Onkel Willi ist gern Geschäftsmann. Er ist stolz darauf, von den Gästen mit Herr Wirt angeredet zu werden, und achtet streng darauf, daß sein braunes Zapferjäckchen stets frisch gestärkt ist. Mehrmals am Tage betrachtet er sich in dem großen Spiegel hinter der Theke, streicht sich das Haar glatt und kämmt sich seinen Schnurrbart.

Anfangs verzieht die Mutter nur spöttisch den Mund. »Alle Männer sind eitel«, sagt sie. Dann wird sie langsam unruhig.

Onkel Willi nimmt ihr kaum Arbeit ab. Er steht zwar hinter dem Tresen und zapft, die Bewirtung der Gäste aber überläßt er ihr, auch wenn viel Betrieb ist. Doch die Mutter muß nun auch Tante Lucies Aufgaben übernehmen, muß kochen und waschen, putzen und einkaufen und die Gästetoiletten reinigen. Es ist mehr, als sie schaffen kann.

Doch die Mutter sagt nichts. Sie serviert und kassiert, kocht, putzt und wäscht, und nach dem Mittagessen steht sie auch noch hinter dem Tresen und zapft, denn dann schläft Onkel Willi auf der Couch im Hinterzimmer. Er sagt, er brauche seinen Nachmittagsschlaf, der Arzt habe ihm den verordnet. Die Mutter schweigt auch dazu.

Burkhard schweigt nicht. »Der ist bloß faulkrank«, sagt er. Und manchmal sagt er es so laut, daß Onkel Willi es hören kann.

Die Mutter schreibt Burkie noch immer jeden Tag einen Aufgaben-Zettel, Burkie aber läßt den Zettel liegen und geht zum Fußballtraining. Wenn kein Training ist, trainiert er für sich allein oder mit Hotte.

Die Mutter erledigt auch Burkies Aufträge, schimpft nicht mal mit ihm, guckt nur traurig.

Frank beobachtet das alles – und wartet darauf, daß etwas passiert, auf einen richtigen Knall. Und eines Tages ist es dann auch soweit: Der Mutter ist das Essen mißlungen. Sie hatte zuviel zu tun, ist mehrfach von der Theke in die Küche gelaufen, immer hin und her, und dabei ist es ihr passiert, daß sie zweimal Salz in den Bohneneintopf gab. Er verzieht keine Miene, tut nur so, als hätte er keinen Appetit, Burkie aber trumpft auf. »Den Fraß kann ja keiner essen«, sagt er und schiebt den Teller weit von sich fort.

Frank sieht, wie die Mutter Burkie anblickt, sieht ihre Verzweiflung, und da verteidigt er sie. »Du bist gemein!« schreit er Burkie an. Und weil ihm kein besseres Wort dafür einfällt, schreit er noch mal: »Ganz gemein biste! Stinkgemein!«

Burkhard schaut den kleinen Bruder nur stumm an, dann steht er auf, nimmt seine Fußballschuhe und geht.

Die Mutter kostet von dem Bohneneintopf, verzieht das Gesicht und nimmt Frank den Teller weg. »Das kann ja wirklich keiner essen. Geh zu Frau Wetzel, hol dir ein paar Plunderstücke.« Und als sei das noch nicht genug, streicht sie ihm über den Kopf, als wolle sie sich bei ihm entschuldigen.

Am nächsten Morgen setzt sich die Mutter zu Burkie und Frank in die Küche und sagt: »Ich will euch was erzählen.«

»Wir müssen zur Schule.« Burkie lehnt sich an den kalten Herd und guckt abweisend.

»Ihr geht heute später.«

Die Mutter füllt ein Glas mit Wasser, schluckt eine Tablette, dann noch eine und spült beide mit dem Wasser herunter.

Frank stellt seinen Ranzen in die Ecke und guckt die Mutter neugierig an. Er hat nichts dagegen, später zur Schule zu gehen. In der ersten Stunde haben sie Lesen. Das haßt er, weil er immer etwas anderes liest als dasteht, und die Klasse dann über ihn lacht.

Die Mutter beginnt langsam, kommt dann aber in Fahrt, wird richtig lebendig. Sie erzählt von Onkel Willis Kindheit, schildert, wie schwer er es hatte.

Es dauert nicht lange, und Frank ist beeindruckt. Seine Phantasie entwirft Bilder: ein kleiner, magerer Junge, ein sehr armes Elternhaus, die Mutter auf dem Krankenbett, ein Vater ist nicht da. Die Mutter stirbt, und der Junge ist allein. Er kommt in ein Waisenhaus. Es ist ein graues, enges Haus mit vielen Betten. Über- und untereinander schlafen die Kinder. Die Erzieher sind streng, es setzt Schläge. Und es gibt große Jungen, die den kleinen Willi unterdrücken. Willi wird größer, aber er bleibt ein stilles, zurückhaltendes Kind. Die anderen machen mit ihm, was sie wollen. Eines Tages aber kommt ein Ehepaar, das adoptiert den Jungen. Sie haben eine Dorfbäckerei, und Willi muß arbeiten. Mitten in der Nacht muß er raus, und erst spät kommt er ins Bett. Willi liebt das Bäckerhandwerk nicht, und den ganzen langen Tag in der heißen Backstube, das hält er nicht aus. Er läuft fort. Lange wandert er durch das Land, verdient sich mal hier und mal dort ein paar Groschen. Manchmal ist er halb verhungert, oft durchnäßt ihn ein Regen. Irgendwann wird er erwischt und eingesperrt und in die Bäckerei zurückgebracht. Die Bäckersleute haben inzwischen zwei weitere Jungen adoptiert. Diese Jungen sind jünger als Willi und geben sich Mühe. Der Bäcker lobt ihren Eifer, sie werden vorgezogen und bekommen vom Essen die besten Stücke. Willi wird als schwarzes Schaf behandelt, und die beiden Jungen legen ihn herein, wo sie können. Eines Tages wehrt sich Willi, verprügelt die beiden kleineren Jungen, prügelt sie, bis sie schreien und der Bäcker kommt. Der schlägt den Willi windelweich und wirft ihn aus dem Haus ...

Die Mutter hält inne.

Frank schweigt.

Burkie aber stößt verächtlich die Luft aus. »Und was hat das mit uns zu tun?«

Die Mutter steht auf und räumt das Frühstücksgeschirr ab. »Ich habe euch von seiner Jugend erzählt, weil ich will, daß ihr ein wenig mehr Verständnis für ihn aufbringt. Die Menschen sind nun mal nicht alle gleich.«

»Und seine erste Frau? Woran ist die gestorben?«

Die Mutter fährt herum und starrt Burkie an. »Wo... Woher weißt du das?«

Burkie senkt den Blick. »Ich weiß es eben.«

»Du hast uns belauscht?«

»Na und? Sonst erfährt man ja nichts.«

Die Mutter guckt Burkie lange Zeit nur stumm an. Dann sagt sie: »Willis erste Frau war krank, sehr krank ...«

Frank hält es nicht mehr aus. »Was war denn mit ihr?«

»Seife hat sie geschluckt, weil sie's nicht länger mit ihm ausgehalten hat«, sagt Burkie störrisch.

»Sie war krank!« schreit die Mutter.

Burkie springt vom Herd. »Ich muß jetzt los. In der zweiten Stunde schreiben wir 'ne Arbeit.« Damit geht er an der stumm dastehenden Mutter vorbei aus der Küche. Frank folgt ihm wie betäubt. Was er eben gehört hat, läßt ihn nicht los. Und auf der Straße fragt er Burkie dann auch gleich, ob das stimmt – das mit der Seife.

»Glaubste etwa, so was denk ich mir aus?«

»Und was passiert, wenn man Seife schluckt?«

»Man wird krank und stirbt – wenn man es immer wieder tut.«

Frank überlegt und kommt zu dem Schluß, daß die Mutter recht hat: Wenn Onkel Willis erste Frau das getan hat, muß sie krank gewesen sein. Und das sagt er auch zu Burkie.

»Na klar war sie krank«, gibt Burkie zu. »Aber daß sie krank war, daran hatte er die Schuld.«

»Und woher weißte das?«

»Das sehe ich ihm an.«

Frank guckt ungläubig. Wie kann Burkie Onkel Willi das ansehen? Doch er fragt nichts mehr, sie haben die Schule erreicht und können nicht mehr richtig miteinander reden. Aber nachdenken, das kann er, und das will er tun, denn das ist das schönste an der Schule: Wenn Fräulein Belinsky mit ihrer zarten Stimme vorne was erzählt, kann er hinten ganz prima nachdenken, so still ist es dann in der Klasse.

Buffkes Botten

Mutters Aufgabenzettel beachtet Burkie auch weiterhin nicht, eine Aufgabe aber erledigt er doch: Er putzt jeden Morgen alle Schuhe. Er setzt sich auf den Küchenhocker, schiebt den Vorhang vom Schuhregal beiseite, und los geht's. Schon immer hat er das getan, und er tut es auch jetzt noch – ein Paar Schuhe aber läßt er unberührt: Onkel Willis Schuhe putzt er nicht.

Onkel Willi spricht mit der Mutter, sagt, daß er das nicht auf sich sitzenlassen könne. Er sei jetzt der Vater, und es sei selbstverständlich, daß Burkhard auch seine Schuhe putzt. Die

Mutter redet mit Burkie und erteilt ihm den Auftrag, alle Schuhe zu putzen. Alle!

Am nächsten Morgen setzt Burkie sich wie immer auf den Hocker und schiebt den Vorhang beiseite. Frank sieht vom Küchentisch aus zu. In dem Regal stehen braune und schwarze Schuhe und ein Paar rotbraune – Onkel Willis Schuhe. Die Mutter hat extra neue Schuhcreme besorgt. Doch die neue Creme wird nicht benutzt; Onkel Willis Schuhe rührt Burkie nicht an.

Als er sich dann die Hände gewaschen und am Tisch Platz genommen hat, bittet Frank ihn: »Putz ihm doch seine Botten.« Doch Burkie schüttelt nur stumm den Kopf.

Im Flur kommt ihnen Onkel Willi entgegen. Noch im Schlafanzug geht er in die Küche, um nachzusehen, ob Burkie seine Schuhe geputzt hat. Nicht lange, und er läuft ihnen nach. Kurz vor der Theke hat er sie dann eingeholt, ergreift Burkie am Arm und dreht ihn zu sich herum. Die Ohrfeige hat Burkie erwartet. Er nimmt sie gelassen hin, blickt nur die Mutter an, die hinter Onkel Willi steht und so guckt, als wollte sie sagen: Das hast du dir selbst zuzuschreiben.

Onkel Willi schlägt noch einmal zu, hart und wuchtig trifft er Burkies Wange. Burkie taumelt zurück, bleibt dann aber stehen und schiebt trotzig die Hände in die Hosentaschen.

Frank ist empört. Wie kommt der fremde Mann dazu, Burkie zu schlagen! Er will ihn beiseite schieben, aber Onkel Willi schubst ihn weg. »Ein für allemal«, sagt er, »solange ich im Haus bin, wird pariert.«

Die Mutter stellt sich vor Burkie und sagt leise: »Das genügt, Willi. Ich rede nachher noch mal mit ihnen.«

»Das kannste dir sparen.« Burkie geht aus der Tür. Frank folgt ihm still. Er ist erschüttert. Was er da eben mit ansehen mußte, hat er noch nie erlebt. Wenn die Mutter schlägt, schlägt sie anders, nicht so hart – und nicht so böse. Einen Vater, der so schlägt, will er nicht, vor dem hat er Angst.

Als Burkie und Frank von der Schule nach Hause kommen,

redet die Mutter noch einmal mit ihnen. »Ein Vater ist ein Vater«, sagt sie. »Ob das nun Onkel Willi ist oder ein anderer. Wenn eure Väter noch lebten, würden sie euch auch ab und zu eins hinter die Ohren geben.«

Burkie blickt nur finster. »Das nächste Mal schlage ich zurück, das schwöre ich dir.«

»Das wirst du nicht tun!« Mutters Stimme überschlägt sich.

Burkie blickt stur geradeaus. »Ich lasse mich nicht schlagen. Und ich putze ihm seine Botten nicht. Wenn er mich wieder schlägt, schlage ich zurück.«

Die Mutter steht da wie ein Kind, das vom Lehrer einen Tadel bekommen hat. Wieder schmerzt es Frank, den großen Bruder so mit der Mutter reden zu hören. Doch die Schuld daran gibt er nun nur noch Onkel Willi. Was können sie dafür, daß er keine schöne Kindheit hatte?

»Der soll seine Latschen selber putzen.« Franks Stimme klingt hell und fordernd. »Und er soll Burkie in Ruhe lassen.«

»Du hältst den Mund!« Die Mutter wird immer nervöser. Aber Frank hält nicht den Mund. Er hat auch eine Meinung, und die sagt er nun: »Er soll wieder abhauen, früher war es viel schöner.«

Die Mutter sieht Frank lange an, dreht sich um und geht.

Nach dem Mittagessen trifft sich Frank mit Peter Hammerstein. Burkie ist mit Hotte beim Training. Da holt sich die Mutter die rotbraunen Schuhe und putzt sie, putzt sie so gründlich, als könne sie damit erreichen, daß die Schuhe mehrere Tage lang sauber bleiben.

Als die beiden Jungen am Abend nach Hause kommen, stellt Onkel Willi die Schuhe auf den Wohnzimmertisch. »Du solltest dich schämen«, sagt er zu Burkie. »Deine Mutter hat genug zu tun, du aber rührst keinen Finger.«

Burkie übersieht Onkel Willi. Er geht an ihm vorbei und aus dem Zimmer. Als Frank ihm folgt, sieht er ihn mit einem Buch auf der Couch liegen. Aber der Bruder tut nur so, als ob er liest.

Am nächsten Morgen hören die Jungen die Mutter und Onkel

Willi in der Küche miteinander reden. Die Mutter ist schon fertig angezogen, macht gerade das Frühstück und muß Onkel Willi irgendeinen Vorschlag gemacht haben. »Das kommt gar nicht in Frage«, erklärt er. »Wenn er nicht tut, was ich sage, werde ich ihn dazu zwingen. Mir tanzt er nicht auf der Nase herum.«

Die Mutter seufzt leise. »Wer soll das nur aushalten?«

Nach dem Frühstück setzt Burkie sich vor das Schuhregal und putzt alle Schuhe – bis auf Onkel Willis. Er nimmt sie in die Hand und überlegt. Dann setzt er die Bürste an. Frank atmet auf. Endlich! Aber noch bevor er sich ganz abgewandt hat, hört er es poltern. Burkie hat Schuhe und Bürste in die Ecke geworfen, ergreift seine Mappe und verläßt Hals über Kopf die Küche.

Nach Schulschluß sitzt Frank auf den Stufen der *Gemütlichen Ecke* und wartet auf Burkie. Wenn er sich rückwärts wendet und durch die offenstehende Tür blickt, sieht er Onkel Willis düsteres Gesicht. Und wenn die Mutter am Eingang vorüberkommt, schaut sie zur Tür, als wolle sie Burkie warnen, hereinzukommen. Es liegt eine Stimmung über der Gaststube, als kündige sich ein unheilvolles Gewitter an. Frank leidet unter diesem Druck, vor allem aber hat er Angst – um Burkie. Deshalb läuft er, als er Burkie und Hotte in der Ferne auftauchen sieht, auch gleich los, um ihn zu warnen. »Der Buffke ist auf hundert, der kocht«, sagt er.

Burkie macht ein gleichgültiges Gesicht. »Von mir aus.« Dann verabschiedet er sich von Hotte und durchquert mit Frank die Gaststätte, als sei es ein Tag wie jeder andere. Im Wohnzimmer setzt er sich auf die Couch, lehnt sich zurück und verschränkt die Arme hinter dem Kopf.

Onkel Willi kommt ihnen nach, und Frank sieht es seinem Gesicht an: Er will sich jetzt endgültig durchsetzen. Aber noch mehr sieht er es an dem, was Onkel Willi in der Hand hält: einen Rohrstock! Ungläubig schaut er Onkel Willi an. Den Rohrstock muß er sich irgendwo besorgt haben, so etwas gibt es nicht in Mutters Haushalt, so was gab es nie bei ihnen.

Burkie spitzt den Mund, als wolle er pfeifen, und ergreift Franks Lesebuch, das aufgeschlagen auf dem Tisch liegt. Onkel Willi preßt die Lippen aufeinander. »Komm her!«

Burkie rührt sich nicht. Er blättert in Franks Lesebuch und sieht nicht hoch. Da schlägt Onkel Willi zu. Der Stock trifft Burkies gebeugten Rücken. Es pfeift und klatscht. Burkie springt auf und rennt Onkel Willi den Kopf in den Bauch. Der taumelt zurück und fällt gegen den Glasschrank. Es scheppert.

Burkie hängen die Haare in die Stirn. Mit geballten Fäusten fordert er Onkel Willi auf: »Schlag doch zu! Na los, schlag zu!«

Onkel Willi schlägt zu, einmal, zweimal, dreimal. Aber er trifft nicht, Burkie weicht jedesmal geschickt aus. Und er verhöhnt ihn: »Na los! Los! Weiter!«

Die Mutter kommt aus dem Laden. »Aufhören!« ruft sie und stellt sich schützend vor Burkie. Frank kann nicht erkennen, ob Onkel Willi den Schlag nicht mehr zurückhalten kann – oder ob er in seiner Wut die Mutter absichtlich schlägt. Der Stock trifft sie zwischen Wange und Schulter. Ein roter Streifen zeichnet sich auf ihrem Hals ab. »Willi!« flüstert sie.

Einen Moment lang stehen alle vier wie versteinert da, dann springt Burkie vor und stößt Onkel Willi die Faust in den Bauch, und Frank bufft ihm in den Rücken und schreit immer wieder: »Laß meine Mutter in Ruhe! Laß meine Mutter in Ruhe!«

Onkel Willi wird nervös, will Burkie packen und verliert dabei den Stock. Frank schnappt ihn sich und läuft damit durch die Gaststube, mitten durch die erstaunten Gäste hindurch auf die Straße hinaus und auf den Nordmarkplatz hinüber. Dort wirft er den Stock in ein Gebüsch, schmeißt sich ins Gras und heult.

Da ist ein Haß in ihm, wie er ihn noch nie zuvor in seinem Leben gespürt hat; ein Haß, der richtig schmerzt. Das Gefühl sitzt im Kopf und im Bauch, und er weiß, wenn er größer wäre, würde er Onkel Willi jetzt auch weh tun, würde er ihn verprügeln und rauswerfen. Und er würde genauso böse zuschlagen, wie Onkel Willi es getan hat.

Eine Hand legt sich auf Franks Schulter. Er fährt entsetzt hoch. Doch es ist nicht Onkel Willi, es ist Burkie. Und da legt Frank den Kopf in den Schoß des Bruders und heult noch lauter los.

»Laß mal, Frankie!« sagt Burkie leise. »Vorläufig rührt der uns nicht mehr an.«

»Meinste?« Frank wischt mit dem Handrücken die Tränen breit.

Burkie nickt. »Der legt sich nicht jeden Tag mit uns dreien an.«

Drei? Also ist die Mutter auf ihrer Seite? Frank ist richtig erleichtert. Der Gedanke, daß die Mutter für Onkel Willi Partei ergreifen könnte, ist einfach zu schlimm.

»Und seine Botten?« Frank bemüht sich, das Schluchzen zu unterdrücken, doch es geht nicht. Immer wenn er denkt, es ist vorüber, kommt ein neuer Schluchzer aus ihm heraus. »Ich – putze sie nicht. Und – wenn er mich totschlägt.«

»Der schlägt keinen tot. Nicht, solange ich da bin.«

Burkie kaut auf einem Grashalm herum. Er sieht sehr zufrieden aus, und das verwundert Frank. Freut Burkie sich etwa noch darüber, daß Onkel Willi ihn geschlagen hat?

Die verlorenen Dienstage

Es ist Dienstag, und dienstags hat die *Gemütliche Ecke* geschlossen, da ist Ruhetag. Frank sitzt in der Gaststube und sieht der Mutter beim Nähen zu. Der Dienstag war früher der schönste Tag in der Woche. Das ist nun vorbei. Er seufzt wehmütig.

Dienstags machten Mutter und Tante Lucie klar Schiff. Sie putzten alles, was ihnen unter die Finger kam. Und wenn Burkie und er mit den Schulaufgaben fertig waren, packten sie mit an. Er stellte alle Stühle auf die Tische, Burkie wischte den Fußboden, und Tante Lucie brachte Küche, Zimmer und Flur auf Vordermann. Mutter polierte die Theke. Das war die wichtigste Aufgabe. Da ließ sie keinen ran. Nicht mal Tante Lucie. Alles mußte blitzen, die Chrombleche, die Bierhähne und die Leitungen. Mit einer langen Stocherbürste fuhrwerkte sie im Inneren der Bier- und Sprudelleitungen herum, damit kein Gast einen Krümel in seinem Bier fand und alles in Ordnung war, falls die Kontrolleure von der Gesundheitsbehörde kamen. War alles erledigt, wurde Kaffee getrunken. Meistens hatte Tante Lucie so ganz nebenbei noch einen Kuchen gebacken, und nach getaner Arbeit schmeckte dieses »Wunderwerk der Backkunst«, wie Mutter den Kuchen jedesmal nannte, doppelt so gut.

Am allerschönsten aber war es abends, denn der Dienstag war der einzige Tag in der Woche, an dem alle vier gemeinsam Abendbrot essen konnten. Wenn sie um den großen Wohnzimmertisch saßen, war es wirklich gemütlich in der *Gemütlichen Ecke*. Besonders im Herbst oder im Winter, wenn die Tischlampe schummriges, gelbes Licht verbreitete und außerhalb des Familientisches alles im Dunkel lag. Mutter aß ihren geliebten Harzer Käse und Tante Lucie ihre berühmten Zwiebel-Quark-Stullen. Er futterte jede Menge Hackepeterbrote, und sogar Burkie hatte mehr Appetit als sonst. Nach dem Abendbrot lasen Mutter und Tante Lucie dann in aller Ruhe die Zeitung. Jede las einen Teil und tauschte ihn nachher aus. Dabei unterhielten sie sich über das, was sie lasen, und Burkie sagte oft, sie brauchten die Zeitungen eigentlich gar nicht mehr zu tauschen, weil jede der anderen bereits alles verraten hätte.

Wenn Mutter und Tante Lucie lasen, sah er Burkie beim Zeichnen zu. Oder sie spielten Karten. Manchmal auch zu dritt oder viert. Frank seufzt noch einmal. Er kann einfach nicht anders.

»Was hast du denn?« Die Mutter schaut auf. »War was in der Schule?«

»Nein.«

In der Schule ist immer etwas, aber das würde Frank nicht so traurig stimmen. Den verlorenen Dienstagen aber trauert er nach.

Geputzt wird zwar immer noch, aber es ist trotzdem alles anders. Die Mutter putzt allein. Onkel Willi schaut nur zu, Burkie verdrückt sich, und sein bißchen Stühlehochstellen ist keine große Hilfe. Und ist die Mutter abends um acht endlich mit allem fertig, klopft es am Hintereingang – Herr Bessel steht in der Tür. Bald darauf klopft es ein zweitesmal – Ilse Fröhlich kommt. Dann noch Herr Lehmann oder Paule Krause oder alle beide. Und dann sitzen sie zu viert oder auch zu fünft mit Onkel Willi in der Gaststube, kloppen Skat, erzählen sich Witze, streiten, lachen und trinken. Und Mutter muß sie bedienen.

So wie auch jetzt wieder. Onkel Willi hat einen Grand Hand verloren und muß eine Runde bestellen. Die Mutter legt ihr Nähzeug weg und erledigt den Auftrag, während die Skatspieler noch laut über das Spiel diskutieren. Herr Bessel meint, mit den Karten hätte Onkel Willi das Spiel nicht verlieren dürfen. Er spiele nicht leidenschaftlich genug; es sei ihm egal, ober er gewinnt oder verliert, weil er hinterher nicht zu zahlen braucht.

Die Mutter stellt den Skatspielern ihre Biere hin und auf Ilse Fröhlichs Wunsch auch noch ein paar Schnäpse dazu, dann näht sie weiter an Burkies Indianerkostüm. Frank sieht zu, wie geschickt sie die Nadel führt und wie sie ab und zu den Faden abbeißt, weil es ihr zu lange dauert, erst nach der Schere zu greifen. Und manchmal schaut sie dabei zu ihm hin und lächelt. Einfach so, ohne was zu sagen.

Onkel Willi widerspricht Herrn Bessel. Er müsse auch bezahlen, sagt er, schließlich kriege er das Bier und die Schnäpse nicht umsonst geliefert.

Er! Immer er! Als ob ihm die *Gemütliche Ecke* alleine gehört. Frank schaut die Mutter an. Was denkt sie, wenn Onkel Willi so redet? Doch ihr Gesicht verrät nichts, sie guckt nur nachdenklich, so wie sie es in der letzten Zeit oft tut.

»Gefällt dir das Kostüm?«

Frank nickt. Es wird ein tolles Kostüm, braun mit bunten Fransen an der Hose und den Ärmeln. Burkie kann es gleich anziehen, wenn er nachher mit Hotte kommt. In der Schule findet ein Kostümfest statt, aber nur für die oberen Klassen, nicht für die zweiten. Das heißt, kleinere Geschwister dürfen mitgebracht werden – aber natürlich nur, wenn die älteren das wollen. Und Burkie will nicht. »Den ganzen Tag den Floh auf dem Hals haben? Dann geh ich lieber auch nicht«, hat er gesagt.

Den Floh! Als ob er noch so klein wäre! Hätte Burkie ihn mitgenommen, hätte er auch so ein schönes Kostüm bekommen.

Die Hintertür geht. Burkie und Hotte kommen. Hotte trägt schon sein Old Shatterhand-Kostüm und sieht gut darin aus – wie so ein Cowboy in einem Wildwestfilm.

»Ist es fertig?« will Burkie gleich wissen. Die Mutter macht den letzten Nadelstich und sagt lächelnd: »Ja. Auf die Sekunde genau.«

»Danke.« Burkie küßt die Mutter auf die Wange und guckt dabei verlegen zu den Skatspielern hin. Dann nimmt er das Kostüm und geht sich umziehen.

Wenig später kommt der Fotograf, den die Mutter bestellt hat. Es ist derselbe, der das Hochzeitsfoto machte; ein langer dünner Mann mit Baskenmütze. Als er die Gaststube betritt, werden die Skatspieler für kurze Zeit etwas leiser und schauen zu, wie der Fotograf Burkie und Hotte knipst. Ilse Fröhlich steht sogar auf und gibt gute Ratschläge, aber weder der Fotograf noch die beiden Jungen beachten sie. Sie lehnen nur lässig an der Theke und halten jeder ein Glas Limonade in der Hand, sind ganz Winnetou und Old Shatterhand, die beiden Blutsbrüder.

Frank steht abseits und spürt, wie der Kloß in seinem Hals immer dicker wird.

Dann ist das Bild endlich fertig, die beiden Jungen ziehen los, und Frank beißt sich auf die Lippen. Es fällt ihm schwer, Burkie nicht was Gehässiges nachzurufen, und er tut es nur deshalb nicht, weil so viele Leute in der Gaststube sind.

Die Mutter spricht mit dem Fotografen. Der nickt, packt Frank unter den Achseln und setzt ihn auf die Theke. »So, mein Herr«, sagt er, »nun glätten Sie mal schön Ihr Gesicht, sonst wird das Foto ganz hügelig und paßt in keine Brieftasche.«

Frank glättet sein Gesicht nicht. Ernst und würdig blickt er in die Kamera, und er wird noch ernster und würdiger, als er sieht, daß die Mutter und der Fotograf sich nur mit Mühe das Lachen verkneifen können.

Er ist nur freundlich, wenn er will. Und jetzt will er nicht.

Moni

Es ist schon zehn Uhr, und Burkie ist noch nicht zurück. Frank liegt im Bett und versucht, sich das Kostümfest auszumalen: viele bunte Gestalten, Musik, Lachen, Tanzen, Limonadengläser ... Und mittendrin Burkie. Ober er gerade mit einem Mädchen tanzt? Mit der Mutter wollte er damals nicht tanzen, aber das hat ja nichts zu sagen ...

Frank preßt den Kopf ins Kissen und versucht einzuschlafen, aber er ist hellwach, kann nicht mal für längere Zeit die Augen zubehalten. Schließlich steht er auf und geht auf den Balkon.

Es ist dunkel auf der Straße, nur in wenigen Fenstern brennt noch Licht, aber die Luft ist noch warm. Er beugt sich über die Balkonbrüstung und späht links die Straße hinunter. Die Lichter der Laternen, die parallel im Bogen nach rechts schwenken, erscheinen ihm wie auf eine Schnur aufgezogene Glühwürmchen, die immer kleiner werden. Und es ist still, denn die Straße ist fast menschenleer. Nur ein Pärchen schlendert vor der Nummer 32 auf und ab, und ein Mann kommt den Bürgersteig entlang. Seine Schritte hallen laut.

Frank wendet sich nach rechts. In der *Gemütlichen Ecke* brennt noch Licht. Er weiß genau, welche Lampen es sind: die beim Ofen und die neben dem Klavier. Er denkt an die Mutter. Als Tante Lucie noch bei ihnen war, lag die Mutter um diese Zeit längst im

Bett. Jetzt muß sie warten, bis den Skatkloppern die Lust vergeht.

Ganz früher schliefen auch die Mutter und Tante Lucie im ersten Stock oben. Aber dann, kurz nach dem Krieg, ist ein paarmal in die *Gemütliche Ecke* eingebrochen worden, und die beiden Frauen sind ins Hinterzimmer gezogen, um aufzupassen. Und immer, wenn Burkie und er abends vom Balkon sahen, spähten sie zum Hinterzimmer hin, um zu sehen, ob auch alles in Ordnung war. Seitdem Onkel Willi in Tante Lucies Bett schläft, tun sie das nicht mehr ...

Frank schaut wieder nach links, in die Richtung, aus der Burkie und Hotte nach Hause kommen müssen – und erschrickt freudig: Da kommen sie ja, wackeln gemütlich nebeneinander her, unterhalten sich, bleiben stehen, gehen weiter, reden weiter. Frank macht sich klein; wenn Burkie ihn nicht sieht, kann er sie belauschen.

Burkie und Hotte sind unter Franks Balkon angekommen, und er bekommt mit, daß sie über ihre zukünftigen Berufe sprechen. Burkie will erst Autoschlosser und dann Fußballtrainer werden, und Hotte sagt traurig: »Ich muß den Laden übernehmen. Mein Vater will's so und Mutter auch. Die Gisela ist ja nur ein Mädchen, die heiratet mal, und dann ist sie weg.«

»Und was würdest du machen, wenn du's dir aussuchen dürftest?« will Burkie wissen.

»Irgendwas mit Kunst«, sagt Hotte träumerisch. »Malen oder so was.« Frank weiß: Hotte kann toll malen. Er hat im Zeichnen eine Eins. Und auch im Basteln ist er ein kleines Genie.

»Das würde ich mir nicht gefallen lassen«, sagt Burkie nun. »Die Kneipe würde ich nie übernehmen. Lieber spring ich in den Gully.«

Die beiden Jungen lachen und flüstern dann. Frank kann nichts mehr verstehen und wird ungeduldig. Ob er mal leise hustet? Aber da dreht Burkie sich schon um und steckt den Hausschlüssel ins Schlüsselloch. Die Haustür quietscht, und er muß machen, daß er ins Bett kommt.

Vor Franks Augen wird es hell, der Bruder hat das große Licht angeschaltet.

»Frankie?«

Frank antwortet nicht. Er ist zwar neugierig auf Burkies Bericht, aber er will es nicht zeigen; will dem Bruder die Versöhnung nicht allzu leicht machen. Doch da sagt Burkie etwas, was Frank aus dem vorgetäuschten Schlummer reißt, und er sagt es mit einem seltsamen Kicks in der Stimme: »Du, Frankie, ich geh jetzt mit Moni.«

Mit Moni? Frank reißt die Augen auf.

Der Bruder grinst breit. Er sieht lustig aus mit seiner verschmierten Kriegsbemalung. »Sie sagt, ich hätte ihr schon immer gefallen. Und dich findet sie auch nett.«

Frank setzt sich auf, und weil er nicht weiß, was er sagen soll, wirft er Burkie sein Kissen an den Kopf. »Du bist doof!«

Burkie fängt das Kissen auf. »*Du* bist doof! Ich hatte ihr doch in der Schule schon einen Zettel geschickt und gefragt, ob wir zusammen zum Schulfest gehen wollen. Und da hat sie geantwortet, sie geht nur mit, wenn ich ohne meinen kleinen Bruder komme.« Er lacht. »Sie hat uns die beiden Unzertrennlichen genannt.«

Das steckt dahinter! Moni findet ihn zwar nett, aber lieber wäre es ihr, er bliebe, wo der Pfeffer wächst. Frank macht ein saures Gesicht. Wenn Moni nun öfter verlangt, daß Burkie ohne ihn ausgeht? Wenn für Burkie nur noch Moni wichtig ist? Wenn vielleicht sogar Onkel Willi ihn nicht mehr interessiert?

»Und weißte was?« Burkie legt sich so, wie er ist, neben Frank und legt ihm den Arm unter den Kopf. »Wenn Sonnabend schönes Wetter ist, gehen wir schwimmen, alle drei. Es ist fest abgemacht.«

»Ehrenwort?« Frank springt auf.

»Großes chinesisches Paprikaschoten-Ehrenwort!« Burkie zieht Frank zu sich herunter und knufft ihn in die Seite. Frank boxt zurück, und die Keilerei geht los und dauert an, bis sie beide nicht mehr können. Erst dann lassen sie voneinander ab und bleiben schwer atmend nebeneinander liegen.

»Ist das schön, ’ne Freundin zu haben?«

Burkie lacht. »Klar.«

»Und was macht ihr da?«

Burkie muß noch lauter lachen. »Das werde ich dir gerade auf die Nase binden.«

»Und warum nicht?«

»Weil du dafür noch ’n paar Nummern zu klein bist.«

Frank überlegt. »Warum haste’s mir dann überhaupt erst gesagt?«

»Weil du mein Bruder bist.«

Wieder überlegt Frank, dann kichert er: »Ich weiß, was ihr macht.«

»Und was?«

»Ihr küßt euch.«

Burkie kichert auch. »Na klar küssen wir uns. Das gehört doch dazu.«

»Und das ist schön?«

»Jaaa!« Diesmal wirft Burkie mit dem Kissen. Aber Frank wirft es nicht zurück. Er ist zufrieden mit dem, was er gehört hat. Da hat er gleich wieder eine ganze Menge nachzudenken.

Ein Faß läuft über

Franks Sorge, daß Burkie Monis wegen Onkel Willi vergessen könnte, ist unbegründet. Burkie läßt nicht locker. Aber es gibt keinen Krach mehr, es ist ein leiser Krieg geworden. Frank und Burkie tun so, als wäre Onkel Willi nicht da. Läuft er ihnen zufällig in den Weg, kurven sie um ihn herum. Und Onkel Willi macht es genauso. Die Jungen gehen ihn nichts an, sagt er, sie sollen machen, was sie wollen. Nur manchmal lächelt er vielsagend, und als Frank einmal erst spät nach Hause kommt und die Mutter sich schon schlimme Sorgen gemacht hat, schüttelt er den Kopf: »Das hast du nun von deiner Affenliebe!« Die Mutter antwortet nichts, Frank aber nimmt sich vor, von nun an nichts mehr zu tun, was Onkel Willi Anlaß geben könnte, der Mutter eins auszwischen.

Daß zwischen Mutter und ihrem neuen Mann nicht alles in Ordnung ist, bemerken nun auch die Gäste. Und natürlich reden sie darüber. Burkie aber freut sich heimlich und sagt wieder, mit der Mutter und diesem Buffke gehe es nicht mehr lange gut. Er warte nur auf den Tropfen, der das Faß zum Überlaufen bringt. Und weil Frank das nicht gleich versteht, führt er es ihm vor. Sie gehen in die Küche, und Frank muß sich vor dem Wasserhahn auf einen Stuhl setzen. Dann nimmt Burkie ein Glas, stellt es unter den Wasserhahn und dreht den Hahn gerade so weit auf, daß er tropft. Frank sieht Tropfen für Tropfen in das Glas fallen. Es dauert ewig, bis das Glas auch nur zu einem Viertel gefüllt ist. Mißtrauisch dreht er sich zu Burkie herum, aber dem Bruder scheint das Experiment zu gefallen. »Jeder Fehler, den dieser Buffke macht, ist so ein Tropfen«, sagt er.

Das Glas ist fast voll. Jetzt findet auch Frank das Experiment spannend. Welcher Tropfen wird es sein, der Onkel Willi auf die Straße setzt?

Auf dem Glas bildet sich ein kleiner Wasserberg, aber noch läuft nichts über.

»Gleich passiert's.« Burkie fixiert das Glas, als wolle er es hypnotisieren. Da! Dieser Tropfen war zuviel. Der Wasserberg zerfällt und läuft am Glas herunter. Burkhard dreht den Hahn zu. »Haste das gesehen? Dieser eine Tropfen hat alles zerstört.«

Frank hat es gesehen und ist begeistert: Wenn das so ist, dann darf er sich von nun an über all das freuen, was ihn bisher an Onkel Willi ärgerte. Was für eine verkehrte Welt!

Gleich nach diesem Experiment geht Burkie mit Hotte zum Training, und Frank holt Peter Hammerstein ab. Doch er muß ihn heimlich mitbringen, weder die Mutter noch Burkie sehen es gern, daß er mit Peter befreundet ist. Peters Eltern sind Flüchtlinge aus Pommern, und Peter hat auf der Flucht allerhand Schlimmes erlebt, deshalb ist er zum »schwierigen Kind« geworden, wie die Leute sagen. Frank aber findet Peter interessant und ist gerne mit ihm zusammen. Und Pommern kennt er aus einem Lied:

Maikäfer flieg,
dein Vater ist im Krieg,
deine Mutter ist in Pommerland,
Pommerland ist abgebrannt,
Maikäfer flieg!

Peter sagt, Pommern wäre wirklich abgebrannt, weil dort jetzt die Polen lebten. Die Mutter aber sagt, daran wären die Deutschen selbst schuld. Hätten sie den Krieg nicht angefangen, hätte ihnen niemand Pommern weggenommen.

Peters Vater arbeitet zur Aushilfe in einer Tischlerei, aber das macht ihm keinen Spaß, deshalb trinkt er und liegt mehrmals in der Woche betrunken auf der Treppe. Und Frau Hammerstein ist ein verhuschtes Ding, wie Tante Lucie die ängstliche, scheue Frau immer nannte. Aber sie gab nicht Frau Hammerstein daran die Schuld, sondern Peters Vater, »diesem Dollbregen!«

Wenn Frank bei Hammersteins ist, ist Peters Mutter ganz anders. Dann erzählt sie von dem Bauernhof, den sie besaßen, von den Pferden, den Kühen und all den anderen Tieren. Manchmal aber läuft sie mitten in der Erzählung aus dem Zimmer. Peter sagt dann: »Jetzt flennt sie wieder.«

Frank geniert sich, daß er Peter verstecken muß, aber Peter macht das nichts aus. Sie schließen sich in der Abstellkammer ein und verkriechen sich in eine Höhle aus Decken. Hier sieht sie niemand, und Peter legt sich sogar lang hin, so wohl fühlt er sich. Er hat Zigaretten dabei und gibt auch Frank eine ab. Es dauert nicht lange, und sie können sich kaum noch erkennen, so verqualmt ist ihre Höhle.

Peter hat einen Kopf, viereckig und kantig wie ein Quadrat. Dieser Kopf ist immer rot, feine rote Fäserchen durchziehen die Haut. Seine Nase ist ziemlich flach; wenn er durch sie atmet, gibt es ein schnarrendes Geräusch. Er putzt sie nie. Den Schleim zieht er hoch und spuckt ihn aus, das Trockene popelt er heraus. Wenn er spricht, flackern seine Augen, und sein Mund ist selbst dann in Bewegung, wenn er nicht spricht. Im Winter trägt er immer denselben ausgebeulten Trainingsanzug, jetzt im Sommer die abgeschnittene Sonntagshose seines Vaters. Aber wenn Peter auch sehr nervös ist, so hat er doch immer die besten und lustigsten Ideen. Vorigen Monat hatte er ein Wettpinkeln veranstaltet. Zu fünft standen sie am Rinnstein und pinkelten in hohem Bogen auf die Straße. Wer am weitesten den Asphalt besprühte, hatte gewonnen. Ein anderes Mal fand ein Zielspucken statt, von Hammersteins Balkon im vierten Stock. Es kamen nur Männer mit Hut in Frage, und das war unheimlich lustig.

In der Schule ist Peter nicht so gut. Er sagt, Schule sei blöd; was er wissen müsse, um sich durchzuschlagen, wisse er schon.

»Kannste uns ein Malzbier besorgen?« Peter hat Durst. Er hustet trocken.

Frank nickt, er wird Malzbier besorgen. Leise entriegelt er die Kammertür. Auf dem Flur ist alles ruhig, und auch in der Küche ist niemand, in der Gaststube aber ist Betrieb. Die Mutter ist allein, Onkel Willi hält sein Nachmittagsschläfchen. Frank geht hinter die Theke, füllt erst ein Glas, und als die Mutter nicht hinsieht, füllt er ein zweites ab. Dann wartet er, bis sie bei einem Gast kassiert, und flitzt hinter ihrem Rücken mit den beiden Gläsern aus der Gaststube.

Peter schmeckt das Malzbier. Er erzählt Frank, daß er eine Bande gründen will. Er kennt in den Trümmern eine Höhle, die wird dann ihr Treffpunkt. Aber wer mitmachen will, muß der Bande einen Einstand spendieren, und Franks Einstand müßten mindestens zwanzig Zigaretten sein – wo seine Mutter doch eine Kneipe hat.

»Psst!« Frank hat Stimmen gehört und preßt sein Ohr an die Tür. Die Mutter! Sie spricht mit Onkel Willi und muß ihn geweckt haben, er steht sonst nie so früh auf.

»So geht das nicht weiter«, sagt sie. »Ich mach mich kaputt, und du schläfst.«

Onkel Willi antwortet nicht. Frank hört ihn vorüberschlurfen. Er geht auf die Toilette.

Peter gesellt sich zu Frank. »Prügeln sie sich?« fragt er flüsternd.

Frank schüttelt den Kopf.

Die Mutter läuft im Flur auf und ab. Sie wartet, bis die Wasserspülung rauscht, und macht Onkel Willi danach neue Vorhaltungen. Als er sagt, was er immer sagt, nämlich daß er krank sei, fragt sie streng: »Was ist das für eine seltsame Krankheit? Warum gehst du nicht zu einem Arzt?«

»Der kann mir auch nicht helfen. Es ist vom Krieg«, gibt Onkel Willi mürrisch zurück und geht wieder ins Wohnzimmer. Doch die Mutter gibt nicht auf. Sie geht ihm nach und schlägt die Tür hinter sich zu.

Frank kann nichts mehr hören. Er öffnet die Tür – der Flur ist leer. »Warte hier«, flüstert er Peter zu, läuft über den Flur und lauscht an der Wohnzimmertür.

»Die Gaststätte gehört immer noch mir«, hört er die Mutter sagen. Sie ist sehr erregt. »Du spielst den großen Mann, den Wirt, den Chef, aber tun willst du möglichst wenig. Ich bin nicht deine Altersversorgung. Wenn du dir das ausgerechnet hast, liegst du schief. Ich habe den Laden jahrelang allein geführt, ich kann es wieder tun.«

Onkel Willi lacht höhnisch. »Willst du mich etwa rauswerfen?«

Eine Weile ist es still. Dann sagt die Mutter: »Was bist du doch für ein Egoist! Daß du für die Jungen kein Verständnis aufbringst, das habe ich dir nicht mal sehr übelgenommen. Nicht jeder kann mit Kindern umgehen. Aber daß du mich nur wegen der Kneipe ...« Sie verstummt, und Frank weiß: sie hofft darauf, daß Onkel Willi sagt, er habe sie nicht nur wegen der Kneipe geheiratet. Aber Onkel Willi schweigt. Und dann hört Frank es knarren – Onkel Willi hat sich auf der Couch herumgedreht.

»Mein Gott!« sagt da die Mutter bitter. »Wie konnte ich nur auf einen so miesen Kerl hereinfallen.«

Das war er, der Tropfen, der das Faß zum Überlaufen bringt! Wenn die Mutter so etwas sagt, reicht es ihr wirklich. Frank huscht zurück in die Kammer und schließt die Tür.

»Haben sie sich jetzt geprügelt?« fragt Peter, der schon wieder eine Zigarette raucht.

»Nein!« Wieso meint Peter immer, daß Mutter und Onkel Willi sich prügeln?

»Wenn sie sich erst einmal streiten, prügeln sie sich auch bald.« Peter weiß Bescheid.

Der Gedanke, daß Onkel Willi die Mutter noch einmal schlagen könnte, behagt Frank nicht. Er nimmt sich vor, mit Burkie darüber zu reden. Sie müssen der Mutter helfen. Und da er nicht möchte, daß Peter glaubt, es ginge bei ihnen so zu wie bei seinen Eltern, sagt er: »Solange Burkie da ist, rührt Buffke meine Mutter nicht an.«

»Buffke?« Peter muß lachen. Er kannte Onkel Willis Spitznamen noch nicht. Aber dann wird er ernst: »Ja, wenn man einen großen Bruder hat! Ich hatte auch mal einen, der hat gegen die Russen gekämpft, und da haben sie ihn erschossen.«

»Im Krieg?«

»Hinterher«, erklärt Peter stolz. »Mein Bruder hat noch gekämpft, als der Krieg längst zu Ende war.«

Das versteht Frank nicht, und er will auch gar nicht mehr darüber wissen. Alles, was mit den Hammersteins zusammenhängt, hat irgendwie mit dem Krieg zu tun. »Du mußt jetzt gehen«, sagt er. »Mein Bruder kommt gleich. Wenn der dich sieht ...«

Peter zuckt die Achseln und geht.

Kaum ist Peter weg, kommt Burkie. Er ist ganz verschwitzt, es war ein hartes Training. Doch Franks Bericht über Mutters Streit mit Onkel Willi macht ihn schnell wieder munter. »Hat sie das wirklich gesagt?« freut er sich. »Das ging ja schneller, als ich dachte.« Zufrieden legte er die Fußballschuhe beiseite und blickt verträumt vor sich hin. »Wenn er weg ist, holen wir als erstes Tante Lucie zurück. Das steht fest. Oder?«

Es gibt kein Oder, auch Frank denkt oft an Tante Lucie.

Stekerbutzen

Es ist Sonnabend, und das Wetter ist schön. Burkhard, Moni und Frank stehen auf dem S-Bahnhof, und keiner sagt etwas. Burkie und Moni genieren sich vor Frank, und der tut, als fahre er nur mit, um dem Bruder einen Gefallen zu tun. In Wirklichkeit aber ist er stolz, denn Moni war sehr nett zu ihm, als sie sich begrüßten.

Dann sitzen sie im Zug und fahren an Laubenkolonien entlang. Burkie und Moni tuscheln miteinander; Frank sieht aus dem Fenster, versucht die Kirschbäume zu zählen. Schließlich reicht es ihm. »Warum haste'n die Zwillinge nicht mitgebracht?« fragt er Moni. »Die mit den Sommersprossen bis zum Hintern.«

Burkie wird rot und zischt Frank zu, daß er die Klappe halten soll. Moni hat zwei jüngere Brüder, die Zwillinge Gerd und Gerhard. Die beiden haben rotblondes Haar und das ganze Gesicht, die Arme und Beine und auch den Rücken voller Sommersprossen. Burkie hat Frank von den beiden erzählt und dabei von Sommersprossen bis zum Hintern gesprochen. Aber natürlich hat er nicht damit gerechnet, daß Frank das Moni wiedererzählt. Doch Moni ist nicht böse. »Die sind mir zu frech«, sagt sie nur. Und dann kramt sie in ihrem Netz herum und hält Frank eine Bockwurst hin.

Frank strahlt und greift zu.

»Kannste nicht danke sagen?« fährt Burkie ihn an.

»Das wäre ungezogen. Mit vollem Mund spricht man nicht.« Moni lacht, und Frank freut sich. Moni ist in Ordnung.

Burkie aber gibt an: »Das nächstemal denkste dran. Haste verstanden?«

Frank nickt, muß dabei aber grinsen. Und Moni grinst auch. Burkie sieht das und wird noch ärgerlicher.

In Grünau verlassen sie die S-Bahn und wandern durch den Wald zur Dampferanlegestelle. Burkie spendiert ein Eis. Die Stimmung steigt wieder.

Das Motorschiff, das sie nach Marienlust übersetzt, ist voll. Sie stehen im Gang und können nicht viel sehen. Aber Moni läßt sich dadurch nicht die Laune verderben. Sie legt fest, wer wen retten muß, falls der Kahn sinkt. »Burkie schnappt sich Frank, und ich rette den Kapitän«, sagt sie.

Frank muß ununterbrochen lachen.

In Marienlust gehen sie gleich ins Wasser. Burkie und Moni schwimmen hinaus, Frank bleibt im Flachen zurück. Er kann noch nicht schwimmen.

Die beiden bleiben lange weg. Das ärgert Frank. Als sie zurückkommen, macht er ein saures Gesicht und guckt sie nicht an.

»Kannste noch nicht schwimmen?« Moni ist völlig außer Atem. Sie hat sich von Burkie nicht abhängen lassen.

»Er hat Schiß«, antwortet Burkie.

Frank wird rot. Muß Burkie das vor Moni sagen?

»Ich hatte früher auch Angst«, erklärt Moni. »Jetzt macht's mir nichts mehr aus. Wir versuchen es nachher mal, ja?« Sie läßt sich auf ihr ausgebreitetes Handtuch fallen und hält ihr Gesicht in die Sonne.

Frank ist einverstanden. Wenn Moni dabei ist, wird sie schon aufpassen, daß Burkie ihn nicht wieder untertaucht, um seinen Mut auszuprobieren.

Als die Sonne alle drei getrocknet hat, öffnet Burkie die Gläser mit Mutters Kartoffelsalat, echt nach Tante Lucies Geheimrezept, und Moni packt weitere Bockwürste aus. »Wir passen prima zusammen«, sagt sie. »Ihr habt 'ne Kneipe und wir 'nen Fleischerladen. Wir werden weder verhungern noch verdursten.«

Dann sind die Vorräte verputzt, und sie wandern durch den Wald nach Schmetterlingshorst. Moni und Burkie gehen Hand in Hand, und Frank schnitzt sich aus Borke ein Schiffchen. Das Taschenmesser hat Burkie ihm geliehen. Kurz vor Schmetterlingshorst verlangt er es zurück, sucht sich einen langen dünnen Ast, schneidet ihn ab und zieht eine Menge Zeugs aus seiner Hosentasche: Angelsehne, Pose, Senkblei und Haken.

Moni und Frank hocken sich ins Gras und sehen zu, wie Burkie eine Angel zusammenbastelt. Als er damit fertig ist, setzen sie sich zu dritt auf einen alten, schon ein wenig morschen Bootssteg, und Burkie befestigt ein zuvor durchgekautes Weißbrotkügelchen am Angelhaken und wirft ihn ins Wasser.

Eine Zeitlang passiert nichts. Frank sieht so angestrengt hin, daß er manchmal sogar zwei Schwimmer auf der leicht gekräuselten Wasseroberfläche tanzen sieht. Aber dann taucht das rote Plastikstück halb unter, kommt wieder hoch und will erneut untertauchen. Burkie hebt die Angel ruckartig an und zieht sie hoch. Am Haken zappelt es silbern; ein kleiner Fisch hat angebissen.

Moni jubelt. »Wir haben nämlich eine Katze«, erklärt sie Frank. »Die mag solche Stekerbutzen.«

Es bleibt nicht bei dem einen Fisch. Alle fünf Minuten zieht Burkie einen »Kollegen« an Land, und Moni steckt die gefangenen Fische in ein Glas mit Wasser, wo sie wild drin herumschwimmen.

Dann wird es langweilig. Burkie hat nun schon ein Dutzend solcher Stekerbutzen gefangen und denkt nicht daran aufzuhören. Die Sonne aber knallt unbarmherzig auf sie nieder.

»Du wolltest mir doch das Schwimmen beibringen«, flüstert Frank Moni zu. Er weiß ja, daß Burkie seine Angelei jetzt nicht unterbrechen wird. Und richtig, noch ehe Moni antworten kann, schüttelt Burkie auch schon den Kopf. »Jetzt nicht.«

Frank wird wütend. Haben Moni und er denn gar nichts zu sagen? Muß jeder nach Burkies Pfeife tanzen? Er versucht es mit Quengeln, doch Burkie grinst nur. »Ich will, ich will, ich will«, äfft er ihn nach.

»Ärger ihn nicht«, bittet Moni. »Das ist nicht schön. Irgendwann muß er doch schwimmen lernen.«

Jetzt ist Burkie erst recht sauer. Wie oft hatte er sich bemüht, Frank das Schwimmen beizubringen; jedesmal endete es mit Geschrei und Tränen. Er zieht die Angel ein und schmeißt sie auf die Holzplanken. »Du willst schwimmen lernen?«

»Ja.«

»Bitte schön!« Burkie packt Frank unter den Armen und wirft ihn ins Wasser. Es geht so schnell – noch ehe Frank richtig begreift, schlägt das Wasser schon über ihm zusammen.

Er sinkt, er sinkt ewig. Er hat Angst, aber er ist auch überrascht. Muß er jetzt ertrinken? Bleibt er für immer in dieser grünen Welt?

Es geht wieder aufwärts, Franks Kopf taucht aus dem Wasser auf, und vom Steg beugen sich Moni und Burkie zu ihm herunter. Moni ist ängstlich, aber Burkie lacht. »Schwimm!« ruft er. »Schwimm, Frankie.«

Da wird Frank ganz ruhig und beginnt zu schwimmen, macht genau die Armbewegungen, die Burkie ihm schon so oft gezeigt hat. Und es geht, er kommt vorwärts. Doch er schwimmt nur um den Steg herum, so daß Burkie ihn jederzeit greifen kann.

Aber das ist gar nicht nötig. Burkie klatscht in die Hände. »Prima, Frank, prima!« Und auch Moni jubelt. »Na siehste! So einfach ist das.«

Frank wird übermütig. Er schwimmt schneller, schluckt Wasser, bekommt Angst und klammert sich an einem der Pfähle fest, die den Steg tragen. Der Pfahl jedoch ist mit grünem, dickem Tang bewachsen, er rutscht ab, es ist zu glitschig. »Bu...« ruft er –

und hat auch schon den Mund voll Wasser. In diesem Moment aber greift Burkie zu und zieht ihn heraus.

In nasser Hose und angeklitschtem Hemd steht Frank auf dem Steg und ärgert sich. Der Schwimmversuch hatte so gut angefangen, und nun das! Doch Moni lobt ihn: »Bei mir hat das viel länger gedauert.«

Danach wringen Burkie und Moni Franks Hemd und Hose aus, hängen sie zum Trocknen in die Sonne, ziehen wieder ihre Badeanzüge an und springen selber ins Wasser. Und Frank sitzt auf dem Steg und schaut ihnen zu. Er ist stolz auf sich: Er kann schwimmen. Zwar nicht so gut wie Burkie und Moni, die ihm jetzt allerlei Kunststückchen vorführen, aber immerhin.

Zum Schluß müssen sich die drei beeilen, um die letzte Fähre noch zu erreichen. Sie erwischen sie mit Mühe und Not und beobachten zufrieden, wie das Motorschiff laut tuckernd von der Brücke ablegt.

Auf dem Weg vom Bahnhof zur Raumerstraße machen Moni und Burkie sich gemeinsam über ihre Lehrer lustig. Ganz ausgelassen sind sie, viel alberner als Frank. Vor der Fleischerei Ehrlich verabschieden sie sich dann. »Solche Ausflüge machen wir jetzt öfter«, sagt Moni. Und da sie dabei auch Frank anschaut, betrachtet er sich als mit eingeladen.

Zu Hause gehen Burkhard und Frank gleich in die Küche. Burkie nimmt eine Pfanne aus dem Schrank, gibt Margarine hinein, stellt sie auf den Gasherd und steckt das Gas an. Als das Fett brutzelt, legt er Schwarzbrotscheiben hinein, röstet sie von beiden Seiten und streut braunen Rohzucker darüber.

Frank langt zu. Er hat einen Hunger wie ein Walfisch, und Burkies Kracher schmecken wirklich prima. Burkie ißt langsamer und denkt dabei nach. Und dann sagt er: »Alles könnte so schön sein – wenn nur dieser Buffke nicht wäre.«

Frank läßt die Hand mit dem Kracher sinken. »Mußte jetzt mit dem anfangen?« Er hat so gute Laune, er will jetzt nicht an Onkel Willi denken.

»Hast ja recht«, gibt Burkie zu. Und dann tröstet er sich: »Vielleicht sind wir ihn ja auch wirklich bald los.«

Zwei Jungen im Wald

Strahlend betritt Frank die *Gemütliche Ecke.* Er hat eine Mutprobe bestanden, ist von der zwei Meter hohen Ruinenmauer am Bezirksamt gesprungen und wird deshalb von Peter in seine Bande aufgenommen. Ganz selig ist er, doch dann vergeht ihm die Freude: Die Mutter sitzt am kleinen Ecktisch neben dem Klavier – und neben ihr sitzt eine ältliche Frau in einem schwarzweiß gepunkteten Kleid: Fräulein Belinsky, seine Lehrerin.

Fräulein Belinskys kleiner grauhaariger Kopf verschwindet fast hinter dem riesigen Glas Weiße mit Schuß, aus dem sie trinkt. Sie lächelt Frank heiter zu, sagt aber nichts. Es ist schon alles besprochen. Und auch die Mutter hat keine Zeit, sich jetzt mit Frank zu unterhalten. Erst als er sich gewaschen hat und sie Burkie und ihm das Abendbrot bringt, setzt sich sich zu ihm.

»Im Rechnen bist du der Beste, sagt deine Lehrerin.«

Frank wächst ein kleines Stückchen. Das stimmt. Im Rechnen, besonders im Kopf- und Schnellrechnen, macht ihm keiner was vor. Doch die Mutter hat nicht viel Zeit, und so kommt sie nach dem Lob gleich zum Tadel: »Aber mit dem Lesen hapert es immer noch.«

»Wer nicht lesen kann, ist ein Trottel.« Burkie ist wieder einmal ganz der große Bruder. »Aber warte nur, das kriegen wir schon hin. Deine Augen werden noch Blasen an den Füßen bekommen.«

»Kann ich mich darauf verlassen? Übst du mit ihm?«

Die Mutter sieht Burkie hoffnungsvoll an. Burkie nickt, aber er blickt nicht hoch. Zwischen der Mutter und ihm ist nicht nur alles wieder in Ordnung, es ist sogar noch besser als früher. Es ist eine neue Zärtlichkeit zwischen ihnen, eine Zärtlichkeit, wie sie es zu der Zeit, als Tante Lucie noch im Haus war, zwischen ihnen nie gegeben hat.

Die Mutter nimmt Burkies Hand. Jetzt muß er sie ansehen. »Nicht wahr«, fragt sie, »wir halten doch zusammen?«

»Na klar!«

»Na klar!« sagt auch Frank. Zwar hat die Mutter ihn nicht angesehen, aber wenn zusammengehalten wird, will auch er dabei sein.

Nach dem Abendbrot geht Frank dann gleich in den ersten Stock hoch, legt sich ins Bett, verschränkt die Arme unter dem Kopf und sieht sich wieder auf der Mauer stehen, sieht Peter springen, Matze und Jockel – und sich dastehen und zögern. Bisher ist er noch nie da heruntergesprungen. Er hatte sich immer nur an den Händen herabgelassen und sich damit getröstet, daß Peter und Matze ja schließlich zwei Jahre älter waren. Dieser Trost aber wirkte nicht richtig, denn Jockel ist nur drei Wochen älter und springt schon lange dort herunter. Und nun hatte Peter gesagt, wer in seine Bande will, muß da herunterspringen, Feiglinge wolle er nicht ...

Der Sprung von der Mauer wurde zur Bedingung, um die er nicht herumkam, nur deshalb sprang er. Es war fast wie in Grünau, als Burkie ihn ins Wasser stieß – Peters Forderung war auch so ein Schubs.

Die Angst beim Absprung, er spürt sie noch. Und die Erleichterung, als er heil unten ankam. Vor allem aber das tolle Gefühl, den Sprung gewagt und die Probe bestanden zu haben. Aus Begeisterung darüber hat er es gleich noch mal probiert, und dann noch einmal, immer wieder ist er hochgeklettert und runtergesprungen – bis er längst keine Angst mehr hatte, es den anderen zu langweilig wurde und Peter sagte, wenn er nun noch einen Einstand spendet, wird er endgültig aufgenommen.

Der Einstand ist nicht so schlimm, die zwanzig Zigaretten sind schnell aus dem Regal genommen, aber daß er von der Mauer gesprungen ist und es von nun an immer wieder tun kann, das ist eine Leistung, eine richtige Leistung ... Zwei Meter sind ja schließlich kein Klacks.

Burkie kommt, hält ein Buch in den Händen und setzt sich zu Frank aufs Bett. »Na? Spielste wieder Frank guck in die Luft?«

Frank antwortet nicht, will jetzt nicht gestört werden, aber Burkie läßt nicht locker, deutet auf sein Buch und fragt: «Soll ich dir was vorlesen?«

»Nee.«

»Ist aber sehr spannend.«

»Meinetwegen.« Frank gibt sich gnädig. Soll Burkie ihm vorlesen, er kann dabei ja weiter nachdenken, träumen, sich Bilder ausmalen: Er auf dem Drei-Meter-Brett im Schwimmbad, keiner traut sich, er aber springt ... Er kann ja nun beides: schwimmen und springen ... Doch die Geschichte, die Burkie vorliest, ist tatsächlich sehr spannend. Frank wird abgelenkt, *muß* einfach zuhören. Von zwei Jungen wird erzählt, die durch einen verschneiten Wald laufen und für den Heiligen Abend einen Tannenbaum suchen. Sie suchen lange, denn es soll der allerschönste Tannenbaum sein. Endlich haben sie dann den richtigen gefunden, schlagen ihn und machen sich auf den Rückweg. Da beginnt es zu schneien, und der Schnee verwischt die Spuren. Die beiden Jungen laufen und laufen, verirren sich und finden nicht mehr nach Hause. Es wird Nacht, der kleinere weint; er fürchtet, im Wald erfrieren zu müssen. Doch sein großer Bruder macht ihm Mut: »Wir werden den Weg schon finden.« Und dann, nach langer vergeblicher Wanderschaft, sehen die beiden Jungen ...

Burkie legt das Buch beiseite. »Mann, bin ich müde!« Er gähnt, geht in sein Bett und zieht sich die Decke über den Kopf.

Frank ist hellwach. Da ist der verschneite Wald, und da sind die beiden Jungen, die wie kleine Punkte durch die weiße Landschaft irren. Er kann sich gut in die Lage des kleineren der beiden versetzen, deshalb beugt er sich vor und zieht am Fußende von Burkies Bettdecke. »Kennste die Geschichte schon?«

Burkie grunzt nur.

»Wie geht sie aus? Was sehen sie?«

»Lies selbst.«

»Ich kann doch ...« Oh! Frank wird alles klar. War da nicht eben ein unterdrücktes Kichern zu hören? Das Ganze war nur ein Trick ...

»Du Schuft!«

Burkies Kopf taucht unter der Bettdecke auf. »Lesen ist langweilig, nicht wahr?«

»Lies mir die Geschichte zu Ende vor!« bittet Frank. »Ich fang auch gleich morgen an, Lesen zu üben. Großes chinesisches Paprikaschoten-Ehrenwort.«

»Prima!« freut sich Burkie. Aber er steht nicht auf, knipst nur seine Nachttischlampe aus.

Frank liegt da und versucht wieder an das Schwimmbad zu denken. Er auf dem Turm, die anderen Kinder schreien ...

Es geht nicht. Immer wieder sieht er die beiden Jungen im Wald, sieht sie herumirren, spürt es richtig immer kälter werden. Der Kleine hat schon eine ganz rote Nase, und auch der große Junge wird langsam mutlos. Da sehen sie ... Was? Was kann man sehen mitten in einem verschneiten Wald? Und noch dazu nachts?

Wieder blickt Frank zu Burkie hin, aber der schläft nun wirklich. Frank schnappt sich das Buch, blättert darin herum, findet aber nicht mal die richtige Seite. Wütend wirft er es auf den Fußboden. Kein einziges Wort wird er morgen mit Burkie sprechen. Nicht mal piep wird er sagen.

Siebzehn sind nicht zwanzig

Frank steht in der Gaststube. Er ist allein, Onkel Willi ist gerade mal nach hinten gegangen. Vorsichtig schaut er sich um, dann greift er in das Zigarettenregal und nimmt aus jeder angebrochenen Packung zwei oder drei Zigaretten, die er hastig in die Hosentaschen schiebt. Plötzlich aber hält er inne und dreht sich um: Onkel Willi! Er steht in der Tür zum Hinterzimmer und schaut ihm zu.

Wie von Sinnen läuft Frank fort. Er hastet über die Prenzlauer Allee, hin zu dem Ruinengrundstück neben dem Bezirksamt, vor dem er sich mit Peter, Matze und Jockel treffen will und wo Peter schon auf den Steinstufen vor dem zugemauerten Portaleingang sitzt und ihm entgegenschaut.

»Zeig her!« Ungeduldig nimmt Peter Frank die Zigaretten ab und zählt sie. »Sind ja nur siebzehn«, sagt er enttäuscht.

»Mehr ging nicht.« Frank ist völlig außer Atem, aber nicht so sehr, weil er gelaufen ist, sondern weil ihm der Schreck noch immer in den Gliedern sitzt. Was wird Onkel Willi der Mutter jetzt sagen? Und wie enttäuscht wird die Mutter sein?

»Siebzehn sind nicht zwanzig«, beharrt Peter streng. »Die anderen drei mußte auch noch bringen.«

»Aber nicht heute.« Der Gedanke, noch einmal in das Zigarettenregal greifen zu müssen, erscheint Frank nach dem, was er eben erlebt hat, unvorstellbar.

»Nicht heute, aber bis spätestens nächste Woche«, bestimmt Peter. »Solange nehmen wir dich nur zur Probe auf.«

Frank hat auf einmal gar keine Lust mehr, in Peters Bande einzutreten. Wenn Peter wegen drei Zigaretten einen solchen Wind macht, gibt er bestimmt öfter so an. Und wenn er immer nur herumbefiehlt, macht das Bandenspielen sowieso keinen Spaß.

Matze und Jockel kommen angelaufen. Matze ruft schon von weitem: »Hat's geklappt?« Frank will ja sagen, aber das traut er sich nicht; er befürchtet, daß Peter sofort wieder einschränkt: Bis auf drei Stück. Aber Peter sagt nichts, steht nur auf und klettert den anderen voran auf die Mauer hinauf. Er will nun auch Frank die Höhle zeigen, die Matze und Jockel schon kennen.

Der zerstörte Häuserkomplex neben dem Bezirksamt ist das einzige größere Trümmergelände in ihrer Gegend. In anderen Stadtteilen sind wesentlich mehr Bomben gefallen. Die Frankfurter Allee zum Beispiel ist völlig zerbombt worden, da ist kaum ein Stein auf dem anderen geblieben; in der Raumerstraße aber ist nur ein einziges Haus getroffen worden – eine Sauerkrautfabrik. Als die Jungen mal in diesem Haus herumstöberten, entdeckten sie dort noch die Werbezettel für *Fabricius – ff Sauerkraut*. Doch in der Sauerkrautfabrik kann man keine Höhlen bauen, eine Höhle im ersten oder zweiten Stock ist blöd. Die Ruinen neben dem Bezirksamt eignen sich besser dafür, denn von den Häusern, die dort mal standen, ist nichts übriggeblieben, außer die inzwischen mit Unkraut und manchmal sogar kleinen Bäumen bewachsenen Keller- und Erdgeschoßräume und ein paar Mauern im ersten Stock. Und mitten zwischen all dem Grün im ersten Stock der riesige Tresorraum mit der verrosteten Stahltür, über den die Jungen und Mädchen rund um den Nordmarkplatz herum die tollsten Vermutungen anstellen. Schätze sollen drin sein, wichtige Papiere oder sogar die Leichen von Leuten, die sich vor einem Bombenangriff da hineingeflüchtet hatten und – wie die Kinder sich erzählen – danach nicht wieder herausgekommen und erstickt sind. Aber Genaues weiß keiner, denn die Tür zu dem Tresorraum kriegt man nicht auf.

»Vorsicht!« Peter deutet zu dem Pförtner-Häuschen neben dem Bezirksamt hin. »Wenn die uns sehen, machen sie Jagd auf uns. Dann mußte flitzen.«

Frank nickt. Er hat schon wieder Angst. Zwar sind Ruinen für ihn nichts Besonderes, er ist ja mit ihnen aufgewachsen, aber da sie jetzt gerade an der Tresormauer entlangschleichen, muß er an die Toten denken, die vielleicht da drin sind. Wenn Burkie auch gesagt hat, daß das alles Blödsinn sei, er könne sich noch erinnern, daß der Tresor gleich nach dem Krieg geöffnet und alles, was drin war, weggefahren worden sei – an den Toten in seiner Phantasie ändert das nichts.

Eine Treppe. Mitten in all dem Schutt und kaputten Gemäuer befindet sich auf einmal eine Treppe, die nach unten führt. Peter steigt sie hinab, und Matze, Jockel und Frank folgen ihm.

»Haste Angst?« Jockel grinst.

Frank schluckt und schüttelt den Kopf.

»Wer Angst hat, den würde ich auch nicht nehmen.« Peter guckt Frank schon wieder so streng an. Frank findet, daß Peter als Bandenchef ganz anders ist als sonst, und tröstet sich damit, daß ihn ja keiner zwingen kann, in Peters Bande mitzumachen, wenn er nicht will. »Wo ist denn nun deine Höhle?« fragt er, um Peter und Jockel von ihrem Lieblingsthema abzulenken.

»Wirste schon sehen«, sagt Peter nur und führt die drei Jungen wieder durch allerhand Gänge und Räume, in denen irgendwann einmal Möbel gestanden haben müssen; die hellen Flecke an den halb herabgerissenen Tapeten verraten es. Dann aber stehen sie plötzlich wieder im Freien, befinden sie sich in einem großen Raum, der keine Decke mehr hat und in dem deshalb besonders viel und hohes Unkraut wächst. Sogar meterhohe Disteln sind darunter. In einer Ecke dieses Raumes aber sind Ziegelsteine aufgeschichtet worden, und über diesem Viereck aus Steinen liegt ein großes, mit Trümmerbrocken beschwertes Blech: Peters Höhle.

Peter schiebt den ebenfalls mit einem Trümmerbrocken beschwerten Sack beiseite, der den Eingang schützt, kriecht hinein und winkt. Jockel und Matze folgen ihm sofort, sie waren ja schon mal hier, Frank aber tastet sich nur vorsichtig hinein. In den Trümmern gibt es Ratten und Mäuse, jede Menge Spinnen und andere Insekten, und vor allem Tausendfüßler und Steinasseln; unter fast jedem Stein liegen sie, dreht man ihn herum, krabbeln sie eilig fort. Er muß sich vor den grauen Viechern nicht fürchten, sie können ihm nichts tun, aber irgendwie eklig sind sie doch.

Es ist dunkel in der Höhle, und es riecht muffig. Frank gibt sich Mühe, nichts zu berühren. »Haste kein Licht?« fragt er beklommen.

»Klar hab ich Licht!« Peter zündet eine Kerze an, die er in der Höhle versteckt hatte, und Frank erkennt erleichtert, daß das Weiche, auf dem sie nun im Kreis hocken, alte Matratzen sind.

»Hier findet uns keiner.« Jockel strahlt Frank über sein ganzes blasses Gesicht stolz an. Und Matze will es sich gleich gemütlich machen und hat Lust, eine zu rauchen. Er ist Peters Stellvertreter als Bandenchef und darf ab und zu auch mal Vorschläge machen.

Peter gibt jedem eine Zigarette und warnt Frank. »Paß auf, daß du uns nicht die Matratzen ansteckst.«

Frank paßt auf, und eine Zeitlang rauchen die Jungen nur schweigend. Dann erzählt Peter, daß er noch eine zweite Höhle besitzt, die er aber niemandem zeigt, weil er dort seine Schätze versteckt habe.

»Was für Schätze denn?« will Frank wissen.

Peter tippt sich an die Stirn. »Das werde ich dir gerade verraten! Damit du hingehst und mich ausraubst.«

Frank will sagen, daß er kein Dieb ist, aber dann läßt er das lieber: Er ist ja doch einer, die Zigaretten beweisen es.

Sie rauchen die Zigaretten auf, und Peter versteckt die übrigen dreizehn in einem Fach in der Mauer, an die seine Höhle grenzt. Er nimmt einfach einen losen Stein heraus, legt die Zigaretten, die er vorher sorgsam in Zeitungspapier wickelt, in das Fach und fügt den Stein wieder ein. Wer es nicht weiß, käme nie auf die Idee, daß dahinter ein Versteck sein könnte. Und Zeitungspapier hat Peter jede Menge in seiner Höhle, er braucht es zum Feueranmachen und falls mal einer kacken muß. Er sagt, er könnte es wochenlang in seiner Höhle aushalten – nur ein Lebensmittelvorrat fehle ihm noch. »Und vor allem was zu trinken«, ergänzt Frank. Burkie hat mal gesagt, wenn einer lange nichts zu essen und zu trinken bekommt, verdurstet er; zum Verhungern kommt es dann erst gar nicht mehr.

Peter überlegt nur kurz. »Gut!« sagt er zu Frank. »Aber für die Getränke bist du zuständig. Ihr habt ja eine Kneipe.«

Schon wieder er! »Und was besorgt ihr?« fragt Frank lustlos.

»Matze muß Decken klauen«, teilt Peter weiter Befehle aus. »Falls wir hier mal übernachten müssen. Und Jockel was zu essen.«

»Und woher?« protestiert Jockel.

»Das ist deine Sache.«

Jockel sagt nichts mehr, aber besonders glücklich über den Auftrag ist er nicht. Und auch Matze kratzt sich nachdenklich den Kopf.

»Und was besorgst du?« Frank will es nicht hinnehmen, daß Peter nur Aufträge erteilt, aber Peter schüttelt stur den Kopf: »Gar nichts. Ich hab die Höhle gebaut und bin euer Chef. Das reicht.«

Peters Höhle ist ein Argument, auf das Frank nichts erwidern kann.

Die vier Jungen hocken lange in der Höhle, die, je länger sie sich darin aufhalten, immer gemütlicher wird. Und je wohler sie sich fühlen, desto tollere Pläne entwerfen sie. Matze schlägt vor, in den Trümmern nach einem kleinen Kanonenofen zu suchen, damit sie es im Winter warm haben. Jockel ist dafür, daß sie die Steine von innen anstreichen oder Tapeten drüberkleben, und Frank will um die Höhle herum einen Garten anlegen und Radieschen, Gurken und Erdbeeren anpflanzen. Peter ist mit allen Vorschlägen einverstanden. Besonders Franks Idee imponiert ihm. Einen richtigen kleinen Bauernhof will er aufbauen; so einen, wie seine Eltern einst hatten. Und wenn sie auch keine Kühe oder Pferde halten können, Kaninchen und Hühner können sie gut hier unterbringen.

Dann muß Jockel nach Hause, und Peter, Frank und Matze gehen mit und hocken noch eine Zeitlang vor der Haustür herum, um ihre Träume weiterzuspinnen. Bis dann auch Matze nach oben geht und Peters Mutter kommt. Frank bleibt allein und schaut von weitem zur *Gemütlichen Ecke* hin. Auch er muß nun nach Hause. Doch er zögert die Begegnung mit der Mutter lieber noch ein bißchen hinaus. Schließlich aber faßt er sich ein Herz und betritt die Gaststätte.

Die Mutter steht gerade am Zapfhahn und ist damit beschäftigt, eine ganze Batterie leerer Biergläser zu füllen. Als sie Frank sieht, läßt sie alles stehen und liegen und zieht ihn ins Wohnzimmer. »Warum hast du das getan?« schreit sie ihn an. »Wie kannst du deine eigene Mutter bestehlen?«

Was soll er sagen? Soll er schwindeln? Es preßt ihm den Hals zusammen. Er schämt sich. Und jetzt kommt auch noch der Satz, den er erwartet hat und der ihm die Tränen in die Augen treibt: »Burkhard hätte so was nie getan.«

Unter Schluchzen berichtet Frank von Peters Bande, sagt, daß Peter nicht so ist, wie alle denken, und daß er so gerne Mitglied werden wollte in seiner Bande.

Die Mutter hört zu und schüttelt immer wieder den Kopf, ihre Wut aber verraucht langsam. »Wenn du mir versprichst, so was nie wieder zu tun, wollen wir es vergessen«, sagt sie schließlich und wischt Frank die Tränen fort.

Frank ist bereit, alles zu versprechen.

Burkie ist nicht so großzügig wie die Mutter. Als Frank und er beim Abendbrot zusammensitzen, hält er ihm eine Moralpredigt und nennt Peter einen Spinner, dem er keine drei Meter weit trauen würde. »Und für so einen stiehlst du auch noch. Man könnte meinen, du hast nur Vanillepudding im Kopf.«

Unglücklich kaut Frank an seiner Stulle herum. Was Peter betrifft, hat Burkie bestimmt unrecht – Peter mag sein, wie er will, aber schlecht ist er nicht –, aber was ihn selber betrifft, da hat Burkie recht. Als er die Mutter bestahl, hat er Onkel Willi einen Gefallen getan, hat ihm einen Grund geliefert, auf der Mutter und ihm herumzuhacken. »Und sich dann auch noch erwischen lassen!« Burkie ist immer noch nicht fertig. »Warum haste denn nicht wenigstens gewartet, bis er auf seiner Couch liegt und pennt?«

Weil es dann zu spät gewesen wäre, weil Peter ihn ja schon erwartete, könnte Frank erwidern, aber er sagt nun lieber gar nichts mehr, überläßt sich nur noch seiner Trauer. Doch mitten in das schönste Trauergefühl hinein wird auf einmal die Tür aufgerissen: Onkel Willi! Er stürzt auf ihn zu und haut ihm links und rechts eine runter. »Das ist für die zwanzig Zigaretten!« schreit er.

»Es waren nicht zwanzig, es waren siebzehn«, schreit Frank zurück und will flüchten, doch Onkel Willi hält ihn fest und schlägt noch einmal zu. »Siebzehn! Zwanzig! Als ob das wichtig wäre.«

Frank will sagen, daß es wichtig ist, denn wenn er zwanzig gestohlen hätte, müßte er nicht noch mal stehlen, aber das darf er natürlich nicht sagen. Und hätte er es gewollt, wäre er nicht dazu gekommen. Wie ein Hagelschauer prasseln die Ohrfeigen nun auf ihn hernieder – links, rechts, links, rechts – und immer mit der gleichen freien Hand; mit der anderen hält Onkel Willi ihn so fest gepackt, daß er weder fliehen noch den Kopf abwenden kann.

»Laß ihn los! Du sollst ihn loslassen! Du bringst ihn ja um!« Endlich hat Burkie sich aus seiner Erstarrung gelöst. Kreidebleich vor Schreck reißt er Onkel Willi von Frank weg.

Onkel Willi atmet schwer und will nun Burkie schlagen, doch Burkie ist wieder mal schneller, taucht weg und läuft aus der Tür. Frank will ihm nach, aber das geht nicht, ohne in Onkel Willis Reichweite zu gelangen. Deshalb geht er lieber langsam rückwärts, bis er vor dem Fenster steht. Dort klettert er aufs Fensterbrett, drückt sich durch die Gitterstäbe, die zum Schutz gegen Einbrecher dort angebracht sind, in den Hof hinaus und läuft durch den Hausflur auf die Straße und durch den Gaststätteneingang wieder in die *Gemütliche Ecke* hinein. Er sieht die Mutter hinter dem Tresen stehen, sieht Burkie auf sie einreden und läuft auf die Mutter zu, um sich an sie zu pressen und in ihre Kittelschürze zu heulen.

An diesem Abend schreibt die Mutter einen Brief. An Tante Lucie. »Ich habe einen Fehler gemacht«, schreibt sie, »den schlimmsten meines Lebens...«

Burkie schaut der Mutter über die Schulter und liest mit, was sie schreibt. »Warum läßte dich nicht von ihm scheiden?« fragt er, als sie fertig ist.

Die Mutter lehnt sich zurück und guckt traurig. »So leicht geht das nicht... Dazu braucht man Gründe.«

»Haste die nicht?«

»Solange er nur euch schlägt und nicht mich, scheidet uns niemand.«

»Aber er hat dich doch schon mal geschlagen.« Frank ist noch immer ganz kleinlaut und weicht nicht von der Mutter, so, als benötige er nun ihren ständigen Schutz.

»Du meinst den Schlag mit dem Rohrstock?« Die Mutter streichelt Frank, dessen Gesicht von den vielen harten Ohrfeigen ganz geschwollen ist. »Er wird sagen, daß das nur ein Versehen war.«

»Aber uns darf er schlagen, da ist es egal, ob Versehen oder Absicht.« Burkie guckt böse. »Was sind denn das für Gesetze?«

Die Mutter zuckt die Achseln. »Es ist, wie es ist. Kein Gericht scheidet eine Ehe, nur weil der Vater die Kinder schlägt. Und wenn sie dann noch hören, daß es um gestohlene Zigaretten ging, und gleich um zwanzig Stück, würden sie ihm sowieso recht geben.«

Siebzehn, will Frank wieder sagen, nicht zwanzig, aber er bringt kein Wort heraus. Wenn das stimmt, was die Mutter da sagt, dann nützt das übergelaufene Faß gar nichts, dann haben Burkie und er sich umsonst gefreut.

Ein lieber Besuch

Das Küchenfenster steht sperrangelweit auf, die Sonne zeichnet Muster auf den Fußboden. Burkie sitzt auf dem Küchenhokker, fettet seine Fußballschuhe ein und pfeift dabei leise vor sich hin. Heute ist ein bedeutender Tag, die Nordmeisterschaft wird entschieden. Gewinnt der SC Nordring, ist er Meister. Er arbeitet sehr sorgfältig, in jede Ritze dringt sein mit Spezialfett getränkter Lappen. Seine Hände sind gänzlich verschmiert, ein Schmutzstreifen zieht sich über seine Stirn.

Frank sitzt neben dem Bruder auf dem Küchenboden, hält die

Schuhbürste in der Hand und wartet. Er ist Spezialist im Blankmachen von Fußballschuhen. Er bürstet sie, bis sie aussehen wie zwei mit Speckschwarten eingeriebene Ostereier. Doch es dauert seine Zeit, bis Burkie das Einverständnis zum Bürsten gibt. Das Fett muß erst einziehen.

Vom Küchenfenster kommt ein Geräusch. Hotte steht auf dem Hof und preßt seinen Kopf dermaßen zwischen die Gitterstäbe, daß seine Nasenspitze Mutters Primeltopf berührt. Er schnuppert verzückt. »Eine Biene müßte man sein!« Dann zieht er seinen Rüssel wieder ein und fragt überaus ernst: »Wann dampfen wir ab, Herr Kapitän?«

Burkie streckt zwei Finger in die Luft: Um zwei.

Hottes Kopf verschwindet aus dem Fensterrahmen, und bald darauf hören sie ihn auf dem Hof laut singen. Burkie muß lachen. Hotte hat fast immer gute Laune, er ist ein prima Freund.

An der Hintertür klopft es zaghaft.

»Hotte?« Frank guckt Burkie an.

Burkie grinst und nickt. Hotte erlaubt sich öfter solche Scherze. Kommt man dann zur Tür, ist keiner da.

Frank schleicht sich zur Tür, reißt sie plötzlich auf und schreit laut: »Hau ab, du Arsch!« Doch er hat den Satz noch nicht ganz heraus, da durchzuckt ihn schon ein Schreck: Vor der Tür steht Tante Lucie.

»Darf ich trotzdem hereinkommen?«

»Ich ... ich dachte ...« will Frank sich entschuldigen, aber Tante Lucie läßt ihn gar nicht erst aussprechen. Sie nimmt ihn auf den Arm und küßt ihn ab, was er sonst überhaupt nicht mag. Dann läßt sie ihn gehen und wendet sich Burkie zu. »Na, du Rabauke!« sagt sie. Frank aber wartet die Begrüßung der beiden gar nicht erst ab, sondern flitzt gleich in die Gaststube und schreit: »Tante Lucie ist da!«

Die Gäste gucken erstaunt und lachen, die Mutter aber, die gerade beim Gläserspülen war, trocknet sich nur eilig die Hände ab und kommt in die Küche. Dort fallen sich die beiden Frauen in die Arme und bleiben lange so stehen. Und hinterher wischen sie sich beide verstohlen die Augen.

»Das ist aber schön, daß du mal vorbeikommst«, sagt die Mutter dann immer wieder, während sie schnell für Tante Lucie und sich Kaffee kocht. Und Tante Lucie lenkt sich dadurch ab, indem sie den mitgebrachten Streuselkuchen auspackt, auf den Frank schon die ganze Zeit gelauert hat. Denn daß Tante Lucie nicht ohne was zu futtern kommt, hat er sich denken können.

Danach sitzen die beiden Frauen mit Burkie und Frank im Hinterzimmer, trinken Kaffee und essen Streuselkuchen und gucken sich an. »Du siehst schlecht aus, Lisa«, sagt Tante Lucie.

Die Mutter nickt. »Ich sehe so aus, wie ich mich fühle.« Und dann schüttet sie Tante Lucie ihr Herz aus und schont dabei weder Onkel Willi noch sich selber. Auf die eigene Dummheit schimpft sie sogar am meisten. »Ich bin doch kein junges Ding mehr«, sagt sie. »Wo hatte ich nur meine Augen?«

Und dann fällt auch wieder das Wort Scheidung. Die Mutter preßt die Hände zusammen. »Ich kann doch nicht einfach zu einem Rechtsanwalt gehen und sagen, ich möchte geschieden werden. Willi bietet mir keinen Anlaß dazu. Er hat sich ins warme Nest gesetzt und will da nicht wieder raus.«

Tante Lucie nimmt Mutters Hand. »Soll ich mich mal erkundigen? Soll ich zu einem Anwalt gehen?«

Die Mutter blickt der Tante nachdenklich ins Gesicht. »Es kann ja nichts schaden. Es wäre eine reine Auskunft. Du mußt ja keine Namen nennen.« Und dann bricht es aus ihr heraus: »Es ist ja vor allem wegen der Kinder! Das geht doch nicht so weiter. Sie behalten da ja was weg... fürs ganze Leben...« Sie legt den Kopf auf den Tisch und weint. »Ich schäme mich ja so.«

Tante Lucie gibt den Jungen einen Wink. Die beiden verstehen. Sie müssen sowieso gehen. Burkie nimmt seinen Beutel mit dem Fußballzeug und schiebt Frank leise vor sich her. Doch sie haben die Tür noch nicht ganz erreicht, da hat die Mutter sich schon wieder gefaßt. »Bitte, Burkhard, sieh dich vor.«

Burkie holt tief Luft, nickt und schließt die Tür. Draußen aber stöhnt er: »Mensch! Was muß passieren, damit sie einmal vergißt, mir das zu sagen.«

»Es ist doch wegen Onkel Karl«, vermittelt Frank. Onkel Karl war Mutters Bruder und genauso ein begeisterter Sportler wie Burkie. Bis er bei einem Langstreckenschwimmen ertrunken ist. Seitdem ist die Mutter so ängstlich.

»Weiß ich doch!« Burkie seufzt. »Aber soll ich deswegen etwa nicht Fußball spielen?«

Frank antwortet nichts. Burkie hat recht, er kann der Mutter zuliebe nicht auf das verzichten, was ihm am meisten Spaß macht. Und schon gar nicht heute, da es ein Heimspiel gibt und er, Frank, mitdarf, wie zu allen Heimspielen. Manchmal ist das eben so, da haben zwei eine gegensätzliche Meinung und doch beide recht – jeder aus seiner Sicht.

Als die Jungen vom Sportplatz zurückkommen, ist Tante Lucie bereits wieder fort. Onkel Heinz hat sie abgeholt. Doch sie fragen nur kurz nach ihr, sie sind zu gut gelaunt. Der SC Nordring hat 3:0 gewonnen, die Meisterschaft ist gesichert. Aber das allein ist es nicht: Herr Kroll, Burkies Trainer, hat gesagt, beim nächsten Spiel, dem letzten der Saison, wird der Jugendtrainer von Hertha BSC zuschauen. Herr Kroll hat ihm schon von Burkhard erzählt, der Hertha-Trainer will sehen, ob er ihn für seine Mannschaft gebrauchen kann.

Die Mutter hört die begeisterten Berichte, sieht, wie stolz Burkie ist, und verkneift sich jede einschränkende Bemerkung. Sie schüttelt nur seufzend den Kopf: »Als ob davon das Glück der Welt abhängt.«

Harte Erbsen

Es ist eine Woche der Vorbereitungen, diese Woche vor dem letzten Spiel der Saison, für Burkhard aber zählt nur eine: die auf das Spiel. Ist beim SC Nordring kein Training angesetzt, geht er mit Hotte auf den Nordmarkplatz üben. Alles andere rückt in weite Ferne.

Fast alles andere, denn eines vergißt Burkie nicht: Tante Lucies Anruf. Ein wichtiger Anruf, einer, der bewirkt, daß auch die Mutter Vorbereitungen treffen muß – für ein Gespräch mit dem Rechtsanwalt. Freitagnachmittag, wenn Burkhard um seine Hertha-Chance kämpft, wird die Mutter dem Rechtsanwalt gegenübersitzen. Also notiert sie sich, was sie vortragen will. Aber sie ist nicht sehr optimistisch. »Das ist alles nicht stichhaltig«, sagt sie, wenn sie ihre Notizen überprüft.

Und auch Frank muß sich vorbereiten: Lesen üben! Fräulein Belinsky will ihn noch einmal prüfen, bevor sie die endgültige Zensur für das Zeugnis festsetzt. Er möchte aus der Vier eine Drei machen.

Und zu all diesen ernsten Vorbereitungen kommt noch eine sehr schöne, von Vorfreude bestimmte – die auf die Schulabschlußfeier. Dazu schneidert Herr Modersohn Burkie einen Anzug. Der Stoff ist taubenblau, strapazierfähig und knitterfrei. Herr Modersohn lobt ihn in den höchsten Tönen, sagt, Burkies Anzug wird der schönste, den er je fertiggebracht hat.

Bei der Anprobe konnte Frank Herrn Modersohn beobachten. Der kleine Mann rutschte vor Burkie auf den Knien herum, steckte hier was ab, rückte dort was zurecht und redete und redete, obwohl er den Mund voller Stecknadeln hatte. Es war ein Wunder, daß er keine verschluckte.

Und dann ist da noch eine Vorbereitung, eine, die in der *Gemütlichen Ecke* nur Frank interessiert: Hammersteins planen einen Umzug. Sie wollen fort aus der Stadt, raus aufs Land. Es geht zwar nicht zurück nach Pommern, sondern nur in ein Dorf, nicht weit von Berlin, aber Herr Hammerstein wird dort in einem Kuhstall arbeiten, und seine Frau hofft, daß ihr Mann, wenn er wieder in einer etwas gewohnteren Umgebung ist, ein bißchen wie früher wird und nicht mehr soviel trinkt. Und da das mit dem Garten in den Trümmern ja doch nichts wird, weil sie keinen funktionierenden Wasserhahn gefunden haben, freut sich auch Peter auf den Umzug und verzichtet großzügig auf die drei Zigaretten, die Frank ja eigentlich noch besorgen müßte. Frank aber ist traurig. Wo soll er einen neuen Freund hernehmen? Matze ist ohne Peter nur halb so interessant, und Jockel ist ein Angeber. Deshalb beobachtet er Hammersteins Vorbereitungen mit Sorge und kann sich nicht mit Peter mitfreuen.

Einer aber bereitet sich auf nichts vor, obwohl er ahnt, was die Mutter vorhat: Onkel Willi. Er tut, als sei er sich seiner Sache sehr sicher, steht oft mit Herrn Bessel oder Paule Krause an der Theke und tuschelt mit ihnen. Wenn dann die Mutter kommt, grinsen sie spöttisch.

Endlich ist der Freitag heran, und in der Schule gibt es nur noch ein einziges Thema: das Spiel! Burkies Klassenkameraden sehen ihn schon in der Berliner Auswahl. Frank muß ständig Auskunft geben: Ist Burkie in Form? Hat er genügend trainiert?

Frank beantwortet gern all diese Fragen, tut sich ein bißchen dicke damit, Burkies Keule* zu sein. Doch es ist nicht seine Schuld; schon solange er denken kann, fragen ihn die Jungen nach Burkie. Und seit er zur Schule geht, ist die Tatsache, daß er Burkies Bruder ist, fast so etwas wie ein Wundermittel. Bei einigen fußballbegeisterten Lehrern hilft es sogar gegen schlechte Zensuren.

Burkie selber tut so, als sei das Nachmittagsspiel ein ganz gewöhnliches Punktspiel. In Wirklichkeit aber ist er gespannt und unruhig.

In der großen Pause gibt es Schulspeisung. Heute: Erbseneintopf. Aber die Erbsen sind hart, Frank kann sie nicht essen und schüttet sie lieber ins Klo. Das ist zwar verboten, weil davon ständig die Becken verstopft sind, aber aufessen kann er die Kieselsteine nicht und mit nach Hause nehmen geht auch nicht.

Zu Hause haut er dann rein. Ihm ist, als wüte in seinen Eingeweiden ein hungriger Tiger. Burkie kann darüber nur staunen: »Erst die Erbsen in der Schule – und jetzt schon wieder Bohnen! Du bist doch wirklich das Verfressenste, was es gibt.«

»Haste die etwa gegessen?« fragt Frank.

»Was?«

»Na, die Erbsen.«

»Klar.« Burkie guckt Frank an, als verstehe er die Frage nicht.

»Aber die waren doch ganz hart.«

Burkie nickt und reibt sich den Bauch. »Ich spüre sie jetzt noch.« Aber dann lacht er: »Wenn sie unten wieder rauskommen, sind sie weich.«

Frank lacht nicht, schielt nur zu Burkies Teller hin, den der Bruder noch nicht einmal angerührt hat. »Ißte gar nichts?«

»Nee!«

»Darf ich?«

»Wenn du nicht dran erstickst.« Burkie ist froh, daß Frank ihm seinen Teller abnimmt. Die Mutter macht sich für den Rechtsanwalt fertig. Doch bevor sie geht, steckt sie noch mal den Kopf zur Tür herein. »Burkie! Geh doch mal zehn Minuten in den Laden.« Und leise fügt sie hinzu: »Onkel Willi will mit mir reden.«

»Laß dich bloß nicht bequatschen.« Burkie sähe es lieber, wenn die beiden nicht mehr miteinander sprächen. Beim Hinausgehen kneift er ein Auge zu. Frank versteht. Als die beiden fort sind, wartet er einen Moment und schleicht sich dann in den Flur. Aus dem Hinterzimmer kommen Stimmen. Er preßt sein Ohr ans Schlüsselloch.

»Überleg dir's noch mal, Lisa!« bittet Onkel Willi. »Ich weiß ja, ich habe meine Fehler, aber ... ich bin sechzig ... und allein.«

Die Mutter antwortet nicht gleich. Es fällt ihr offensichtlich schwer. »Aber Willi! So geht's doch nicht weiter. Das macht doch keinen Spaß.«

Und wieder Onkel Willi: »Manche werden vom Leben weich und manche hart geklopft, mich hat es eben hart gemacht.« Es ist ein Zittern in seiner Stimme. »Ich kann doch nichts dafür, daß ich bin ... wie ich bin.«

Frank möchte rufen: »Trau ihm nicht!« Aber das wagt er nicht. Und er weiß auch nicht, ob Onkel Willi der Mutter wirklich nur etwas vormacht.

»Ach, Willi! Wenn du wenigstens guten Willen zeigen würdest ... vor allem, was die Jungen betrifft ...«

»... geh nicht zu diesem Rechtsanwalt. Laß es uns noch einmal versuchen.« Onkel Willis Stimme klingt undeutlich, zuletzt ist es ein einziges Gemurmel.

Frank reißt die Tür auf. Onkel Willi will Mutters Kopf zu sich heranziehen, sie wehrt sich ... Und nun Onkel Willis Augen, die Wut über die Störung!

Die Mutter sieht diese Augen auch. »Es hat keinen Zweck«, sagt sie, »du kannst wirklich nicht aus deiner Haut.« Damit wendet sie sich ab und geht mit Frank aus dem Raum.

Da schreit Onkel Willi. Er schreit so, daß sich seine Stimme ganz hell und hoch anhört: »Ich lasse mich nicht unterdrücken, nicht von einer Frau und nicht von zwei dummen Jungen. Mich werdet ihr nicht los.«

»Ich weiß«, sagt da die Mutter so leise, daß Onkel Willi es nicht hören kann. »Aber versuchen möchte ich es doch.«

Das große Spiel

Es ist noch immer so heiß, eigentlich viel zu heiß zum Fußballspielen. Burkie und Frank schlendern die Straße entlang, bleiben mal hier und mal dort stehen und gucken in die Schaufensterscheiben. Sie warten auf Hotte, der noch über seinen Schularbeiten sitzt und sie einholen will.

Frank muß immer noch an das denken, was Burkie vorhin zu ihm gesagt hat: »Du hast die Situation gerettet. Hättest du die beiden nicht gestört, wäre Mutter vielleicht doch noch auf diesen Buffke reingefallen. Du hast ein helles Köpfchen.«

Wenn das kein Lob ist! Noch dazu aus Burkies Mund, der mit Lob knausert wie Tante Lucie mit dem Würfelzucker ...

Die Fleischerei Ehrlich hat geschlossen. Mittagspause. Nur Monis Omi, eine sehr hagere alte Frau mit strengen Gesichtszügen, guckt aus dem Fenster. Frank bleibt vorsichtshalber ein paar Schritte hinter Burkie zurück – Monis Omi sieht nicht nur streng aus, sie ist es auch. Nicht nur Gerd und Gerhard, die Zwillinge, fürchten ihre Oma, es heißt sogar, der Fleischermeister Ehrlich hätte Angst vor ihr. Wenn es ihr einfällt, haut sie ihm einfach eine runter, obwohl er schon fast fünfzig Jahre alt ist.

»Ist Moni da?« fragt Burkie.

»Waas? Waas willst du?« Die alte Frau guckt, als hätte sie nicht verstanden, dabei weiß die ganze Straße, daß sie sehr gut versteht – vor allem dann, wenn sie nichts verstehen soll.

»Ob Moni da ist.«

»Fort!« schimpft die Frau. »Fort! Fort mit dir!« Doch dann fällt ihr Blick auf Frank – und sie strahlt: »Aach! Da ist er ja, der kleine Biermann!«

»Leberwurst«, murmelt Frank leise und tippt sich vorsichtig an die Stirn. Monis Omi nennt ihn immer den kleinen Biermann; und das nur, weil seine Mutter eine Kneipe hat.

Moni hat mitbekommen, daß Burkie da ist. Sie schließt die Tür auf und drückt jedem der beiden Jungen eine kalte Bockwurst in dic Hand. »Zur Stärkung«, sagt sie.

Burkies schmales Gesicht wird ganz breit, so grinst er. »Wird schon klappen.«

»Ich würde ja gerne mitkommen, aber es geht nicht.« Moni zuckt bedauernd die Achseln. Und ihre Oma, die mißtrauisch gelauscht hat, keift gleich los: »Ja, ja! Das könnte den Herrschaften so passen! Nix ist! Hiergeblieben wird!«

Moni macht ein Gesicht, als würde sie ihre Oma am liebsten sonstwohin wünschen, dann verschwindet sie wieder in der Tür.

»Kannste immer noch nicht danke sagen?« Burkie ist mal wieder äußerst unzufrieden mit Frank.

»Danke«, entfährt es Frank.

»Jetzt nützt's auch nichts mehr.« Burkie muß lachen. »Was bist du bloß für 'ne Flitzpiepe.«

Erst helles Köpfchen, jetzt Flitzpiepe! Schweigend beißt Frank in die Wurst.

Burkie dribbelt. Er stößt ein Stück roten Dachziegel vor sich her. »Los, nimm es mir ab! Zeig, ob du tricksen kannst.«

Frank hat keine Lust zu tricksen. Er geht absichtlich achtlos an dem Fenster mit Monis Omi vorüber, die ihn schon wieder so verliebt anstrahlt, und weist auf Monis Wurst, die Burkie wie etwas Störendes in der Hand hält. »Ißte die nicht?«

»Mensch, kannst du fressen!«

Burkie gibt Frank seine Wurst und dribbelt weiter. Frank zeigt Monis Omi aus sicherer Entfernung noch mal einen Vogel und verdrückt auch die zweite Bockwurst. Und als Hotte auftaucht, ganz verschwitzt von dem Tempo, das er angeschlagen hat, um die beiden einzuholen, und Bonbons aus Vaters Geschäft anbietet, langt er erneut zu. »Wer weiß, wann die Zeiten wieder schlechter werden«, sagt Tante Lucie immer, und: »Essen kann man nur, wenn man was zu essen hat.«

Auf dem Sportplatz an der Cantianstraße haben sich schon fast alle Jungen aus Burkies und Hottes Klasse versammelt. Sie klopfen Burkie auf die Schulter und sagen, daß sie den Hertha-Trainer schon gesehen haben, klein und dick soll er sein. Aber auch die gegnerische Mannschaft hat viele Freunde mitgebracht, die laut pfeifen, als sie Burkie sehen.

Frank reckt das Kinn vor. Die Pfiffe sind keine Schande, sondern ein Beweis dafür, daß Burkies Können auch in Pankow bekannt ist. Und weil auch »Burkies Keule« in Pankow nicht ganz unbekannt ist, rufen einige der Jungen ihm nun zu: »Sag Burkie, daß Nordring heute ’n Klatsch bekommt. Aber einen, der sich gewaschen hat.«

Frank verzieht keine Miene. Er wird Burkie überhaupt nichts sagen.

Als die Spieler aus der Umkleidekabine kommen, taucht auch Herr Kroll unter den Jungen auf. Er bleibt vor Frank stehen und gibt ihm die Hand. »Na, wie geht’s aus?«

»3:1 für Nordring.«

»Dein Wort in Gottes Ohr!« Herr Kroll lacht und klopft Frank auf die Schulter, dann wendet er sich dem Spielfeld zu: Die Mannschaften laufen auf.

Zuerst kommen die Jungen vom BC Pankow. Sie tragen schwarze Hosen und weiße Hemden und werden lautstark begrüßt. Die Jungen vom SC Nordring laufen in den üblichen schwarz-rot gestreiften Trikots auf den Platz, Burkie als Kapitän vorneweg. Frank kennt sie alle, die sich nun in einer Reihe aufstellen und vor dem Publikum verneigen: Mieke, der Torwart, Hotte, Achim, Benno, Schwarzfuß, Jünne, der dicke Fritze, Karlchen, Uwe und Knacker. Die beiden Ersatzspieler sind Bernie und Hänschen, der nicht so gut spielt, aber immer dabei ist.

»Wie heißt der Meister? Nordring heißt er!« rufen die Jungen aus Burkies und Hottes Klasse. Und sie pfeifen und johlen, als wären sie mindestens dreimal soviel.

Die beiden Mannschaftskapitäne geben sich die Hand, der Schiedsrichter wirft eine Münze in die Luft. Die Pankower gewinnen die Seitenwahl und entscheiden sich, zuerst gegen die Sonne zu spielen. In der zweiten Halbzeit, wenn die Seiten gewechselt werden, steht die Sonne niedriger und stört mehr.

Dann nehmen die Jungen ihre Positionen ein. Burkie, als Rechtsaußen, steht ganz rechts an der Mittellinie. Der Schiedsrichter legt die Pfeife an den Mund, das Spiel beginnt. Und es beginnt ganz nach den Wünschen der Nordring-Anhänger. Schon nach wenigen Sekunden bekommt Hotte von Achim, dem Mittelstürmer, den Ball zugespielt. Hotte dribbelt sich auf der linken Seite durch und flankt nach rechts hinüber, wo Burkie sich freigelaufen hat. Aber bevor Burkie an den Ball kommt, drückt ihn einer der Pankower beiseite. Er fällt und schrammt sich auf dem schwarzen Schlackeplatz das rechte Bein auf.

Der Schiedsrichter entscheidet auf Freistoß. Burkie tritt den Ball, nicht zu stark und nicht zu schwach hebt er ihn über die Köpfe der Pankower hinweg – maßgerecht landet er auf Hottes Kopf. Der köpft ihn ein. 1:0 für Nordring.

»Donnerwetter!« staunt der Hertha-Trainer, der neben Herrn Kroll steht und wirklich ziemlich klein und dick ist. »Wie der dem den Ball auf den Kopf gesetzt hat! Alle Achtung! Der Junge hat Gefühl im Bein.«

»Sag ich ja! Sag ich ja!« Herr Kroll ist stolz. Burkhard Scholz ist seine Entdeckung. Seit drei Jahren trainiert er ihn. Frank, der keinen Zentimeter von den beiden Trainern weicht, hört alles mit an. Und es geht ihm runter wie Honig.

Die Schwarzweißen werden stärker. Es gibt kräftige Jungen in ihren Reihen, die nicht viel Rücksicht nehmen. Als Burkie wieder einmal durch ist, säbeln sie ihn einfach um. Die Nordring-Anhänger pfeifen, und auch Frank ist wütend. »Holzhacker!« schreit er. Doch in einem Moment, als wieder einmal alle Pankower Miekes Tor bestürmen, gelingt Jünne ein Befreiungsschlag. Sofort läuft alles auf das Pankower Tor zu. Knacker erwischt den Ball als erster. Er sieht, daß Burkie mitgelaufen ist, und gibt ab.

Jetzt führt Burkie den Ball. Geschickt umspielt er ein, zwei Gegner und steht auf einmal allein vor dem aufgeregten Torwart der Pankower. Frank hält die Luft an. Umspielt er den auch noch? Nein, er schießt – daneben. Der Ball fliegt weit am Tor vorbei.

Er hätte den Torwart umspielen müssen. Das weiß sogar Frank. Und Burkie weiß es auch, wütend läuft er in die eigene Hälfte zurück.

Das Spiel verteilt sich nun in beide Hälften, mal greifen die

Schwarz-Roten an, mal die Schwarzweißen, doch ein Tor gelingt keiner der beiden Mannschaften, obwohl sie unter den Anfeuerungsrufen ihrer Anhänger nun immer verbissener kämpfen.

»Burkie!« Hotte spielt Burkie immer wieder an, auch diesmal. Und Burkie läuft los, umspielt einen Pankower und noch einen und gibt dann den Ball zurück zu Hotte. Hotte setzt sich gegen zwei Spieler durch und steht frei vor dem Tor. Doch er schießt nicht, sondern dreht sich mit dem Ball und schiebt ihn Burkie vor die Füße.

Burkie tritt zu. Ein Bombenschuß, der Ball landet im rechten oberen Toreck. Der Torwart hatte keine Chance.

»Tooor! Toooor!« jubelt Frank. Und auch der Hertha-Trainer ist begeistert. »Ein tolles Gespann, die beiden!« sagt er, zieht zufrieden an seiner Zigarre und guckt Herrn Kroll nachdenklich an. Herr Kroll grinst nur. »Sagen Sie doch gleich, daß Sie beide wollen.«

Der Halbzeitpfiff. Burkie läßt sich fallen, wo er gerade steht, und schimpft: »Diese Scheiß-Erbsen! Wie ein Zentner Kohlen liegen sie mir im Bauch.«

Die beiden Trainer kommen und loben Hotte und Burkie. Und der Hertha-Trainer sagt: »Ihr könnt beide nächste Woche zum Training kommen. Ich übernehme euch. Kroll ist einverstanden.«

Über Burkies bleiches Gesicht huscht ein Lächeln. Nur Hotte weiß nicht, ob er sich freuen soll. Er, der gar nicht damit gerechnet hatte, ein Hertha-Spieler? »Mann, da kommen wir ja aus dem Training gar nicht mehr raus!« schimpft er. Aber dann lacht er doch und sagt: »Na gut! Wenn wir Deutscher Meister sind, trete ich eben wieder aus.«

Auch die beiden Trainer müssen lachen, aber dann hat der Schiedsrichter schon wieder die Pfeife im Mund, und Burkie steht auf.

»Wenn dir nicht gut ist, wechsle ich dich aus«, schlägt Herr Kroll vor. »Wir führen ja 2:0.«

»Es ist nur der Schulfraß, es geht schon wieder.« Burkie hat sich noch nie auswechseln lassen, jetzt, unter den Augen des Hertha-Trainers, will er erst recht nicht damit anfangen. Die Pankower aber haben gleich zwei Spieler ausgewechselt; zwei neue Stürmer sollen den Ausgleich erzielen. Und dann greifen sie an. Unermüdlich! Sie wollen das Spiel einfach nicht verloren geben.

»Was diese Burschen für Feuer unterm Hintern haben!« Der Hertha-Trainer ist rundum glücklich. »Da kann sich manche Männermannschaft 'ne Scheibe von abschneiden.«

Da passiert es: Ein Schuß aus zwanzig Metern, mitten durch die verteidigenden Nordring-Spieler hindurch, Mieke kann nichts sehen – es steht 2:1.

Entgeistert starren Burkie und seine Mitspieler auf Mieke. Der senkt den Kopf. Die Schwarzweißen aber jubeln, und der Hertha-Trainer freut sich: »Jetzt wird's noch mal spannend.« Frank spuckt aus. Seinetwegen hätte es nicht noch einmal spannend werden müssen.

Der Hertha-Trainer hatte recht, der Anschlußtreffer verleiht den Pankowern Auftrieb. Sie stürmen nun auf Teufel komm raus. Burkie und der dicke Fritze ordnen die Verteidigung – doch vergeblich. Nervös, fast panikartig laufen die Nordring-Verteidiger durcheinander. Ein schwarzweißer Stürmer nutzt das aus und wird von Karlchen gefoult. Elfmeter! Karlchen senkt den Kopf.

Ein schöner Schuß, Mieke hechtet in die falsche Ecke – 2:2.

Frank sieht es dem Bruder an: Burkie würde nun doch am liebsten aus dem Spiel gehen. So fix und fertig war er noch nie. Aber dann wird er wütend und gibt Achim ein Zeichen. Achim versteht und läßt im Vorbeilaufen den Ball vor Burkie liegen. Doch Burkie läuft nicht gleich los. Langsam und überlegt umspielt er einen Gegner und blickt sich um: Wo bleibt Hotte? Hotte kommt. Burkie schiebt ihm den Ball zu, spurtet sich frei und bekommt den Ball von Hotte zurück. Kurz vor dem Strafraum stoppt er und täuscht einen Gewaltschuß an. Die drei schwarzweißen Verteidiger drehen ihm in Erwartung des Schusses den Rücken zu. Aber Burkie schießt nicht, sondern gibt den Ball zurück zu Hotte und drängelt sich in die Lücke, die die drei nicht schnell genug schließen können. Hotte hebt den Ball sachte an, Burkie bekommt ihn auf die Fußspitze, ein Fallrückzieher und – »Tooor! Tooor!« Zweiundzwanzig Arme fliegen in die Luft, und die Nordring-Anhänger tanzen vor Freude.

»Ein wunderschönes Tor!« freut sich der Hertha-Trainer und hebt die Hände hoch, um laut Beifall zu klatschen. Und Herr Kroll nickt Frank zu und strahlt glücklich.

Doch die Pankower geben auch jetzt noch nicht auf. Sie wollen wenigstens noch ein Unentschieden erreichen und schießen aus allen Lagen. Mieke wirft sich in ihre Schüsse, wird immer besser, verhindert ein Tor nach dem anderen. Da setzt der Mittelstürmer der Pankower zu einem Verzweiflungsschuß an. Burkie sieht den Ball kommen, will ihn mit der Brust stoppen – und bekommt ihn vor den Bauch. Frank sieht, wie der Bruder umfällt und wieder aufstehen will, dann aber plötzlich zusammenzuckt und liegenbleibt. »Burkie!« schreit er – und dann läuft er auch schon aufs Spielfeld und drängelt sich durch die ratlos um Burkie herumstehenden Jungen.

Burkie liegt auf der Erde, preßt die Hände auf den Bauch und dreht sich wimmernd hin und her.

»Burkie!« flüstert Frank. »Was ist denn? Sag doch was.«

»Ein ... Schmerz ... Da ... war ... so ... ein Schmerz.«

Die Trainer kommen. Herr Kroll kniet sich neben Burkie hin, hält seinen Kopf hoch und blickt ihm prüfend in die Augen. »Wo tut's denn weh?«

Burkie zeigt auf seinen Bauch.

»Kannst du aufstehen?«

»Jetzt ... nicht.«

Die drei Trainer und der Schiedsrichter gucken sich besorgt an, dann heben sie Burkie auf und tragen ihn vorsichtig an den Spielfeldrand.

»Du mußt es uns sagen, wenn es was Ernstes ist«, bittet der Trainer der Pankower.

»Es ist bestimmt nichts Ernstes.« Burkie kann schon wieder lächeln.

Das Spiel geht noch zwei Minuten. Für Burkie spielt nun Bernie. Aber der Druck der Pankower ist verflogen. Es bleibt beim 3:2 für Nordring.

Drei Finger in der Luft

Der Nachhauseweg zieht sich hin. Burkie geht es schlechter. Ab und zu muß er stehenbleiben und sich an eine Häuserwand lehnen. Das bringt für kurze Zeit Erleichterung. Doch er wird immer weißer, preßt schließlich die Hände auf den Leib und schleppt sich mühsam vorwärts, bis die *Gemütliche Ecke* nicht mehr weit ist. Erst dann läßt er sich am Straßenrand nieder.

Hotte steht unschlüssig neben den beiden Brüdern. Burkie sieht zu ihm hoch. »Kein Wort, Hotte! Verstehste! Kein Wort! Auch nicht zu deinen Eltern. Sonst wird nur darüber gequatscht.«

»Und wenn's doch was Ernstes ist?«

»Es ist nichts Ernstes. Aber wenn meine Mutter davon erfährt, macht sie gleich wieder ein Riesentheater. Du weißt ja: Sport ist Mord!«

Hotte verspricht, nachher mal reinzuschauen, und geht langsam davon. Frank setzt sich neben Burkie auf den Rinnstein und guckt den Bruder still an. Burkie beugt sich vor und spuckt auf die Straße. Doch seine Spucke ist ganz anders als sonst, ist richtig gelblich.

»Wollen wir's nicht doch lieber sagen?«

»Kein Wort sagst du!« droht Burkie. »Wenn Mutter erfährt, daß mir im Verein was passiert ist, darf ich nie wieder Fußball spielen.«

»Aber wir müssen doch einen Arzt holen.«

»Dem erzähle ich was anderes. Es ist ja nicht so schlimm. Es geht mir schon viel besser.« Und um seine Worte zu beweisen, steht Burkie auf und geht weiter.

Frank folgt ihm mißtrauisch. Und richtig, schon auf der anderen Straßenseite krümmt Burkie sich schon wieder. »Wenn es nur nicht so heiß wäre«, sagt er. Dicke Schweißperlen tropfen ihm von der Stirn.

Frank wird es unheimlich. Es ist zwar heiß, aber doch nicht so heiß! »Burkie, ich hab Angst...«

»Kein Wort! Verstehste?«

»Aber...«

»Kein Wort! Oder ich nehme dich nie wieder mit.«

»Aber...«

»Versprich es mir. Gib mir dein Ehrenwort. – Los! Dein Ehrenwort.«

»G... großes chinesisches Paprikaschoten-Ehrenwort. Aber...«

Burkie ist noch nicht zufrieden. »Streck drei Finger in die Luft und sage: Ich schwöre.«

Gehorsam streckt Frank Daumen, Zeige- und Mittelfinger in die Luft: »Ich schwöre.« Doch es ist ihm nicht wohl dabei, und er findet es nicht richtig, was Burkie da von ihm verlangt. Aber er hat immer getan, was Burkie wollte, und so tut er es auch heute.

Burkie ist endlich zufrieden mit ihm: »Du brauchst doch keine Angst zu haben«, sagt er. »Ist dir etwa noch nie schlecht gewesen?«

Der Mutter sagt Burkie, er wisse nicht, was mit ihm ist. Bis vor einer halben Stunde habe er sich noch pudelwohl gefühlt, dann sei ihm plötzlich schlecht geworden. Die Mutter überlegt nicht lange, steckt ihn ins Bett und ruft Dr. Möller an. Der große, freundliche Mann, der die ganze Familie behandelt, kommt auch sofort und tastet Burkies Bauch ab. Als er damit fertig ist, sagt er: »Machen Sie sich keine Sorgen, eine harmlose Verstopfung, weiter nichts. Er hat was schwer Verdauliches gegessen.«

»Das stimmt!« Frank ist, als plumpse eine Zentnerlast von

seinem Herzen. »In der Schule gab's Erbsen, hart wie Steine. Ich hab sie ins Klo gekippt, aber Burkie hat sie gegessen.«

»Na bitte! Da haben wir den Salat, den Erbsensalat.« Der Doktor verschreibt Rizinusöl und schmunzelt: »Jetzt haben die Murmeln in deinem Bauch keine Chance mehr. Jetzt müssen sie raus, ob sie wollen oder nicht.«

Alle lachen, auch Burkie. Und als die Mutter gegangen ist, um den Doktor zur Tür zu bringen, sagt Burkie schnell zu Frank: »Na, du Knallfrosch! Was hab ich dir gesagt? Die Kacke sitzt fest, weiter nichts. Also, halt die Klappe und denk an deinen Schwur.«

Ehe Frank antworten kann, ist die Mutter schon zurück. Aber er braucht ja nun auch nichts mehr zu sagen, es wird alles wieder gut.

»Und wie war's beim Rechtsanwalt?« will Burkie nun wissen.

Die Mutter setzt sich zu ihm aufs Bett. »Die Scheidung einzureichen hat keinen Sinn. Was ich vorgebracht habe, reicht einfach nicht aus.«

Es ist still im Zimmer. Burkie legt den Kopf zurück, und auch Frank ist auf einmal wieder traurig: Dann wird Onkel Willi also bei ihnen bleiben?

»Laßt ihn links liegen, dann stört er euch nicht«, bittet die Mutter. »Und überhaupt, das ist jetzt gar nicht wichtig. Viel wichtiger ist, daß du bald wieder gesund bist.«

Burkie erwidert nichts mehr, schließt nur die Augen. Und so bleibt er liegen, den ganzen Nachmittag und den ganzen Abend. Mitten in der Nacht aber steht er auf und stößt im Dunkeln an einen Stuhl. Frank schreckt auf: »Burkie?«

Burkhard dreht das Licht an. »Ja, ich bin's. Schlaf weiter, Mutter soll mir nur 'ne Tablette geben.«

»Tut's weh?«

»Ein bißchen.«

»Soll ich dir die Tablette holen?«

Burkie überlegt, dann sagt er: »Gut. Aber beeil dich.«

Und ob Frank sich beeilen wird! So schnell ist er noch nie in seine Hosen gestiegen. Und das Hemd knöpft er gar nicht erst zu, so eilig flitzt er mit den Schlüsseln in der Hand die Treppe hinab.

Der Flur und die Küche sind schon dunkel, aber in der Gaststube brennt noch Licht. Frank wird langsamer und schleicht sich bis an die Gaststube vor.

Es sind keine Gäste mehr da. Onkel Willi schließt gerade ab, die Mutter macht Kasse, zählt laut die Geldscheine.

»Was hat der Rechtsanwalt gesagt?« fragt da auf einmal Onkel Willi.

Also haben sie den ganzen Tag lang noch nicht darüber gesprochen? Frank preßt sich mit dem Rücken an die Wand. Er braucht die beiden ja nicht zu sehen; es genügt, wenn er sie hört.

Die Mutter antwortet nicht. Sie zählt und will nicht unterbrochen werden.

»Was er gesagt hat, will ich wissen!« Onkel Willi steht nun direkt vor der Mutter, trotzdem ist er lauter geworden.

Die Mutter unterbricht die Zählerei nun doch. »Er hat gesagt, ich soll's mir überlegen.«

»Und was tust du nun?«

»Ich überleg's mir.«

Die Antwort befriedigt Onkel Willi nicht. »Ja, hast du denn überhaupt eine Chance?«

»O ja«, sagt die Mutter gleichgültig, so gleichgültig, daß Frank beinahe lächeln muß. »Ich habe genügend vorzubringen.«

»Und was, bitte schön?«

»Das werde ich ausgerechnet dir auf die Nase binden.« Die Mutter schließt die kleine Stahlkassette und trägt sie an Onkel Willi vorbei zum Hinterzimmer. In der Tür aber bleibt sie noch einmal stehen. »Ich bin nicht unbedingt für eine Scheidung. Wenn du die Kinder in Ruhe läßt, kann von mir aus alles so bleiben, wie es ist. Vergreifst du dich aber noch ein einziges Mal an ihnen, ist es aus zwischen uns.«

Onkel Willi antwortet nichts. Frank hört es nur gluckern – also schenkt er sich einen Schnaps ein. Eine günstige Gelegenheit. Er huscht vom Flur aus ins Hinterzimmer – und prallt mit der Mutter zusammen, die inzwischen die Kassette unter ihr Bett geschoben hat und gerade in den ersten Stock hoch will, um nach Burkie zu sehen.

»Ich... ich...« stottert Frank. »Burkie kann nicht schlafen. Ich soll ihm 'ne Tablette holen.«

Die Mutter mustert Frank ernst. »Hast du alles gehört?«

Frank kann jetzt nicht lügen, er nickt still.

Die Mutter denkt nach, dann sagt sie leise: »Ich habe ihn angelogen, weil ich mir nicht anders zu helfen weiß. Vielleicht hilft das ein bißchen.«

Patient Nr. 2

Dieser Sonnabend ist einer von den Tagen, die überhaupt kein Ende nehmen wollen. Als Frank von der Schule nach Hause kommt, liegt Burkie im Bett, hält die Augen geschlossen und antwortet nur unlustig auf Franks Fragen. Einmal wird er sogar barsch: »Geh doch runter, Mensch! Ich brauch keinen Händchenhalter.«

Frank geht runter und trifft vor der Haustür Gisela, Hottes Schwester. Sie sitzt auf den Steinstufen und beobachtet Hammersteins Auszug. Peter, seine Eltern und ein fremder Mann beladen einen Lastwagen. Frank setzt sich zu Gisela und staunt über Herrn Hammerstein. So nüchtern und gutgelaunt hat er Peters Vater noch nie gesehen.

Der Lastwagen wird nicht voll, doch mehr Möbelstücke haben Hammersteins nicht. Sie holen nur noch ein paaar Koffer und Kartons aus der Wohnung, dann nimmt Frau Hammerstein auf einem Stuhl auf der Ladefläche Platz, und Herr Hammerstein setzt sich auf den Beifahrersitz. Peter aber kommt schnell noch einmal zur Haustür und drückt Frank sein kleines, altes und schon halb kaputtes Taschenmesser in die Hand. »Tschüs«, sagt er. Und dann: »Die Höhle gehört dir jetzt auch.«

Frank nickt nur. Er hat einen Kloß im Hals, kann jetzt nichts sagen.

Peters Vater wird ungeduldig. Er steht auf dem Trittbrett und schreit Peter zu, mal endlich »hopp« zu machen. Peter klettert über die Klappe zur Ladefläche und von dort aus ganz nach oben auf die Ladung hinauf. Zwischen all den Möbeln, Kisten, Kartons und Säcken grinst er dann herunter, während er Frank und Gisela noch mal zuwinkt und die Fuhre mit ihm in die Prenzlauer Allee einbiegt.

Still betrachtet Frank das Taschenmesser. Daß Peter sich davon getrennt hat! Es war doch sein größter Stolz...

»Wollen wir was spielen?« fragt Gisela.

»Was denn? Puppenstube etwa?«

Früher, als sie noch nicht zur Schule gingen, hatte Frank öfter mit Gisela und ihrer Puppenstube gespielt. Er bekam immer die blau angezogene Puppe, den »Vater«, Gisela die rosa angezogene, die »Mutter«. Stundenlang konnten sie so spielen. Und hatten sie keine Lust mehr, lagen sie zusammen unter Wilkes großem Wohnzimmertisch und belauschten die Erwachsenen. Aber das war damals; das änderte sich, als er in die Schule kam und Gisela vom Schularzt noch zurückgestellt wurde. Jetzt geht sie zwar auch in die Schule, aber erst in die erste Klasse, während er nun schon in der zweiten ist.

»Wir können ja Murmeln spielen«, schlägt Gisela vor und zeigt auf den Beutel voller roter, blauer, grüner und gelber Murmeln zu ihren Füßen. »Ich leih dir welche.«

»Keine Lust.« Frank steht auf, geht wieder in den ersten Stock hoch und an Burkie vorbei auf den Balkon. Von dort aus sieht er Gisela noch immer vor der Haustür sitzen und bewirft sie mit Erde aus den Balkonkästen. Wenn sie hochguckt, zieht er den Kopf ein. Er wiederholt das Spiel ein paarmal, bis Gisela ruft: »Ich weiß genau, daß du das bist – Frank guck in die Luft!«

Woher weiß Gisela denn seinen Spitznamen? Hat sie den irgendwann einmal gehört? Frank wirft noch mal nach Gisela, und diesmal gleich mit einer ganzen Handvoll Erde, trifft aber nicht und wird ausgelacht. Ärgerlich geht er ins Zimmer zurück. »Schläfste etwa?«

»Ja.« Burkie knurrt nur.

»Wenn du ja sagst, schläfste nicht.«

»Halt die Klappe.«

»Du bist gemein.« Frank wirft sich auf sein Bett, verschränkt die Arme unter dem Kopf und denkt nach.

Vielleicht hätte er doch lieber mit Gisela Murmeln spielen sollen. Sie haben früher wirklich immer toll zusammen gespielt, waren genau solche dicken Freunde wie Burkie und Hotte. Einmal hat er Gisela sogar untersucht, weil er wissen wollte, was die Mädchen zwischen den Beinen haben. Er war enttäuscht gewesen, weil da gar nichts Besonderes zu sehen war, aber interessant war es doch...

»Frank!«

Frank antwortet nicht. Vorhin wollte Burkie nicht, jetzt will er nicht.

»Frank!«

»Was ist denn?«

»Tuste mir'n Gefallen?«

»Nee.«

»Komm! Sei kein Stänker. Ich möchte Moni 'n Brief schreiben. Bring ihr den. Bitte.«

Wenn Burkie bitte sagt, kann Frank nicht nein sagen. Er setzt sich auf und schaut zu, wie Burkie was auf einen Zettel schreibt, ihn in ein Briefkuvert steckt und zuklebt. Dann nimmt er den Brief und geht los. Aber während er geht, denkt er nach. Warum ist Burkie nur so schlecht gelaunt? Das kann doch nicht nur vom vielen Im-Bett-Liegen kommen, da muß doch noch was anderes dahinterstecken. Ob er vielleicht doch Angst hat? Ob das mit dem Ball doch schlimmer war, als er zugeben will?

Ein Schrei! Frank blickt auf – mit quietschenden Reifen schießt ein Auto auf ihn zu. Er macht einen Satz, aber das Auto erwischt ihn noch, er bekommt einen Stoß und landet auf dem Bürgersteig. Passanten beugen sich über ihn.

»Mein Gott, Junge! Wie kann man nur so schlafen!«

»Tut dir was weh? Hast du Schmerzen?«

»Diese Autos heutzutage!«

»Was mußte er mich auch direkt vor den Wagen laufen?«

»Wenn der Junge nicht so schnell reagiert hätte, wäre die Sache nicht so glimpflich abgelaufen.«

Frank hört all diese Stimmen, aber er kann sie nicht einordnen. Was ist geschehen? Ist er richtig überfahren worden? Aber es war gar nicht so schlimm ... Oder ist er schon tot und spürt deshalb nur diesen einen dumpfen Schmerz?

Eine Stimme dringt an sein Ohr, eine Stimme, die er kennt: Moni!

»Wie ist dir? Wo tut's weh?«

Frank macht den Mund auf, aber es kommen keine Worte heraus. Also ist er doch tot! Oder?

Er wird hochgehoben. Zwei Männer tragen ihn. Moni läuft neben ihnen her und dirigiert sie. Die Männer marschieren in die *Gemütliche Ecke* hinein, an der entsetzten Mutter vorbei und wollen ihn auf einem Stuhl absetzen. Doch die Mutter faßt sich rasch und bittet sie weiter ins Wohnzimmer. Dort legen sie ihn auf die Couch und berichten, was vorgefallen ist.

»Hat sich denn alles gegen uns verschworen?« Die Mutter weiß vor Aufregung nicht, was sie tun soll. »Erst der eine, jetzt der andere.«

Frank aber hat inzwischen mitbekommen, daß er noch am Leben ist, und fühlt sich schon wieder ganz wohl. Er sucht den Brief, den er Moni bringen sollte, und steckt ihn ihr heimlich zu. Moni begreift, daß er auf dem Weg zu ihr war, bedankt sich und geht schnell davon.

Die Mutter zieht Frank aus und untersucht ihn. Sie drückt und befühlt alle Körperteile. »Spürst du hier was? Da? Oder dort?« Es gibt aber nur eine Stelle, die Frank spürbar schmerzt – der Hintern, und der ist ganz rot und dick, wie die Mutter feststellt.

»Da hast du aber Schwein gehabt.« Die Mutter legt erleichtert die Hände in den Schoß, um gleich darauf vorwurfsvoll den Kopf zu schütteln: »Also bist du doch ein Frank guck in die Luft! Wo hattest du bloß deine Gedanken?« Und als Burkie davon hört, schimpft er: »Da hatteste wohl nicht alle Tomaten in der Tüte, was?«

Am Abend besucht Dr. Möller beide Jungen. Doch er lacht nur und gibt Frank einen Klaps auf den sich langsam blau färbenden Hintern. »Aus lauter Sympathie für den kranken Bruder hält man seine vier Buchstaben doch nicht vor ein Auto.« Die Mutter aber beruhigt er: »Es ist wirklich nichts Bedeutendes, er ist nur gestreift worden. Eine Prellung, weiter nichts.«

Danach untersucht er Burkhard und macht ein bedenkliches Gesicht. »Irgend etwas stimmt da nicht. Das ist keine harmlose Verstopfung, die wäre längst vorüber.« Er steht auf und tritt zur Mutter. »Ich gebe Ihnen eine Überweisung. Sie müssen den Jungen von Kopf bis Fuß untersuchen lassen. Das kann ich in meiner Praxis leider nicht.« Und während er seine Instrumente in der kleinen schwarzen Ledertasche verstaut, sagt er: »Ich telefoniere mal gleich mit Weißensee. Dort arbeitet ein Kollege von mir, Dr. Fällner. Er soll Ihnen für morgen nachmittag einen Termin geben.« Er gibt beiden Jungen die Hand und geht mit der Mutter hinaus.

Frank hebt den Kopf. »Sagst du dem Doktor morgen die Wahrheit?«

Es kommt keine Antwort. Burkie starrt nur vor sich hin.

»Burkie! Sag doch was.«

Keine Antwort.

»Bitte, Burkie, sag was!«

Endlich kommt es leise von Burkies Bett: »Schlaf jetzt.«

»Schläfst du auch?«

»Natürlich.«

Er lügt! Burkie lügt, und er gibt sich nicht einmal Mühe, es zu verbergen.

Halt die Ohren steif!

Frank träumt. Grüne Männer jagen ihn durch nächtliche Straßen. Er sucht ein Versteck und findet keins, die grünen Männer aber kommen ständig näher. Vor Angst läuft er in ein Haus. Es ist ihr Haus, und er läuft an ihrer Tür vorbei. Ganz deutlich sieht er das Messingschild mit den schwarzen Buchstaben: *W. Meisel* – Onkel Willis Name. Er weiß, daß Burkie und er in diesem Augenblick hinter dieser Tür schlafen, und wundert sich: Wie ist das möglich? Wie kann er die Treppe hinauflaufen und gleichzeitig in seinem Bett liegen? Aber er hat keine Zeit, länger nachzudenken, er muß laufen, der Abstand wird geringer.

Die Tür der Hammersteins! Er läutet Sturm. Doch noch während er läutet, fällt ihm ein, daß niemand öffnen wird, Hammersteins sind ja ausgezogen. Es bleibt nur der Dachboden. Aber was soll er machen, wenn er oben ist?

Und dann steht er auf dem Dach, über ihm der dunkelblaue, sternenerleuchtete Nachthimmel, und von der Bodenluke her kommen Geräusche: die grünen Männer? Da, tatsächlich, der erste der Männer steckt den Kopf durch die Öffnung – es ist Onkel Willi...

»Burkie! Burkiiiee?«

»Was ist denn? Wach auf, du träumst.«

Frank öffnet die Augen. Der Bruder hält ihn an den Schultern, seine Nachttischlampe wirft einen matten Schein.

Er hat geträumt, hat nur geträumt! Aber was für ein seltsamer Traum war das? Er hat ja schon oft geträumt, fast immer ganz dummes Zeug – aber so etwas Furchtbares noch nie...

Es dauert einige Zeit, bis Frank mitbekommt, daß er Burkie nicht geweckt hat, sondern daß der Bruder schon lange wach ist, sogar hellwach. »Das Bett, das verfluchte Bett!« murmelt er vor sich hin. »Es fährt Kahn mit mir.«

»Burkie?«

Keine Antwort.

»Burkie?«

Wieder keine Antwort. Dabei ist der Bruder doch wach. Frank überlegt, ob er der Mutter morgen alles beichten soll. Auch auf die Gefahr hin, daß Burkie dann ein Jahr lang kein Wort mehr mit ihm spricht. Er denkt lange nach, aber dann kommt die Müdigkeit zurück, eine angenehme tiefe Müdigkeit, und er schläft wieder ein, schläft ruhig und fest, und als er am Morgen die Augen öffnet, ist es hell im Zimmer, und in dem Sonnenstrahl über seinem Bett tanzen Staubteilchen.

Burkie schaut zu Frank hin: »Na, du Spinner! Was macht dein Hintern?«

Frank kann nicht klagen, der Hintern tut zwar noch ein bißchen weh, aber schlimm ist es nicht.

»Paß mal auf! Ich hab was entdeckt.« Burkie streckt die Hand aus und bewegt die Balkontür. Frank folgt dem Blick des Bruders und entdeckt auf der Tapete Schatten, nicht größer als Kasperlepuppen. Sie laufen auf der Tapete entlang und verschwinden kurz vor dem Kleiderschrank.

Träumt er noch? Oder hält Burkie ihn zum besten? Immer neue Schatten wandern über die Tapete, mal in größeren, mal in kleineren Abständen. Burkie lacht leise. »Das kommt von der Sonne. Die Leute auf der Straße werden durch die doppelte Glasscheibe widergespiegelt.«

Frank schaut auf die Tapete. Manchmal laufen zwei oder drei Schatten gleichzeitig über die Tapete, meistens aber ist es nur ein einzelner. Burkie gibt den Schatten Namen. »Das ist August Meier. Er säuft und schlägt seine Frau. Das ist Johannes Grünspan. Er ist geizig und gönnt sich nur trockenes Brot. Das ist

Hedwig Suppengrün, und die neben ihr ist Mathilde Straßenschmutz. Sie klatschen über die Nachbarn.«

Neugierig schaut Frank zu Burkie hin. Geht es ihm wieder besser – oder tut er nur so?

Er tut nur so. »Burkie!« bittet Frank leise. Doch der Bruder hat das erwartet. »Halt die Klappe!« sagt er.

Dann kommt die Mutter, schaut nach Burkie und besieht sich Franks Hintern. Danach setzt sie sich noch mal zu Burkie ans Bett. »Willst du mir nicht doch noch was sagen, bevor wir losfahren?«

Burkie schüttelt nur stumm den Kopf. Die Mutter seufzt. »Ich bin mir sicher, daß da noch was ist. Aber natürlich kann ich dich nicht zwingen, vernünftig zu sein.«

Als die Mutter fort ist, setzt Frank sich zu Burkie ans Bett und liest ihm vor. Er will zeigen, daß er Fortschritte gemacht hat. Es ist die Geschichte von den beiden Jungen, die sich im Winterwald verirrt haben. Frank weiß nun, wie sie sich retten: Der größere der beiden sieht Bahngleise, Schienen, die sich wie schwarze Schlangen durch den weißen Wald schlängeln. Die Jungen warten, bis ein Zug vorbeirattert, und lesen an den Waggonbeschriftungen, wo der Zug herkommt und wohin er fährt. Nun wissen sie, in welche Richtung sie zu gehen haben, und laufen an den Schienen entlang nach Hause.

»War das gut?«

Von Burkies Bett kommt keine Antwort.

»Burkie! Was ist?« Frank legt das Buch beiseite und beugt sich über den Bruder.

Burkie dreht den Kopf weg. »Geh zu Mutter. Sag ihr ... sag ihr alles.« Er drückt das Gesicht ins Kissen. »Nun geh doch schon!«

Frank läuft aus dem Zimmer, die Treppe hinunter, in die Küche. Die Mutter steht am Herd. Als Frank hereinstürzt, blickt sie überrascht auf. Er sagt ihr alles, verhaspelt sich, muß von vorn anfangen, aber er läßt nichts aus. Dann legt er den Kopf an ihre Seite und weint. Die Mutter setzt ihn auf einen Stuhl. Sie ist ganz weiß im Gesicht und sagt kein Wort. Still geht sie aus der Küche, still steigt sie die Treppen empor.

Frank bleibt in der Küche. Er will lieber nicht dabei sein, wenn die Mutter mit Burkie spricht.

Als die Mutter wiederkommt, ist sie betroffen und enttäuscht, traurig und zornig. Aber sie überläßt sich nicht ihren Gefühlen, geht gleich ans Telefon und ruft das Krankenhaus an, das Dr. Möller ihr empfohlen hat. Danach geht sie wieder zu Burkie hoch und beginnt sein Zeug einzupacken. Und diesmal geht Frank mit.

Der kleine dunkelbraune Koffer mit den abgestoßenen Ecken liegt auf dem Tisch. Der Deckel ist weit geöffnet. Es sieht aus, als sperre der Koffer sein Maul auf, um zu schlucken, was die Mutter einpackt. Burkie sitzt still und verlegen auf seinem Bett und sieht zu. Nach seiner Meinung packt die Mutter zuviel ein. Viel zuviel! Er will doch keine Ewigkeit im Krankenhaus bleiben. Aber er sagt nichts. Er weicht ihren vorwurfsvollen Blicken aus und schweigt. Und Frank schweigt auch. Er sieht der Mutter an: Sie kann einfach nicht verstehen, warum sie ihr so lange nicht die Wahrheit gesagt haben.

Endlich macht Burkie doch den Mund auf. »Ich hatte Angst, nicht mehr Fußball spielen zu dürfen«, sagt er leise. »Du hast ja immer gesagt: Sport ist Mord...«

»Na und? Hatte ich nicht recht?«

»Nein.« Burkie sieht die Mutter fest an. »Was mir passiert ist, war ein Zufall, weiter nichts. Ebensogut kann man einen Ziegelstein auf den Kopf bekommen oder vom Auto überfahren werden – wie Frank.«

»Und das mit Onkel Karl, das war wohl auch ein Zufall?«

Burkie zuckt die Achseln.

»Na, lassen wir das jetzt. Nun ist daran sowieso nichts mehr zu ändern.« Die Mutter hilft Burkhard auf. »Wir unterhalten uns, wenn du wieder gesund bist. Jetzt zieh dich an. Das Taxi muß gleich kommen.«

Die Mutter hat noch nicht zu Ende gesprochen, da hört Frank

das Taxi schon und läuft auf den Balkon, um dem Fahrer durch Kopfnicken zu verstehen zu geben, daß sie gleich kommen werden. Er möchte sich nützlich machen, die Mutter versöhnen. »Wenn Burkie was passiert, hast du schuld«, hat sie vorhin gesagt.

Burkie will sich allein anziehen, aber dann schafft er es doch nicht, die Mutter muß ihm helfen. Und als sie damit fertig ist, muß er sich erst noch einmal kurz aufs Bett setzen, um zu verschnaufen, bevor er sich von Frank verabschiedet. »Wenn du mich besuchen kommst, denk an die Fußballergebnisse«, bittet er ihn.

Frank nickt, beißt sich auf die Lippen und läuft schnell wieder auf den Balkon.

Auf der Straße ist es sonntäglich still. Der Taxifahrer lehnt an seinem Wagen, raucht eine Zigarette und hält sein Gesicht in die Sonne; vor der Haustür spielen Gisela und Traudel *Himmel und Hölle.* Es ist ein fast heiteres Bild, das sich Frank bietet, und das stört ihn. Es paßt nicht zu dem, was um ihn herum vorgeht.

Die Mutter und Burkie kommen aus der Haustür. Der Bruder stützt sich auf die Mutter und atmet tief, so, als wäre die warme, fast schon schwüle Luft kühl und klar und könne ihm allein durch ihre Frische wieder auf die Beine helfen. Der Taxifahrer öffnet ihnen die Tür und schlägt sie hinter ihnen zu. Burkie kurbelt das Fenster herunter, schaut zu Frank hoch und winkt.

Frank winkt zurück und versucht, sich Mut zu machen. Er denkt an all die Kinder, die schon mal im Krankenhaus lagen und quietschvergnügt wieder nach Hause kamen, aber viel nützt das nicht.

Burkie öffnet den Mund. Mit überdeutlichen Mundbewegungen will er ihm etwas sagen. Frank kann nicht genau herausfinden, was es ist, aber er kann sich denken, daß es »Halt die Ohren steif!« oder »Kopf hoch!« heißen soll. Deshalb nickt er nun wieder.

Das Taxi fährt an. Burkie sieht durch das Rückfenster. Hotte steht am Straßenrand und winkt mit beiden Händen. Burkie lächelt blaß und winkt zurück. Dann blickt er in den ersten Stock hinauf, bis das Taxi in der Prenzlauer Allee verschwunden ist.

Einbrecher

Es ist langweilig ohne Burkie. Frank liegt in Burkies Bett und liest das Buch, das der Bruder ihm gab, kommt aber nur langsam voran. Die Geschichten darin sind zwar sehr spannend, aber manchmal doch noch ziemlich schwer zu lesen; es strengt an. Er schlägt das Buch zu und denkt nach.

Burkie ist nun schon acht Stunden im Krankenhaus, und der Arzt hat gesagt, man komme um eine Operation nicht herum, Burkies Magen wäre geplatzt und müsse zugenäht werden.

Daß ein Magen platzen kann? Die Mutter sagt, die harten Erbsen wären schuld. Sie hätten die Magenwand gespannt, so daß der Schuß auf den Bauch sie zum Platzen brachte. Wären die Erbsen nicht gewesen, wäre es Burkie höchstens mulmig geworden. Ein geplatzter Magen aber sei gefährlich; was im Magen sei, dürfe nicht ins Blut dringen, sonst ergebe das eine Blutvergiftung.

Es fällt Frank schwer, der Mutter zu glauben. Was man essen darf, kann doch nicht giftig sein?

Er schlägt die Bettdecke zurück und fährt sich mit dem Zeigefinger über den nackten Bauch. Wie ist das, wenn einem der Bauch aufgeschnitten wird? Die Mutter sagt, man wird narkotisiert, man merke nichts; es sei, als schlafe man. Er kann auch das nicht recht glauben. Es muß doch wenigstens ein bißchen weh tun.

Er kann so vieles nicht glauben, und doch muß es so sein, wie die Mutter sagt. Warum sollte sie so etwas erfinden? Frank knipst das Licht aus. Er will nun endlich schlafen, nicht mehr nachdenken. Doch schon bald knipst er das Licht wieder an. Im Dunkeln piesacken ihn die Gedanken noch ärger. Anstatt müde zu werden, wird er immer wacher.

An der Wohnungstür schließt es, die Mutter kommt. »Du mußt jetzt das Licht ausmachen«, sagt sie.

»Ich kann nicht schlafen.«

»Du mußt. Wir wollen doch morgen zur Brunnenstraße, Burkie was Schönes kaufen.« Die Mutter streicht ihm das Haar aus der

Stirn. »Wenn er auch selbst schuld hat, daß es soweit gekommen ist, so soll er doch eine Freude haben.«

»Wird Burkie auch bestimmt wieder gesund?«

»Aber natürlich.«

Sie schwindelt. Er sieht es ihr an, die Mutter weiß auch nicht mehr als er.

Kaum hat die Mutter das Licht gelöscht, sind die Gedanken wieder da.

Die Brunnenstraße liegt zur einen Hälfte in Westberlin und zur anderen in Ostberlin. Frank versteht noch nicht alles, was da mit ihrer Stadt geschehen ist, aber daß Berlin in vier Sektoren eingeteilt ist, weiß er: in einen amerikanischen, einen französischen, einen englischen und einen russischen. Der Russische Sektor ist der Ostsektor, in dem leben sie. Die drei anderen sind die Westsektoren. In den Westsektoren gibt es anderes Geld, und man kann dort vieles kaufen, was es im Ostsektor nicht gibt. Deshalb fahren die Mutter und auch viele andere Leute aus dem Ostteil der Stadt immer dorthin, wenn sie was Schönes kaufen wollen.

Besonders schön ist es im Herbst in der Brunnenstraße. Dann wird es früh dunkel, und in den kleinen Buden im Westberliner Teil werden die Petroleumlampen angesteckt. Wie auf einem Weihnachtsmarkt sieht es dann dort aus, denn in den Buden gibt es alles, was man sich nur wünschen kann: Spielzeug, Schokolade, Kleidung, bunte Zigarettenpackungen und vieles mehr. Frank aber imponieren am meisten die Fischläden; Aale, Heringe, Bücklinge, Sprotten und Ölsardinen in Büchsen mit pfeiferauchenden Matrosen drauf gibt es dort, und sogar einen kleinen Haifisch hatte die Mutter ihm einmal gezeigt.

Gleich nach den Fischläden kommen die Käseecken in den Lebensmittelbuden. Schinkenkäse und Harzer Käse, die liebt er! Schinkenkäse, weil er ihm schmeckt, Harzer Käse, weil die Mutter aus dem Harz kommt.

Aber was sollen sie Burkie kaufen? Essen darf er ja nichts. Am meisten würde er sich natürlich über einen Fußball freuen, so einen schönen gelben, wie er ihn letztens in einem Schaufenster gesehen hat... Aber den wird ihm die Mutter nicht kaufen.

Oder doch? Sie will ja, daß Burkie sich freut, damit er schneller wieder gesund wird...

Frank sieht Burkhard schon mit dem neuen Ball Fußball spielen, natürlich im blau-weißen Hertha-Trikot. Er malt sich das so richtig aus, sieht wunderschöne Fußballszenen – und schöne Gedanken machen schneller müde als schlechte; irgendwann, mitten in einem tollen Spiel, schläft er ein. Doch dann wird er plötzlich wieder wach: Was ist das? Fuhrwerkt da nicht ein Schlüssel im Schloß herum?

Da! Schon wieder! Das ist nicht die Mutter.

Der Schlüssel wird aus dem Schloß gezogen. Stille. Dann – wieder! Ein neuer Schlüssel wird ausprobiert...

Einbrecher! Das sind Einbrecher! Frank schaltet das Licht an und setzt sich auf. Sein Herz klopft so laut, daß er es fast hören kann. Es ist dreiviertel zwölf. Erst in über einer Stunde schließt die Mutter das Lokal, vorher wird sie nicht nach ihm schauen. Wieder ein neuer Schlüssel! Er hat mal ein Bild von so einem Einbrecher gesehen, der ein großes Schlüsselbund in der Hand hielt... »Einer paßt immer«, sagte Burkie damals zu ihm.

Leise steht Frank auf und geht auf den Balkon.

Auf der Straße ist es ruhig, die Luft ist warm. Aus der *Gemütlichen Ecke* dringt Stimmengewirr. Niemand achtet auf die Einbrecher.

Soll er Krach schlagen, damit sie Angst bekommen und von der Tür ablassen? Oder schlagen sie die Tür dann einfach ein und kommen herein?

Frank schaut über die Blumenkästen hinweg. Es ist nicht sehr tief bis zum Straßenpflaster... Ob er da runterspringen kann? Die Mauer neben dem Bezirksamt ist nicht viel niedriger...

Er steckt den Kopf durch die Balkontür. Dieselben Geräusche, es hat sich nichts verändert. Die Einbrecher befürchten offensichtlich nicht, gehört zu werden. Wenn es welche von den Gästen sind, wissen sie ja auch, daß Burkie im Krankenhaus liegt und er allein hier oben ist...

Frank beschließt, auf dem Balkon zu bleiben. Auf dem Balkon werden sie nicht suchen, da gibt es nichts zu stehlen. Und kommen sie doch, dann muß er eben springen. Er flitzt noch einmal ins Zimmer und angelt sich eilig Kopfkissen und Bettdecke, dann legt er sich dicht neben der Balkontür nieder und wickelt sich in sein Bettzeug. Die Tür aber lehnt er nur an, so kann er ins Zimmer hineinlauschen. Und er hört: Das Schlüsselklappern nimmt kein Ende.

Er denkt an den Bruder. Wenn Burkie hier wäre, würden sie einen Schrank vor die Tür schieben oder den Dieben Angst machen. Burkie würde seine Stimme verstellen oder behaupten, er hätte einen Revolver; irgendwas würde Burkie schon einfallen. Ihm fällt nichts ein, er hat nur Angst.

Der Überredungskünstler

Als die Mutter ihn weckt, ist Frank wie benommen. Steif reckt er den Kopf in die Luft. Wo ist er? Was ist geschehen? Ihm schmerzen alle Glieder.

Die Mutter schimpft. Sie hat ihn überall gesucht. Auf die Idee, daß er es sich auf dem Balkon gemütlich gemacht hat, ist sie nicht gekommen.

Die Einbrecher! Frank springt auf und späht ins Zimmer. »Einbrecher«, stottert er aufgeregt, »es waren Einbrecher hier.« Und dann erzählt er der Mutter von den Erlebnissen der Nacht.

Die Mutter lacht. Trotz all ihrer Sorgen muß sie lachen. Dann aber streicht sie Frank, der nun überhaupt nicht mehr weiß, was los ist, über das strubbelige Haar. »Das war der Herr Lehmann von nebenan. Er hat die Schlüssel in der Wohnung gelassen und die Tür zugeschlagen. Deshalb hat er alle möglichen Schlüssel und Dietriche ausprobiert, um in seine Wohnung zu gelangen. Das war an seiner Tür, nicht an unserer.«

Der Lehmann? Frank schämt sich. Ohne ein weiteres Wort zu sagen, geht er ins Bad und schließt die Tür hinter sich ab.

Wenn Burkie hier gewesen wäre, wäre ihm das nicht passiert.

Nach dem Frühstück fahren die Mutter und Frank mit der Straßenbahn bis zur Bernauer Straße und gehen zu Fuß die Brunnenstraße hoch. Am hellichten Tage sehen die kleinen Buden nicht so gemütlich aus, eher mickrig. Aber was sie zu verkaufen haben, sieht nicht mickrig aus.

Die Mutter hat sich einen Zettel gemacht, kauft für Onkel Willi zweihundert Gramm Kieler Sprotten und für Frank einen ganz kleinen Aal. Für sich selber kauft sie einen Bückling und für Tante Lucie, die kommen will, um Burkie zu besuchen, ein Stückchen Heilbutt. Damit sind sie aus dem Fischladen wieder draußen, und Frank muß auf den Geruch, den er so liebt, verzichten.

In der Apotheke riecht es nicht so gut, aber nur hier, im Westen, kriegt die Mutter die Tabletten, die gegen ihre Kopfschmerzen helfen. Jedenfalls sagt sie das.

Im Fischladen und in der Apotheke hat die Mutter mit Westgeld gezahlt; manchmal nimmt sie ja auch Westgeld ein. Nun hat sie nur noch Ostgeld und muß für alles das Vierfache bezahlen, denn eine Westmark ist über vier Ostmark wert. Frank kennt sich aus in den Wechselkursen, muß manchmal den Gästen sogar etwas vorrechnen. Dann lobt ihn selbst Herr Bessel, der ihn sonst nie lobt: »So ist's richtig, Junge! Rechnen muß man können. Alles andere ist Firlefanz.«

»Und was kaufen wir Burkie nun?« Die Mutter steht vor einem Geschäft mit Hosen und Pullovern. Aber aus Kleidung hat Burkie sich noch nie etwas gemacht.

Frank fällt ein, woran er am Abend vor dem Einschlafen dachte. »Wird Burkie am schnellsten wieder gesund, wenn er sich richtig freut?«

Die Mutter stutzt. »Sicherlich.«

»Richtig freut er sich nur über einen Fußball.« Frank schaut weg. Er erwartet ein Donnerwetter – aber es bleibt aus. Die Mutter guckt ihn nur an. Da erzählt er ihr, was er in der Nacht gedacht hat, und die Mutter hört zu, widerspricht nicht und unterbricht ihn nicht. Erst als Frank verstummt, zieht sie ihn an sich und sagt zärtlich: »Du bist mir vielleicht ein Überredungskünstler! Aber du hast recht, Burkie soll sich freuen. Das ist jetzt das Allerwichtigste für ihn.«

Und dann gehen sie los und kaufen den Fußball. Es ist ein Prachtstück, ganz gelb und neu; nicht zu vergleichen mit dem Lumpenball, den Burkie sich mal selber gebastelt hat. Und das Netz, in dem Frank den Ball trägt, hat die Mutter gleich noch dazu gekauft.

Zurück fahren sie mit der S-Bahn. Vom Bahnhof Gesundbrunnen aus über die Schönhauser Allee sind es nur zwei Stationen bis zur Prenzlauer.

Mit der S-Bahn überqueren sie dann wieder die Sektorengrenze, ohne daß Frank irgend etwas davon sehen kann. Und als der Zug auf dem S-Bahnhof Schönhauser Allee hält, sie also wieder im Ostsektor sind, sagt die Mutter bitter: »So! Nun sind wir wieder in der DDR.« Und dabei betont sie die drei Buchstaben, als wolle sie sich über sie lustig machen.

DDR heißt Deutsche Demokratische Republik – so steht es seit einem dreiviertel Jahr überall angeschlagen, denn der Ostsektor der Stadt gehört zur DDR. Herr Bessel aber sagt, DDR heiße *d*rei *D*oofe *r*egieren. Und mit den drei Doofen meint er die drei Politiker, die an der Spitze der DDR stehen. Einer heißt Wilhelm Pieck, ist weißhaarig und sieht sehr gemütlich aus, einer Otto Grotewohl und ist sehr blaß, und der dritte heißt Walter Ulbricht und hat einen Spitzbart. Den Spitzbart haßt Herr Bessel am meisten, und Ilse Fröhlich sagt, der Ulbricht wäre ein Verbrecher; sie hätte früher mal einen Steckbrief von ihm gesehen.*

Es gibt aber auch noch ein anderes Deutschland, das heißt

Bundesrepublik. Dort regiert ein Mann mit einem häßlichen Gesicht, der heißt Adenauer.* Und als am 1. Mai Jungen und Mädchen in den blauen Hemden der FDJ* die Prenzlauer Allee hinunterzogen, riefen sie: »Adenauer in den Vogelbauer! Adenauer in den Vogelbauer!« Also soll dieser Adenauer eingesperrt werden und ist demzufolge auch ein Verbrecher?

Frank versteht das alles noch nicht richtig, aber interessant findet er es schon. Deshalb hört er gern zu, wenn die Erwachsenen darüber reden. Und er weiß, daß sie nicht immer einer Meinung sind. Onkel Willi zum Beispiel sagt, was Herr Bessel und Ilse Fröhlich sagen, aber Herr Modersohn sagt was ganz anderes: »Verbrecher sind alle die, die ihren Kopf durchsetzen wollen und dabei über Leichen gehen – ob sie nun braun oder rot, schwarz oder weiß, kariert oder gepunktet sind.« Das findet Frank auch, und deshalb mag er Herrn Modersohn noch ein bißchen mehr, als er ihn sowieso schon mag.

In drei Wochen

Donnerstag! Es ist Donnerstag! Heute darf er Burkie besuchen. Frank hört nicht, was Fräulein Belinsky erklärt, sieht nicht, was sie auf die Tafel zeichnet, wartet nur auf das Klingelzeichen.

Da ist es! Die Tische und Stühle werden gerückt. Frank nimmt sich nicht einmal die Zeit, den Ranzen auf den Rücken zu bugsieren, er packt ihn an den Riemen und saust durch die Gänge und über den noch friedlich daliegenden Schulhof auf die Straße. Als er dann in der *Gemütlichen Ecke* eintrifft, ist er völlig außer Atem. Die Mutter nimmt einen nassen Waschlappen und wischt ihm erst einmal über das verschwitzte Gesicht. »Verrückter Kerl«, murmelt sie dabei.

Dann muß Frank essen. Es gibt Kohlrouladen, sonst eines seiner Lieblingsgerichte. Heute freut ihn das gar nicht. Die

Zeitverschwendung mit dem Bindfaden macht ihn nur noch unruhiger. Und dann fällt ihm die Roulade auch noch runter.

»Der Bindfaden ist zu lang.«

Die Mutter, die bereits fertig angezogen ist, hilft ihm. Sie sieht ernst aus, gar nicht so, als wäre sie glücklich, Burkie besuchen zu dürfen. Sie hat vorhin kurz mit dem Doktor telefoniert und dann mit Tante Lucie, die nun doch nicht mitkommen kann, weil Tante Gertruds kleiner Murkel Fieber hat.

Frank ißt zu hastig und verschluckt sich, er muß husten. Die Mutter schimpft: »Wenn du jetzt nicht ordentlich ißt, bleibst du zu Hause.«

Endlich ist es soweit. Über die Theke hinweg bespricht sich die Mutter noch einmal kurz mit Onkel Willi, der auf seinen Mittagsschlaf verzichten muß. Sie sagt ihm, wo der Scheck für den Steuerberater liegt und daß das Malzbierfaß fast leer ist; er soll rechtzeitig ein neues anstecken.

Onkel Willi nimmt ein benutztes Bierglas und taucht es in das Spülbecken. »Grüß ihn von mir«, bittet er. »Sag ihm...« Doch was die Mutter Burkie sagen soll, sagt er nicht mehr; er stellt nur das Glas weg und tut, als hätte er nie einen Satz angefangen, den er nicht beendet hat. Doch die Mutter versteht auch so. »Ich sag's ihm«, verspricht sie Onkel Willi.

Sie fahren mit der 72. Die Straßenbahn ist nicht sehr voll, sie haben jeder einen Sitzplatz erwischt, allerdings nicht nebeneinander. Frank hält den Fußball auf dem Schoß und blickt ab und zu zur Mutter hin, doch die ist mit den Gedanken ganz woanders.

In der Toreinfahrt zum Krankenhaus sitzt ein Pförtner, lutscht an einem Zigarrenstummel und trägt eine Schirmmütze mit einem goldenen Anker auf dem Kopf, als wäre er ein Kapitän. Er sucht lange in seinem dicken, dunklen Buch, bevor er der Mutter Auskunft gibt: »Burkhard Scholz? Jawohl, hier ist er! Station B 7. Immer den Hinweis-Schildern nach.«

Aber wo sind sie, diese Hinweis-Schilder? Vorhin war eins da, doch hier, wo mehrere Gänge in verschiedene Richtungen auseinanderlaufen, ist keins zu finden. Eingeschüchtert gehen die Mutter und Frank durch die seltsam riechenden Gänge und Flure und wagen nicht, an eine der Türen zu klopfen und nach der Station B 7 zu fragen. Manchmal kommt ihnen eine Krankenschwester entgegen, aber die Frauen in den hellblauen Blusen und den weißen Schürzen und Hauben haben es sehr eilig. Wenn sie überhaupt stehenbleiben, deuten sie in eine Richtung und hasten weiter, als müßten sie gerade irgendwo ein Leben retten.

Es ist eine andere Welt, durch die sie wandern, eine weiße Welt. Frank macht diese Welt Angst, und deshalb bedauert er den Bruder. So tapfer kann gar niemand sein, um nicht bei dem bloßen Gedanken, hierbleiben zu müssen, ein unangenehmes Gefühl zu verspüren.

Die Mutter weist auf eine Milchglastür, auf der mit schwarzer Schrift B 7 geschrieben steht, und sagt: »Na, endlich! Das wurde aber auch Zeit.« Doch hinter der Tür ist nur ein neuer langer Gang. Die Mutter seufzt, schaut sich um und hat Glück: Eine Tür wird geöffnet, ein Arzt verläßt eines der Zimmer. Es ist Dr. Fällner – Burkies Arzt.

Dr. Fällner begrüßt erst die Mutter und dann Frank und geht danach mit der Mutter in sein Zimmer zurück. Frank muß warten. Er ist wieder mal zu klein, um hören zu dürfen, was die Erwachsenen miteinander bereden. Und er muß lange warten. Als dann der Doktor und die Mutter wieder herauskommen, ist die Mutter bleich im Gesicht, ihre Augen und die Nase aber sind gerötet. »Was ist denn?« will Frank fragen, aber weder der Doktor noch die Mutter nehmen ihn richtig wahr, gehen nur weiter durch den Flur, bis sie vor einer anderen Tür stehenbleiben. Der Doktor hebt fragend die Augenbrauen. Die Mutter putzt sich die Nase, holt tief Luft und nickt. Erst dann öffnet er die Tür.

Burkie liegt im Bett und grinst. Er ist allein im Zimmer, das andere Bett ist leer. Sein Gesicht ist weiß, weißer als das Bettlaken, denkt Frank, aber er sieht vergnügt aus. Und als er den Ball in Franks Händen sieht, beginnt er sogar zu strahlen.

»Wie geht's dir denn?« fragt die Mutter und setzt sich zu ihm.

»Operation gelungen, Patient tot!«

Frank atmet auf. Er dachte schon, dem Bruder ginge es nicht gut. Die Mutter aber streichelt Burkies schmale, wie durchsichtig wirkende Hand und preßt die Lippen zusammen. Zwei Tränen laufen ihr über das Gesicht. »Ich freue mich ja so, daß du alles gut überstanden hast.«

Dr. Fällner lächelt. »Ein tapferer Kerl, Ihr Burkhard! Hat das alles hinter sich gebracht, als ob er sich nur mal kurz die Haare schneiden lassen wollte.« Dann schaut er auf die Uhr und verabschiedet sich von der Mutter und Frank. Zu Burkie gewandt aber sagt er: »In drei Wochen spielst du wieder Fußball. Ich komme zuschauen. Und wehe, ihr verliert!«

Erst als sie allein sind, wagt Frank den Mund aufzumachen: »Hat es gar nicht weh getan?«

»I wo!« Burkie lacht über das ganze weiße Gesicht. »Nicht mal gekitzelt hat's. Nur mein Bauch, der sieht jetzt aus wie 'n Rollschinken.«

Die Mutter nickt ganz in Gedanken versunken und schweigt. Burkies Lachen verblaßt. »Was hat der Arzt gesagt?«

Das interessiert auch Frank, das möchte er auch gerne wissen.

Die Mutter kramt umständlich in ihrer Handtasche. »Die Operation – ist gut verlaufen. In drei Wochen – spielst du – wieder – Fußball.«

Burkie versucht, in Mutters Gesicht zu lesen. »Warum stotterst du?«

Die Mutter wird heftig. »Weil ich nicht will, daß du wieder Fußball spielst.« Sie schließt nervös die Handtasche. »Denkst du, ich will das alles noch mal durchmachen?«

»Und warum hast du mir dann den Ball mitgebracht?«

»Weil ... weil ... weil wir dich liebhaben, du dummer Kerl! Und weil ich weiß, daß du ja doch nicht auf mich hörst.«

Burkie will erneut etwas fragen, doch die Mutter unterbricht ihn: »Über Fußball reden wir später. Werde erst mal wieder gesund.« Dann geht sie auf den Flur und bittet eine Krankenschwester, eine Vase für die Blumen zu bringen. Für ein paar Sekunden sind Frank und Burkie allein, sehen sich an und grinsen. Es fällt ihnen nichts Besseres ein.

Die Schwester bringt die Vase und bestaunt die Blumen. »Die sind aber schön, ein richtiger bunter Gartenstrauß.«

Außer den Blumen und dem Fußball haben die Mutter und Frank noch jede Menge Bücher mitgebracht. Die Mutter legt sie auf den Nachttisch. »Schade, daß du noch nichts essen darfst. Ich hätte dir gerne Obst gebracht.«

»Ich hab gar keinen Hunger.« Burkies Stimme klingt plötzlich müde. Er dreht den Kopf zur Seite.

»Der kommt wieder«, sagt die Mutter und beginnt Burkie auszufragen: Ob die Schwestern nett sind, die Ärzte freundlich und ob er viele Medikamente nehmen muß. Als sie keine Fragen mehr hat, richtet sie Grüße aus. Zuerst spricht sie von Onkel Willi. Was er sagte und was er mit dem »Sag ihm ...« ausdrücken wollte. Onkel Willis Gruß ruft auf Burkies Gesicht ein Lächeln hervor, ein verlegenes, leicht ironisches Lächeln, aber es ist unverkennbar: Er freut sich darüber.

Die Mutter richtet weitere Grüße aus: von Tante Lucie, die ihn am Sonntag besuchen kommen will, von Herrn Modersohn, der ihm bestellen läßt, er solle gefälligst schneller gesund werden, eine neue Anprobe sei fällig, von Hotte und seinen Eltern und von einigen Stammgästen. Es sind ungewöhnlich viele Grüße, fällt Frank auf. Und Burkie ergeht es nicht anders. Er hört zwar zu, aber er achtet mehr auf den Tonfall als auf die Worte. Und wenn er zur Mutter aufschaut, guckt er mißtrauisch.

Als die Mutter dann mal eine Pause macht, zieht Frank einen Zettel aus der Hosentasche und liest Burkie die Fußballergebnisse vor. »Hertha hat gewonnen«, verkündet er froh.

Burkie lächelt, und dann sagt er: »Kümmere dich um Hotte. Sag ihm, er soll zum Training gehen. Du weißt ja, er verliert so schnell die Lust.«

Das ist ein Auftrag! »Wird erledigt.« Frank errötet vor Stolz. Er wird sich um Hotte kümmern. Und wie! Hotte soll ja nicht denken, er könne jetzt faulenzen.

Die Tür wird geöffnet, eine Schwester schaut herein. »Sie müssen jetzt gehen«, sagt sie leise. »Es strengt ihn zu sehr an.«

Die Mutter steht auf, nimmt Burkies Kopf in beide Hände und schaut ihn lange an. »Es wird alles wieder werden. Und wegen dem Fußball – mach dir keine Sorgen, wir finden schon eine Lösung.«

Frank reicht Burkie die Hand. »Beeil dich – ohne dich ist's langweilig.«

»Mach ich«, sagt Burkie, dreht aber den Kopf weg.

Sie winken noch mal durch die offene Tür ins Zimmer hinein, dann schließt die Mutter die Tür, lehnt sich an die Wand und ringt nach Luft.

»Was ist denn?« fragt Frank.

»Nichts«, sagt die Mutter.

Das Geheimnis

Die Straßenbahn zuckelt durch die Straßen. Frank ist es, als dauere die Rückfahrt viel länger als die Hinfahrt, und die Mutter schweigt vor sich hin, ist mit ihren Gedanken irgendwo, nur nicht in der Straßenbahn.

In der *Gemütlichen Ecke* angekommen, geht die Mutter gleich zu Onkel Willi hinter die Theke. Frank, der sich in gespielter Harmlosigkeit neben den beiden aufgebaut hat, wird ins Hinterzimmer geschickt, stellt sich ans Fenster und überlegt: Der Doktor muß der Mutter was gesagt haben, was ihr Sorge bereitet. Darum ist sie so komisch. Aber warum sagt sie es ihm nicht? Ist es ... so schlimm? Burkie war doch ganz vergnügt...

Er geht zur Tür, öffnet sie einen Spalt weit und schaut in die Gaststube hinein.

Die Mutter telefoniert. Sie hat sich noch nicht einmal umgezogen, steht mit dem Rücken zu ihm und spricht leise in den Hörer hinein.

Mit wem telefoniert sie? Was gibt es so Wichtiges, daß sie es sofort weitermelden muß?

Zwei Stunden später weiß Frank, wohin der Anruf ging: Tante Lucie kommt. Doch sie begrüßt ihn nur kurz, geht gleich mit der Mutter in die Küche. Und als er hinterher will, schlagen sie ihm die Tür vor der Nase zu. Er will lauschen, aber da kommt Onkel Willi und gibt ihm Geld. »Hier! Kauf dir ein großes Eis.«

Tante Lucie wird vorläufig bleiben, sagt die Mutter später. Warum, sagt sie nicht. Und als Frank fragt, ob Tante Gertruds Murkel denn nun kein Fieber mehr hat, schüttelt Tante Lucie nur den Kopf. Das kann genausogut ja wie nein heißen.

Weil sie nicht untätig herumsitzen kann, nimmt Tante Lucie sich der Küche an. Frank schaut ihr beim Geschirrspülen zu und versucht die Tante auszuhorchen. Doch er kann fragen, was er will, sie bleibt stumm, ist ganz anders als sonst, sieht empört aus und beleidigt – und fast ein wenig zornig.

In dieser Nacht schläft Frank nicht gut, und Tante Lucie liegt in Burkies Bett und tut nur so, als schlafe sie, um nicht immer wieder neue Fragen gestellt zu bekommen.

Auch beim Frühstück wird nicht viel geredet. Frank ahnt, daß die Erwachsenen gesprächig werden, sowie er auf dem Weg zur Schule ist, und macht absichtlich langsam. Aber das nützt nichts; solange er dabei ist, reden sie nicht.

In der Schule fällt es ihm schwer, dem Unterricht zu folgen, Fräulein Belinsky muß ihn mehrmals ermahnen. Und zum Schluß muß er auch noch vorlesen. Es wird ein furchtbares Gestottere.

Als die Quälerei endlich vorüber ist, eilt er nach Hause. Irgend etwas sagt ihm, daß es dort Neues zu hören gibt. Aber die Mutter und Tante Lucie sind nirgends zu sehen. Nur Onkel Willi steht hinter der Theke.

»Wo ist Mutter? Und wo ist Tante Lucie?«

Onkel Willi betrachtet Frank, als sähe er ihn zum ersten Mal. »Im Krankenhaus... Sie sind ins Krankenhaus gefahren.«

Frank wartet. Das kann nicht alles sein, irgendwas muß Onkel Willi noch dazu sagen.

»Der Doktor hat angerufen. Deinem Bruder... geht es schlechter.« Onkel Willi gießt sich einen Schnaps ein und trinkt ihn aus. »Aber warten wir lieber ab, was die Frauen sagen. Nichts wird so heiß gegessen, wie es gekocht wird.«

Also doch! Es geht Burkie nicht gut.

In der Küche steht ein Teller mit belegten Broten. Tante Lucie hat sie geschmiert, Frank erkennt das auf den ersten Blick. Er holt sich ein Malzbier und beißt in eines der Brote. Doch schon nach zwei weiteren Bissen legt er das Brot auf den Teller zurück und läuft zur Straßenbahnhaltestelle. Hier müssen Mutter und Tante Lucie aussteigen, wenn sie zurückkommen.

Er muß nicht lange warten, in der ersten Straßenbahn aus Richtung Weißensee sind die beiden Frauen.

»Wie geht es ihm?«

Frank erhält keine Antwort. Die beiden Frauen haben geweint, er sieht es, und das ist Antwort genug, auch wenn er nicht weiß, was es wirklich zu bedeuten hat.

Am Nachmittag sitzen sie dann zu viert im Hinterzimmer, die Gaststätte ist geschlossen. Onkel Willi betrachtet das Schnapsglas in seinen Händen, die Mutter und Tante Lucie sehen Frank an. Sie werden ihm gleich etwas mitteilen, was mit Burkie zu tun hat. Doch es kann nichts Gutes sein, das weiß er. Deshalb ist er nun gar nicht mehr neugierig. Er will gar nicht hören, was sie ihm zu sagen haben.

Die Mutter beginnt. Sie nimmt seine Hand zwischen ihre beiden Hände und sagt: »Frank! Du mußt jetzt ganz tapfer sein. Es gibt Dinge im Leben, die kann man nicht ändern, die muß man ertragen... Die Operation, weißt du ... sie kam zu spät.«

Zu spät? Was heißt das?

»Burkie ... wird ... sterben.« Die Mutter läßt Franks Hand los und legt den Kopf auf die Arme. Ein tiefes Schluchzen schüttelt sie.

Sterben! Da ist es, dieses furchtbare Wort! Burkie – wird – sterben. Er wird einfach nicht mehr da sein. Dieses Wort hat Frank gefürchtet, aber nun, da es gefallen ist, begreift er es nicht. Müßte denn jetzt nicht alles kaputtgehen? Burkie stirbt! Sein Burkie!

»Aber ... er war doch so lustig. Es ging ihm doch gut. Der Arzt...«

Tante Lucie spricht. Sie redet sehr leise, aber er versteht jedes Wort. »Es ist das Blut, es ist vergiftet. Es geht jetzt sehr schnell. Er phantasiert bereits. Morgen oder übermorgen wird er sterben.«

»Aber ... die Operation?«

»Sie kam zu spät. Das hast du doch gehört«, schaltet sich Onkel Willi ein.

Zu spät. Zu spät?! Dann... dann war er ja schuld. Hätte er gleich gesagt, daß... Vor Franks Augen verschwimmt alles. Und dann steht er auf und läuft fort. Die Erwachsenen begreifen nicht gleich, dann aber springt Onkel Willi auf, um ihm nachzulaufen. Er erwischt ihn kurz vor dem Hinterausgang.

Frank wehrt sich, schreit. »Laß los! Laß mich los, du – Buffke!« Und dann tritt er Onkel Willi vor das Schienbein. Er ist wie von Sinnen, aber die Gegenstände und Gesichter sieht er überdeutlich. Und er möchte in sie hineinschlagen, in diese Gesichter, die ihm das gesagt haben, möchte verletzen, weh tun.

Tante Lucie zieht ihn an sich. »Unser Herrgott ruft Burkie zu sich«, sagt sie. »Er wird es gut bei ihm haben.«

»Scheiße!« schreit Frank und boxt der Tante in den Bauch. Er sieht noch ihr beleidigtes und empörtes Gesicht vor sich. Warum tut sie denn jetzt so, als sei sie damit einverstanden, daß ihr lieber Herrgott Burkie zu sich ruft? Warum belügt sie ihn?

Die Mutter versucht, Frank zu greifen, aber er schlägt um sich, schlägt und tritt nach allen Seiten; es ist ihm ganz egal, wen und was er trifft. »Ihr seid schuld, ihr alle! Ihr habt ihn im Stich gelassen«, schreit er. Sie packen ihn zu dritt, tragen ihn durch den Flur ins Hinterzimmer zurück, legen ihn auf die Couch und halten ihn fest. »Beruhige dich doch«, bittet die Mutter, während sie ihn streichelt. Er aber wehrt sich weiter und ruft immer wieder: »Ich bin nicht schuld. Ich nicht. Ich hab es ihm ja gesagt.«

Irgendwann richtet die Mutter seinen Kopf auf. Er muß trinken, was sie ihm an die Lippen hält. Es schmeckt bitter, gallebitter, aber es bewirkt, daß er nach und nach ganz ruhig wird und einschläft.

Als Frank wieder erwacht, ist es Nacht, und er liegt noch immer auf der Couch. Tante Lucie sitzt bei ihm und betet, die Mutter und Onkel Willi sitzen am Ofentisch und trinken Schnaps. Sie haben noch nicht bemerkt, daß er wach ist, er kann sie beobachten, obwohl sie die Lampe mit dem Geschirrtuch abgedunkelt haben.

Tante Lucie weint beim Beten, weint ohne viele Tränen, weint, wie sie spricht und geht, wie sie arbeitet und lacht, still und leise. Die Mutter weint nicht mehr. Ihre Tränen sind versiegt, ihre Augen dick und rot und wie ausgetrocknet. Onkel Willis Kopf hängt über dem Tisch. Er stiert vor sich hin und schürzt ab und zu die Lippen.

Die Erwachsenen sind auch machtlos. Das erkennt Frank in diesem Augenblick. Und er wird es nie vergessen. Sie, die doch immer so tun, als gäbe es nichts, was sie nicht meistern könnten, sind genauso hilflos wie er.

Dein ganzes Leben lang

Am Samstag fahren die Mutter und Tante Lucie erneut nach Weißensee. Jeder Tag kann der letzte sein. Frank fährt mit. Er hat sich durchgesetzt, hat sich auf die Erde geworfen und geschrien und gedroht, daß er nie wieder ein Wort mit ihnen reden wird, wenn sie ihn nicht mitnehmen. Doch er mußte versprechen, tapfer zu sein, und er ist tapfer. Er war auch gestern nacht tapfer, hat gegessen, obwohl er nicht den geringsten Appetit verspürte. Und er hat noch einmal die Tropfen geschluckt, die dann dafür sorgten, daß er den Rest der Nacht, bis zum späten Morgen hindurch, tief und traumlos schlief.

Zur Schule braucht Frank nicht zu gehen. »Das kann niemand verlangen«, meinte die Mutter. Und auch die *Gemütliche Ecke* bleibt geschlossen. Onkel Willi schläft noch seinen Rausch aus. Er wollte nicht mit. »Wenn der Junge wach wird und mich sieht... lieber nicht«, hat er gesagt.

Die Mutter und Tante Lucie nehmen Frank in die Mitte. Sie stehen auf der Plattform der Straßenbahn, die Sitzplätze sind alle besetzt.

Es ist eine schweigsame Fahrt, keiner der drei sagt ein Wort. Es gibt auch nichts zu sagen.

Den Weg zur Station B 7 kennen sie nun, sie müssen nicht mehr suchen. Es ist still im Krankenhaus, sie sind die einzigen Besucher. Die Mutter klopft an die Tür, der Doktor öffnet selbst.

»Wie geht es ihm?«

Doktor Fällner nimmt Mutters Arm. »Er spürt nichts mehr. Morgen wird es vorbei sein.«

»Dürfen wir ihn sehen?«

»Selbstverständlich.« Der Doktor führt die Mutter durch den Flur, Tante Lucie und Frank folgen den beiden. Frank spürt, wie ihm schlecht wird. Gleich wird er Burkie sehen, Burkie, der nichts mehr spürt... Gibt es denn so etwas, leben und nichts mehr spüren?

Burkie liegt noch in demselben Zimmer, doch er kommt Frank kleiner vor als beim letztenmal; er atmet auch nur noch sehr schwach und unregelmäßig. Sein Gesicht ist eingefallen und sieht grau aus, gelblich grau.

»Burkie«, flüstert Frank.

»Nicht«, sagt die Mutter, aber der Arzt winkt ab: »Lassen Sie ihn nur.«

Da ruft Frank noch einmal, er ruft, als könne er den Bruder damit aufwecken: »Burkie! Burkie!« Und tatsächlich: Der Kopf bewegt sich, ganz schwach nur, aber er bewegt sich. Die Augen öffnen sich halb.

»Burkie! Ich bin's – Frank.«

»Ff...rank.« Es kommt ganz leise, wie gehaucht. Aber ein zartes Lächeln des Erkennens huscht über Burkies Gesicht.

Frank strahlt unter den Tränen. Wird Burkie vielleicht doch wieder gesund? Er sieht Dr. Fällner an. Doch der Arzt schüttelt den Kopf. Und als Frank sich wieder dem Bruder zuwendet, ist Burkie bereits in den vorherigen Dämmerzustand zurückgefallen. Ruhig und gelöst liegt er da. So ruhig, daß Frank nun versteht, was der Doktor meinte, als er sagte, Burkie spüre nichts mehr.

Aber wo ist Burkie in Gedanken? Was sieht er? Träumt er was? Sein Gesicht sieht so friedlich aus, als sei er ganz weit fort von ihnen, als sei er eingetaucht in etwas, von dem sie nicht mal eine Ahnung haben. Das große blaue Haus... Gibt es das wirklich?

Frank weiß nicht, wie lange er den Bruder schon so angestarrt hat, als die Mutter sich über Burkie beugt und ihn zum Abschied erst auf die Stirn und dann noch einmal wie verzweifelt auf den Mund küßt.

Auch Tante Lucie beugt sich über Burkie, küßt ihn und schlägt das Kreuz über ihn. Und als sie zurücktritt, bekreuzigt sie sich selbst.

Der Doktor gibt Frank ein Zeichen. Er soll sich verabschieden. Frank schüttelt den Kopf: Jetzt gehen? Wo er den Bruder nie wiedersehen wird?

Der Arzt legt Frank die Hand auf die Schulter: »Verabschiede dich. Es muß sein. Du verlierst ihn ja nicht. In deinen Gedanken wird er immer bei dir sein – dein ganzes Leben lang.«

Das ist schön, was der Doktor da gesagt hat. Selbst durch den Schmerz hindurch empfindet Frank diese Worte als Trost. Und deshalb gehorcht er nun. Vorsichtig beugt er sich über Burkies Gesicht und küßt ihn auf die Stirn, wie er es von der Mutter gesehen hat. Und wie eine irre Hoffnung kommt ihm dabei der Gedanke, was wäre, wenn Burkie plötzlich die Augen aufschlagen und verkünden würde: »Es war alles nur ein Scherz. Na, da hattet ihr aber Schiß, was?«

Doch Burkie schlägt nicht die Augen auf. Er liegt da, so teilnahmslos, als gingen ihn die Tränen der drei Menschen, die er am liebsten hatte, gar nichts an.

Wieder tritt der Arzt an Frank heran: »Bedenk doch, das letzte, was er gesehen hat, war dein Gesicht. Aber jetzt mußt du wirklich gehen.«

Franks Blick sucht erst die Mutter, dann Tante Lucie. Die Tante legt den Arm um ihn. »Er wird es guthaben.«

»Gibt es das große blaue Haus wirklich?«

Tante Lucie schiebt ihn sachte zur Tür. »Natürlich!«

In der Tür wendet Frank sich noch einmal um, sieht den dünnen Körper, wie er sich unter der Bettdecke abzeichnet, das schmale Gesicht und das dunkelblonde, viel zu lange Haar. Dann dreht Tante Lucie seinen Kopf weg und führt ihn von dem Krankenzimmer fort.

Regentage

Frank liegt auf der Couch, kann nicht mehr weinen und an nichts mehr denken. Als Tante Lucie kommt und ihm sagt, daß er nun ins Bett müsse, es sei ja schon mitten in der Nacht, steht er auf und folgt ihr. Und genauso willenlos schluckt er die Schlaftropfen. Doch als er im Bett liegt, läßt er Tante Lucies Hand nicht los. Nur nicht allein sein jetzt, nur nicht allein sein!

Irgendwann aber wirken die Tropfen, und er schläft ein, träumt wirres Zeug von langen weißen Krankenhausfluren, durch die Burkie und er laufen wie auf einer Flucht. Und sie flüchten ja auch, raus aus dem Krankenhaus, weg von den Erwachsenen.

Aber immer wenn sie am Ende eines der Flure angelangt sind, steht ein Erwachsener da und schüttelt den Kopf. Mal ist es die Mutter, mal Tante Lucie, mal Dr. Fällner.

Der Traum wird so heftig, die Flucht durch die Gänge ein solches Gehetze, daß Frank trotz der Schlaftropfen aufwacht und in Tante Lucies besorgtes Gesicht blickt. »Hab keine Angst«, sagt sie. »Ich bleib ja bei dir.« Und dann streichelt sie ihm die Hand, bis er wieder einschläft.

Als Frank am Morgen erwacht, braucht er einige Zeit, um zu sich zu kommen.

Burkies Bett ist leer, also ist Tante Lucie schon aufgestanden. Er zieht sich an, läuft die Treppe hinunter und klopft an die Hintertür. Er hat ja keinen Schlüssel, Tante Lucie hat ihn. Als niemand öffnet, läuft er auf die Straße, geht zum Gaststätteneingang und bleibt wie betäubt stehen: An der heruntergelassenen Jalousie hängt ein Zettel. *Wegen Familientrauer geschlossen.*

Burkie ist tot! Nun ist es endgültig.

Frank starrt auf das Stück Papier, bis sich ein Arm um seine Schultern legt: Herr Modersohn. Der kleine Mann zieht ihn fort. »Du frühstückst heute bei uns.«

Als Frank dann in der Schneiderstube sitzt, vor den belegten Broten und der Milch, die ihm die Schneidersfrau vorsetzt, erzählt Herr Modersohn: »Der Anruf kam mitten in der Nacht. Und da sind sie gleich losgefahren, sie hatten keine Ruhe mehr.«

»Dürfen sie ihn noch einmal sehen?«

»Bestimmt.«

Frank hätte Burkie auch gerne noch einmal gesehen, aber auch das dürfen Kinder wohl nicht.

Er muß sich damit abfinden! Das hört Frank oft an diesem Tag. Er hört es von den Schneidersleuten, und er hört es von der Mutter und Tante Lucie, die berichten, daß Burkie ganz friedlich eingeschlafen sei, ja, daß sein Gesicht zum Schluß richtig heiter und gelöst ausgesehen hätte.

Frank weiß, er wird sich nie damit abfinden. Jeder Gegenstand, der ihm vor Augen kommt, erinnert an den Bruder. Da ist die Pfanne, in der Tante Lucie gerade Rührei macht – Burkie hat in ihr Stullen geröstet. Da ist das Schuhregal, vor dem Burkie saß und die Schuhe putzte. Und ganz unten rechts im Regal die Fußballschuhe, die selbstgefertigten, von vielen Jungen bewunderten Töppen – sie stehen da, als warteten sie darauf, daß Burkie zurückkommt.

Frank nimmt den Schlüssel und geht hinauf in den ersten Stock. Dann steht er in dem Zimmer, in dem Burkie und er immer schliefen, und ihm ist, als sähe das Zimmer ihn an. Eine panikartige Furcht überkommt ihn. Er stürzt zu den Schlaftropfen hin, die auf Burkies Nachttisch stehen, läßt drei Tropfen auf den Teelöffel fallen und schluckt sie. Er spürt den ihm schon vertrauten bitteren Geschmack auf der Zunge und legt sich ins Bett. In wenigen Minuten wird er schlafen...

Dann ist es Montag. Frank steht auf dem Balkon. Ein grauer Wind kommt auf, der Himmel bezieht sich mit dicken, dunklen Wolken, Papierfetzen werden aufgewirbelt, die Leute halten ihre Hüte fest, streben nach Hause. Die ersten Blitze zucken auf, und dann regnet es. Seit langer Zeit, seit vielen Wochen regnet es wieder. Dicke Blasen klatschen auf die Erde.

In der Schule schauen jetzt bestimmt alle zum Fenster. Aber er muß nicht zur Schule. Wenn einem der Bruder gestorben ist, muß man nicht lernen; wenn einem der Bruder gestorben ist, darf man alles machen, dann haben die Erwachsenen für alles Verständnis.

Es regnet den ganzen Tag, auch als zu Abend gegessen wird. Doch niemand langt richtig zu, nur Onkel Willi hat Appetit. Frank beobachtet ihn. Solche Menschen gibt es also auch: Sie trinken zwei Tage lang Schnaps, dann ist der Fall für sie erledigt.

Die Mutter berichtet, wo sie überall gewesen ist. Sie ist den ganzen Tag herumgerannt, hat Behörden besucht, Papier ausgefüllt, einen Sarg gekauft und einen Platz auf dem Friedhof bestellt. Auf dem Friedhof hatte sie Glück, die Stelle neben Burkies Vater ist noch frei.

Frank fragt, wo Burkie bis zur Beerdigung bleiben wird. Als er es erfährt, verschlägt es ihm den letzten Appetit: Burkie liegt in einem Keller, in einem kalten, unfreundlichen Krankenhauskeller, zusammen mit anderen Toten. Hätte man ihn denn nicht besser in seinem Zimmer gelassen? Kann er nicht dort warten, bis er geholt und eingegraben wird?

»Das Zimmer wird doch gebraucht.« Die beiden Frauen wechseln einen Blick und beginnen von etwas anderem zu sprechen. Aber Frank läßt nicht locker. Wie das denn zusammenpaßt, fragt er, das Eingegrabenwerden mit dem großen blauen Haus?

»Nur die Hülle wird beerdigt«, erwidert Tante Lucie geduldig. »Die Seele, das Wertvollste am Menschen, steigt in den Himmel auf.«

Frank ist mißtrauisch. Glaubt Tante Lucie das wirklich, oder will sie ihn nur trösten? Onkel Willi jedenfalls glaubt der Tante nicht. Er grinst ironisch. Und als Tante Lucie sagt, daß der liebe Gott die guten Menschen zuerst zu sich rufe, weil solche wie Burkie zu schade für diese Welt wären, da legt er ärgerlich das Messer beiseite. »Erzähl nicht solchen Quatsch! Da wird einem ja schlecht.« Und er geht in die Gaststube, um einen zu kippen, damit ihm nicht tatsächlich schlecht wird.

Tante Lucie ist beleidigt, aber die Mutter gibt Onkel Willi recht. »Wirklich, Lucie! Du solltest dem Jungen nicht so etwas erzählen.«

Da steht die Tante auf und geht in die Küche.

»Warum soll Tante Lucie denn so was nicht erzählen?« fragt Frank.

»Weil es nicht stimmt«, antwortet die Mutter. »Überleg doch mal: Ist Tante Lucie kein guter Mensch? Na bitte! Und hat der liebe Gott sie zu sich gerufen?«

Frank geht auch am nächsten Tag, einem Dienstag, nicht in die Schule, sitzt den ganzen Vormittag in seinem Zimmer und blättert in Burkies Schulbüchern herum. Hotte wird kommen und sie abholen, um sie in der Schule abzugeben.

In manche Bücher hat Burkie was hineingekritzelt. Oder er hat Männern Bärte angemalt. Das ist verboten. Komisch, daß er es doch getan hat. Es paßt nicht zu ihm. Oder war er vielleicht gar nicht so vernünftig, war er nur zu ihm so?

Auch zum Mittagessen geht Frank nicht nach unten, Burkies leerer Platz stört ihn. Tante Lucie bringt ihm den Topf mit der Kartoffelsuppe und einen extra vorgewärmten tiefen Teller. Die Mutter ist wieder unterwegs, sie muß Taxis bestellen und einen Kranz besorgen.

Als es klingelt, fährt Frank zusammen. Er schleicht sich auf Zehenspitzen in den Flur, schiebt den Hocker vor das Guckloch, steigt hinauf und späht hindurch: Es ist Hotte.

Frank öffnet, und Hotte tritt ein. »Ich soll die Bücher holen.«

Frank zeigt auf den Tisch.

Hotte nimmt die Bücher und blickt Frank an. »Übrigens – ich war gestern zum Training bei Hertha.«

Frank will nicht heulen, die Tränen kommen ganz von allein.

Hotte beeilt sich fortzufahren: »Das Training war dufte. Burkie... Burkie wäre ganz begeistert gewesen. So richtig mit Taktik und so, verstehste?«

Frank versteht, aber es wäre ihm lieber, Hotte würde nicht soviel von Burkie reden. Hotte aber scheint es darauf angelegt zu haben. »So ein Fußballer wie Burkie werde ich nie«, sagt er leise.

»Doch!« Frank macht den Mund auf. Was hatte Burkie ihm aufgetragen? Er soll aufpassen, daß Hotte nicht die Lust verliert. »Du mußt nur mehr trainieren.«

»Meinste das wirklich?«

»Ja, das hat Burkie auch immer gesagt.« Frank erinnert sich an jedes Wort des Bruders. »Du bist schnell, viel schneller als er. Und du kannst gut schießen.«

Hotte geht zur Tür. »Wenn du Lust hast, komm doch mal auf den Nordmarkplatz. Wir spielen fast jeden Tag.« Und dann zögert er und sagt: »Wenn du willst, sind wir jetzt Freunde – abgemacht?«

Frank nickt. Hotte ist zwar kein Burkie, aber ein ganz prima Hotte.

Als die Mutter wiederkommt, ist sie pitschnaß. Sie zieht die Schuhe aus und reibt sich die müden Füße. Ihre Haare hängen ihr wirr in die Stirn. Tante Lucie, die sich gerade notiert, was sie den Trauergästen vorsetzen will, bedauert sie, aber die Mutter stellt nur die Füße in eine Schüssel mit heißem Wasser und sagt: »Ich bin ganz froh, daß ich zu tun habe. Wenn ich mir vorstelle, ich müßte herumsitzen, die Hände im Schoß... nein, das wäre nicht zu ertragen.«

Danach bespricht sie mit Tante Lucie alle Notizen. Frank hört zu und wundert sich: Zur Beerdigung wird es fast die gleichen Gerichte geben wie zu Mutters Hochzeit. Und überhaupt: Muß eine Beerdigung denn gefeiert werden?

»Wie viele Trauergäste werden es denn sein?« fragt die Mutter.

»Siebenundvierzig.« Tante Lucie hat alles genau ausgerechnet.

»So viele?« staunt die Mutter. Aber dann sagt sie, und es liegt Stolz in ihrer Stimme, obwohl sie dabei fast weinen muß: »Ist schon richtig, Burkie war ja immer ... sehr beliebt.«

Frank möchte auch mit zur Beerdigung. Die Mutter und Tante Lucie aber erklären, das käme gar nicht in Frage, dafür wäre er noch zu klein. Und ehe Frank weiter auf die Frauen einreden kann, kommt Onkel Willi, lehnt sich an den Küchenschrank und druckst herum.

Die Mutter ahnt was. »Hast du etwa deine Skatbrüder für heute abend eingeladen?«

Onkel Willi hat. Und er meint, das Leben ginge weiter; davon, daß der Skatabend ausfiele, würde Burkie ja auch nicht wieder lebendig.

»Meinetwegen«, sagt die Mutter. »Aber erwarte nicht, daß ich euch auch noch bediene, das mußt du schon selber tun.«

Über Onkel Willis Gesicht breitet sich Zufriedenheit aus. Er fühlt sich nicht ganz wohl in seiner Haut, aber er geht beschwingt in die Gaststätte, um alles vorzubereiten.

»Hauptsache, er hat seine Bequemlichkeit und sein Vergnügen!« Die Mutter rubbelt sich die Füße trocken und zieht frische Strümpfe an. »Wenn man ihm das läßt, ist er zufrieden.«

Tante Lucie ist anderer Meinung. »Er hat kein Herz«, sagt sie. Aber dann erschrickt sie über das, was sie da eben gesagt hat, und verbessert sich schnell: »Das heißt, natürlich hat er eins, aber er zeigt es nicht.«

Das gehört dazu

Der Regen hat nachgelassen, fein und gleichförmig benetzt er die glänzende, wie ausgewaschene Straße. »Ein richtiger Friedhofstag«, sagt Tante Lucie.

Obwohl er an der Beerdigung nicht teilnehmen darf, hat man Frank herausgeputzt; er trägt die dunkelsten Kleider, die er besitzt. Aber er ist nicht der einzige, der so herumläuft. Alle Trauergäste sind dunkel gekleidet, all die Verwandten und Bekannten, die seit dem frühen Morgen die Gaststube füllen. Es ist eine richtige dunkle Schar, und es sind Leute darunter, die Frank noch nie gesehen hat. Doch wenn er ihnen guten Tag sagt, schlagen sie die Hände über dem Kopf zusammen und staunen, wie groß er geworden ist.

An normalen Tagen wäre Frank stolz, ein so großer, von allen bewunderter Junge zu sein; heute befremdet ihn das. Alle diese Leute, die ihn da bestaunen, prahlen ja auch, wie gut sie Burkie gekannt hätten und was für ein feiner Kerl er gewesen wäre. Von den meisten aber kennt er nicht einmal die Namen. Wenn sie Burkie so über alles schätzten, warum haben sie ihn dann nicht besucht, als er noch am Leben war?

Frank sucht die Gesichter ab, sucht jemanden, der sich gleich ihm unwohl fühlt in dieser Gesellschaft, und findet einen: Herrn Modersohn. In einem viel zu engen und viel zu kurzen schwarzen

Anzug kommt der kleine Schneidermeister auf ihn zu und macht ein verschmitztes Gesicht. »Da lachst du, was? Ein Schneidermeister in einem Anzug, der nicht paßt, ist keine Reklame fürs Geschäft.«

Frank antwortet nichts, wagt auch nicht zu lächeln.

Draußen fahren die Taxis vor, eins nach dem anderen. Die Trauergäste setzen sich in Bewegung, und Frank und Herr Modersohn gehen mit auf die Straße hinaus und stellen sich dicht an die Hauswand, um sich vor dem leichten Nieselregen zu schützen und die Abfahrt der Taxis beobachten zu können. Ganz zuletzt kommen Mutter und Tante Lucie mit Onkel Willi. »Nicht wahr, Herr Modersohn«, bittet die Mutter den Schneidermeister, »Sie haben ein Auge auf Frank.«

Herr Modersohn nickt, und Frank, der die Schlüssel in die Hand gedrückt bekommt, sieht den kleinen Mann erstaunt an. »Gehen Sie nicht mit?«

Herr Modersohn wartet mit der Antwort, bis sie allein sind. Dann sagt er: »Das mußt du verstehen – ich kann es nicht ertragen. Es ist alles so ... so unecht. Wachsblumen, Papier, Reden aus dem Buch – für Tote gibt's nur Totes.«

Frank denkt an die lange Zeit, die der Schneidermeister im Keller zubrachte, das war ja auch fast wie tot sein, und zum erstenmal wagt er es, Herrn Modersohn danach zu fragen.

Herr Modersohn schließt für kurze Zeit die Augen. »Ja, es war schlimm, aber es war auszuhalten. Ein Mensch kann unheimlich viel aushalten.« Und nach einer kurzen Pause fügt er hinzu: »Du auch. Da bin ich mir ganz sicher.«

Frank fragt nichts mehr, sieht nur den abfahrenden Taxis nach und geht dann trotz Herrn Modersohns Bitte, doch mit ihm zu kommen, in den ersten Stock hinauf und legt sich auf Burkies Bett.

Wenn Tante Lucie recht hat und Burkies Seele noch lebt, sieht sie dann jetzt seiner Beerdigung zu, oder schwebt sie hier durch die Gegend? Der Gedanke läßt ihm keine Ruhe. Er bekommt eine Gänsehaut, steht auf, geht auf den Balkon und sieht zum Himmel empor. Er ist grau, weit und breit nichts als grau. Man müßte wissen, was hinter dem Himmel ist, und dahinter. Ja, und auch dahinter und immer weiter, irgendwo muß doch Schluß sein …

Gisela kommt die Straße entlang, bleibt unter dem Balkon stehen und schaut neugierig zu ihm hoch. »Gehste nicht mit zur Beerdigung?«

Frank schüttelt stumm den Kopf. Und als Gisela nicht weitergeht, sondern nur immerfort zu ihm hochschaut, als gäbe es irgendwas Besonderes an ihm zu sehen, fragt er sie nach Hotte, obwohl er die Antwort kennt: Hotte, Burkies Klasse und der gesamte SC Nordring sind mit der Straßenbahn zum Friedhof gefahren. Er hat sie einsteigen sehen. Herr Kroll war auch dabei. Und auch Moni.

Gisela erzählt, daß Hotte zur Beerdigung ein ganz neues Hemd bekommen hat, weil seine anderen Hemden nicht mehr gut genug waren, und fragt Frank dann, ob er keine Lust hat runterzukommen. Frank schüttelt wieder nur den Kopf. Und damit er Gisela endlich los wird, geht er ins Zimmer zurück und legt sich wieder hin.

Als dann die Taxis zurück sind, sitzen die Trauergäste in der Gaststube und unterhalten sich flüsternd. »Eine schöne Beerdigung«, sagen sie. »Der Pfarrer hat so schön gesprochen.« Und: »Die arme Lisa! Erst die beiden Männer – jetzt der Junge.« Und wenn Frank vorbeikommt, halten sie ihn fest und bitten ihn: »Sei nur immer schön brav und mach deiner Mutter keine Sorgen. Du bist doch nun ihr ein und alles.«

Es wird gegessen und getrunken. Die Mutter nannte es vorhin ärgerlich den »Leichenschmaus«. Ein schreckliches Wort, findet Frank. Und ein schrecklicher Brauch. Essen aus Trauer? Das soll verstehen, wer will. Er jedenfalls ißt nichts, und Mutter und Tante Lucie tun nur so, wegen der Gäste. Und Onkel Willi weicht nicht von der Theke, kippt einen Klaren nach dem anderen.

Frank geht in die Küche und sieht Tante Lucie zu. Sie lächelt aufmunternd. »Bald haben wir es geschafft. Es ist nicht schön, aber es gehört dazu.«

Morsezeichen

Tante Lucie steht vor Franks Bett. Sie ist fertig angezogen und verabschiedet sich: »Ich komm euch bald mal wieder besuchen.«

Daß Tante Lucie nun auch noch gehen muß? Und schon so früh am Morgen? Frank hat keine Ruhe mehr. Er steht auf, geht ins Bad und macht sich fertig. Dann nimmt er die Schlüssel und steigt die Treppe hinab, um durch den Hintereingang die Gaststätte zu betreten.

Die Mutter öffnet gerade das Lokal, Onkel Willi ist im Keller beschäftigt. Frank betritt das Hinterzimmer – und bleibt wie erstarrt stehen: Auf dem Tisch liegen Burkies Kleider, das Hemd, die Hose und die Jacke, die er anhatte, als die Mutter ihn ins Krankenhaus brachte. Und daneben liegt der Fußball, der neue gelbe, noch ganz glatte Fußball, über den Burkie sich freuen sollte ...

Frank spürt nur noch, wie ihm der Fußboden entgleitet, dann spürt er nichts mehr. Als er wieder zu sich kommt, liegt er im Bett und weiß nicht, ob er alles nur geträumt hat. Doch die Mutter sitzt bei ihm, sieht ihn besorgt an und sagt, daß er ohnmächtig geworden sei. »Ich wußte doch nicht, daß du so früh runterkommst«, entschuldigt sie sich. »Sonst hätte ich die Sachen längst fortgeräumt.«

»Wo kommen sie denn auf einmal her?«

»Onkel Willi hat sie geholt.«

Frank legt den Kopf zurück. Burkies Kleider! Das ist, als wäre er nun doch aus dem Krankenhaus zurückgekommen. »Den Ball!« bittet er leise. »Ich will den Fußball.«

Die Mutter steht auf und holt ihm den Ball. Frank schiebt ihn unter seine Bettdecke und guckt die Mutter ernst an.

Die Mutter versucht zu lächeln. Und dann redet sie mit Frank, spricht zu ihm wie zu einem Erwachsenen. Sie müsse sich nun auf ihn verlassen können, sagt sie. Früher habe sich Burkie sehr viel um ihn gekümmert, sie jedoch habe keine Zeit, den ganzen Tag neben ihm zu stehen. Aber er sei ja nun schon groß.

»Warum durfte ich dann nicht mit auf den Friedhof?«

An einer Beerdigung sei doch nichts Schönes, antwortet die Mutter. Außerdem habe er in den letzten Tagen genug Trauriges mitgemacht. Auf Franks Bitte hin aber erzählt sie ihm, wie es auf dem Friedhof zugegangen war. Und Frank sieht wieder einmal alles vor sich: die kleine Kapelle, in der der Bruder aufgebahrt lag, die vielen Jungen, die um den Sarg herumstanden, die Grube und den leichten Nieselregen, der über allem lag ...

Als die Mutter nichts mehr zu erzählen weiß, deckt sie ihn bis unters Kinn zu und bittet ihn, heute einmal im Bett zu bleiben. Es sei sehr erholsam, einmal einen ganzen Tag nur im Bett zu liegen und zu schlafen und zwischendurch mal ein bißchen zu lesen. Wenn sie könnte, würde sie gerne mit ihm tauschen.

Frank nickt und bleibt, als die Mutter gegangen ist, auch wirklich liegen, obwohl ihm die Stille in der kleinen Wohnung eher unheimlich als beruhigend erscheint. Nur die Geräusche von der Straße her durchbrechen sie, das Aufspritzen des Pfützenwassers, wenn ein Auto hindurchfährt, und das fortwährende, gleichförmige Klopfen des Regens auf das Fensterblech. Er versucht noch einmal, sich die Beerdigung auszumalen, den Regen und die Gesichter der Leute, die gesagt haben sollen, der Himmel weine dazu. Er kennt den Friedhof ja, geht oft mit der Mutter mit, wenn sie Burkies Vater besucht, doch so richtig gelingt ihm das nun nicht mehr.

Das Klopfen des Regens wird stärker und geht in ein Prasseln über. Frank steht auf, öffnet die Balkontür und schaut in den strömenden Regen hinaus. Es gießt nun wie aus Schläuchen. Und es pladdert dermaßen auf den Balkonfußboden nieder, daß der Abfluß Mühe hat, all die Wassermassen aufzunehmen.

Frank bekommt Lust auf diesen Regen. Wie in einem See muß es ein, wenn er in ihm badet. Rasch zieht er sich aus, stellt sich auf den Balkon und hält das Gesicht in den Regen, der nun auf ihn herunterrauscht, als stünde er unter einer Dusche.

Er steht lange so da, regungslos und ohne irgendwas zu denken. Erst als er ins Bad geht, um sich abzutrocknen, erinnert er sich daran, daß er schon einmal so im Regen gestanden hatte, zusammen mit Peter Hammerstein, und daß dann Burkie kam und mit ihm schimpfte, weil er sich dabei verkühlt haben könnte.

Heute hat er sich bestimmt verkühlt; er weiß das, denn er zittert nun. Aber das macht ihm nichts aus. Es war schön im Regen. Schon lange hat er sich nicht mehr so gespürt.

Am Morgen darauf hat Frank dann tatsächlich Fieber. Ihm ist so heiß und trocken zumute, daß er immerzu trinken möchte.

Die Mutter seufzt. »Mir bleibt auch wirklich nichts erspart«, sagt sie, gibt ihm Medizin zu schlucken und befiehlt ihm, weiter im Bett zu bleiben.

Frank wüßte auch nicht, was er sonst tun sollte. Zur Schule zu gehen hat er keine Lust, und auf die Straße will er auch nicht; er möchte niemanden sehen. Schlafen aber kann er nicht, also versucht er zu lesen. Doch auch das geht nicht, er kann sich nicht konzentrieren. Und dann wird es heiß im Bett, unerträglich heiß. Ob das von der Medizin kommt? Frank streckt erst ein Bein unter der Decke hervor, dann das zweite, und schließlich wirft er die Decke ganz von sich und geht ins Bad, um sich frisch zu machen.

Im Bad hängt Burkies blau-weiß gestreifter Bademantel, sein Heiligtum, der »Hertha-Mantel«. Nie durfte Frank ihn auch nur berühren. Jetzt zieht er ihn an und geht mit ihm auf den Balkon.

Die Sonne bemüht sich, durch zwei Wolkenwände hindurchzuschielen. Es sieht so aus, als richte sich der Strahl einer riesigen Taschenlampe auf den Balkon. Gibt Burkie Signale? Frank lehnt sich an die Wand, schließt die Augen und träumt: Burkie sitzt auf den Wolken und läßt die Beine baumeln. In der Hand hält er eine große Taschenlampe, die er immer wieder aufleuchten läßt, mal kurz, mal lang. Morsen heißt das. Burkie und Hotte haben es im Winter geübt. Wenn es dunkel war, hielten sie die Lampen aus den Fenstern und morsten quer über den Hof. Frank kennt keine Morsezeichen, aber er weiß, was Burkie ihm ausrichten will: »Komm auf den Friedhof! Komm auf den Friedhof!«

Er öffnet die Augen. Natürlich! Auf den Friedhof muß er, da ist Burkie ja jetzt. Und er kennt auch den Weg: Mit der 72 bis eine Station vor dem Weißenseer See. An der Haltestelle ist ein Kaufhaus ... Rasch zieht er sich an und läuft aus der Wohnung – der Mutter, die gerade wieder nach ihm sehen will, direkt in die Arme.

»Wo willst du denn hin? Geht's dir besser?«

»Ja«, sagt Frank und will vorbeisausen, aber die Mutter hält ihn fest. »Bevor ich dein Fieber nicht gemessen habe und du nichts gegessen hast, gehst du mir nicht auf die Straße.«

Das Fieber ist nicht gesunken, es ist noch weiter gestiegen: 39,7! Frank muß essen und sich anschließend im Hinterzimmer auf die Couch legen. Doch nicht lange, und die Couch verwandelt sich in eine Wiese. Er liegt auf dem Nordmarkplatz, mitten in dem hohen, wilden Gras, Burkie kommt auf ihn zu und macht ein strenges Gesicht.

»Warum bist du nicht gekommen?«

Frank will antworten, aber der Bruder legt einen Finger vor den Mund: »Nicht sprechen!« Und dann sieht er Frank traurig an und sagt: »Komm auf den Friedhof. Ich warte auf dich.«

Frank muß schwören. Er will erst nicht, aber dann streckt er drei Finger in die Luft und gibt Burkie sein großes chinesisches Paprikaschoten-Ehrenwort, gleich zu kommen.

Burkie ist zufrieden. Er steckt sich einen Grashalm in den Mund und geht langsam davon.

Frank erwacht, ist schon wieder völlig durchgeschwitzt und muß auf die Toilette. Im Flur hört er die Mutter mit Onkel Willi reden. Sie sind in der Küche. Die Mutter macht sich Sorgen, führt sein Fieber auf Burkies Tod zurück, aber Onkel Willi will davon nichts wissen. »Du machst dir viel zuviel Gedanken«, sagt er. »In einem halben Jahr hat er ihn vergessen. Er ist doch noch ein kleiner Knirps.«

Frank beeilt sich und läuft zurück ins Wohnzimmer. Er muß die Zeit nutzen, in der die beiden in der Küche sind. Hastig zieht er seine Schuhe an und öffnet die Tür zur Gaststube.

Es sind nur wenige Gäste da, die Mutter und Onkel Willi sind noch nicht zurück.

Frank grüßt freundlich und geht an die Kasse, als hätte er den Auftrag, Geld aus der Kasse zu nehmen. Er braucht ja Fahrgeld für die Straßenbahn. Als er hat, was er benötigt, geht er auf die Straße und beginnt zu laufen.

Von den Wolken ist kein Fussel mehr zu sehen, die Straßenbahn fährt durch einen glitzernd klaren Tag. Doch sie braucht wieder mal sehr lange, und an der Station, an der die Mutter und Frank immer ausstiegen, wenn sie zu Burkie ins Krankenhaus wollten, steht sie wie angewachsen. Frank muß an den Tag denken, an dem die Mutter und er Burkie zum letzten Mal besuchten. Wie lange ist das her? Nur eine Woche – oder einen Tag? Ihm ist, als wäre seitdem sehr viel mehr Zeit vergangen.

Endlich das Kaufhaus an der Ecke! Frank steigt aus und geht an dem Blumenladen vorüber, in dem die Mutter immer die Blumen für Burkies Vater kauft.

Hätte er nicht auch Geld für Blumen mitnehmen müssen? Darf man denn ein Grab besuchen, ohne Blumen mitzubringen? Unsicher schaut Frank sich um.

Auf der linken Straßenseite sind Gärten, dort stehen auch Blumen, sogar wunderschöne Blumen, rote, gelbe und violette. Aber die Gärten sind umzäunt, da kommt er nicht heran.

Das schmiedeeiserne Friedhofstor. Frank bleibt stehen. Ein seltsames Gefühl beschleicht ihn, Angst steckt darin, Respekt und irgend etwas Großes, Geheimnisvolles. Nur langsam geht er weiter, geht den Weg, den er schon so oft mit der Mutter gegangen ist, weshalb ihm all die fremden Namen auf den Grabsteinen links und rechts des Weges so vertraut sind. Auch Kinder sind darunter. Eines ist dabei, das wurde nur ein halbes Jahr alt. Es heißt Knut. Würde Knut noch leben, wäre er jetzt schon erwachsen ...

Das Grab von Burkies Vater! Und daneben ein hohes, neues Grab mit vielen Kränzen und noch ohne Grabstein – Burkies Grab.

Frank wird noch langsamer, aber er geht weiter. Und dann steht er vor dem hohen Grab mit den vielen Kränzen und Blumen, weiß nicht, was er tun soll, und schaut zum Nachbargrab hin, das er besser kennt, weil er der Mutter dort schon oft beim Unkrautjäten geholfen hat.

Hier ruht unvergessen
Georg Scholz
1903–1938

steht auf dem Holzkreuz zwischen den beiden Buchsbäumen. Burkies Vater. Das Holzkreuz war sein Wunsch.

Burkie wird kein Holzkreuz, er wird eines aus Stein erhalten.

Hier ruht unvergessen
unser lieber Junge
Burkhard
1936–1950

wird draufstehen. Mehr nicht. Kein Nachname. Tante Lucie hätte zwar lieber gesehen »Hier ruht in Gott ...«, aber die Mutter hatte sich durchgesetzt, wie damals bei ihrem ersten Mann. »Unvergessen ist schöner«, hat sie gesagt.

Es fällt Frank schwer, sich vorzustellen, daß Burkie unter diesem Haufen Kränze begraben liegt. Aber noch zweifelhafter erscheint es ihm, eines Tages selbst auf einem Friedhof begraben zu werden. Wie alt wird er dann sein? Dreißig? Oder sechzig? Wird man ihn als Opa beerdigen oder bevor er überhaupt ein Mann geworden ist – wie Burkie? Und wenn er im Krieg fällt, wie sein Vater? Dann wird er gar kein Grab bekommen. Oder besser: Er wird eins bekommen, aber niemand wird wissen, wo es ist.

Auf einem der Kränze steht *Dein Bruder Frank.* Den Kranz hatte er gesehen, er lag auf dem Tisch neben dem Ofen ...

Ob Burkie weiß, daß er hier ist? Frank hebt den Kopf und sieht zum Himmel auf.

Burkie hatte von einem großen blauen Haus gesprochen, und Tante Lucie hat gesagt, das gebe es wirklich. Vorhin, das mit den Morsezeichen und Burkies Besuch auf dem Nordmarkplatz, das war nur ein Traum, aber wenigstens hatte er Burkie wiedergesehen ... Frank schließt die Augen und versucht, sich Burkies Gesicht in Erinnerung zu rufen. Er sieht auch einen Jungenkopf – aber der Junge ist nicht Burkie. Er versucht es noch einmal – und wieder sieht er ein fremdes Gesicht. Erschrocken öffnet er die Augen. Also hatte Onkel Willi doch recht, er hat Burkie bereits vergessen, kann sich nicht einmal mehr an sein Gesicht erinnern! Und dabei hatte Dr. Fällner doch gesagt, daß er Burkie nie vergessen wird ...

Was ist er nur für ein Bruder? Nicht mal ein paar Tage sind vergangen, und schon hat er Burkies Gesicht vergessen. Und Blumen hat er ihm auch keine mitgebracht.

Blumen! Er hat doch welche gesehen, rote, gelbe, violette; er wird Blumen holen, wird einfach über den Zaun steigen. Hastig läuft Frank durch die Grabreihen. »Auf dem Friedhof wird nicht gerannt«, schimpft eine alte Frau – doch Frank hört nicht, läuft durch das schmiedeeiserne Tor hindurch, über die Straße und in den Mittelweg der Kleingartenanlage hinein.

Blumen! Überall blühen Blumen. Und sie sind viel schöner als die im Blumenladen. Frank schaut sich um, erklimmt einen Zaun, steigt darüber hinweg und steht auch schon mitten in einem Blumenbeet. Rasch bricht er Blume um Blume, beeilt sich so sehr, daß er nicht einmal erkennt, welche Blumen er pflückt. Auf einmal aber erstarrt er mitten in der Bewegung – er hat Schritte gehört, leise Schritte. Jemand schleicht sich von hinten an ihn heran. Er will herumfahren, doch der Jemand, der sich ihm genähert hat, ist schneller. »Hab ich dich!« sagt eine Baßstimme, und eine riesige Hand packt seinen Hals.

Frank will schreien, um Hilfe rufen, aber er bekommt kein Wort heraus. Und der Griff des Mannes ist so fest und eisenhart, daß er nur mit Mühe seinen Kopf herumdrehen kann.

Der Mann, der ihn gepackt hält, ist wirklich ein Riese, trägt einen gewaltigen braunen Schnurrbart im Gesicht und riecht nach Bier.

»Du Dieb!« sagt der Riese. »Endlich hab ich dich mal erwischt.«

Am allerwenigsten du

Die Mutter schimpft und fragt wieder mal, was sie denn noch alles mitmachen muß. Wo sie Frank doch extra gebeten hatte, vernünftig zu sein! Dann aber legt sie ihn ins Bett, sagt Onkel Willi, daß er heute auf seinen Nachmittagsschlaf verzichten muß, und bleibt bei Frank.

Frank genießt es, die Mutter um sich zu haben. Er nimmt die Medizin, die sie ihm reicht, und guckt sie lange an.

Die Mutter schüttelt den Kopf: »Wie konntest du nur so was machen? Einfach allein zum Friedhof fahren! Und dann auch noch Blumen stehlen!«

Frank denkt an den Riesen, der, als er erfuhr, daß er gar nicht der Dieb war, der ihm schon seit Wochen seine Blumen stahl, gleich ein bißchen freundlicher zu ihm wurde. Und der dann, als er merkte, daß er Fieber hatte, einen richtigen Schreck bekam und die Polizei anrief. Und auch die Polizisten waren nett. Sie fragten nicht erst lange nach den gestohlenen Blumen, sondern fuhren ihn gleich im Polizeiauto nach Hause.

»Denkst du denn, ich wäre nicht mit dir zum Friedhof gefahren?« fragt die Mutter. »Morgen oder übermorgen wäre ich mit dir hingefahren. Das hatte ich mir fest vorgenommen.«

»Aber Burkie hat gesagt, ich soll gleich kommen.«

»Burkie? Wann ... wann hat er das gesagt?«

»Heute morgen in meinem Traum.« Frank kommen die Tränen. Er weiß gar nicht, warum er jetzt heulen muß, aber er kommt nicht darum herum – die Tränen müssen nun einfach raus.

»Nicht!« bittet die Mutter. »Du hast vierzig Grad Fieber. Du bist krank. Du darfst nicht weinen. Schlaf jetzt. Morgen früh unterhalten wir uns über alles. Und wenn es dir bessergeht, fahre ich mit dir zum Friedhof. Das verspreche ich dir.«

Frank kann tatsächlich bald einschlafen, schläft den ganzen Nachmittag und die ganze Nacht hindurch, wird nur am Abend mal kurz wach, um etwas heiße Hühnerbrühe und neue Medizin zu sich zu nehmen. Und am Morgen darauf geht es ihm dann wirklich besser, das Fieber ist gesunken, und sein Kopf ist wieder klar. Und die Mutter denkt an ihr Versprechen: Sie legt ihm warme Sachen und einen dicken Pullover von Burkie raus und fährt mit ihm im Taxi zum Friedhof. Vor dem Blumenladen läßt sie den Fahrer halten, und Frank darf ein paar Blumen aussuchen. Dann geht die Fahrt weiter, bis sie vor dem Friedhofstor angelangt sind. Dort bittet die Mutter den Taxifahrer zu warten und geht zusammen mit Frank durch die Grabreihen, bis er wieder vor Burkies Grab steht. Es hat sich nicht verändert, sieht noch genauso aus wie tags zuvor, dennoch erscheint Frank nun alles anders. Vielleicht weil nun die Mutter mit dabei ist?

»Komm!« sagt die Mutter. »Machen wir ein bißchen Ordnung.« Und dann sammeln sie alle nicht mehr schönen Kränze und Wachsblumen ein und werfen sie auf den Abfallhaufen am Weg. Danach besorgt die Mutter aus der Friedhofsgärtnerei eine spitze Blumenvase und schickt Frank damit zum Wasserholen. Als er zurückkommt, drückt sie die Vase mit der Spitze in den bloßen Erdhaufen und sortiert die Blumen ein. »So!« sagt sie. »Das gefällt mir besser.«

Frank nimmt ihre Hand. »Ob Burkie uns jetzt sehen kann?« fragt er leise.

Die Mutter wird sehr ernst: »Ich glaube es nicht, aber es gibt Menschen, die glauben daran.«

»Tante Lucie?«

»Ja, auch Tante Lucie. Wer daran glaubt, hat's leichter, weißt du.«

Frank überlegt, dann fragt er: »Also werde ich Burkie niemals wiedersehen?«

Die Mutter zögert, aber dann sagt sie doch: »Nein. Du wirst ihn nicht wiedersehen. Aber in deiner Erinnerung wird er leben bleiben. Das hat doch auch Dr. Fällner gesagt. Erinnerst du dich?«

Ja, Frank erinnert sich. Aber es stimmt ja nicht. Er hat nun schon so oft versucht, sich Burkies Gesicht vorzustellen, es ist ihm nicht gelungen. Und er kann sich denken, warum das so ist: weil er schuld an Burkies Tod ist! Wenn er der Mutter gleich die Wahrheit gesagt hätte, würde Burkie noch leben.

»Woran denkst du?« Die Mutter hebt Franks Kinn etwas an, um ihm besser in die Augen blicken zu können.

Frank guckt die Mutter an, sieht ihren bittenden Blick und hat auf einmal viel Vertrauen zu ihr. »Bin ich schuld daran, daß Burkie gestorben ist?«

Die Mutter erschrickt. »Wie kommst du denn auf so was?« Aber dann erinnert sie sich daran, wie sie Frank vorwarf, schuld daran zu sein, falls Burkie was passieren sollte, und wird ganz verlegen. »Du hast keine Schuld. Es war unbedacht von mir, dir das vorzuwerfen. Da habe ich vor lauter Angst um Burkie wohl vergessen, daß du erst sieben bist.« Sie denkt nach und sagt noch einmal: »Niemand hat schuld. Und wenn doch, dann wir alle zusammen – ich mit meinem Gerede, Burkie mit seiner Sturheit, das schlechte Essen in der Schule, der dumme Zufall, der den Ball lenkte ... Aber am allerwenigsten du.«

Was die Mutter sagt, ist ein Trost, wenn auch nur ein kleiner.

Frank ist ihr dankbar dafür – den ganzen Nachhauseweg über, den ganzen Abend und die ganze Nacht, in der er traumlos und tief schläft. Doch als er am nächsten Morgen aufwacht, sind die Gedanken wieder da und auch das Schuldgefühl. Und da weiß er, daß ihm niemand diese Gedanken abnehmen kann, daß er dieses Gefühl von nun an immer haben wird und daß er damit leben muß.

Burkies Keule

Es sind Ferien, große Ferien. Wochen, ja Monate zuvor schon hatte Frank sich auf diese Zeit gefreut, aber nun, ohne Burkie, sind die Ferien nur langweilig. Zwar ist da Hotte, der ihn immer wieder fragt, warum er denn nicht mal zum Fußballspielen auf den Nordmarkplatz kommt, aber das ist auch alles, von Gisela und ihrer Puppenstube abgesehen. Hotte weiß nicht, daß Frank schon einmal bei einem Spiel zusah. Er lag im Gras, niemand hat ihn gesehen, aber er hat sich nicht getraut, aufzustehen und auf die Jungen zuzugehen. Sie sind alle viel größer als er.

Während er das denkt, sitzt Frank in der Küche und putzt Schuhe. Er putzt auch Buffkes Botten – der Mutter zuliebe. Es ist nun ein seltsames Verhältnis zwischen der Mutter und Onkel Willi. Sie arbeiten zusammen wie zwei Kollegen, ein tüchtiger und ein fauler; Onkel Willi nennt es »wie vernünftige Menschen leben«. Eine Zeitlang bemühte er sich auch, seine Schläfchen wurden kürzer, jetzt werden sie wieder länger, von Tag zu Tag. Die Mutter schickt sich drein, sagt, sie wird ihn ja doch nicht los, läßt Onkel Willi machen, was er will – bis zu einer gewissen Grenze. Die Grenze ist er, Frank.

Zum Mittag macht die Mutter Eierpfannkuchen. Frank sieht zu. »Warum gehst du nicht raus?« fragt sie. Und als keine Antwort kommt, sagt sie: »Oder lies ein Buch. Wenn du übst, bekommst du im nächsten Jahr vielleicht eine Zwei.«

»Eine Eins«, verbessert Frank. Er will keine Zwei, er will eine Eins – wie Burkie. Und er übt auch. Er liest jeden Abend zwei, drei, manchmal sogar vier Stunden. Es merkt ja keiner, er ist allein in seinem Zimmer.

Die Mutter und Frank essen gemeinsam. Onkel Willi wird anschließend essen und dann sein Mittagsschläfchen halten.

»Was machen wir denn nun mit Burkies Anzug?« fragt die Mutter. »Er liegt noch bei Herrn Modersohn. Bis er dir paßt, ist er unmodern.«

Frank weiß eine Antwort: Hotte. Die Mutter soll Hotte den Anzug geben, Hotte hat ihn verdient.

Die Mutter ist einverstanden und schickt Frank gleich nach dem Essen zu Wilkes. Er soll Hotte ausrichten, daß er sich den Anzug bei Herrn Modersohn abholen kann. Auf Franks Klingeln hin öffnet Gisela. Erst freut sie sich, aber dann ist sie enttäuscht, daß er nicht zu ihr und ihrer Puppenstube will, sondern nur zum Bruder.

Hotte, der gerade mit allerlei Drähten und Ohrmuscheln zugange ist, geniert sich erst ein bißchen. Aber dann strahlt er:

»Prima, dann habe ich zwei Anzüge! Als Lehrling kann ich das brauchen.«

Frank fragt Hotte, was er da bastelt, und Hotte erklärt es ihm. Es soll eine Art Telefon werden, mit Kopfhörer, Mikrophon und allem Drum und Dran.

»Und mit wem telefonierste?«

Hotte pfeift leise vor sich hin. Er überlegt. »Hab noch keinen Partner. Wie wär's mit dir?«

Frank glaubt, sich verhört zu haben: er – Hottes Partner?

»Warum nicht? Du muß nur die Kopfhörer aufsetzen und das Mikrophon in die Hand nehmen. Alles andere mach ich.« Hotte grinst. »Hallo – hallo wirste doch sagen können.«

Na und ob! Frank ist begeistert und läßt sich das Telefon gleich erklären. Hotte freut sich über Franks Interesse und wiederholt alles so lange, bis er es versteht.

»Und wie wandert die Stimme durch den Draht?«

»Durch Schwingungen«, erklärt Hotte. Aber das ist Frank noch zu hoch, deshalb fragt er nicht weiter, sondern schaut nur noch zu, wie Hotte seine »Werkstatt« aufräumt. Hotte will zum Nordmarkplatz, Fußball spielen, und er fragt auch Frank wieder, ob er denn nicht mal hinkommt, um mitzuspielen. Und diesmal sagt Frank zu. Er will hinkommen. Und er meint das ernst.

Burkies Nordring-Trikot ist Frank noch ein wenig zu groß, aber wenn er die Ärmel hochkrempelt, geht es. Auch die Hose kann er passend machen, er zieht einfach am Gummiband und macht einen zweiten Knoten hinein. Jetzt die Stutzen; wenn er sie zweimal umschlägt, passen sie. Die Schuhe – zu groß. Er stopft Papier hinein, doch sie sitzen immer noch zu locker, bei einem Schußversuch fliegt der rechte Schuh davon.

Frank nimmt die Fußballschuhe in die Hand und denkt an den Tag, an dem Burkie die Gummistollen unter die Sohlen nagelte. Es war ein Herbsttag. Draußen war es dunkel. Der Bruder nagelte und erzählte ihm dabei die Geschichte von Strohhalm, Kohle und Bohne. Frank sieht Burkhard vor sich, sieht, wie er sich über den Schuh beugt und ihm die Haare in die Stirn fallen, und er hört, wie der Bruder die Stimmen von Strohhalm, Kohle und Bohne nachmacht. Es ist auf einmal ganz leicht, Burkies Gesicht hervorzuzaubern. Er braucht es sich nur zu wünschen, und schon sieht er den Bruder – beim Schuheputzen, beim Stullenbrutzeln, beim Fußballspielen. Er kann sein Gedächtnis anknipsen wie einen Lichtschalter. Also hat er Burkie doch nicht vergessen! Dr. Fällner und die Mutter hatten recht: In seiner Erinnerung wird Burkie immer bei ihm bleiben.

Frank stellt die Fußballschuhe weg und zieht seine Straßenschuhe an. Eines Tages werden ihm Burkies Schuhe passen. Dann schnappt er sich den neuen, gelben Lederball und späht ins Treppenhaus hinab. Es ist niemand zu sehen. Leise schließt er die Tür und läuft vorsichtig die Treppe hinab. Nur nicht von Mutter gesehen werden!

Und auch auf der Straße muß er aufpassen. Er macht einen weiten Bogen um die offene Ladentür. Einige Passanten lachen. Der Junge in dem viel zu großen Fußballdreß sieht lustig aus. Die, die Frank kennen, lachen nicht.

Das Gras auf dem Nordmarkplatz ist gelb geworden. Es neigt sich zur Erde nieder. Die heißen Tage und der heftige Regen haben es müde gemacht. Dort, wo kein Gras wächst, wird Fußball gespielt. Es sind sieben Jungen, die den Ball vor sich herjagen. Hotte ist dabei und auch der dicke Fritze. Als sie Frank kommen sehen, unterbrechen sie ihr Spiel

»Was is'n das für'n Ball?« staunt der dicke Fritze. »Der sieht ja aus wie frisch lackiert.«

»Der ist aus'm Westen«, sagt Frank. Und dann: »Er gehört Burkie ... aber ... er hat noch nicht damit gespielt.«

Die Jungen nicken betreten, und Hotte sagt: »Gut, daß du gekommen bist! Jetzt können wir vier gegen vier spielen. Geh ins Tor, Frankie.«

Frank schüttelt den Kopf. Er will nicht ins Tor, er will Rechtsaußen spielen – wie Burkie. Und das sagt er auch.

Die Jungen sehen sich an, und Hotte wedelt mit der Hand. Das soll heißen: »Na, los! Lassen wir ihn Rechtsaußen spielen.« Und Fritze sagt: »Okay! Dann zeig mal, was du kannst.«

Frank kann nicht viel, die Jungen merken es bald. Aber er ist eifrig, kämpft verbissen, sein Kopf glüht, und einmal schießt er beinahe ein Tor. Keiner der Jungen schimpft, wenn er den Ball verliert. Im Gegenteil, sie spielen ihn so oft wie möglich an. Und wenn ihm aus Versehen etwas gelingt, loben sie ihn. Frank weiß, er tut ihnen leid, deshalb spielen sie mit ihm, und er weiß auch, daß sie das für Burkie und Burkies Keule tun, nicht für ihn. Doch das stört ihn nicht. Für diese Jungen, die alle wesentlich älter sind als er, wird er immer Burkies Keule sein, noch in zehn Jahren. Aber in dem Verein, in dem er eines Tages Fußball spielen wird, da wird er Frank sein.

Als Gisela kommt, um Hotte zu holen, ist das Spiel vorüber.

Franks Mannschaft hat verloren – 8:3. Gemeinsam mit Hotte und Gisela verläßt Frank den Platz.

»Haste mitgespielt?« will Gisela wissen.

Frank nickt. Er hat!

»Und haste 'n Tor geschossen?« Gisela legt den Kopf schief. Auf ihren Wangen erscheinen Grübchen. Sie kann sich denken, daß es dazu nicht gereicht hat. Frank läßt sich nicht auf den Arm nehmen. »Es ist nicht wichtig, wer die Tore schießt, wichtig ist, daß die Mannschaft gewinnt«, sagt er – und bangt: Hoffentlich fragt Gisela jetzt nicht, ob seine Mannschaft gewonnen hat. Doch Gisela fragt nicht, sie ist beeindruckt. Und Hotte schmunzelt nur. Er weiß, von wem Frank diesen Satz hat.

Als Frank die Gaststube betritt, fühlt er sich größer, erwachsener. Er hat mit den Großen gespielt, und Hotte will mit ihm trainieren, will ihm Tricks beibringen; Tricks, die er von Burkie gelernt hat. Und im Herbst will er ihn dann zu Herrn Kroll begleiten, damit der ihn in die Knabenmannschaft des SC Nordring aufnimmt.

Erst als Frank die entsetzten Augen der Mutter sieht, wird ihm sein Aufzug bewußt. Er senkt den Kopf und läßt sich von ihr ins Hinterzimmer schieben. Er bekommt eine Ohrfeige, eine zweite und noch eine. Er schaut nicht auf. Diese Ohrfeigen hat er verdient. Er versteht die Mutter. Ob sie ihn auch verstehen wird?

»Sag mir, daß du nie wieder Fußball spielst.«

Frank schweigt. Das kann er nicht sagen. Er will so werden wie Burkie. Wie soll er das, ohne Fußball?

Die Mutter packt Frank am Kragen, schubst ihn mitsamt Ball und Fußballdreß in den Abstellraum und schließt hinter ihm zu. »Du spielst nicht Fußball! Du nicht! Hörst du?«

Frank wartet. Er weiß, die Mutter wird wiederkommen, sie wird sich beruhigen und wiederkommen. Er setzt sich auf den Ball und lehnt den Rücken an die Wand. Und richtig, es dauert nicht lange und die Tür geht wieder auf. Mutters ernstes Gesicht prüft ihn: »Du hast nicht geweint?«

Frank hat nicht geweint.

Die Mutter geht mit ihm in die Küche. »Verstehst du denn nicht, daß ich Angst um dich habe? Ich will doch nicht noch einen Jungen verlieren.«

Es ist ein sehr fester Blick, mit dem Frank die Mutter ansieht, ein Blick, den er Burkie abgeschaut hat. Und auch das, was er nun sagt, hat der Bruder schon mal gesagt – an jenem Tag, an dem die Mutter die Wahrheit erfuhr und er ins Krankenhaus mußte: »Es spielen doch so viele Jungen Fußball ... das mit Burkie, das war doch bloß ein Unfall.«

Verwirrt wendet die Mutter sich ab und macht sich Kaffee. Das gibt ihr Zeit zum Nachdenken. Dann dreht sie sich wieder um und guckt Frank traurig an. »Aber vorsehen mußt du dich, hörst du? Stürz dich nicht ins größte Kampfgetümmel, setz nicht all deinen Ehrgeiz ein. Es gibt viele schöne Dinge im Leben, nicht nur Fußball.«

Sie hätte noch mehr gesagt, wenn Onkel Willi sie nicht unterbrochen hätte. Sein dringender Blick, die Bitte, doch gleich einmal in den Laden zu kommen. Sie seufzt und nickt: »Ich komme gleich.«

TAGE WIE JAHRE

Tage wie Jahre

Ein kleiner Johnny

In Herrn Mucks Friseurladen sieht es aus wie in einem der alten Filme, die Frank ab und zu sieht. Da sind die reich verzierten Holzrahmen der drei Spiegel, die bis an die Decke reichen, dazu die genauso verschnörkelten Eichenholz-Regale mit den Kristallfläschchen voller gelber, grüner und blauer Wässerchen und Tinkturen und die Marmorbecken mit den blankgeputzten Kupferhähnen und altertümlichen Rasiernäpfen, in denen Herr Muck den Schaum schlägt, wenn er einen Kunden rasiert. Über den Stühlen der Wartenden hängt sein Meisterbrief von 1912 im Goldrahmen und gleich daneben die silberne 40, die er sich zum 40jährigen Jubiläum der Eröffnung seines Ladens gekauft hat. Und nicht zuletzt sind da die drei wuchtigen, in der Höhe verstellbaren Frisierstühle mit den Kopfstützen, von denen Herr Muck immer nur den linken benutzt, den gleich neben der Eingangstür, und die aussehen, als wären sie eigentlich viel zu schade dafür, daß auch Kinder in ihnen Platz nehmen dürfen.

Normalerweise geht Frank gerne zu Herrn Muck. Diese andere Welt, in die er sich versetzt fühlt, während er darauf wartet, endlich an die Reihe zu kommen, gefällt ihm. Wenn er es trotzdem nur mit gemischten Gefühlen tut, dann, weil Herr Muck allen Kindern immer denselben langweiligen Haarschnitt verpaßt: halblang, Fasson. Jungen mit dunklen Haaren sehen damit ja noch einigermaßen passabel aus, Blonde wie er aber wirken mit Herrn Mucks Einheits-Einsfünfzig-Schnitt wie Erstkläßler.

Es soll Jungen geben, die gegen Herrn Mucks Einheitsschnitt protestiert haben und es tatsächlich schafften, mit einem Eck- oder Rundschnitt seinen Laden zu verlassen. Frank hat das noch nie gewagt, hat auf Herrn Mucks »Wie immer?« stets nur genickt. Heute darf er nicht nicken, heute muß er protestieren. Deshalb hat er es gar nicht so eilig, an die Reihe zu kommen. Aber gerade heute scheint Herr Muck besonders gut in Schwung zu sein; die Schere klappert und die Haare fallen, als wolle der kleine Friseur einen Rekord aufstellen. Und dann ist er tatsächlich fertig, greift zu seinem Pinsel und wedelt dem grauhaarigen Mann die Haare fort, die er ihm abgeschnitten hat. Der Grauhaarige beguckt sich streng im Spiegel, dann bezahlt er und geht.

»Du zuerst.« Frank stößt Kalle an.

»Nein – du!« Kalle grinst, und da weiß Frank, daß er gehen muß: Kalle bringt es fertig und spielt mit ihm eine halbe Stunde lang *Wer geht zuerst?*

Herr Muck klappt den Sitz des Frisierstuhls um und blickt Frank und Kalle auffordernd an. »Der nächste, bitte!«

Frank steht auf und wartet, bis Herr Muck den Frisierstuhl etwas höhergestellt hat, dann nimmt er in dem riesigen Stuhl Platz. Früher, als er noch kleiner war, hat Herr Muck jedesmal ein Brett über die Armlehnen des Stuhls gelegt. Da mußte er dann raufklettern, damit Herr Muck sich nicht so tief zu bücken brauchte. Das muß er nun nicht mehr, aber Herr Muck stellt den Stuhl immer noch so hoch es geht. Die Jungen sagen, das wäre seine Rache dafür, weil die Leute ihn alle nur den kleinen Muck riefen; er wolle ihnen zeigen, daß sie selber auch keine Riesen wären. Frank weiß nicht, ob das stimmt, aber eins weiß er sicher: Auf den Tag, an dem Herr Muck den Stuhl so niedrig wie möglich stellen muß, weil er ihn sonst auf Zehenspitzen bedienen müßte, freut er sich jetzt schon.

Herr Muck klopft das weiße Tuch aus, das eben noch der Grauhaarige um hatte, und schlingt es Frank um den Hals. »Wie immer?«

Frank holt tief Luft. »Nein – Igel!«

»Igel?« Der Friseur zieht seine hohe Stirn kraus. »Du hattest doch sonst immer Fasson halblang?«

»Jetzt will ich aber Igel.« Frank blickt zu Kalle hin, der so gespannt zuhört, daß ihm sein Mund offensteht. Und auch die beiden Männer, die nach ihnen drankommen und schon ein paarmal ungeduldig geguckt haben, schauen aus ihren Zeitungen auf und hören zu.

»So 'ne Ami-Bürste?« fragt Herr Muck.

»Noch kürzer. Ganz kurz.«

»Schneiden Sie ihm doch gleich 'ne Glatze.« Der eine der beiden Männer schmunzelt vergnügt. Und Kalle lacht mit. »Glatze wäre das allerbeste«, sagt er. »Es ist nämlich wegen Herrn Karusseit.« Und dann erzählt er Herrn Muck und den beiden Männern, daß Herr Karusseit ihr Klassenlehrer ist und er sie immer, wenn einer mal unaufmerksam ist, an den Haaren aus der Bank zieht – und daß sie sich die Haare deshalb so kurz schneiden lassen wollen, daß er zupfen kann, so lange er will, ohne was zu fassen zu kriegen.

Die beiden Männer lachen. »Und wer ist auf diese glorreiche Idee gekommen?« fragt der Friseur. »Etwa einer von euch?«

»Frank«, sagt Kalle stolz.

Frank grinst, aber wohl ist ihm nicht zumute. Er bereut seine Idee schon. Wenn nun Kalle und er die einzigen sind, die morgen mit einem Igel in die Schule kommen? Dann sind sie die Blamierten, dann lachen die anderen sich tot.

»So was hätten wir uns früher nicht getraut.« Herr Muck fängt immer noch nicht an, schlägt nur nachdenklich mit der Schere auf den Kamm. »Früher hieß es ›Hände vor!‹, und dann zog uns der Lehrer den Rohrstock über die Finger. Na ja, und die Finger konnten wir uns ja schlecht abschneiden lassen.« Einen Augenblick lang sieht es aus, als wollte Herr Muck noch mehr über seine Schulzeit erzählen, aber dann sagt er nur: »Bei mir ist der Kunde König. Ich mach, was meine Kundschaft verlangt«, und beginnt mit der Arbeit.

Frank sieht Haarbüschel für Haarbüschel auf die Erde fallen. Ihm wird flau im Bauch. Wie wird er aussehen, wenn er fertig ist?

Und was, wenn Kalle vor Schreck über seine Frisur einen Rückzieher macht? Dann ist er morgen vielleicht sogar der einzige, der mit einer kahlen Bombe in die Schule kommt ...

Herr Muck hat sich inzwischen mit der ungewohnten Aufgabe angefreundet. »Eigentlich ist so'n Igel ganz praktisch«, sagt er. »Kein Kämmen, keine Pomade, nichts braucht man – einmal mit der flachen Hand drübergestrichen, und alles ist erledigt.«

»Aber dafür sieht man mit so'nem Kahlkopf auch aus wie 'n Russe«, sagt der eine der beiden Männer und grinst Frank spöttisch zu: »Kannst dich ja hinterher in Iwan umtaufen lassen.«

»Quatsch!« widerspricht der Mann, der bisher noch nichts gesagt hatte. »Nur als Soldaten haben die Russen Kahlköpfe. Zu Hause laufen sie so rum wie wir.«

Der andere Mann schweigt verärgert und blickt wieder in seine Zeitung.

»Wir machen keinen Iwan aus dir«, Herr Muck blinzelt Frank zu, »aus dir wird ein kleiner Johnny.«

»Wo liegt denn da der Unterschied?« fragt der Mann, der »Quatsch!« gesagt hat, belustigt.

»In genau einem halben Zentimeter«, antwortet Herr Muck ernst. Und noch ernster fügt er hinzu: »Was meinen Sie, was man mit einem Haarschnitt alles bewirken kann? Ganz andere Menschen entstehen unter den Händen eines geschickten Friseurs.«

Beunruhigt schaut Frank zu dem kleinen Mann hoch, der nun richtig Spaß an seinem Igel zu haben scheint. Er will kein anderer Mensch werden. Dann aber ist Herr Muck fertig, wedelt auch Frank mit seinem breiten Pinsel die abgeschnittenen Haare fort und tritt beiseite. »Na? Ist der Herr zufrieden. Oder sind die Haare immer noch zu lang?«

Frank guckt in den Spiegel – und wird blaß: Ist er das? Ist diese Murmel mit den zwei Henkeln rechts und links sein Kopf?

»Zufrieden?« fragt Herr Muck noch einmal, und sein Tonfall verrät, daß zumindest er sehr zufrieden mit seinem Werk ist. Frank nickt unsicher, steht auf und setzt sich, ohne auf die neugierigen Blicke der beiden Männer zu achten, still auf seinen Platz. Kalle starrt ihn an und kichert, aber es ist ein eher verzweifeltes Kichern, denn nun ist er dran.

»Das gleiche?« fragt Herr Muck Kalle vorsichtshalber.

Kalle schluckt nur, und schon legt Herr Muck wieder los.

Spitzbart, Bauch und Brille

Frank geht dicht an den Häuserwänden entlang, bereit, jeden Augenblick in einem Hausflur zu verschwinden, falls ein bekanntes Gesicht auftauchen sollte. So kahl, so nackt hat er sich noch nie gefühlt. Kalle sieht längst nicht so schlimm aus, seine dunklen Haare sind auch jetzt wieder von Vorteil. Und natürlich weiß er das und reckt seine Birne in die Höhe, als wollte er jedem zeigen, wie gut ihm sein Igel steht.

»Und was machen wir, wenn wir morgen die einzigen sind?«

Der Gedanke, Kalle und er könnten zum Gespött der Schule werden, macht Frank immer noch zu schaffen. Gewiß, das mit den Igeln war seine Idee; der Wunsch, Herrn Karusseit mal eins auszuwischen, war schon lange in ihm. Aber er hatte nicht geglaubt, daß die anderen tatsächlich mitmachen würden. Doch die Jungen waren gleich Feuer und Flamme gewesen und hatten hoch und heilig versprochen, allesamt zum Friseur zu gehen.

Kalle überlegt nur kurz. »Dann geh ich gleich wieder nach Hause, dann bin ich eben krank. In einer Woche sind die Haare bestimmt wieder 'n bißchen nachgewachsen.«

»Und was sagste, was du hast?«

»Bauchschmerzen. Das kann keiner nachkontrollieren.«

Kalle hat recht: Bauchschmerzen sind schwer nachzukontrollieren, sie können was Harmloses oder was Schlimmes sein. Wenn er mal Bauchschmerzen hat, ist die Mutter immer gleich ganz aufgeregt, auch wenn ihm nur ein Pup quer sitzt. Sie denkt dann immer gleich an Burkie, den großen Bruder, bei dem es ja auch mit Bauchschmerzen anfing und der dann starb.

An der Ecke Raumerstraße muß Kalle nach links und Frank nach rechts in die Straße hinein. Sie gehen aber noch nicht gleich auseinander, stehen erst noch ein bißchen an der Ecke herum und malen sich aus, wie das wird, wenn wirklich alle Jungen mit einem Igel zur Schule kommen. Wie Herr Karusseit dann gucken wird! Schließlich aber muß Kalle los, er hat noch zu tun, muß Einkäufe erledigen und abwaschen. Doch bevor er geht, bedankt er sich noch mal.

Frank winkt ab. Kalle bedankt sich, weil er für ihn mitbezahlt hat. Seine Mutter hat kein Geld für den Friseur, denn Kalle hat noch sieben jüngere Geschwister. Wenn Frau Naumann alle acht regelmäßig zum Friseur schicken würde, müßte sie alle paar Wochen eine ganze Stange Geld ausgeben. Deshalb schneidet sie ihren Kindern selbst die Haare und kann das inzwischen auch ganz gut. Aber einen richtigen Igel hätte sie Kalle sicher nicht schneiden können – vielleicht auch nicht schneiden wollen.

Frank schaut dem Freund noch einen Augenblick lang nach, dann biegt er in die Raumerstraße ein und hält sich weiter dicht an den Häuserwänden.

Kalle hat es nicht leicht mit seinen Geschwistern. Fast immer muß er auf sie aufpassen. Seine Mutter arbeitet den ganzen Tag, und sein Vater läßt sich nur alle Jubeljahre mal blicken. Wenn Herr Naumann nicht gerade im Gefängnis sitzt, weil er gerade wieder irgendein Ding gedreht hat, zieht er durch die Kneipen und lebt bei fremden Frauen. Geld gibt er seiner Familie fast nie, das verpraßt er lieber mit seinen Weibern. Kalle mag seinen Vater nicht, sagt sogar, er möchte später mal kein Mann werden. Obwohl er natürlich weiß, daß er einer werden muß.

Herrn Bessels Schuhgeschäft. Frank bleibt stehen und betrachtet sich im Spiegel des Schaufensters, streicht sich die Haare mal nach vorn, so daß sie flach anliegen, mal nach hinten, damit sie steil nach oben stehen. Doch zufrieden ist er weder mit der einen noch mit der anderen Lösung, die Haare auf seinem Kopf werden einfach nicht mehr.

»Bistes – oder bistes nicht?«

Hotte steht hinter Frank und schaut ihn verblüfft an. Er hat sein Fahrrad bei sich, die Aktentasche ist auf dem Gepäckträger festgeschnallt; er kommt also gerade von der Arbeit.

Frank wird feuerrot. Ausgerechnet Hotte muß ihn als erster sehen. Er schiebt seine Hände in die Hosentasche und weiß nicht, wo er hingucken soll.

»Sieht aber gar nicht schlecht aus.« Hotte schmunzelt. »Im Gegenteil, richtig keß sieht's aus.«

Frank grinst verlegen, fühlt sich aber doch erleichtert. Wenn Hotte seine neue Frisur nicht schlecht findet, kann er nicht allzu schlimm aussehen. Was Hotte sagt, zählt. Und nicht nur, weil er schon siebzehn Jahre alt ist und wie ein Erwachsener aussieht; Hotte hat Köpfchen, das sagen alle, sogar Onkel Willi.

»Haste schon Feierabend?«

Hotte lernt längst nicht mehr Kaufmann, um später mal den Lebensmittelladen seines Vaters zu übernehmen – Hotte wird Stukkateur, arbeitet auf dem Bau, bringt Kunst an die Häuser, wie er das nennt; formt aus Gips, Sand und Kalk Stuckverzierungen und fühlt sich schon fast ein wenig wie ein Bildhauer, sein Wunschberuf.

»Nee«, sagt Hotte. »Wir streiken.«

Frank guckt mißtrauisch. Er kennt das nun schon, Hotte erzählt ihm immer wieder die verrücktesten Sachen, nur um herauszukriegen, ob er ihm das abnimmt oder nicht.

»Im Ernst!« Hotte tritt in die Pedale und fährt langsam neben Frank her. »Wir streiken wirklich. Sie haben uns einfach die Normen erhöht, und höhere Normen bedeuten weniger Lohn. Das lassen wir uns nicht gefallen.«

In Westdeutschland wird öfter mal gestreikt, das hat Frank in der Wochenschau gesehen, die im Kino vor jedem Hauptfilm gezeigt wird. Und darüber haben sie auch in der Schule schon gesprochen, aber daß auch im Osten gestreikt wird, davon hat er noch nie was gehört.

»Und wer hat das getan ... das mit den Normen?«

»Na, wer schon? Die Regierung natürlich. Erst haben sie Pläne gemacht, dann haben sie gemerkt, daß die nicht stimmen, und jetzt sollen wir mehr arbeiten, damit sie stimmen.« Hotte macht einen Schlenker und fährt etwas dichter an Frank heran. »Die wollen uns für dumm verkaufen, damit ist's seit heute aus. Wir haben uns ein Schild gemalt und sind losmarschiert. Erst waren wir nur ein paar hundert, dann wurden wir immer mehr, und zum Schluß waren wir bestimmt über zweitausend.« Er lacht. »Spitzbart, Bauch und Brille sind nicht des Volkes Wille, haben wir gerufen. Und: Es hat keinen Zweck, der Spitzbart muß weg!«

Mit dem Spitzbart meint Hotte Walter Ulbricht, mit dem Bauch Wilhelm Pieck und mit der Brille Otto Grotewohl; das sind die Spitznamen der drei Regierungschefs.

»Was stand denn auf dem Schild?«

»Weg mit den Normen! Was denn sonst?«

»Und haben sie euch nichts getan?« In der *Gemütlichen Ecke,* der kleinen Kneipe, die Franks Mutter gehört, wird erzählt, daß man eingesperrt wird, wenn man auf die Regierung schimpft.

»Was hätten sie uns denn tun sollen, so viele, wie wir waren? Die brauchen uns doch. Was sind die denn ohne uns? Null Komma nichts sind sie. Haben sie uns ja selber beigebracht: Alle Räder stehen still, wenn dein starker Arm es will. Na ja, und jetzt will der starke Arm mal.«

Frank hat den Satz von dem starken Arm auch schon gehört. Herr Karusseit hat ihn sogar an die Tafel geschrieben, und dazu noch einen anderen, der besagte, daß man ein einziges Stäbchen schnell zerbrechen kann, aber ein Bündel Stäbchen nicht.

»Vor dem Haus der Ministerien haben wir verlangt, daß einer von den Regierenden mit uns spricht«, erzählt Hotte weiter, »aber die trauten sich nicht. Einer wollte nur vom Fenster aus mit uns reden, erst als wir ›Runterkommen!‹ brüllten, kam er. War so einer mit 'ner dicken Brille, hat gesagt, er wäre auch mal Arbeiter gewesen und wolle mit uns verhandeln.«

»Und?« fragt Frank gespannt. »Habt ihr mit ihm verhandelt?«

»Leider nicht. Da war'n so paar dabei, die haben ihn niedergebrüllt, haben nach Ulbricht verlangt und so. Die Wut war einfach zu groß.« Hotte ist vor dem Laden seiner Eltern angekommen und steigt vom Rad. »Aber morgen geht es weiter, vielleicht verhandeln wir dann.« Er nickt Frank noch mal zu und verschwindet im Laden.

Nachdenklich setzt Frank seinen Weg fort. Was Hotte da erzählt hat, interessiert ihn. Er hört viele solcher Sachen, wenn er in Mutters Gaststätte sitzt und die Erwachsenen miteinander reden.

Vor der *Gemütlichen Ecke* steht der Brauereiwagen, die Bierkutscher laden Fässer ab. Der starke Anton trägt sie zur Kellerluke und läßt sie an Bändern mit Haken in den Keller hinab, der schöne Oskar steht im Keller hinter einer dicken Matte und fängt sie auf. Frank stellt sich vor die beiden Pferde, die er kennt und die ihn kennen, und streichelt ihnen die Nüstern. Liese und Lotte sind mächtige Tiere mit breitem Rücken und starken Beinen, aber sie sind lammfromm, tun niemandem was, und schon gar nicht jemandem, den sie kennen.

Anton hat Frank gesehen. Er stutzt ein wenig über den Igel, arbeitet aber weiter, packt die Fässer und hebt sie vom Wagen, als wären sie leer. Anton hat riesige Kräfte, sein gewaltiger Bauch unter der Lederschürze, mit dem er die Fässer abstützt, wenn er sie vom Wagen hebt, ist ein einziges Muskelpaket. Er hat Frank mal erlaubt, ihm in den Bauch hineinzuboxen, hat gesagt, er solle zuschlagen, als wolle er ihn umbringen. Frank hat zuerst nur zaghaft zugeschlagen, dann kräftiger und noch kräftiger, bis ihm seine Faust weh tat, Antons Bauch aber war wie eine Wand, nicht ein bißchen weich. Und Oskar ist auch nicht viel schwächer. Was Anton im Bauch hat, sagt er, habe er in den Oberarmen – und zum Beweis dafür hat er Frank einmal mit seiner riesigen Pranke unter den Hintern gegriffen und mit einem einzigen Arm in die Höhe gestemmt.

Frank mag die beiden Bierkutscher, und Anton und Oskar mögen ihn auch, nehmen ihn manchmal sogar ein Stück mit. Dann sitzt er wie ein Däumling zwischen den beiden Riesen in ihren weißen Jacken und Lederschürzen. Onkel Willi mag die beiden nicht. Anton wäre doof, sagt er, kräftig, aber doof, und der schöne Oskar wäre ein Weiberheld. In Wahrheit aber ärgert er sich nur, weil er gegen Anton und Oskar wie ein Fliegengewicht aussieht.

»Hat dir der Wind die Haare vom Kopf geblasen?« Anton hält in seiner Arbeit inne, nimmt die Schirmmütze ab und wischt sich den Schweiß von der Stirn.

»Mir war heiß.«

»Duuu!« Anton droht mit seiner riesigen Pranke, als wolle er Frank gleich eine runterhauen, aber Frank fürchtet sich nicht, Anton ist der gutmütigste Kerl von der Welt.

»Was'n los?« schreit Oskar aus der Kelleröffnung. »Biste eingeschlafen?«

Anton packt das nächste Bierfaß, rollt es zum Keller und läßt es zu Oskar herab, dreht sich dann aber doch noch mal zu Frank herum. »Was macht'n dein Zoo?«

»Dem geht's gut.«

»Und Rieke? Isse dir wieder ausgebüxt?«

Frank schüttelt den Kopf. »Das schafft sie nicht mehr.«

»Wart's ab, Söhneken! Schlangen sind wie Menschen. Bewachste sie von vorn, hauen sie dir hintenrum ab; stehste hinten, machen sie vornerum die Mücke.«

Typisch Anton! Immer vergleicht er Tiere mit Menschen, und meistens kommen die Menschen dabei nicht besonders gut weg. Aber was Rieke betrifft, hat er recht: Rieke ist wirklich ein Biest. Was aber nichts daran ändert, daß Anton sie von all seinen Tieren am meisten liebt – genau wie er.

Der Zirkusdirektor

Die Stimme kennt er doch? Frank steht im Flur und lauscht an der Tür zur Gaststube. Er hat sich nicht geirrt: Herr Karusseit sitzt bei der Mutter! Und wenn Herr Karusseit extra seinen Nachmittag opfert, kann das nur einen einzigen Grund haben: Er will der Mutter sagen, daß er nun endgültig sitzenbleibt.

Leise geht Frank zur Küche zurück und tritt vor den breiten Fenstersims hin, auf dem er seinen Zoo aufgebaut hat. Ein Aquarium mit Guppys und Schwertträgern steht da, drei Terrarien und eine umgedrehte Kugelleuchte mit Paulchen und Paula, den beiden weißen Mäusen. Überall ist Ruhe, nirgends bewegt sich was, nur die Guppys und Schwertträger schwimmen zwischen den Steinen und Wasserpflanzen hin und her, als hätten sie irgendwas Eiliges zu erledigen. Wie automatisch nimmt Frank das Glas mit den lebenden Wasserflöhen, fischt mit einem kleinen, feinmaschigen Kescher einen Schwung Flöhe heraus und gibt ihn in das Aquarium. Sofort ändert die Schar ihr Verhalten: Alle streben nach oben – die Jagd auf die Mahlzeit beginnt.

Kalles Mutter hatte Herr Karusseit nur einen Brief geschrieben, um ihr mitzuteilen, daß Kalle sitzenbleibt. Bei ihm macht er sich mehr Mühe. Warum? Weil er weiß, daß die Mutter ihm ein Bier und einen Schnaps vorsetzt? Nein, das ist es nicht, Herr Karusseit gibt sich auch sonst viel Mühe mit ihm, sagt immer wieder, er sei nicht dumm, sondern faul und müßte nur öfter mal die Hausaufgaben machen, um mitzukommen.

Paulchen und Paula kommen aus ihrer Zigarrenkiste gekrochen, richten sich an der Glaswand auf den Hinterpfoten auf und setzen ihre feinen roten Näschen in Bewegung, als könnten sie ihn durch das Glas hindurch schnuppern. Frank pfeift leise, denn hohe Töne verstehen die beiden am besten. Und richtig, kaum hören Paulchen und Paula den Pfiff, werden sie unruhig. Sie wissen genau, daß es jetzt was zu fressen gibt. Aber erstmal langt Frank in die Kugel hinein, holt Paula heraus und streichelt sie ein bißchen. Dann macht er das gleiche mit Paulchen, dem Männchen, das viel zarter und kleiner und auch nicht so munter wie Paula ist. Anton hat ihm das geraten: Die beiden Mäuse sollen wissen, wer ihnen das Futter gibt, sollen ihn an seinem Geruch erkennen. Dann setzt er Paulchen zurück, füllt in den einen Mäusenapf frisches Wasser und schüttet in den anderen ein paar Weizenkörner und schaut zu, wie Paulchen und Paula sich über die Körner hermachen.

Ob die Mutter toben wird? Kalles Mutter hat getobt. Sie hat ihn gefragt, wie er denn später mal eine Familie ernähren will und ob er genauso ein Luftikus werden will wie sein Vater. Dabei ist Kalle nicht faul, hat nur einfach keine Zeit, die Aufgaben zu machen. Und außerdem lernt er schwer.

Er, Frank, lernt leicht, und Zeit hat er auch, er ist also wirklich faul. Wenn seine Mutter toben würde, wäre das normal. Aber die Mutter wird nicht toben, wird nur wieder verständnislos gucken ...

Frank klopft an das Glas mit den Eidechsen und Fröschen, doch nichts rührt sich. Die Eidechsen liegen wieder mal irgendwo zwischen Pflanzen, Moos und Steinen versteckt und pennen, und die Frösche hocken da, als ginge die Welt außerhalb ihres Glases sie nichts an. Nur Timur, die dicke fette Kröte, die Kalle und er voriges Jahr am Faulen See fingen, hebt den Kopf und läßt den Hals anschwellen. Aber es ist kein freundlicher Blick, mit dem sie ihn begrüßt, es ist ein vorwurfsvoller Blick, ein Blick wie: »Warum gibst du mir nicht meine Freiheit zurück? In meinem Tümpel war's viel schöner. Hier ist's langweilig.«

Eigentlich dürfte Timur gar nicht Timur heißen, denn »er« ist eine »sie«, während Timur der Held eines russischen Kinderbuchs ist. Anton hatte Kalle und ihn auf ihren Irrtum aufmerksam gemacht, aber sie beließen es bei Timur. Ein so toller Frosch mußte ihrer Meinung nach auch einen tollen Namen haben

»Du kannst ja zurück«, sagt Frank leise. »Nicht mehr lange, und Kalle und ich bringen dich zurück.«

Ist Timurs Blick ein bißchen freundlicher geworden? Frank kommt es so vor, deshalb nimmt er nun das Glas mit dem Mehl und den Brotresten, in denen die Mehlwürmer sich immer wieder neu vermehren, so daß er keine nachkaufen muß, und füttert auch die Frösche und Eidechsen. Doch das macht keinen Spaß, weder die Frösche noch die Eidechsen stürzen sich auf die Würmer.

Neben dem Frosch- und Eidechsen-Dschungel steht das Terrarium mit den kleinen braunen Fröschen. Diese Frösche füttert Frank nur kärglich; sie dürfen nicht zu fett werden, weil sie selber Futter sind – für Rieke, die Ringelnatter. Rieke haben Kalle und er nicht selbst gefangen. Rieke hat er sich zum Geburtstag gewünscht und in einer Tierhandlung gekauft. Ob er dabei Pech oder Glück gehabt hat, weiß er nicht; vielleicht sind ja alle Ringelnattern solche Biester wie Rieke. Wenn er sie herausnimmt, zischt sie ihn an, als wolle sie ihn fressen. Sie läßt sich nicht gerne in ihrer Ruhe stören, und schon gar nicht, wenn die Sonne auf den Fenstersims scheint und sie die Wärme genießt. Aber gebissen hat sie ihn noch nie, deshalb glaubt er, daß sie nur so ungnädig tut und ihn in Wirklichkeit auch ganz gern hat.

Anton hat gesagt, eine Schlange sei kein Hund und keine weiße Maus, die könne man nicht erziehen, die müsse man mögen, so wie sie ist. Und das tut er auch; nicht mal den Fluchtversuch hat er ihr übelgenommen. Im Gegenteil, er hat sie dafür bewundert. Sie hatte ja immerhin den mit mehreren Steinen beschwerten Holzdeckel in die Höhe gestemmt.

Schritte im Flur! Schnell greift Frank unter den Holzdeckel, schnappt sich Rieke und streichelt ihre kühle glatte Haut. Rieke zischt und windet sich, aber Frank hält sie fest: Mit Rieke in der Hand fühlt er sich sicherer.

Es ist die Mutter. Sie hat ihr Gespräch mit Herrn Karusseit beendet und will nun mit ihm reden. Sein Anblick jedoch verschlägt ihr erstmal die Sprache: »Wie siehst du denn aus?«

»Ich war beim Friseur.«

»Bei Herrn Muck?«

»Ja.«
»Und der hat dir dieses Stoppelfeld geschnitten?«
»Ja.«
Die Mutter guckt ungläubig. »Findest du das schön?«
»Ja.«
»Na gut! Meinetwegen. Deswegen komme ich nicht.« Die Mutter lehnt sich gegen den Herd und vergräbt die Hände in den Taschen der Kittelschürze. »Dein Lehrer war da.«
Frank legt sich Rieke um den Hals und guckt die Mutter nicht an.
»Kannst du dir vielleicht denken, was er wollte?«
»Ja.«
»Und was sagst du dazu?«
Frank hält Rieke fest, die versucht, an ihm herunterzugleiten, und streichelt sie wieder.
»Leg das Vieh weg und sieh mich an, wenn ich mit dir spreche.«
Frank hebt den Blick und sieht der Mutter ins Gesicht. »Rieke ist kein Vieh.«
»Herr Karusseit hat gesagt, du hättest das ganze Jahr über kaum Schularbeiten gemacht. Stimmt das?«
»Ja.«
Die Mutter ist fassungslos. »Und warum?«
Frank zuckt die Achseln.
»Aber du mußt doch wenigstens wissen, warum du nichts getan hast! Das ist doch nicht normal, ein ganzes Jahr lang keine Schularbeiten zu machen.«
Frank streichelt Rieke, streichelt ihren Körper, ihren Kopf, fährt zart mit dem Zeigefinger die Zeichnung auf ihrer Haut entlang.
»Wenn du schon keine Lust hattest, warum hast du dann nicht wenigstens mir zuliebe ... Du weißt doch, was ich alles am Hals habe, da hättest du doch auch mal an mich denken können ...« Die Mutter schneuzt sich. »Oder sind dir meine Sorgen ganz egal?«

Was soll er darauf antworten? Natürlich sind ihm ihre Sorgen nicht egal, aber spricht die Mutter denn mit ihm darüber? Sie will doch nur, daß in der Schule alles glattgeht, damit sie nicht auch noch daran denken muß.

»Wenn dein Zirkus daran schuld ist, daß du nicht lernst, mußt du ihn weggeben.«

Jetzt versucht sie es mit Drohungen. Als ob sie es je fertigbekommen würde, ihm seine Tiere wegzunehmen. Und sie sagt Zirkus, weil Onkel Willi ihn manchmal Zirkusdirektor nennt. Das macht sie sonst nie, weil sie ganz genau weiß, daß er dieses Wort haßt. Frank legt Rieke ins Terrarium zurück und setzt einen der kleinen braunen Frösche zu ihr hinein. Der weiß, was ihm bevorsteht, und stellt sich tot, sitzt so starr da, als wäre er aus Stein.

»Sag mal, hörst du mir überhaupt zu?«

»Ja.«

»Ja! Ja! Immer nur dieses Ja! Nun bist du schon zehn Jahre alt und immer noch so ein Frank guck in die Luft. Immerzu träumst du, immerzu bist du woanders. Ich hätte gerne mal gewußt, was in deinem Kopf vorgeht.«

Frank schweigt. Die Mutter hat recht, er träumt wirklich viel. Vorige Woche, als er, ganz in seine Gedanken versunken, dicht an den Häuserwänden entlanglief, knallte er sogar gegen einen Briefkasten. Seine Nase tut ihm immer noch ein bißchen weh. Und vor einem halben Jahr, als er auf dem Fahrrad die Raumerstraße herunterkam, fuhr er gegen einen stehenden LKW. Immer wieder passieren ihm solche Sachen, immer wieder ist er in seinen Gedanken so weit weg, daß er alles um sich herum vergißt. Aber jetzt ist er nicht »weg«. Er weiß nur nicht, was er sagen soll.

Die Mutter nimmt zwei Kopfschmerztabletten, schluckt sie mit etwas Wasser und sagt schließlich: »Also gut, reden wir nachher noch mal darüber. Davon, daß du das eine Jahr wiederholen mußt, geht ja nicht gleich die Welt unter. Wenn du nur nächstes Jahr endlich vernünftig wirst. Versprichst du mir das?«

»Ja.«

Die Mutter guckt Frank lange an. »Wenn ich dir nur glauben könnte.«

Frank wendet sich ab. »Hast du Kinokarten?«

Herr Stöhr, der Besitzer der *Helmholtz-Lichtspiele,* hängt immer seine Kinoplakate in die Fenster der *Gemütlichen Ecke,* dafür gibt er der Mutter Freikarten. Die Mutter und Onkel Willi aber gehen nur selten ins Kino, deshalb bekommt jedesmal er die Karten.

Die Mutter seufzt und legt drei Karten auf den Tisch. »Die Kino-Rennerei ist auch nicht das richtige für dich. Immer nur Kino, lesen oder deine Tiere. Wenn du nur ein Viertel deiner Zeit für die Schule geopfert hättest, wäre das nicht passiert.«

Frank nimmt die Karten und will aus der Tür, doch die Mutter hält ihn fest. »Das mit deiner neuen Frisur, da steckt doch auch was dahinter. Oder etwa nicht?«

»Wieso denn?«

»Weil ich dich kenne. Also los, raus mit der Sprache: Wozu hast du dir dieses Stoppelfeld schneiden lassen?«

Warum soll er der Mutter eigentlich nicht von ihrem Plan erzählen? Sie kann Herrn Karusseits Haarezupferei ja schließlich nicht gut finden. Frank macht sich los und erzählt von seiner Idee und davon, daß alle anderen Jungen dabei mitmachen.

»Alle?« fragt die Mutter, die nicht weiß, ob sie lachen oder entsetzt sein soll. »Bist du dir sicher, daß da wirklich alle mitmachen?«

»Wer nicht mitmacht, bekommt zwanzig Schläge auf den nackten Hintern.«

Die Mutter ist nun doch entsetzt. »Das ist Erpressung.«

»Wieso?«

»Na, wenn ihr jedem, der nicht mitmacht, Prügel androht, kann's gar nichts anderes sein. Diktatur ist das – wie damals bei Hitler.«

Das mit den Schlägen war nicht Franks Idee gewesen, darauf

war Dieter gekommen. Aber er war damit einverstanden gewesen. »Es machen ja auch so alle mit«, sagt er kleinlaut.

»Wenn freiwillig alle mitmachen, ist's in Ordnung«, sagt die Mutter. »Aber zwingen dürft ihr niemanden, denn was man nur unter Zwang erreicht, ist sowieso nichts wert.«

»Machen wir ja auch nicht«, sagt Frank noch mal. »War ja nur so 'ne Drohung.«

»Drohen reicht schon.« Die Mutter lenkt nicht so schnell ein.

Frank weiß, daß die Mutter recht hat, und deshalb ist ihm bei dem Gedanken an ihr Vorhaben nun noch unwohler als zuvor. Still geht er aus der Küche und wirft sich im Hinterzimmer auf die Couch.

4.

5.

Am See

Es gibt *Die lustigen Vagabunden,* einen Film, den Frank schon drei- oder viermal gesehen hat. Doch er hat viele Filme schon mehrfach gesehen; wenn sie lustig oder spannend sind, geht er immer wieder gerne hinein. Es kostet ihn ja nichts, und er hat seinen eigenen Platz, den auf dem Brett über der Zentralheizung links vom Gang, den besten von allen. In die Nische über der Heizung kann er sich richtig hineinlehnen und die Beine hochnehmen. Und im Winter ist es dazu noch gemütlich warm unter seinem Hintern.

Frank läßt den Blick schweifen. Er kennt die Leute im Kino fast alle. Und sie kennen ihn auch, wissen, daß er immer da sitzt, und schmunzeln manchmal über ihn. Aber das macht ihm nichts aus, vor den Kinoglückern hat er keinen Respekt. Er hat sie schon das vierte oder fünfte Mal über denselben Witz lachen hören und genausooft vor Glück oder Trauer heulen sehen, wenn auf der Leinwand irgend etwas Bewegendes passierte. Obwohl sie erwachsen sind, empfinden sie genau wie er; vor denen muß er sich nicht genieren.

Das Licht geht aus, der Vorhang öffnet sich, die ersten Werbeanzeigen der benachbarten Geschäfte sind zu sehen. Doch sie laufen ohne Musikbegleitung ab, das ist ungewöhnlich, und deshalb werden die Leute im Kino unruhig. »Musik!« schreit einer, und kurz darauf knarrt und rauscht es im Lautsprecher, und eine hohe Männerstimme singt: »Was kann der Sigismund dafür, daß er so schön ist, was kann der Sigismund dafür, daß man ihn liebt ...«

Nach den Anzeigen kommt *Der Augenzeuge,* die Wochenschau. Diesmal ist die Musik zu laut. »Leiser!« rufen die Leute.

Der Augenzeuge ist auch langweilig. Immer im gleichen Tonfall berichtet eine markige Stimme von Ernteaktionen auf den Feldern, Traktorenwerken in der Sowjetunion und irgendwelchen Produktionsleistungen in riesigen Fabrikhallen. Dazwischen sieht man Politiker, die Reden halten, und Junge Pioniere*, die ihnen dafür Blumen überreichen. Frank wird erst aufmerksam, als die Stalinallee* zu sehen ist. Dort arbeitet ja Hotte, und dort wurde heute gestreikt. Aber von dem Streik weiß die Wochenschau noch nichts, glückstrahlende Bauarbeiter lachen in die Kamera, erzählen von neuen Bauvorhaben und berichten, wie glücklich sie bei ihrer Arbeit sind. Frank ist neugierig, ob auch Hotte mal zu sehen sein wird, aber Hotte taucht nicht auf.

Einige der Leute im Kino scheinen zu wissen, was heute in der Stalinallee geschehen ist, sie tuscheln miteinander und kichern leise.

Zum Schluß wird wie immer Sport gezeigt. Heute Szenen aus einem Fußballspiel: *Vorwärts* gegen *Dynamo,* beides Ostberliner Vereine.

Das Licht geht an. Pause.

Frank blickt sich wieder um. Es gibt immer ein paar Leute, die erst nach der Wochenschau das Kino betreten, heute aber kommt nur eine einzige alte Frau zu spät.

Der Hauptfilm beginnt. Gleich zu Anfang singen die beiden lustigen Vagabunden ihr Lied vom Wandern und vom Baden, das die meisten der Leute im Kino schon kennen und einige von ihnen sogar leise mitsummen. Danach wechseln Verfolgungsjagden und Landschaftsbilder einander ab. Und die Landschaftsbilder sind schön, sehr schön; wird ein Wald gezeigt, hört man einen Kukkuck, wird ein Dorf gezeigt, läuten gerade die Glocken. Frank genießt diese Bilder und freut sich schon auf die schönste Stelle des Films, nämlich jene, in der einer der beiden Vagabunden eines Morgens zu einem See geht, um sich zu waschen, und dabei drei nackte Mädchen aufscheucht, die schreiend ins Wasser laufen. Frank guckt jedesmal ganz genau hin, will was entdecken, aber es geht alles so schnell, daß er nichts zu sehen bekommt, außer die Rücken und Hintern der Mädchen – und ihre Köpfe, wenn sie prustend wieder auftauchen und den Vagabunden beschimpfen.

Er war auch schon mal nackt schwimmen gewesen, voriges Jahr im Sommer, als Kalle und er mit den Zwillingen Gerd und Gerhard fast jedes Wochenende an den Störitzsee zelten fuhren. Sie waren richtig kernig ausstaffiert, vor allem aber hatten sie jeder einen Seemanns-Südwester, damit sie bei Regen nicht naß wurden. Aber es regnete nicht; jedenfalls nicht am Tag, nur in der Nacht. Dann lagen sie im Zelt und lauschten, und ihm war richtig unheimlich zumute an dem einsamen See. Trotzdem stand er öfter auf und ging pinkeln – die einzige Gelegenheit, den Südwester aufzusetzen. Und wenn er dann draußen stand in schwarzer Nacht und rauschendem Regen und sein Gesicht trotz des Südwesters pitschenaß wurde, kam er sich tatsächlich ein bißchen wie ein Seemann vor.

Am schönsten aber war es abends, wenn sie am Lagerfeuer saßen und rings um den See nichts als Stille war. Dann kochten Gerd und Gerhard Tee aus frischen Pfefferminzblüten und erzählten Witze. Und morgens, wenn wie durch einen Zauber doch wieder die Sonne schien und sie nackt und laut juchzend in das kalte Wasser liefen ...

Einmal waren auch Gerd und Gerhards Schwester Moni und

ihre Freundin mitgefahren. Die beiden Mädchen schliefen in einem Zweierzelt, und er fragte sich die ganze Nacht, ob Moni und ihre Freundin wohl auch nackt baden würden. Aber an diesem Morgen badete niemand nackt, nicht Moni und ihre Freundin und nicht Gerd und Gerhard. Nur Kalle war aus Versehen ohne Badehose aus dem Zelt gekommen und lief mit total roter Birne schnell wieder zurück, um sie zu suchen ...

Frank hat den Film längst vergessen, denkt nur noch an den letzten Sommer. Als sich dann der Vorhang wieder schließt und das Licht aufflammt, erschrickt er, springt von seiner Ofenbank und läuft ins Freie.

Draußen ist es nun schon dunkel. Aber das macht nichts, er hat nun nachzudenken.

Damals am Störitzsee, das waren herrliche Tage, doch der Sommer endete ganz anders. Eines Montagmorgens blieb die Fleischerei von Gerds und Gerhards Eltern geschlossen. Mit anderen Leuten zusammen stand er vor der Tür und wartete, bis die Leute ungeduldig wurden und bei Ehrlichs an der Hintertür klingelten. Und als niemand öffnete, begannen einige Frauen sich zu sorgen und riefen die Polizei. Und da kam es heraus: Herr und Frau Ehrlich waren in den Westen abgehauen, mitsamt Gerd und Gerhard, Moni und Monis Omi. Es war im Nu in der ganzen Straße herum, und schon bald jagten sich die Gerüchte: Ehrlichs sollten in ihrer Fleischerei auch Hunde und Katzen und sogar Ratten zu Wurst verarbeitet haben. Die Polizei sei ihnen dahintergekommen, deshalb mußten sie weg. Die Mutter glaubte das nicht, und er glaubte es auch nicht, und Ilse Fröhlich sagte gleich: »Das haben die von der SED* in die Welt gesetzt. Geht ja gar nicht anders. Wenn einer ihr Arbeiter- und Bauernparadies verläßt, muß er natürlich Dreck am Stecken haben.«

Er war in den nächsten Tagen noch oft zur Fleischerei Ehrlich gelaufen, hatte es einfach nicht glauben wollen, daß Ehrlichs wirklich weg waren. Eines Tages hing dann ein Zettel an der Jalousie: *Wiedereröffnung am 15. 10.*

Die Fleischerei wurde tatsächlich wiedereröffnet, doch nicht Ehrlichs standen nun hinter dem Ladentisch, sondern fremde Leute. Und über dem Schaufenster stand groß *HO* – Wurst- und Fleischwaren.*

Seitdem kauft er wieder dort ein, und fast jedesmal, wenn er den Laden betritt, fragt er sich, wo Ehrlichs wohl jetzt leben und ob es Moni und den Zwillingen gut geht. Und ein wehmütiges Gefühl beschleicht ihn, ein Gefühl, als sei ihm irgend etwas sehr Wichtiges weggenommen worden. Immerhin waren Gerd und Gerhard ja seine Freunde – und Moni war Burkies Freundin gewesen.

Endlich mal weg

Frank geht nicht in die Gaststube hinein, guckt nur vom Flur aus durch den Türspalt und verzieht sich in die Küche, wo die belegten Brote stehen, die die Mutter ihm gemacht hat. Es ist ja Dienstag, Schließtag, also wird in der *Gemütlichen Ecke* Skat gespielt. Herr Bessel sitzt da, der dicke Schuhladenbesitzer, dessen Doppelkinn immer mehr zum Dreifachkinn wird; Paule Krause, der seit drei Monaten Rentner ist, und – direkt neben Onkel Willi – Ilse Fröhlich, von der man nie weiß, kommt sie oder kommt sie nicht. Aber während die Männer sonst viel Wert darauf legen, vorher zu wissen, wer kommt und wer nicht, und besonders Herr Bessel »unsichere Kantonisten« nicht leiden kann, stört das bei Ilse Fröhlich niemanden. Kommt sie, spielt man zu viert, kommt sie nicht, zu dritt.

Die Mutter hat Hackepeter-Brote gemacht, Franks Lieblingsstullen. Er setzt sich hin und beginnt zu essen. Doch kaum sitzt er, kommt die Mutter und er erschrickt: Sie ist ganz weiß im Gesicht.

»Ist dir nicht gut?«

»Kopfschmerzen, du weißt ja.«

»Hast du denn keine Tabletten mehr?«

»Nicht mehr viel.«

»Wenn du willst, hole ich dir morgen welche.«

Die Mutter geht an den Wasserhahn, dreht ihn auf und füllt sich ein Glas Wasser ab. Dann schluckt sie zwei Tabletten, spült sie mit Wasser runter und sagt: »Lieber nicht. Im RIAS* geben sie andauernd so komische Sachen durch. Bei uns soll heute gestreikt worden sein ...«

»Stimmt ja auch.« Frank erzählt der Mutter, was er von Hotte weiß. Doch das macht sie nur noch unruhiger. »So was sollte der Horst nicht machen«, schimpft sie. »Er sollte sich nicht unnötig in Gefahr begeben. Er ist für so was doch noch viel zu jung.«

Sie denkt an Burkie. Immer, wenn er von Hotte erzählt, denkt die Mutter an Burkie. Und wenn sie Hotte sieht, der ja nun schon ein richtiger junger Mann ist, guckt sie so nachdenklich, als wäre das mit Burkie erst gestern passiert.

»Hat Tante Lucie mal geschrieben?«

Frank möchte die Mutter ablenken. Wenn sie über was Ernstes nachdenkt, werden ihre Kopfschmerzen ja nur noch schlimmer. Sie hat ihm das mal verraten. Aber Mutters Gesicht heitert sich nicht auf, sie schüttelt nur den Kopf und sagt: »Sie hat wohl jetzt zu viel zu tun.«

Daß Tante Lucie nicht mehr kommt und auch kaum mal schreibt, liegt nicht nur daran, daß Onkel Heinz und Tante Gertrud mit ihr nach Thüringen gezogen sind, weil da eine neue Talsperre gebaut wird und Onkel Heinz daran mitarbeitet, es liegt auch an Onkel Willi, der Tante Lucie nicht mag, weil sie ihm zu fromm ist. Aber Frank nimmt der Tante das trotzdem übel: Ihm und der Mutter zuliebe müßte sie Onkel Willi schon ab und zu einmal in Kauf nehmen. Er muß das ja auch, und nicht nur alle paar Wochen mal, sondern immer, jeden Tag, jeden Morgen, jeden Mittag, jeden Abend.

»Weißt du was?« Die Mutter setzt sich zu Frank, legt ihm die Hand auf den Arm und lächelt wie immer, wenn sie glaubt, ihm etwas sehr Schönes mitzuteilen. »Dieses Jahr machen wir mal wieder richtig Urlaub. Ilse Fröhlich überläßt uns für drei Wochen ihren Garten in Bestensee.«

Frank vergißt die Stulle in der Hand. »Wirklich?«

»Wirklich! Ich brauch Erholung, muß endlich mal weg. Und du mußt ja auch mal raus aus der Stadt.«

»Und Onkel Willi?«

»... fährt natürlich mit.«

Frank nickt still. Natürlich fährt Onkel Willi mit. Das Dumme ist nur, daß er sich jetzt nur noch halb so sehr freuen kann.

»Drei Wochen keine Kneipe, keine Gäste, kein Freundlichsein um jeden Preis«, freut sich die Mutter. »Wie werde ich das genießen! Und wie schön werden wir es uns machen!«

Bestimmt wird es schön. Frank war ja schon mal in Bestensee. Ilse Fröhlichs Garten liegt an einem kleinen See. Er kann dort angeln, rudern, schwimmen, Pilze suchen und im Garten helfen. Aber drei Wochen lang Onkel Willi nicht nur morgens, mittags und abends, sondern immer, jede Stunde, jede Minute?

»Es liegt auch an dir«, sagt die Mutter, »nicht nur an ihm. Wenn du mal erwachsen bist, wirst du ihn vielleicht besser verstehen.«

Frank ist anderer Meinung. Er ist sich sicher, daß er einen Mann wie Onkel Willi nie verstehen wird. Aber das kann er der Mutter nicht sagen, denn wenn er ihr das sagt, muß er ihr auch sagen, was er ihr noch nie gesagt hat – und auch nie sagen wird.

»Lisa!«

Onkel Willi. Da meldet er sich schon. Aber er steht nicht etwa auf, um die Mutter zu rufen, sondern bleibt schön sitzen, schreit einfach so laut, daß die Mutter ihn von der Gaststube her durch den langen Flur bis in die Küche hinein hören kann. Die Mutter steht auf und schaut Frank bittend an. »Setz dich nachher noch ein bißchen zu mir. Wir sehen uns in letzter Zeit so selten.«

Frank nickt stumm. Er wird sich zu ihr setzen. Aber er wird sich Zeit damit lassen, vorher möchte er noch ein wenig nachdenken, mit sich allein sein.

Was er der Mutter nie gesagt hat, ist, daß er oft nachts mit anhört, was passiert, wenn Onkel Willi zu ihr ins Bett kriecht. Er schläft ja nun nicht mehr im ersten Stock wie damals mit Burkie, sondern auch im Hinterzimmer, und zwar auf der Couch. Und da er fast jeden Abend liest, bis die *Gemütliche Ecke* schließt, bekommt er immer alles mit: Onkel Willis Geflüster und Gestöhne und Mutters unterdrückte Schreie, die klingen, als ob ihr etwas weh tue. Diese Geräusche treiben ihm das Blut in den Kopf und machen ihn fast wahnsinnig vor Ekel und Abscheu und Angst um die Mutter. Natürlich denken die beiden, er schlafe längst. Aber das stimmt nicht. Er schläft fast nie vorher ein, dazu ist es viel zu laut in der Gaststube. Das Schlimmste daran aber ist, daß die Mutter meistens gar nicht will, daß Onkel Willi zu ihr ins Bett kommt. Doch Onkel Willi kümmert sich nicht darum, was die Mutter will oder nicht. Und weil die Mutter vor Angst, daß er davon aufwachen könnte, nicht laut werden will, läßt sie Onkel Willi zu sich. Morgens ist sie dann immer ganz bleich und hat noch stärkere Kopfschmerzen als sonst.

Das ist der Grund, weshalb er sicher ist, daß er Onkel Willi nie verstehen wird, aber das kann er der Mutter nicht sagen, davon darf sie nichts wissen. Einmal jedoch hatte er sich fast verraten, da hatte er die Mutter nach einer solchen Nacht gebeten, ihn doch wieder in den ersten Stock ziehen zu lassen, und sie hatte ihn so komisch angesehen, als ahnte sie den Grund dafür. Es kostete ihn viel Mühe, ein harmloses Gesicht zu machen, aber er schaffte es, so daß sie sich schnell wieder beruhigte. Doch in den ersten Stock zurück durfte er nicht. Sie hat Angst, ihn nachts allein zu lassen. Er hat nach Burkies Tod zuviel phantasiert, ist nachts aufgestanden und mit seinem Bettzeug herumgewandert. Einmal fand die Mutter ihn im Bad auf dem Fußboden liegen, einmal auf dem Küchentisch. Und einmal hat Herr Lehmann ihn sogar mitten auf der Treppe angetroffen, als er gerade wieder irgendwohin wollte mit seinem Bettzeug. Die Mutter fürchtet, er könne mal irgendwas Schlimmes anstellen, deshalb will sie ihn lieber bei sich haben.

Er würde so gerne wieder in den ersten Stock ziehen. Oben hätte er seine Ruhe, und dort könnte er auch seinen Zoo weiter ausbauen. Die ganze Küche könnte er dafür benutzen.

Frank schüttelt die Gedanken ab, die ihn doch jedesmal nur wieder neu beunruhigen, stellt sich ans Fenster und schaut noch mal kurz zu Paulchen und Paula, Timur und Rieke hinein.

Im Dschungel ist Ruhe, da rührt sich nichts, und auch Paulchen und Paula schlafen in ihrer Zigarrenkiste. Rieke liegt auf dem Moos, der kleine Frosch, den er ihr mittags gab, ist weg. Also hat sie ihn verschlungen. Gut, daß er es nicht gesehen hat. Einmal, ein einziges Mal hat er es beobachtet, da hatte er sich mit einem Stuhl vor den Fenstersims gesetzt und fast zwei Stunden lang ununterbrochen zu ihr hingeschaut. Und gerade in dem Augenblick, als er auf die Toilette mußte, hatte sie es getan. Er kam gerade noch dazu, wie sie ihn runterwürgte. Dieser Anblick faszinierte und ekelte ihn. Er hätte nie gedacht, daß Rieke ihren Rachen so weit aufreißen könnte. Der kleine braune Frosch aber tat ihm leid; er wollte so was nie wieder mit ansehen.

Onkel Willi betritt die Küche. Er war auf dem Klo und will sich die Hände waschen. Er hätte das auch auf dem Klo tun können, doch die Gästeseife, die da liegt, nimmt er nicht in die Hand, dazu ist er zu pingelig.

Normalerweise brummt Onkel Willi irgendwas in seinen Bart, wenn er Frank bei den Tieren stehen sieht, irgendwas wie »Das schleppt uns nur Ungeziefer ins Haus«. Heute brummt er nicht, sondern bleibt verdutzt stehen. Franks Igel – er sieht ihn zum ersten Mal.

Frank öffnet das Fenster und schaut in den dunklen Hof hinaus, in diese graue Röhre aus Fassade und Fenstern, von denen einige geöffnet sind und Geräusche in den Hof dringen lassen, das Pfeifen eines Teekessels oder das Rauschen einer Klospülung. Er wartet darauf, daß Onkel Willi etwas sagt, irgendeine Bemerkung macht, und sei es auch nur eine spöttische, aber Onkel Willi sagt nichts, wäscht sich nur die Hände und geht wieder.

Sie können nicht miteinander reden. Daß er das Fenster aufgemacht hat, war eine Verlegenheitsgeste. Er hat es getan, um irgendwas zu tun und Onkel Willi weiterhin den Rücken zuwenden zu können. Und Onkel Willi hat nichts gesagt, weil er es aufgegeben hat, etwas zu ihm zu sagen.

Gisela geht über den Hof. Sie muß den Mülleimer ausleeren. Frank macht so lange »Psst!«, bis sie ihn hört und vorsichtig näher kommt. »Was willste denn?«

»Ich bleib sitzen. Nun ist es endgültig.«

Gisela zieht ihre Nase kraus, wie immer, wenn sie überlegt. Sie weiß nicht genau, wie sie diese Neuigkeit bewerten soll. Da aber Frank nicht besonders traurig aussieht, findet schließlich auch sie keinen Grund, bestürzt zu sein. »Kommste dann in unsere Klasse?«

»Vielleicht«, sagt Frank. Es könnte ja auch sein, daß er in die Parallelklasse kommt. »Wenn du willst, daß ich in eure Klasse komme, sag ich das.«

»Au ja!« Gisela freut sich. »Mach das.« Dann aber schaut sie Franks Igel an und kichert. »Hotte hat mir schon gesagt, daß du jetzt 'n Mecki trägst. Aber daß es so ulkig aussieht, hätte ich nicht gedacht.«

Einen Mecki! Und ulkig! Frank wird rot. »Das ist doch nur wegen dem Karusseit«, sagt er und erzählt Gisela von ihrem Vorhaben, übertreibt dabei mächtig und schafft es auch, Gisela zu beeindrucken. »So was kannste dann bei uns auch mal machen«, schlägt sie vor. »Bei uns machen auch die Mädchen mit.«

»Mädchen tut Herr Karusseit nichts, zu Mädchen ist er ganz anders.«

Gisela findet es schade, daß Herr Karusseit da Unterschiede macht; wenn Mädchen mit einem Igelschnitt in die Schule kämen, wäre das noch eine viel tollere Sache.

»Willste Rieke streicheln?«

Frank möchte Gisela was Gutes tun. Es ist schön, daß sie ihn gerne in ihrer Klasse haben möchte.

»Aber nur, wenn du keinen Mist machst«, droht Gisela. Einmal hat Frank ihr anstatt Rieke einen toten Frosch hingehalten, den die Schlange wieder erbrochen hatte, und sie gefragt, ob der nicht wie durchgekauter Spinat aussehe. Seitdem muß sie immer, wenn es Spinat gibt, an halbverdaute Frösche denken.

»Heute nicht.«

Vorsichtig nimmt Gisela die Ringelnatter hinter dem Kopf und am Schwanz und guckt sie erst mal lange an. »Sie zischt ja gar nicht«, staunt sie.

»Weil sie müde ist«, erklärt Frank.

»Weil sie mich mag«, widerspricht Gisela und legt sich Rieke um den Hals, wie sie es von Frank gesehen hat.

Frank schweigt. Es wäre kein Wunder, wenn Rieke Gisela lieber hätte als ihn, Gisela mögen ja alle.

»Jetzt biste doch 'n bißchen traurig, stimmt's?« Gisela gibt Frank die Schlange zurück.

»Ich? Quatsch! Wieso denn?« Frank legt Rieke in ihr Terrarium und deckt es sorgfältig ab.

»Na, weil du sitzengeblieben bist.«

»Quatsch!« sagt Frank wieder.

Gisela verstummt und fragt dann: »Und deine Mutter, was hat sie dazu gesagt?«

»Die hat'n Mordstheater gemacht«, lügt Frank. Wenn er zugibt, daß die Mutter nur enttäuscht und traurig war, ist Gisela gleich auf ihrer Seite.

Gisela denkt nach und kommt zu dem Schluß: »Aber doof biste nicht, das steht fest.«

»Natürlich bin ich nicht doof!«

Daß man ihn für doof halten könnte, ist für Frank das schlimmste am Sitzenbleiben. Denn davon ist er zutiefst überzeugt: Doof ist er nicht.

»Gisela? Wo bleibst du denn?«

Giselas Mutter. Sie steht am Fenster und ruft in den dunklen Hof hinein.

»Ich komm ja schon«, schreit Gisela laut zurück. Leise aber sagt sie »Tschüs« und »Ärgere dich nicht«.

Frank schaut Gisela noch nach und schließt erst das Fenster, als auch das Klappern des leeren Mülleimers verstummt ist.

Herr Bessel fliegt

Frank sitzt neben der Mutter und liest in seinem neuen Buch. Es heißt *Die Kinder des Kapitän Grant* und handelt von einem Jungen und einem Mädchen, die mit einem Segelschiff ihren verschollenen Vater suchen. Nur eine Flaschenpost kündete noch von seinem Leben ...

Das Buch ist wirklich sehr spannend, trotzdem kann Frank sich nicht darauf konzentrieren; die Skatspieler werden immer lauter, streiten sich ab und zu und verlangen zwischendurch immer wieder neues Bier und Schnaps.

»Lisa!« Ilse Fröhlich winkt. Diese Runde hat sie verloren.

Die Mutter will ihr Nähzeug weglegen und aufstehen, doch Frank kommt ihr zuvor. »Ich mach das schon.«

»Aber mit 'ner ordentlichen Blume«, droht Ilse Fröhlich halb im Spaß und halb im Ernst.

Frank nickt nur, stellt sich an den Tresen und zapft. Ilse Fröhlich soll ihre »Blume« haben, er wird ihr eine so dichte und hohe Schaumkrone auf ihr Bier setzen, daß sie es löffeln kann.

Er ist wieder mal ärgerlich auf die Stammgäste. Wie sie vorhin geguckt haben, als er sich zur Mutter setzte! Und was sie geredet haben! Genau das gleiche wie die beiden Männer bei Herrn Muck – ob sein Igel nun eine Russenbombe oder eine Ami-Bürste wäre. Wenn die Mutter nicht gesagt hätte, daß ihr seine neue Frisur sehr gefiele, würden sie vielleicht immer noch darüber reden. Die Mutter hat ihm geholfen, dafür ist er ihr dankbar, und deshalb hilft er ihr jetzt.

»Na? Wird das mit dem Bier heute noch was?« Herr Bessel wird ungeduldig.

Frank läßt noch etwas Bier in die Gläser und wartet weiter. Herr Bessel interessiert ihn nicht; im Gegenteil, je wichtiger er sich tut, desto weniger interessiert er ihn. Wirklich interessant ist von all den Gästen, die zur Stammkundschaft gehören, nur Ilse Fröhlich. Sie geht nicht arbeiten und verdient trotzdem sehr gut. In der Straße wird gemunkelt, daß sie krumme Geschäfte macht, Waren aus Westberlin nach Ostberlin verschiebt und umgekehrt. Ob das stimmt, weiß keiner, aber Frank ist überzeugt davon, daß es stimmt; es paßt zu ihr.

»Was ist denn nun mit dem Bier?« Auch Onkel Willi wird ungeduldig. Ilse Fröhlich aber bleibt ruhig, ruft Frank nur zu, daß er auch gleich noch vier Klare mitbringen soll.

Frank gießt die vier Schnäpse ein, gibt auf jedes Glas Bier noch ein Extra-Schaumkrönchen und trägt die Gläser an den Tisch.

»Das sind ja Prachtblumen!« Ilse Fröhlich ist zufrieden. Herr Bessel aber kneift ein Auge zu und überprüft die Schnapsgläser; guckt nach dem »Strich«, sieht nach, ob Frank auch nicht zu wenig eingeschenkt hat. Doch er findet nichts zu bemängeln.

Frank setzt sich wieder zur Mutter, liest aber nicht weiter, sondern schaut zu Ilse Fröhlich hin, die heute einen ihrer angenehmen Tage zu haben scheint, was nicht immer so ist. Mal ist sie nett und freundlich, mal zänkisch und richtig gemein; mal schmeißt sie vor Wut und Betrunkensein volle Biergläser durch die Gaststube, mal opfert sie ihr letztes Hemd, um jemandem zu helfen – so wie jetzt, da sie ihnen mitten im Sommer ihr Häuschen am See überlassen will. Und sogar für drei Wochen.

An der Hintertür klopft es, Herr Modersohn kommt. Der kleine Schneidermeister spielt nicht Skat, kiebitzt nur, wie er das Zugucken nennt, das Herr Bessel auf den Tod nicht ausstehen kann. Herr Modersohn aber kiebitzt doch, und meckert Herr Bessel, zwinkert er Frank zu. Soll er meckern, mich kriegt hier keiner weg, heißt das. Heute jedoch setzt sich der Schneidermeister nicht zu den Skatspielern, sondern gleich zur Mutter. »Was Neues?« fragt er und deutet mit dem Kopf aufs Radio.

Die Mutter stellt das Radio an und dreht am Knopf, um den RIAS zu finden. Als sie ihn gefunden hat, wird sofort alles still. Im Radio spricht einer über den heutigen Streik und nennt Bedingungen, die von der sowjetzonalen Regierung* erfüllt werden müssen, wenn nicht wieder gestreikt werden soll. Frank versteht nicht alles, aber soviel bekommt er mit: Es wird verlangt, daß die neuen Normen zurückgenommen und die Lebensmittel billiger werden. Und außerdem soll es freie und geheime Wahlen geben.

Die Mutter lacht. »Darauf geht Ulbricht nie ein.«

»Und was kommt dann?« fragt Herr Modersohn leise.

»Die Russen«, sagt Ilse Fröhlich, als wäre es das Selbstverständlichste von der Welt, »dann kommen die Russen und sorgen für Ruhe. Was denn sonst?« Und Herr Bessel spielt seine letzte Karte aus und lacht. »Na klar rufen die Bonzen dann die Russen zu Hilfe! Denen sickert ja vor Angst jetzt schon das Braune durch die Hosen.«

»F...freie Wahlen?« sagt Paule Krause, der ein bißchen stottert. »D...daß ich nicht l...lache. D...dann kann sich der U...Ulbricht ja gleich selbst a...absetzen.«

Onkel Willi sagt nichts, zählt nur die Augen der Karten und schreibt auf, wer wie viele Miese dazubekommt. Sie spielen nur nach Miesen. Wer zuerst 501 davon hat, muß die nächste Lage schmeißen.

Ein neues Spiel beginnt. Die Mutter und Herr Modersohn aber hören weiter Radio. »Ich verstehe das alles nicht«, flüstert Herr Modersohn. »Das hätte doch nicht sein müssen.«

Die Mutter seufzt. »Die da oben haben so viele Fehler gemacht, das geht auf keine Kuhhaut. Wenn ihnen dafür jetzt ein Denkzettel verpaßt wird, brauchen sie sich nicht zu wundern.«

Ilse Fröhlich hat mitbekommen, was die Mutter gesagt hat. »Denkzettel?« fragt sie höhnisch. »Glaub doch bloß nicht, daß ein paar wildgewordene Arbeiter was verändern können. Ich sage euch, wenn die's zu bunt treiben, kommt der Russe. Und dann kriegen die Gefängniswärter was zu tun.«

»Na ja«, sagt Herr Bessel, dem nicht so ganz gefällt, was Ilse Fröhlich da eben gesagt hat. »Wenn der Russe kommt, wird der Ami aber auch nicht stillbleiben. Dann setzt's Knallschoten für die Iwans.«

»Sagen Sie doch nicht so was«, schimpft die Mutter. »Oder wollen Sie vielleicht noch einen Krieg mitmachen?«

Zu Herrn Bessel sagt die Mutter immer noch Sie. Und das, obwohl er nun schon so viele Jahre ihr Stammgast ist.

»Ich bin doch nicht verrückt«, antwortet Herr Bessel. Dann aber sagt er: »Ein einiges Deutschland möchte ich, weiter nichts. Ich will doch nicht ewig in einer Vier-Sektoren-Stadt leben.«

»Das wirst du müssen, wenn du keinen Krieg willst«, entgegnet Herr Modersohn. »Es wird ja nicht besser, sondern immer schlechter zwischen den Russen und Amis. Ich glaub nicht, daß die sich noch mal friedlich einigen. Die denken doch nur an ihre eigenen Interessen. Wir sind ein Faustpfand für die, nicht mehr und nicht weniger, im Osten wie im Westen.«

Einen Augenblick lang sagt niemand etwas, dann meldet sich Herr Bessel wieder. Leise, aber doch laut genug, daß alle es hören können, sagt er: »Wenn ich einen Russen nur von weitem sehe, klappt mir schon das Taschenmesser in der Hosentasche auf. Das ist so 'ne Art Kriegsverletzung bei mir.« Er lacht dabei, aber Frank ist sich nicht sicher, ob Herr Bessel es nicht doch ernst meint.

»Wer so was sagt, ist in meinen Augen ein Verbrecher.«

Das war Herr Modersohn. Laut und schneidend hat er das gesagt und so böse, wie Frank den kleinen Schneidermeister noch nie gesehen hat.

»Aber ...« setzt der verblüffte Herr Bessel an, doch er kommt nicht dazu weiterzureden, Herr Modersohn steht auf und verläßt, ohne noch ein weiteres Wort zu sagen, die Gaststube.

»Das hätten Sie wirklich nicht sagen sollen«, fährt die Mutter

Herrn Bessel an. »Wenn die Russen nicht gekommen wären, säße er vielleicht heute noch im Keller.«

»Erstens war ich im Krieg«, verteidigt sich Herr Bessel, »und da legt man nicht jedes Wort auf die Goldwaage. Und zweitens: Die Juden sollen nicht so empfindlich sein, die gehen mit unsereinem ja auch nicht gerade sanft um.«

Die Mutter wird blaß. »Wie meinen Sie das?«

»Wie ich's gesagt habe«, antwortet Herr Bessel erregt. »Was die uns alles vorwerfen! Sechs Millionen von ihnen sollen wir umgebracht haben, sechs Millionen! Soviel gab's ja in ganz Deutschland nicht.«

»In Deutschland nicht, aber in Europa schon«, mischt sich Ilse Fröhlich ein.

»Na, und wenn schon!« schreit da Herr Bessel los und bekommt ein Gesicht, als wollte er gleich platzen, so sehr steigt ihm das Blut in den Kopf. »Wenn sie uns nicht ausgebeutet hätten, hätte sie auch keiner eingesperrt.«

»Maxe Modersohn, der große Ausbeuter!« Ilse Fröhlich lacht spöttisch. Die Mutter aber steht auf und bittet Herrn Bessel, sofort ihr Lokal zu verlassen.

Herr Bessel starrt die Mutter an, als könne er nicht glauben, was sie da eben gesagt hat. Aber dann gibt er sich einen Ruck. »Willi – die Rechnung!«

»Und unser Spiel?« Onkel Willi ist enttäuscht.

Die Mutter nimmt den Block mit den Aufzeichnungen und rechnet aus, was Herr Bessel zu bezahlen hat. »Siebenundzwanzig Mark fünfzig, bitte.«

Herr Bessel knallt drei Zehnmarkscheine auf den Tisch. »Stimmt so!«

Das ist eine Beleidigung; Herr Bessel weiß genau, einer Wirtin gibt man kein Trinkgeld, nur einer Serviererin oder einem Kellner. Doch die Mutter lächelt nur. »Danke schön!«

Frank glüht auf vor Stolz. So stark kann die Mutter sein! Wenn sie doch nur immer so wäre.

Die Blamage

Herr Bessel ist gegangen, aber Ilse Fröhlich und Paule Krause sitzen immer noch in der Gaststube, hören Radio und reden mit der Mutter. Onkel Willi sitzt auch dabei, doch er sagt nur selten was, trinkt dafür um so mehr, ist immer noch ärgerlich darüber, daß die Mutter Herrn Bessel rausgeschmissen hat. Er befürchtet, daß der dicke Schuhladenbesitzer nicht mehr wiederkommt; er ist ihm ja der liebste der Stammkunden, mit keinem unterhält er sich so gern wie mit Herrn Bessel.

Frank liegt nun schon im Bett, liest dort weiter. Aber er liest nicht richtig. Das Gemurmel, das aus der Gaststube zu ihm hindringt, macht ihn unruhig. Und dann ist da ja auch immer noch die Szene, wie die Mutter Herrn Bessel rauswarf. Wie beherrscht sie dabei war ...

Frank spürt wieder Stolz auf die Mutter. Aber dann denkt er an ihre Frage, ob Herr Bessel denn etwa einen neuen Krieg wolle, und seine Gedanken gleiten ab. Herr Bessel will bestimmt keinen Krieg, seine erste Frau ist ja in den Trümmern umgekommen. Aber warum redet er dann so? Das hat er ja nicht nur heute so gemacht; er redet immer so. Und Onkel Willi auch – allerdings nur, wenn er mit Herrn Bessel allein ist; wenn die Mutter dabei ist, tut er es nicht.

Wenn die Mutter vom Krieg erzählt, sagt sie: »Lieber trocken Brot essen, aber nie wieder Krieg.« Herr Bessel und Onkel Willi jedoch tun so, als wäre der Krieg für sie nur ein einziges großes Abenteuer gewesen, und zeigen Fotos herum, auf denen sie zwischen anderen jungen Soldaten zu sehen sind. Und obwohl Onkel Willi im 1. Weltkrieg und Herr Bessel im 2. Weltkrieg Soldat war, ähneln sich diese Fotos. Größtenteils sind es sehr lustige Bilder mit grinsenden Soldaten, die Besenstiele anstatt Gewehre in den Armen halten oder Eimer anstatt Stahlhelme auf den Köpfen tragen.

Onkel Willi und Herr Bessel reden vom Krieg, als hätten sie

Spaß dran gehabt; schildern sie ihre Verwundungen, prahlen sie richtig; jeden von beiden hat es schlimmer erwischt, jeder hat tapferer ausgehalten. Ob sein Vater jetzt auch so angeben würde, wenn er mehr Glück gehabt hätte und nicht im Krieg gefallen wäre? Reden alle Männer so? Nein, Herr Modersohn nicht, Herr Modersohn ist ein Sonderfall. Und das nicht nur, weil er ein Jude ist und sich während des Krieges drei Jahre im Keller versteckt halten mußte, also gar kein Soldat werden konnte; Herr Modersohn ist auch sonst ganz anders. Frank braucht nur an jenen Tag vor zwei Jahren zu denken, als der kleine Schneidermeister ihn aus dem Ferienheim abholen kam. Onkel Willi, Herr Bessel und viele andere Stammkunden hatten ihn damals ausgelacht, Herr Modersohn nicht.

Er hatte sich damals furchtbar blamiert. Die Mutter hatte wieder mal gewollt, daß er rauskommt aus der Stadt, und ihm unter großen Mühen einen Platz in einem Kinderferienheim im Harz ergattert. Doch er fuhr nur ungern mit, hatte Angst vor all dem Fremden, das ihn erwartete, und als die Mutter ihm vom Bahnsteig aus nachwinkte, mußte er heulen. Die anderen Kinder hatten Mitleid mit ihm und versuchten ihn aufzuheitern. Einer war da, der hieß Kurt und war aus der Knaakstraße, wohnte also gar nicht so weit von ihm entfernt und kannte sogar die *Gemütliche Ecke*. Das verband sie ein bißchen miteinander, und deshalb gab er sich Mühe und ließ sich eine Zeitlang ablenken. Irgendwann jedoch wurde ihm bewußt, daß er ja immer weiter von zu Hause fortfuhr und sehr allein war unter diesen fröhlichen Ferienkindern, und das ganze Elend kam zurück.

Dann die erste Nacht im Ferienheim. Er konnte nicht einschlafen, lag da, zwischen all den fremden Jungen, die sich so schnell miteinander angefreundet hatten, und heulte, während die anderen, müde von der Reise und all dem Neuen, längst schliefen. Immer wieder sah er die *Gemütliche Ecke* vor sich – und die Mutter, wie sie auf dem Bahnhof stand und winkte. Ja, sogar an Onkel Willi dachte er, und wäre Onkel Willi in dieser Nacht zu ihm gekommen, um ihn zu holen, wäre er ihm wohl um den Hals gefallen.

Irgendwann in dieser Nacht mußte er auf die Toilette, stand auf und tastete sich durch die fremden, dunklen und irgendwie nach Krankenhaus oder Wäscherei riechenden Räume und Flure, bis er die Toilette nach langem Suchen endlich fand. Danach aber der Rückweg. Er hatte ihn vergessen, fand sich nicht zurecht, lief immer wieder in irgendwelche dunklen Schlafräume hinein, suchte das zweite Bett von links und fand es besetzt. Nach dem dritten oder vierten Mißerfolg kam Angst in ihm auf, und er mußte wieder heulen. Davon erwachte ein ziemlich großes, schon fast erwachsenes Mädchen, das dann gemeinsam mit ihm suchte, bis er sein Bett gefunden hatte.

Das Mädchen hieß Elke, kümmerte sich auch am nächsten Tag um ihn und wußte einen Namen für seine »Krankheit«: Heimweh. Er habe Heimweh, weiter nichts, sagte sie, das verginge schnell.

Das mit dem Heimweh stimmte, er dachte ja ständig an zu Hause, aber das mit dem schnellen Vorbeisein stimmte nicht. Er klammerte sich an Elke, suchte sie überall, bis es ihr zu langweilig und umständlich wurde, ihn immer und ewig im Schlepptau zu haben, und sie ihm immer öfter auswich. Er merkte das und zog sich zurück, hielt sich abseits von den anderen, war unglücklich und heulte öfter. Die anderen Jungen aber hatten schon längst die Geduld mit ihm verloren, nannten ihn Memme und Muttersöhnchen und lachten über ihn. Das ging so lange, bis die Heimleiterin endlich merkte, daß es keinen Zweck mit ihm hatte. Sie rief die Mutter an und verlangte, daß jemand käme, um ihn abzuholen. Und weil die Mutter nicht kommen konnte – Onkel Willi war krank, und sie konnte die *Gemütliche Ecke* nicht einfach schließen – bat sie Herrn Modersohn, ihn abzuholen.

Er wußte nichts davon, daß Herr Modersohn kommen würde, hoffte auf die Mutter und fürchtete, daß es Onkel Willi sein könnte. Und wie er da so gedankenverloren auf der Bank beim Spielplatz hockte, hob er einer plötzlichen Eingebung zufolge den

Kopf – und erblickte den kleinen Schneidermeister. In seinem »guten« dunklen Anzug, der ihm viel zu kurz und zu eng war und den er auch auf Burkies Beerdigung getragen hatte, stand er da und blickte sich suchend um. Erst durchzuckte ihn ein freudiger Schreck, an Herrn Modersohn hatte er ja gar nicht gedacht, dann aber schämte er sich und wagte nicht, auf den kleinen Schneidermeister zuzugehen. Herr Modersohn jedoch entdeckte ihn bald, setzte sich zu ihm und sagte einfach: »So! Na ja! Da wären wir.«

An das Kofferpacken und wie sie zum Bahnhof gekommen sind, kann Frank sich nicht mehr erinnern, aber die gemeinsame Zugfahrt sieht er noch vor sich: Er als bleiche, traurige Gestalt Herrn Modersohn gegenüber, der sich bemühte, ihn aufzuheitern. »Das haste doch bestimmt nur mir zuliebe gemacht?« sagte der Schneidermeister. »Ich wollte nämlich immer schon mal in den Harz.«

Immer schon mal in den Harz! Als ob Herr Modersohn außer Bahnhöfen und dem Ferienheim was vom Harz gesehen hätte. Nein, auf diesen Trick fiel er nicht herein, aber er war Herrn Modersohn dankbar dafür, daß er das gesagt und die ganze Fahrt über die gute Laune behalten hatte.

Dann ratterten die ersten S-Bahn-Züge an ihnen vorüber, und ihn durchströmte ein komisches Gefühl, eine Mischung aus Glück und Angst. Glücklich war er, weil er nun endlich wieder zu Hause war, und Angst hatte er, weil er als Versager, als Memme heimkehrte. Herr Modersohn ahnte, was in ihm vorging. »Rede dir bloß nichts ein«, sagte er, »der eine ist so und der andere so. Du hängst eben an deiner Mutter, hängst an deiner gewohnten Umgebung; ist das etwa schlecht?«

An diesen letzten Satz klammerte er sich, bis Herr Modersohn und er die *Gemütliche Ecke* betraten. Erst als er Onkel Willis Gesicht sah, noch von der Krankheit gezeichnet, aber eindeutig voller Spott über die Blamage, half dieser Trost nichts mehr. Und wenn die Mutter auch viel Verständnis für ihn hatte, er hat noch heute ein Gefühl des Versagens, wenn er an die verunglückte

Ferienheim-Verschickung denkt. Nur der Gedanke an Herrn Modersohn und ihre gemeinsame Rückfahrt läßt ihn diese Blamage in einem etwas freundlicheren Licht sehen. Er hatte den kleinen Schneidermeister ja immer schon gemocht, aber seit jenem Tag ist mehr zwischen ihnen als nur gute Bekanntschaft, fast schon so was wie Freundschaft ...

In der Gaststube werden Stühle gerückt, Paule Krause und Ilse Fröhlich verabschieden sich. Frank blickt wieder in sein Buch, will schnell noch das angefangene, letzte Kapitel zu Ende lesen und schafft es auch, bevor die Mutter und Onkel Willi kommen; mit dem letzten Satz, den er liest, öffnet sich die Tür.

»Der Bessel macht mir Angst«, sagt die Mutter. »Mit dem Haß muß doch endlich mal Schluß sein. Sonst geht das ja immer so weiter, aus dem einen Krieg raus – und rein in den nächsten.«

»Er meint das doch nicht so«, verteidigt Onkel Willi Herrn Bessel.

»Und warum redet er dann so?«

»Angabe!« murmelt Onkel Willi. »Alles Angabe!«

»Aber er ist doch dein Freund.«

»Mein Freund? Ich habe keinen Freund!« Onkel Willi lacht.

Die Mutter blickt zu Frank hin und sagt nichts mehr. Aber Frank sieht ihr an, daß der Gedanke an Herrn Bessel sie nicht losläßt. Sie hat zwar schon öfter mal einen Gast vor die Tür setzen müssen, aber der war dann betrunken und hat krakeelt.

Onkel Willi geht in die Küche, um sich zu waschen, die Mutter setzt sich zu Frank. Sie will sich ablenken, fragt ihn, ob er das Buch ausgelesen hat und ob es ihm gefallen hat.

»Ja«, sagt Frank. Mehr kann er nicht sagen, denn es ging ihm mit diesem Buch wie mit vielen anderen Büchern: Es war sehr spannend und ging gut aus, aber es hatte nichts mit ihm zu tun. Wenn er eine solche Geschichte liest, reißt sie ihn zwar mit, aber klappt er das Buch zu, ist er immer ein bißchen unzufrieden. Es ist dann wie im Kino, wenn der Vorhang sich schließt: Er muß zurück auf die Straße, und alles ist wieder wie vorher.

Onkel Willi kommt und legt sich hin, die Mutter geht in die Küche. Frank schließt die Augen. Er will Onkel Willi nicht ansehen. Seit drei Jahren lebt er nun schon bei ihnen, aber er ist ihm immer noch fremd – und wird ihm von Tag zu Tag fremder.

Endlich kommt die Mutter aus der Küche zurück, löscht das Licht und legt sich hin. Frank zieht sich die Bettdecke über den Kopf und macht es sich gemütlich. Heute wird Onkel Willi sich nicht zur Mutter hinüberschieben, heute wissen sie, daß er noch wach ist, heute kann er beruhigt einschlafen.

Ein voller Erfolg

Zur Schule hat er es nicht weit. Er geht zweihundert Meter geradeaus in die Raumerstraße hinein, biegt nach links in die Senefelder Straße ein und sieht es schon, das graue Haus mit dem großen Schultor, auf das die Mädchen und Jungen aus den Straßen ringsherum jeden Morgen zustreben. An diesem Morgen aber hört Frank die Schule schon, bevor er sie sieht. Ein solches Gelächter und Gejohle dringt da vom Schulhof auf die Straße, daß es den Anschein hat, als wäre die gesamte Schule in ein einziges großes Lachen ausgebrochen.

Die Igel! Oder ist es nur Kalle, der da ausgelacht wird? Frank wird schneller und läuft durch das Schultor auf den Hof mit den riesigen Kastanienbäumen.

Das stehen sie, die Jungen aus seiner Klasse, ein Igel neben dem anderen! Und Dieter hat sogar fast eine Glatze, so kurz sind seine Haare. Sie haben feuerrote Köpfe, aber irgendwie mischt sich auch Stolz in ihre Scham. Besonders Kalle guckt so frech in die Gegend, als wollte er sagen: »Lacht nur! So was traut sich keine andere Klasse, nur die 5b.«

Franks Erscheinen verstärkt die Heiterkeit der Jungen und Mädchen aus den anderen Klassen noch. »Wohl heute nacht auf 'ner Rasierklinge geschlafen?« ruft einer, und ein anderer vermutet, die 5b wolle geschlossen auftreten – als Wassermelonenballett.

»Hä-hä!« macht Frank bloß, und dann stellt er sich mitten zwischen die anderen Igel und läßt genauso stur und stolz das Gespött der älteren Jungen und Mädchen über sich ergehen, die immer neue Vergleiche finden und in immer lauteres Gelächter ausbrechen.

Dieter schiebt sich neben Frank und strahlt. »Es haben alle mitgemacht, bis auf Timo.«

Tatsächlich, der schmale, blasse Timo ist der einzige, der keinen Igel trägt. Er steht abseits von den anderen und guckt unglücklich.

»Den schnappen wir uns nachher«, flüstert Dieter Frank zu, und Frank nickt, obwohl er dazu nun längst keine Lust mehr hat, nachdem die Mutter mit ihm darüber gesprochen hat. Aber er kann ja jetzt mit Dieter nicht erst noch lange diskutieren, mitten auf dem Schulhof und unter all den anderen Jungen und Mädchen.

Endlich klingelt es, die Türen zu den Aufgängen werden geöffnet, die Klassen stürmen in das leere Schulgebäude. Plötzlich ist Timo an Franks Seite. »Ich ... ich ...« stottert er, aber Frank hört gar nicht zu. Die von der Vierten drängeln an ihm vorbei und gucken bewundernd zu ihm hin. Auch Gisela ist dabei. Zum ersten Mal wird ihm richtig bewußt, daß er ja nächstes Jahr, wenn Dieter, Timo, Padde, Jürgen und Hampel längst zur Sechsten gehören, mit all diesen Kleinen zusammen in eine Klasse gehen wird; zum ersten Mal schämt er sich, ein Sitzenbleiber zu sein.

Im Klassenraum ändert sich die Stimmung der Jungen schlagartig. Hier sind sie unter sich, können selber lachen und johlen und sich in Ruhe ihre Köpfe begucken. Und die Mädchen der Klasse, die auf dem Schulhof verschämt abseits standen, weil sie sich für ihre Jungen genierten, lachen nun auch und finden das ganz toll, was die Jungen getan haben, um dem Karusseit seine Haarezupferei unmöglich zu machen. Nur Timo setzt sich gleich und packt seine Mappe aus.

Das Gelächter und Gejohle schwillt zu einem einzigen lauten Durcheinander an und bricht erst, als es zur Stunde läutet, jäh ab und wird zum unterdrückten Gekicher. Alle huschen hinter ihre Tische und harren der Dinge, die da kommen werden. Und so, wie es vorhin immer lauter wurde, wird es nun immer leiser; nur Kalles Gewisper, der mit Gudrun tuschelt, ist noch zu hören.

Da! Herrn Karusseits Schritte! Seine langen staksigen Beine schwanken beim Gehen, deshalb hören sich seine Schritte, die in dem leeren Flur widerhallen, immer ganz seltsam an, und deshalb kann er nie mit anderen Lehrern verwechselt werden.

»Morjen!«

Wie immer guckt Herr Karusseit die Jungen und Mädchen nicht an, die sich zur Begrüßung neben ihre Stühle gestellt haben, legt erst seine Bücher und das Schlüsselbund, das er immer bei sich trägt, auf das Lehrerpult und dreht sich dann herum.

Hampel muß kichern. Zwei, drei Mädchen fallen ein.

»Noch nicht ausgegackert?« Herr Karusseit lächelt gutgelaunt. Doch sein Lächeln verblaßt schnell. Bestürzt guckt er von einem zum anderen.

Nun kichert niemand mehr.

»Könnt ihr mir mal verraten, was das soll?« Herr Karusseit guckt Kalle an.

»Was?« Kalle stellt sich blöd. Er kann das phantastisch; bei ihm weiß man nie, ob er wirklich etwas nicht verstanden hat oder ob er sich nur verstellt.

»Das!« Herr Karusseit tippt Kalle mit dem Zeigefinger vor die Stirn, ist aber nun schon so wütend, daß er es unbeherrscht und voller Kraft tut. Kalle taumelt zurück und wird blaß, sagt aber nichts.

»Ihr kommt euch wohl ganz besonders pfiffig vor, was?« Herr Karusseit geht durch die Bankreihen, blickt den Jungen in die

Gesichter und läßt auch die Mädchen nicht aus, als wolle er ihnen androhen, sie mitzubestrafen, falls noch mal eine kichern sollte. »Ihr glaubt wohl, da habt ihr euch etwas ganz Tolles einfallen lassen, was?«

»Jedenfalls können Sie uns jetzt nicht mehr an den Haaren ziehen.«

Frank hat das gesagt, zwar nur ganz leise, aber in der Stille hat es jeder verstanden. Und nun wird es noch stiller, keiner wagt auch nur noch eine Hand zu bewegen.

Herr Karusseit baut sich vor Frank auf und sieht ihn lange nachdenklich an. Dann sagt er fast ebenso leise wie zuvor Frank: »Der Gaspard! Wer denn sonst?«

Herr Karusseit redet ihn immer mit dem Nachnamen an. Und er spricht ihn französisch aus, so als wolle er sich über ihn lustig machen. Frank hält den Blick aus. Herr Karusseit weiß ja, daß er im Unrecht ist. Schlagen ist verboten, und Herrn Karusseits Griffe in die Haare sind auch so was wie Schläge.

»Dann war das Ganze also deine Idee?«

Frank antwortet nicht, wendet nur den Blick ab und schaut zum Fenster hin. Er weiß ja, er kann nicht lügen. Wenn er lügt, verrät er sich immer.

Herr Karusseit erwartet auch keine Antwort. Mit auf dem Rücken verschränkten Armen geht er durch die Klasse, bis er vor der Tafel stehenbleibt und sich wieder zur Klasse herumdreht. Sein Gesicht, das vorhin eher bleich war, hat sich gerötet. Frank muß daran denken, daß die Mutter gesagt hat, Herr Karusseit wäre noch viel zu jung, um Lehrer zu sein. Aber das wäre nun mal so, durch den Krieg mangle es an erfahrenen Männern, und da kämen solche Bürschchen zu solchen Aufgaben.

»Weißt du, Gaspard«, beginnt Herr Karusseit von neuem. »Eigentlich könnte es mir ja egal sein, was aus dir wird, du erbst ja sicher mal die Kneipe deiner Mutter, hast also dein Auskommen. Wenn es mir dennoch nicht egal ist, dann nur deshalb, weil ich es ungerecht finde, daß der eine sich alles mühsam erarbeiten muß, während dem anderen alles mühelos in den Schoß fällt. Das habe ich gestern auch deiner Mutter gesagt.« Er lächelt plötzlich, bekommt richtig Oberwasser. »Du müßtest auch gar nicht unbedingt sitzenbleiben, stehst nur, wie man so schön sagt, auf der Kippe. Wenn ich wollte, hätte ich ein Auge zudrücken können. Ich wollte aber nicht. Verstehst du? Aus erzieherischen Gründen. Es geht schließlich nicht an, daß ein so fauler Schüler immer gerade so durchrutscht, nur weil er eine gute Auffassungsgabe hat.«

Die Jungen und Mädchen stehen wieder etwas lockerer. Wenn Herr Karusseit sich auf Frank eingeschossen hat, ist die Gefahr für alle anderen erst mal vorüber. Über Frank kann Herr Karusseit stundenlang reden.

»Natürlich trägst an alldem nicht du allein die Schuld«, fährt Herr Karusseit fort und wandert wieder in der Klasse auf und ab. »Wenn ein Schüler ein Jahr lang keine Schularbeiten macht, ist nie nur der Schüler allein schuld.«

Herr Karusseit spricht über die Mutter, will nur nicht deutlicher werden. Er weiß nicht, was sie alles zu tun hat, meint, sie müsse ihn dazu anhalten, Schularbeiten zu machen, ihn notfalls auch bestrafen; kann einfach nicht verstehen, weshalb sie nicht durchgreift. Dadurch, daß er ihn sitzenbleiben läßt, bestraft er auch sie.

»Genug für heute.« Herr Karusseit weiß, daß er nur um den heißen Brei herumgeredet hat, und ist nicht zufrieden mit sich. Deshalb bedeutet er der Klasse nun unwirsch, daß sie sich setzen dürfe und die Hefte mit den Hausaufgaben herausnehmen soll.

Frank läßt sich so geräuschvoll wie möglich in seine Bank fallen und summt, während er in seiner Mappe herumkramt, leise vor sich hin: »Karusseit – Karussell, dreht sich langsam, dreht sich schnell ...«

Herr Karusseit fährt herum und starrt Frank an. Frank hat nur gesummt, nicht gesungen, aber der Lehrer kennt den Text und weiß auch, wer das Spottlied auf ihn gedichtet hat. »Du bleibst nach dem Unterricht noch in der Klasse. Hast du verstanden?«

»Ja.« Frank grinst erst Dieter und dann Kalle zu. Herr Karusseit hat nicht gewonnen. Die wahren Sieger sind sie. Sie wissen das – und Herr Karusseit weiß das auch. Ihre Igel waren ein voller Erfolg.

Der sture Hund

Die Geschichte, die Frank abschreiben soll, ist eine typische Karusseit-Geschichte. Sie erzählt von einem Mann, der erst sehr spät aus der Kriegsgefangenschaft heimgekehrt ist und in seinem Dorf alles neu machen will, aber bei den anderen Bauern nur Unverständnis und Feindschaft erntet.

Frank weiß, worum es da geht, Herr Karusseit hat es ihnen ja lang und breit erklärt: Als der Krieg zu Ende war, wurden in der ganzen DDR die Großgrundbesitzer enteignet und alles Land an die Bauern verteilt, die keines besaßen. Bodenreform nannte man das. Jetzt aber werden überall Genossenschaften gegründet, und das heißt, daß den Bauern das Land wieder weggenommen wird. Das betrifft aber nicht nur die Neubauern, sondern auch die, die immer schon Land hatten. Die sind darüber natürlich besonders ärgerlich, und der Mann in dieser Geschichte hat eine Menge zu tun, bis er alle davon überzeugt hat, daß das gemeinsame Arbeiten in der LPG* ihnen ihr Leben erleichtert. Er schafft es aber, alle zu überzeugen – bis auf einen einzigen »sturen Hund«. Der sture Hund flüchtet schließlich nach Westdeutschland, und die LPG bekommt auch so seinen Hof.

Die Geschichte stimmt nicht ganz. Frank weiß aus den Gesprächen in der *Gemütlichen Ecke,* daß jeden Tag viele Bauern nach Westdeutschland flüchten, daß es also nicht nur um einen einzigen sturen Hund geht. Und weil so viele Bauern flüchten, liegen viele Felder brach – was mit ein Grund dafür ist, daß es kaum Lebensmittel gibt und erst vor kurzem wieder alles sehr viel teurer geworden ist.

Es läutet zur sechsten Unterrichtsstunde. Frank legt den Füller weg und streckt sich. Eine Stunde hat er hinter sich; will Herr Karusseit ihn etwa noch eine Stunde nachsitzen lassen? Das wäre gemein.

Eigentlich komisch, das macht Herr Karusseit sonst nie, daß er denjenigen, der nachsitzen muß, so lange allein läßt. Sonst sitzt er hinter dem Lehrerpult, korrigiert Hefte, trägt was ins Klassenbuch ein oder liest, aber er bleibt dabei – heute hat er nur gesagt, was er abschreiben soll, und ist gleich wieder verschwunden.

Ob das was mit den Streiks zu tun hat? Im RIAS hatten sie am Morgen angesagt, daß die Arbeiter auch heute wieder streiken wollen. Die Mutter war deshalb in großer Sorge und verlangte von ihm, gleich nach der Schule nach Hause zu kommen. Er versprach ihr das auch, er konnte ja nicht wissen, daß Herr Karusseit ihn nachsitzen läßt.

Frank wird immer unruhiger, steht auf und stellt sich ans Fenster. Während der vierten Stunde hat es gewittert, es hatte geblitzt und gedonnert, als stünde der Weltuntergang bevor. Aber jetzt sieht es aus, als ob es doch noch schön werden sollte. Nur der Hof erinnert noch an den Pladderregen, ist ein einziger Pfützensee. Und die Blätter der Kastanienbäume mit ihren rosa und weißen Kerzen glänzen naß. Ob die Arbeiter auch während des Gewitters durch die Straßen gezogen sind?

Einige Jungen und Mädchen kommen aus dem Schulgebäude, springen über die Pfützen und treten manchmal absichtlich hinein, um sich gegenseitig zu bespritzen. Sie kichern und gackern dabei, als wären sie ein paar Hühner, die sich verlaufen haben.

Draußen ist was los, geschieht was, und er muß in dem leeren Klassenzimmer glucken! Vielleicht will Herr Karusseit ihn heute mal so richtig schmoren lassen, vielleicht ist er für Herrn Karusseit auch so ein »sturer Hund«, wie der in der Geschichte ...

Ist ja klar, daß sich Herr Karusseit ärgert, wenn einer seiner Schüler keine Schulaufgaben macht. Aber wenn Herr Karusseit denkt, daß er ihn damit ärgern will, irrt er sich. Er denkt gar nicht an den Lehrer, geht nur lieber auf die Straße, ins Kino oder liest.

Die Mutter hat gesagt, es wäre nicht in Ordnung, jemandem zu drohen. In der Geschichte vorhin wurde den Bauern auch gedroht. Wenn ihr nicht in die LPG eintretet, steht ihr abseits, gehört ihr nicht dazu, helfen wir euch nicht, hieß es ...

Und Herr Karusseit droht auch, schafft es überhaupt nur, sich durchzusetzen, indem er Strafarbeiten und Nachsitzen androht. Er tut, als gäbe es nur die Schule und sonst nichts auf der Welt.

Schritte auf dem Flur. Das ist er! Schnell hockt Frank sich wieder hinter sein Heft und schreibt weiter ab.

»Zeig mal her.« Herr Karusseit nimmt das Heft, überfliegt die Seiten, die Frank abgeschrieben hat, und legt es zurück. »Totgeackert haste dich ja nicht gerade.« Wie immer, wenn Herr Karusseit mit einem Schüler allein ist, verfällt er in eine Art Jungensprache. Aber er ist immer noch beleidigt.

Frank guckt weg, antwortet nichts. Die anderen Lehrer haben über die »Glatzköpfe« nur gelacht; Herr Karusseit macht einen Wind, als hätten sie ihn damit in seiner Ehre gekränkt.

»Na, hau ab! Aber geh gleich nach Hause. Es ist ziemlich unruhig heute.«

»Was ist denn los?«

Herr Karusseit ist schon in der Tür, dreht sich aber noch einmal um. »Da geht's welchen ein bißchen zu gut. Die Westsender haben sie aufgehetzt, und da machen sie eben Rabatz. Aber keine Bange, die kriegen wir auch wieder in die Reihe.«

Also wird tatsächlich wieder gestreikt! Frank nimmt seine Mappe und läuft aus der Klasse. Im Flur überholt er Herrn Karusseit, der es nun auch ziemlich eilig hat, und läuft an ihm vorbei auf den Schulhof und aus dem Schultor.

Auf den Stufen vor dem Schreibwarengeschäft direkt neben der Schule sitzt Kalle. Als er Frank sieht, springt er auf. »Da kommste ja endlich. Weißte, was los ist? Krieg ist.«

»Krieg?« Frank glaubt, nicht richtig gehört zu haben. »Wieso denn Krieg?«

»Im Radio haben sie's gesagt. Am Alex und auf dem Potsdamer Platz ist Krieg.«

Hotte und die Mutter sprachen von Streik, Herr Karusseit von Rabatz – und nun Krieg?

»Wollen wir da hin?« Kalle guckt Frank gespannt an. Es ist wie so oft, er läßt Frank entscheiden, was sie tun wollen. Er ist immer mit allem einverstanden, was Frank vorschlägt.

»Und meine Mappe?« Frank zögert noch. Er hatte der Mutter versprochen, gleich nach Hause zu kommen, und nun ist er schon über eine Stunde später dran. Andererseits aber möchte er sehen, was passiert. Und wenn er erst die Mappe nach Hause bringt, läßt ihn die Mutter bestimmt nicht wieder fort.

»Die bringen wir zu mir«, schlägt Kalle vor. »Bei mir ist ja keiner.«

Da überlegt Frank nicht länger, schiebt alle störenden Gedanken beiseite und will gleich mit Kalle mit, muß dann aber erst mal beiseite treten, um Herrn Karusseit vorbeizulassen, der gerade aus dem Schultor kommt.

»Nun macht schon, daß ihr nach Hause kommt.« Der Lehrer geht schnell an den beiden Jungen vorüber.

»Hastes gesehen?« fragt Frank aufgeregt, als Herr Karusseit ihn nicht mehr hören kann. »Hastes gesehen?«

»Nee. Was denn?«

»Sein Bonbon! Er trägt seinen Bonbon nicht mehr!«

Tatsächlich! Im nachhinein fällt es Kalle auch auf: Auf Herrn Karusseits Jackenaufschlag fehlte das Parteiabzeichen. »Mensch! Das is'n Ding! Der hat Schiß.«

Frank nickt nur. Kalle hat recht: Herr Karusseit hat Angst, will nicht als Parteimitglied erkannt werden. Deshalb muß er im Tor schnell sein Parteiabzeichen abgenommen haben. Aber das bereitet ihm keine Genugtuung, enttäuscht ihn nur. Wenn er auch Herrn Karusseit nicht mag, so hatte er doch gedacht, daß Herr Karusseit wenigstens zu dem steht, was er immer erzählt.

Zur Feier des Tages

Die Häuser in der Dunckerstraße sind feucht und riechen muffig. Die Toiletten liegen außerhalb der Wohnungen, eine halbe Etage tiefer oder im Flur. Hat eines der vielen Kinder, die in diesen Häusern wohnen, auf dem Klo gesessen und vergessen zu spülen, zieht der Geruch durch das ganze Haus.

Kalle wohnt mit seinen Eltern und den Geschwistern in einer Hinterhaus-Wohnung auf dem dritten Hof. Es ist eine Parterre-Wohnung, man kann sie vom Hof aus betreten, muß nicht erst durch das Treppenhaus. Im Winter ist das von Nachteil, weil es dann von der Hofseite her durch alle Ritzen zieht und sie die Wohnung nicht warm bekommen, im Sommer aber ist das sehr vorteilhaft, weil Kalle und seine Geschwister bei schönem Wetter Küchentisch und Stühle vor die Tür stellen und draußen spielen können.

Wenn Frank Kalle besucht, überkommt ihn jedesmal ein Gefühl von Neugier und Abwehr. Dabei ist ihm Kalles Welt nicht fremd. Er kennt die Menschen, die in diesen Häusern leben, begegnet ihnen auf der Straße, in den Geschäften und im Kino; geht mit ihren Kindern in die gleiche Schule. Dieses Gefühl aber läßt sich nicht abschütteln, auch an diesem Tag ergeht es ihm so. Deshalb will er nur schnell seine Mappe in der Hofwohnung ablegen und wieder verschwinden. Zwischen Kalles Geschwistern aber hat es Streit gegeben. Es geht um das Mittagessen. Kalles Schwester Beate, ein Jahr jünger, aber fast zwei Köpfe größer als Kalle, hat den anderen wieder alles weggefressen.

»So!« sagt Kalle wütend zu ihr. »Morgen kriegste dafür gar nichts. Haste verstanden?«

Beate heult laut auf und läuft ins Kinderzimmer.

»Die ist nicht ganz richtig im Kopf«, sagt Kalle. »Nur ihr Magen, der ist in Ordnung.« Er schiebt Franks Mappe unter einen Schrank, schreit noch mal alle an, daß sie ruhig sein und keinen Ärger machen sollen, und verläßt mit Frank die Wohnung.

»Willst du mal Kinder haben?« fragt er ihn, als sie wieder die Höfe überqueren. »Ich nicht. Ich hab die Schnauze voll von ihnen.«

Frank weiß nicht, ob er mal Kinder haben will oder nicht, aber er weiß, daß er Kalles Worte nicht ernst nehmen darf; in Wahrheit würde Kalle für seine Geschwister vom Dach springen, wenn es notwendig wäre. Deshalb sagt er nichts, sondern geht still neben ihm her zur Straßenbahnhaltestelle vor dem S-Bahnhof Prenzlauer Allee, um dort mit ihm auf eine Straßenbahn in Richtung Alexanderplatz zu warten.

Es ist nun doch noch ein sehr sonniger Tag geworden, nur vereinzelte Wolken sind zu sehen. Aber der Regen hat die Luft sehr klar gewaschen, die Sonne hat etwas Grelles, beinahe Unbarmherziges an sich. Die Jungen kneifen die Augen zu und blinzeln, wenn sie in die Sonne gucken.

Der Uhrzeiger der Bahnhofsuhr rückt vor und vor, aber eine Straßenbahn kommt nicht. Frank wird immer ungeduldiger, er will ja nur mal kurz nachschauen, was passiert ist, und dann schnell wieder zurück. Aber wenn das schon so losgeht?

»Wir können ja auch mit der S-Bahn fahren.« Kalle spürt Franks schlechte Laune.

»Na gut.« Frank nickt gnädig, und dann laufen sie über die Straße und betreten die Bahnhofshalle.

»Was 'n nun los?« Kalle ist verblüfft, und auch Frank kann nicht glauben, was er sieht – alle Schalter sind geschlossen, nicht ein einziger hat geöffnet.

»Gehen wir eben an den Automaten.« Kalle will schon seine zwei Groschen in den Schlitz stecken, als Frank ihn zurückhält: »Wir gucken lieber erst mal nach.«

Die beiden Jungen laufen die Treppe hinunter und bleiben stehen: Das Abfertigungshäuschen ist nicht besetzt und der Durchgang zum Bahnsteig mit einer Kette versperrt. Und an der Kette hängt ein Zettel: *Heute kein S-Bahn-Verkehr.*

Jetzt ist Frank alles klar: Die S-Bahner streiken, und die

Straßenbahner ebenfalls. »Da können wir lange warten«, sagt er. »Die fahren heute alle nicht.«

Kalle schiebt ärgerlich die Hände in die Hosentaschen. »Und was machen wir nun?«

»Wir laufen.« Franks Stimmung steigt wieder. Wenn in der ganzen Stadt keine S-Bahn, keine Straßenbahn und sicher auch kein Bus fährt, ist wirklich was Großes im Gange; und da muß er einfach dabei sein, ob die Mutter das versteht oder nicht.

»Prima!« freut sich Kalle. »Gehen wir spazieren.«

Spazierengehen heißt für Frank und Kalle durch die Stadt marschieren. Sie tun das oft; mal wandern sie bis nach Weißensee hinaus, um dort durch die Laubenkolonien zu streifen, mal bis zum Brandenburger Tor, um von dort aus in den Tiergarten zu gelangen. Sie sind erfahrene Spaziergänger und kommen oft erst nach Hause zurück, wenn ihnen die Beine weh tun oder der Hunger sie heimtreibt. Heute allerdings hätte Frank lieber auf den Spaziergang verzichtet, um schneller dort hinzukommen, wo was los ist. Doch das nützt nun alles nichts. Wenn keine Bahn fährt, müssen sie laufen.

Kalle hat gleich gute Laune und erzählt Frank, während sie die Prenzlauer Allee in Richtung Alexanderplatz hinunterlaufen, daß seine Mutter sich nun endlich von seinem Vater scheiden lassen will.

»Und warum?«

»Er hat sie gestern wieder verprügelt und sie hinterher auf dem Klo eingesperrt«, erzählt Kalle und guckt Frank dabei neugierig an, um zu sehen, welche Wirkung diese Worte auf seinem Gesicht hinterlassen.

»Und warum?« kann Frank nur wieder fragen, bemüht, gleichgültig auszusehen. Kalle erinnert ihn oft an Peter Hammerstein, einen Jungen, mit dem er früher mal befreundet war. Aber Herr Hammerstein schlug seine Frau, weil er unglücklich war; Herr Naumann lebt in Saus und Braus, kann er da trotzdem unglücklich sein?

»Weil er Geld von ihr wollte und sie keins hatte.«

Frank nickt, als wäre nun alles klar.

Kalle wartet, ob Frank noch etwas fragt, und sagt, als nichts kommt: »Hoffentlich gibt's nicht wirklich Krieg – gerade jetzt, wo meine Eltern sich scheiden lassen wollen.«

Kalle erwartet sich von der Scheidung seiner Eltern also eine schöne Zeit? Und die will er sich von einem Krieg nicht verderben lassen. Frank muß daran denken, daß seine Mutter ja auch immer mal wieder von Scheidung spricht, es aber bisher noch nicht wahrgemacht hat, obwohl sie inzwischen bestimmt auch schon viele Gründe dafür hätte. Ist Kalles Mutter soviel mutiger? Oder ist Kalles Vater soviel schlimmer als Onkel Willi? Und überhaupt, geht es denn in allen Familien so zu? Er kennt ja kaum eine, in der die Männer nett zu ihren Frauen sind. Abgesehen von Herrn Modersohn, aber der ist sowieso eine Ausnahme.

Kalle redet nicht viel, aber ist er erst einmal drin im Erzählen, findet er kein Ende. Doch jetzt muß Frank ihn unterbrechen, weil plötzlich doch noch eine Straßenbahn angefahren kommt, und noch dazu eine, die in ihre Richtung fährt. »Los!« schreit er und nimmt auch schon die Beine in die Hand. Und der überraschte Kalle folgt ihm und läuft ebenfalls dicht neben den Gleisen her, damit der Schaffner sie sieht und die Bahn nicht zu früh abläutet. Der Schaffner wartet tatsächlich und lacht, als die beiden Jungen einsteigen und er das Fahrgeld von ihnen kassiert. »Ihr seid ja gelaufen wie die Weltmeister. Wollt ihr zur nächsten Olympiade?«

Frank und Kalle lehnen sich an die Rückwand der Fahrerplattform und verpusten erst mal. Und dabei blicken sie sich um.

Dafür, daß sie seit langer Zeit die einzige ist, die in diese Richtung fährt, ist die Straßenbahn nicht sehr voll. Außer einem alten Mütterchen sitzen eigentlich nur Jugendliche drin, alles Jungen, die sehr aufgeregt wirken. Einer von ihnen ist ganz picklig, hat ein Gesicht wie ein Streuselkuchen. Und als wollte er beweisen, daß er trotzdem ein ganzer Mann ist, läßt er alle paar

Minuten einen Spruch vom Stapel: »Heute zeigen wir es ihnen!« – »Freie Wahlen wollen wir!« – »Vielleicht hängen heute noch ein paar. Laternenpfähle gibt's ja genug !«

Das alte Mütterchen, das direkt neben dem Streuselkuchen sitzt, wird immer unruhiger, rückt ständig weiter von ihm fort. Als der Schaffner kommt, sieht sie ihn hilfesuchend an, aber der Mann mit seinem Münzenspender vor der Brust tut, als sehe er die Blicke nicht, läßt nur immer wieder seinen eingeübten Ruf erschallen. »Noch jemand nicht abgefertigt! Noch jemand nicht abgefertigt!«

»Paß nur auf, daß wir dich nicht abfertigen!« zischt der Streuselkuchen. »Die anderen streiken, und ihr fahrt hier lustig spazieren.«

»Wir fahren nur noch ins Depot«, sagt der Schaffner ruhig. »Danach ist auch für uns Sense.« Und das Mütterchen, das beruhigend auf den Streuselkuchen einwirken möchte, sagt: »Seien Sie doch froh, junger Mann! Sonst müßten wir ja laufen.«

»Na und?« antwortet der Streuselkuchen mit bösem Blick. »Dann latschen wir eben.«

»Ja, wenn Sie laufen wollen.« Das Mütterchen wendet sich achselzuckend ab.

Frank und Kalle wenden sich ebenfalls ab. Die Jugendlichen gefallen ihnen nicht, die Bedrohung, die von ihnen ausgeht, macht ihnen Angst. Die junge Frau jedoch, die an der Kurbel steht und den Straßenbahnzug fährt, blickt voller Sorge zu den Jugendlichen hin, die immer lauter werden, je näher sie dem Alexanderplatz kommen. Der Schaffner bespricht sich leise mit ihr, sagt ihr, sie solle um Himmels willen nichts sagen, die Burschen lauerten ja nur auf eine falsche Bemerkung.

»Wenn's nach mir ginge, würden wir die sofort rausschmeißen«, flüstert die junge Frau in der Straßenbahneruniform zurück. »Ich weiß überhaupt nicht, was das alles soll.«

»Ich schon«, erwidert der Schaffner. »Aber von meinem Balkon aus streikt sich's bequemer.«

An der Ecke Jostystraße, kurz vor dem Alexanderplatz, bremst die Fahrerin auf einmal scharf. Frank und Kalle werden gegen ihren Rücken geschleudert, und das Mütterchen im Inneren des Waggons stößt einen verschreckten Ruf aus: Auf den Schienen stehen Männer. Sie tragen blaue Arbeitsjacken und gucken der Bahn stumm entgegen.

Die Fahrerin geht zur Tür, beugt sich hinaus und fragt, was los sei.

»Was los ist?« antwortet einer der Männer. »Generalstreik ist! Aussteigen bitte, die Herrschaften!«

»Das geht nicht.« Die Fahrerin schüttelt den Kopf. »Wir sind auf dem Weg ins Depot. Ich kann den Zug nicht einfach hier stehenlassen, bin ja schließlich verantwortlich dafür.«

»Was diskutiert ihr denn mit der?« Der Streuselkuchen hat sich von hinten an die Fahrerin herangeschlichen und stößt sie aus der Tür. Die streikenden Männer, von dieser Aktion überrascht, fangen sie auf und schimpfen mit den johlenden Jugendlichen. Die Frau will zurück in den Waggon und dem frech grinsenden Streuselkuchen eine runterhauen, doch der Mann, der sie aufgefangen hat, hält sie fest. »Mach keinen Ärger! Für heute ist Schluß. Deine Bahn steht auch morgen noch da.«

Die Fahrerin schaut sich nach dem Schaffner um, der aber steht schon längst hinter den Männern, die die Bahn angehalten haben. Seinen Münzenspender hat sich einer der Jugendlichen umgehängt, drückt darauf herum und gibt jedem das Fahrgeld zurück. »Die Preise müssen auch runter«, sagt er dabei. »Deshalb zur Feier des Tages eine Freifahrt für jeden.«

Die alte Frau will ihr Geld nicht zurück. »Ich nehme nichts geschenkt«, sagt sie. »Und von euch Rabauken schon gar nicht.« Sie guckt die Jungen so böse an, als würde sie sie am liebsten übers Knie legen, und geht mit erhobenem Kopf davon.

Frank und Kalle nehmen die Groschen, die ihnen der Junge aus dem Münzenspender drückt. Aber wohl ist ihnen nicht dabei, deshalb machen sie nun lieber, daß sie wegkommen.

Nix gutt!

Vom Alexanderplatz kommen dicke Rauchschwaden, irgendwo muß es brennen. Doch die Männer, Frauen, Kinder und vielen Jugendlichen, die quer über den riesigen Platz durcheinanderlaufen, laufen weder vor dem Feuer davon noch versuchen sie es zu löschen, sie beobachten es nur.

Frank erscheint der sonst von so vielen Straßenbahnen und Autobussen belebte Platz trotz der vielen Menschen seltsam tot. Nur zögernd wagt er sich näher heran.

»Guck mal – da!« Kalle weist auf einen Fahnenmast. Ein Mann ist dabei, ihn zu erklimmen, zwei andere stehen unterhalb der Fahnenstange und bewachen die Aktion. Als der Mann die rote Fahne erreicht hat, reißt er sie herunter und zerfetzt sie. Die beiden Männer unter ihm klatschen Beifall, andere fallen ein. Einer beginnt zu schreien: »Freie – Wahlen! Wir – wollen – freie – Wahlen! Wir – wollen – freie – Wahlen!« Aus dem Beifallsklatschen wird ein rhythmisches Taktklatschen, aus den wenigen Stimmen werden viele. »Wir – wollen – freie – Wahlen! Wir – wollen – freie – Wahlen!« schallt es über den Platz. Frank und Kalle halten sich im Hintergrund, gucken nur, wollen nichts verpassen.

Den drei Männern, die die Fahne heruntergeholt haben, genügt es nicht, daß sie nur noch Fetzen in den Händen halten, sie verbrennen das Tuch auch noch. Die Fetzen lodern kurz auf und verglimmen schnell.

»Weiter!« ruft einer der drei. »Zum Brandenburger Tor! Da hängt noch eine.«

Die Menge drängt unter der S-Bahn-Überführung hindurch, läuft am Roten Rathaus vorüber und über den Marx-Engels-Platz in die Straße Unter den Linden hinein. Frank und Kalle laufen mit, lassen sich anstecken von dem brodelnden Treiben, sind in dem Menschenstrom wie gefangen.

In einer Seitenstraße sehen sie ein Auto brennen, irgendwo

geht eine Schaufensterscheibe zu Bruch, wird geplündert. Ein älterer Mann will die Plünderer aufhalten. »Das nicht!« schreit er. »Solche sind wir doch nicht!« Aber er kann nichts ausrichten, wird von mehreren Männern beiseite gestoßen und muß hilflos zusehen, wie das Schaufenster ausgeräumt wird.

Aus der Friedrichstraße kommt ein Mann gelaufen. Er blutet im Gesicht, seine Jacke ist zerfetzt. Hastig blickt er sich um. Eine Frau kommt ihm nachgelaufen, hält ihn fest. »Steck es doch wenigstens in die Tasche!« schreit sie ihn an. Doch der Mann schüttelt nur stumm den Kopf und läuft weiter, und die Frau neben ihm her.

Frank schaut den beiden nach. »Haste das gesehen?«

Kalle hat es gesehen. Der Mann trägt immer noch sein Parteiabzeichen am Jackenaufschlag – und will es nicht abmachen.

Auch vor dem Brandenburger Tor hat sich eine dichte Menschenmenge versammelt. Doch die rote Fahne, die sonst das Tor ziert, ist schon verschwunden. Dafür schwenkt ein Mann eine schwarz-rot-goldene und marschiert damit vor einer Gruppe Männer und Frauen nach Westberlin hinüber. Einige dieser Männer und Frauen beginnen zu singen, andere stimmen mit ein. »Deutschland, Deutschland, über ahalles, über alles in der Welt«, singen sie. Frank bleibt stehen. Das Lied kennt er. Das haben auch die Hitlerleute immer gesungen. Er weiß das aus vielen Filmen, die er über diese Zeit gesehen hat.

»Was ist denn?« Kalle will mitlaufen, mitsingen. Er glüht vor Begeisterung.

»Rüber geh ich nicht«, sagt Frank – und darüber wundert er sich selber, wo er doch sonst so oft nach Westberlin rüberfährt.

»Und wohin willst du?«

Frank sieht einige Jugendliche auf Fahrrädern in die Wilhelmstraße einbiegen. »Zum Potsdamer Platz«, sagt er. »Mal sehen, was da los ist.«

Kalle ist sofort einverstanden, läuft mit Frank den Fahrrädern nach und strahlt dabei über das ganze Gesicht.

Frank kennt sich aus in dieser Gegend. Eine Zeitlang fuhr die Mutter jedesmal, wenn er etwas zum Anziehen brauchte, mit ihm hierhin. In der Leipziger Straße führte eine Freundin von ihr ein Textilgeschäft und legte immer was zurück, wenn Ware kam. Er kennt auch das Haus der Ministerien an der Ecke Wilhelmstraße, von dem Hotte gestern erzählt hatte. Heute aber laufen die Menschen an diesem Gebäudekomplex vorüber, lachen nur über die verrammelten Tore und dicht geschlossenen Fenster. Ab und zu aber findet einer einen Stein, dann klirrt es, und eine Fensterscheibe geht zu Bruch.

Kalle sucht auch nach einem Stein, doch dann richtet er sich plötzlich auf und guckt in Richtung Spittelmarkt. »Was'n das?«

Frank und die anderen Leute haben es auch gehört, dieses Rasseln und Dröhnen, als ob schon wieder ein Gewitter aufziehen will. Gespannt schauen alle in die gleiche Richtung – und da sehen sie, was dieses laute Geräusch verursacht: Panzer! Eine Panzerkolonne biegt in die Leipziger Straße ein. Und vorneweg fährt ein Panzerwagen voller russischer Soldaten und mit auf dem Führerhaus aufgebauten Maschinengewehren. Die Soldaten hinter den Maschinengewehre tragen Stahlhelme auf den Köpfen und richten ihre Läufe drohend in die Straßen rechts und links hinein.

»Siehste!« sagt Kalle. »Doch Krieg.«

Frank schweigt, schaut nur gebannt der immer näher kommenden Panzerkolonne entgegen. Er hat keine Angst vor den Russen. Früher, als er noch sehr viel kleiner war, residierte in der jetzigen Stadtbezirksverwaltung am Nordmarkplatz die russische Stadtkommandantur. Die russischen Offiziere kamen oft in die *Gemütliche Ecke,* und wenn sie ihn sahen, nahmen sie ihn auf den Arm und warfen ihn in die Luft. Vieles aus dieser Zeit hat er vergessen, aber die nach starkem Tabak duftenden olivgrünen Uniformen wird er nie vergessen. Natürlich waren nicht alle Russen so freundlich. Einer ist der Mutter mal bis in die Küche nachgelaufen, weil er »was von ihr wollte«, wie die Mutter später sagte. Sie hatte Mühe, ihn zu seinen Kameraden zurückzubugsieren, aber getan hatte er ihr nichts. Ein anderes Mal hatte ein betrunkener Russe Wodka verlangt, aber die Mutter hatte keinen gehabt. Da zeigte er auf die Reklameflaschen im Regal. Die Mutter machte ihm klar, daß da nur Wasser drin war, doch er glaubte ihr nicht, griff sich eine der Flaschen und trank davon. Als er das abgestandene, sicher eklig schmeckende Wasser im Mund hatte, spie er es aus und warf die Flasche wütend ins Regal. Der große Spiegel im Regal zerbrach, viele Flaschen gingen zu Bruch, die Mutter aber war hinterher erleichtert, daß nichts Schlimmeres passiert war. »Wenn Männer betrunken sind, sind sie zu allem fähig«, hatte sie gesagt. Und sie meinte damit alle Männer, nicht bloß die Russen.

Viele von Mutters Kunden haben Schlimmeres mit den Russen erlebt und von Vergewaltigungen, Diebstählen und Brutalitäten berichtet. Aber auch dazu hatte die Mutter nur gesagt: »Soldaten in fremden Ländern benehmen sich alle nicht besonders fein.« Und sicher dachte sie dabei auch an das, was Onkel Willi und Herr Bessel manchmal so erzählen.

Nein, Frank hat keine Angst vor den russischen Soldaten, aber die Panzer, die da immer näher kommen und immer lauter rasseln und dröhnen, die machen ihm Angst.

Die Menschen werden unruhig. Einige laufen in Richtung Potsdamer Platz davon, andere drücken sich dicht in die Haustürnischen, wieder andere treten weit nach vorn und ballen die Fäuste. »Guckt sie euch an«, ruft ein Mann mit einer speckigen Schirmmütze. »Das sind nun unsere Befreier!« Er erntet damit beifälliges Gemurmel, und dann schreien plötzlich die ersten: »Pfui! Russen weg! Das ist unsere Sache! Deutschland den Deutschen!«

»Nicht!« bittet ein älterer Mann mit weißem Schnauzer. »Laßt die Russen in Ruhe! Wenn wir uns mit denen anlegen, ist's gleich zappenduster. Was wir wollen, hat mit den Russen nichts zu tun.«

»Du spinnst ja«, schreit der mit der Schirmmütze. »Solange die bei uns stationiert sind, werden wir nie frei sein.«

Frank zieht Kalle am Ärmel. »Los! Komm!«

»Wohin?«

»Zum Potsdamer Platz! Bevor die Panzer da sind.«

Kalle bleibt abrupt stehen. »Und wenn sie schießen?«

»Wer?«

»Na, die Russen.«

»Warum sollen die denn schießen?« fragt Frank verdutzt. Er sieht keinen Grund zum Schießen. Die Leute in den Straßen sind ja alle unbewaffnet.

»Und wenn doch?« Kalle hat Angst und schämt sich dafür.

»Auf jeden Fall schießen sie nicht auf Kinder.« Davon ist Frank überzeugt, und deshalb zieht er Kalle hinter sich her, bis Kalle ganz von selbst schneller wird und wieder mit ihm mitläuft.

Auf dem Potsdamer Platz hat sich bereits eine größere Menschenmenge versammelt. Belustigte, empörte, neugierige und ängstliche Gesichter umgeben Kalle und Frank. Viele der Männer tragen Arbeitskleidung; die schwarzen Kordanzüge der Zimmerleute, weiße Maurerdrilliche, Arbeitsjacken sind zu sehen, aber auch Trenchcoats, Sakkos und gelbe Nickis mit bunten Bildern drauf. Alle blicken sie den Panzern entgegen. Die Brettertafel, die in deutsch, englisch, französisch und russisch die Grenze nach Westberlin markiert, haben sie schon ausgerissen. Trotzdem ist die Grenze gut zu erkennen, denn auf Westberliner Seite stehen viele Schaulustige, die sich nicht herüberwagen.

Von wütenden Pfiffen und Protestgeschrei empfangen, kommen die Panzer auf den Platz gefahren und verteilen sich entlang der Grenze. Einer der russischen Offiziere auf dem Panzerwagen hält einen Schalltrichter vor den Mund und verkündet, daß seit 13 Uhr über den sowjetischen Sektor von Berlin der Ausnahmezustand verhängt sei. Der Platz sei sofort zu räumen; wenn irgendwo mehr als drei Personen zusammenständen, gelte das als verbotene Versammlung, die nach Kriegsgesetzen bestraft werde.

Wieder Pfiffe und Protestgeschrei. Und dann fliegen von irgendwoher die ersten Steine gegen die Panzer. Und auch die Männer und Frauen vor Frank und Kalle bücken sich nun, reißen

Steine aus dem schon aufgebrochenen Pflaster und werfen damit. »Iwan, hau ab!« schreien sie dabei immer wieder: »Deutschland den Deutschen!«

Frank und Kalle ziehen sich weiter zurück und verkriechen sich in einem im Krieg ausgebombten Haus, das noch nicht abgetragen ist. Hinter einer niedrigen Mauer liegend beobachten sie, was weiter geschieht.

Ein Panzer mit der Nummer 93 kommt auf die Menschenansammlung vor der Ruine zugefahren. Ein Mann in einer Maurerjacke nähert sich ihm und prügelt in wilder Verzweiflung mit einer Eisenstange auf ihn ein. Doch er erzielt damit kaum eine Wirkung, nur ein mattes Geräusch ist zu hören. Wütend wirft er die Eisenstange nach dem Panzer und greift nach Steinen. Andere eilen ihm zu Hilfe, bombardieren den Panzer aus allen Richtungen.

Der Panzer gerät immer mehr in Bewegung. Die Raupenketten rasseln. Laut und scheppernd dreht sich der Turm und bedroht mit dem Geschützrohr die steinewerfenden Männer; erinnert nun an ein Ungetüm aus längst vergangenen Zeiten, scheint tatsächlich zu leben.

Einige der Männer lassen die Steine fallen und laufen fort, andere weichen nur langsam zurück. Dann aber knallt es laut, und auch die Wagemutigsten stürzen in Panik davon.

»Siehste!« schreit Kalle. »Nun schießen sie doch.« Er will hinter den Fliehenden her, aber Frank hält ihn fest. Sie können jetzt nicht weglaufen, wenn sie nicht direkt vor den Panzer mit dem sich ständig drehenden Geschützrohr laufen wollen. Doch Kalle will gar nicht mehr fliehen, voller Entsetzen schaut er zu einem Mann hin, der vor einem der Panzer davonläuft und immer wieder neue Haken schlägt, um ihn abzuschütteln. Der Panzer ist sehr beweglich, folgt dem Mann überall hin, bis der schließlich aufgibt und sich mit dem Rücken an eine Hauswand preßt. Doch der Panzer hält nicht ein, fährt auf den Mann zu, als wollte er ihn mit seinem Geschützrohr zerquetschen, dreht erst kurz vorher ab. Der Mann rutscht an der Hauswand herunter und schlägt vor Erleichterung die Hände vors Gesicht.

Erneute Schüsse, und nun können Kalle und Frank auch sehen, wo geschossen wird: Es sind nicht die Russen, die schießen, es sind kasernierte Volkspolizisten*. Sie schießen auf die flüchtenden Menschen, als wollten sie sie für ihren Ungehorsam bestrafen. Und von irgendwoher ist nun auf einmal ein Lautsprecher zu hören: »Laßt das Schießen sein! Ihr werdet eines Tages dafür zur Verantwortung gezogen«, droht eine laute Stimme und wiederholt noch einmal und dann immer wieder: »Laßt das Schießen sein! Ihr werdet eines Tages dafür zur Verantwortung gezogen.«

Steht der Lautsprecher in Westberlin? Frank wird ein kleines bißchen größer, kann den Lautsprecher, aus dem die Stimme kommt, aber nicht entdecken, sieht nur überall fliehende Menschen. Einige von ihnen laufen in Richtung Westberlin, andere versuchen sich vor den Schüssen zu retten, indem sie sich irgendwo in die Ruinen oder Häuser flüchten. Manche aber lassen sich auch einfach fallen, um nicht getroffen zu werden. Oder ... sind sie etwa schon getroffen worden ...?

Frank wird es übel, er muß schlucken. Und Kalle, der das auch alles mit angesehen hat, läuft plötzlich fort. »Wo willste denn hin?« schreit Frank ihm nach, aber er bekommt keine Antwort, sieht nur, wie Kalle seine Hosen runterzerrt und sich hinhockt. Doch im gleichen Augenblick sieht er noch etwas anderes: Qualm, der aus der Ruine dringt! Und er spürt den Geruch nach Verbranntem, der gleiche Geruch, der über dem Alex lag ... »Es brennt!« schreit er. »Komm schnell – es brennt!«

Kalle springt auf, zieht sich die Hosen hoch und hastet hinter Frank her, der schon aus der Ruine läuft – einem russischen Offizier direkt in die Arme. Der Offizier erschrickt genauso wie Frank. Dann aber packt er zu und hält ihn fest. »Wohin?«

»Nach Hause!« schreit Frank. »Zu meiner Mutter.«

»Mutter?« fragt der Offizier und hält auch Kalle fest, der erst gar keinen Versuch macht, wegzulaufen.

»Mutter!« will Frank wiederholen, kommt aber nicht dazu, denn in diesem Augenblick sieht er, daß die Ruine, in der Kalle und er sich versteckt hielten, bereits in hellen Flammen steht.

Der Offizier folgt Franks Blick und schüttelt den Kopf. »Nix gutt – nix gutt!«

Denkt der Offizier etwa, sie hätten die Ruine in Brand gesteckt? Erschreckt schaut Frank den fremden Mann an und versucht irgendeine Erklärung herauszustottern. Doch der Offizier hört gar nicht zu, schiebt Kalle und ihn nur in eine Seitenstraße hinein und läuft winkend auf einen der Panzer zu, um den Soldaten irgendwelche Anweisungen zu geben.

»Mann!« sagt Kalle und läßt keinen Blick von der brennenden Ruine. »Das ist gerade noch mal gutgegangen.«

So was kommt von so was

Frank steht vor der *Gemütlichen Ecke* und traut sich nicht hinein. Es ist ja nun schon später Nachmittag, die Mutter hat sicher furchtbare Ängste um ihn ausgestanden; sie wird ihm schlimme Vorwürfe machen. Herr Lehmann kommt aus der Tür. »Da biste ja«, sagt er verdutzt. »Gott sei Dank, daß du wieder da bist, deine Mutter wollte schon die Polizei anrufen.«

Frank gibt sich einen Ruck; er muß nun hinein, sonst geht Herr Lehmann zurück und sagt der Mutter, daß er da ist.

Der Lärm in der Gaststube verstummt, alle Gäste blicken zu ihm hin.

»Frank!«

Die Mutter! Ihre Stimme klingt erleichtert und empört. Doch schon verdrängt die Empörung die Erleichterung, wird alle Angst, die die Mutter um ihn ausgestanden hat, zu Wut. Sie kommt hinter der Theke hervor und haut ihm, noch bevor er weiß, wie ihm geschieht, vor allen Leuten eine Ohrfeige herunter.

»Hab ich dir nicht gesagt, du sollst gleich nach Hause kommen?«

»Ich ... ich mußte nachsitzen.« Eine blöde Ausrede. Daß er nicht bis in den späten Nachmittag hinein nachsitzen mußte, kann sich jeder denken.

»Und wo hast du deine Mappe?« fragt Onkel Willi vom Stammtisch her.

Die Mappe! Die liegt noch bei Kalle auf dem Schrank. Die haben sie nach allem, was sie erlebt haben, völlig vergessen.

»Und wie siehst du denn überhaupt aus!« Die Mutter weist auf das zerschrammte Knie, die schmutzigen Hände, die Hose und das Hemd; er ist über und über voller Ruinenstaub.

»Ich ... ich«, beginnt Frank wieder, beschließt dann aber, lieber still zu sein und gar nichts mehr zu sagen – jedenfalls nicht vor all diesen Leuten, die zu ihm hinblicken, als erlebten sie eine Theateraufführung mit.

Die Mutter muß das gleiche denken. Er sieht es ihr an: Sie möchte ihm am liebsten noch eine runterhauen, nur wegen der Gäste tut sie es nicht. »Weißt du denn nicht, was in der Stadt los ist?« schimpft sie. »Wir haben Ausnahmezustand. Das ist fast so was wie Krieg.«

Die Mutter hat recht, was Kalle und er miterlebt haben, war fast so was wie Krieg. Hätte er das gewußt, wäre er nicht hingegangen. Aber das kann er der Mutter erst sagen, wenn sie allein sind.

»Komm!« Die Mutter legt den Arm um Frank und führt ihn an den neugierig blickenden Gästen vorbei ins Hinterzimmer. Dort setzt sie ihn auf die Couch und sagt nur noch: »Wenn du wüßtest, was für eine Angst ich ausgestanden habe.«

Frank legt den Kopf an ihre Schulter. Er weiß genau, wie der Mutter zumute war – so angst und bange, wie ihm immer ist, wenn sie mal später nach Hause kommt.

»Aber jetzt raus mit der Sprache!« verlangt die Mutter. »Wo hast du dich rumgetrieben?«

Frank packt aus, erzählt der Mutter, wie alles war und was Kalle und er beobachtet haben. Er versucht, ihre Erlebnisse herunterzuspielen, um die Mutter von neuen Vorwürfen abzuhalten, aber das gelingt ihm nicht: Er kann die Panzer nicht kleiner machen und die Schüsse und die brennende Ruine nicht weglassen, weil er einfach darüber reden muß.

Die Mutter wird immer bleicher; Frank sieht, wie ihre Empörung wieder wächst, und verstummt.

»Seid ihr denn verrückt geworden? Wie konntet ihr denn da mitten hineinlaufen?«

Frank schaut auf seine Hände und schweigt. Er kann der Mutter doch nicht sagen, daß sie nur neugierig waren.

Die Mutter hebt sein Kinn an und blickt ihm in die Augen. »Es paßt mir gar nicht, daß du immer mit diesem Kalle zusammensteckst. Der bringt dir nichts Gutes bei.«

Das hatte sie von Peter Hammerstein auch gesagt, das sagt sie von allen seinen Freunden. Aber die, die sie gerne als seine Freunde sehen würde, gefallen ihm nicht. Und außerdem stimmt es nicht, Kalle bringt ihm nichts bei – weder Schlechtes noch Gutes. Im Gegenteil, Kalle tut ja immer, was er sagt.

Die Mutter steht auf und reibt sich die Stirn. »Dein Mittagessen steht in der Küche. Es ist kalt geworden. Aber das ist ja nicht meine Schuld.« Sie zögert noch einen Augenblick, sagt dann aber, wie so oft: »Wir reden morgen noch mal darüber«, und geht kopfschüttelnd davon.

Frank atmet auf und geht in die Küche, um nach seinen Tieren zu schauen. »Na, habt ihr Kohldampf?« fragt er zärtlich, aber weder Paulchen noch Paula oder Timur sehen so aus, als ob sie übergroßen Hunger litten, und Rieke ist wieder mal nirgends zu sehen.

»Dann eben nicht«, sagt Frank enttäuscht. Er hatte gedacht, daß er mehr vermißt wird, und wenn auch nur das fehlende Futter der Grund dafür ist.

Die Mutter hat die übriggebliebenen Kartoffeln, das Fleisch

und die Soße in eine Pfanne getan; er kann sich alles zusammen warm machen. Frank merkt erst jetzt, was für einen wahnsinnigen Hunger er hat, und wundert sich noch mehr über seine Tiere. Ob er ihnen zuviel zu essen gibt?

Als er alles aufgegessen hat, fühlt er sich besser und faßt den mutigen Entschluß, in die Gaststube zurückzugehen. Er will ja wissen, was an diesem Tag noch alles passiert ist, und das kann er nur, wenn er Radio hört. Das Radio aber steht in der Gaststube.

Ohne sich um die nun mehr vorwurfsvollen als neugierigen Blicke zu kümmern, betritt Frank wieder die Gaststube, schaltet das Radio an und kurbelt die Skalenanzeige rauf und runter.

Die Westberliner bringen Reportagen von den Geschehnissen. Ein Reporter tut sich wichtig, redet, als sei er nur knapp mit dem Leben davongekommen. Aber was er sagt, stimmt; vieles hat Frank ja selber beobachtet.

Im Osten wird eine Erklärung verlesen. Daß seit 13 Uhr der Ausnahmezustand über Berlin verhängt ist, wird da nochmals gesagt, daß alle Versammlungen, Kundgebungen und sonstige Menschenansammlungen über drei Personen verboten sind und daß ab neun Uhr abends bis fünf Uhr früh niemand auf der Straße sein darf. Wer sich diesen Befehlen widersetzt, werde nach Kriegsgesetzen bestraft.

Frank sieht wieder die Männer und Frauen, wie sie vor den Schüssen der Volkspolizisten davonliefen. Bedeuten Kriegsgesetze, daß einfach geschossen werden darf? Und wenn nach neun Uhr abends niemand mehr auf die Straße darf, was machen die Leute dann den ganzen Abend? Gehen sie alle früh ins Bett? Um neun wird's ja erst richtig dunkel. Und in die *Gemütliche Ecke* kann dann ja auch keiner mehr kommen – und wer schon drin ist, muß vorher gehen oder bis zum nächsten Morgen hierbleiben.

Herr Bessel kommt. Er schwitzt vor Aufregung und blickt sich so lange in der Gaststube um, bis er die Mutter entdeckt hat. Dann geht er auf sie zu und reicht ihr die Hand. »Entschuldigung! Ich war gestern wohl ein bißchen nervös.«

»Schon gut!« Die Mutter nimmt Herrn Bessels Hand. »Wir sind wohl alle ein bißchen nervös.«

Herr Bessel ist erleichtert. Er bestellt bei Onkel Willi ein Bier und zwei Schnäpse und sagt mit hastiger Stimme, daß er von der Warschauer Brücke komme. Dort hätten die Streikenden zwei dicke Zöllnerinnen von der Brücke auf die S-Bahn-Gleise geworfen. Die beiden sollen dafür bekannt gewesen sein, daß sie die Einkaufstaschen der Ostberliner, die aus Westberlin kamen, immer besonders streng kontrolliert hätten.

Onkel Willi freut sich, daß Herr Bessel nun doch wiedergekommen ist. Er ist richtig gerührt und gießt sich auch einen Schnaps ein. Herr Bessel prostet Onkel Willi zu, kippt seinen Schnaps hinter und spült mit dem Bier nach. Dann erzählt er, daß die Straßen voller weggeworfener Parteiabzeichen wären. »Wenn du die alle auflesen wolltest, brauchteste ein paar Säcke«, sagte er strahlend und kippt auch seinen zweiten Schnaps hinter.

Onkel Willi blickt sich erst vorsichtig um, ob ihnen auch niemand zuhört, den sie nicht kennen, dann sagt er zufrieden: »Tja, so was kommt von so was!« Und danach: »Sie konnten's ja alle gar nicht abwarten, in Ulbrichts Verein einzutreten. Heute so, morgen so. Es ist zum Kotzen.«

Frank muß an den Mann denken, der aus der Friedrichstraße kam und auf keinen Fall sein Parteiabzeichen abnehmen wollte. Was Herr Bessel sagt, ist sicher sehr übertrieben. Und Herr Karusseit? Zuerst war er ja von ihm enttäuscht, aber nun versteht er ihn besser – er hätte auch keine Lust, sich so böse verprügeln zu lassen.

»Die, die ihr Fähnlein nach jedem Wind drehen, das sind die Schlimmsten«, gibt Herr Bessel Onkel Willi recht. »Die von ihrer Sache Überzeugten, die kann ich ja noch verstehen, aber alle diese Mitläufer und Nutznießer ... nee danke! Denen geschieht ganz recht.«

Die Mutter kommt hinter die Theke und zapft einige Biere ab; eine Gelegenheit für Herrn Bessel, sie zu einem Versöhnungstrunk einzuladen. Die Mutter nimmt die Einladung an, und Frank sieht, wie sie nicht nur Herrn Bessel, sondern auch sich einen Schnaps einschenkt – und zwar nicht aus der Trickflasche mit dem Wasser, die sie zwischen den Schnapsflaschen stehen hat und aus der sie sonst immer trinkt, weil sie an manchen Tagen zwanzigmal zu einem »Schlückchen« eingeladen wird und die Einladung nicht abschlagen darf, wenn sie niemanden beleidigen will. Sie trinkt einen richtigen Schnaps, und das tut sie nur, wenn ihr danach zumute ist. An diesem Abend also ist ihr danach zumute.

Herr Bessel ist froh, daß die Mutter nicht mehr böse auf ihn ist. »Der ganze Streit um die Politik lohnt ja nicht«, sagt er. »Politik ist nun mal 'n schmutziges Geschäft und wird es immer bleiben.«

Herrn Bessels Stimme klang fettig und selbstzufrieden, als er das sagte, aber die Mutter scheint das nicht zu stören. »So ist es«, sagt sie. »Und unsereiner hat drunter zu leiden.«

Diese Antwort freut auch Onkel Willi. Er gießt gleich noch mal drei Schnäpse ein und blinzelt Frank zu. »Willste auch einen?«

»Nee.« Frank kurbelt wieder am Radio herum. Vielleicht gibt es ja doch noch irgendwelche Neuigkeiten.

Dörfer, die es nicht gibt

Sonst hat die Mutter oft Schwierigkeiten mit den Gästen, wenn sie Feierabend machen will. Die Männer, die zuviel getrunken haben, wollen einfach nicht raus aus der *Gemütlichen Ecke,* wollen weitertrinken bis in den frühen Morgen hinein. Manchmal muß sie dann erst mit der Polizei drohen oder wirklich die Polizei holen, bevor sie gehen.

Heute gehen die Gäste rechtzeitig, schon um Viertel vor neun ist niemand mehr in der Gaststätte. »Kommen wir wenigstens mal früh ins Bett«, sagt die Mutter und läßt die Jalousie herunter. »Du wirst ja auch müde sein, oder?«

Frank ist nicht müde. Er ist überwach. Deshalb wäscht er sich auch noch nicht, als er mit der Mutter in die Küche geht, setzt sich ihr nur gegenüber und schaut zu, wie sie sich ein paar Brote macht. Als sie dann ißt, fragt er: »Weshalb sind eigentlich Spitzbart, Bauch und Brille nicht des Volkes Wille?«

Die Mutter überlegt erst einige Zeit, bevor sie antwortet. Dann sagt sie: »Weil wir nicht gefragt wurden, ob wir uns von ihnen regieren lassen wollen. Wir haben sie nicht gewählt, verstehst du?«

Nein, Frank versteht nicht. Er erinnert sich genau, daß schon ein paarmal Wahlen waren und daß die Mutter und Onkel Willi dann in seine Schule mußten und sogar in seinem Klassenraum waren, um ihre Stimmen abzugeben.

»Na ja«, sagt die Mutter. »Das wird Wahlen genannt, aber richtige Wahlen sind das nicht.«

»Weil sie nicht *frei* sind?«

Die Mutter guckt Frank lange an. »Da hast du in letzter Zeit wohl eine Menge Zeugs gehört, das du noch nicht so richtig verstanden hast, was?« Und als Frank nickt, erklärt sie ihm, freie Wahlen würden bedeuten, daß jeder die Partei wählen kann, die ihm am meisten liegt. »Und die Partei, die die meisten Stimmen bekommt, regiert dann.«

»Und bei uns geht das nicht?«

»Nein. Wir bekommen eine Einheitsliste vorgelegt. Auf der sind alle Parteien drauf. Man kann die Liste ablehnen, indem man sie durchstreicht, aber man kann nicht eine Partei durchstreichen. Wenn man das macht, ist der Zettel ungültig. Aber egal, was die Leute wählen, wieviel Zettel sie durchstreichen oder wie viele ungültig sind – zum Schluß kommt ja doch immer nur heraus, daß neunundneunzig Prozent aller Wähler für sie sind.«

»Aber heute waren viele gegen sie.«

Die Mutter wird ernst. »Es sind ja auch viele gegen sie. Wenn richtige Wahlen wären, würde es anders aussehen. – Aber erzähl das ja nicht in der Schule.«

Frank kennt das nun schon: Immer wenn die Mutter etwas gegen den neuen Staat sagt, bittet sie ihn hinterher, nicht in der Schule darüber zu reden. Es sollen schon Leute verhaftet worden sein, nur weil sie einen Witz über die DDR machten.

»Und wozu wird dann überhaupt gewählt?«

»Damit es so aussieht als ob. Potemkinsche Dörfer.«

»Was für Dörfer?«

»Dörfer, die es in Wirklichkeit nicht gibt«, erklärt die Mutter, und dann erzählt sie Frank von einem russischen Fürsten, der seiner Zarin auf einer Reise durch ihr Land Wohlstand vortäuschte, indem er die Fassaden von wohlhabenden Dörfern aufbauen ließ. »Die Zarin wollte gerne, daß ihre Bauern in Wohlstand leben, aber sie tat nichts dafür. Als sie die Potemkinschen Dörfer sah, war sie zufrieden – und der schlaue Potemkin, der dadurch in Amt und Würden blieb, auch. Wenn man von Potemkinschen Dörfern spricht, meint man Vortäuschungen, verstehst du? Man sollte also immer hinter die Fassaden blicken.«

Ja, Frank versteht. Als neulich ein Politiker aus der Sowjetunion zu Besuch war, hatten alle Schulen frei. Die Kinder bekamen Fähnchen in die Hand gedrückt und mußten sich am Straßenrand aufstellen. Und als die vielen schwarzen Autos mit den Politikern vorüberfuhren, mußten sie mit den Fähnchen winken und »Freundschaft« rufen. Wer es nicht besser wußte, mußte glauben, sie freuten sich tatsächlich, den Politiker zu sehen. Dabei hätten sie auch gewunken, wenn die Autos leer gewesen wären – weil Herr Karusseit es angeordnet hatte.

Die Mutter hat aufgegessen und bringt Onkel Willi, der noch in der Gaststube sitzt und Zeitung liest, seine Brote. Als sie dann wiederkommt, sagt Frank: »Aber vielleicht wußte die Zarin, daß die Häuser gar nicht echt waren – vielleicht wollte sie nur ihre Ruhe haben?«

Die Mutter guckt erstaunt. »Das kann sein. Darauf bin ich noch gar nicht gekommen.«

»Ich glaub's bestimmt.« Frank ist sich seiner Sache sicher. »Sie hat's gemerkt und die Klappe gehalten. Und der Fürst wußte, daß sie es wußte, und hat nur so getan, als merke er es nicht. Sie haben sich gegenseitig reingelegt.«

Die Mutter muß lachen. Sie zieht Franks Kopf an sich und zerzaust ihm das Haar. »Und so einer bleibt sitzen! Eigentlich hast du ja eine gehörige Tracht Prügel verdient.«

Das ist ein Lob, kein Tadel, und so spinnt Frank gleich weiter: »Und die armen Bauern wußten davon, daß der Fürst die Zarin betrogen hat, und sie haben mitgemacht, weil der Fürst sie sonst bestraft hätte.«

Die Mutter wird wieder ernst. »Davon bin ich überzeugt. So ist es immer.«

»Und warum macht ihr mit?«

»Wir?«

»Na, ihr geht doch auch wählen.«

Die Mutter überlegt, dann gibt sie zu: »Wir wollen auch unsere Ruhe haben, du hast das schon richtig erkannt.« Und dann sagt sie wie zur Entschuldigung: »Wir sind aber auch müde. Wir haben einfach zuviel mitgemacht in den letzten fünfzig Jahren.«

Frank nickt. Er weiß, daß die Mutter müde ist.

Nun ist es schon fast zehn Uhr, auf der Straße ist niemand mehr zu sehen, die Gaslaternen bescheinen das blanke Pflaster. Frank sitzt im Fenster des Hinterzimmers und schaut auf die leere Straße hinaus. So still war es in ihrer Gegend noch nie.

»Komm vom Fenster weg.« Die Mutter zieht Frank weg, schließt das Fenster und läßt die Jalousie herunter. Sie ist immer noch sehr ängstlich und hört dauernd Radio, um zu erfahren, ob es was Neues gibt.

Frank schaut der Mutter zu, wie sie das Büfett aufräumt. Das wollte sie immer schon mal tun, hatte aber meistens keine Zeit dafür. Nun hat sie Zeit, und Radio hören kann sie ja auch beim Aufräumen.

»Und warum regiert nur die eine Partei und die anderen nicht, wenn sie doch alle auf einer Liste stehen?«

Die Mutter blickt erstaunt auf. »Denkst du immer noch daran?«

»Ja.«

Die Mutter schüttelt den Kopf. »Du bist wirklich ein sonderbarer Junge. Als Burkie so alt war wie du, hatte er immer nur seinen Fußball im Kopf.«

Immer und ewig vergleicht die Mutter ihn mit Burkie. Früher, ja, da hatte er das auch getan, da wollte er so eine Art zweiter Burkie werden, genauso ein toller Fußballspieler, genauso eine Leseratte wie der große Bruder. Er spielt ja auch ab und zu noch Fußball, aber so wichtig wie Burkie nimmt er das Fußballspielen nicht – er ist eben nicht Burkie. Nur das Lesen, das ist ihm geblieben.

Die Mutter überlegt einen Moment, dann gibt sie zu: »Ehrlich, ich weiß es nicht. Aber geh doch mal zu Onkel Willi, vielleicht weiß er besser Bescheid.«

»Onkel Willi?«

»Na ja – warum denn nicht?«

Frank versteht: Das ist wieder mal so eine Aufforderung, Onkel Willi ein bißchen entgegenzugehen. Aber wie soll man jemandem entgegengehen, der in eine ganz andere Richtung geht? Alle seine Versuche, Onkel Willi ein bißchen »entgegenzugehen«, endeten ergebnislos; es wird auch diesmal wieder so sein. Doch er hat bei der Mutter was gutzumachen, deshalb tut er ihr den Gefallen, geht in die Gaststube und stellt sich vor Onkel Willi hin.

Onkel Willi liest immer noch in der Zeitung. Als er Frank bemerkt, hebt er kurz den Kopf. »Gibt's was?«

Frank stellt seine Frage und guckt dabei so ernsthaft, daß Onkel Willi verblüfft zurückfragt: »Willst du das wirklich wissen?«

»Ja.«

»Das lohnt nicht. Das Ganze ist ein einziger Schwindel. In Wahrheit regieren bei uns die Russen.«

»Und ihr macht da mit?«

»Was sollen wir denn sonst tun? Etwa auch auf die Straße gehen?« Onkel Willi guckt wieder in seine Zeitung.

Frank bleibt noch einen Moment lang stehen und wartet; vielleicht sagt Onkel Willi ja doch noch was. Aber Onkel Willi sagt nichts mehr, und da braucht auch er nichts mehr zu sagen. Er schenkt sich noch schnell ein Malzbier ein, trinkt es aus und geht sich waschen. Und dann liegt er im Bett und versucht, die Ereignisse des Tages noch einmal an sich vorüberziehen zu lassen, ist aber viel zu müde dazu und schläft rasch ein.

Erst schläft Frank tief und traumlos, gegen Morgen aber wird er unruhig und träumt, er ist erwachsen und marschiert mit anderen Soldaten durch eine graue, verwüstete Landschaft. An den Straßenrändern stehen kahle Bäume mit seltsam verwinkelten Ästen, und in der Ferne sind hohe Berge zu sehen. Und aus diesen Bergen dringt Geschützdonner zu ihnen hin, der immer lauter, immer bedrohlicher wird. Die Soldaten bekommen Angst, und auch er dreht sich immer wieder um und schaut zurück. Irgendwo dahinten ist Berlin, dort steht die Mutter hinter dem Tresen, wartet auf ihn und sorgt sich; sie hat ja gesagt, er soll gleich nach Hause kommen.

Ein dicker Hauptmann kommt angerannt. »Vorwärts!« schreit er. »Vorwärts! Es ist Krieg.«

Herr Bessel! Der Hauptmann ist Herr Bessel. Er hat ihn auch erkannt, kommt heran und schreit ihn an: »Nehmen Sie Ihr Parteiabzeichen ab!«

Tatsächlich, an seiner Brust steckt ein Parteiabzeichen! Er dreht sich um und will weglaufen, aber die anderen holen ihn ein. Und Herr Bessel läßt ihn zusammen mit zwei anderen Soldaten vor ein Holzkreuz führen. Es ist ein richtiges Friedhofskreuz, nur viel größer.

»Legt an!« befiehlt Herr Bessel. Und da begreift Frank: Er und die beiden anderen sollen erschossen werden ... Weil sie weggelaufen sind ... Er hat das mal in einem Film gesehen. Wegen Feigheit vor dem Feind, hieß es da.

Die Soldaten legen die Gewehre an, und Herr Bessel befiehlt: »Feuer!« Frank schreit laut auf, aber da schießen die Soldaten schon. Die Kugel trifft ihn mitten ins Herz und ist furchtbar heiß – so heiß, daß er davon erwacht.

Die Mutter kommt. »Was ist denn? Hast du was Böses geträumt?«

Frank antwortet nicht. Sein Herz klopft, als wollte es seine Brust sprengen, und alle seine Sinne sind so angespannt, daß es schon fast schmerzt. Er will aufstehen, aber die Mutter hält ihn zurück. »Nicht«, sagt sie. »Es ist noch viel zu früh zum Aufstehen.« Und dann legt sie ihm die Hand auf die Stirn und erschrickt: »Du bist ja ganz naßgeschwitzt!«

»Ich will was trinken.« Frank steht nun doch auf, geht in die Küche und trinkt in tiefen Zügen Wasser aus der Leitung. Das kühle Wasser erfrischt und belebt und befreit von dem Druck und der Spannung. Er trinkt immer mehr davon. Erst als er nichts mehr in sich hineinbekommt, richtet er sich auf, atmet tief und stellt sich ans Fenster, um in den Hof hinauszublicken, auf dem es nun langsam grau wird.

So muß es sein, wenn man erschossen wird! Genauso muß es sein!

Die Mutter kommt in die Küche. »Ist dir besser?«

Frank nickt. Aber dann schlingt er die Arme um die Mutter und fängt an zu heulen.

Hosen runter!

Herr Karusseit trägt wieder sein Parteiabzeichen. Es steckt so selbstverständlich an seinem Jackenaufschlag, als hätte er es nie abgemacht. Frank und Kalle wechseln Blicke. Sie haben sich gegenseitig geschworen, niemandem was über Herrn Karusseits Angst zu sagen; es soll ihr Geheimnis bleiben. Aber nun findet

Frank doch, daß sich Herr Karusseit nach all dem, was geschehen ist, wenigstens ein bißchen verändert haben müßte.

Herr Karusseit unterrichtet jedoch wie immer, verliert kein Wort über das gestern Vorgefallene – weder über die »Glatzköpfe« noch über die Panzer. Es ist alles wie an all den anderen Tagen zuvor. Und die anderen Lehrer verhalten sich genauso, tun so, als sei dieser Donnerstag nur einer von vielen und der Stundenplan das Wichtigste von der Welt.

Dürfen sie nicht mit ihnen darüber reden? Oder wissen sie nur einfach nicht, was sie sagen sollen? Es gibt Lehrer, zu denen hat Frank Vertrauen, die würde er normalerweise ohne viel darüber nachzudenken alles mögliche fragen, aber das Gefühl, daß keiner von ihnen gefragt werden will, wird immer stärker, und da läßt er es lieber sein.

Zur letzten Stunde kommt dann überhaupt kein Lehrer; der Hausmeister schickt die Klasse nach Hause, sagt, Fräulein Schröder wäre krank geworden.

Es gibt keinen Jubel, eher betrübt als erfreut geht die Klasse durch das Schulhaus. »Die ist bestimmt in den Westen abgehauen«, sagt Kalle zu Frank. Frank glaubt das auch. Fräulein Schröder trug immer schon so schicke Westklamotten, es war eigentlich nur eine Frage der Zeit, bis sie ganz drüben bleiben würde. Und vielleicht hat sie gestern Angst bekommen ...

Padde macht sich an Dieter heran, tuschelt mit ihm und dreht sich zu Timo herum. Timo wird blaß und bleibt noch weiter hinter der Klasse zurück.

Dieter winkt Frank zu. »Heute isser dran.«

»Ach, laß den doch!« wehrt Frank ab.

»Spinnste?« protestiert Padde. »Abgemacht ist abgemacht.«

Timo wird noch langsamer, bis er sich schließlich umdreht und den Flur zurückhastet.

»Warten wir eben draußen auf ihn.« Dieter gibt den anderen ein Zeichen und läuft mit Padde und Hampel schon mal los, um vor dem Schultor Posten zu beziehen.

»Ich mach da nicht mit«, sagt Frank zu Kalle. »Ich finde das gemein.«

Kalle weiß sich Franks plötzlichen Sinneswandel nicht so recht zu erklären, aber es ist Ehrensache für ihn, Franks Partei zu ergreifen. »Wir können Timo ja helfen«, schlägt er vor.

»Aber wir sind nur zu zweit.«

»Na und?« Kalle hat keine Bedenken. »Dafür sind wir schneller.«

Das trifft nur auf Kalle zu; er ist der Schnellste in der Klasse, läuft die sechzig Meter unter acht Sekunden und ist überhaupt ein guter Sportler. Frank ist nur besseres Mittelmaß, und im Turnen gehört er sogar zu den eher schlechten. Doch die Idee, Timo zu Hilfe zu kommen, gefällt ihm. »Los!« sagt er, und dann flitzt er auch schon durch die Flure, um Dieter, Padde und Hampel einzuholen, damit sie nicht etwa zu spät kommen.

Frank und Kalle kommen nicht zu spät. Timo hat mitbekommen, daß die Jungen auf ihn warten, bleibt vor dem Schulhof und guckt nur hin und wieder zum Schultor hin, vor dem die Jungen der Klasse sich aufgebaut haben.

»Diese Nulpe!« schimpft Padde. »Wenn er ein Kerl wäre, würde er rauskommen und uns seine Kaffeebohne hinhalten. Dann wäre die Sache im Nu erledigt.«

Frank mag Padde nicht, Padde ist einer von denen, die sich gerne prügeln und immer und ewig mit ihrer Kraft herumprahlen. Nur vor Dieter hat er Respekt – weil Dieter noch stärker ist als er.

Hampel schlägt vor, Timo auszutricksen; einfach so zu tun, als ob sie die Lust verloren hätten, und fortzugehen – aber in einem Hausflur auf Timo zu warten und plötzlich über ihn herzufallen.

Die Jungen sind einverstanden. Übertrieben auffällig recken und strecken sie sich und gehen langsam davon. Erst als sie sicher sind, daß Timo sie nicht mehr sehen kann, verschwinden sie in einem Hausflur.

Es vergeht eine lange Zeit, aber dann kommt Timo; Padde, der in der Haustür steht, gibt den anderen ein Zeichen. Und als der zögernde und immer noch aufmerksam um sich blickende Timo endlich heran ist, springen sie hervor, packen ihn und zerren ihn in den Hausflur.

»Hosen runter!« verlangt Dieter.

Timo, der vor Angst ganz weiß im Gesicht ist, schüttelt nur den Kopf.

»Hosen runter!« verlangt auch Padde.

»Ich ... ich«, stottert Timo – und dann stürzt es wie ein Wasserfall aus ihm heraus: daß er ja zum Friseur gehen wollte, aber seine Mutter ihm kein Geld dafür gab. Jetzt aber verspricht er ihnen hoch und heilig, sich das nächstemal, wenn seine Mutter ihn zum Friseur schickt, seine Haare auch ganz kurz schneiden zu lassen.

»Das nächstemal! Das nächstemal!« äfft Padde Timo nach. »Dann sind unsere Haare ja längst wieder nachgewachsen. Oder denkste, wir laufen von jetzt ab immer so rum?« Er hat Angst, die anderen könnten Mitleid mit Timo bekommen. Deshalb stößt er ihn nun in eine Flurecke und reißt an seiner Hose herum.

Dieter schiebt Padde weg. »Er soll's selber tun, sonst macht's keinen Spaß.«

»Ich tu's aber nicht«, sagt Timo trotzig.

Da holt Dieter aus. Sein Schwinger trifft Timo unter dem Kinn. »Hosen runter!« schreit er.

Timo taumelt zurück und muß sich an der Wand abstützen. Die Tränen schießen ihm in die Augen.

»Wird's bald!« schreit Dieter und ballt erneut die Faust. Da beginnt Timo mit zittrigen Fingern an seiner Hose herumzuknöpfen und sie tatsächlich herunterzulassen.

»Die Unterhose auch!« schreit Hampel und bepinkelt sich beinahe vor Lachen. Timo aber hält seine Unterhose mit beiden Händen fest, heult und stößt mit den Beinen nach Padde, der ihn wieder näher an Dieter heranschieben will.

»Laßt ihn doch in Ruhe«, sagt Frank. Es fällt ihm schwer, dabeizustehen und nichts zu tun. Doch wie sollen Kalle und er

Timo helfen, inmitten der vielen anderen Jungen, die nur zusehen und verlegen grinsen?

»Biste etwa 'n Freund von der Pfeife?« schreit der aufgeregte Padde. »War ja deine Idee – oder etwa nicht?«

Das mit den Schlägen war nicht seine Idee, und Timo ist nicht sein Freund; dazu gluckt er ihm viel zu oft zu Hause herum. Aber das hat nichts damit zu tun, daß das, was sie hier tun, nicht in Ordnung ist. »Ich will ja nur, daß er sich seine Hose selber runterzieht«, verteidigt sich Frank. Wenn er sagt, was Dieter gesagt hat, wird Padde darauf eingehen.

Padde überlegt und ist einverstanden. »Aber ich schlag als erster zu.«

Die Jungen nicken. Niemand verspürt Lust, Timo als erster zu schlagen; wenn Padde es tun will, soll er.

»Also los!« verlangt Dieter erneut. »Zieh die Unterhose auch runter. Du kriegst nur die versprochenen zwanzig Schläge, mehr nicht.«

Timo guckt Frank an, als erwarte er sich von ihm Hilfe. Doch Frank wendet sich ab – und da zieht Timo sich tatsächlich die Unterhose herunter.

»Kiekt mal, der Schniepel!« schreit Hampel los und muß über den mit hochrotem Kopf und freiem Unterleib dastehenden Timo dermaßen lachen, daß auch die anderen Jungen mitlachen. Frank aber sieht nur Timos Gesicht, die Scham und den Schmerz über das Gelächter – und da kann er nicht anders, er holt aus und boxt Hampel voller Wut in den Bauch. Hampel bleibt die Luft weg, er preßt sich die Hände vor den Bauch, krümmt sich und guckt verständnislos.

Einen Moment lang weiß keiner der Jungen so richtig, was jetzt zu tun ist, dann stürzt Padde vor. Frank will sich wehren, rutscht aus und fällt hin, schlägt dabei mit dem Hinterkopf auf den Steinfußboden und ist sekundenlang wie besinnungslos. Als er endlich wieder aufstehen kann, sieht er Kalle und Padde auf dem Fußboden herumrollen. Mal liegt Kalle oben, mal Padde. Die anderen stehen um die beiden herum und schauen zu, mischen sich aber nicht ein.

Auch Timo schaut nur zu, kapiert nicht, was da auf einmal geschehen ist. Dann aber zieht er sich schnell die Hosen hoch, schnappt sich seine Mappe und läuft davon.

Frank will Kalle helfen, doch das ist nicht nötig; Kalle ist zwar nicht so kräftig wie Padde, aber sehr gewandt. Padde versucht immer wieder von ihm loszukommen, um mit ihm zu boxen – er hat ja die längeren Arme –, aber Kalle hängt an ihm wie eine Klette, läßt sich einfach nicht abschütteln.

»Beiß ihn doch!« schreit Hampel voller Wut und blickt Frank finster an. Daß ausgerechnet er, der ja mit der ganzen Sache viel weniger zu tun hat als Padde oder Dieter, den Schlag abbekommen mußte, kann er nicht verstehen.

»Beißen ist unfair.« Dieter spielt den Schiedsrichter. »Hier wird fair gekämpft oder gar nicht.«

»Fair?« fragt Frank böse. »War das, was ihr mit Timo vorhattet, etwa fair?«

Dieter ballt die Fäuste. »Das war abgemacht, das weißt du ganz genau.«

»Aber es war nicht richtig«, schreit Frank zurück. Und in der allgemeinen Unsicherheit, was nun zu tun ist, zerrt er Kalle von Padde weg und läuft mit ihm aus der Haustür. Padde will ihnen nach, Dieter aber hält ihn zurück. »Laß doch die beiden Sitzenbleiber«, sagt er spöttisch. »Die sind wir nächstes Jahr ja sowieso los.«

Jede Menge Fragen

In der *Gemütlichen Ecke* ist ebenfalls alles wie immer. Herr Bessel macht Mittagspause, sitzt am Stammtisch und erzählt einen seiner Witze. Die Mutter darf diese Witze nicht hören, aber wenn

Frank dazukommt, unterbricht sich Herr Bessel nie und wird auch nicht leiser. Wenn er Frank auch nicht mag, so hält er ihn doch für eine Art Mann, und deshalb darf er diese Witze hören.

»Wo is'n Mutter?« Frank verzieht keine Miene. Er hat gemerkt, daß Onkel Willi ihn beobachtet hat, um herauszufinden, ob er den Witz verstanden hat. Er hat ihn verstanden, aber er stellt sich dumm.

»Sie hat sich hingelegt, hat wieder mal mit dem Kopf zu tun«, sagt Onkel Willi. Und Herr Bessel fügt hinzu: »Vielleicht machst du ihr zuviel Sorgen. Wäre ja kein Wunder.«

Frank muß an seinen Traum denken. Wenn Herr Bessel wüßte, was er von ihm geträumt hat! Was würde er dann wohl sagen?

Herr Bessel hat Franks Blick aufgefangen. »Hau ab!« sagt er. »Aber schnell!«

Frank dreht sich weg und geht ins Hinterzimmer.

Die Mutter liegt angezogen auf dem Bett und kühlt sich ihre Stirn mit einem feuchten Waschlappen. Als sie Frank sieht, versucht sie zu lächeln. »Mir fehlen meine Tabletten, weißt du.«

»Soll ich dir welche holen?«

Die Mutter schüttelt den Kopf. »Die S-Bahn fährt ja nicht. Und außerdem ist's viel zu gefährlich jetzt.«

»Aber wenn du Kopfschmerzen hast ...«

»Ich hab nein gesagt«, erwidert die Mutter scharf.

Still legt Frank seine Mappe in die Ecke. Kalle hatte sie ihm heute morgen in die Schule mitgebracht, hatte Gott sei Dank daran gedacht. Überhaupt: Kalle hat sich heute als richtiger Freund erwiesen; er kann froh sein, daß er Kalle hat.

»Sie haben Ilse Fröhlich verhaftet«, sagt da die Mutter auf einmal leise.

»Und warum?« Frank setzt sich zu ihr aufs Bett.

»Irgendeiner muß sie angezeigt haben. Sie hat doch nur von Schiebungen gelebt: Kaffee und Zigaretten vom Westen in den Osten, Eier und Butter vom Osten in den Westen.«

Also doch! Er hat ja immer gewußt, daß die Leute diese

Geschichten nicht einfach nur erfunden hatten. »Muß sie jetzt ins Gefängnis?«

Die Mutter zögert. »Vielleicht ...?«

»Dürfen wir in den Ferien trotzdem in ihr Häuschen?«

»Also weißt du! Darüber habe ich wirklich noch nicht nachgedacht.« Die Mutter schüttelt vorwurfsvoll den Kopf. »Viel wichtiger ist, daß sie der Ilse nichts Politisches anhängen, sonst kommt sie so schnell nicht wieder raus.«

»Aber wenn sie nichts Politisches getan hat, kann man sie doch dafür nicht einsperren?«

»Hast du eine Ahnung!« Die Mutter seufzt. »Manchmal passieren die unmöglichsten Dinge. Aber geh jetzt mal lieber in die Küche. Da steht dein Essen. Iß, bevor es kalt wird.«

In der Gaststätte wird laut gelacht, sicher hat Herr Bessel wieder einen seiner Männerwitze erzählt. Frank geht noch nicht. »Was war denn der Bessel eigentlich früher?« fragt er.

»Was meinst du mit früher?«

»Damals, bei Hitler.«

Die Mutter wendet den Blick ab. »Das darf man ihm nicht übelnehmen. An den Hitler-Wahnsinn haben die meisten geglaubt.«

»Du auch?«

»Nein. Ich hab noch nie an was Politisches geglaubt.« Die Mutter wird ungeduldig. »Hast du noch ein paar Fragen?«

Frank bleibt hartnäckig, die Mutter hat ja noch nicht geantwortet. »Was hat denn der Bessel nun früher gemacht?«

»Was soll er schon gemacht haben? Was die meisten gemacht haben. Erst war er ein glühender SA-Mann*, ist in seiner braunen Uniform herumstolziert, als wäre er der liebe Gott vom Prenzlauer Berg, später wurde er dann Soldat.« Die Mutter denkt nach und sagt noch einmal: »Daß er auf Hitler reinfiel, nehme ich ihm nicht krumm. Von dem haben sich damals die meisten gleich mehrere Wunder auf einmal versprochen. Aber daß er heute noch so redet, wo er doch weiß, was damals alles geschehen ist, das kann ich beim besten Willen nicht verstehen.«

Also hat er doch nichts Falsches geträumt? Frank ist richtig erleichtert, Herrn Bessel nicht unrecht getan zu haben.

»Habe ich jetzt alle deine Fragen zur Zufriedenheit beantwortet?« Die Mutter guckt ironisch, aber sie kann nicht verbergen, daß sie sich insgeheim über seine Fragen freut. Das macht Frank Mut weiterzufragen. »Und mein Vater, war der auch für Hitler?«

»Nein«, sagt die Mutter bestimmt. »Dein Vater war für gar nichts, wollte nur endlich mal gemütlich leben. Erst als er in den Krieg mußte, da fing er an nachzudenken. Aber das kam wohl daher, daß er eine sehr ungemütliche Kindheit hatte.«

»Und Onkel Willi?«

»Der war auch für gar nichts, genau wie dein Vater – und wie ich auch.« Die Mutter reibt sich die Stirn. »Es ist keine Kunst, keinen Fehler zu machen, wenn man für gar nichts ist, verstehst du?«

»Soll ich dir nicht doch Tabletten holen?« Frank möchte der Mutter was Gutes tun. Sie tut ihm leid, wie sie so daliegt, mit dem Lappen auf der Stirn, obwohl sie doch genau weiß, daß es kaum was hilft.

»Nein. Aber essen sollst du jetzt. Ich hab doch nicht umsonst gekocht.«

»Was gibt's denn?«

»Kartoffelsuppe.«

Kartoffelsuppe gehört zu Franks Lieblingsspeisen. Er geht in die Küche, setzt sich an den Küchentisch und löffelt die Suppe gleich aus dem Topf. Und während er ißt, kommt er zu einem Entschluß. Deshalb geht er, als er aufgegessen hat, nicht zur Mutter zurück, sondern in den ersten Stock hinauf, an seine Spardose. In der Spardose hat er Geld, auch Westgeld. Das nimmt er heraus, knüpft es ins Taschentuch und steckt es ein.

Er wird der Mutter doch ihre Tabletten besorgen, egal ob es gefährlich ist oder nicht. Sonst gehen ihre Schmerzen ja tagelang nicht weg. Und wenn er es nicht tut, macht es niemand.

Nur ein Schritt

Der Tag hatte trübe begonnen, doch nun ist es hell und warm, die Sonne hat sich durchgesetzt. Die Hand mit dem ins Taschentuch geknüpften Westgeld in der Hosentasche fest zusammengeballt, wandert Frank die Dimitroffstraße hoch, unterquert an der Schönhauser Allee die dort zur Hochbahn gewordene U-Bahn und biegt in die Eberswalder Straße ein.

Eigentlich wollte er sich für das Geld ein neues Buch kaufen, ein dickes über Filme, mit vielen Bildern drin; eins, das es nur im Westen gibt und das ziemlich teuer ist, das er aber unbedingt haben will. Darauf muß er nun erst mal verzichten ... Wie die Mutter gucken wird, wenn er ihr die Tabletten hinlegt! Vielleicht wird sie erst ein bißchen schimpfen, weil er sich in Gefahr begeben hat, aber hinterher wird sie sich freuen; das weiß er sicher.

Die Grenze! Frank wird langsamer. Als er noch klein war, ist er diesen Weg oft mit der Mutter gegangen, später allein oder mit einem Freund. Von der *Gemütlichen Ecke* aus ist der Weg zur Bernauer Straße der nächste in den Westen, abgesehen von einer S-Bahn-Fahrt zum Gesundbrunnen. Und wie überall in der Stadt besteht auch hier die Grenze nur aus ein paar Holztafeln, die auf deutsch, russisch, französisch und englisch darauf aufmerksam machen, daß an dieser Stelle die Stadt in zwei Hälften geteilt wird. Deutlicher aber als die Brettertafeln verkünden die Schaufenster und Plakate, daß man mit dem Übertritt von einem Sektor in den anderen nicht nur einen Stadtteil verläßt, sondern eine andere Welt betritt. Im Westen sind die Schaufenster voll, alles ist bunt und glänzt, im Osten sind sie leer oder mit einer einzigen Warensorte vollgestellt, und alles sieht grau und ärmlich aus. Ist doch was Buntes im Schaufenster, sind es Spruchbänder oder Plakate mit Aufschriften wie *Freundschaft mit den Völkern der Sowjetunion* oder *Vorwärts zu neuen Leistungen im Fünfjahresplan.* Oder auch einfach nur große Fotos von Walter Ulbricht oder Wilhelm Pieck.

Ist heute was anders als sonst? Frank bleibt stehen und schaut sich um. Neben dem Fußballstadion steht ein LKW der Volkspolizei. Einige Polizisten sitzen drauf, rauchen und unterhalten sich, andere stehen davor oder beobachten die Grenze. Und auf der gegenüberliegenden Straßenseite stehen zwei russische Panzer. Aber die stehen nur da, bewegen sich nicht, sehen fast friedlich aus.

Wenn sie ihn kontrollieren und das Geld bei ihm finden, ist er es los und die Mutter bekommt Ärger: Es ist verboten, Westgeld zu besitzen. Und das Geld im Taschentuch zu verstecken, ist sicher auch kein besonders raffinierter Trick; das machen bestimmt viele. Wäre er ein Vopo, er würde die Taschentücher zuerst kontrollieren; besonders die schmutzigen, die extra harmlos und unappetitlich aussehen sollen.

Vorsichtshalber geht Frank erst noch mal ein Stück zurück, stellt sich vor den Eingang zum Postamt und tut so, als warte er dort auf jemanden, behält aber die Grenze im Auge. Daß so viele Polizisten hier sind, obwohl sich heute nur so wenige Leute über die Grenze wagen, das ist es, was die Gefahr, kontrolliert zu werden, so groß macht. Sonst stehen hier immer nur zwei oder drei Volkspolizisten, die den Leuten nachschauen, die von dem einen Teil der Stadt in den anderen überwechseln. Sie versehen ihren Dienst eher gelangweilt und halten nur selten jemanden an, um ihn zu fragen, wo er hin will, und seinen Ausweis zu verlangen. Fragen sie, bekommen sie ja doch immer die gleiche Antwort: Tante besuchen, Bruder besuchen, Schwester besuchen. Und die Angehaltenen, die diese Auskünfte geben, grinsen dabei auch noch. Sie wissen, daß der Polizist ihnen nicht glaubt, und der Polizist weiß, daß sie lügen, doch er kann es ihnen nicht beweisen. Also gibt er ihnen den Ausweis zurück und läßt sie passieren. Die wahren Gründe, von Ost nach West zu gehen, sind Einkäufe und Kinobesuche. Wenn die Ostberliner auch für jede Westmark vier Ostmark zahlen müssen, so haben sie doch oft gar keine andere Wahl, weil es viele Dinge in Ostberlin einfach nicht gibt. Und die

Kinobesuche sind schon deshalb unumgänglich, weil im Westen viel mehr amerikanische, englische und französische Filme laufen als im Osten und weil alle die berühmten Schauspieler, die die Erwachsenen noch von früher kennen, inzwischen nur noch in Westfilmen mitspielen. Manche der Leute, die die Grenze überqueren, arbeiten aber auch im Westen, fahren pünktlich jeden Morgen mit der S-Bahn aus dem Osten in den Westen und abends wieder zurück. Auf diese Weise verdienen sie mehr, denn sie bekommen den größten Teil ihres Lohnes in Westmark ausgezahlt, und die Mieten, das Gas und der Strom sind im Osten viel billiger als im Westen.

Problematischer als der Hinweg ist der Rückweg. Hat man zum Beispiel eingekauft, darf die Einkaufstasche nicht zu voll sein, sonst wird einem die Ausrede »Geschenkt bekommen« nicht abgenommen, und die Einkäufe wandern auf das Polizeirevier.

Frank muß an Herrn Bessels Erzählung von den beiden Zöllnerinnen denken, die immer so streng gewesen waren und deshalb von der Warschauer Brücke geworfen wurden. Und an Ilse Fröhlich, die nun vielleicht schon im Gefängnis sitzt. Beides hat was mit der Grenze zu tun, und beides ist sehr ungerecht. Ilse Fröhlich ist ja nicht die einzige Schieberin, es gibt viele wie sie. Er braucht da nur an die alte Frau zu denken, die sich lauter Taschen in den Unterrock genäht hatte, um darin die Eier zu verstecken, die sie im Westen verkaufen wollte, und die dann auf dem S-Bahnhof Schönhauser Allee mitsamt ihren Eiern die Treppe runterfiel und im Rührei liegend erwischt wurde. Er hatte direkt daneben gestanden und sich mit all den anderen Leuten halb krank gelacht, bis die alte Frau zu schimpfen anfing und den Polizisten vorwarf, daß man sie ja zum Schieben zwänge, denn von ihrer Rente könne sie nicht leben. Vielleicht ist Ilse Fröhlich auch gezwungen, sich auf diese Weise ihr Geld zu verdienen, einen Beruf hat sie ja nicht ...

Unschlüssig schaut Frank wieder zur Grenze hin. Ob er das Geld woanders versteckt? Aber wo? Strümpfe? Unterhose?

Jackenfutter? – Wenn er Grenzer wäre, auf diese Tricks würde er alle nicht reinfallen. Und deshalb nützt es ihm gar nichts, noch länger zu zögern. Wird er kontrolliert, wird das Geld gefunden – so oder so. Hinüber aber muß er, umdrehen und ohne die Tabletten für Mutter zurückgehen, das bringt er nicht fertig.

Frank gibt sich einen Ruck und geht, die Hand in der Hosentasche fest um das Taschentuch mit dem Hartgeld geschlossen, auf die Grenze zu. Er sieht sich den Polizisten immer näher kommen und spürt, wie die Aufregung in ihm wächst, doch niemand scheint sich um ihn zu kümmern. Noch dreißig Meter, noch zwanzig ... Lässig, ganz lässig muß er wirken ... Noch zehn Meter ... Da! Der eine Vopo blickt zu ihm hin. Frank macht ein harmloses Gesicht, schlenkert mit den Beinen, guckt sich um, als wäre er zum ersten Mal hier, und beobachtet den Vopo weiter. Und richtig, er kommt heran!

»Wo willste'n hin?«

»Zu Tante Lucie.« Frank macht sich kleiner als er ist, spricht mit fast piepsender Stimme und guckt den Vopo vertrauensvoll an.

»Und was willste bei deiner Tante?« Der Vopo muß schmunzeln.

»Sie ist krank. Ich soll sie besuchen.«

»Na, dann schieb ab.« Der Vopo tritt zurück und wendet sich wieder seinen Kameraden zu.

Frank macht einen Schritt – und ist im Westen. Jetzt könnte er sich umdrehen und dem Vopo sein Westgeld zeigen – wenn er nachher nicht wieder zurück müßte. Trotzdem ist er nun so erleichtert, daß er es sich nicht verkneifen kann, triumphierend zurückzublicken. Doch der Polizist, der ihn angesprochen hatte, redet immer noch mit seinen Kameraden, erzählt ihnen wohl gerade was Lustiges, denn die Männer lachen laut.

Frank geht weiter, betritt gleich das erste Westgeschäft und läßt seinen Blick schweifen. Er will sich für das Abenteuer belohnen. An der Truhe mit den Sahnebonbons, Gummibärchen, Lakritzstangen und Kaugummis bleibt sein Blick hängen. Er knüpft das Taschentuch auf und kauft sich ein paar Kaugummis mit Fußballerbildchen und ein Eis, einen *Kalten Kuß*. Wieder auf der Straße, leckt er an dem Eis und hat auf einmal eine prächtige Laune. Er hat sich getraut, was so viele an diesem Tag nicht wagen – und es ist alles glattgegangen. Er ist ein Mordskerl.

Der Biermann ist da!

Frank hat die Tabletten für die Mutter. Nun steht er vor dem Laden mit den vielen Büchern im Schaufenster und schaut sich sein Filmbuch an. Es ist ziemlich dick und bestimmt sehr schwer zu lesen, aber er weiß, auf den meisten Seiten sind nur Bilder. Darunter welche aus Filmen, die er kennt – wie auch das Titelbild: Charlie Chaplin im Schnee.

Er wird sich das Buch kaufen. Irgendwann. Und wenn ihm die Mutter das Geld für die Tabletten zurückgibt, hat er auch gar nicht viel verloren, nur die paar Groschen für die Kaugummis und das Eis. Deshalb könnte er ja nun eigentlich noch schnell in den Schmökerkeller gehen. Im Schmökerkeller kann man Wildwestromane oder Krimis oder auch Comics kaufen oder tauschen. Sie sind alle schon gebraucht und deshalb besonders billig. Wenn man tauscht, bekommt man für zwei Heftchen eins, sie dürfen nur noch nicht allzu zerfleddert sein. Der Schmökerfritze lebt von diesem Geschäft eins für zwei. Er bekommt so im Lauf der Zeit immer mehr Heftchen zusammen und hat genug zu verkaufen, ohne selber welche kaufen zu müssen.

Unternehmungslustig zieht Frank los, denkt aber schon daran, daß er dann auf dem Rückweg besonders aufpassen muß. Einmal hatte er acht Hefte unter seiner Trainingsbluse versteckt und ist damit an der Grenze aufgefallen. Die Vopos nahmen ihn mit auf ihr Revier, verhörten ihn und riefen die Mutter an. Erst dann ließen sie ihn laufen. Und die Mutter hatte fürchterlich geschimpft; sie hat ja immer Angst, daß man ihr die Erlaubnis entziehen könnte, ein Geschäft zu führen. So was passiert in letzter Zeit immer öfter, und meistens aus politischen Gründen. Und ein Sohn, der Schmökerhefte* über die Grenze schmuggeln will, ist ein politischer Grund.

Da ist der Schmökerkeller. Er liegt in einem ganz normalen Mietshaus, aber fast gänzlich unter der Erde. Deshalb brennt drinnen, auch wenn draußen die Sonne scheint, immer Licht. Frank steigt die Stufen hinab und öffnet die Tür. Wie immer schlägt ihm ein dumpfer Geruch entgegen, und wie immer klingelt es laut. Der Schmökerfritze liest nämlich selber die Hefte, die er eintauscht und verkauft, und oft ist der alte Mann dabei so in die Geschichte vertieft, daß er gar nicht mitbekommen würde, wenn jemand zu ihm hinabsteigt, wäre da nicht das überlaute Schrillen der Klingel. Wer hofft, in den Keller schleichen zu können, um ihm ein paar Hefte zu mopsen, hat sich geirrt.

Der Laden ist leer, der Schmökerfritze ist allein. »Guten Tag!« grüßt Frank laut.

»Tagchen!« Der Schmökerfritze rückt seine Brille zurecht. »Kennste dich aus?«

»Ja.«

»Na, dann mach mal.«

Frank stellt sich vor die vielen Kästen mit den abgegriffenen Romanheften und Comics und blättert mal hier, mal dort die Reihen durch. Er ist gerade bei seiner Lieblingsreihe angelangt, den *Tom Brack*-Heften mit dem schwarzgekleideten blonden Grenzreiter und seinem Hengst Blitz auf dem Umschlag, als die Klingel wieder schellt und zwei Jungen den Laden betreten. Frank will nur kurz hinblicken, erschrickt dann aber freudig: Die beiden Jungen sind Gerd und Gerhard, Monis Brüder, die voriges Jahr mit ihren Eltern und der Großmutter in den Westen verschwunden sind. Sie sind zwar größer geworden und auch kräftiger, aber sie sind es tatsächlich.

Auch die Zwillinge haben Frank sofort erkannt. Sie umringen ihn, klopfen ihm auf die Schultern, strahlen ihn an und reden auf ihn ein. Der Schmökerfritze vergißt sein Romanheftchen und schaut verwundert auf.

»Mensch!« sagt Gerhard. »Das ist dufte, daß man mal wieder einen aus der alten Gegend trifft.« Und Gerd sagt: »Du mußt unbedingt mit zu uns kommen. Was meinste, wie Moni sich freut.«

Um Gerd und Gerhard voneinander zu unterscheiden, gibt es eine Faustregel: Mehr Buchstaben, mehr Gewicht. Gerd ist der schlankere der Zwillinge, Gerhard der stämmigere. Das war schon immer so und hat sich nicht geändert. Die rotblonden Haare und die vielen Sommersprossen haben sie beide.

»Wo wohnt ihr denn jetzt?«

»Nicht weit von hier – in der Strelitzer.«

In der Strelitzer? Das ist ja da, wo an der Ecke die *Vox-Lichtspiele* sind, da war er schon im Kino – und hat nicht gewußt, daß dort jetzt Ehrlichs wohnen!

»Komm doch mit«, bittet Gerd. »Dann haben wir endlich mal einen, der uns erzählen kann, was es Neues in der Raumerstraße gibt.«

»Klar komme ich mit!« Frank strahlt nun auch. Er wollte ja immer schon wissen, wie es Ehrlichs jetzt geht. Und vielleicht erfährt er dabei auch, warum sie abgehauen sind.

»Prima!« Gerd und Gerhard tauschen einen Schwung Kriminalromane um, dann gehen sie los. Und schon unterwegs fragen sie Frank aus: Ob es die *Gemütliche Ecke* noch gibt, ob Hotte noch Fußball spielt und ob die HO-Wurst, die es jetzt in ihrem Laden zu kaufen geben soll, wirklich so schlecht schmeckt, wie allgemein von der HO-Wurst behauptet wird.

»Eure Wurst war viel besser.« Frank will Gerd und Gerhard eine Freude machen; einen großen Unterschied konnte er bisher noch nicht feststellen.

Das Haus, in dem Ehrlichs nun wohnen, erinnert Frank an die

Dunckerstraße. Es ist nur alles noch ein bißchen schlimmer: die Höfe sind enger, die Häuser schmutziger, der Verputz oft nur noch in Resten zu erkennen. »Wir bleiben hier nicht«, sagt Gerd, als sie schon den dritten Hinterhof durchquert haben und durch einen weiteren Hofdurchgang müssen. »Ist nur so lange, bis wir wieder einen neuen Laden aufmachen.«

Frank muß an die schöne Vorderhaus-Wohnung denken, die Ehrlichs in der Raumerstraße bewohnten. Hier kann Monis Omi nicht den ganzen Tag aus dem Fenster gucken und die Straße bewachen.

»Da!« Gerhard grinst und weist in die Höhe. Frank hebt den Kopf – und sieht Monis Omi auch schon. Sie guckt im vierten Stock aus dem Fenster und erkennt ihn sogleich. »Der Biermann!« ruft sie und schlägt die Hände zusammen. »Der Biermann ist da!«

Frank geniert dieser Empfang ein bißchen, aber er freut ihn auch.

»Unsre Omi, die hat Augen wie ein Adler.« Gerhard grinst, während er vor Frank die Treppe hochsteigt. Und Gerd lacht: »Wenn die mal stirbt, kriegt sie auf'm Friedhof 'n Fensterplatz.«

Monis Omi steht dann auch schon in der Tür, um den »Biermann« in Empfang zu nehmen. »Groß isser geworden«, sagt sie ein um das andere Mal und guckt Frank genauso verliebt an, wie er es von früher her kennt. »Groß und stark!« Und dabei dreht sie ihn hin und her, als könnte sie sich nicht satt sehen an ihm.

Frank wird immer verlegener, Gerd und Gerhard grinsen immer breiter.

»Hast du Hunger?« fragt Monis Omi da. Eigentlich hat Frank keinen Hunger, aber er nickt, damit Monis Omi in die Küche geht und mit dem Drücken und Betatschen aufhört.

»Ich mach dir was, was es bei euch nicht gibt«, flüstert Monis Omi, und ihr Gesicht leuchtet auf, als ob das, was ihr da soeben eingefallen ist, der größte Leckerbissen aller Zeiten sei.

»Was denn?«

»Leber! Gebratene Leber mit Zwiebeln.«

Das gibt es im Osten wirklich nicht, und wenn, dann nur alle halbe Jahre einmal. Frank geniert sich – und ist stolz: Wenn sogar Monis Omi, die ja früher in der ganzen Gegend als Drachen bekannt war, sich über seinen Besuch so sehr freut, daß sie für ihn kocht, ist er wirklich ein sehr willkommener Gast.

Bei uns, bei euch

Sie sitzen alle in der schmalen Wohnstube beisammen: Herr und Frau Ehrlich, Moni, Monis Omi, Gerd und Gerhard und Frank. Frank hat gegessen, bis er nicht mehr konnte; nun ist ihm, als sei sein ganzer Körper nur Bauch. Trotzdem paßt immer noch etwas Limonade hinein, denn auch solche prickelsüße Limonade gibt es im Osten nicht. Er trinkt wieder einen Schluck und schaut über das Glas hinweg Moni an.

Moni sieht aus wie eine Frau, sie ist ja nun schon siebzehn Jahre alt. Aber sie ist immer noch schön. Jedenfalls findet Frank das, und er kann nicht verhindern, daß er fast jedesmal, wenn Moni ihn anblickt, lieber schnell wegguckt.

»Was haben sie denn so erzählt, nachdem wir weg waren?« will Herr Ehrlich wissen.

Früher war Herr Ehrlich für Frank eine Respektsperson. Wenn er, was nur selten geschah, in seinem über und über mit Blut bespritzten Fleischerkittel in den Laden kam, grüßten ihn die meisten Leute fast ehrerbietig, und er sah die Leute an, als hätten sie es einzig und allein ihm zu verdanken, daß sie was zu essen hatten. Als er aber vorhin im Straßenanzug und mit einer alten Aktentasche unter dem Arm von der Arbeit kam, sah er ganz normal aus und erinnerte Frank an so manchen von Mutters Kunden, die nach der Arbeit noch schnell ein Bier bei ihr trinken. Frank überlegt, ob er das von den Hunden, Katzen und Ratten erzählen soll, läßt es dann aber lieber sein, sagt nur, daß alle sehr erstaunt waren, als der Laden plötzlich nicht mehr aufmachte, und daß die Mutter erst gar nicht wußte, wo sie denn nun Fleisch und Wurst herbekommen sollte.

Monis Omi nimmt ein Taschentuch aus ihrer Kittelschürze und preßt es vor die Augen. Und auch Frau Ehrlich sieht traurig aus. »Ja, weißt du«, sagt sie, »wir wären ja auch lieber geblieben, aber ...«

»Laß doch!« Herr Ehrlich winkt ab. »Das interessiert den Frank doch nicht.«

Frank interessiert es sehr, was Frau Ehrlich sagen wollte, aber er traut sich nicht, das zu sagen.

»Und die *Gemütliche Ecke?*« fragt Herr Ehrlich. »Führt deine Mutter sie noch?«

Frank bejaht die Frage und bemerkt, daß Moni ihm heimlich zulächelt. Es ist das erstemal, daß sie lächelt; bis dahin erschien sie ihm eher still und fast ein wenig verschlossen. Er wird mutiger. »Sie müssen uns sagen, wenn Sie wieder einen neuen Laden aufmachen«, sagt er zu Herrn Ehrlich. »Dann kommen wir wieder bei Ihnen einkaufen.«

»Das wird ein bißchen weit sein.« Moni lacht nun richtig. Und Herr Ehrlich schmunzelt und ergänzt: »Und ein bißchen teuer. Aber wenn du tatsächlich mal kommst, drück ich ein Auge zu. Du bezahlst dann nach einem Sonderkurs – 1:1. Einverstanden?«

Frank sagt ja, aber er weiß, daß sie nun Blödsinn reden. Ganz egal, wo Herr Ehrlich seinen neuen Laden aufmacht, er wird nicht durch die halbe Stadt marschieren, nur um bei ihm einzukaufen. Auch nicht, wenn er gar nichts bezahlen muß.

»Und gestern? Da war bei euch ja ganz schön was los.« Herr Ehrlich wechselt das Thema. »In unserer alten Gegend auch?«

Wie das klingt, dieses »bei euch«! So, als lägen mehr als nur ein paar Straßen dazwischen. Gleichzeitig spricht Herr Ehrlich aber auch von »unserer alten Gegend« – als ob er sich nicht entscheiden kann.

Frank sagt, daß um die Raumerstraße herum nicht viel los gewesen wäre, nur ein paar Panzer wären die Prenzlauer Allee hochgefahren. Die Mutter hatte sie vom Fenster aus gesehen. Von dem, was Kalle und er erlebten, erzählt er nichts; er hat das Gefühl, als gingen Herrn Ehrlich diese Sachen nichts mehr an.

»Die armen Menschen!« seufzt Frau Ehrlich. »Im Radio erzählen sie schlimme Sachen. Es sollen so viele verhaftet worden sein.«

Ilse Fröhlich! Ehrlichs kennen sie ja auch. Aber komisch, Frank verspürt keinerlei Lust, darüber zu erzählen. Er weiß überhaupt nicht mehr, was er sagen soll, fühlt sich plötzlich furchtbar fremd in dieser Wohnung.

Moni beboachtet Frank. »Denkst du noch manchmal an Grünau?« fragt sie.

Ja, Frank denkt oft an den Tag, an dem er mit Burkie und Moni nach Grünau gefahren ist und schwimmen lernte. Und denkt er daran, sieht er Burkie und Moni vor sich: auf dem Dampfer, beim Baden, beim Spaziergang durch den Wald, auf dem Angelsteg.

»Das war schön damals«, sagt Moni. »Das werde ich nie vergessen.«

Monis Stimme klang ein wenig traurig, Herr Ehrlich hat das auch gehört. »Na ja«, sagt er leise. »Heimat ist eben Heimat. Die Straße, in der man aufgewachsen ist, vergißt man nie.« Dann wird er heftiger: »Aber es war ja einfach kein Vorwärtskommen. Man konnte sich abstrampeln, wie man wollte, man trat immer nur auf der Stelle. Wozu lebt man denn? Um zu arbeiten, was aufzubauen, den Laden zu vergrößern oder einen zweiten aufzumachen. Das alles war ja nicht möglich.«

Herr Ehrlich hat zu Moni gesprochen, nicht zu ihm. Frank senkt den Kopf. Er hat ein Gefühl, als mische er sich in etwas ein, was ihn nichts angeht.

Nun wendet Herr Ehrlich sich Frank zu. »Von mir aus kannst du allen erzählen, daß der Ehrlich jetzt nur'n einfacher Arbeiter in 'ner Wurstfabrik ist. Aber sag ihnen auch, daß ich, sowie ich erst meine Entschädigung habe, einen neuen Laden aufmache. Aber einen mit allen Schikanen. Und dann irgendwann auch noch 'nen zweiten oder dritten.«

Die Mutter hat Frank mal erzählt, daß man im Westen eine Entschädigung bekommt, wenn man im Osten Besitz zurückgelassen hat. Sie sagte aber auch, daß sie die *Gemütliche Ecke* deswegen nicht aufgeben würde; die Erinnerungen an die Zeit mit ihrem ersten Mann, mit Tante Lucie, Burkie und ihm könne ihr niemand ersetzen. An den Erinnerungen hänge sie, nicht an der Kneipe.

Herr Ehrlich weiß nun auch nicht mehr, was er noch sagen soll. Er steht auf und gibt Frank die Hand. »Grüß deine Mutter schön. Ich hab noch'n bißchen was zu tun.«

Frank steht auch auf, will ebenfalls gehen. Die Sonne ist schon am Untergehen, und in der düsteren Wohnung sieht das aus, als setzte draußen bereits die Dämmerung ein. »Bleib doch noch!« bitten Gerd und Gerhard. »Such dir'n paar Krimis aus.«

Still hockt Frank sich mit den Zwillingen in eine Ecke und blättert die Hefte durch, bis Moni ihn in das Zimmer winkt, in dem sie und ihre Oma nun schlafen. Dort kramt sie in einem Schuhkarton voller Fotos herum und hält ihm eins davon hin. »Kennste das?«

Natürlich kennt Frank das Foto. Es zeigt Burkie und Hotte in ihren Cowboy- und Indianerkostümen und ist wenige Wochen vor Burkies Tod aufgenommen worden. Burkie hatte ihn damals zu dem Kostümfest in der Schule nicht mitgenommen, weil Moni nicht wollte, daß er den ganzen Abend seinen kleinen Bruder hinter sich her zog. Er war noch sehr klein und hatte das nicht verstanden, jetzt versteht er es gut.

»Sieh mal.« Moni dreht das Foto um. *Für Moni!* steht da in Burkies Handschrift. Und dann ist da noch ein Herz mit einem Pfeil zu sehen, und in dem Herz steht B und M – Burkhard und Moni. Unter das Herz hat Burkie einen Fußballspieler gezeichnet, der versucht, das Herz zu köpfen.

Moni legt das Foto wieder weg. »Es war wirklich eine schöne Zeit damals«, sagt sie und lächelt Frank dabei wieder so nachdenklich zu.

»Ist's denn jetzt nicht mehr schön?«

»Doch! Auch«, sagt Moni. »Nur anders, weißt du.«

Frank weiß nicht genau, was Moni meint, aber er nickt.

Dann muß Frank doch gehen. Frau Ehrlich kommt und bringt ihm eine Tafel Schokolade. »Grüß alle schön«, sagt sie. »Und besonders deine Mutter.« Und Monis Omi steht dabei und guckt, als sei sie mit ihren Gedanken nun schon wieder ganz woanders.

Gerd und Gerhard begleiten Frank noch ein Stück und bleiben vor einem Fleischerladen stehen. Gerd geht hinein, und Gerhard grinst geheimnisvoll. Als Gerd dann wieder herauskommt, hat er ein Wurstpaket in der Hand. »Hier! Von Vater. Das dürfen sie dir an der Grenze nicht abnehmen. Das ist ein Geschenk.«

Frank starrt das Wurstpaket an. »Ich denke, euer Vater arbeitet jetzt in einer Fabrik?«

»Tagsüber«, erklärt Gerhard. »Abends arbeitet er beim Bujalla. So kommen wir eher wieder zu einem Laden.«

Frank nickt, aber so richtig verstanden hat er das Ganze immer noch nicht. »Warum konntet ihr denn bei uns keinen zweiten oder dritten Laden aufmachen?«

»Weil wir nicht genug verdient haben. Es gab für alles feste Preise«, erklärt Gerd.

»Und im Westen kann man Preise machen, wie man will?«

»Wenn die Leute das bezahlen.« Gerd grinst. Gerhard aber sagt: »Das hätten die bei euch drüben auch gar nicht erlaubt, daß einer zwei oder drei Läden aufmacht. Die wollen ja gar keine privaten Läden mehr.«

So was Ähnliches hat die Mutter auch schon mal gesagt, doch nun will Frank nichts mehr darüber hören. Er bedankt sich für das Wurstpaket, gibt den beiden Jungen die Hand und geht in Richtung Grenze davon.

»Komm bald mal wieder!« ruft Gerhard ihm noch nach. Und

Frank dreht sich um und nickt, obwohl er nicht weiß, ob er das tun wird; schließlich sind Ehrlichs ja doch Fremde.

Kein Glückstag

Er hat es geschafft, hat die Grenze hinter sich gebracht, mit den Tabletten für die Mutter, dem Hemd voller Kriminalromane, dem Wurstpaket und der Schokolade in der Hosentasche. Nicht mal hingeschaut haben die Vopos zu ihm. Alles, was er will, gelingt ihm; er muß heute seinen Glückstag haben. Frank flitzt die Straßen entlang, springt über Rinnsteine, gerät außer Atem und läuft doch weiter. Und dann steht er vor der *Gemütlichen Ecke* und holt tief Luft. Die Mutter wird schimpfen, es ist ja schon wieder so spät geworden. Aber das macht nichts: Er wird sie zu Ende schimpfen lassen, wird sie ganz geduldig zu Ende schimpfen lassen und ihr, wenn sie damit fertig ist, erst die Tabletten und danach das Wurstpaket überreichen. Richtig feierlich wird er das tun und ihr dabei alles erklären. Und wenn sie sich dann schämt, wird er ein wenig die beleidigte Leberwurst spielen, weil er es doch nur gut gemeint hatte ... Aber nicht lange. Dafür hat er viel zuviel zu erzählen. Schließlich hat er ja die Ehrlichs wiederentdeckt, er als einziger aus der ganzen Straße!

Frank strafft sich und macht ein vergnügtes Gesicht, damit jeder gleich sieht, daß er kein schlechtes Gewissen hat. Dann geht er auf die Gaststätte zu, öffnet die Tür und erntet wieder mal alle Blicke. Doch diesmal senkt er nicht den Kopf, sondern geht selbstbewußt gleich an die Theke.

Die Mutter kassiert gerade einen Gast ab. Als sie Frank sieht, erschrickt sie.

Franks Strahlen verblaßt. Wieso erschrickt die Mutter? Wieso guckt sie nicht vorwurfsvoll – ist sie denn nicht böse mit ihm?

Die Mutter gibt dem Gast das Wechselgeld heraus und bedankt

sich. Dann flüstert sie Frank zu: »Geh mal nach hinten. Ich komme gleich.«

Es muß was passiert sein, sonst wäre die Mutter anders. Verwirrt geht Frank durch den Flur, betritt die Küche, schaltet das Licht an – und bleibt erschrocken stehen: Seine Terrarien! Wo sind sie? Auf dem Fenstersims steht die Brotschneidemaschine und daneben der Brotkasten ... Seine Terrarien sind weg. Er läßt den Blick schweifen und erschrickt erneut: Da stehen sie ja, auf dem Küchenschrank – aber sie sind leer.

»Rieke?« flüstert er. »Timur?« – und ein furchtbarer Verdacht überkommt ihn. Er dreht sich um und will in die Gaststube zurück, stößt aber schon im Flur auf die Mutter.

»Rieke!« schreit er. »Timur! Wo sind sie?«

»Ich will dir ja alles erklären.« Die Mutter führt Frank in die Küche zurück und drückt ihn auf einen Stuhl. Dann setzt sie sich zu ihm und sagt leise: »Rieke ist wieder mal ausgebrochen. Sie hat den Deckel hochgedrückt und ist einfach abgehauen.«

»Und wo ist sie jetzt? Und die anderen alle?«

Die Mutter weicht einer Antwort aus, schimpft weiter auf Rieke. »Wenn sie wenigstens in der Küche geblieben wäre ... Aber nein, sie muß sich auf Wanderschaft begeben!« Ihre Stimme bekommt einen vorwurfsvollen Klang. »Was meinst du, was bei uns los war? Eine Schlange in der Gaststube! Die Leute wußten doch nicht, daß es sich bloß um eine Ringelnatter handelte. Eine Frau hat einen richtigen Herzanfall bekommen ...«

Die Mutter kann erzählen, was sie will, Frank will nur eins wissen: Wo sind seine Tiere jetzt?

Die Mutter lehnt sich in ihren Stuhl zurück und vergräbt die Hände in die Taschen ihrer Kittelschürze. »Ich war nicht dabei, war gerade einkaufen ... Willi hat gesagt, er hätte sie weggeworfen ... Deinen ganzen Zirkus hätte er weggeworfen, hat er gesagt.«

Weggeworfen? Frank will das einfach nicht glauben. Tiere kann man doch nicht wegwerfen. »Wohin denn?«

»Er sagt, in den Müll.«

In die Mülltonnen? Frank fährt herum und schaut zum Fenster hin, zum dunklen Hof.

»Frank!« bittet die Mutter. »Du mußt nun endlich einsehen, daß das nicht geht – eine Schlange in einer Gastwirtschaft! Wir können schließlich kein Schild anbringen: Vorsicht Schlangen, weiße Mäuse, Frösche, Eidechsen und so weiter.«

Frank guckt die Mutter verständnislos an, steht auf und geht an ihr vorbei in den Hof. Eine Zeitlang steht er nur da und schaut die Mülltonnen an, dann hebt er den ersten Deckel hoch. »Rieke?« ruft er leise in die finstere, stinkende Tonne hinein. »Timur? Paulchen? Paula?« Doch nichts antwortet, kein Rascheln, kein Fiepen, kein Zischen.

Er braucht eine Taschenlampe, muß etwas sehen können. Eilig läuft er in die Küche zurück. Dort hat die Mutter inzwischen sein Wurstpaket ausgepackt. »Wo hast du das her?« fragt sie erstaunt.

Frank antwortet nicht, sucht nur die Taschenlampe und will gleich wieder auf den Hof. Die Mutter legt das Wurstpaket auf den Tisch und hält ihn fest. »Das wird nichts nützen. Sie haben sich bestimmt schon irgendwohin verkrochen.«

»Aber sie sterben!« schreit Frank und reißt sich los. »In der Stadt müssen sie sterben. Sie finden doch hier nichts zu fressen.«

Es ist das erstemal, daß Frank schreien kann, seit er weiß, was geschehen ist; all seine Verzweiflung, Wut und Enttäuschung muß nun heraus. Die Mutter wird nachdenklich. »Also gut! Gucken wir nach, ob noch was zu retten ist.« Und dann geht sie mit ihm in den Hof und durchstöbert mit dem umgedrehten Teppichklopfer in der Hand jede Mülltonne. Frank beleuchtet die Tonnen, taucht mit seiner Taschenlampe in der Hand bis in die tiefsten Ecken hinab. Doch sie finden nur die Steine, das Moos und die Äste aus den Terrarien, von Timur und Rieke, Paulchen und Paula und all den anderen Fröschen und Eidechsen fehlt jede Spur.

Die Mutter nimmt Frank die Taschenlampe aus der Hand, leuchtet die Mülltonnen von außen ab und findet in jeder Tonne einige faustgroße Rostlöcher. »Da sind sie durch«, sagt sie. »Da bin ich mir ganz sicher.«

»Aber dann müssen sie hier doch noch irgendwo sein.« Frank beginnt den Hof abzuleuchten. Die Mutter sieht ihm schweigend zu und sagt erst, als Frank schon längere Zeit ergebnislos herumgeleuchtet hat, daß das wenig Zweck habe. »Sie haben sich bestimmt längst in irgendwelche Winkel verkrochen. Oder sie sind in den Gully gefallen.«

Der Gully! Frank schwenkt die Taschenlampe herum und sucht das eiserne Gitter im Hofpflaster. Als er es gefunden hat, zuckt er zusammen: Über dem Gitter hängen Wasserpflanzen! Also hat Onkel Willi die Fische in den Gully gekippt ...

Auch die Mutter ist zusammengefahren. »Komm!« sagt sie nun. »Es hat wirklich keinen Zweck mehr.«

Da schaltet Frank die Taschenlampe aus und läßt sich von der Mutter in die Küche führen. Dort stellt er sich vor den Fenstersims und starrt in den dunklen Hof hinaus. Die Mutter stellt sich hinter ihn. »Du darfst das nicht so schwer nehmen. Irgendwann hättest du ja doch die Lust an ihnen verloren ... So ist das doch immer in eurem Alter, eine Zeitlang sammelt ihr Lackbilder, dann Briefmarken, dann ...« Sie merkt, daß sie was Falsches gesagt hat, verstummt und entschuldigt sich: »Du weißt schon, wie ich's meine.«

Ja, Frank weiß, was die Mutter meint: Sie vergleicht Lackbilder und Briefmarken mit Tieren. Als ob Lackbilder und Briefmarken auch verhungern könnten. Aber über Onkel Willi sagt sie nichts, den verteidigt sie sogar noch.

»Ich finde es nicht richtig, was Willi getan hat«, sagt die Mutter leise. »Ich habe deshalb auch mit ihm geschimpft ... Obwohl er natürlich nicht ganz unrecht hat: Eine Schlange in einer Gaststätte – das vergrault uns ja die Kundschaft. Aber einfach wegwerfen ...«

»Laß dich doch endlich von ihm scheiden«, bricht es aus Frank heraus. »Ich will ihn nicht mehr sehen.«

»Das geht nicht, das weißt du ganz genau.«

»Na klar geht's! Du willst bloß nicht.« Frank ist ungerecht – und will es auch sein: Die Mutter ist ja nur zur Hälfte auf seiner Seite, sonst würde sie nicht so oft sagen, daß eine Schlange in einer Gaststätte nichts zu suchen hat.

Die Mutter seufzt. »Ich merke schon, mit dir ist jetzt nicht zu reden. Aber das ist ja kein Wunder nach dem, was du erlebt hast.«

Die Wut in Frank wird immer größer. Da besorgt er der Mutter Tabletten, da bringt er ein Wurstpaket mit, da freut er sich, ihr alles zu überreichen und von Ehrlichs erzählen zu können, da denkt er schon, heute wäre sein Glückstag – und dann so was! »Hier!« schreit er, zieht die Tabletten aus der Hosentasche und wirft sie auf den Küchentisch. Und als hätte sich damit etwas in ihm gelöst, setzt er sich an den Tisch, verbirgt den Kopf in den Armen und läßt den Tränen freien Lauf.

Die Rache des kleinen Mannes

Die Mutter ist in die Gaststube zurückgegangen, Frank aber sitzt immer noch in der Küche und schaut zum Fenster hin. Die Leere dort erscheint ihm unvorstellbar. Er schließt die Augen und redet sich ein, wenn er sie wieder aufmacht, ist alles ungeschehen – wie nach einem Traum. Doch als er die Augen wieder öffnet, ist die Leere noch da, kommt ihm nur noch schlimmer vor.

Vor ihm liegt das Wurstpaket, über das die Mutter sich, nachdem sie wußte, woher es kam, so übertrieben laut gefreut hat. Genauso wie über die Tabletten. Sie hatte es nicht fertiggebracht, ihn nach allem, was geschehen war, auch noch auszuschimpfen.

Frank bricht ein Stück von Frau Ehrlichs Schokolade ab, steckt es in den Mund und kaut wie mechanisch darauf herum. Die Mutter hat gesagt, das schlimmste an allem ist, daß es zwischen ihm und Onkel Willi nun noch einen Graben gibt, daß sie nun wohl überhaupt nicht mehr miteinander auskommen könnten. Das letzte klang wie eine Frage. Sie wollte herausfinden, ob er Onkel Willi das jemals verzeihen würde.

Er wird ihm das nie verzeihen, das nicht und vieles andere auch nicht; er wird sich rächen, wird irgendwas tun, was Onkel Willi sein Leben lang nicht vergißt.

Frank beißt sich auf die Zähne. Er will nicht erneut losheulen, aber es nützt nichts. Er sieht Rieke und Timur, Paulchen und Paula ja vor sich, sieht sie in irgendeiner Ecke kauern. Es wird lange dauern, bis sie verhungert sind, aber sie haben keine Chance; nicht mal Paulchen und Paula, sie sind ja keine richtigen Mäuse ...

An der Fensterscheibe klopft es. Frank hebt den Kopf. Hotte! Er steht auf dem dunklen Hof, schaut zu ihm hinein und deutet auf die Hintertür. Frank wischt sich die Tränen ab, geht zur Hintertür und öffnet sie.

»Guck mal, was ich hier habe.« Hotte hält Frank seine übereinandergelegten Hände vor die Nase – und nimmt die obere Hand weg.

»Timur!« Beinahe hätte Frank aufgeschrien vor Glück und Überraschung. Er nimmt Hotte die Kröte ab und streichelt sie zärtlich. »Wo haste ihn denn gefunden?«

»Gefunden?« Hotte lacht. »Gehört habe ich ihn. Er saß unter unserem Küchenfenster und hat so jämmerlich gequakt, als ob ihm seine Lieblingsbraut durchgebrannt wäre.«

»Haste sonst noch wen gefunden?«

»Wen denn sonst noch?« Hotte versteht nicht. »Sind dir etwa noch mehr abgehauen?«

Frank geht mit Timur in die Küche und setzt ihn auf den Küchentisch.

»Was ist denn los mit dir? Du machst ja'n Gesicht wie 'ne Schneeflocke im Hochsommer. Haste Ärger gehabt?«

Frank will nicht schon wieder heulen, und schon gar nicht vor

Hotte, aber darüber reden, ohne zu heulen, geht nicht. Also läßt er die Tränen rinnen, während er erzählt, was passiert ist, guckt dabei aber nicht Hotte, sondern Timur an. Die Kröte rührt sich nicht, glotzt nur vor sich hin, ist völlig verstört.

»So war das also!« Hotte weiß nicht, was er dazu sagen soll. Schließlich aber stöhnt er: »Mein Gott, dieser Buffke! Wenn Burkie noch leben würde, säße er längst auf der Straße.«

Was Hotte sagt, tut gut. Und daß er Onkel Willi Buffke nennt, wie Burkie den Stiefvater immer nannte, ist fast wie ein Trost. »Ich werde mich an ihm rächen«, stößt Frank hervor. »Ich werde ihm ein Ding verpassen, daß er nicht vergessen wird.«

»Was willste denn tun?« fragt Hotte. »Willste ihm ins Bier pinkeln?«

»Wieso?« Frank begreift nicht. Es gibt doch so viel, was er tun kann. Herrn Karusseit hat er ja auch eins ausgewischt; schließlich war das mit den Igeln seine Idee ...

»Du kannst gar nichts machen«, sagt Hotte. »Du kannst ihn nicht rauswerfen, nicht verprügeln, gar nichts kannste tun. Du kannst ihm höchstens die Knöpfe von der Hose schneiden oder seinen Rasierpinsel verstecken. So was nennt man dann die Rache des kleinen Mannes. Aber das ist primitiv, damit änderst du nichts.«

Hotte hat recht: Onkel Willi ist nicht Herr Karusseit und er allein keine ganze Klasse.

»Laß ihn links liegen«, rät Hotte. »Tu so, als hätte er dich damit überhaupt nicht getroffen. Damit ärgerst du ihn am meisten.«

Einfach so tun, als wäre nichts geschehen? Das ist schwer, das ist viel schwerer, als Hotte denkt.

»Eigentlich bin ich ja auch gekommen, um mir ein paar Bücher auszuleihen.« Hotte guckt auf seine Uhr. »Haste was Neues? Ich bin nämlich noch verabredet.«

Frank nickt nur stumm, nimmt Timur auf und geht mit Hotte ins Hinterzimmer. Dort kniet er sich vor seinen Bücherschrank und zeigt Hotte die Bücher, die neu sind. Hotte wählt zwei Bände aus: *Die drei Musketiere,* ein spannendes Buch, in dem viel gefochten und geprügelt wird, und *Ich war in Timbuktu,* ein Buch über einen berühmten Afrikaforscher.

»Wie viele Bücher haste denn jetzt schon?«

Frank zuckt die Achseln. Als er sie das letztemal zählte, waren es über hundert gewesen. Er wünscht sich ja immer nur Bücher. Ob zu Weihnachten oder zum Geburtstag – wer ihm eine Freude machen will, muß ihm Bücher schenken. Und die Bücher, die ihn interessieren und die Erwachsenen ihm nicht schenken, weil sie meinen, daß sie noch zu schwer für ihn sind, kauft er sich selber; er muß nur lange genug dafür sparen. Das sind dann meistens die, die auch Hotte interessieren.

»Weißte was«, schlägt Hotte vor. »Mach 'ne Bücherei auf. Deine Bücher kann Buffke nicht einfach wegwerfen, die kriechen nicht in die Kneipe, stinken nicht und machen keinen Mist. Gegen die Bücherei kann er nichts haben.«

Eine Bücherei? Frank zögert, Hotte aber ist begeistert von seiner Idee. »Verlange von heute an für jedes Buch, das du verleihst, einen Groschen«, rät er Frank und legt auch gleich zwanzig Pfennige auf das Bücherregal. »Von den Einnahmen kaufste dir dann neue Bücher und hast noch mehr zum Verleihen.«

Hottes Idee erinnert ein bißchen an den Schmökerfritzen, aber schlecht ist sie nicht.

»Überleg's dir mal.« Hotte geht zur Tür. »Warum sollst du deine Bücher denn immer umsonst verleihen? Du mußt ja auch dafür sparen.«

Frank fällt ein, daß er Hotte noch gar nicht erzählt hat, was Kalle und er gestern erlebten. Schnell erzählt er ihm davon.

Hotte hört interessiert zu, aber überrascht ist er nicht. Und als Frank ihn fragt, ob er auch auf dem Potsdamer Platz war, sagt er, und seine Stimme klingt ein bißchen traurig: »Ich bin schon vorher nach Hause gegangen. Es ist alles falsch gelaufen. Uns ging's ja nur um die Normen, aber auf einmal waren da so viele, die wollten gleich die ganze Regierung stürzen ...« Er schüttelt den Kopf: »Und dann die Plünderungen und Grausamkeiten ... Damit möchte ich lieber nichts zu tun haben.«

Daß Hotte und Herr Bessel auf der gleichen Seite standen, hatte Frank schon gewundert. Aber nun versteht er: Hotte ist von dem, was Herr Bessel vor Begeisterung schwitzen ließ, zutiefst enttäuscht.

»Jetzt schimpfen sie alle auf die Russen, dabei wären die gar nicht gekommen, wenn es nur um die Normen gegangen wäre.« Hotte lehnt sich in die Tür und guckt nachdenklich die Bücher an. »Was uns fehlt, ist 'ne richtige Gewerkschaft. Wenn wir die hätten, wäre das nicht passiert. Im Westen, wenn da die Kapitalisten zuviel verlangen, steigen die Gewerkschaften auf die Barrikaden. Dann organisieren sie Streiks. Unsere Gewerkschaft organisiert nur Ferienreisen, sonst nichts.«

Frank muß an Ehrlichs denken. »Wärst du lieber im Westen?«

Hotte überlegt. »Ich weiß nicht. Für irgend so 'nen Kapitalisten arbeiten, nur damit der immer reicher wird, dazu hätte ich kaum große Lust. Aber bei uns macht's auch keinen Spaß. Immer nur die Klappe halten und nicken. Die da oben müssen uns ja für blöd halten.« Er lächelt. »Ist schon alles Scheiße, hier wie da. Das beste ist, man traut niemandem, dann kann man wenigstens nicht enttäuscht werden.«

Hotte ist auf einmal genauso traurig wie Frank. Das findet er komisch, darüber muß er lachen – und damit ist seine Traurigkeit, als er geht, wieder weg. Frank aber hat nun wieder eine Menge nachzudenken, doch Timur geht jetzt vor. Was soll er denn nun mit ihm machen? Er kann ihn doch nicht einfach in sein leeres Terrarium setzen. Da ist es ja furchtbar ungemütlich, so ganz ohne Sand, Steine, Pflanzen und Äste. Und außerdem ist die Gefahr, daß Onkel Willi ihn darin findet, viel zu groß.

Frank setzt Timur wieder auf den Küchentisch, hockt sich davor und schaut ihn an. Guckt Timur vorwurfsvoll, gibt er ihm die Schuld? Vielleicht, weil er ihm versprochen hatte, ihn zurückzubringen, und es nicht getan hat – und es jetzt beinahe zu spät dafür geworden wäre?

»Ich bring dich zurück«, sagt Frank. »Noch heute. Die Straßenbahnen fahren ja wieder.«

Er hat vorhin tatsächlich schon wieder einige Straßenbahnen die Dimitroffstraße entlangfahren sehen. Deshalb springt er nun kurzentschlossen auf, läuft in die Abstellkammer und holt einen alten Schuhkarton. Als er zurückkommt, sitzt Timur immer noch so bewegungslos da, guckt aber, wie es Frank scheint, schon wieder etwas freundlicher.

Das Versprechen

Auch die 70 fährt wieder. Frank sitzt am Fenster und schaut hinaus. Was die Dunkelheit ausmacht! Die Häuser, an denen er vorüberfährt, erscheinen ihm fremd, die erleuchteten Fenster geheimnisvoll. Und dabei kennt er die Straßen doch, ist schon viele Male durch sie hindurchgefahren, aber immer am Tage, nie zu einer solchen Zeit.

Er hat der Mutter nichts von seinem Vorhaben gesagt. Hätte er es getan, hätte sie ihm die Fahrt zum Faulen See bestimmt verboten – erstens, weil es eigentlich schon viel zu spät dafür ist, und zweitens, weil ja immer noch Ausnahmezustand ist und er sich beeilen muß, um vor neun Uhr wieder zu Hause zu sein. Sie hätte auch nicht eingesehen, daß er Timur unbedingt noch heute abend zurückbringen muß, hätte das sicher nur wieder für so eine Spinnerei gehalten.

Die Bahn fährt an der Haltestelle vorüber, wo es zu Burkies Friedhof geht, am Weißenseer See vorbei und biegt nach links ab in Richtung Fauler See. Hier sind die Straßen noch dunkler. Es gibt keine erleuchteten Geschäfte und Fenster mehr, nur Bäume und Mauern – von Friedhöfen und Fabriken.

Frank öffnet den Karton einen Spalt breit. Ob Timur ahnt, daß er jetzt zurückgebracht wird? Anton sagt ja immer, Tiere könnten zwar nicht denken, aber ihr Gefühl sei untrügerisch und funktioniere oft besser als so mancher Professorenkopf.

Das Wäldchen am Faulen See. Die Bahn hält, und Frank muß aussteigen und sich beeilen: Dieselbe Bahn fährt noch ein paar Stationen weiter, dreht um und kehrt zurück. Bis dahin muß alles erledigt sein.

Er hastet durch das Wäldchen, stolpert ab und zu über eine Baumwurzel und hat dann endlich den ersten der vielen Tümpel rund um den Faulen See erreicht. Er hockt sich hin, nimmt den Kartondeckel ab und sagt traurig: »Na los – hau ab!« Doch Timur rührt sich nicht, sitzt bloß da und läßt seinen Hals anschwellen.

Frank greift sich die Kröte und setzt sie ins dunkle, feuchte Gras. »Na los – hau ab!« sagt er wieder, doch Timur rührt sich immer noch nicht. Da steht Frank auf. »Ich muß zurück. Die Bahn ...« Er spürt, wie ihm immer elender zumute wird, sagt nur noch leise »Mach's gut«, dreht sich um und läuft zurück.

Er erwischt die Bahn gerade noch, springt hinein und läßt sich schwer atmend auf denselben Sitz fallen, auf dem er vorhin saß. Der Schaffner, dessen einziger Fahrgast er nun ist, guckt verdutzt. »Fährst du etwa spazieren? Um diese Zeit?«

Frank schüttelt nur den Kopf.

Der Schaffner bleibt mißtrauisch. Aber dann sieht er, daß Frank seinen Karton nicht mehr dabei hat, und denkt sich, daß er ihn wohl irgendwo abgegeben hat. Er kassiert das Fahrgeld und geht zurück zur hinteren Plattform, wo er sich in das offene Fenster lehnt, um etwas Fahrtwind zu atmen.

Den Karton hat er ganz vergessen, aber das ist nun auch egal, er braucht ihn ja nicht mehr. Frank sieht Timur vor sich, wie er da in dem dunklen Gras hockte. Bestimmt war er nur deshalb so still, weil alles, was er heute erlebte, ihn ganz durcheinandergebracht hat. Vielleicht hat er sich schon morgen wieder in seiner alten Umgebung eingelebt und ihn ganz vergessen ...

Verflucht! Jetzt kommen ihm schon wieder die Tränen. Nimmt denn die Heulerei überhaupt kein Ende mehr? Vielleicht ist Timur ihm ja dankbar, freut sich, daß er ihn zurückgebracht hat ...

Quatsch! Frösche sind nicht dankbar, können nicht denken. Und auch Rieke, Paulchen und Paula und all die anderen Frösche, Eidechsen und Fische, wo sie jetzt auch gerade sind, sie können nicht denken, wissen nicht, wie übel ihnen mitgespielt wurde, und vermissen ihn nicht, haben höchstens Hunger.

Aber wenn der Hunger immer stärker wird, bis sie schließlich verhungert sind, denken sie dann auch nichts?

Frank schließt die Augen. Er will nicht mehr nachdenken, möchte am liebsten schlafen, ist nun so hundemüde ...

»Du! Schlaf lieber nicht ein.« Der Schaffner kommt vorbei. »Oder willste mit bis zum Kupfergraben?«

Das will Frank nicht, deshalb hält er nun mühsam die Augen offen, bis er endlich wieder aussteigen und durch die stillen, nun schon wie ausgestorben daliegenden Straßen bis nach Hause laufen kann.

Die Mutter steht schon in der Tür zur *Gemütlichen Ecke* und hält nach ihm Ausschau. »Da bist du ja«, sagt sie aufatmend. »Es ist fünf vor neun, ich hab mir schon Sorgen gemacht.«

»Ist Onkel Willi drin?«

»Willst du mir nicht erst mal sagen, wo du warst?«

»Ich hab Timur zurückgebracht.«

»Den Frosch? Hat er also doch noch irgendwo gehockt?«

Frank erzählt, daß Hotte Timur gefunden hat und daß er nicht wußte, wohin mit Timur, und ihn deshalb lieber gleich zum Faulen See zurückgebracht hat.

»Du kommst jetzt vom Faulen See?« Die Mutter glaubt, nicht richtig gehört zu haben. Und als Frank nur nickt, guckt sie ihn an, als zweifle sie an seinem Verstand. Aber sie beschließt, vorläufig nichts weiter dazu zu sagen, sondern winkt ihn erst mal nur hinein. »Komm rein. Ich hab mit dir zu reden.«

»Ist Onkel Willi drin?« wiederholt Frank seine Frage.

»Ja«, sagt die Mutter ungeduldig. »Wo soll er denn sonst sein? Willst du deshalb die Nacht auf der Straße verbringen?«

»Ich kann ja im ersten Stock schlafen.«

»Das fehlt mir gerade noch.« Die Mutter packt Frank am Arm und zieht ihn in die Gaststube hinein, um hinter ihm die Jalousie herunterlassen zu können.

Onkel Willi steht hinter der Theke und spült die letzten Gläser. Als er Frank sieht, verzieht er das Gesicht, als wollte er sagen: Na? Frißt du mich jetzt auf? Doch er sagt nichts.

»Komm!« Die Mutter zieht Frank weiter ins Hinterzimmer und setzt sich mit ihm auf die Couch. »Willi weiß ja gar nicht, was er dir da angetan hat. Für ihn waren deine Tiere nur Spielzeug, weiter nichts.«

Die Mutter hat recht, trotzdem bedauert Frank, daß er Onkel Willi nichts Freches gesagt hat, irgendwas, was ihn wütend gemacht hätte.

»Was ich dir sagen wollte«, beginnt die Mutter. »Tante Gertrud hat angerufen ... Tante Lucie ist krank.«

»Tante Lucie? Was hat sie denn?«

»Leider keine harmlose Sache. Deshalb hat sie auch so lange nicht mehr geschrieben ... Ich habe es vorhin schon gewußt, wollte dir nach dem ersten Schreck nur nicht gleich noch einen zweiten einjagen.«

Es ist kein großer Schreck mehr. Jetzt, nachdem er Tante Lucie schon über ein Jahr nicht mehr gesehen hat, ist sie für ihn nur noch Erinnerung. Und er glaubt auch nicht, daß sie nur deshalb nicht mehr geschrieben hat, weil sie krank war. Das will die Mutter ihm nur einreden, weil sie ganz genau weiß, daß Tante Lucie ihn enttäuscht hat.

Die Mutter legt Frank den Arm um die Schultern. »Ich möchte Tante Lucie besuchen, will gleich morgen früh zu ihr hinfahren und drei Tage dableiben. Aber das geht nur, wenn ich mich auf dich verlassen kann.«

Drei Tage ohne die Mutter? Drei Tage mit Onkel Willi allein?

»Und wer macht mir dann was zu essen?« Ein blöder Einwand, aber was soll er denn sonst sagen?

»Frau Modersohn. Sie wird für Willi und dich mitkochen.«

So ist das also: Die Mutter hat das alles schon geplant und abgesprochen! »Nimm mich doch lieber mit. Ich möchte Tante Lucie ja auch gern mal wiedersehen.«

»Das geht nicht.« Die Mutter hat auch darüber schon nachgedacht. »Tante Gertrud und Onkel Heinz haben nicht genug Platz für zwei. Sie haben ja schon Schwierigkeiten, mich unterzubringen.

Frank schweigt. Darauf gibt es keinen Einwand mehr.

Die Mutter seufzt. »Wenn du größer wärst, wäre sicher alles viel einfacher – aber was nicht ist, ist nun mal nicht. Wir müssen sehen, wie wir klarkommen. Und deshalb bitte ich dich, daß du während dieser drei Tage nichts anstellst und Onkel Willi möglichst aus dem Weg gehst; Frau Modersohn kümmert sich um dich.«

Daß er Onkel Willi aus dem Weg gehen wird, steht fest. Aber ob Onkel Willi ihm aus dem Weg geht?

Die Mutter errät, was Frank denkt. »Ich habe auch mit Onkel Willi gesprochen«, sagt sie leise, »habe ihn sozusagen um einen Waffenstillstand gebeten, solange ich weg bin. Es ist ja schlimm, daß man so was tun muß, aber leider ist es nun mal so.«

Frank guckt die Mutter nicht an. Damit meint sie nicht nur Onkel Willi, mit dem letzten Satz meint sie auch ihn.

Die Mutter streckt Frank die Hand hin und lächelt traurig. »Versprichst du mir, daß du dich an das Waffenstillstandsabkommen hältst?«

Frank guckt die Mutter auch weiterhin nicht an, aber er gibt ihr die Hand.

Abschied von Herrn Karusseit

Sie haben Gegenwartskunde. Hampel steht an der Tafel und fertigt ein Schema an. Dort soll er eintragen, wer wen regieren darf – vom Präsidenten der DDR über die Volkskammer und Ministerien bis hin zum letzten Dorfbürgermeister. Hampel zeichnet langsam, aber korrekt. Herr Karusseit hat nichts zu bemängeln, in der Klasse ist es still. Frank denkt an die Mutter, die nun schon längst im Zug sitzt. Wie aufgeregt sie war! Dabei ist sie doch in ihrem Leben schon oft verreist. Sicher war das seinetwegen. Sie traut ihm immer noch nicht, glaubt nicht, daß er sich an sein Versprechen hält ...

Hampel darf sich setzen, Christel kommt ran, muß weitermachen, hat aber keine Ahnung. Herr Karusseit zwiebelt Christel, bis sie immer verlegener wird und schließlich gar nichts mehr weiß. Sie darf sich setzen und bekommt eine Fünf* eingetragen.

Herr Karusseit läßt seinen Blick über die Gesichter schweifen und ruft schließlich Reni nach vorne.

Frank atmet auf, er kann weiter nachdenken.

Gestern abend im Bett war ihm noch eingefallen, daß er an der Grenze, als der Vopo ihn fragte, wo er denn hinwolle, von einer kranken Tante gesprochen und sogar Tante Lucies Namen erwähnt hatte. Er ist darüber erschrocken, denn das war ja fast so, als hätte er Tante Lucies Krankheit beschrien. Erst später sagte er sich, daß er Tante Lucies Namen ja nur benutzt hatte, weil ihm so schnell kein anderer eingefallen war – bei »Tante« denkt er immer gleich an »Lucie«. Trotzdem: Er will nie wieder so eine Ausrede benutzen. Nächstesmal wird er einen Namen erfinden, einfach irgendeinen Namen ...

»Frank!« Es ist Kalle, der das zischt. Frank schaut auf. Herr Karusseit! Er steht vor ihm, guckt ihn an, grinst. »Du hast dich wohl schon von uns verabschiedet, was?«

Frank steht auf und blickt sich um. Was hat Herr Karusseit ihn gefragt?

»Na? Wie sieht's aus, bekomme ich eine Antwort oder nicht?«

Evi flüstert Frank was zu. Wenn er wollte, könnte er ihr Gewispere verstehen, aber er will nicht. Wieso läßt Herr Karusseit ihn nicht in Ruhe. Er ist doch sitzengeblieben, hat nächstes Jahr alles noch mal. Will er ihn ärgern?

»Weißt du überhaupt, was ich dich gefragt habe?«

Frank schüttelt den Kopf.

»Und warum nicht?«

»Ich ... ich hab gerade an was gedacht.«

»Und an was – wenn es gestattet ist, das zu fragen?«

Er sollte Herrn Karusseit nicht mehr antworten, dann hätte der Lehrer auch nichts mehr zu fragen. Aber Frank antwortet doch. »Meine Tante ist krank«, sagt er leise.

Padde prustet los, andere fallen ein, und als auch Herr Karusseit schmunzelt, wird laut gelacht. Eine heiße Wut steigt in Frank auf. Was weiß Herr Karusseit, was weiß die Klasse schon von Tante Lucie! Aber na klar, jetzt halten sie zusammen, haben sich gegen ihn verbündet.

»So eine blöde Ausrede habe ich überhaupt noch nicht gehört«, freut sich Herr Karusseit. »Morgen kommst du vielleicht und sagst, einer eurer Bierhähne hat Husten, was?«

Die Klasse schreit vor Begeisterung. Dieter und Padde trommeln mit den Fäusten auf ihren Tischen herum, und Hampel bekommt kaum Luft, so muß er lachen. Herr Karusseit aber bittet nicht um Ruhe, wie er es sonst immer tut, wenn einer nur mal leise kichert; im Gegenteil, er genießt es, die Klasse ausnahmsweise mal auf seiner Seite zu haben, strahlt über das ganze Gesicht.

Kalle macht Frank Zeichen, tippt sich auf seinen Hemdkragen. Frank versteht. Er soll das von Herr Karusseits Parteiabzeichen sagen; wenn er das tut, vergeht Herrn Karusseit das Lachen.

»Wie viele Jahre kennen wir uns jetzt schon, Gaspard?«

Zwei Jahre, denkt Frank, aber er macht den Mund nicht auf.

»Ja, fast zwei Jahre«, sagt Herr Karusseit, als hätte Frank seine Frage beantwortet. »Zwei Jahre, in denen du mich mehr Nerven gekostet hast als irgendein anderer Schüler. Ist es sehr unverständlich, wenn man da mal ein bißchen die Geduld verliert?«

Herr Karusseit hat auch bei anderen schon die Geduld verloren, vor allem bei Kalle – und nicht nur ein bißchen.

»Weißt du«, sagt Herr Karusseit, und dann tippt er Frank mit seinem Zeigefinger vor die Stirn, wie er vorgestern Kalle gegen die Stirn tippte, nur noch viel kräftiger. »Ich gäbe sonstwas darum, wenn ich wüßte, was in deinem Kopf vorgeht.«

Frank taumelt zurück und hat Mühe, sich wieder gerade hinzustellen. Er begreift nun: Was Herr Karusseit mit ihm veranstaltet, ist eine Art Abschiedsgruß von ihm, seine Rache für die Igel-Geschichte und all den übrigen Ärger, den er ihm in den zwei Jahren gemacht hat. Aber Herr Karusseit ist kein »kleiner Mann«, er hat es leicht, sich zu rächen.

»Was in dieses Kästchen hineingehört, sollst du mir sagen.« Herr Karusseit tippt mit seinem Zeigestock auf das nächste freie Kästchen im Schema. »Oder ist das so schwer?«

Es ist überhaupt nicht schwer. Hätte Frank vorher gewußt, worum es geht, hätte er diese Frage beantworten können; *Bezirksverwaltung* gehört da hinein. Jetzt aber darf er Herrn Karusseit keine Antwort mehr liefern, sonst sagt der Lehrer nur »Setzen!« und blickt sich triumphierend um; dann hat seine Methode Erfolg gehabt.

»Tjaa!« Herr Karusseit freut sich, daß Frank immer noch nicht antwortet. »Da gibt es so manche, die nichts auf dem Kasten haben und sich trotzdem einbilden, die Weisheit mit Löffeln gefressen zu haben. Die machen natürlich später alle mal 'ne Bauchlandung ...«

Kalle tippt wieder auf seinen Hemdkragen. Frank schüttelt unmerklich den Kopf: Er kann das mit dem Parteiabzeichen nicht sagen.

Herr Karusseit redet weiter, kommt vom Hundertsten ins Tausendste, hat den Unterricht längst vergessen. Die Klasse freut das, obwohl nun längst keiner mehr richtig zuhört.

»Nun, Gaspard – was sagst du dazu?« Herr Karusseit hat seine Rede beendet, steht wieder dicht vor Frank.

»Mir ist schlecht.«

Wie auf einen Schlag erstirbt das Getuschel in der Klasse.

»Wie bitte?«

»Mir ist schlecht.«

Herr Karusseit glaubt ihm nicht, aber Frank schafft es, so elend dreinzublicken, daß er ins Zweifeln kommt. »Woher denn so plötzlich?«

Frank reibt sich die Stirn.

»Du ... du meinst, weil ich dir vorhin mal kurz auf die Stirn getippt habe?«

Kalle murrt leise. Er weiß, wie es ist, wenn Herr Karusseit jemandem mal kurz auf die Stirn tippt.

»Ruhe!« schreit Herr Karusseit nervös. Und dann schaut er wieder Frank an, prüft ihn, ist sich noch nicht sicher, ob Frank ihm nicht doch nur was vorspielt.

Frank verzieht den Mund, als müsse er jeden Moment brechen.

Herr Karusseit bekommt Angst. »Geh lieber auf die Toilette.«

Frank hält sich die Hand vor den Mund und stürzt zur Tür. »Warum läuft denn keiner mit?« schreit Herr Karusseit die Klasse an. Kalle läßt sich das nicht zweimal sagen, ist schon neben Frank und führt ihn auf die Jungentoilette. Erst dort gibt Frank sein Spiel auf. »Mensch!« staunt Kalle. »Ich hab wirklich gedacht, dir wäre schlecht.«

Frank ist nicht zum Feixen zumute, eher zum Heulen. Aber das hat er gestern genug getan, damit will er nicht wieder anfangen.

»Warum haste denn das mit dem Parteiabzeichen nicht gesagt?« fragt Kalle.

»Weil das gemein wäre.«

»Er war doch auch gemein.«

»Na und?« Mehr als dieses »Na und?« fällt Frank nicht dazu ein, und er will jetzt auch nicht länger darüber nachdenken. Gestern Onkel Willi, heute Herr Karusseit – es ist einfach zuviel.

Prost, Ilse!

Es ist ein wolkiger, aber warmer Tag. Langsam geht Frank die Raumerstraße herunter. Herr Karusseit hat ihn nach Hause geschickt, hat zwar bis zum Schluß an seiner Übelkeit gezweifelt, aber nicht gewagt, ihn in der Schule zu behalten. Und Kalle hat er gleich mitgeschickt, damit er nicht allein ist, falls ihm unterwegs was passiert. Kalle hat sich darüber gefreut und ist wie ein geölter Blitz in Richtung Dunckerstraße abgezischt. Er, Frank, hat sich nicht freuen können und kann es auch jetzt noch nicht. Diesmal hat Herr Karusseit gewonnen, der Trick mit der Übelkeit war ja nichts weiter als eine Flucht. Aber gegen die ganze Klasse kann man nicht gewinnen.

Die *Gemütliche Ecke.* Frank wird noch langsamer. Ihm ist fast so, als könne er der Gaststätte schon von weitem ansehen, daß die Mutter nicht da ist. Er überlegt, ob er erst noch ein bißchen spazierengehen soll, damit seine frühe Heimkehr nicht auffällt, hat dann aber keine Lust dazu; lieber spielt er auch Onkel Willi gleich noch mal seine Übelkeit vor.

Onkel Willi ist nicht zu sehen, dafür steht Ilse Fröhlich an der Theke und trinkt ihr Bier und ihren Schnaps, als ob sie nie fortgewesen wäre. Ein Kreis von Zuhörern umringt sie, alle wollen wissen, was sie erlebt hat, und Ilse Fröhlich läßt sich nicht lange bitten, beantwortet bereitwillig alle Fragen und macht dabei auch noch Witze. Frank stellt seine Mappe hinter die Theke, schenkt sich ein Malzbier ein und hört, während er trinkt, wie absichtslos zu. Und er merkt bald, daß Ilse Fröhlich den Männern ihre Leichtigkeit nur vorspielt – so, wie er Herrn Karusseit seine Übelkeit vorgespielt hat. Doch die Frau an der Theke spielt ihre Rolle schlecht, ist nervös und fahrig, gibt nur an, weil sie sich nicht anders zu helfen weiß.

»Und wer hat dich angezeigt?« Herr Bessel steht mit seinem Bier in der Hand zwischen den anderen Männern und macht ein Gesicht, als wäre er ein Detektiv aus einem Kriminalfilm.

»Irgend so ein feiger Hund, der mir meine Freiheit nicht gegönnt hat.« Ilse Fröhlich lacht bitter. »Davon gibt's ja mehr als Spatzen auf'm Dach.« Das ist keine Antwort, die Männer merken es, und Frank merkt es auch.

»U ... und was w ... wollten sie von dir?« fragt Paule Krause.

»Na was schon? Was Politisches natürlich. Hat aber nicht geklappt. Politik ist nicht drin bei Ilse Fröhlich.«

Also hat die Mutter recht gehabt, als sie sich sorgte, daß der Ilse Fröhlich »was Politisches« angehängt werden könnte. Frank hätte nun gern gewußt, ob Ilse Fröhlich auch wegen ihrer Schiebereien verhört worden ist, aber darüber spricht sie nicht. Sie steckt sich nur eine Zigarette an, nimmt ein paar tiefe Züge, läßt den Rauch abwechselnd durch den Mund und durch die Nase raus und sagt: »Ich bin doch nicht blöd. Wer sich mit Politik befaßt, hat am Ende immer noch draufgezahlt. Sehen wir ja jetzt gerade wieder. Die Gefängnisse sind voll von ›Gegnern‹, genau wie ich's vorausgesagt habe.«

Onkel Willi kommt aus der Kellerluke. Er hat ein neues Bierfaß angesteckt. Als er Frank sieht, schaut er auf seine Uhr. »Habt ihr heute früher Schluß?«

»Ja.« Das ist das einfachste, da braucht er nicht erst lange was vorzutäuschen.

»Dann spül mal Gläser. Ich hab genug anderes zu tun.«

Onkel Willi hat schlechte Laune. Es paßt ihm nicht, daß die Mutter zu Tante Lucie gefahren ist; das bringt seinen Rhythmus durcheinander, weil er nun alles alleine machen muß. Doch Frank kommt die Aufforderung, Gläser zu spülen, nicht ungelegen. So hat er einen Grund, weiter zuzuhören.

»Am schlimmsten war das Geballere«, erzählt Ilse Fröhlich nun. »Mitten in der Nacht hörstes plötzlich knallen. Und dann weißte, daß es wieder einen erwischt hat.«

»E ... Erschießungen?« fragt Paule Krause ungläubig.

Ilse Fröhlich nickt und schüttet sich einen Schnaps hinter, als müsse sie das, was sie erlebt hat, erst mal wegspülen.

»In den Zeitungen schreiben sie, das soll alles vom Westen aus angezettelt worden sein«, sagt Herr Worms, ein noch sehr junger Mann, dem im Krieg die Hüfte so zerschossen wurde, daß er nicht arbeiten kann und vor Langeweile auch oft schon vormittags in der *Gemütlichen Ecke* herumgluckt.

»In welchen Zeitungen?« Herr Bessel guckt Herrn Worms so böse an, als habe er ihn soeben persönlich beleidigt.

»Na, in unseren!« Herr Worms lacht. »Drüben schreiben sie natürlich was anderes.«

»Blödsinn! Alles Blödsinn, was die hier schreiben«, erregt sich Herr Bessel. »Wie hätten die drüben das denn organisieren sollen? Das war ja nicht bloß bei uns so, in der ganzen DDR haben sie die Gefängnisse gestürmt und die Betriebe besetzt. Und in Leipzig sollen sie sogar das Stalindenkmal umgerissen haben. Das konnte niemand planen, und schon gar nicht von drüben aus.«

Die anderen Männer und auch Ilse Fröhlich sind ebenfalls Herrn Bessels Meinung, und Herr Worms beeilt sich zu sagen, er habe ja nur wiedergegeben, was die Ost-Zeitungen schrieben; natürlich habe auch er keine Sekunde lang daran geglaubt.

Frank taucht die schmutzigen Bier- und Schnapsgläser in das klare Wasser der Spüle, schiebt sie mehrfach auf der Gummibürste hin und her, spült noch mal ab und stellt sie zum Abtropfen auf das Thekenblech. Er ist unzufrieden mit dem, was da geredet wird. Er denkt an die jungen Männer mit den gelben Nickis und die Burschen auf den Fahrrädern, die an diesem Tag durch die Stadt gefahren sind; daß die aus dem Westen kamen und zumindest mitgemacht hatten, steht für ihn fest.

»In Potsdam«, erzählt Herr Worms, der wiedergutmachen will, was er mit seiner Bemerkung angerichtet hat, »in Potsdam soll ein hoher Funktionär auf Socken abgehauen sein, als die Arbeiter das Rathaus stürmten – so einen Bammel hatte der.«

Das gefällt Herrn Bessel. Er lacht laut und erzählt die Geschichte von einem Minister, der sich sogar als Frau verkleidet habe, um türmen zu können. Damit erntet er ein noch lauteres

Gelächter als Herr Worms, und Onkel Willi, der schon ein paarmal besorgt zur offenen Gaststättentür hinschaute, entschließt sich nun doch, sie lieber zu schließen. Es könnte ja jemand draußen vorbeigehen, der etwas von dem aufschnappt, was in der Gaststube geredet wird.

»Na ja«, sagt Herr Bessel, als habe die verschlossene Tür ihm die Lust auf weitere Erzählungen genommen. »Auf jeden Fall ist unsere Ilse wieder da, und das ist ein Grund, einen zu trinken. Oder ist etwa jemand anderer Meinung?«

Es ist niemand anderer Meinung, und so füllt Onkel Willi die Schnapsgläser neu, und die Männer prosten Ilse Fröhlich zu. Ilse Fröhlich prostet zurück und sagt: »Das könnt ihr mir glauben, diesen 17. Juni 1953 streiche ich mir auf meinem Kalender rot an, den vergesse ich nie.«

»W ... warum ausgerechnet rot?« Paule Krause lacht.

»Ist meine Lieblingsfarbe.« Auch Ilse Fröhlich lacht. Doch es ist ein bitteres Lachen.

Der Bücherfritze

Das Gespräch in der Gaststube ist noch lauter geworden; Herr Bessel regt sich wieder über irgendwas auf, und Ilse Fröhlich, die nun schon halb betrunken ist, widerspricht ihm heftig. Doch Frank hört schon lange nicht mehr zu. Die Mutter sagt immer, von dem, was in einer Kneipe erzählt wird, dürfte man nur die Hälfte glauben, und bei manchen sei auch das noch zuviel. Er ist überzeugt davon, daß sie recht hat. Und außerdem: Über das, was ihn am meisten interessiert, nämlich, ob die Polizisten auch über ihre Schiebergeschäfte mit ihr gesprochen haben, erzählt Ilse Fröhlich ja doch nichts. Deshalb hat er sich ins Hinterzimmer zurückgezogen, steht vor seinem Bücherschrank und überlegt.

Hottes Idee von der Leihbücherei gefällt ihm immer besser,

aber eine Menge Arbeit steckt auch dahinter, darüber ist er sich im klaren. Doch was soll er sonst tun, jetzt, da er seine Tiere nicht mehr hat? Er kann ja wenigstens schon mal damit anfangen. Frank nimmt ein noch fast leeres Heft aus seiner Mappe, reißt die beschriebenen Seiten heraus, rückt den Tisch vor den Bücherschrank und beginnt, seine Bücher eines nach dem anderen in dieses Heft einzutragen.

Ob er jetzt so ein Bücherfritze wird, wie der Schmökerfritze im Schmökerkeller ein Schmökerfritze ist? Warum nicht; er kann dann vielleicht später sogar mal Bibliothekar werden. In der Schulbibliothek arbeiten zwar nur Frauen, aber Männer können auch Bibliothekar werden; in der Erwachsenenbücherei gibt es welche, und sogar ziemlich nette.

Frank schreibt so sauber und deutlich, wie er es vorher wohl noch nie getan hat, und hinter jedem Titel läßt er ein paar Zeilen frei, damit er später die Namen der Entleiher dort eintragen kann.

Wenn die Mutter wüßte, daß er sein Versprechen so sehr hält, daß er nicht mal fortgeht, sondern nur zu Hause sitzt und schreibt, würde sie sich sicher sehr freuen. Und wenn Herr Karusseit wüßte, daß er jetzt freiwillig nicht nur eins, sondern sicher gleich ein paar Hefte vollschreibt, würde er aus dem Staunen nicht mehr herauskommen.

Frau Modersohn kommt, bringt einen Topf voller Bohnensuppe und einen Teller und stellt alles vor ihn hin. »Hoffentlich hast wenigstens du ein bißchen Hunger«, sagt sie.

Und ob Frank Hunger hat! Die Suppe riecht toll, zwar ein bißchen anders als Mutters Suppen, aber auf keinen Fall schlechter. Er legt den Füllfederhalter weg und haut rein.

Frau Modersohn freut sich. »Dein Vater sagt, er hätte keinen Hunger.«

Es tut Frank weh, wenn andere Leute Onkel Willi seinen Vater nennen, aber wie sollen sie ihn sonst nennen, sein Onkel ist er ja noch viel weniger. »Wenn er Schnaps trinkt, hat er nie Hunger.«

»Machst du Schularbeiten?« Die kleine Frau guckt neugierig in

Franks Heft, kann aber ohne ihre Lesebrille nicht viel erkennen. Frank nickt nur und ißt weiter. Er mag Frau Modersohn, aber ihr jetzt lang und breit zu erklären, was er vorhat, dazu hat er keine Lust.

»Das ist brav von dir.« Frau Modersohn legt ihr schmales, spitzes Vogelgesicht in gütige Falten. »Du schaffst es nächstes Jahr bestimmt.«

Frank ist überzeugt davon, daß er es nächstes Jahr schafft. Er hat keine Lust, noch ein Jahr wegzuschenken; je länger er zur Schule geht, desto länger hat er Onkel Willi auf dem Hals.

Auf der Straße wird laut gepfiffen. Es ist Kalle! Er steht vor dem Fenster, legt die Hände vors Gesicht und späht ins Zimmer hinein.

Frank läuft zum Fenster und reißt es auf. »Was ist denn?«

»Russen!« strahlt Kalle. »Der ganze Nordmarkplatz ist voller Russen. Sie haben Zelte aufgebaut und Seile um den Platz gespannt. Und sie verteilen Machorka.«

Machorka ist russischer Tabak, und Kalle hat tatsächlich etwas davon in der Hand. Frank überlegt nicht lange. »Ich komme gleich«, sagt er und schließt das Fenster, um an Frau Modersohn vorbei in den Flur zu laufen.

»Aber deine Suppe?« ruft die kleine Frau enttäuscht.

»Die mach ich mir nachher warm«, entschuldigt sich Frank – und damit ist er schon aus der Tür.

EINER WIE FRANK

Einer wie Frank

Mit 13 ist man schon fast erwachsen

Das Tageslicht dringt durch die Ritzen der Jalousie. Frank dreht sich auf seiner Couch herum und schaut zum Doppelbett hinüber. Onkel Willi ist noch nicht wach, aber der Wecker tickt, also wird er schon rechtzeitig aufstehen.

Frank steht auf, geht in die Küche und öffnet das Fenster zum Hof. Feuchtkalte Luft schlägt ihm entgegen. Er hockt sich auf den Fenstersims, lehnt sich mit dem Rücken an die Wand und schaut hinaus.

Auf dem Hof rührt sich nichts. Die Teppichklopfstange auf dem Rondell, in dem eigentlich Blumen wachsen sollen, steht da, als friere sie. Es wird ja nun bald Oktober, und es ist wirklich schon sehr kühl morgens.

Heute ist es also soweit: Mutters Beerdigung. Onkel Willi hat gesagt, er soll sich zusammennehmen, sie müßten es hinter sich bringen. Er wird sich zusammennehmen; er tut ja schon tagelang nichts anderes, als sich zusammenzunehmen.

Die Tür zum Quergebäude quietscht. Uwi kommt. Er hält seine Mappe unter dem Arm und gähnt. Frank beugt sich weit vor. Er will, daß Uwi ihn sieht.

Uwi wohnt seit zwei Jahren im Hinterhaus. Seine Eltern haben keine Zeit für ihn. Deshalb lebt er nun bei seinen Großeltern, und seine Großmutter schickt ihn immer wie eine Schaufensterpuppe zur Schule. Sein müdes Gesicht paßt nicht zu seinem Aufzug und den mit Wasser an den Kopf geklatschten Haaren.

Uwi sieht Frank groß an. »Gehste heute nicht zur Schule?«

»Heute ist Beerdigung.«

»Soll ich dich bei der Hagen entschuldigen?«

»Das mach ich selber.«

Uwi guckt Frank noch eine Zeitlang stumm an, fragt aber nichts mehr. Und als Frank sich umwendet und weggeht, geht er auch.

Tante Hille läuft zwischen der Gaststätte und der Küche hin und her. In der Gaststätte versammeln sich die ersten Trauergäste, in der Küche steht Frank und wäscht sich.

Tante Hille sieht der Mutter nicht ähnlich, nur ihre Augen sind die gleichen. Doch sie gibt sich große Mühe und fühlt sich für alles verantwortlich. Sie hat Frank auch den dunkelgrünen, etwas zu weiten Anzug ausgesucht, in dem er nun vor dem Spiegel steht und den er auch später noch tragen soll.

Die Tante ist nicht zufrieden mit seinem Aussehen. Sie will, daß er einen von Onkel Willis dunklen Schlipsen umbindet. Frank aber findet es schon unangenehm genug, daß er das beigefarbene Hemd, das ebenfalls von der Tante ausgesucht wurde, bis zum letzten Knopf zuknöpfen muß; den Schlips lehnt er ab.

»Also gut!« Die Tante gibt nach. »Aber dann kämm dich wenigstens ordentlich.« Sie nimmt Frank den Kamm aus der Hand, zieht ihm einen scharfen, geraden Scheitel und kämmt die Haare nach links und rechts auseinander.

Frank wartet, bis die Tante in die Gaststätte zurückgeeilt ist, dann kämmt er sich so, wie er es möchte: Die Haare erst nach vorn und dann mit einem Schwung nach hinten. Das Problem dabei ist nur die Kurve, in der das Haar verharren muß, ohne in die Stirn zu fallen.

Im Hinterzimmer rasselt der Wecker, Onkel Willi steht auf.

Frank muß an den Morgen vor vier Tagen denken, als der Anruf kam. Er ist davon aufgewacht, daß das Telefon klingelte, und hat gehört, wie Onkel Willi in die Gaststube ging, den Hörer abnahm, ein paarmal »Ja« und »Danke« sagte und dann den Hörer wieder auflegte. Als er ins Hinterzimmer zurückkehrte, sagte er nur: »Mutti ist gestorben«, legte sich ins Bett und starrte an die Decke.

Sie hatten schon vorher gewußt, daß es keine Hoffnung mehr

gab, an jenem Morgen aber erhielt die Gewißheit Endgültigkeit; eine Endgültigkeit, die nicht auszuhalten war. Er stand auf und machte sich für die Schule fertig. Onkel Willi sagte, er brauche nicht in die Schule zu gehen, er würde ihm eine Entschuldigung schreiben, aber er ging trotzdem.

Onkel Willi kommt in die Küche, wäscht sich und kämmt sich das kurze weiße Haar schräg nach hinten. Danach stutzt er sich den kleinen weißen Schnurrbart. Im Spiegel sieht er Frank mit seinen hellen Augen an.

»Na?«

Frank antwortet nichts. Seit Mutter tot ist, gucken ihn alle so an, als wollten sie in seinem Gesicht lesen, wie ihm zumute ist. Er hat es gelernt, ein gleichgültiges Gesicht zu machen.

Tante Hille kommt zurück, sieht, daß er sich die Haare wieder anders gekämmt hat, sagt aber nichts. »Deine erste Beerdigung?« fragt sie nur voller Mitgefühl.

Frank nickt. Es ist die erste, auf die er mitdarf. Als Burkie starb, war er noch zu klein, als Tante Lucie starb, konnte er nicht mitfahren, weil Tante Gertrud zu wenig Platz in ihrer Wohnung hatte.

Tante Hille seufzt und läuft zum fünften- oder sechstenmal in die Gaststube.

Es ist alles wie damals, als Burkie starb. Das ist zwar nun schon sechs Jahre her, und manches davon hatte Frank längst vergessen, doch jetzt erinnert er sich wieder daran: die Trauergäste, wie sie in der Gaststube herumstanden, die Kränze und Blumengebinde auf den Tischen, die Vorbereitungen in der Küche, die Tante, die hin und her hastete. Damals war es Tante Lucie, die irgendwie hierhergehörte, jetzt ist es Tante Hille, die extra aus dem Harz angereist ist und ihm nach wie vor fremd ist.

»Die Taxis sind da!« Schon wieder kommt Tante Hille zurück. Und diesmal trägt sie bereits ihren dunkelbraunen Mantel, für den sie sich entschuldigt hat, weil sie meinte, eigentlich gehöre sich ja ein schwarzer.

Onkel Willi seufzt und nickt und zieht sich seine Schuhe an.

Die Trauergäste schieben sich langsam durch den Flur. Frank läßt sich mitschieben, gerät dabei unversehens zwischen Herrn Bessel und Herrn Lehmann, und es sieht fast so aus, als bildeten diese beiden Männer eine Art Geleitschutz für ihn. Doch auch das ist ihm nun egal.

An der Tür nimmt Tante Hille Frank in Empfang. »Du bleibst jetzt bei mir«, sagt sie und legt ihm den Arm um die Schultern.

Frank weiß, daß die Tante damit nur die Beerdigung meint, aber eine Sekunde lang glaubt er, die Tante wolle sich von nun an um ihn kümmern. Ein großer Quatsch, denn so fremd, wie die Tante ihm ist, so fremd ist er ihr. Als sie ihn gestern mittag zum erstenmal seit vielen Jahren sah, fragte sie ihn sogar, wie alt er denn nun sei. Und als er dreizehn sagte, nickte sie und sagte, als wollte sie ihm damit Mut machen: »Ja, ja, mit dreizehn ist man schon fast erwachsen.« Aber in Wahrheit hieß das: Sieh selber zu, wie du fertig wirst – wenn es auch nicht böse gemeint war, sondern eher traurig klang.

Vor dem Haus steht eine lange Reihe Taxis. Auch wie damals bei Burkie. Die Trauergäste steigen ein und sehen nun noch bedrückter aus als vorher. Mit den Kränzen auf den Schößen ist es sehr eng in den schwarzen Autos.

Frank blickt sich um. Herr Modersohn steht in der Tür seiner Schneiderwerkstatt, sieht ihn an und nickt ihm zu. Der kleine Schneidermeister wird nicht mitgehen, obwohl er die Mutter sehr gern hatte. Er haßt Beerdigungen und ging nur ein einziges Mal mit: als seine Frau starb, voriges Jahr im Winter... Aber Herr Modersohn ist nicht der einzige, der der Abfahrt der Trauergäste zuschaut, überall in den Fenstern stehen Leute und schauen auf die Straße hinunter. Die Wirtin der *Gemütlichen Ecke* haben sie alle gekannt.

Das letzte Taxi. Tante Hille schiebt Frank vorwärts, und Onkel Willi hält ihm die Tür auf.

Dreh dich nicht um

Die Schlange der Taxis fährt die Prenzlauer Allee entlang und biegt hinter der Weißenseer Spitze nach rechts ab. Tante Hille putzt sich immer wieder die Nase. Und hat sie das Taschentuch weggesteckt, zupft sie an der schwarzen Armbinde herum, die Frank tragen muß. Onkel Willi sitzt neben dem Taxifahrer, Frank blickt genau auf seinen sauber ausrasierten Nacken zwischen dem Samtkragen seines dunklen Mantels und dem grauen Hut mit der dunkelgrauen Schleife. Onkel Willis alte, aber glatte Haut glänzt seidig, doch er schwitzt nicht, obwohl er eigentlich schwitzen müßte unter seinem Hut.

Die Taxis halten. Die Trauergäste steigen aus, lassen sich von den Chauffeuren die Kränze reichen und gehen durch das weitgeöffnete schmiedeeiserne Tor auf die kleine Kapelle zu. Frank geht neben Tante Hille her, geht wie automatisch mit ihr mit.

In der Kapelle ist es still und dunkel. Der große braune Sarg steht in der Mitte des Raumes, vor einem Altar. Frank, Onkel Willi und die Tante setzen sich in die erste Reihe, direkt vor das Podest mit dem Sarg.

Da also liegt die Mutter drin! Frank weiß es, aber er kann es sich nicht vorstellen. Er starrt den Sarg an, bis er vor seinen Augen verschwimmt.

Durch die bogenförmige Kapellentür kommen immer mehr Trauergäste und zum Schluß der Gesangsverein, der seit kurzem donnerstags in der *Gemütlichen Ecke* tagt. Die Männer tragen ebenfalls Mäntel und Hüte, ihre Gesichter sind erhitzt. Sie sind mit der Straßenbahn gekommen und mußten von der Haltestelle bis zum Friedhof laufen.

Tante Hille nimmt Franks Hand. Sie will, daß er wieder den Sarg anguckt.

Orgelmusik ertönt, ein Pfarrer kommt. Als die Musik verklungen ist, hält er eine Rede. Er erzählt von der Mutter, berichtet über die schweren Jahre ihrer Jugend und von den zwei schlimmen Kriegen, die sie hatte mitmachen müssen, erzählt auch von den drei Männern, denen sie eine gute Frau gewesen war, und den Schicksalsschlägen, die sie ertragen mußte: den Tod ihrer ersten beiden Männer und den des älteren Sohnes; Prüfungen, die sie voller Demut auf sich genommen hatte.

Tante Hille schluchzt in ihr Taschentuch hinein. Viele Taschentücher werden hervorgekramt, der hohe viereckige Raum hallt wider von leisen Schneuzgeräuschen.

»Wie tapfer muß ein Mensch sein, der ein solches Leben geduldig erträgt?« fragt der Pfarrer. »Wie sehr muß er Gott lieben?«

Die Mutter hat Gott nicht geliebt, sie hat nicht einmal an ihn geglaubt. Und sie hat ihr Leid nicht demütig auf sich genommen; sie hat die ganze letzte Zeit, in der sie sich nur noch so dahinschleppte, viel geweint und geschimpft und immer öfter Tabletten genommen und Schnaps getrunken, um alles besser ertragen zu können. Was der Pfarrer über die Mutter sagt, hat er von Tante Hille, und Tante Hille hatte die Mutter in den letzten Jahren kaum gesehen, weiß überhaupt nichts von ihr.

Die Predigt ist vorüber, die Trauergäste verlassen mit gesenkten Köpfen die Kapelle und warten mit ihren Kränzen in den Händen auf die Träger, die den Sarg bringen werden.

Die Sonne scheint nun sehr grell, aber sie wärmt nicht.

»Eine schöne Rede«, hört Frank die Männer und Frauen sagen, und: »Das hat die Lisa auch verdient.« Er steht wieder zwischen Tante Hille und Onkel Willi und weiß nicht, wo er hinschauen soll.

Endlich kommen die vier schwarzgekleideten Träger mit den abgewetzten Zylinderhüten auf den Köpfen. Vorsichtig tragen sie den Sarg die Stufen hinunter und bilden die Spitze des Trauerzuges, der sich zwischen den Grabreihen hindurchbewegt.

Tante Hille, Onkel Willi und Frank gehen direkt hinter dem Sarg. Und wieder bemüht sich Frank, daran zu denken, daß in dem Sarg die Mutter liegt und daß sie nun beerdigt wird, daß nur noch ein efeu- und blumenbewachsener Hügel an sie erinnern wird, aber er kann sich das nicht vorstellen.

Die Träger lassen den Sarg an Bändern in die Grube hinab. Der Pfarrer mit seinem Büchlein steht dabei und faltet die Hände, und die Trauergäste senken die Köpfe, als wollten sie nicht hinschauen, tun es aber doch. Die Tante schluchzt wieder, und Onkel Willi blickt wie auf dem Hochzeitsfoto, als ihm alles zu lange dauerte.

Die Männer mit den Zylinderhüten treten beiseite, der Pfarrer spricht ein Gebet, nimmt eine Handvoll Erde und wirft sie in die Grube hinab. »Asche zu Asche!« ruft er. »Erde zu Erde! Staub zu Staub!«

Nun tritt Onkel Willi an die Grube. Auch er wirft eine Handvoll Erde auf den Sarg. Frank steht neben ihm und hört das leise Prasseln der fettigen, klumpigen Erde. Als Onkel Willi fertig ist, bückt er sich, nimmt etwas Erde in die Hand und folgt seinem Beispiel, wie so viele nach ihm auch. Als alle ihre Erde auf den Sarg geworfen haben, singt der Gesangsverein das *Heideröslein,* Mutters Lieblingslied, und verstummt dann wie abgebrochen. Die weit geöffneten Münder in den geröteten Männergesichtern klappen zu, als hätten sie etwas Verbotenes getan.

Frank schaut zu den Gräbern links und rechts der Grube hin. Auf dem einen steht: *Hier ruht unvergessen Georg Scholz 1903–1938,* auf dem anderen: *Hier ruht unvergessen unser lieber Junge Burkhard 1936–1950.* Die Mutter liegt zwischen Burkie und ihrem ersten Mann, wie sie es sich gewünscht hat.

Der Pfarrer gib sich einen Ruck und geht auf Frank, Onkel Willi und Tante Hille zu. Er schüttelt erst der Tante und dann Onkel Willi lange die Hand und fährt danach Frank sachte über den Kopf, um ihm einige tröstende Worte zu sagen.

Onkel Willi bedankt sich für die schöne Rede und den Trost, aber er murmelt die Worte so flüchtig und eingeübt, daß weder der Pfarrer noch Frank ihn richtig verstehen können.

Als der Pfarrer beiseite getreten ist, bilden die Trauergäste eine

Reihe und gehen an Frank, Onkel Willi und Tante Hille vorüber, um ihnen ihr Beileid auszusprechen. Viele sagen, wie leid ihnen alles tue und welch eine prächtige Frau die Mutter gewesen sei, und muntern Frank auf, tapfer zu sein, manche aber bekommen nur ein »Herzliches Beileid« heraus.

Der alte Herr Braun aus dem zweiten Stock weint, als er Frank die Hand reicht.

»Fünfundzwanzig Jahre kenne ich deine Mutter«, sagt er, »fünfundzwanzig Jahre!« Und dabei schüttelt er den Kopf, so daß ihm die Tränen, die in den Augensäcken hängengeblieben waren, über das Gesicht laufen.

Herr Braun ist der einzige Mann, der weint. Die anderen machen Gesichter, als wären ihre Zähne aufeinander festgewachsen.

Der letzte Händedruck, der letzte mitleidige Blick, dann geht Frank zwischen Onkel Willi und Tante Hille auf den Friedhofsausgang zu. Als er sich noch einmal umdreht, sieht er zwei der vier Männer mit den Zylindern das Grab zuschaufeln. Die anderen beiden rauchen jeder eine Zigarette.

»Dreh dich nicht um«, bittet die Tante und legt Frank wieder den Arm um die Schultern. »Es ist besser so.« Und erneut läßt Frank sich vorwärtsschieben, bis er vor dem Friedhofstor steht und der Taxifahrer, der sie hergefahren hat, die Tür zu den Rücksitzen öffnet.

Ein bißchen Gefühl

Die Trauergäste sitzen in der *Gemütlichen Ecke,* essen von den belegten Brötchen, die Tante Hille in der Küche zubereitet hat, und trinken Bier und Schnaps dazu. Onkel Willi steht hinter der Theke und bedient sie.

»Nicht mal geweint hat er«, hört Frank da plötzlich Ilse

Fröhlich sagen. Er hebt den Kopf und bemerkt, daß alle zu ihm hinsehen.

»Was starrst du mich so an?« Ilse Fröhlich stützt beide Hände auf den Griff ihres Krückstockes, den sie benötigt, seit sie im Winter auf eisglatter Straße stürzte und sich den Oberschenkel brach. »Ein bißchen Gefühl hättest du schon zeigen können. Man könnte ja meinen, du hättest deine Mutter nicht geliebt.«

Frank schaut sich um. Es ist nicht Ilse Fröhlich allein, die ihn so böse anblickt, auch Herr Bessel, Paule Krause, Herr Lehmann und viele andere gucken so. Nur der schwerhörige Herr Braun hat nichts verstanden, blickt eher mitfühlend und sagt nun auch: »Ja, die Lisa! Der Gedanke, ihren Jungen so ganz allein zurückzulassen, muß ihr das Sterben doch sehr schwer gemacht haben.«

Frank legt sein Brötchen auf den Teller zurück, geht an der langen Tafel vorbei in den Flur und dort auf die Toilette. Er bricht heraus, was in ihm ist, bis nur noch gelber, bitter schmeckender Schleim kommt. Dann spült er sich unter dem Wasserhahn den Mund aus und geht auf die Straße. Er will zu Kalle; Kalle ist der einzige, den er jetzt sehen möchte. Doch bevor er den Weg zur Dunckerstraße einschlägt, blickt er noch mal zur *Gemütlichen Ecke* hin.

Da sitzen sie nun und reden, über die Mutter und über ihn. Dabei wissen sie gar nichts von ihnen. Oder waren sie dabei, als er mit der Mutter in der Straßenbahn saß und die Mutter die Hände vor den Leib preßte und ganz gelb im Gesicht war? Und dann, vor dem Krankenhaus, als er sie stützte und sie dachte, sie schaffte die letzten Meter nicht mehr?

Niemand war dabei, weder Onkel Willi noch einer der Gäste. Er saß allein in dem langen hellen Flur mit den vielen Türen und den weißgestrichenen Bänken und wartete. Und wenn er zu unruhig wurde, um noch sitzen zu können, stand er auf, ging im Flur auf und ab und studierte die Gesichter der Männer und Frauen auf den Bänken, die ebenfalls darauf warteten, in eines der Zimmer hinter den Türen gerufen zu werden. In der Mitte des

Flures hing eine große runde Uhr mit einem weißen Zifferblatt und schwarzen Zeigern. Da mußte er immer wieder hinsehen, und je öfter er auf die Uhr sah, desto langsamer rückten die Zeiger vor. Als er dann endlich in den Raum voller Geräte, Instrumente und weißer Tücher gerufen wurde, saß die Mutter in Rock und Bluse auf einer Untersuchungsliege und sagte: »Du mußt allein nach Hause fahren.« Und dann gab sie ihm den Zettel mit den Dingen, die sie benötigte.

Die Mutter wußte, daß sie nicht wieder gesund werden würde – und er wußte es auch, obwohl sie ihm nichts davon gesagt hatte. Die ganze Straßenbahnfahrt lang heulte er und die halbe Nacht, aber in der *Gemütlichen Ecke* sah ihn niemand heulen.

Frank biegt in die Dunckerstraße ein, betritt das Haus, in dem Kalle wohnt, geht über die Höfe und hört bereits von weitem das Geschrei, das Kalles Geschwister machen. Alexander, Kalles jüngster Bruder, liegt auf dem Küchentisch und wird von den anderen im Kreis herumgetragen. Die Jungen und Mädchen johlen und kreischen und werden immer schneller, bis sie schließlich laufen. Alexander klammert sich mit den Händen an beiden Seiten des Tisches fest, Rotz läuft ihm aus der Nase, aber er macht ein kühnes Gesicht.

Im vorigen Jahre haben Frank und Kalle an Alexanders Geburtstag Verstecken mit ihm gespielt. Ihr Abzählreim lautete: »Alexander! Arsch auseinander! Arsch wieder zu – und raus bist du!« Es war ein unheimlich lustiges Versteckspiel gewesen, und seitdem mag Alexander Frank. Als er ihn sieht, springt er vom Tisch und kommt ihm entgegengelaufen. »Biste noch traurig?« will er wissen. Frank mag Alexander auch, aber was er auf diese Frage antworten soll, weiß er nicht. Deshalb guckt er nur streng und geht gleich zu der grünen Tür, von der im Lauf der Zeit das meiste Grün allerdings schon abgeblättert ist. Wenn Kalle nicht auf dem Hof ist, muß er in der Wohnung sein. Seit seine Mutter von seinem Vater geschieden ist und in einer Fabrik arbeitet, muß er noch öfter auf seine Geschwister aufpassen.

Die Tür ist offen, und Frank hat es nicht nötig, erst zu klopfen. Er ist nun so oft bei Kalle, daß er schon fast mit dazugehört. Diesmal aber ist er doch verlegen, daß er so ohne weiteres die Tür geöffnet hat: Kalles Mutter ist da. Sie steht neben Kalle, der mit einem Handtuch um den Hals auf einer Stuhllehne sitzt und die Füße auf den Sitz gestellt hat, und schneidet ihm die Haare. Der Mittelfinger ihrer rechten Hand steckt in einem dicken Verband.

Unschlüssig hält Frank die Türklinke in der Hand. Erst als Kalles Mutter sagt: »Komm ruhig rein«, schließt er die Tür. Er hat die kleine rundliche Frau schon oft gesehen, aber immer nur von weitem, tagsüber ist sie sonst nie da.

Auch Frau Naumann studiert Franks Gesicht. »Du hast heute deine Mutter beerdigt, nicht wahr?«

Frank nickt stumm. Er kann diese Blicke schon fast nicht mehr aushalten.

»Das ist ein Unglück, mein Junge, aber leider nicht zu ändern.«

Kalles Mutter klemmt sich den Kamm zwischen die Lippen und schneidet weiter an Kalles dunklem Haar herum. Und Kalle lächelt, will Frank zu verstehen geben: Gleich bin ich fertig. Dann aber dreht er sich so, daß er sein Gesicht im Spiegel über der Wasserleitung sehen kann, und springt vom Stuhl. »Was hast du gemacht? Jetzt hab ich ja einen Pony!«

»Das haben wir gleich.« Kalles Mutter geht an den Gasherd und dreht einen der Hähne auf. Dann nimmt sie die Zündhölzer vom Kachelsims, steckt das Gas an und legt eine Brennschere in die bläulich züngelnden Flämmchen rund um den Ring.

»Ich wollte es ja nur ein wenig kürzer haben, und jetzt stellst du so was mit mir an.« Kalle schielt zu Frank hin. Frau Naumann aber sagt nur: »Laß mal. Ich mach dir 'ne prima Frisur. Die Mädchen in deiner Klasse kriegen lange Hälse, wenn sie dich morgen sehen.«

Kalle muß lachen. »Die Mädchen können mir gestohlen bleiben.«

»Das kannste Graf Hugo von der Pufferbude erzählen, aber nicht mir.« Kalles Mutter nimmt die Brennschere vom Gasring, klemmt Kalles Haare darin ein, preßt die Schere fest zusammen und dreht die Haare nach innen. Das wiederholt sie einige Male und legt die Brennschere zwischendurch immer wieder in die Flämmchen, damit sie nicht zu kalt wird. Als sie damit fertig ist, hält sie Kalle den Spiegel hin und fragt stolz: »Na? Sieht das nach was aus?«

Es sieht nach was aus. Kalle ist ganz baff, und auch Frank muß anerkennen: Ein ganz neuer Kalle! Aber als Frau Naumann fragt, ob sie ihn auch gleich noch rannehmen soll, schüttelt er den Kopf und geht lieber mit Kalle durch den dunklen Flur in das Zimmer, in dem die Jungen schlafen. Kalle schaltet das Licht ein, damit sie in dem schmalen Zimmer mit dem viel zu kleinen Fenster etwas sehen können, nimmt die Kleidungsstücke von dem einzigen Stuhl, der sich in dem Zimmer befindet, schiebt ihn Frank hin und setzt sich auf eines der Betten.

»Wie war's auf dem Friedhof?« Kalle macht ein neugieriges Gesicht, guckt nun so wie alle anderen auch, und Frank verschließt sich wieder. »Blöde«, sagt er nur. Und damit Kalle nicht weiterfragt, fragt er ihn nach seiner Mutter; will wissen, was sie denn da an der Hand hat.

»Sie ist in die Maschine gekommen. Aber es ist nicht so schlimm, der Bohrer ging nur ins Fleisch.«

Frank nickt, obwohl er einen elektrischen Bohrer, der in die Hand dringt, doch ziemlich schlimm findet. Aber er weiß von Kalle, daß in der Fabrik, in der Kalles Mutter jetzt arbeitet, ab und zu noch ganz andere Unfälle vorkommen. Im Vergleich zu einem verlorenen Finger oder einer ganzen Hand ist eine Fleischwunde daher wirklich nicht sehr schlimm.

Kalle guckt Frank einige Zeit verlegen an und rückt schließlich mit der Sprache heraus, sagt ihm, was er die ganze Zeit schon sagen wollte und sich wegen der Beerdigung nicht traute. »Im *Vineta* spielen sie 'n neuen Tarzan-Film. *Tarzan und das blaue Tal* heißt er. Kennste den schon?«

Kalle liebt Tarzan. Obwohl er fast kein Taschengeld bekommt, besorgt er sich doch alle Tarzan-Hefte und geht in jeden Tarzan-Film, der irgendwo gespielt wird, und wenn es am anderen Ende der Stadt ist. Und das, obwohl diese Filme ja nur in Westberlin laufen, also Westgeld kosten.

Frank kennt den Film noch nicht. »Wollen wir uns ihn ansehen?«

»Hab ja kein Geld.« Kalle schielt verlegen zur Seite.

»Ich bezahle für dich.«

»Aber du hast erst vorige Woche für mich bezahlt.«

»Na und?« Frank lädt Kalle fast immer ein, und wenn es nach ihm ginge, würden sie darüber gar nicht mehr reden. Es tut ihm ja nicht weh. Er bekommt genügend Taschengeld, um sich jeden Film anzusehen, den er will. Nach Onkel Willis Ansicht bekommt er sogar zu viel Taschengeld. Die Mutter hatte das auch gesagt, ihm aber doch immer wieder Geld zugesteckt; als wollte sie irgendwas damit gutmachen. Noch im Krankenhaus hatte sie ihm einen Fünfzigmarkschein gegeben: weil er Geburtstag hatte und sie im Krankenhaus kein Geschenk kaufen konnte. Es war genau eine Woche, bevor sie starb.

»Das wäre toll.« Kalle gibt seine Verlegenheit auf. Er wußte ja vorher schon, daß es so enden würde. »Und was machen wir jetzt?« fragt er dann. »Karten spielen?«

Frank ist einverstanden. Und dann liegen sie beide auf Kalles Bett und spielen *17 und 4* und *Mau-Mau,* bis es draußen dunkel wird und Kalle zum Abendbrot gerufen wird.

Der letzte Sommer

Der Lärm der Trauergäste dringt durch die geschlossene Tür. Frank zieht sich die Bettdecke über den Kopf. Doch unter der Bettdecke ist es still, totenstill. Hastig schlägt er die Decke wieder zurück und lauscht in die Finsternis hinein.

Eigentlich ist es kein Lärm, den die Trauergäste machen, niemand schreit oder lacht; es ist nur ein Stimmengewirr, vermischt mit dem Klappern der Tassen und Teller und dem Klirren der Biergläser, wenn sie zum Abräumen auf das Tablett gestellt werden.

Als Burkie starb, wurde auch gegessen und getrunken. Die Mutter nannte das eine Unsitte, aber es blieb ihr nichts anderes übrig, als mitzumachen. Wie so oft in ihrem Leben. Er weiß das nun, denn während der letzten gemeinsamen Ferien in Ilse Fröhlichs Häuschen draußen in Bestensee, wo sie die letzten Jahre jeden Sommer verbrachten, hatten die Mutter und er sich viel miteinander unterhalten. Ob beim Pilzesammeln im Wald, beim Rudern auf dem See oder abends auf der Veranda, immer redeten sie miteinander. Nur wenn Onkel Willi dabei war, dann schwiegen sie oder sprachen von Unwichtigem.

Vieles von dem, was die Mutter ihm erzählte, hatte ihn sehr betroffen gemacht, vor allem aber die so oft wiederholte Feststellung, daß sie kein schönes Leben gehabt hätte. Schön, so sagte sie, wären nur ihre ersten Jahre mit Burkies Vater gewesen, an die erinnere sie sich gern. Wie sie sich kennenlernten in dem vornehmen Restaurant am Funkturm, er als Zapfer, sie als Serviererin; wie sie die Sommer fast immer nur am Müggelsee verbrachten, weil Burkies Vater so ein begeisterter Segler war; wie sie gemeinsam tanzen gingen; wie sie die *Gemütliche Ecke* eröffneten; wie Burkie kam. Bald danach wurde Burkies Vater krank, und die schöne Zeit war vorüber.

An die Zeit mit seinem Vater hatte die Mutter keine guten Erinnerungen. Sie hatte ihn nur geheiratet, weil er so allein war und sie für die *Gemütliche Ecke* einen Mann benötigte. Bevor sie ihn wirklich liebgewinnen konnte, mußte er in den Krieg, kam nur noch ein paarmal auf Urlaub und dann gar nicht mehr.

Das hatte ihm weh getan. Die Mutter hatte es gemerkt und gesagt, gerne gehabt hätte sie seinen Vater natürlich auch, sonst hätte sie ihn ja nicht geheiratet. Aber das war nur so ein

Trostpflaster. Frank dreht sich im Bett hin und her und zurück. Er wird nun immer wacher, sieht alles immer deutlicher vor sich – vor allem aber, wie krank und müde die Mutter in diesem letzten Sommer in Bestensee schon aussah...

Das Licht flammt auf, Onkel Willi kommt.

Frank verkriecht sich unter der Bettdecke. Er möchte Onkel Willi jetzt nicht sehen. Doch Onkel Willi will mit ihm reden und setzt sich zu ihm. Und ohne daß er unter seiner Decke hervorkommt, weiß Frank, daß er jetzt unsicher guckt. Wenn Onkel Willi was tun muß, wozu er sich gezwungen fühlt, guckt er immer unsicher.

»Mein lieber Junge«, beginnt er, bricht dann aber ab und beginnt von vorn: »Deine liebe Mutter... Ich habe sie sehr gern gehabt. Das mußt du wissen. Und...«

»Raus! Hau ab! Lüg mich nicht an!« Frank hat die Bettdecke vom Gesicht genommen und schreit so laut, daß die Gäste im Lokal ihn hören müssen.

Onkel Willi hat sich sehr zusammennehmen müssen, um zu ihm zu kommen, Frank weiß das. Und wüßte er es nicht, dann könnte er es jetzt an seiner Enttäuschung sehen, die nun langsam in Ärger umschlägt. »Warte nur, Freundchen!« murmelt er. »Dich kriege ich auch noch klein. Jetzt kannst du dich nicht mehr verstecken.«

Frank erwidert nichts, starrt Onkel Willi nur an und sieht, daß er schon wieder ziemlich viel getrunken hat.

Onkel Willi senkt den Blick, steht auf, macht das Licht aus und geht schwankend wieder hinaus.

Frank schiebt sich die Hände unter den Kopf und schaut in die Dunkelheit hinein. Onkel Willi glaubt also, daß er sich hinter der Mutter versteckt hatte. Das stimmt nicht, das hat er nie getan, das hätte die Mutter auch gar nicht zugelassen; im Gegenteil, sie hat immer versucht, gerecht zu sein, so schwer Onkel Willi ihr das auch machte.

Frank sieht wieder jene Szene vor sich, die sich in einer der letzten Nächte, bevor die Mutter ins Krankenhaus mußte, zwischen ihr und Onkel Willi abspielte; eine Szene, an der auch er teilhatte und für die er sich schämt. Es war kurz nach Feierabend, er hatte gerade die letzte Seite gelesen, das Licht gelöscht und versuchte einzuschlafen. Er wollte eingeschlafen sein, bevor die Mutter und Onkel Willi kamen und er wieder mit anhören mußte, wie Onkel Willi zur Mutter ins Bett kroch und mit ihr flüsterte, bis sie schließlich trotz ihrer Krankheit seinem Drängen nachgab und ihn zu sich ließ. In jener Nacht mußte Onkel Willi der Mutter schon beim Kassemachen gesagt haben, daß er zu ihr kommen wollte, denn er hörte, wie die Mutter laut und scharf »Heute nicht!« sagte. Ihre Stimme klang fremd, sie hatte wieder getrunken, um die Schmerzen nicht so zu spüren. Onkel Willi wußte das, deshalb sagte er nur: »Du bist ja besoffen« und nahm ihre Entgegnung nicht ernst. Die Mutter aber meinte es ernst und ließ sich auch im Hinterzimmer nicht überreden. Da wurde Onkel Willi böse und sagte: »Du machst, was ich will, und damit basta.«

»Für was hältst du mich denn?« rief die Mutter, die gerade die Kassette mit den Tageseinnahmen unter ihr Bett schob, und wollte sich aufrichten. Onkel Willi aber stieß sie mit dem Fuß auf den Boden zurück und rief: »Ich werde dir zeigen, wer hier was zu sagen hat!«

»Du trittst mich? Ich bin krank und du trittst mich?« Wieder wollte die Mutter hoch, doch ein neuer Tritt in die Seite ließ sie zusammenbrechen und laut aufstöhnen.

»Laß meine Mutter in Ruhe!« Er war aufgestanden und wollte Onkel Willi von der Mutter wegzerren, Onkel Willi aber stieß ihn fort. Er schlug mit dem Kopf gegen das Büfett und blieb liegen.

»Ruf die Polizei«, stöhnte die Mutter.

Er rappelte sich auf und lief zum Fenster. Sein Hinterkopf schmerzte und brummte, aber er schaffte es, die Jalousie hochzubekommen, das Fenster zu öffnen und laut nach der Polizei zu rufen. Da ließ Onkel Willi von der Mutter ab, packte ihn und schlug ihn. Er schlug ihn lange und mit der Wucht der Wut. Er verbarg den Kopf in den Armen und ließ die Schläge auf sich niederprasseln. Erst als Onkel Willis Wut endlich verraucht war, warf er sich auf den Fußboden und heulte. Und die Mutter setzte sich zu ihm und weinte mit – vor Schmerz, aber auch vor Scham.

Er wird diese Nacht nie vergessen, vor allem aber wird er sie Onkel Willi nicht vergessen. Daß er betrunken war, ist keine Entschuldigung.

Hast du Fragen, frag Frau Hagen

Tante Hille macht Frank das Frühstück und setzt sich zu ihm an den Küchentisch. »Um elf Uhr fährt mein Zug. Wenn du aus der Schule kommst, bin ich schon fort.«

Frank beißt in sein Brot, um nichts sagen zu müssen. So fremd Tante Hille ihm auch ist, es wäre ihm lieber, sie bliebe hier.

Tante Hille nimmt seine Hände. »Du mußt nun sehr stark sein. Es wird bestimmt nicht leicht werden.«

In Frank kriecht ein Gefühl hoch, das ihm die Luft nimmt. Er schnappt sich seine Mappe und will aus der Tür. Die Tante geht ihm nach, zieht ihn in ihre Arme und wünscht ihm Glück. Frank reißt sich los und läuft aus der Tür, so eilig, als käme er sonst zu spät zur Schule.

Der Schulhof ist wie immer voller Jungen und Mädchen, die darauf warten, daß die Türen zu den verschiedenen Aufgängen geöffnet werden. Uwi steht neben Elvis und Zacke, die sich angeregt miteinander unterhalten, und schaut Frank neugierig entgegen.

Frank wird langsamer. Er weiß, daß er nun die vorsichtige, mit Beklemmung gemischte Neugier der Jungen und Mädchen der Klasse über sich ergehen lassen muß, er hat das ja schon einmal mitgemacht. Und wieder begegnet er dieser Neugier mit Wichtigtuerei. Er schämt sich dafür, doch das bißchen Angabe ist sein einziger Schutz.

»Na, wie war's?« fragt Elvis.

»Beschissen.«

Elvis ist der Chef der Klasse. Eigentlich heißt er Peter Müller, den Namen Elvis hat er sich selbst gegeben, weil Elvis Presley sein Idol ist. Er kämmt sich die Haare wie der Rock'n'Roll-Star und trägt nur hautenge Nietenhosen*, die engsten der Klasse. Er kauft sie in Westberlin, zieht sie an und geht mit der nagelneuen Hose in einen See. Dann steht er in der Sonne herum und läßt sie am Körper trocknen. Das dauert lange, und er kann das nur im Sommer tun, deshalb spart er jeweils ein Jahr für eine neue Hose, von einem Sommer zum anderen.

Elvis' Bruder Werner nennt sich Slim. Er gehört zu den bekanntesten Halbstarken des Viertels und trägt zu seiner genauso engen Nietenhose eine Lederjacke, in der er ein ungeheuer breites Kreuz hat. Elvis schwärmt von seinem Bruder. Als die Halbstarken den Weihnachtsmarkt auf dem Marx-Engels-Platz demolierten, lief er tagelang herum, als wäre er selbst mit dabeigewesen. So wie Frank einst Burkies Keule war, so ist Elvis Slims »Partner«.

Zackes richtiger Name ist Hans-Georg Zacharias. Sein Vater ist Volkspolizist und in der Partei. Deshalb hat Zacke bei Elvis einen schweren Stand. Elvis mag alles, was aus dem Westen kommt, und alles, was mit dem Osten zu tun hat, lehnt er ab. Und ein Vater, der in der SED ist, ist für ihn das Schlimmste, was einem passieren kann.

»Heute lassen wir ein Ding steigen«, sagt Elvis, als Frank heran ist. »Ein riesiges Ding, damit die Hagen wieder mal weiß, was Sache ist.«

Das soll ein Trost sein. Frank grinst nur und schaut sich um, sucht Gisela, kann sie aber nirgends entdecken. Dafür winkt Kalle ihm zu.

Kalle ist im Vorjahr wieder sitzengeblieben, geht nun in die siebte Klasse und wird die Schule danach verlassen, weil er dann zu alt geworden ist, um noch ein Jahr anzuhängen. Außerdem ist er nun so schlecht im Unterricht, daß er die siebte wohl auch im zweiten Anlauf nicht schaffen wird.

Elvis zieht die Nase hoch und spuckt aus. »Was du an dieser Matschbacke bloß findest?« Er möchte gerne Franks Freund sein und ist manchmal richtig eifersüchtig auf Kalle. Vor allen Dingen, weil er es nicht verstehen kann, daß Frank einem solch tollen Typ wie ihm ausgerechnet einen Kalle vorzieht.

Gisela kommt über den Schulhof. Sie trägt einen grünen Pulli und eine lange schwarze Hose, deren Hosenbeine nach unten hin immer enger werden und in Knöchelhöhe mit Schlitzen versehen sind. Sie sieht Frank ernst an und wendet sich dann der Mädchengruppe zu. Frank tut, als habe sein Blick Gisela nur zufällig gestreift, aber seine Haltung verändert sich nun, er redet lauter, gibt noch mehr an und ist froh, als es endlich klingelt und er aus dieser Rolle erlöst wird.

Hast du Fragen, frag Frau Hagen! steht an der Tafel. Zacke hat es angeschrieben, nun sitzt er hinter seinem Tisch und feixt.

Frau Hagen liest den Spruch und freut sich: »Es wäre mir recht, wenn ihr das beherzigen würdet. Ich hab es gern, wenn meine Schüler mir Fragen stellen.«

Es wird gegrinst und laut geredet, und Zacke zeichnet mit beiden Händen ein Herz in die Luft. Uwi, der vor Frank sitzt, nutzt die Gelegenheit. Er schiebt Frank vier Comics zu. Frank sieht sie sich unter dem Tisch an. Es sind zwei *Tarzan*-Hefte, ein *Buffalo Bill* und ein *Supermann.* Er kennt sie alle vier noch nicht, deshalb schiebt er sie in seine Mappe, nimmt seine Comics heraus und steckt sie Uwi zu. Auch Uwi blättert sofort darin herum. Dann dreht er sich um und nickt.

Frank und Uwi tauschen fast jeden Tag Comics miteinander aus. Uwi hat eine riesige Sammlung von den Heften, er liest alles, was ihm unter die Finger kommt – nur keine richtigen Bücher.

Frau Hagen setzt sich auf Ritas Tisch und will wissen, ob die Hausaufgaben zu schwierig waren. Dabei schaut sie mal hier, mal dort jemanden an, so daß jeder das Gefühl hat, er ist auch gefragt.

Sie ist nun schon das dritte Jahr ihre Klassenlehrerin, und als feststand, daß sie die Klasse bis zum Abschluß des achten Schuljahres behalten wird, brach allgemeiner Jubel aus. Nur Elvis kommt mit der Hagen nicht klar. Sie ist ihm einfach zu sehr in Ordnung.

Die Mädchen sagen, die Aufgaben wären leicht gewesen, die Jungen protestieren. Frau Hagens Blick bleibt an Frank hängen, der nicht mitprotestiert, sondern still hinter seinem Tisch sitzt. »Wo warst du denn gestern?«

Schlagartig wird es still, alle schauen Frank an.

»Auf dem Friedhof.«

»Und was hast du da gemacht?«

»Meine Mutter beerdigt.«

Frau Hagen rutscht vom Tisch. »Deine Mutter?«

Frank nickt.

»Wann ... wann ist sie denn gestorben?«

»Vor fünf Tagen.«

Frau Hagen kann es immer noch nicht glauben. »Aber du hast ja an den Tagen zuvor nicht gefehlt?«

Frank senkt den Kopf.

Frau Hagen wird mißtrauisch. »Das soll doch kein Scherz sein, oder?«

Das soll kein Scherz sein.

»Aber ... Ich meine ...« Frau Hagen findet nicht die richtigen Worte.

»Es stimmt wirklich«, meldet sich Uwi. »Ich wohne ja im gleichen Haus.«

»Wir wissen es alle«, sagt Elvis, der neben Frank sitzt.

»Ihr wißt es alle?« Frau Hagen wird noch ernster. »Und warum hast du mir nichts gesagt?«

Frank schweigt. Er hat es niemandem gesagt, Uwi hat es in der Klasse herumerzählt. »Na, weißt du!« Frau Hagen muß nun ihrer Enttäuschung Luft machen. »Das finde ich schon sehr seltsam, wie du dich da verhalten hast.«

Frank zuckt die Achseln. Er verhält sich oft seltsam, er weiß das, aber ändern kann er es nicht.

Frau Hagen blickt Frank noch einige Zeit nachdenklich an, dann erlaubt sie ihm, sich zu setzen, und geht an die Tafel. Doch kaum sitzt Frank, steht Elvis auf, nimmt seinen Stuhl, geht mit ihm in die letzte Reihe und stellt ihn auf einen freien Tisch. Dann steigt er auf den Tisch und setzt sich auf den Stuhl. Frank tut es ihm nach, und dann sitzen sie zu zweit auf ihrem Thron und grinsen. Sie sitzen genau vor der mit rotem Tuch bespannten Wandtafel, auf der mit weißen Pappbuchstaben *Lernen, lernen, nochmals lernen* steht. Elvis pflückt sich das *o* aus *nochmals* und läßt es um den Finger kreisen.

Frau Hagen legt die Kreide weg. »Was ist denn in euch gefahren?«

»Wir wollen besser sehen können, was Sie an die Tafel schreiben«, sagt Elvis.

Die Klasse hat sich umgedreht, alle starren die beiden Jungen an; Mäxchen bekommt seinen Mund gar nicht wieder zu, und die Mädchen schütteln die Köpfe.

»Is was?« fragt Elvis.

Frau Hagen überlegt einen Moment, dann geht sie zurück an die Tafel und schreibt das neue Thema an: *Gotthold Ephraim Lessing. 1729–1781. Deutscher Dichter und Philosoph.*

Erst als es zur Pause läutet, nimmt Frau Hagen die beiden Jungen auf dem Tisch wieder zur Kenntnis. Sie winkt Frank zu sich und geht mit ihm auf den Flur.

»Das mit deiner Mutter tut mir sehr leid«, sagt sie. »Das ist sehr schwer für dich, und sicher wirst du Zeit benötigen, bis du alles richtig verarbeitet hast. Aber im Unterricht können wir darauf keine Rücksicht nehmen. Das mußt du einsehen.«

Frank nickt und geht. Frau Hagen weiß auch nichts Besseres zu sagen als die anderen Erwachsenen. Aber er nimmt ihr das nicht übel. Mit seinen Problemen muß er selber fertigwerden, dabei kann ihm niemand helfen.

Eine Rutschpartie

Gisela steht an der Straßenecke und schaut zu den Jungen hin, die noch vor der Schule miteinander reden. Dann geht sie ein paar Schritte und bleibt wieder stehen. Wartet sie auf ihn? Frank ist sich nicht sicher, und als die Jungen auseinandergehen und er in Giselas Richtung muß, geht er an ihr vorüber, als sei er so sehr in seine Gedanken vertieft, daß er sie unmöglich sehen kann.

»Guten Morgen!« Gisela tut, als sei sie beleidigt, ist es aber nicht.

»Ich hab dich gar nicht gesehen«, entschuldigt sich Frank.

Gisela kramt in ihrer Mappe. »Ich will dir nur den neuen Stundenplan geben. Wir haben ihn gestern bekommen.«

»Danke.« Frank nimmt den Stundenplan und steckt ihn in seine Mappe.

»Das war blöd von euch, die Hagen zu ärgern«, sagt Gisela. »Die ist doch in Ordnung.«

»Weiß ich doch.«

»Und warum habt ihr's dann getan?«

Unwillkürlich heftet Frank seinen Blick auf die beiden kleinen Hügel unter Giselas Pullover. Sie sind größer geworden in den letzten Wochen.

Gisela preßt die Mappe vor Brust und Bauch und schlingt die Arme um sie. »Meine Mutter sagt, wenn du mal so ganz allein bist, sollst du zu uns kommen.«

»Hm.« Frank geht weiter. Giselas Mutter meint es gut, aber wie stellt sie sich das vor? Soll er klingeln und sagen: Guten Abend, ich bin gerade so allein?

»War's gestern sehr schlimm?« fragt Gisela leise.

»Nee, nur blöd!« Frank wird schneller. Gisela soll sein Gesicht nicht sehen. Und als Gisela auch schneller wird, beginnt er zu laufen.

Onkel Willi steht in seiner braunen Zapferjacke hinter der Theke, zapft Bier und schaut Frank stumm entgegen. Frank wartet, bis Onkel Willi die gefüllten Gläser an die Tische bringt, dann stellt er sich an den Tresen, um sich ein Malzbier einzuschenken.

Es sind nur wenige Gäste im Lokal. Herr Bessel sitzt auf seinem Platz an dem großen runden Stammtisch neben dem Ofen, liest eine Illustrierte und trinkt Bier. Frank blickt ihn an und denkt an Mäxchen, Herrn Bessels Sohn, mit dem er seit einigen Jahren in eine Klasse geht und der so ganz anders ist als sein Vater.

Herr Bessel hebt den Kopf. Frank blickt zur Seite, aber es ist zu spät. »Eine Unverschämtheit, wie der Bengel mich anguckt!« beschwert sich der dicke Mann. »Soll ich mich vielleicht dafür entschuldigen, daß ich mein Bier bei euch trinke? Ich kann auch woanders hingehen.«

Frank schnappt sich die Tageszeitung, nimmt sein Glas und will verschwinden, aber Herr Bessel ist noch nicht fertig. »Und gegrüßt hat er auch nicht!« schimpft er in Franks Rücken hinein. »Kommt herein und sagt nicht mal guten Tag!«

Frank dreht sich um, sagt »Guten Tag!« und geht weiter.

Herr Bessel macht eine rasche Bewegung, überlegt es sich dann aber anders und bleibt sitzen. »Das müßte meiner sein«, sagt er zu Onkel Willi. »Hören und Sehen würde dem vergehen.«

Frank ist schon an Herrn Bessel vorüber und will weitergehen, will ihn einfach nicht beachten, bringt es dann aber doch nicht fertig und murmelt leise »Halt die Schnauze!« vor sich hin. Herr Bessel, Onkel Willi und die meisten der Gäste aber haben es doch gehört, und Onkel Willi will auch gleich auf ihn los. Frank läßt Mappe und Zeitung fallen und stellt das Glas auf einen Tisch. Onkel Willi stoppt ab, schaut Frank unsicher an und deutet schließlich mit dem ausgestreckten Zeigefinger auf die Tür zum Hinterzimmer: »Verschwinde!«

Frank setzt sich an einen der Tische und lehnt sich in den Stuhl zurück. »Wenn du dir das gefallen läßt, hast du ein für allemal verloren.« Herr Bessel ist nicht unzufrieden mit der Entwicklung. »Und deine Gäste verlierst du auch.«

Die anderen Gäste nicken: So etwas darf man sich von einem dreizehnjährigen Jungen nicht gefallen lassen.

Da packt Onkel Willi Franks Arm und will ihm vom Stuhl zerren. Frank aber klammert sich mit beiden Händen an dem Stuhl fest und wird so mitsamt dem Stuhl durch das Lokal gezogen. Es ist ein komischer Anblick, den Onkel Willi und er den Gästen bieten, aber niemand lacht. Bis Herr Modersohn kommt, in der offenen Tür steht und erstaunt fragt: »Was veranstaltet ihr denn hier? Eine Rutschpartie?«

Einige der Gäste müssen nun tatsächlich lachen. Onkel Willi läßt Frank los und schreit: »Jetzt aber genug! Ab mit dir!«

Und diesmal gehorcht Frank. Er steht auf, läßt alles stehen und liegen, läuft ins Hinterzimmer, wirft sich auf die Couch und preßt das Gesicht ins Kissen. Bei der Mutter hatte Onkel Willi Glück gehabt. Wenn er auch nicht direkt schuld an ihrer Krankheit war, so war es doch deutlich zu sehen und die Leute sprachen darüber: Onkel Willi hat die Mutter »aufgefressen«, je runder und gesünder er aussah, desto hagerer und magerer wurde sie. Ihn wird er nicht kleinkriegen, darauf kann er sich verlassen.

Otto – Otto

Erster Dienstag im Oktober, Schließtag wie jeden Dienstag. Als Frank aus der Schule kommt, hat Onkel Willi die Theke und die Zapfanlage schon gereinigt und ist dabei, sich umzuziehen. Er will eine Aushilfe einstellen. Wie bisher gehe es nicht weiter, sagt er. Und dann: »Du mußt noch den Fußboden wischen und einwachsen!«

»Was gibt's denn zu essen?«

Onkel Willi greift in seine Jackentasche und gibt Frank Geld. »Kauf dir was.«

So geht das nun schon seit Tagen. Onkel Willi kocht nicht, und die Versuche von Herrn Modersohns zweiter Frau, sich in der Küche nützlich zu machen, lehnt er ab. Frank steckt das Geld ein und beginnt, die Stühle hochzustellen. Er hat sich mit Kalle für den Nachmittag verabredet. *Tarzan und das blaue Tal.* Er hat keine Zeit zu verlieren.

Dann stehen die Stühle auf den Tischen, und Frank wischt mit dem Lappen und dem Schrubber den Fußboden. Das Wasser im Eimer wird schnell schmutzig, er muß es mehrmals erneuern und kommt dabei ins Schwitzen. Danach holt er sich aus der Abstellkammer den Pappeimer mit dem Wachs und den Schrubber, mit dem das fette, stinkende Zeug auf den Linoleumfußboden aufgetragen wird, und macht sich ans Einwachsen. Als er damit fertig ist, muß er warten, bis das Bohnerwachs eingezogen ist, damit er das Linoleum blank reiben kann. Er stellt sich an die Kasse mit den Klingelknöpfen, tippt ein paar Beträge ein und zieht die Summe. Es klingelt, und die Schublade fährt heraus.

Onkel Willi hat vergessen, die Kasse abzuschließen!

Frank zieht die Lade ganz heraus und schaut hinein: Hunderter, Fünfziger, Zwanziger, Zehner und jede Menge Kleingeld – Onkel Willi hat auch die Einnahmen der letzten Tage noch nicht zur Bank gebracht. Er macht alles nur mit der linken Hand, nimmt nichts ernst, sagte die Mutter. Wenn sie wüßte, wie recht sie hatte!

Frank schließt die Kasse, überprüft das Linoleum und beginnt, es mit einem um die Schrubberbürste gelegten Lappen glänzend zu reiben. Das Wachs ist noch nicht ganz eingezogen, die Arbeit ist schwer, aber er kann nicht länger warten, wenn er nicht zu spät zu Kalle kommen will. Er schrubbt und poliert, bis er Blasen an den Handinnenflächen hat, und flucht, weil die Gaststube so groß ist. Aber irgendwann ist er dann doch fertig, trinkt drei Gläser Sprudel hintereinander und flitzt in die Küche, um sich frisch zu machen.

Kalle hat bereits gewartet. Während sie über die Grenze gehen, schwärmt er schon voller Vorfreude von dem Film, den er noch gar nicht kennt.

Vor dem *Vineta* stehen Jungen in Nietenhosen und Mädchen in Dreiviertel-Hosen und Anoraks und mit bunten Tüchern um den Hals. Sie rauchen, schreien, laufen durcheinander und warten darauf, daß Einlaß ist. Vor der Kinokasse hat sich eine lange Schlange gebildet.

Kalle ist enttäuscht. Es gibt gar nicht *Tarzan und das blaue Tal,* statt dessen wird *Der scharlachrote Tod* gezeigt. »Macht nichts«, meint Frank. »Hauptsache, wir kriegen noch Karten.«

Es gibt noch Karten. »Zweimal Kind und Ostler«, verlangt Frank. Die Karte kostet normalerweise eine Mark West, Kinder und Ostler aber zahlen nur die Hälfte. Und ist man Kind und Ostler zugleich, wie Frank und Kalle, zahlt man sogar nur ein Viertel des Preises, also fünfundzwanzig Pfennig West oder eine Mark Ost. Allerdings muß man beim Betreten des Kinos nachweisen, daß man tatsächlich aus dem Osten kommt: Erwachsene müssen den Ausweis vorzeigen, Kinder einen Lebensmittelkartenabschnitt, auf dem der Name steht; Lebensmittelkarten gibt es nur noch in Ostberlin.*

Aber noch ist kein Einlaß, noch ist die 15-Uhr-Vorstellung im Gange. Frank kauft für Kalle und sich Kaugummis, und dann schlendern sie kauend die Brunnenstraße entlang und gucken in die Schaufenster. »Wenn ich volljährig bin, gehe ich in den Westen und werde Fensterputzer.« Kalle bleibt vor einem Geschäft mit Hosen, Hemden und Pullovern stehen. »Mein Onkel Ernst hat das so gemacht. Im Osten hatte er nur ein altes Fahrrad, im Westen fährt er einen Opel.«

»Als Fensterputzer?«

»Na klar! Die verdienen ein Schweinegeld. Und gute Zeugnisse brauchen sie auch nicht.« Kalle verkündet das wie einen Triumph und schlägt dann vor: »Komm doch mit in den Westen, dann arbeiten wir zusammen als Fensterputzer.«

»Mal sehen.« Fensterputzer ist nicht gerade Franks Traumberuf.

»Oder willst du nicht wegen der Kneipe?«

»Die kann haben, wer will.« Frank klebt seinen Kaugummi an eine Schaufensterscheibe und geht weiter.

»Ich würde mich freuen, wenn du mitkämst«, sagt Kalle. »Ehrlich!« Und Frank weiß, daß das stimmt. Doch jetzt hat er keine Lust, weiter darüber zu reden.

Der scharlachrote Tod ist ein Mann mit einem roten Umhang, der nachts durch die Straßen schleicht und nach jungen Frauen Ausschau hält. Trifft er eine, verfolgt er sie, bis er sie in einer einsamen Straße eingeholt hat. Dann erwürgt er sie mit bloßen Händen. Dabei rollt er die Augen. Er ist furchtbar häßlich, keine Frau mag ihn, und deshalb rächt er sich an allen.

Am Anfang verfolgen die Jungen und Mädchen im Kino die Geschichte interessiert, dann machen sie sich über den Würger lustig. »Loslassen, es kitzelt!« schreit ein Junge, als sich die weißbläulichen Hände des Würgers zum fünftenmal um den Hals eines Opfers legen. Und ein anderer: »Fingernägel schneiden, du Ferkel!« Und als dann das Gesicht des Opfers in Großaufnahme zu sehen ist und der Mund mit den knallroten Lippen sich weit öffnet, aber keinen Schrei hervorbringt, legt einer dem Opfer einen Werbespruch für Zigaretten in den Mund: »Aus gutem Grund ist Juno rund!«

Die Kinobesucher lachen so lange und so laut, daß die Platzanweiserin ihre Taschenlampe aufleuchten läßt und die Stimme eines der wenigen Erwachsenen im Kino »Ruhe!« verlangt. Da aber geht es erst richtig los.

»Schnauze, Opa!« ruft einer der Jugendlichen, und ein anderer: »Mein Alter ist im Krieg gefallen – und diese hohle Nuß lebt!«

»Unerhört!« Der ältere Mann steht auf, sein Kopf verdunkelt die Leinwand. Es wird gepfiffen, geschrien und gelacht. Eine Frauenstimme neben dem Mann bittet: »Otto! Setz dich doch.«

Otto setzt sich wutschnaubend, aber es wird nicht ruhiger. Der Film ist uninteressant geworden, die Jungen und Mädchen interessieren sich nur noch für Otto. »Otto – Otto!« kommt es aus allen Richtungen.

Erst als es einem der Opfer auf der Leinwand gelingt, dem Würger zu entfliehen, wird es ruhiger. Das Mädchen läuft einem toll aussehenden Mann in die Arme, einem Privatdetektiv, der den Würger schon lange verfolgt. Nun verfolgen die beiden gemeinsam den scharlachroten Tod. Es gibt eine Jagd durch Keller und Gruften, über Mauern und Dächer hinweg, und zum Schluß einen Kampf auf Leben und Tod. Mal liegt der Würger unten, mal der Privatdetektiv. Als er den Würger dann endlich vom Dach gestoßen hat, bekommt der Privatdetektiv von dem Mädchen einen langen Kuß. Das *The end* erscheint, das Licht flammt auf. Der Vorhang schließt sich, und Bill Haleys Stimme ertönt aus dem Lautsprecher: *Rock around the clock.*

Einige der älteren Jungen und Mädchen fassen sich an den Händen und stoßen sich tanzend voneinander weg, bis die Platzanweiserin sie auf die Straße schiebt.

Vor dem Kino stehen bereits die Besucher der 19-Uhr-Vorstellung. Elvis Bruder Slim ist darunter. Er steht inmitten einer Gruppe lederbejackter Halbwüchsiger, von denen einer ein Kofferradio im Arm hält und die alle die gleiche Frisur tragen: vorne Schwalbe, hinten Ente.

Slim hält Frank fest. »War das was?« fragt er und deutet mit dem Kopf auf das Kinoplakat.

Frank winkt ab: »Für Bambule müßt ihr selber sorgen.«

Rotlicht

An der Ecke Dunckerstraße verabschieden sich Frank und Kalle voneinander. Kalle bedankt sich noch mal. »Der Film war toll. Auch wenn's nicht *Tarzan und das blaue Tal* war.«

»Den sehen wir uns auch noch an«, verspricht Frank, winkt Kalle noch einmal zu und geht dann weiter.

Es ist schon lange dunkel in den Straßen, die Geschäfte haben längst geschlossen. Vor der Bäckerei Wetzel bleibt Frank stehen und besieht sich die Torten und Brote im Schaufenster. Er hat Hunger, er hat ja den ganzen Tag noch nichts Richtiges gegessen.

»Hallo, Fränkieboy!« Elvis steht hinter Frank, und neben ihm stehen Zacke und Uwi. »Haste was vor?«

Frank hat nichts vor. Weder in der *Gemütlichen Ecke* noch im Hinterzimmer brennt Licht; Onkel Willi ist also noch nicht zurück.

»Dann komm mit.«

»Wohin?«

»Wirste schon sehen.«

Die vier Jungen laufen ein Stück die Straße entlang, stellen sich in den Schatten eines Hauseinganges und warten. Frank weiß immer noch nicht, worum es geht, und fragt er, grinsen Elvis, Zacke und Uwi nur geheimnisvoll. Also fragt er nicht mehr, sondern wartet nur.

Endlich laufen zwei Mädchen an den Jungen vorüber, gucken sich um, lachen.

»Das sind sie.« Elvis folgt den beiden Mädchen, und auch Zacke, Uwi und Frank setzen sich in Bewegung. Die Mädchen bleiben unter einer Laterne stehen und blicken zurück. Dann lachen sie und gehen untergehakt weiter.

Rotlicht und Bärbel aus der Nachbarklasse! Frank zögert. Rotlicht heißt Rotlicht, weil sie ständig einen roten Kopf hat. Es wird erzählt, daß sie im vorigen Jahr schwanger war und ihre Eltern sie in ein Krankenhaus brachten, damit das Kind gar nicht erst zur Welt kam. Seitdem beschäftigt Rotlicht die Phantasie der Jungen; es heißt, mit ihr könne man alles machen. Sie ist ja auch schon fünfzehn Jahre alt.

»Los! Schneller!« Elvis stößt Frank an. »Sonst entwischen sie uns noch.«

Frank wird schneller. Eine seltsame Erregung hat ihn erfaßt, aber auch eine Scheu, eine Angst vor dem, was vielleicht von ihm verlangt werden könnte.

Die beiden Mädchen laufen über den Helmholtz-Platz. Auf dem Platz ist es finster, außer einem Pavillon, ein paar Büschen und Bänken, Grasflächen und einem Sandkasten gibt es dort nichts. Elvis, Uwi und Zacke werden langsamer und bleiben stehen.

»Was wollt ihr denn von denen?« fragt Frank.

»Onkel Doktor spielen.« Elvis grinst.

Die beiden Mädchen kommen zurück, tun, als hätten sie die Jungen hier nicht erwartet, kichern und laufen in eine Seitenstraße hinein.

»Denen macht das Spaß«, staunt Zacke.

»Los, hinterher!« Elvis beginnt zu laufen, und Zacke, Uwi und Frank laufen ihm nach, bis er die Arme ausbreitet und sie festhält. »Da! Da stehen sie!« Er weist auf eine Haustürnische, zieht Zigaretten aus der Tasche und verteilt sie. »Immer schön langsam«, flüstert er. »Die laufen nicht weg, die wollen was von uns.«

Die beiden Mädchen verhalten sich leise, einmal aber schauen sie nach, ob die Jungen noch da sind, und kichern wieder.

Elvis läßt die Zigarette im Mund stecken und geht mit den Händen in den Taschen auf die Mädchen zu. Zacke, Uwi und Frank bleiben dicht hinter ihm. Frank spürt, wie sein Herz klopft. Und er sieht es Uwi und Zacke an, daß es den beiden nicht anders ergeht.

Rotlicht und Bärbel ziehen sich in den Hausflur zurück, Elvis betritt den Hausflur und schaltet das Licht ein.

»Das ist gemein«, beschwert sich Bärbel. »Laßt uns in Ruhe.«

»Von dir wollen wir nichts.«

Bärbel wird rot. Sie ist ziemlich dünn und wird von den Jungen »Tischlers Tochter« genannt, ein Spitzname, den sie haßt und gegen den sie sich zur Wehr setzt. Einmal hat sie sich deswegen sogar mit einem Jungen geprügelt.

Elvis nähert sich Rotlicht, die sich mit dem Rücken an die Wand lehnt und die Jungen einen nach dem anderen anschaut. Ihre Brüste unter dem knallroten Pullover heben und senken sich.

Als sie Frank ansieht, schiebt er die Hände in den Hosenbund. In einem Film hat Gary Cooper so dagestanden.

Rotlicht lächelt Elvis an. »Ihr seid ja wie die Kletten. Was wollt ihr denn von uns?«

»Schmusen«, antwortet Elvis mit bebender Stimme und legt seinen Arm um Rotlichts Schultern.

»Ist das alles?« Rotlicht guckt spöttisch.

»Nee«, sagt Elvis, läßt seine Hand herabgleiten und berührt Rotlichts Brüste.

Frank durchzuckt es. Er spürt es am ganzen Körper; es ist wie ein angenehmer Schmerz.

Rotlicht lächelt weiter. »Kannste deine Pfote nicht woanders lassen?«

»Wieso denn?« Elvis beginnt Rotlichts Brüste zu streicheln. Rotlicht schaut zur Seite, aber noch immer lächelt sie so seltsam.

Bärbel rückt von Rotlicht und Elvis ab. »Ihr Säue!« schreit sie die Jungen an.

»Wieso denn?« sagt nun auch Zacke, stellt sich neben Elvis und beginnt, Rotlichts andere Brust zu betasten.

Das Licht geht aus. Einen Moment lang wagt niemand, sich zu rühren. Dann läuft Bärbel zum Schalter und schaltet das Licht wieder ein. Elvis' Gesicht liegt auf Rotlichts Gesicht. Er küßt sie. Und Zacke streichelt weiter Rotlichts Brüste.

Bärbel lehnt sich in eine Ecke und starrt wütend vor sich hin. Uwi lehnt sich neben sie und guckt sie an. »Ich find's ja auch blöd«, sagt er.

»Hau ab, Wasserkopf!« Bärbel schaut zu Frank hin.

Frank wendet sich ab. Was hier passiert, erregt ihn und stößt ihn ab, beides zugleich. Das verwirrt ihn.

»Sucht euch mal 'n paar Kleenere!« Rotlicht lacht plötzlich laut auf, stößt Elvis und Zacke beiseite und läuft auf die Straße. Bärbel folgt ihr und lacht noch lauter.

»Mensch!« stöhnt Elvis. »War das schön!« Dabei lacht er glücklich. Uwi und Zacke lachen auch, aber nicht ganz so glücklich. Und dann müssen sie nach Hause, eine Gelegenheit für Frank, sich ihnen anzuschließen.

Onkel Willi ist noch immer nicht zurück. Frank macht sich ein paar Brote, schaltet das Radio ein, wirft sich auf die Couch und ißt. Elvis hat Rotlicht geküßt. Es war ein richtiger Zungenkuß. Ob Gisela sich auch so küssen lassen würde? Von Elvis bestimmt nicht – aber vielleicht von ihm?

Er versucht, sich Gisela vorzustellen. Ihr Gesicht, ihre Augen – und die beiden Hügel. Er sieht ihr Gesicht näher kommen und näher kommen, schließt die Augen und öffnet sie wieder: Ist das Liebe, wenn er so an Gisela denkt?

Im Radio singt jemand: »Siebenmal in der Woche möcht ich ausgehn, siebenmal in der Woche nur mit dir! Siebenmal, siebenmal, das ist meine Lieblingszahl...«

Damals, als er Gisela untersuchte, da gingen sie noch nicht mal zur Schule. Jetzt würde sie sich das nicht mehr von ihm gefallen lassen, jetzt wäre das was ganz anderes...

Ob Gisela da jetzt schon Haare hat? Er hat da schon Haare, aber längst nicht so viele wie Kalle. Im Vorjahr, als sie Schwimmunterricht hatten und vor jedem Unterricht unter die Dusche mußten, hatten alle Kalles Haare gesehen und ihn beneidet; Kalle aber hatte sich dafür geschämt. Es erschien ihm unheimlich, daß er weiter war als die anderen.

Elvis sagt, die Mädchen hätten da alle schon Haare; sie wären reifer als die Jungen. Und einige haben ja auch schon ihre Tage. Immer dann, wenn sie in der Turnhalle auf dem Schwebebalken hocken und beim Turnen nicht mitmachen. Elvis verscheißert sie dann: »Na, ist Tante Rosa zu Besuch?«

Im Radio spielen sie ein schnulziges Liebeslied. Frank steht auf, schaltet das Radio aus und geht in die Küche, um sich zu waschen. Als er zurückkommt, macht er sein Bett, zieht sich aus und legt sich hin.

Liebe! Wie oft er darüber schon was gelesen hat! Aber was es wirklich ist, weiß er immer noch nicht...

Dieses ulkige Gefühl, als Elvis Rotlicht streichelte... Ob das was damit zu tun hat? Und hätte er Rotlicht auch gestreichelt, wenn er mit ihr allein gewesen wäre und sie es ihm erlaubt hätte? Vielleicht... oder besser: wahrscheinlich...

Frank steht wieder auf, holt seinen Zeichenblock aus der Mappe und beginnt zu zeichnen. So sehen Mädchen aus, wenn sie nackend sind. Er hat da mal in einer der Zeitschriften, die in Herrn Mucks Friseurgeschäft ausliegen, ein Foto von einer nackten Frau gesehen. Zwar war die Fotografie sehr undeutlich, aber er konnte sich vorstellen, wie die Frau auf dem Bild ausgesehen hätte, wenn das Foto deutlicher gewesen wäre. Das malt er nun, und wenn er auch kein guter Zeichner ist, das Wichtigste kriegt er schon hin.

A wop bop a loo...

Frank hört den Wecker rasseln und wartet darauf, daß die Mutter ihn wecken kommt. Doch noch während er das denkt, weiß er, daß die Mutter nicht kommen wird, und erschrickt über sich: Wie hatte er das vergessen können! Er schaltet die Nachttischlampe ein und stellt den Wecker ab.

Onkel Willi dreht sich auf die andere Seite. Er war gestern abend ziemlich angetrunken gewesen und hat nicht gesagt, ob er Erfolg mit seiner Suche gehabt hatte. Franks Blick fällt auf das leere Bett neben Onkel Willi. Es sieht kalt aus, so ordentlich bezogen und unbenutzt.

In der Küche ist es dunkel, auf dem Hof ist noch Nacht. Das Wasser ist eiskalt; Frank muß sich zwingen, den Kopf unter den Strahl zu halten, um frisch zu werden. Als er dann ins Zimmer zurückkommt, ist Onkel Willi aufgewacht und sieht ihn an. »Heute mittag kommt die Aushilfe«, sagt er. »Sei nicht allzu unfreundlich zu ihr, damit sie uns nicht gleich wieder wegläuft.«

Frank nimmt seine Mappe und geht auf die Straße. Es ist ein wolkenreicher, feuchter Tag. Er ist spät dran, müßte sich beeilen, aber er beeilt sich nicht: Wenn er sowieso zu spät kommt, ist es egal, ob fünf, zehn oder zwanzig Minuten.

Heute kommt sie also schon, die Aushilfe! Er hätte gerne gewußt, wo Willi sie so schnell aufgegabelt hatte. Bestimmt in einer der Kneipen, in der er gestern war.

Im Schulgebäude ist es still, es hat bereits geklingelt. Vor der Tür mit dem Schild 8 b bleibt Frank stehen und lauscht, kann aber nichts hören. Also klopft er, öffnet die Tür – und bleibt erschrokken stehen: Er hatte erwartet, daß die Jungen und Mädchen über ihren Heften und Büchern sitzen und ihn angrinsen würden, wie alle Zuspätkommenden angegrinst wurden, hatte sich schon ein kühles Lächeln zurechtgelegt, mit dem er das Grinsen erwidern wollte – doch nun grinst keiner, alle stehen sie neben den Tischen, auf denen ihre Taschen und Mappen liegen, und sehen ihn nur an.

»Komm nur rein!« Jochen, der rothaarige Pionierleiter im blauen Hemd der FDJ, steht zwischen den Tischen und hält eine Mappe in der Hand. »Ich hatte schon befürchtet, daß ausgerechnet du heute fehlst.«

Mappenkontrolle! Jochen und Frau Hagen suchen nach Comics. Nur langsam geht Frank auf seinen Platz und stellt sich neben seinen Tisch. In der ersten Stunde hätten sie eigentlich Staatsbürgerkunde gehabt, wie das ehemalige Fach Gegenwartskunde jetzt heißt, und Stabü ist ein gemütliches Fach, eines, das ihm keinen Kummer macht – und nun das! Jochens allmonatliche Comic-Aktion.

Frank hat nichts gegen Jochen, der noch nicht lange an der Schule ist und doch schon so viele Kinobesuche, Fußballspiele und Bastelkurse organisiert hat. Er gibt sich große Mühe, eine attraktive Pionierarbeit aufzubauen, wie er das nennt. Andererseits aber ist er auch unheimlich streng und genau. Besonders wenn es um Dinge geht, die aus dem Westen kommen. Bis jetzt hat er aber offensichtlich noch keine Comics gefunden, er sieht sehr unzufrieden aus. Nun aber nähert er sich Uwi, und bei dem wird er bestimmt was finden; Uwi ist schon ganz blaß vor Angst. Wenn seine Großeltern erfahren, daß er in der Schule aufgefallen ist, bestrafen sie ihn. Der Großvater schlägt, und die Großmutter erteilt wochenlangen Stubenarrest.

»So unruhig?« Jochen nimmt Uwis Mappe, schüttet den Inhalt aus und hält triumphierend zwei Comics hoch, einen *Supermann* und einen *Kater Felix*. »Na?« fragt er. »Mit wem wolltest du die tauschen?«

Uwi wirft einen flüchtigen Blick auf Frank und schaut gleich wieder weg.

»Unser Kneipier!« freut sich Jochen. Er reicht Frau Hagen, die hinter ihm hergeht, Uwis Comics und nähert sich Frank. »Wieviel von dem Schundzeug hast du denn in deiner Mappe?«

Frank wird es heiß, aber nicht wegen der Comics, die er wie immer mit Uwi tauschen wollte, sondern wegen der Zeichnung! Er hatte doch gestern abend die nackte Frau gezeichnet... Und als Onkel Willi kam, hat er sie nur einfach schnell in die Mappe geschoben. Und da liegt sie jetzt noch immer, gleich oben auf...

»Bitte schön!« Frank öffnet seine Mappe und reicht Jochen die beiden Comics. Dann schiebt er die Mappe in das Fach unter dem Tisch, setzt sich auf seinen Stuhl und verschränkt die Arme über der Brust.

»Von Setzen war keine Rede.« Jochen zieht Frank vom Stuhl, holt seine Mappe unter dem Tisch hervor und dreht sie über dem Tisch um. Hefte, Bücher und die Federtasche fallen heraus. Und eine Menge loser Blätter. Eines dieser Blätter segelt vom Tisch und bleibt direkt vor Frau Hagens Füßen liegen. Eine nackte Frau ist darauf zu sehen. Und darunter steht: Gisela.

In der Klasse wird gekichert, und Gisela wird feuerrot. Frau Hagen guckt erst verdutzt und muß dann schmunzeln, Jochen aber wird wütend: »So einer bist du also! Na, mit dir werde ich mich in der nächsten Zeit ein bißchen näher befassen. Da kannst du Gift drauf nehmen.«

Frank blickt auf seinen Tisch. Er schämt sich. Aber er schämt sich nicht vor Jochen oder Frau Hagen, er schämt sich nur vor Gisela.

An diesem Tag vergehen die Stunden nur langsam. Frank muß sich immer wieder ablenken, um nicht zu Gisela hinzuschauen, die ihn nun keines Blickes mehr würdigt. Und um nicht andauernd hinschauen zu müssen, aber doch irgendwas zu tun, ritzt er mit seinem Taschenmesser eine Zeichnung in den Tisch. Es wird eine kleine Insel mit einer riesigen Palme, von Wellen umspült. Danach kramt er seine Buntstifte hervor und malt die Zeichnung aus: die Blätter der Palme grün, den Baumstamm braun, die Insel gelb, das Meer blau.

Wenn er auf einer Insel lebte, ganz für sich allein, das wäre etwas! Dann würde er tun, was er will, und niemand dürfte ihn dabei stören. Außer Kalle vielleicht. Und Gisela. Aber Gisela wird nicht auf seine Insel kommen. Und sie hat recht, schließlich hat er ja nicht nur sich, sondern auch sie blamiert.

»Frank!« Mäxchen zischt Franks Namen, andere fallen ein, aber Frank wird erst aufmerksam als der Russischlehrer bereits neben ihm steht. »Was machst du denn da?« fragt Herr Gregor.

Frank nimmt die Hand weg.

»Du scheinst ja ein großer Künstler zu sein.« Herr Gregor rückt sich seine Brille zurecht. Frank zuckt die Achseln. Er ist unsicher: Weiß der Gregor von der nackten Gisela, oder hat er das nur wegen der Insel gesagt? Es ist die letzte Stunde, vielleicht hat sich inzwischen unter den Lehrern herumgesprochen, was Jochen in seiner Mappe gefunden hat.

»Bei deinen Leistungen in meinem Fach wäre es besser, du würdest aufpassen.«

»Wozu?« fragt Elvis laut. »Meine Mutter sagt, wir sollen erst mal richtig Deutsch lernen.«

Ausgerechnet Elvis muß das sagen, der fast in jedem Diktat eine Vier oder Fünf schreibt. Die Klasse wird unruhig, es wird getuschelt; Frank wünscht sich weg.

Herr Gregor rückt schon wieder an seiner Brille herum. Er ist oft so nervös. »Denken viele Eltern so?«

»Na klar!« trompetet Elvis. »Warum lernen wir nicht Englisch? Die ganze Welt spricht englisch. Außerdem könnten wir dann die Schlager verstehen.« Er klopft auf den Tisch und intoniert: »See you later, alligator, dibdididi!« Und als Herr Gregor nichts sagt, sondern nur verwundert guckt, fordert er Frank auf mitzumachen. »Los! Zeigen wir mal, wie gut wir Englisch können.«

Lustlos nimmt Frank sein Lineal und klatscht es im Rhythmus auf sein Russischbuch: »Dabidubi, Rock'n'Roll!«

»Bitte!« sagt Herr Gregor. »So geht das doch nicht.«

»So geht's prima!« strahlt Elvis, nimmt ebenfalls sein Lineal und beginnt einen neuen Song: »A wop bop a loo bop a lop bam boom ...«

»Hört auf!« Herr Gregor schreit plötzlich. Er wird ganz rot und bekommt kaum Luft.

Elvis dreht seinen Stuhl herum, setzt sich rittlings drauf, legt die Arme auf die Lehne und stützt sein Kinn in die Fäuste. »Lernen Sie Ihr Chinesisch doch allein. Frank und ich haben Besseres zu tun.«

Hilflos schaut Herr Gregor zu Frank hin. Doch Frank senkt nur den Blick, widerspricht Elvis nicht.

Vier Millionen

Eine dunkelblonde Frau im weißen Kittel geht mit dem Tablett in der Hand von Tisch zu Tisch und serviert. Frank steht mit seiner Mappe hinter der Theke, zapft sich ein Malzbier ab und muß die Frau immer wieder ansehen: Sie trägt Mutters Kittel.

Die Frau geht ungeschickt mit dem Tablett um. Wenn sie es mit einer Hand hält, um mit der anderen ein Glas auf einen Tisch zu stellen, geraten die Gläser auf dem Tablett ins Rutschen. Onkel

Willi aber scheint für den Anfang nicht unzufrieden zu sein. »Das ist der Frank, mein Sohn«, sagt er, als die Frau mit dem leeren Tablett zurückkommt. Und zu Frank: »Sag guten Tag.«

Die Frau ist blaß und unsicher, kleine Schweißperlen stehen ihr auf der Stirn. »Schipprowski«, sagt sie, »Gertrud Schipprowski«, und streckt Frank die Hand hin.

Frank gibt der Frau die Hand, nimmt sein Malzbier und geht an ihr vorbei in die Küche.

In der Küche sieht es aus, als wäre es Frühling. Die Sonne, die nun doch noch herausgekommen ist, wirft einen Strahl quer über den Fußboden. Und es duftet. Die Frau hat einen Eintopf gekocht; gleich am ersten Tag hat sie gekocht! Frank überlegt erst einen Moment, dann füllt er sich einen Teller ab und ißt auch noch einen zweiten Teller voll davon. Er hat schon lange nichts Warmes mehr gegessen. Und während er ißt, denkt er nach: Was ist das für eine Frau, diese Gertrud Schipprowski? Wieso konnte sie so schnell bei ihnen anfangen?

Es klopft an die Fensterscheibe. Hotte! Wie immer steht er auf dem Hof und späht dort, wo die Gardinen nicht hinreichen, in die Küche hinein, bevor er an die Hintertür klopft. Die Gaststube betritt er nie.

Hat Gisela etwa ihrem Bruder von der Zeichnung erzählt? Vorsichtig öffnet Frank das Fenster, und Hotte lehnt sich an die Gitterstäbe. »Ich wollte nur mal bei dir vorbeischaun. Wie geht's dir denn so?«

Hottes blondes Haar glänzt in der Sonne, und ein letzter Rest von Sommerbräune ist auch noch in seinem Gesicht. Er sieht gut aus, und daß er tagsüber zu Hause ist, ist kein Wunder; er studiert ja nun, macht endlich das, was er immer schon wollte, wird Bildhauer.

Frank setzt sich auf den Fenstersims. »Wie immer«, sagt er nur.

»Ich wäre schon längst mal gekommen«, sagt Hotte, »aber ich dachte, es ist besser, ich warte noch ein wenig. Helfen kann dir ja doch keiner.«

Als Burkie starb, war Hotte gleich gekommen, aber da war er nicht zwanzig, sondern vierzehn. Das ist ein Unterschied.

Hotte bietet Frank einen Kaugummi an, schiebt sich selber einen in den Mund und sagt wie nebenbei: »Die Gisela mag dich. Sie hat gestern den ganzen Tag von dir gesprochen.«

Also doch! Wegen der Zeichnung ist er gekommen.

»Und als sie heute aus der Schule nach Hause kam, hat sie geheult und auf dich geschimpft. Hast du sie geärgert?«

Frank kann nicht die Wahrheit sagen, aber anlügen will er Hotte auch nicht. »Ja«, sagt er leise.

»Dann mach's wieder gut«, bittet Hotte. »Sie nimmt sich immer alles so zu Herzen, weißte.«

Frank nickt. An ihm soll's nicht liegen.

Hotte nickt auch, kneift ein Auge zu und geht wieder.

»Na? Schmeckt's?« Frau Schipprowski steht in der Tür.

Frank setzt sich, ißt weiter und sagt höflich: »Ja, danke.«

»Das freut mich.« Die Frau lächelt Frank zu. »Wenn du einen Wunsch hast, mußt du's mir sagen. Ich meine, wenn du ein Lieblingsgericht hast.«

Frank schüttelt den Kopf.

»Du hast kein Lieblingsgericht?«

»Nein.«

Die Frau schweigt. Dann sagt sie: »Ich kann dich verstehen.«

Frank steht auf, geht an der Frau vorüber und aus der Hintertür. Dann steht er auf der Straße und blickt sich um. Wo soll er hin? Was soll er tun?

Kalle. Er wird zu Kalle gehen. Vielleicht können sie zusammen Karten spielen. Frank wandert die Raumerstraße hoch, biegt in die Duncker ein, betritt das Haus, in dem Kalle wohnt, und geht langsam über die Höfe, die an diesem Tag so leer und still sind, als ob alle Kinder ausgezogen wären. Die grüne Tür ist zu. Er klopft, wartet einen Moment und klopft, als er nichts hört, ein zweites Mal, diesmal lauter.

Alles bleibt still, niemand öffnet. Das ist seltsam, irgendeines der Kinder ist doch sonst immer da. Er überlegt einen Moment, dann setzt er sich auf die Stufen vor der Tür. Er weiß ja doch nicht, was er sonst tun soll.

Es ist immer noch so still auf dem Hof. Fast so, als ob Sonntag wäre. Doch wenn er genau hinhört, ist keine Stille. Irgendwo spielt ein Radio. Es ist Nachrichtenzeit. Und in einer Küche schimpft eine Frau mit einem Kind.

Frank schaut von Fenster zu Fenster. Wie viele Menschen hier leben! Neben-, über- und untereinander. Und jeder hat Sorgen und Probleme. Und sicher denkt jeder, nur er hat Sorgen und Probleme. Ihn fröstelt plötzlich, er kann nicht länger warten, geht vom Hof und ein Stück die Straße entlang. Schließlich biegt er in die Stargarder Straße ein, überquert die Schönhauser Allee und geht an den Sportplätzen der Cantianstraße entlang. Er hört die Rufe der Jungen, die Fußball spielen und sich gegenseitig anfeuern, bleibt stehen und schaut ihnen zu.

Hier ist es gewesen, hier ist Burkie verunglückt. Wenn der Bruder noch leben würde, wäre er jetzt genauso alt wie Hotte. Aber da er nicht mehr lebt, ist er immer noch vierzehn. Jedenfalls in seiner Erinnerung.

Das ist seltsam, das heißt ja, daß Burkie, wenn er, Frank, eines Tages ein erwachsener Mann ist, noch immer vierzehn ist – und daß er, der kleine Bruder, dann sogar sein Vater sein könnte. Ein komischer Gedanke.

Frank geht weiter, geht und geht und fühlt sich immer einsamer. Fast vier Millionen Einwohner hat Berlin, und unter all diesen Millionen ist keiner, zu dem er jetzt gehen könnte; Kalle ist nicht da, und Gisela ist sauer auf ihn. Und zu Hause ist diese fremde Frau in Mutters Kittel, die behauptet, daß sie ihn verstehen kann.

Kino! Er muß ins Kino gehen, das Kino ist der einzige Ort, wo er hin kann, wo es warm und einigermaßen gemütlich ist – und wo er abgelenkt wird von all diesen Gedanken.

Frank beginnt zu laufen, die ersten Vorstellungen müssen bald beginnen, und in der Schönhauser Allee sind vier Kinos, in denen sie manchmal ganz brauchbare Filme bringen. Er läuft durch eine Querstraße und steht auch schon vor dem ersten der vier Kinos, es ist das *Mila,* ein ziemlich großes, aber nicht sehr schönes Filmtheater.

Stärker als die Nacht heißt der Film, den sie im *Mila* spielen. Es ist ein Defa-Film* und handelt von der Nazi-Zeit, das sieht Frank schon an den Fotos in den Vitrinen. Kurz entschlossen kauft er sich eine Karte und betritt den fast leeren Kinosaal. Außer ihm wollen nur zwei alte Männer und eine junge Frau diesen Film sehen, kein gutes Zeichen. Doch der Film, der dann beginnt, packt ihn. Er handelt vom Widerstand gegen Hitler und schildert die gefährliche Arbeit der Widerständler und die Folter, der sie ausgesetzt waren, wenn die Nazis ihrer habhaft wurden.

Frank fiebert mit den Helden mit, leidet mit ihnen und freut sich, wenn eine Aktion gelingt. Als der Film dann zu Ende ist, steht er unschlüssig vor dem Kino. Wo soll er jetzt hin? Um noch zu Kalle zu gehen, ist es nun zu spät. Aber nach Hause will er auch noch nicht. Er zögert einen Moment, dann geht er an die Kasse und kauft sich noch eine Karte – für die nächste Vorstellung.

Die Frau hinter dem Kassenschalter erkennt ihn wieder und guckt verwundert. »Ist der Film denn so gut?«

»Ja«, sagt Frank. Und das ist nicht gelogen, auch wenn die Frau ihm das nicht abnimmt.

Hinter der Tür

Aus der *Gemütlichen Ecke* dringt Gesang. Der Gesangsverein tagt. Frank stößt die Tür auf und betritt den verräucherten Raum. Der Gesang verstummt, und Herr Bessel, der mit einem Glas Bier und einer Zigarette in der Hand vor der Theke steht, schaut Onkel Willi höhnisch an. »Da ist er ja wieder, dein Filius!«

Onkel Willi läßt den Zapfhahn los, kommt um die Theke herum, hält Frank an den Schultern fest und schreit: »Wo kommst du her? Weißt du, wie spät es ist?«

Frank schaut auf die große, runde Uhr über dem Stammtisch. »Halb zwölf.«

»Und wo warst du?«

»Im Kino.«

Eine Sekunde lang ist Onkel Willi sprachlos, dann schreit er: »Und das sagst du mir ins Gesicht? Kommst um Mitternacht aus dem Kino und tust, als sei nichts dabei?« Er holt aus, aber Frank taucht weg; er trifft nur seinen Hinterkopf.

»Nicht schlagen.« Frau Schipprowski stellt ein Tablett mit leeren Gläsern ab und legt Onkel Willi die Hand auf den schon wieder erhobenen Arm. Onkel Willi läßt die Hand sinken. »Verschwinde!«

Frank schiebt die Hände in die Hosentaschen und geht langsam ins Hinterzimmer. Auf dem Tisch neben der Couch steht ein Teller mit einem Berg Brote. Die muß die Schipprowski gemacht haben. Auf jeder Wurstscheibe liegt ein Stück Gurke. Er nimmt sich ein Brot, legt sich auf die Couch und beginnt zu essen.

Das kennt er nun schon, diese abendlichen Auftritte in der Gaststube. Das war auch als die Mutter noch lebte nicht anders; er kam ja oft erst spät nach Hause. Aber wenn die Mutter mit ihm schimpfte, tat es ihm leid, daß er ihr Kummer gemacht hatte; wenn Onkel Willi schreit, tut es ihm nicht leid; das ist der Unterschied.

Der Gesangsverein singt wieder. Nach *Man müßte noch mal zwanzig sein* kommt *Vor meinem Vaterhaus steht eine Linde.*

Frank muß Lied um Lied mit anhören und ißt dabei weiter, bis er den Teller leergegessen hat. Erst dann steht er auf, geht in die Küche und wäscht sich. Danach macht er sein Bett, legt sich hinein und liest. Er hat da gerade ein neues Buch angefangen, es heißt *Im Westen nichts Neues* und erzählt vom 1. Weltkrieg; also von dem Krieg, in dem Onkel Willi Soldat war. Es ist eigentlich ein Buch für Erwachsene, aber es ist sehr leicht geschrieben; so, als ob der Hauptheld, ein junger Mann, die Geschichte selber erzählt.

Frank ist bald weg, wie immer, wenn er liest; für ihn gibt es nichts Schöneres als Lesen, nicht mal Kino. Im Kino rauscht der Film an einem vorüber und man muß sich, wenn man hinterher über alles nachdenken will, erst wieder an die einzelnen Szenen erinnern – beim Lesen kann man anhalten, nachdenken oder sich irgendwas vorstellen und dann weiterlesen. Und wenn das Buch so spannend und bewegend ist wie die Erlebnisse der jungen Soldaten in diesem Buch, dann sieht er auch alles vor sich – genauso wie im Kino.

In der Gaststätte wird geschrien, Stühle fallen, etwas Schweres poltert zu Boden. Frank legt sein Buch beiseite, schiebt einen Stuhl vor die Tür und steigt hinauf. Die beiden oberen Rechtecke in der Tür sind aus bemaltem Glas. In der einen Ecke des Blumenmusters hat die Mutter etwas Farbe weggekratzt; wenn man mit einem Auge dicht an die freigekratzte Stelle geht, kann man das ganze Lokal überblicken.

Zwei Betrunkene schlagen aufeinander ein, sie stürzen über Tische und Stühle. Der eine blutet schon aus der Nase, das ganze Gesicht ist verschmiert.

Es passiert oft, daß Betrunkene sich schlagen. Die Mutter ließ das nicht zu, sie ging dann dazwischen. Frau Schipprowski aber steht nur wie erstarrt da. Bestimmt erlebt sie so was zum ersten Mal. Und Onkel Willi rührt sich auch nicht, schüttelt bloß den Kopf. Auch komisch: Wenn er vom Krieg erzählt, tut er immer so, als ob er sonstwas für ein Held gewesen ist, doch zwei Betrunkene auseinanderzubringen, wagt er nicht.

Herr Modersohn ist aufgestanden, redet auf die beiden Kampfhähne ein. Es sieht komisch aus, wie er dabei immer wieder zur Seite springen muß; er ist ja wirklich ein sehr kleiner Mann, und die beiden Schläger sind ziemlich groß.

Es ist unfair, daß die körperlich Starken sich immer wieder

durchsetzen. Aber bei den meisten Männern ist das so. Und in der Schule ist es nicht anders, da hat auch immer der körperlich Stärkste die größte Klappe...

Herr Modersohn hat es geschafft, die beiden Betrunkenen lassen voneinander ab, blicken sich nur noch drohend an, während der kleine Schneidermeister weiterhin begütigend auf sie einredet.

Frank legt sich wieder hin, liest aber nicht gleich weiter. Betrunkene sind schwer zu verstehen; Betrunkene können nicht denken, sie schlagen einfach zu, wenn ihnen was nicht paßt; Betrunkene machen ihm Angst.

Mein linker Stuhl ist leer

Frank steht allein auf dem Schulhof. Er ist der allererste, der darauf wartet, in das Schulgebäude gelassen zu werden. Das ist ihm noch nie passiert, und schuld daran ist nur dieser Traum. Er hatte geträumt, die Mutter wäre wieder da, rede mit ihm und bäte ihn, doch mit Onkel Willi auszukommen. »Du hast doch niemand anderes«, sagte sie und sah ihn an, wie sie ihn in der letzten Zeit oft angeblickt hatte: besorgt darüber, daß sie ihn nun doch nicht mehr großkriegen würde. Über diesem Traum war er aufgewacht und hatte nicht mehr einschlafen können, hatte wach im Bett gelegen und leise vor sich hingeheult. Und nun steht er auf dem Schulhof, todmüde und doch hellwach, und würde am liebsten gleich wieder nach Hause gehen, sich ins Bett legen und weiterheulen.

Wenn jetzt wenigstens Gisela käme, dann wären sie endlich mal miteinander allein, und er könnte mit ihr reden. Doch Gisela kommt nicht, andere Mädchen kommen, gucken ihn verwundert an, zeigen sich gegenseitig ihre Schulhefte mit den Hausaufgaben und vergleichen die Ergebnisse. Endlich kommt wenigstens Uwi.

Während des Unterrichts schaut Frank ein paarmal zu Gisela hin, aber Gisela schaut stur geradeaus.

Dann ist große Pause. Zu zweit oder dritt gehen die Schüler im Kreis herum, nutzen das ganze Schulhofquadrat und gehen linksherum, so wie die Lehrer es wollen. Sie essen ihre Brote und unterhalten sich, und kleinere Jungen oder Mädchen, die immer wieder mal ausbrechen, werden von den Lehrern zurückgescheucht. Frank geht zwischen Elvis und Uwi und hört zu, was Elvis von Slim erzählt. Drei Reihen vor ihnen gehen Zacke, Rita und Gisela. Gisela hat ihn immer noch nicht angeschaut. Dafür lacht sie mit Zacke.

Er müßte ihr sagen, daß Zacke Rotlichts Brust gestreichelt hat. Dann würde ihr das Lachen vergehen, dann würde sie wissen, daß Zacke auch nicht besser ist. Aber dann würde sie ihn für einen armseligen Verräter halten, und das wäre er dann ja auch.

Rotlicht und Bärbel winken von der anderen Seite des Kreises herüber. Elvis vergißt Slim. »Wollen wir uns mit ihnen verabreden?« fragt er Frank. »Ich mich mit Rotlicht, du dich mit Bärbel?«

Eigentlich müßte er ja sagen. Schon um Gisela zu zeigen, daß er es nicht nötig hat, ihr nachzulaufen. Aber Frank sagt nicht ja – er möchte mit Gisela reden, nicht mit Rotlicht oder Bärbel.

Nach der großen Pause wartet die Klasse auf Frau Hagen. Doch die Lehrerin kommt und kommt nicht.

»Die traut sich nicht«, freut sich Elvis. »Der Gregor hat ihr bestimmt erzählt, was gestern in der letzten Stunde los war.«

»Quatsch!« Rita tippt sich an die Stirn. »Frau Hagen und sich nicht trauen!«

Elvis grinst Rita an. »Sei lieber still. Sonst schicke ich dir Frank mit dem Zeichenblock.« Einige Jungen lachen, andere grinsen nur. Frank grinst nicht. Er schaut zu Gisela hin, die neben Rita sitzt und so tut, als hätte sie nichts gehört.

»Du findest das wohl toll, was ihr gestern angestellt habt?« Rita ist Gruppenratsvorsitzende bei den Jungen Pionieren und fühlt sich für alles verantwortlich, was in der Klasse geschieht.

»Frank kann prima zeichnen«, fährt Elvis fort. »Er zeichnet dich nackend mit Blautüchlein. Das wird ein Bild! Das kommt dann auf eines eurer Plakate: Für Frieden, Freundschaft und Völkerverständigung!«

»Wenn du das nicht sofort zurücknimmst...« Rita ist aufgestanden.

»Was ist dann?« Elvis reckt das Kinn, Rita ist größer als er.

Rita läßt Elvis stehen und setzt sich hin: Frau Hagen hat die Klasse betreten. Ernst und ohne zu grüßen geht sie an den Schülern vorbei und legt ihre Tasche auf den Lehrertisch.

Es liegt was in der Luft. Frank senkt den Kopf und fährt mit dem Zeigefinger über seine Insel mit der Palme. Am besten, er tut, als gehe ihn das alles überhaupt nichts an.

»Mir scheint, einige von euch haben vergessen, wo sie sich hier befinden«, beginnt Frau Hagen. Und dann geht sie in der Klasse auf und ab und sagt, sie sei nicht gewillt, die Ereignisse des Vortages so einfach zu schlucken. Erstens wisse jeder, daß es verboten ist, Comics zu besitzen, zweitens stünde in den Comics nicht als Blödsinn, und drittens wäre die Schule keine Comic-Tauschzentrale. Frank sinkt immer mehr in sich zusammen. Wird Frau Hagen auch auf die Sache mit Herrn Gregor zu sprechen kommen? Dafür schämt er sich am meisten.

Frau Hagen kommt darauf zu sprechen. »Herr Gregor ist ein feiner Mensch«, sagt sie. »Als einer der wenigen seiner Generation hat er aus Krieg und Gefangenschaft nicht nur was gelernt, sondern das Gelernte auch in die Tat umgesetzt. Er ist Russischlehrer geworden, weil er mithelfen will, uns die russische Kultur näherzubringen. Er will Verständnis zwischen den Völkern, damit nie wieder ein Krieg ausbricht.« Sie wird leiser, ein drohender Unterton liegt in ihrer Stimme: »Ich werde nicht dulden, daß zwei Jungen, die vor den anderen angeben wollen, einem solchen Menschen das Leben schwermachen.«

Elvis nimmt sein Lineal und klopft auf den Tisch: »A wop bop a loom, a wop bop bop...«

Frank greift nach Elvis' Lineal und legt es weg.

Es ist still in der Klasse, alle schauen zu Elvis und Frank hin. »Spinnst du?« fragt Elvis.

Frank antwortet nicht, und Frau Hagen übergeht den Vorfall. »Einige von euch werden jetzt die Plätze tauschen«, fährt sie fort. »Ich bitte mir aus, daß darüber nicht diskutiert wird. Diese Maßnahme ist leider notwendig, damit in der 8 b wieder unterrichtet werden kann.«

Eine neugierige Unruhe entsteht: Wer kommt zu wem?

Elvis und Frank müssen auseinander, das ist keine Sensation, das wurde erwartet, aber was danach kommt, ist eine: Elvis zieht zu Rita, Gisela zu Frank.

Frank glüht, und Gisela glüht auch. Die ganze Klasse starrt die beiden an. Zum Glück protestiert Rita laut, die Klasse wird abgelenkt.

»Neben dem soll ich sitzen? Ausgerechnet neben dem?«

»Warum denn nicht?« Elvis macht es sich neben Rita bequem. »Vielleicht trete ich sogar eurem Verein bei. Du mußt mich nur überzeugen.«

»Es muß sein«, sagt Frau Hagen, »aber ich möchte nicht erläutern, warum ich so und nicht anders entschieden habe. Ich möchte, daß ihr darüber nachdenkt und selber dahinterkommt.«

Danach werden weitere Mappen gepackt, Stühle gerückt, Plätze getauscht; Frau Hagen hat einen Plan ausgearbeitet, fast jeder bekommt einen neuen Nachbarn.

»Mein linker Stuhl ist leer, ich wünsch mir Elvis Presley her.« Oder: »Auf jeden Topf paßt ein Deckel, wenn er nur nicht klappert«, kommentiert Elvis die Umversetzungen und bringt damit die Klasse wieder zum Lachen. Nur Rita lacht nicht. »Wenn du mich störst, kleb ich dir eine«, sagt sie.

Elvis hält ihr die Wange hin: »Jede Ohrfeige – ein Kuß!«

Rita schlägt zu, Elvis wird knallrot. »Na warte!« sagt er. »Das zahl ich dir heim.«

Frau Hagen muß lachen, hat auf einmal gute Laune, setzt sich auf den Lehrertisch und sagt, daß die Schule verbilligte Theaterkarten bekommen habe. »Für den Samstag vor den Herbstferien. Es gibt den *Nathan,* ein Stück von Lessing. Und da wir den Lessing gerade durchnehmen, dachte ich, es wäre gar nicht schlecht, wenn wir gemeinsam hingehen würden.«

Der Vorschlag läßt die Umversetzungen in Vergessenheit geraten, Getuschel setzt ein.

»Wer mitgehen möchte, bitte den Arm hoch.«

Alle heben den Arm; Elvis allerdings erst, als er sieht, daß er sonst der einzige wäre, der ihn nicht hebt.

»Und wieviel kosten die Theaterkarten?« fragt Julia.

»Das Geld für das Theater verdienen wir uns hinterher: beim Kartoffelsammeln in den Herbstferien. Die Schule legt es solange aus.«

Julia ist erleichtert, aber Elvis legt sich in seinen Stuhl zurück und kippelt damit herum. »Ohne mich! In den Ferien will ich mich erholen und nicht bis zu den Knien im Dreck stecken.«

»Wir zwingen niemanden«, entgegnet Frau Hagen, »aber wir freuen uns über jeden, der mitmacht.«

»Auch über mich?« Elvis grinst frech, aber ein Schuß verlegene Neugier ist auch dabei.

»Auch über dich«, bestätigt Frau Hagen. Und sie fügt ganz ernst hinzu: »Über dich besonders.«

Zwei arme Würstchen

Onkel Willi und Herr Bessel sitzen am Stammtisch, trinken Bier und Schnaps und haben Stöße von Lottoscheinen vor sich liegen, auf denen sie nach einer Liste Zahlen ankreuzen. Sie spielen nach System, träumen vom großen Gewinn, der sie aller Sorgen entledigt, steigern sich richtig in eine Schwärmerei hinein, wenn sie davon reden, was sie alles mit dem Geld machen, wenn sie erst gewonnen haben.

Frank geht hinter die Theke, um sich die Zeitung und ein Malzbier zu holen. Frau Schipprowski, die aus einer bereiften Flasche klaren Schnaps in die Gläser füllt, lächelt ihm zu. »Du liest Zeitung? Das ist aber ungewöhnlich!«

»Nur den Sportteil.« Frank läßt das schäumende braune Bier in sein Glas laufen. Er liest nicht nur den Sportteil, er liest auch den Kulturteil, weil dort neue Bücher vorgestellt und Filme besprochen werden, aber das sagt er nicht. Das hat er einmal gesagt, an dem Tag, an dem er zwölf wurde und ihn die Geburtstagsgesellschaft im Hinterzimmer auf seinen Lesehunger ansprach. Die Mutter hatte über seine Antwort nur gelächelt, die Verwandten und Bekannten aber sahen ihn an, als wäre er ein Angeber.

Onkel Willi winkt Frank zu sich. »Nach dem Essen bringst du die Lottoscheine weg, und dann reden wir mal miteinander. Von Mann zu Mann!«

Es gibt Bratwurst mit Grünkohl. Frank hat einen unbändigen Appetit; er ißt, bis ihm der Bauch schwer wird. Dann wartet er darauf, daß die Schipprowski kommt und ihn fragt, wie es geschmeckt hat. Als sie nicht kommt, geht er in die Gaststube zurück und läßt sich von Onkel Willi die Päckchen mit den Lottoscheinen und das Geld geben.

Auf der Straße treiben Blätter im Wind. Frank läßt sich Zeit, tritt ab und zu auf so ein fliegendes Blatt, um dann plötzlich den Fuß zu heben und es weiterpurzeln zu lassen.

Der alte Herr Klenke, der in seinem Tabakladen die Lottoannahmestelle betreibt, stöhnt auf, als er Frank sieht – jetzt bekommt er zu tun. Frank läßt den glatzköpfigen Mann mit der Brille stempeln und sortieren und schaut sich währenddessen in dem kleinen Laden um. Die Zigarrenkisten mit den verschiedenen ausländischen Aufklebern gefallen ihm. Als er noch seinen kleinen Zoo hatte, holte er sich von Herrn Klenke manchmal eine leere Kiste, um seinen weißen Mäusen, den Eidechsen und Fröschen daraus kleine Behausungen zu bauen. Doch das ist nun schon lange her, über drei Jahre.

Endlich ist Herr Klenke fertig und kassiert das Geld. »Bis zum nächstenmal«, verabschiedet er Frank. Frank nickt nur wie abwesend: Gisela hat den Laden betreten, hält ebenfalls Lottoscheine in der Hand. Als sie ihn sieht, wird sie rot und guckt weg.

Frank verläßt Herrn Klenkes Laden, bleibt aber vor der Tür stehen, und als Gisela wieder herauskommt und ohne ihn auch nur anzusehen an ihm vorbei will, bittet er sie: »Warte doch mal! Ich will dir was sagen.«

»Was denn?« Gisela macht ein ablehnendes Gesicht.

»Das mit der Zeichnung... das... du weißt schon.«

»Das war eine Gemeinheit!« unterbricht ihn Gisela. »Das vergesse ich dir nie.«

Frank will weiterreden, will Gisela alles erklären. Er möchte ihr klarmachen, daß er nicht schlecht von ihr dachte, als er sie zeichnete, aber Gisela läßt ihn einfach stehen, sagt nicht mal tschüs!

Onkel Willi nimmt die abgestempelten Lottoscheine und geht mit Frank ins Hinterzimmer. Dort legt er die Scheine in eine Kassette und tut eine Zeitlang, als müsse er irgendwelche Papiere ordnen. Erst als Frank schon glaubt, er habe es sich anders überlegt und das angekündigte Gespräch bliebe aus, dreht er sich um. »Laß uns vernünftig miteinander reden«, bittet er Frank, setzt sich zu ihm an den Tisch und sagt, daß das mit der Mutter unabänderlich gewesen sei, sozusagen Schicksal. Sie müßten damit leben und sehen, wie sie ohne sie fertig würden. Frau Schipprowski könne ihnen dabei eine große Hilfe sein; sie solle ja nicht nur servieren, sondern sich auch um den Haushalt kümmern: Kochen, Wäsche waschen, die Kleidung in Ordnung halten, putzen. Deshalb habe er auch keine Serviererin eingestellt, sondern eine alleinstehende Frau, die bereit sei, alles zu tun. Er räuspert sich und blickt zur Zimmerdecke hoch. »Natürlich muß sie das Servieren erst noch lernen.«

»Wo hast du sie denn aufgegabelt?«

»In einem der Restaurants, die ich am Dienstag besucht habe.«

Es kostete Onkel Willi Mühe, Frank die Frage zu beantworten. Am liebsten hätte er gesagt: Das geht dich gar nichts an! Oder: Wie sprichst du überhaupt mit mir? Frank sieht das, aber er sieht auch: Onkel Willi will wirklich vernünftig mit ihm reden, gibt sich Mühe.

»Wir müssen einen neuen Anfang finden, und wir werden einen neuen Anfang finden. Und wenn du Sorgen oder Fragen hast, komm zu mir. Dafür bin ich ja da«, sagt er nun.

»Hast du schon einen neuen Grabstein bestellt?«

Die Frage kommt so plötzlich, sie macht Onkel Willi gleich wieder unsicher. »Wie kommst du denn darauf?«

»Nur so.« Frank hatte mit angehört, wie Tante Hille Onkel Willi nach der Beerdigung riet, doch für Burkie und die Mutter einen gemeinsamen Grabstein aufstellen zu lassen, wo sie doch so dicht nebeneinander liegen. Es war im Taxi gewesen, und Onkel Willi hatte dabei aus dem Fenster geschaut und immer nur »Ja, ja« und »Sicher, das machen wir« gesagt. Aber wer ihn kannte, konnte heraushören, was er sich dabei dachte. Was will sie denn von mir, die alte Schreckschraube, hatte er sich gesagt. Soll sie quatschen, wenn sie erst weg ist, mach ich sowieso, was ich will.

»So ein Grabstein ist ganz schön teuer, und...« beginnt Onkel Willi zögernd, aber Frank will da erst gar nicht zuhören. »Also läßt du einen für Mutter allein machen?« unterbricht er ihn.

Onkel Willi wird ungeduldig. »Ich habe mich noch nicht entschieden, ich wollte ja eigentlich über was ganz anderes mit dir reden.«

»Wenn Mutter keinen Grabstein bekommt, brauchst du gar nicht mehr mit mir zu reden.«

Onkel Willis Miene verfinstert sich noch mehr. »Wie kannst du denn so was sagen? Natürlich bekommt sie einen Grabstein. Das Grab muß sich nur erst noch etwas senken, das dauert ein Jahr.«

Daß das Grab sich erst noch senken muß, hat auch Tante Hille gesagt. Trotzdem lügt Onkel Willi. Er will der Mutter keinen Grabstein setzen lassen, keinen gemeinsamen mit Burkie, keinen allein. Ihm tut das Geld dafür leid; er hält einen Grabstein für unnütz.

»Und ... was willst du mir sagen?« Franks Stimme zittert vor Haß und Wut.

Onkel Willi schaut ihn aufmerksam an. Aber dann sagt er doch: »Über dein Taschengeld will ich mit dir reden.«

Über sein Taschengeld will er mit ihm reden? Jetzt?

»Ich dachte an zwei Mark die Woche«, sagt Onkel Willi, ohne Frank aus den Augen zu lassen.

»West?«

»Ost natürlich! Ich zahle dir doch nicht jede Woche acht Mark.«

»Das ist zuwenig. Das ist ja nur ein Fünfziger West.«

»Leben wir im Osten oder im Westen?« Mit Onkel Willis Geduld ist es nun endgültig vorbei. Er klopft hart auf den Tisch: »Zwei Mark die Woche bekommst du und keinen Pfennig mehr.«

»Mutter hat mir mehr gegeben«, beharrt Frank.

»Das war ein Fehler. Sie dachte, sie würde dir auf diese Weise was Gutes tun, weil sie zuwenig Zeit für dich hatte. Aber das war falsch.«

»Deine zwei Mark kannst du behalten.« Frank will aus der Tür.

»Bleib hier!« befiehlt Onkel Willi. »Noch rede ich mit dir.«

»Aber ich nicht mit dir.« Frank schlägt die Tür hinter sich zu, läuft auf die Straße, setzt sich vor die Haustür, stützt den Kopf in die Hände und schaut zur anderen Straßenseite hinüber. In dem erleuchteten Schaufenster der Bäckerei Wetzel steht eine als Bäckerjunge gekleidete Puppe an einer Kurbel und setzt ein Rad in Bewegung, das sich ununterbrochen dreht und aussieht, als würde es fortwährend kleiner und größer. Er verfolgt das Rad mit seinem Blick, als müsse sich dieser Rhythmus irgendwann einmal ändern. Aber er weiß, dieser Rhythmus ändert sich nie, von morgens bis abends dreht die Puppe die Kurbel, von morgens bis abends wird das Rad groß und klein. Und wenn es mal abgestellt ist, steht die Puppe gebeugt an der Kurbel und schaut mit ihrem ewigen Lächeln zum Fenster hinaus, als wollte sie fragen, warum man sie angehalten hat.

Wenn Onkel Willi der Mutter keinen Grabstein kauft, wird er ihm das Geld dafür stehlen. Ein Grabstein ist das mindeste, was ein Verstorbener bekommen muß. Und die Mutter hätte nicht nur irgendeinen, sondern einen ganz besonders schönen verdient; soviel Mühe und Arbeit, wie sie immer hatte.

Groß und klein wird der Kreis, groß und klein.

Ein neuer Anfang! Onkel Willi und seine neuen Anfänge! Der Mutter hatte er sie auch immer wieder versprochen und es doch nie ernst gemeint; er wollte immer nur seine Ruhe haben. Und das will er jetzt auch wieder. Aber er wird ihn nicht in Ruhe lassen, er nicht!

Die zweite Frau Modersohn kommt vorüber, stellt ihre Einkaufstasche vor Frank ab und lächelt ihn an.

Sie will, daß er ihr die Einkaufstasche in den Schneiderladen trägt. Aber nicht, weil sie ihr zu schwer ist, sondern weil sie ihn in den Laden lotsen will. Frank übersieht die Tasche.

»Du wirst dich verkühlen, Frank. Steh lieber auf.«

Groß und klein wird der Kreis, groß und klein.

»Junge! Sei doch nicht so stur.«

Die zweite Frau Modersohn ist genauso klein, wie die erste war, und auch fast genauso nett. Trotzdem will Frank jetzt nicht mit ihr mitgehen.

»Hörst du nicht?«

»Doch.«

»Sei nicht dumm, Junge! Du schadest nur dir selber.«

Frank schaut der davongehenden Frau nach. Wozu soll er mit ihr reden, sie kann ihm ja doch nicht helfen.

Die Bergmann-Brüder bleiben vor dem magischen Kreis stehen, drücken ihre Nasen an die Schaufensterscheibe und verfolgen die Bewegungen der mechanischen Puppe.

Früher hat Frank auch so vor diesem Rad gestanden. Besonders in der Vorweihnachtszeit, wenn die Bäckersleute der Puppe einen roten Mantel umgehängt und einen Bart ins Gesicht geklebt hatten. Bevor der Bäckerjunge nicht zum Weihnachtsmann geworden war, konnte die Adventszeit nicht beginnen.

Herr Modersohn kommt aus dem Schneiderladen, trägt nur Pantoffeln an den Füßen und eine offene Weste über dem Hemd. Und in der Hand hält er die Hose, an der er gerade arbeitet. »Los!« sagt er. »Zier dich nicht. Komm rein. Klärchen brüht uns einen Tee auf.«

Herrn Modersohn kann Frank nichts abschlagen. Umständlich klopft er sich den Hosenboden ab, obwohl der gar nicht schmutzig ist, und folgt dem Schneidermeister in seine Werkstatt, in der es nach Bügelwasser riecht und allerlei Stoffen. Der kleine Schneidermeister setzt sich gleich wieder hinter seine Nähmaschine neben der großen Schaufensterscheibe, von der aus er die ganze Straße überblicken kann, und arbeitet weiter. Frank schwingt sich auf den hohen Bügeltisch und schaut Herrn Modersohn zu, bis seine Frau den Tee bringt und der Schneidermeister die Nähmaschine abstellt.

Herr Modersohn trinkt von dem Tee und stöhnt wohlig. Dann schaut er zu Frank hin und kneift ein Auge zu. »Es gibt viel Schönes auf der Welt, aber das Allerschönste ist doch, von seiner lieben Frau so richtig umhegt und gepflegt zu werden.«

»Ja, ja!« Die zweite Frau Modersohn nickt nur und bügelt weiter; neben Frank ist noch Platz genug.

Auch Frank trinkt von seinem Tee, der ihm wirklich gut tut, und wartet. Und da kommt es auch schon. »Du fühlst dich sehr allein, was?« Herr Modersohn hat das gefragt.

Frank zuckt die Achseln, sagt dann aber: »Ja.«

Herr Modersohn lehnt sich in seinen quietschenden Arbeitsstuhl zurück, denkt eine Zeitlang nach und sagt dann leise: »So ging's mir voriges Jahr auch. Hetes Tod hatte mir alle Lust am Weiterleben genommen.«

Hete, so hieß Herrn Modersohns erste Frau, die ihn damals vor den Nazis versteckte. Frank erinnert sich noch gut daran, wie

Herr Modersohn und seine erste Frau aneinander hingen und wie die Mutter immer sagte, eine solche Liebe müsse man sich verdienen, die bekäme man nicht geschenkt. Und wie dann Herr Modersohns Frau starb und Herr Modersohn von einem Tag auf den anderen dicke Augenringe bekam. Da hatte er als Jude in der Nazi-Zeit soviel mitgemacht und sogar die drei Jahre in seinem Kellerversteck überstanden, aber den Verlust seiner Frau schien er nicht überwinden zu können. Bis eines Tages eine Witwe namens Klärchen Krull dem Witwer Modersohn in seiner Schneiderwerkstatt half und alle wußten, daß diese kleine Frau eines Tages die neue Frau Modersohn sein würde, und sich für den langsam wieder auflebenden Schneidermeister freuten. Und nun glaubt Herr Modersohn also, daß es ihm, Frank, ähnlich ergehen könnte?

Herr Modersohn errät Franks Gedanken. »Warum denn nicht? Denkst du, du bist eine Ausnahme?« Und als Frank nichts antwortet, sagt er: »Was ich dir jetzt sage, klingt vielleicht sehr hart oder dumm, leider aber ist es wahr. Dein Leid, so groß und unermeßlich es dir auch erscheint, endet schon vor der nächsten Haustür. Während du weinst, wird woanders gelacht, während hier einer stirbt, wird woanders einer geboren. Das heißt nun nicht, daß man wegschauen soll von all dem Unglück, das in der Welt passiert, aber man soll auch nicht ständig draufstarren – weil man nämlich in der Finsternis nicht leben kann. Verstehst du, jede Pflanze braucht Sonne, um wachsen zu können; in einem dunklen Karton geht sie ein. Darum darfst du, wenn du zurückblickst, nicht immer nur an das denken, was man dir genommen hat, sondern mußt auch an all das Schöne denken, was du hattest und noch haben wirst.«

»Mein Gott, Maxe! Du bist ja ein richtiger Philosoph.« Frau Modersohn muß lachen, aber Frank sieht ihr an, daß ihr gefällt, was ihr Mann da eben gesagt hat.

»Man gibt sich Mühe.« Herr Modersohn schmunzelt, wird aber gleich wieder ernst. »Es ist doch so. Als Hete starb, dachte ich, die

Welt geht unter. Ohne sie fühlte ich mich wie ein armes Würstchen, vergessen und allein.«

»Genau wie ich.« Frau Modersohn hat keine Lust, ernst zu werden. »Maxe Modersohn und Klärchen Krull, zwei arme einsame Würstchen in zwei sehr verschiedenen Fleischereien.«

»Jetzt aber weiß ich, daß es falsch von mir war, dermaßen Trübsal zu blasen.« Herr Modersohn geht nicht auf den scherzhaften Ton seiner Frau ein. »Natürlich, ich hatte einen großen Verlust erlitten, aber mußte ich denn nicht auch dankbar sein, daß ich meine Hete dreißig Jahre lang hatte – eine so tapfere und liebe Frau, die sogar ihr Leben für mich riskierte?«

Herr Modersohn trinkt von seinem Tee und guckt Frank lange nachdenklich an. »Du wirst das jetzt vielleicht noch nicht so ganz verstehen. Wirst vielleicht sogar denken: Was wollen die von mir? Soll ich etwa meine Mutter von heute auf morgen vergessen? – Nein, das wollen wir nicht. Trauere ruhig um deine Mutter, aber denk auch daran, daß dein Leben ja erst angefangen hat. Was meinst du, was du noch alles erleben wirst? Du wirst ein junger Mann werden, dich in ein Mädchen verlieben, heiraten, Vater sein – und deinen Kindern dann manchmal von deiner Kindheit erzählen, von deiner Mutter, deinem Bruder, vielleicht auch von uns.« Er schmunzelt. »Wir sind dann ja leider nicht mehr da, werden nicht erfahren, was du über uns erzählst; können nur hoffen, daß wir nicht allzu schlecht dabei wegkommen.«

Verlegen trinkt Frank von seinem Tee, verschluckt sich dann aber plötzlich und hustet. Frau Modersohn klopft ihm gründlich den Rücken. »Na, geht's dir besser?«

Die Frage ist doppeldeutig gemeint, und deshalb gibt Frank mit seinem Nicken gleich zwei Antworten: Erstens, er muß nicht mehr husten, und zweitens – es geht ihm wirklich ein bißchen besser.

Nathan der Weise

Der schwere rote Samtvorhang schließt sich. Für eine Sekunde ist es still in dem dunklen Theatersaal, dann flammen die Kristallleuchter auf, und prasselnder Beifall setzt ein. Frank beugt sich über die Brüstung des zweiten Ranges und schaut zu dem Schauspieler hinunter, der den Nathan spielte und sich nun immer wieder dankend verneigt. Er ist ein großer Schauspieler, ein ganz berühmter; Frau Hagen hatte ihnen von ihm erzählt. Aber das ist es nicht, was Frank so bewegt – es ist die tiefe Güte und Menschlichkeit, die dieser Nathan ausstrahlte. Und noch etwas anderes: Er ist das erste Mal im Theater, er hätte nie gedacht, daß es etwas so Schönes gibt wie eine solche Theateraufführung.

Was ist Kino gegen Theater, was ein Film gegen so ein Stück? Was hat er bisher alles versäumt, nur weil er nie im Theater war?

Die anderen Schauspieler kommen zurück auf die Bühne: der Tempelherr, ein junger Mann mit dunklen Locken, Nathans Tochter Recha, der Sultan Saladin und seine schöne Schwester Sittah, der scheinheilige Patriarch, der lustige Klosterbruder und Nathans Haushälterin Daja. Und dann wieder der Schauspieler, der den Nathan spielte, der alte Mann mit dem weißen Haarkranz. Erst als der Vorhang sich nicht mehr hebt, verebbt der Beifall und die Theaterbesucher verlassen ihre Plätze.

Vor dem Theater stehen Taxis, aber nur wenige Theaterbesucher erwischen eines. Die anderen gehen durch den kühlen Abend zu den Bushaltestellen oder zum nahen S-Bahnhof. »Lauft nicht auseinander«, bittet Frau Hagen. »Wir gehen gemeinsam zum Bus und steigen auch gemeinsam in die Straßenbahn um. Erst wenn wir vor der Schule angelangt sind, trennen wir uns.«

»Wir sind doch kein Kindergarten«, murrt Elvis, der auf Frank wartet, und flüstert ihm zu: »Schnapp dir Gisela, ich nehme Rita.« Und damit geht er, ohne erst eine Antwort abzuwarten, auch schon schneller.

Frank hat eigentlich keine Lust, sich ablenken zu lassen; er würde sich am liebsten irgendwo hinsetzen und weiter an das Stück denken, das Erlebnis nachklingen lassen. Doch da ist Zacke, der neben Gisela hergeht und Rita und sie immer wieder zum Lachen bringt und dem er es nun deutlich ansieht, daß er es auf Gisela abgesehen hat – und da ist Elvis, der seit der Sache mit dem Lineal anders zu ihm ist, mißtrauischer, vorsichtiger. Es ist das erstemal, daß er sich wieder an ihn wendet. Das ist wie eine Hand, die er ausstreckt. Frank will Elvis' Hand nicht ausschlagen, deshalb geht er nun ebenfalls schneller, und als Elvis sich zwischen Rita und Gisela drängt, schiebt er sich zwischen Zacke und Gisela.

»Na, ihr Mäuse!« Elvis legt seinen Arm um Rita. »Müßt ihr gleich nach Hause?«

Rita befreit sich von Elvis. »Wir sind keine Mäuse.«

»Dann eben Ratten.« Elvis grinst.

Frank spürt Zackes Unsicherheit und wird selber unsicher. »Hat's euch gefallen?«

»Na klar!« sagt Zacke. »Besonders der Klosterbruder.« Und dann ahmt er ihn nach, bis Gisela und Rita wieder lachen.

»Dir muß es auch gefallen haben«, sagt Gisela zu Frank. »Du warst ganz weg.«

»Woher weißte denn das?« fragt Elvis und freut sich über Giselas verlegenes Gesicht.

»Das hat ja jeder gesehen«, hilft Rita Gisela. »Und mir ging's auch nicht viel anders.« Und wie sie das sagt, beginnt sie auch schon alles das über das Stück aufzusagen, was sie aus dem Lesebuch weiß. Elvis stöhnt leise, und Frank schaut Gisela an; er hat da so ein Gefühl, als wäre sie jetzt lieber mit ihm allein.

Der Doppelstockbus ist überfüllt. Die Klasse nimmt Frau Hagen in die Mitte und drückt und drängelt, bis alle drinnen sind. Es ist eng auf der Plattform, aber lustig. Frank gibt acht, daß er nicht von Gisela abgedrängt wird, und hat Glück, kommt so dicht vor ihr zu stehen, daß ihre Gesichter sich fast berühren. Und wenn sie den Kopf dreht, kitzelt ihn ihr Haar im Gesicht.

Am S-Bahnhof Friedrichstraße drängen sich weitere Theaterbesucher in den Bus. Es gibt viele Theater rings um die Friedrichstraße, und fast alle enden um die gleiche Zeit.

»Durchtreten, die Herrschaften!« ruft der Schaffner. »Bitte, durchtreten!«

Elvis, der neben Rita steht, macht ein Wortspiel daraus. »Durchdrehen, die Herrschaften!« ahmt er den Schaffner nach. »Bitte, durchdrehen!« Und dann ruft er mit so tiefer Stimme: »Wer ist hier noch nicht abgefertigt? Wer hat noch keinen Fahrschein?«, daß sich eine ältere Frau meldet: »Ich, Herr Schaffner! Ich!«

Die Fahrgäste brechen in Gelächter aus, und auch Rita muß lachen. Doch sie lacht nicht lange. »Pfoten weg!« faucht sie Elvis plötzlich an.

»Kann ich was dafür, daß der Bus so voll ist?« Elvis nimmt beide Arme hoch und stützt sich an der Treppe ab, unter der Rita und er stehen.

Frank sieht Gisela an, guckt ihr in die Augen. Und Gisela hält seinen Blick aus, hält ihn aus, bis Frank aufgibt und von ihr wegschaut. Da lächelt sie – und da weiß er, daß sie ihm nicht mehr böse ist.

Die Tür zur *Gemütlichen Ecke* steht weit offen. Die Rauchschwaden sollen abziehen, der Ventilator im Fenster schafft es nicht. Wie jeden Sonnabend ist die Gaststätte übervoll. Frank geht durch das Stimmengewirr hindurch und an der Theke vorüber, und als er am Stammtisch vorbeikommt, grüßt er laut. Er hat gute Laune; die will er sich durch nichts verderben lassen.

Ilse Fröhlich hält Frank an. »Wie war's denn im Theater? Was habt ihr gesehen?«

»Nathan der Weise.«

»Ist das nicht von Goethe?«

»Lessing«, verbessert Herr Bessel. Und dann will er wissen: »Ist Mäxchen auch zurück?«

»Ja.«

»Ich werde Mäxchen und dir mal eine Theaterkarte für Westberlin spendieren«, sagt Herr Bessel. »So was muß man unterstützen.«

»In Westberlin haben die ganz andere Kräfte«, sagt Herr Braun. »Das ist noch richtig gutes Theater.«

Alle im Kreis nicken. Es sieht fast aus, als wären sie traurig, anstatt in einem Westberliner Theater in einer Ostberliner Kneipe zu sitzen.

Onkel Willi kommt. »Geh nach hinten«, sagt er. Seit jenem ergebnislosen Gespräch von Mann zu Mann benutzt er jede Gelegenheit, etwas anzuordnen. Doch er ordnet nur an, was Frank sowieso gerade vorhat oder was ihm nicht schwerfällt zu tun; er läßt es nicht darauf ankommen.

Frank befolgt Onkel Willis Anordnung, setzt sich im Hinterzimmer an den Tisch, ißt von den Broten, die Frau Schipprowski ihm hingestellt hat, und denkt dabei an das Theaterstück.

Schauspieler muß ein toller Beruf sein. Es muß herrlich sein, den Tempelherrn zu spielen. Noch schöner wäre freilich die Rolle des weisen Nathan... Aber das ist bestimmt sehr schwer, dazu muß man alt sein, Erfahrung besitzen.

Es ist bereits nach Mitternacht, aber Frank kann weder schlafen noch lesen. Noch immer spukt das Theaterstück in seinem Kopf herum. Die Szene, in der Nathan dem Sultan von den drei Ringen erzählte, die einander so gleich waren, daß man sie nicht voneinander unterscheiden konnte... Frau Hagen hat gesagt, daß Lessing damit die verschiedenen Religionen meinte. Aber sind wirklich alle Religionen einander so gleich? Nathan war Jude wie Herr Modersohn, und der Patriarch war Christ wie Onkel Willi oder Herr Bessel. Können denn die Religionen einander gleich sein, wenn die Menschen es nicht sind?

Nachher waren sie dann alle eine Familie, die Mohammedaner Saladin und Sittha und die Christen Recha und der Tempelherr. Nur Nathan gehörte nicht dazu. Ob das was zu bedeuten hat? Ob Lessing damit irgend etwas sagen wollte?

Endlich wird Frank müde. Er löscht das Licht und vergräbt den Kopf ins Kissen. Doch kaum hat er die Augen geschlossen, muß er an Gisela denken. Wie sie gelächelt hat! Er muß ihr unbedingt bald sagen, daß er nicht nur nicht schlecht, sondern gut, sehr gut von ihr dachte, als er sie damals zeichnete.

Ob sie das versteht?

Die Tür geht. Frank will sich schlaftrunken auf die andere Seite drehen, ist dann aber plötzlich hellwach: Onkel Willi ist nicht allein, er steht in der Tür und redet auf jemanden ein. Auf Frau Schipprowski! Und die Schipprowski lacht, hat getrunken, ist angeheitert.

»Schläft der Junge denn?« Die beiden stehen noch immer vor der Tür. Frau Schipprowski ist unsicher.

Frank kann Onkel Willis Antwort nicht verstehen, es ist nur ein Gemurmel, aber er hört, wie Onkel Willi die Frau durch den Raum schiebt.

»Schläft der Junge auch wirklich?« fragt die Schipprowski noch einmal.

»Wie ein Murmeltier«, sagt Onkel Willi.

Im ersten Stock

Es ist Sonntagvormittag. In der *Gemütlichen Ecke* sitzen nur wenige Frühschoppentrinker. Sie tragen Schlips und Jacke und sind nicht so laut wie sonst. Frau Schipprowski serviert, und Onkel Willi zapft. Es ist fast wie an jenen Sonntagen früher, wenn die Mutter und Onkel Willi zur gleichen Zeit gute Laune hatten. Dann lag auch so ein Hauch von Frieden und Stille über der Gaststätte.

Aber die Schipprowski ist nicht die Mutter. Und sie weiß das auch. Deshalb sieht sie Frank nicht an, aber Onkel Willi weicht seinen Blicken nicht aus. Im Gegenteil, Frank hat den Eindruck, er sucht sie sogar, ist neugierig, will wissen, wie er zu Frau Schipprowskis Hierbleiben steht.

Frank spielt den Gleichgültigen, sagt sich immer wieder, daß es ihm egal zu sein hat, ob die Schipprowski nun in Mutters Bett schläft oder nicht. Onkel Willi ist nicht sein Vater, es geht ihn gar nichts an. Nur miterleben will er es nicht noch mal, deshalb wird er nun wieder in den ersten Stock ziehen, wo er früher mit Burkie zusammen schlief und später nicht mehr schlafen durfte, weil er zuviel herumphantasierte. Er packt sein Bettzeug zusammen und trägt es unter Onkel Willis Blicken in den ersten Stock hinauf.

In der nun nur noch selten benutzten Wohnung riecht es muffig. Frank öffnet die Balkontür und läßt frische Luft in das Zimmer, in dem zuletzt Tante Hille geschlafen hat. Dann räumt er das Bett frei und legt sein Bettzeug drauf. Beim Bettenmachen aber überkommt ihn ein komisches Gefühl; ihm ist, als wäre er nicht allein in der Wohnung. Er läßt fallen, was er in den Händen hält, läuft auf den Balkon und setzt sich auf die verwitterte Holzbank.

Es gibt keine Gespenster, die spuken können. Wenn etwas spukt, dann nur in seinem Kopf. Trotzdem: Hier oben ist alles wie damals – als ob Burkie, die Mutter und Tante Lucie hier ihre Schatten zurückgelassen hätten...

»Was machst du da eigentlich?« Onkel Willi betritt das Hinterzimmer und schaut zu, wie Frank nun auch noch seine Bücher aus dem Regal nimmt.

»Ich ziehe hoch.«

»In den ersten Stock?« Onkel Willi überlegt. »Warum nicht? Alt genug bist du ja.« Er zückt sein Portemonnaie und legt zehn Mark auf den Tisch. »Taschengeld«, sagt er und kneift ein Auge zu.

Frank beachtet das Geld nicht. Auf einen so plumpen Trick fällt er nicht herein. Er räumt weiter das Regal leer und geht dann auf den Hof und pfeift, bis Uwis Kopf im Fenster erscheint.

»Komm mal runter!«

Uwi nickt und kommt auch gleich. Gemeinsam tragen sie das

leere Bücherregal die Treppen hinauf. Und als Frank die Tür aufschließt, ist er froh, daß diesmal Uwi bei ihm ist. Trotzdem ist er absichtlich laut.

»Hast du die ganze Wohnung für dich alleine?« staunt Uwi.

»Was denn sonst?« Frank setzt sich auf das Regal und läßt die Beine baumeln. »Wenn wir mal zusammen Karten spielen wollen, hier stört uns keiner.«

»Toll!« sagt Uwi. Aber dann fragt er: »Heiratet dein Vater bald wieder?«

Es ist also schon im ganzen Haus herum. Frank zuckt die Achseln: »Keine Ahnung.« Doch dann wird ihm klar, was Uwi gesagt hat, und er begehrt auf: »Er ist nicht mein Vater!«

»Na, dann eben dein Stiefvater«, verbessert sich Uwi. Und er fügt so leise, als verrate er Frank damit ein Geheimnis, hinzu: »Meine Oma hat gesagt, das wäre noch zu früh, deine Mutter wäre ja kaum unter der Erde.«

Soll er sich jetzt etwa noch für Onkel Willi schämen? Das kann er nicht – und das will er nicht. Er kann sich höchstens wundern: Kalles Mutter lebt nun schon über drei Jahre ohne Mann und hat zu Kalle gesagt, daß sie nicht einmal im Traum daran denke, jemals wieder zu heiraten. Und Herr Modersohn hat ein ganzes Jahr um seine Frau getrauert. Onkel Willi aber kann nicht mal ein paar Wochen ohne Frau sein. Es ist ihm sogar egal, was die Nachbarn dazu sagen.

»Wenn sie wenigstens nach was aussehen würde.« Uwi lacht. »Die sieht ja aus wie Quark mit weißem Käse, die Knipprowski.«

»Schipprowski!« verbessert Frank Uwi ärgerlich. Und weil er findet, daß Uwi damit zu weit gegangen ist, sagt er: »Wie sie aussieht, ist doch unwichtig. Und wenn sie wirklich so aussieht – guck bloß mal deine Oma an, wie sieht die denn aus? Wie'n aufgewärmter Mülleimer.«

»Hab ich doch nicht so gemeint«, entschuldigt sich Uwi. Aber obwohl er sonst nicht viel von seiner Oma hält, ist er jetzt doch ein bißchen beleidigt.

Dann ist der Umzug beendet, Uwi ist gegangen. Frank steht auf dem Balkon und schaut auf die Straße hinunter. Die Bäume in der Prenzlauer Allee haben nun auch das letzte Laub verloren, kahl wie frierende Riesen stehen sie da, dunkelbraune Blätter tanzen über die Straßenbahnschienen und bleiben in den Buschhecken hängen.

Die zehn Mark unten auf dem Tisch! Sie liegen noch dort, und er hat kein Geld. Er wird sie trotzdem nicht nehmen. Das ist kein Taschengeld, das ist eine Art Lohn für gestern nacht. Er wird sich anders Geld besorgen. Onkel Willi schließt ja die Kasse immer noch nicht ab...

Es klingelt. Frank rührt sich nicht.

Es klingelt zum zweitenmal. Aber es ist kein drängendes Läuten, eher ein bittendes. Leise geht Frank zur Tür und späht durchs Guckloch.

Frau Schipprowski! Will sie ihn zum Mittagessen holen? Oder bringt sie es ihm? Frank stellt sich auf die Zehenspitzen und schielt nach unten: Wäsche! Sie will ihm seine Wäsche bringen. Einen Moment zögert er, dann geht er so leise, wie er gekommen ist, ins Zimmer zurück. Er wird sich die Wäsche nachher selber holen.

Für Gisela

Die *Gemütliche Ecke* riecht nach kaltem Zigarettenqualm und schalem Bier. Frank trägt eine Decke unter dem Arm und läßt den Schein der Taschenlampe durch den großen dunklen Raum huschen. Es ist noch früh, erst sieben Uhr morgens, draußen ist es noch stockfinster. Nur die Scheinwerfer der Autos, die die Prenzlauer Allee entlangfahren, erhellen in fast regelmäßigen Abständen das Regal hinter der Theke.

Die Kasse. Frank legt die Decke über den Apparat mit den vielen Tasten, kriecht drunter und legt die Hand auf die Auslösetaste. Die Decke soll das Klingelgeräusch dämpfen. Vorsichtig drückt er die Taste nieder, bis ihm die Schublade in den Bauch springt. Dann nimmt er hastig einen Zehnmarkschein heraus, schiebt die Lade zurück, taucht unter der Decke hervor und lauscht. Doch es ist nichts zu hören. Er steckt den Geldschein ein, nimmt Taschenlampe und Decke und beeilt sich, aus der Gaststube zu kommen. Im Flur zum Hinterausgang aber bleibt er stehen: In der Küche brennt Licht, jemand läßt Wasser in einen Topf laufen.

Das wird die Schipprowski sein. Langsam schleicht Frank sich weiter, vielleicht kommt er ungesehen vorbei.

»Frank!« Frau Schipprowski kommt zur Tür. Sie trägt Mutters Morgenmantel.

»Was machst du denn so früh hier unten?«

Erst Mutters Kittel, jetzt ihr Morgenmantel. Und in Mutters Bett liegt sie auch schon.

»Ich habe die Kasse gehört«, sagt die Frau. »Hast du dir Geld rausgenommen?«

»Geht Sie das was an?«

Frau Schipprowski senkt den Blick. »Ich sag Willi ja nichts. Aber du darfst es nicht übertreiben.«

»Meinetwegen können Sie's ihm ruhig sagen. Hier nimmt sich ja sowieso jeder, was er gebrauchen kann.«

»Wie meinst du das?«

Frank antwortet nichts.

»Wenn du den Morgenmantel meinst, den habe ich nur angezogen, weil ich meine Sachen noch nicht geholt habe. Danach hänge ich ihn sofort zurück. Obwohl's natürlich schade ist um so ein schönes Stück... Vielleicht verkauft ihr ihn mir?«

Für wie dumm hält diese Frau ihn eigentlich? Ohne ein weiteres Wort zu verlieren, trägt Frank die Decke in den ersten Stock zurück und macht sich auf den Weg zur Schule, wo schon die LKW warten, die die Schüler zum Kartoffellesen auf die Felder bringen sollen.

Frau Hagen trägt einen alten Trainingsanzug und ein Kopftuch. Sie kommt sich selber ein wenig komisch vor, findet aber Spaß daran. »Los! Los!« drängelt sie, als sie Frank erblickt. »Rauf auf den Wagen, bevor die Kartoffeln sich langweilen.«

Gisela ist bereits auf dem Wagen, aber der Platz neben ihr ist besetzt: Zacke sitzt da. Still setzt Frank sich neben Elvis.

Es sind drei LKW, die hintereinander aus der Stadt rausfahren; auf dem ersten sitzen die drei neunten, auf dem zweiten die drei achten, auf dem dritten die drei siebten Klassen. Es geht durch Vorortstraßen, über Landstraßen hinweg, durch Dörfer und zwischen Feldern hindurch. Noch ist die Stimmung eher müde, nur die Lehrer bemühen sich um ein wenig Heiterkeit. Doch dann fahren sie durch eine Apfelbaumallee hindurch, die Äste streifen fast ihre Köpfe; einige Mädchen kreischen laut, die meisten Jungen geben sich unerschrocken. Und Elvis steht sogar auf, langt sich einen Apfel und beißt so selbstverständlich hinein, als mache er das jeden Morgen. Auch Zacke versucht, einen Apfel zu erwischen, aber bevor er zugreifen kann, holpert der LKW, Zacke schwankt und fällt – genau auf Gisela!

Frank schießt das Blut in den Kopf: Das war Absicht.

»Laßt das lieber«, rät Frau Hagen besorgt. »Nachher fallt ihr mir noch in den Straßengraben.«

»Die anderen machen das auch«, protestiert Elvis und zeigt auf den vorausfahrenden LKW, auf dem sich mehrere Jungen gleichzeitig nach den Äpfeln strecken.

»Ich habe für euch die Verantwortung, nicht für die anderen.« Frau Hagen läßt nicht mit sich reden.

Zacke wollte den Apfel für Gisela, da ist Frank sich ganz sicher, und deshalb steht nun er auf, stellt sich breitbeinig hin und hält nach einem besonders großen Apfel Ausschau.

»Setz dich, Frank!« Frau Hagen wird ärgerlich. »Oder hast du nicht gehört, was ich gesagt habe?«

Frank späht und späht und entdeckt einen riesigen Apfel. Er greift zu – und hält den Apfel mitsamt Zweig in der Hand. Lässig pflückt er den Apfel, wirft den Zweig vom LKW und den Apfel Gisela zu, die ihn überrascht auffängt.

»Wenn noch ein einziger von euch aufsteht, lasse ich den LKW anhalten und denjenigen absteigen«, droht Frau Hagen.

Gisela reibt den Apfel an ihrer Trainingsbluse blank. »Danke!« sagt sie und lächelt.

»Bitte!« Frank muß sich Mühe geben, Zacke nicht triumphierend anzusehen. Doch es gelingt ihm, ein gleichmütiges Gesicht zu machen.

Das Feld ist groß, jeder Junge, jedes Mädchen hat zehn Meter Lesefläche zugeteilt bekommen, und alle zusammen bilden sie einen Kreis, der immer größer wird, je länger der Traktor mit dem Kartoffelpflug um sie herum fährt.

Der Wind fegt über das Feld, fährt in die Blusen und Jacken, friert die Nasen rot und läßt die Hände, die die vom Pflug ausgeworfenen Kartoffeln aus der feuchten Erde lesen, steif und klamm werden. Frank hat dafür gesorgt, daß sein Abschnitt hinter Giselas liegt; er will ihr helfen, wenn sie nicht rechtzeitig fertig wird. Doch Gisela ist schnell. Meistens ist sie sogar noch eher fertig als er. Dann steht sie da, in den viel zu großen Stiefeln der LPG, die sie alle tragen, und mit dem unter dem Kinn festgebundenen roten Kopftuch und schaut zu, wie er die letzten Kartoffeln aufliest, um sie in die Kiepe zu tun – und manchmal lächelt sie ihn an, als wollte sie ihm etwas sagen und traue sich bloß nicht.

Uwi und Zacke arbeiten auf der anderen Seite des Feldes, und je größer der Kreis wird, den der Traktor zieht, desto weiter entfernen sie sich zu Franks Befriedigung von Gisela und ihm.

Elvis liest hinter Frank Kartoffeln auf, flucht und sagt immer wieder, daß er doch lieber nicht mitgehen hätte sollen. Und als der Pferdewagen, auf dem die Kiepen ausgeleert werden, bei ihm hält und Frau Hagen mit seiner Leistung unzufrieden ist und gemeinsam mit Herrn Trott nachliest, was Elvis liegengelassen hat, fragt er, was sie denn eigentlich pro Kiepe bekämen.

»Wir machen das, um den Bauern zu helfen, nicht um zu

verdienen«, antwortet Frau Hagen. »Aber für die Theaterkarten reicht's.«

»Die zehnten Klassen kriegen pro Kiepe dreißig Pfennig.« Elvis bleibt stur. »Warum kriegen wir nichts?«

»Die Zehnten bleiben eine ganze Woche hier, wir nur einen halben Tag. Das ist doch wohl ein Unterschied.« Frau Hagen richtet sich auf. »Was wir machen, ist eine Hilfsaktion, kein Ernteeinsatz.«

Elvis tröstet das nicht. Er stülpt die leere Kiepe um und setzt sich drauf. »Warum müssen wir überhaupt helfen? Warum schaffen die Bauern das nicht allein?«

»Weil sie zu wenige sind für die vielen Felder«, schaltet sich Herr Trott ein. »Kartoffellesen ist eine arbeitsintensive Sache, das geht noch nicht maschinell.«

Jetzt kann Elvis rauslassen, was er loswerden will: »Stimmt nicht, im Westen braucht keiner zu helfen. Unsere Bauern arbeiten nicht mehr soviel, weil ihnen die Felder nicht mehr gehören. Deshalb müssen wir ihnen helfen.«

»Du bist ja ein ganz kluges Kerlchen«, sagt Herr Trott. »Auf die Idee, daß die Bauern im Westen vielleicht zuviel arbeiten, bist du aber noch nicht gekommen. Das ist nämlich so: Wenn einem etwas gehört, will er, daß sein Besitz immer größer wird. Und eines Tages ist er kaputt und hat gar nicht gelebt. Wenn unser System auch seine Fehler hat, es ist auf jeden Fall mal was Neues. Das alte kennen wir zur Genüge.«

Darauf weiß Elvis keine Antwort; das Gespräch interessiert ihn auch nicht mehr. Er hat gesehen, daß Rita nicht rechtzeitig fertig geworden ist, und läuft über das Feld, um ihr zu helfen. Er erntet dafür von Rita ein dankbares Lächeln und von Frau Hagen und Herrn Trott verwundertes Kopfschütteln. »Das ist wirklich eine Marke, der Peter!« lacht Frau Hagen. »Eine richtige Sondermarke!«

Elvis hilft Rita, bis sie fertig ist, vergißt dafür aber seinen eigenen Abschnitt. Frank und Gisela arbeiten für ihn weiter, lesen nebeneinander her und versuchen jeder, schneller zu sein als der andere. Einmal, als beide die gleiche Kartoffel greifen wollen, erwischt Frank nur noch Giselas Hand und hält sie fest. Doch Gisela zieht die Hand schnell weg und arbeitet weiter, als hinge ihr Leben davon ab, rechtzeitig mit Elvis' Abschnitt fertig zu werden. Aber sie schaffen es trotzdem nicht, der Traktor muß anhalten, der Fahrer macht ein mürrisches Gesicht.

»Elvis!« Frank winkt, Elvis und Rita kommen gelaufen und die Kartoffeljagd geht weiter, bis der Traktorist endlich wieder seinen Motor anlassen und weiterfahren kann. Elvis hat schon darauf gelauert. Kaum hat der Traktorist sie im Rücken, stößt er Rita um und wirft sich auf sie. Frank macht das gleiche mit Gisela und guckt sie groß an.

Gisela wehrt sich nicht, pustet sich nur das Haar aus dem verschwitzten Gesicht ... Da stößt Franks Kopf nach vorn, er küßt Gisela hart und hastig auf den Mund und springt erschreckt auf: Hoffentlich hat sie niemand beobachtet! Doch es hat sie niemand beobachtet, nicht einmal Elvis und Rita, denn Rita wehrt sich, stößt Elvis fort und weint fast.

Elvis ist enttäuscht. »Dir helfe ich noch mal.«

»Auf deine Hilfe verzichte ich auch!« schreit Rita. »Du bist mir viel zu blöd!«

»Und du mir zu zickig!«

Elvis arbeitet weiter, als hätte er nun plötzlich Lust darauf bekommen. Und auch Frank und Gisela arbeiten weiter, während Rita wütend wieder zu ihrem Abschnitt hinüberstapft. Und genau wie Elvis macht Frank die Arbeit jetzt richtigen Spaß – wenn auch aus einem anderen Grund: Er ist sich nun sicher, daß Gisela ihn mag. Wenn es anders wäre, hätte sie sicher genauso reagiert wie Rita.

Die letzte Runde. Noch einmal kommt der Traktor mit dem Pflug und wirft Kartoffeln auf, dann stellt der Traktorist den Motor ab; die letzten Kartoffeln werden ohne die eintönige Begleitmusik des Motorengeräuschs eingesammelt. Danach gehen die Jungen und Mädchen zum Feldrand und lassen sich erschöpft ins Gras fallen. Rita zieht sogar ihre Trainingsbluse aus und öffnet den Knoten des Pioniertuchs. Sie ist rosarot im Gesicht, so sehr schwitzt sie.

»Was denn, du führst die Rotzfahne sogar auf dem Kartoffelakker spazieren?« Elvis zieht Rita das Tuch von der Schulter und tut, als wolle er sich hineinschneuzen. Rita sitzt wie erstarrt.

»Nimm ihm das Tuch weg«, flüstert Gisela Frank zu. »Bevor es Ärger gibt.«

Frank guckt erstaunt. Wieso ausgerechnet er?

»Bitte«, sagt Gisela.

Elvis wedelt mit dem Tuch in der Luft herum. »Na, Fränkie? Was machen wir damit?«

»Gib's zurück. Soll sie damit glücklich werden.«

»Und ich? Wer fragt, ob ich dann glücklich bin?«

»Ach, laß doch den Quatsch!« Frank greift nach dem Tuch.

Elvis zieht es weg. »Spiel nicht immer den Schiedsrichter.«

Frank dreht sich weg, als gebe er auf, fährt dann aber plötzlich herum, reißt Elvis das Tuch aus der Hand und reicht es Rita. Elvis springt vor und schlägt zu. Es ist ein harter Schlag direkt unter Franks Kinn; Frank schießen die Tränen in die Augen.

»Na los!« Elvis tänzelt in Boxhaltung vor Frank herum. »Du hast doch sonst immer so ein großes Maul. Zeig mal, was du kannst.«

Die Jungen und Mädchen stehen auf und bilden einen Kreis. Elvis taucht unter und boxt Frank in den Bauch. Frank bleibt die Luft weg, er atmet ein paarmal hastig und stürzt dann vor, um auf Elvis einzuschlagen. Elvis schlägt zurück, aber seine Schläge finden nicht ihr Ziel, zu heftig prügelt Frank auf ihn los.

»Hört auf! Hört doch auf!« Gisela und Zacke ziehen Frank von Elvis weg. Elvis steht da und starrt Frank fassungslos an. Er blutet aus der Nase und aus dem Mund.

Frank setzt sich wieder ins Gras. Sein rechtes Auge ist heiß, er spürt, wie es anschwillt. »Das wird ein Veilchen«, sagt Gisela.

»Na und?« Frank ist unzufrieden mit sich. Was geht ihn Ritas Tuch an? Wieso hat er sich auf diese Sache eingelassen?

Er hat es für Gisela getan, nur für sie. Hoffentlich weiß sie das wenigstens.

Gisela weiß es, ganz unauffällig nimmt sie seine Hand und drückt sie.

Ein richtiger Mensch

Onkel Willi ist weit und breit nicht zu sehen, Frau Schipprowski steht hinter der Theke und zapft. Es sind auch nicht viele Gäste da, nur Herr Bessel und einige andere Stammgäste sitzen am großen Stammtisch, lesen Zeitungen oder unterhalten sich miteinander.

»Wie siehst du denn aus?« Frau Schipprowski läßt vor Überraschung über Franks Anblick zuviel Bier ins Glas laufen, es schäumt über.

Warum ist er hier hineingelaufen? Warum ist er nicht gleich in den ersten Stock gegangen?

»Du mußt das Auge kühlen.« Frau Schipprowski will gleich mit Frank in die Küche. Aber Frank schüttelt den Kopf. »Wo is'n Onkel Willi?«

»Im Hinterzimmer. Er schläft.«

Onkel Willi hält wieder seinen Mittagsschlaf? Warum auch nicht, er hat ja nun die Schipprowski. Frank überlegt einen Moment, dann geht er in die Küche.

Auf dem Küchentisch steht ein Teller, daneben liegen Messer und Gabel; in der Pfanne ist ein Schnitzel, sind Kartoffeln und grüne Erbsen. Frank füllt sich alles auf, setzt sich hin und ißt. Doch er ißt nicht auf, hat plötzlich keinen Appetit mehr, räumt nur sein Geschirr weg und verläßt die *Gemütliche Ecke* durch den Hinterausgang. Er will zu Kalle, will mit ihm zum Friedhof und hinterher ins Kino; nur deshalb hat er sich heute morgen die zehn Mark geholt.

Kalle hat schon auf Frank gewartet, für eine Tüte Eis will seine Schwester Beate sich heute um die kleineren Geschwister kümmern. Aber natürlich muß Frank ihr das Geld für eine Tüte geben, Kalle bekommt ja kein Taschengeld.

Danach stehen sie dann beide in der offenen Straßenbahntür, lassen sich den Fahrtwind durchs Haar wehen und unterhalten sich über Franks Prügelei mit Elvis. »Das hat Elvis schon lange mal verdient«, freut sich Kalle. »Der mit seiner großen Schnauze!«

Erst hat Elvis ihm sein großes Maul vorgeworfen, nun wirft Kalle Elvis seine große Schnauze vor; jeder wirft dem anderen vor, den Mund zu weit aufzumachen. Ist es besser, den Mund nicht aufzumachen?

»Haste schlechte Laune?« Kalle guckt mißtrauisch.

»Nee! Wieso denn?«

Smetanastraße. Sie steigen aus, und Frank betritt als erstes gleich das Blumengeschäft an der Ecke, in dem auch die Mutter immer Blumen kaufte. Er kauft einen Strauß Herbstastern, Mutters Lieblingsblumen, und geht dann mit Kalle den Weg zwischen den Gärten entlang, bis rechts die Friedhofsmauer aus rotem Backstein auftaucht. Unwillkürlich werden sie langsamer und leiser.

»Weißt du, was mit den Toten geschieht, wenn der Friedhof überfüllt ist?« fragt Kalle, den das Thema Tod und Friedhof immer sehr interessiert, obwohl in seiner Familie, solange er lebt, noch nie ein Todesfall vorgekommen ist.

»Nee.«

»Sie werden weggeschmissen!« triumphiert Kalle. »Meine Mutter hat es mir gesagt.«

So ähnlich muß es sein, denkt Frank, aber er will es nicht zugeben. Deshalb sagt er: »Der erste Mann meiner Mutter liegt schon zwanzig Jahre dort. Solange die Grabstelle bezahlt wird, lassen sie ihn auch weiter da liegen.«

»Meinste etwa, dein Stiefvater bezahlt noch lange für ihn?«

Frank muß an das Gespräch über den Grabstein denken. Onkel Willi bezahlt bestimmt nicht mehr lange für Burkies Vater. Aber auch das will er nicht zugeben. »Was geht mich der an?« fährt er Kalle an. »Ich bezahle. Die halbe Kneipe gehört ja schließlich mir.«

Da verstummt Kalle und sagt nun gar nichts mehr, bis sie vor den drei Gräbern stehen, die Franks Ziel sind.

Frank beginnt, die verwelkten Kränze und Blumen fortzuschaffen, und Kalle hilft ihm dabei, holt in einer Tonvase Wasser für die Herbstastern. Doch die Blumen haben zu lange Stiele für die Friedhofsvase, Frank muß sie erst kürzen, bevor sie einigermaßen hineinpassen und er die Vase mit dem spitzen Ende in die weiche Erde drücken kann. »Wenn meine Mutter mal stirbt«, sagt Kalle da, »hab ich's nicht so gut wie du. Dann hab ich alle meine Geschwister auf dem Hals.«

»Deine Mutter stirbt aber nicht so schnell. Sie ist ja noch ganz jung.«

»Deine Mutter war auch nicht alt«, erwidert Kalle. Und dann sagt er: »Wenn's doch passiert, kommen wir alle in ein Heim. Uns nimmt keiner.«

Frank entgegnet nichts mehr, guckt nur das Grab an und überlegt, ob er noch irgendwas tun kann, was der Mutter gefallen würde. Aber es gibt nichts mehr zu tun, er kann nur dastehen, das Grab angucken und an sie denken.

Kalle liest die Daten auf Burkies Grabstein. »Gerade mal vierzehn ist er geworden«, sagt er leise. »Da hat er aber wirklich Pech gehabt.«

Auch Frank schaut den Grabstein an. Wer es nicht weiß, käme nie auf die Idee, daß auch die Mutter hier liegt. Aber noch kann er nichts tun, erst wenn das Jahr vorüber ist und Onkel Willi immer noch keinen Grabstein aufstellen läßt, kann er was unternehmen.

»Komm!« sagt er da und dreht sich hastig um. »Wir müssen uns beeilen, sonst kriegen wir keine Karten mehr.«

Damit läuft er los. Kalle ist von seiner plötzlichen Eile überrascht, aber er folgt ihm.

Es gibt tatsächlich keine Kinokarten mehr. Frank und Kalle stehen vor den Vitrinen der *Vox*-Lichtspiele und schauen sich die Schwarzweiß-Fotos an, auf denen Tarzan und Jane und der Affe Cheeta zu sehen sind. Kalle heult fast.

»Irgendwann klappt's schon noch mal«, tröstet ihn Frank.

»Es ist ja nur, weil ich Tarzan so mag.«

»Und warum gerade Tarzan?«

»Weil er im Urwald lebt. Weil die Tiere seine Freunde sind. Und weil seine Feinde ihm nichts tun können. Dazu ist er viel zu stark.«

»Supermann ist noch stärker«, sagt Frank, obwohl er blöd findet, was sie da reden. Er sagt es Kalle zuliebe, weil Kalle solche Gespräche mag.

»Aber Supermann lebt zwischen Wolkenkratzern und nicht im Urwald«, wehrt sich Kalle. »Tarzan ist ein richtiger Mensch, Supermann ist nur erfunden.«

Frank sagt nicht, daß Tarzan auch nur eine erfundene Figur ist; Kalle weiß es ohnehin. Er geht zur Litfaßsäule an der Straßenecke und studiert die Kinoanzeigen. »Im *Humboldt* spielen sie *Robin Hood.* Wenn wir uns beeilen, schaffen wir es noch.«

Schwierige Fälle

Der erste Schultag nach den Herbstferien. Frank steht vor dem Spiegel und betrachtet sein Auge. Es ist nicht mehr blau und auch nicht mehr grün, es ist gelb geworden. Frau Schipprowski kommt in die Küche, räumt das Frühstücksgeschirr fort und sagt wie beiläufig: »Heute hole ich meine Sachen; Willi und ich ... wir haben uns gestern verlobt.«

Frank nimmt den Kamm und kämmt sich, als habe er nichts gehört.

»In einen Haushalt gehört nun einmal eine Frau. Besonders wenn ein Kind da ist. Es muß ja alles seine Ordnung haben.«

Frank kämmt sich weiter. Hat die Schipprowski gemerkt, daß er wieder an der Kasse war? Fängt sie deshalb damit an?

»Ich meine es gut mit dir, das kannst du mir glauben.« Frau Schipprowski legt Frank die Hand auf die Schulter. »Ich kann doch nichts dafür, daß deine Mutter...«

Frank steht da und sagt kein Wort. Das alles geht ihn gar nichts an. Was Onkel Willi mit der Schipprowski macht, ist seine Sache. Und wenn sie auf ihn hereinfällt, was kann er daran ändern?

Die Frau zieht ihre Hand zurück. »Du bist nicht schlecht, und ich bin auch kein Besen, wir müßten doch Freunde werden können. Willst du nicht Tante Trude zu mir sagen?«

Frank legt den Kamm zurück und geht aus der Küche. Tante Trude! Das fehlt ihm gerade noch! Tante Trude und Onkel Willi...

Er ist der letzte, der die Klasse betritt, hat sich absichtlich Zeit gelassen, ist nicht scharf auf die Begegnung mit Elvis.

Elvis sitzt hinter seinem Tisch. Sein Gesicht ist noch geschwollen, nur sein herausfordernder Blick verhindert, daß über ihn gegrinst wird. Frank setzt sich auf seinen Platz und wartet. Er weiß, daß Elvis kommen wird. Nur was dann passiert, das weiß er nicht. Elvis steht auf, die Klasse hält den Atem an. Doch Elvis geht um Frank herum und bleibt vor Gisela stehen. »Du hast Frank aufgehetzt«, sagt er. »Dir haben wir's zu verdanken, wenn wir jetzt keine Freunde mehr sind.«

»Schöne Freunde!« sagt Gisela nur.

Elvis packt Giselas Arm: »Ich scheuer dir gleich eine.«

Gisela wird feuerrot. »Dann kriegste aber eine zurück. Das versprech ich dir.«

Frank streichelt mit dem Zeigefinger seine Insel. Wenn Elvis Gisela nicht gleich losläßt...

Elvis läßt Giselas Arm fahren. »Wir werden uns doch wegen der Weiber nicht streiten, was, Fränkie?«

Elvis schiebt Gisela vor, damit sie Freunde bleiben können.
»Na klar!« murmelt Frank.

Die Stille ist vorüber, Unruhe setzt ein; es ist was Wichtiges passiert: Die Klasse hat einen neuen Klassenchef – Frank!

Das Klingelzeichen.

»Rita ist noch gar nicht da«, sagt Uwi.

»Und Zacke auch nicht«, ergänzt Julia.

Die Jungen und Mädchen sehen sich an. Ausgerechnet die beiden? Da stimmt was nicht.

Es ist zehn Minuten über die Zeit, weder Frau Hagen noch Rita oder Zacke haben sich blicken lassen. In der Klasse wird geflüstert und getuschelt. Elvis sitzt auf Franks Tisch, läßt die Beine baumeln und grinst. Es sieht lustig aus, dieses Grinsen im geschwollenen Gesicht, aber auch hilfesuchend. Irgendwie hat Elvis sich verändert; fast könnte er Frank leid tun.

Dann kommen Frau Hagen, Rita und Zacke. Zacke blickt verlegen, Rita hält den Kopf hoch, Frau Hagen sieht müde aus.

Ritas Eltern haben sich beschwert. Sie sind mit Rita zum Direktor gegangen, der Frau Hagen kommen ließ, und Frau Hagen rief Zacke dazu; er ist ja der Vertrauensschüler. Nun geht sie vor der Klasse auf und ab und sagt, daß Rita sich von Elvis wegsetzen darf. Sie sagt aber auch, daß sie die Beschwerde nach wie vor nicht einsähe, sondern nur den Anweisungen des Direktors Folge leiste. Als Junger Pionier hätte Rita die Verpflichtung gehabt, Elvis zu helfen, anstatt ihn abzulehnen. »Es geht um jeden, wir dürfen niemanden schlechten Einflüssen überlassen.«

»Von wegen schlechte Einflüsse!« protestiert Elvis laut. Und Rita, die sich neben Marion gesetzt hat, verteidigt sich: »Ich hab es ja versucht, es ging nicht.« Und dann wird sie rot und fügt hinzu: »Außerdem lasse ich mir doch nicht alles gefallen.«

»Du hast mich nicht verstanden, Rita«, sagt Frau Hagen. »Es geht nicht darum, ob du dir etwas gefallen lassen mußt oder nicht. Es geht darum, ob wir Peter aufgeben oder weiter um ihn kämpfen.«

Rita legt den Kopf auf den Tisch und heult: »Aber was hätte ich denn tun sollen?«

»Lieb zu mir sein.« Elvis grinst wieder. Aber es ist nicht echt.

»Weißt du, Peter«, sagt Frau Hagen da und sieht Elvis nachdenklich an, »manchmal fragt man sich, ob es sich lohnt, um solche wie dich zu kämpfen. Aber wenn ich dich aufgeben würde, müßte ich meinen Beruf wechseln. Schließlich bin ich für dich viel wichtiger als für Rita.«

»Warum?« Rita vergißt das Heulen, so betroffen ist sie von dem, was Frau Hagen da eben gesagt hat.

Frau Hagen seufzt. »Schwierige Fälle kosten nun mal mehr Kraft, und die haben nicht alle Lehrer.«

Frank möchte am liebsten aufstehen und sagen, daß Elvis sich ja schon verändert hat, daß es gerade jetzt falsch ist, auf ihm herumzuhacken, aber dann wagt er es doch nicht. Soll ausgerechnet er das sagen, wo er doch genauso ein »schwieriger Fall« ist?

Frau Hagen wendet sich der Klasse zu: »Wenn es noch jemanden gibt, der mit seinem neuen Nachbarn unzufrieden ist und von ihm wegmöchte, dann soll er es jetzt sagen.«

Frank senkt den Blick. Er spürt, daß sich alle wie automatisch nach ihm und Gisela umsehen, und er weiß, daß nicht nur er, sondern auch Gisela wie auf einen Schlag rot geworden ist. Aber Gisela meldet sich nicht, es meldet sich überhaupt niemand. Frau Hagens Gesicht hellt sich auf. Sie geht an die Tafel und beginnt mit dem Unterricht.

In der großen Pause tritt Zacke zu Frank und Elvis. »Ihr sollt zu Jochen kommen«, sagt er. »Er will mit euch reden.«

»Worum geht's denn?« will Elvis wissen.

»Um Ritas Tuch.«

»Haste mich verpfiffen?«

»Seh ich so aus?« Zacke tippt sich an die Stirn.

»Soll er doch zu uns kommen, wenn er was will.« Elvis läßt Zacke einfach stehen, aber Frank nimmt seinen Arm. »Gehen wir lieber.«

Das Pionierzimmer ist ein ehemaliger Klassenraum im ersten Stock, die Tische sind im Viereck aufgestellt und mit blauen Tüchern abgedeckt worden. Die Stühle stehen hinter den Tischen oder an den Wänden, zwischen Fenster und Tafel steht Jochens Schreibtisch. Er sitzt dahinter und zeigt auf die beiden Stühle vor seinem Tisch: »Setzt euch.«

Frank und Elvis setzen sich und erwarten ein Verhör. Die Frage, die dann kommt, überrascht sie: »Warum seid ihr eigentlich noch keine Jungen Pioniere?«

Elvis sieht Frank an, Frank zuckt die Achseln: »Ich bin nicht für so was.«

»Was für ein so was?«

»Na so was!«

»Schrott sammeln«, sagt Elvis.

»Schrott sammeln ist nicht das einzige, was wir tun«, entgegnet Jochen. »Wir gehen auch mal ins Kino oder ins Theater, wir machen Lesenachmittage und Gruppenabende. Und Schrott sammeln wir, um der Wirtschaft zu helfen. Unsere Wirtschaft benötigt Altmetall. Ihr wißt doch, daß wir kaum Rohstoffe haben.«

Elvis gähnt und schaut auf seine Uhr.

»Also gut! Ihr könnt es auch anders haben.« Jochen lehnt sich zurück und spielt mit seinem Schlüsselbund. »Schildert mir den Vorfall während der Hilfsaktion für die LPG.«

Elvis stößt Frank an: »Mach du das, du bist gut im Aufsatz.«

»Es war ein Streit«, sagt Frank. »Elvis und ich, wir haben uns geprügelt, weiter nichts.«

»Und worum ging es?«

»Er hat mich beleidigt«, sagt Elvis und guckt den Pionierleiter unschuldig an. »Er hat behauptet, Pat Boone sei ein viel besserer Rock'n'Roll-Sänger als Elvis. Das stimmt doch nicht, oder?«

»Du kannst gehen.« Jochen macht eine Handbewegung, die Elvis zeigen soll: Mit dir zu reden hat wirklich keinen Sinn, und wendet sich Frank zu, der auch aufstehen will: »Du bleibst noch.«

Elvis macht einen übertrieben tiefen Bückling und geht. Und

als habe er nur darauf gewartet, daß Elvis die Tür hinter sich schließt, lehnt Jochen sich in seinen Stuhl zurück und guckt Frank an, als wäre es ihm von vornherein nur auf ein Gespräch mit ihm angekommen. »Weißt du, was in Ungarn passiert ist?« fragt er.

Frank hat davon im Radio gehört und in den Zeitungen gelesen. Im Westen heißt es, die ungarischen Arbeiter hätten genug vom Kommunismus, sie wollten endlich wieder frei leben. Im Osten heißt es, der Westen hätte versucht, in Ungarn eine Konterrevolution anzuzetteln. Wie in allen wichtigen Dingen widersprechen sich die Politiker und Journalisten in Ost und West so sehr, daß keiner weiß, was wirklich stimmt, und jeder das glaubt, was er glauben möchte. Er ist da längst vorsichtig geworden, denkt oft an Mutters Wort, man dürfe nicht alles für bare Münze nehmen, nur weil es irgendwo gedruckt steht. Eines aber weiß er sicher, nämlich daß die Kämpfe in Ungarn viel grausamer und andauernder waren als die, die er vor drei Jahren am Potsdamer Platz miterlebte und die dann schließlich auch durch russische Panzer beendet wurden. In den Zeitungen waren furchtbare Fotos zu sehen, Männer, die an Laternenpfählen aufgehangen worden waren, eine mit Toten übersäte Straße, Verletzte. Am meisten aber hatten ihn die Gesichter der Menschen erschüttert, ganz egal, auf welcher Seite sie standen: Sie waren so voller Haß, daß ihm klar wurde, wie es zu diesen Grausamkeiten kommen konnte.

»Wir müssen wachsam sein, damit nicht auch bei uns wieder die Ratten aus ihren Löchern kommen«, sagt Jochen und läßt Frank dabei nicht aus den Augen. »Sie warten ja nur auf eine günstige Gelegenheit.«

Hotte war am 17. Juni vor drei Jahren auch dabei. Also ist er in Jochens Augen eine Ratte?

»Weißt du«, Jochen kommt um den Tisch herum und lehnt sich vor Frank an die Tischkante, »ich bin der Meinung, daß das mit Ritas Tuch eine gezielte politische Aktion war. Siehst du das auch so?«

Frank versteht nicht. »Eine Aktion?«

»Ja. Ich glaube nicht, daß dein Freund Elvis das nur so aus Quatsch gemacht hat. Er hat doch schon oft über das ›Blautüchlein‹ gespottet, oder nicht?«

Frank schiebt die Unterlippe vor. »Keine Ahnung.«

»Du mußt deinen Freund nicht in Schutz nehmen, ich will ihm nichts tun, ich will ihm helfen«, sagt Jochen. »Er ist ein Arbeiterjunge, wie ich einer bin, und es tut mir weh zu sehen, wie er auf den Klassenfeind hereinfällt. Das mit der Musik und dem Kino im Westen, das ist doch vom Gegner gesteuert, um uns ideologisch aufzuweichen.«

Frank ahnt, was Jochen meint, aber seine Worte versteht er nicht.

»Ich finde es gut, daß du Ritas Tuch verteidigt hast.« Jochen wird nun richtig kameradschaftlich. »Das zeigt doch, daß du, wenn du auch aus kleinbürgerlichen Verhältnissen kommst, das Herz auf dem rechten Fleck hast. Komm doch mal zu uns, sieh dich um. Ich bin sicher, daß es dir bei uns gefällt. – Na, was ist? Hast du keine Lust?«

»Vielleicht komme ich mal.«

Jochen mustert Frank. »Ich will dir eine Chance geben. Du hast dir eine verdient. Ihr Kleinbürger seid doch auch nichts Besseres als wir Arbeiter, ihr bildet euch das nur ein.«

Wieso sagt Jochen immer Kleinbürger? Was kann er denn dafür, daß seine Mutter eine Kneipe hatte? Und warum sollte er glauben, etwas »Besseres« zu sein?

»Solche wie dich können wir brauchen«, sagt Jochen nun, »Aber wir laufen niemandem nach.«

»Kann ich jetzt gehen?«

»Ja. Aber nicht für immer.« Jochen gibt Frank die Hand. »Einmal wirst du schon noch einsehen, daß du bei uns richtig bist.«

Elvis hat gewartet. »Na, hat er dich weichgeklopft?«

»Der doch nicht.« Frank geht vor Elvis durch das stille Schulgebäude.

»Eigentlich wäre es gar nicht so schlecht, bei denen mitzumachen«, sagt Elvis. »Dann bekommst du einen Pionierausweis und brauchst keinen Lebensmittelkartenabschnitt, wenn du im Westen ins Kino willst.«

»Und was würde Slim dazu sagen?«

»Der hängt mich auf, wenn ich da eintrete.« Elvis grinst und erzählt Frank von dem Tigerkopf, den Slim sich auf den Arm tätowieren ließ. »Wie ein Seemann sieht er damit aus. Und jetzt lernt er selber Tätowieren. Er übt auf einem Gummiball. Wenn er es kann, zeichnet er mir auch einen Tiger auf den Arm.«

Die beiden Jungen gehen durch den zweiten Stock und kommen an den Schränken mit dem Lehrmaterial vorüber. Ausgestopfte Vögel, Eichhörnchen und Hasen schauen sie durch die verglasten Schranktüren hindurch an. In einem anderen Schrank sind Gläser mit Schlangen und Echsen in Spiritus. Elvis hält Frank fest und zeigt auf einen Schrank, der keine Glastüren besitzt, aber einen Spalt weit offensteht. Er öffnet die Tür etwas weiter und reißt die Augen auf: Blöcke, Bleistifte, Radiergummis, Lineale, Tuschkästen – alles sorgfältig gestapelt oder in Kästen verstaut.

»Mensch! Das ist die Gelegenheit!« Elvis schaut sich aufmerksam um, ob auch niemand kommt. »Machste mit?«

»Klar!« Hastig greift Frank in den Schrank und schiebt sich ein paar Radiergummis, Bleistifte und auch einen Tuschkasten ins Hemd. Kichernd vor Aufregung folgt Elvis seinem Beispiel. »Wenn die dahinterkommen, wer das war, verzichtet der Jochen freiwillig auf uns.«

Frank nickt nur. Er hätte gar nichts dagegen, wenn es herauskommt, möchte es sogar ein bißchen. Das verwundert ihn, und deshalb drängt er Elvis nun zur Eile.

In der Stunde darauf haben sie Biologie beim alten Herrn Reschke. Frank sitzt hinter seinem Tisch, hört aber nicht zu, muß immer an die Radiergummis und Bleistifte und an den Tuschkasten in seiner Mappe denken. Warum hat er das getan? Er weiß es nicht, es kam wie ein Blitz über ihn, fast so, als wollte er damit jemandem weh tun. Und wieso wollte er, daß es herauskommt? Jetzt will er das nicht mehr, jetzt hat er Angst davor. Schon beim bloßen Gedanken daran wird ihm ganz flau im Bauch.

Er hat wieder mal Mist gebaut, gewaltigen Mist, aber jetzt gibt es kein Zurück mehr. Und während er das noch denkt, verkrampft sich auch schon alles in ihm: Auf dem Flur sind Schritte zu hören, eilige Schritte, und dann wird die Tür zum Klassenzimmer aufgerissen und Jochen und Herr Matoul betreten den Raum. Der dünne Zeichenlehrer im weißen Kittel ist sehr erregt. »Deine Mappe!« fährt er Frank an.

Frank wird blaß. Sein Herz klopft, sein Magen regt sich. »Was wollen Sie denn von mir?«

Jochen zieht die Mappe unter dem Tisch hervor und stülpt sie um. Die Radiergummis fallen auf den Tisch und auf den Boden, die Bleistifte folgen und der Tuschkasten auch. Jochen verliert die Beherrschung. »Du kleinbürgerliches Individuum!« schreit er Frank an. »Mit so was wie dir vertrödele ich nun meine Zeit.«

Frank beißt sich auf die Lippen: Nicht heulen! Nur nicht heulen! Lieber frech werden.

Elvis hat seine Mappe freiwillig leergeräumt. Er bringt die Radiergummis, Bleistifte und den Tuschkasten im Triumphzug nach vorn, legt sie auf Franks Tisch und bleibt neben Frank stehen.

»Was wolltet ihr denn damit?« Herr Matoul ist fassungslos. »Die könnt ihr doch gar nicht alle gebrauchen.«

Frank und Elvis schweigen. Und dann setzt Frank sich plötzlich hin.

»Aufstehen!« schreit Jochen.

Frank bleibt sitzen. Seine Augen verschwimmen, er kann nichts mehr sehen. Und dann fällt eine Träne auf den Tisch. Er will sie wegwischen und verschmiert das Grün, mit dem er die Palme eingefärbt hat. Nun sieht es aus, als regne es auf der Insel.

»Aufstehen!« Jochens Stimme überschlägt sich.

»Lassen Sie ihn doch!« bittet Herr Matoul, und auch Herr Reschke gibt dem Pionierleiter zu verstehen, daß das jetzt keinen Zweck hat. Jochen aber packt Franks Arm und zieht ihn hoch.

Frank starrt Jochen an, dann schlägt er zu – mit der freien Hand in die Magengrube. Der Pionierleiter knickt ein und stützt sich am Tisch ab.

Starr vor Schreck wissen die Lehrer nicht, was sie tun sollen. Und genauso baff guckt die Klasse. Frank blickt sich wie gehetzt um, dann läuft er los, raus aus der Klasse, durch die leeren Flure und über den Schulhof auf die Straße. Weg! Er muß weg von hier, weit weg, ganz egal wohin. Und so läuft er ohne erst lange nachzudenken zur S-Bahn-Station, kauft sich eine Fahrkarte und besteigt den ersten Zug, der kommt – einen in Richtung Ostkreuz. Doch bereits als der Zug anruckt, weiß er, daß das falsch war. Er hätte in die andere Richtung fahren müssen, in Richtung Westen. Im Westen wäre er so weit weg wie in einem anderen Land.

Aber er kann ja auf dem Bahnhof Ostkreuz umsteigen und von dort aus nach Westberlin rüberfahren, zum Bahnhof Zoo. Frank läßt sich auf einen Fensterplatz fallen und schaut auf die Gleisanlagen hinaus.

Sie verstehen nichts. Weder Onkel Willi noch die Schipprowski oder Jochen. Sie glauben, sie müßten nur freundlich zu ihm sein und alles wäre in Ordnung...

Vielleicht liegt es wirklich nur an ihm, vielleicht ist er ein Spinner. Vielleicht müßte er sich nur ein wenig Mühe geben und wäre dann so, wie die anderen ihn haben wollen. Aber die anderen sind ja auch nicht, wie er sie haben will. Wieso soll er so sein, wie sie ihn wollen?

Kleinbürgerliches Individuum hat Jochen ihn genannt. Was Individuum heißt, weiß er nicht, da muß er mal im Lexikon nachschlagen, aber was Jochen damit ausdrücken wollte, kann er sich denken: Du bist einer, der nicht hierhergehört, bist von deiner Umgebung versaut worden, kannst gar nicht anders. Natürlich, fast alle Leute, die er kennt, sind »Kleinbürger« – Ladenbesitzer, Handwerker oder Angestellte; richtige Arbeiter verkehren in der *Gemütlichen Ecke* kaum, die gehen lieber in die *Krumme Ida.* Und sicher hat Jochen nicht ganz unrecht damit, wenn er glaubt, daß viele »Kleinbürger« sich einbilden, was Besseres zu sein als Arbeiter; Herr Bessel und Paule Krause tun es bestimmt. Aber Herr Modersohn denkt nicht so und Ilse Fröhlich auch nicht, mag sie sonst auch noch so viel herumspinnen. Und die Mutter hat auch nicht so gedacht, sie sagte immer, jeder macht, was er kann; nur wer gar nichts macht oder kann oder nichts will, muß sich überlegen, wozu er auf der Welt ist. Darf Jochen einfach alle über einen Kamm scheren? Und bildet er sich nicht selber ein, etwas Besseres zu sein – als ein Kleinbürger zum Beispiel? Überhaupt: Das Wort »klein« vor dem »Bürger« besagt ja schon, daß man sich darauf nichts einbilden darf...

S-Bahnhof-Ostkreuz. Frank steigt aus, läuft die Treppe herunter und erwischt gerade noch den Zug in Richtung Wannsee. Diesmal bleibt er gleich an der Tür stehen. Er ist nun viel zu unruhig, um zu sitzen.

Kalle ist ein »Arbeiter«, weil seine Mutter eine Arbeiterin ist, er ist ein »Kleinbürger«, weil seine Mutter eine Kneipe hat. Aber sein Vater, den er nie kennengelernt hat, war Maurer, also auch Arbeiter – ist er da nicht auch ein halber »Arbeiter«? Vererbt sich das und versteht er sich deshalb mit Kalle so gut?

Oder ist das alles Quatsch, kommt es auf was ganz anderes an?

Die Gedanken in Franks Kopf beginnen zu kreisen, er schließt die Augen, will nichts mehr denken.

S-Bahnhof Friedrichstraße, letzter Bahnhof im Ostsektor. Die S-Bahn fährt über die Spree und zwischen Bürohäusern hindurch und hinter dem im Krieg zerstörten Reichstag entlang. Frank schaut wieder hinaus, versucht genau die Stelle zu entdecken, wo der Ostsektor in den Westsektor übergeht, sieht dann aber schon den Tiergarten und weiß, daß er sie verpaßt hat.

Lehrter Stadtbahnhof, erster Bahnhof im Westen, genauso graubraun und staubig wie die Bahnhöfe im Osten. Nur die knallbunten Kinoplakate und Veranstaltungshinweise verraten den Unterschied. Und der Kiosk mit den Zeitschriften, Süßigkeiten und Zigaretten.

Er ist den Weg schon oft gefahren. Auf dem Ku'damm liegen ja die Uraufführungskinos, alle wichtigen Filme werden hier zuerst gespielt. Aber jetzt will er nicht ins Kino, jetzt will er nur weg, weg von der Schule, weg von zu Hause.

S-Bahnhof Zoo. Frank steigt aus, geht die Treppe hinunter und durch die Vorhalle und steht mitten im Verkehr. Autos über Autos, hastende Menschen, Kioske, Kinotransparente. Eine Zeitlang steht er nur da und schaut sich um, dann wendet er sich nach links. Er will in den Zoo.

Das Raubtierhaus, das Elefantenfreigehege, die Giraffen und Kamele, das Bassin mit den tauchenden und spielenden Seehunden – Frank geht überall vorbei, er ist nicht ruhig genug, um sich die Tiere anzuschauen. Aber vor dem Affenhaus bleibt er dann doch stehen. Als er das letztemal mit der Mutter hier war, hatte sie einen Finger durch die Gitterstäbe gesteckt, um die müden Affen etwas aufzumuntern. Einen der Affen ärgerte das. Er sprang ans Gitter und biß ihr in den Fingern. Er biß nicht richtig zu, zwickte den Finger nur, doch die Mutter wurde kreidebleich im Gesicht. Erst nachdem sie sich von dem Schreck erholt hatte, sagte sie: »Jetzt bin ich doch tatsächlich vom Affen gebissen worden!« und mußte so lachen, daß sie einen richtigen Hustenanfall davon bekam.

Die Mutter! Er darf gar nicht daran denken, was sie sagen würde, wenn sie wüßte, was er alles angestellt hat.

Die Sonne versteckt sich hinter einem Schleier, es ist kühl und feucht unter den Bäumen. Frank schiebt die Hände in die Hosentaschen und verläßt den Zoo wieder, um den Kurfürstendamm entlangzuwandern. Auf den breiten Fahrbahnen fährt ein Auto hinter dem anderen, rechts und links der Straße locken die Schaufenster der Geschäfte: Kleidung, Schmuck, Schuhe, Radios und Fernseher. Vor einem der Schaufenster mit Radios und Fernsehern bleibt er stehen: Einen Fernseher müßte er haben! Dann könnte er in seiner Wohnung im ersten Stock bleiben und brauchte überhaupt niemanden mehr. Aber wer im Osten hat schon einen Fernseher?

Der nächste Laden ist ein Schuhgeschäft. Die Schuhe sind modern, die modernsten, die es gibt. Elvis' Bruder Slim besitzt ähnliche, aber nicht so teure. Frank muß an das Lied denken, das Elvis manchmal singt:

Auf dem Ku,
auf dem Ku,
auf dem Ku'damm,
steht ein Boy,
steht ein Boy,
schaut sich Schuh' an,
und er fragt,
und er fragt,
was sie kosten,
denn der Boy
denn der Boy
~~ist aus dem~~ Osten!
Yambolaaayah!

Frank geht den Kurfürstendamm hinauf und hinunter. Er besieht sich die Filmplakate und Szenenbilder der Kinos, betrachtet die Männer und Frauen, die vom Einkaufen kommen, und schaut in die Restaurants und Cafés, in denen die Frauen die Hüte aufbehalten und halblange Pelzjacken tragen und die Männer satte Gesichter haben. Er bummelt herum, bis es dunkel wird und die Reklameschriften eingeschaltet werden.

»Brauchen Sie Ausweise?«

Die Worte wurden nur geflüstert, Frank hat sie trotzdem deutlich gehört. Der Mann vor dem Zeitungskiosk hat das gefragt. Er trägt eine Joppe und sieht aus wie ein Schrebergartenbesitzer.

Der Zeitungshändler schaut sich kurz um, dann fragt er: »Wie viele haben Sie denn?«

»Zwei. Den von mir und den von meiner Frau.«

»Zeigen Sie mal.« Der Zeitungshändler nimmt die beiden Ausweise, überprüft sie und murmelt etwas, was Frank, der stehengeblieben ist und so tut, als schaue er sich die ausgehängten Comics an, nicht verstehen kann. Aber er sieht, es sind blaue Ausweise – DDR-Ausweise!

»Wieviel?« fragt der Mann in der Joppe.

»Hundert für beide.«

»West?«

»Na, was denken Sie denn?« Der Zeitungshändler schiebt die Ausweise in seine Gesäßtasche, greift in seine Kasse, gibt dem Mann ein paar Scheine und sagt: »Wenn Sie wieder mal was haben...«

Der Mann in der Joppe steckt das Geld ein und geht eilig davon. Frank schaut ihm noch einige Zeit lang nach, dann geht er weiter, will nun zurück zum Bahnhof. Mit der Dunkelheit ist die Kälte noch durchdringender geworden.

Selber essen macht fett

Erst der strahlende Kurfürstendamm, jetzt die dunkle, stille Dunckerstraße. Nur aus den Kneipen dringt Lärm. Und in einigen Hauseingängen stehen Liebespärchen, die sich leise miteinander unterhalten. Meistens halten die Mädchen ein Schlüsselbund in den Händen.

Die Tür des Hauses, in dem Kalle wohnt, ist nicht verschlossen.

Frank tastet nach dem Lichtschalter, geht durch den Hausflur und über die finsteren Höfe. Als er es bei den Mülltonnen rascheln hört, pfeift er leise. Das Rascheln verstummt. Entweder ist dort eine Ratte oder eine Katze zugange. Vorsichtshalber geht er schneller.

Bei Naumanns brennt Licht. Kalles Mutter sitzt mit ihren Kindern beim Abendbrot, hält den kleinen Alexander auf dem Schoß und steckt ihm gerade ein Brotstückchen in den Mund. Alexander will wieder mal nicht essen, verzieht das Gesicht, spuckt das Stückchen Brot wieder aus. Seine Mutter steckt es ihm ein zweites Mal hinein.

Frank steht vor dem Fenster, schaut hinein und zögert, bis drinnen laut gelacht wird. Kalle und Alexander krähen besonders laut, Beate verzieht nur das Gesicht.

Frank klopft, das Gelächter verstummt. Frau Naumann kommt und öffnet die Tür. »Ach, du bist's! Komm nur rein.«

Frank betritt die warme Küche. Im offenen Herd verglühen ein paar Kohlen.

»Hast du schon gegessen?«

Frank will ja sagen, spürt dann aber ein so heftiges Verlangen, in dieser Runde zu sitzen, daß er die Wahrheit sagt.

»Na, dann komm!« Kalles Mutter schiebt Frank einen Stuhl hin. »Es ist genug da. Alex will ja sowieso nichts.«

Das ist ein Irrtum, denn jetzt, da Frank mit am Tisch sitzt, will Alexander plötzlich essen. Er haut rein wie tausend Mann und guckt Frank dabei listig an. Kalles Mutter schmunzelt, und auch Kalle grinst vergnügt – aber aus einem anderen Grund. »Von dir hört man ja schlimme Sachen«, sagt er zu Frank.

»Was hat er denn angestellt?« will seine Mutter wissen.

»Er hat Jochen in den Bauch geboxt. Die ganze Schule weiß es.«

»Dem Pionierleiter?« Frau Naumann ist entsetzt und sieht Frank besorgt an. »Das wird bestimmt noch ein Nachspiel haben.«

Frank ist sicher, daß der Diebstahl und auch der Boxhieb noch ein Nachspiel haben werden. Doch er wird nicht mitspielen, das hat er sich fest vorgenommen. Solange es geht, wird er allem ausweichen, und wenn es nicht mehr geht, wird er einstecken, was sie mit ihm anstellen. Was soll er denn sonst tun?

Nach dem Essen bringt Frau Naumann die Kleinen zu Bett, und Kalle muß abwaschen. Frank macht sich nützlich, indem er Beate das Handtuch abnimmt und für sie abtrocknet. Das ist ihm lieber, als nur herumzusitzen und auf Kalle zu warten. Außerdem sind sie nun, da Beate erlöst verschwindet, allein in der Küche und können sich endlich richtig miteinander unterhalten.

»Wo warste denn heute den ganzen Tag?« fragt Kalle. »Gleich nach der Schule war ich bei dir, aber du warst nicht da.«

»Auf'm Ku'damm.«

»Auf'm Ku'damm?« Kalle läßt den Teller ins Spülwasser zurücksinken. Der Ku'damm ist sein Traumparadies, dort möchte er mal hinziehen, wenn er genug Geld verdient hat. Und er ist sicher, daß er das eines Tages schafft.

Frank erzählt vom Zoo und von dem Mann, der seine Ausweise verkaufte.

»Hundert Mark West für zwei Ausweise?« staunt Kalle. »Ich hab ja auch einen.«

»Na und? Jeder ab vierzehn hat einen Ausweis.«

»Wenn ich den verkaufe – fünfzig Westmark, zweihundert Ostmark!« Kalle ist ganz aufgeregt.

»Aber du braucht deinen Ausweis doch! Du mußt zur Polizei, dir einen neuen holen, wenn du den alten nicht mehr hast.«

»Der Mann, den du gesehen hast, muß das ja auch – und er hat sogar gleich zwei Ausweise verkauft.«

Frank schweigt. Der Mann und die Frau werden sagen, sie haben ihre Ausweise verloren. Wer will ihnen beweisen, daß das nicht stimmt?

»Für einen neuen Ausweis verlangen die auf der Polizei fünfzig Mark«, rechnet Kalle. »Meine Mutter hat nämlich wirklich mal einen verloren. Zweihundert weniger fünfzig – bleiben hundertfünfzig Mark!«

Frank tut es schon leid, Kalle von dem Ausweisverkäufer erzählt zu haben. »Und was machen die im Westen mit unseren Ausweisen?« sagt er. »Sie kaufen damit bei uns ein*. Und wenn wir was kaufen wollen, gibt's nichts.«

»Ob sie meinen Ausweis nehmen oder einen anderen, ist doch egal.« Kalle grinst. »Selber essen macht fett.«

Den Spruch hat Kalle von seiner Mutter. Frank legt das Handtuch beiseite. »Ich muß jetzt gehen. Es ist schon spät.«

»Jetzt biste sauer.« Kalle ist enttäuscht. »Ich verkauf meinen Ausweis ja nicht.«

Das sagt Kalle jetzt nur, weil er ihn nicht verärgern will. »Tschüs!« Frank hält Kalle die Hand hin, geht dann aber doch noch nicht gleich, sondern sagt: »Übrigens, ich geh morgen nicht in die Schule.«

»Was haste denn vor?«

»Ich fahr nach Buch.«

»An den Mississippi?« Kalle strahlt. »Nimmste mich mit?«

»Wenn du auch schwänzt?«

Kalle macht eine großspurige Handbewegung. »Ob ich in der Schule bin oder nicht, merkt sowieso keiner.«

Frank muß lachen. Wenn er Kalle auch nicht immer versteht, so ist er doch sein bester Freund. Und daran wird sich auch nichts ändern.

In der *Gemütlichen Ecke* geht es hoch her. Herr Niemayer sitzt am Klavier, spielt und singt: »Am 30. Mai ist der Weltuntergang, wir leben nicht mehr lang, wir leben nicht mehr lang...« Einige der Gäste tanzen, Frau Schipprowski hastet mit den Getränken hin und her, Willi zapft. Eine ganze Batterie Biergläser hat er vor sich aufgebaut.

Es sieht nicht danach aus, als ob Jochen oder Frau Hagen hiergewesen wären. Frank überlegt, ob er hineingehen soll oder nicht. Aber dann geht er an den Fenstern vorüber zur Haustür, schließt sie auf und steigt in den ersten Stock hinauf. In der Wohnung angekommen, zieht er sich gleich aus, geht ins Bad und wäscht sich, hält dann aber plötzlich inne: An der Tür ist geschlossen worden.

»Frank!«

Die Schipprowski! Sie steht vor der Badezimmertür.

»Ja.«

»Willst du nichts essen? In der Küche stehen deine Brote.«

»Bin satt.«

Sagt sie noch etwas? War doch jemand von der Schule da?

Frau Schipprowski bleibt noch einen Moment lang vor der Tür stehen, dann geht sie wieder und Frank wäscht sich weiter.

Am Mississippi

Der Wecker rasselt. Frank stellt ihn ab und sinkt ins Bett zurück. Er ist todmüde, hat die Nacht über kaum geschlafen. Bis in den frühen Morgen hinein dachte er an die Schule, malte sich die ihm eventuell bevorstehenden Situationen aus und wie er sich darin verhalten wird. Mit schwerem Kopf steht er auf, geht ins Bad und wäscht sich. Danach zieht er ein warmes Hemd und zwei Pullover an, steigt mit seiner Decke und der Taschenlampe in den Händen die Treppe hinab, schließt die Tür zum Hintereingang auf, tastet sich in den Flur hinein und lauscht.

Alles ist still, nur Willis Schnarchen ist zu hören.

Er muß zur Kasse. Er braucht Geld. Mindestens zwanzig Mark.

Als Frank die Tür wieder hinter sich zuschließt, hat er Geld. Dreißig Mark. Er bringt die Decke und die Taschenlampe in den ersten Stock zurück und verläßt das Haus.

Auf der Straße ist es noch dunkel, und die Luft ist feucht und kalt wie immer in den letzten Tagen. Frank zieht die Schultern hoch und geht etwas schneller.

In der Dunckerstraße muß er warten, es ist noch zu früh. Er lehnt sich an die gegenüberliegende Hauswand und beobachtet die Männer und Frauen, die das Haus verlassen. Die meisten Männer tragen abgelederte Aktentaschen unter den Armen und die meisten Frauen Einkaufstaschen in den Händen. Auf dem Heimweg von der Arbeit müssen sie einkaufen.

Als Kalles Mutter kommt, zieht Frank sich in einen Hausflur zurück und geht Kalle danach ein Stück entgegen. Und richtig, kaum ist Kalles Mutter um die Ecke gebogen, kommt Kalle auch schon. Er hat nur gewartet, bis seine Mutter aus dem Haus ist, um seine Mappe nicht mitschleppen zu müssen.

Sie fahren mit der Straßenbahn bis zur Weißenseer Spitze, steigen dort in den Doppelstockbus um und haben Glück, erwischen Plätze in der ersten Reihe oben und können so die Fahrt aus der Stadt heraus, zwischen Schrebergärten und Dörfern hindurch und an Feldern vorbei, aus ihrer Höhe herab so richtig genießen. Sie sind diesen Weg schon sehr oft gefahren, kennen jede Kurve, jede Dorfkirche. Hinter Heinersdorf leert sich der Bus, zum Schluß sind Frank und Kalle die einzigen Fahrgäste. Sie machen es sich auf ihrer Bank bequem und grinsen, wenn ein tiefhängender Ast den Bus streift und es aussieht, als fahre er ihnen ins Gesicht. Es ist fast alles so wie früher; jedenfalls geben sie sich Mühe, es so werden zu lassen.

Endstation ist an den Kiesgruben, die schon lange außer Betrieb sind. Die Grubensohlen sind mit staudenartigem Unkraut und kleinen Bäumen zugewachsen, und zwischen dem Grün liegen morsche Bretter, verrostete Bleche und Steine herum. Kalle macht sich sofort auf die Suche nach der Höhle, die sie sich im Sommer vor zwei Jahren bauten. Als er sie findet, ist er enttäuscht: Die Bretter sind auseinandergefallen, die zerschlissene Matratze ist vom Regen der letzten beiden Jahre aufgeweicht und hinüber.

»Gehen wir gleich zum Mississippi«, schlägt Frank vor.

Der Weg zu dem kleinen Bach außerhalb der Stadtgrenze führt

zwischen Feldern und Weiden hindurch. Im Sommer steht hier Mais, der wunderbar schmeckt, solange er noch jung ist und die Kolben zart und saftig sind. Jetzt ist hier alles kahl und tot und trübe. Die Stimmung der beiden Jungen sinkt.

An der Stadtgrenze stehen Wachhäuschen; Erwachsene werden hier manchmal nach dem Ausweis gefragt. Gleich hinter der Grenze aber ist ein Dorfkonsum, in dem es alles gibt, angefangen von der Schuhcreme bis zum Harzer Käse. In den gehen sie hinein, und Frank kauft Brötchen, Wurst am Stück, Zigaretten und zwei Flaschen Limonade.

»Für wen sind die Zigaretten?«

»Für meinen Vater.«

Die Verkäuferin bleibt mißtrauisch, aber sie händigt Frank die Zigaretten aus.

Am Mississippi stehen Frank und Kalle eine Zeitlang hilflos herum. Das Gras ist naß, und sie verspüren keine Lust, sich feuchte Hintern zu holen. Aber dann sieht Kalle auf der nahegelegenen Kuhweide eine alte Kiste liegen. Er tritt an den Zaun heran und taucht vorsichtig unter ihm hindurch, um sich an die Kiste heranzuschleichen. Doch die Kühe sehen nur müde zu ihm hin, kauen und interessieren sich nicht für Kalles Kiste.

Auf der Kiste sitzend frühstücken Frank und Kalle. Als sie damit fertig sind, rauchen sie jeder eine Zigarette. »Erzähl was Neues von Tom und Huck«, bittet Kalle.

Früher hat Frank mit Kalle hier immer Tom Sawyer und Huckleberry Finn gespielt und ihm dabei die Geschichten aus dem Buch von Mark Twain erzählt. Jetzt hat er dazu keine Lust mehr.

Kalle ist enttäuscht. Aber dann, nachdem er eine Zeitlang nachgedacht hat, sagt er: »Es stimmt ja auch alles nicht mehr. Du bist ja gar kein Tom mehr.«

Frank überlegt und stimmt Kalle zu: Er ist keiner mehr, der immer nur Streiche im Kopf hat; er ist nun so eine Art Huck geworden, einer, der nicht recht weiß, wo er hingehört. »Und wer bist du jetzt, wenn ich Huck bin?« fragt er Kalle.

»Tom?«

»Nee.« Frank muß lachen. Ein Tom ist Kalle nun wirklich nicht. »Wenn ich Huck bin«, schlägt er vor, »bist du Neger Jim, Hucks bester Freund.«

Doch Kalle gefällt die neue Rolle nicht, er will kein Neger sein. Frank erzählt ihm von Hucks und Jims Flucht den Mississippi hinunter und was für ein prima Kerl dieser Jim war, aber Kalle bleibt stur: »Ein Neger ist ja fast so was wie ein Affe.«

Das hat er aus seinen Tarzan-Geschichten. Frank wird wütend. »Du bist ja bekloppt – Jim ein Affe! Lies das Buch mal, dann weißte, daß er'n prima Kerl war.«

»Ich bin trotzdem kein Neger«, beharrt Kalle.

»Na, dann eben nicht!« Frank hat keine Lust, weiter mit Kalle zu streiten. Und er hat keine Lust mehr, weiter auf der naßkalten Wiese zu hocken. »Fahren wir zurück«, sagt er und steht auf. »Ist ja viel zu kalt hier draußen.«

Ein Tauschgeschäft

Die *Gemütliche Ecke* hat geschlossen, es ist ja Dienstag. Frank bückt sich und läuft unter den Fenstern hindurch. Sicher sind Onkel Willi und die Schipprowski gerade mit Putzarbeiten beschäftigt; falls einer der beiden zufällig hinausschaut, muß er nicht unbedingt mitbekommen, aus welcher Richtung er heimkommt. Er will in den ersten Stock hoch, will erst ein bißchen allein sein, bevor er zum Mittagessen wieder hinuntergeht. Im Hausflur aber prallt er zurück: Frau Hagen! Sie kommt ihm geradewegs entgegen. Er will schnell wieder kehrtmachen und davonlaufen, doch die Lehrerin sagt so leise und bittend »Frank!«, daß er stehenbleiben muß.

»Frank!« sagt Frau Hagen noch einmal und guckt ihn lange an, bevor sie weiterspricht. »Ich war bei deinem Vater. Ich habe ihm gesagt, daß es nicht so weitergehen darf mit dir.«

Frank verschränkt die Arme auf dem Rücken. Damit hatte er gerechnet, das mußte ja kommen.

»Und ich will dir auch gleich verraten, was ich noch zu ihm gesagt habe«, fährt Frau Hagen fort und legt Frank sachte eine Hand auf die Schulter. »Ich habe ihm gesagt, daß es für dich das beste wäre, wenn du in ein Heim kämst.«

In ein Heim? Hat er sich verhört?

Er hat sich nicht verhört, Frau Hagen erzählt von einem Heim, das sie kennt. »Es liegt ein wenig außerhalb und ist noch ganz neu. Dort bist du gut untergebracht, gehst zur Schule, findest auch bestimmt bald Freunde. Und am Wochenende besuchst du deinen Vater.«

Er will in kein Heim! Ein einziges Mal hatte die Mutter versucht, ihn mit anderen Kindern zusammen in die Ferien zu schicken – das Ergebnis war, daß er tagelang nur heulte, bis schließlich Herr Modersohn kam und ihn wieder dort abholte. Er will in kein Heim, er hat Angst vor so vielen fremden Menschen; was hat Frau Hagen da angerichtet?

»Es wäre das beste für dich«, sagt Frau Hagen noch einmal. »In dieser Umgebung und ohne Zuwendung kann man doch nicht leben.« Sie macht eine Handbewegung, als meine sie nicht nur die *Gemütliche Ecke*, sondern gleich die ganze Straße, den ganzen Stadtteil.

»Und was hat Onkel Willi dazu gesagt?«

»Rausgeworfen hat er mich.« Frau Hagen macht ein Gesicht, als hätte sie von Onkel Willi auch nichts anderes erwartet. »Er hat gesagt, ich soll mich um meine eigenen Angelegenheiten kümmern. Daß du auch meine Angelegenheit bist, hat er nicht verstanden.«

Frank atmet auf. »Ich will ja auch nicht ins Heim.«

»Du hast völlig falsche Vorstellungen von den heutigen Heimen«, sagt die Lehrerin. »Ich kenne sie, hab ja dort unterrichtet. Du kannst mir glauben, so schlecht, wie du glaubst, ist es dort nicht.«

In Frank verhärtet sich alles. Warum will Frau Hagen denn, daß er hier weggeht? Hier kennt er sich doch aus, hier hat er seine Freunde ... hier ist er zu Hause. »Lassen Sie mich doch in Ruhe«, bittet er, obwohl er am liebsten schreien würde. »Das geht Sie doch alles gar nichts an.«

»Doch!« widerspricht Frau Hagen. »Es geht mich was an. Wenn du erst ein bißchen darüber nachgedacht hast, wirst du es einsehen.«

»Werde ich nicht!« Frank wird heftiger, böser, ungeduldiger. Will Frau Hagen ihn denn einfach nicht verstehen?

»Na gut! Reden wir ein andermal darüber. Ist ja verständlich, daß dir der Gedanke daran erst mal schwerfällt.« Frau Hagen macht eine Pause und fragt dann: »Kommst du morgen zur Schule?«

Frank nickt stumm. Er ist der Lehrerin immer noch böse.

»Dann mußt du dich bei Jochen entschuldigen, hörst du? Du mußt dich unbedingt bei ihm entschuldigen.«

Frank wird sich bei Jochen entschuldigen. Er wird alles tun, was von ihm verlangt wird – wenn er nur nicht ins Heim muß!

»Gut!« Frau Hagen verabschiedet sich von Frank und bittet ihn, über alles noch mal in Ruhe nachzudenken – sie wolle ihn ja zu nichts zwingen. Dann geht sie.

Nur kurz schaut Frank der Lehrerin noch nach, dann stürzt er in den ersten Stock hoch, zieht sich um und wäscht sich und läuft eilig in die Gaststube hinunter.

Frau Schipprowski steht hinter der Theke, hält den mehrere Meter langen Bürstendraht in den Händen und stochert damit in der Zapfanlage herum. Sie befördert immer wieder neuen Schleim ans Tageslicht, kommt ins Schwitzen und wischt sich mit den nackten Ellenbogen über die Stirn. Franks Mappe und die Jacke liegen auf dem Stammtisch.

»Wo ist Onkel Willi?«

»Willst du etwa zu ihm, nach allem, was du angestellt hast?«

»Ja.«

»Er ist im Hinterzimmer.

»Schläft er?«

»Nein. Er erledigt ›Büroarbeiten‹.«

Frau Schipprowski guckt böse. Sie findet es nicht in Ordnung, daß sie hier schuftet und Onkel Willi es sich im Hinterzimmer gemütlich macht. Frank überlegt nicht lange: »Ich kann Ihnen ja helfen.«

»Wenn du willst.«

Frank will. Es geht um das, was Frau Hagens Vorschlag angerichtet hat; er muß alles ganz genau wissen. Deshalb nimmt er nun einen Lappen und die Flasche mit der Politur und beginnt, die Theke mit der Politur einzureiben, wie er es früher manchmal für die Mutter getan hat.

»Du kannst es ja wirklich.« Frau Schipprowski schaut Frank einige Zeit zufrieden zu und sagt dann: »Deine Lehrerin ist übrigens sehr nett, aber wie sie mit Willi geredet hat, war unüberlegt.«

»Was hat sie denn gesagt?« Frank tut, als hätte er eine besonders stumpfe Stelle entdeckt, fragt nur wie nebensächlich, ist aber ganz Ohr.

»Sie hat ihm gesagt, daß du gestern Radiergummis und Bleistifte gestohlen und den Pionierleiter in den Bauch geboxt hast. Und daß du heute die Schule geschwänzt hast.«

»Und Onkel Willi? Was hat er gesagt?« Frank schaut noch immer nicht auf.

»Erst gar nichts, nur, daß er mit dir reden will. Dann schlug deine Lehrerin vor, daß er dich in ein Heim geben soll. Da ist er aufgebraust. Richtig beleidigt war er. Er könne seinen Sohn selber erziehen, hat er gesagt.«

Frank putzt und putzt und wartet darauf, daß Frau Schipprowski weitererzählt. Als nichts kommt, richtet er sich auf und schaut sie an.

Darauf hat Frau Schipprowski nur gewartet. Sie sagt nun, und spricht dabei so langsam, als müsse sie die Worte sorgfältig abwägen: »Als deine Lehrerin gegangen war, hat er nachgedacht: über dich, über mich, über sich. Tja, und was er da so alles gedacht hat ... ich hatte Mühe es ihm wieder auszureden.«

Gleich kommt es, gleich wird sie ihm sagen, was da noch in der Luft schwebt.

»Er meinte, eigentlich wäre die Idee mit dem Heim gar nicht so schlecht. Vielleicht wäre es besser für dich...«

Das ist es, was er befürchtet hat! Das Heim ist für Onkel Willi die einfachste und bequemste Art, ihn loszuwerden.

»Du mußt zugeben«, sagt die Frau hinter der Theke, »viel Freude machst du uns nicht.«

Uns! Sie sagt uns!

»Ich geh aber nicht ins Heim.« Frank legt den Lappen weg. »Lieber hau ich ab.«

»Wenn du vernünftig bist, brauchst du ja auch nicht ins Heim.« Frau Schipprowski zieht den Bürstendraht aus dem Leitungsrohr, rollt ihn auf und legt ihn zum Abspülen ins Spülbecken. Dann öffnet sie den Eisschrank, nimmt eine Flasche Korn heraus und gießt sich ein Schnapsglas voll davon ein.

Wie eine Gaststättenbesitzerin, denkt Frank. Sie fühlt sich nicht mehr als Angestellte.

»Solange ich da bin, brauchst du nicht ins Heim«, wiederholt Frau Schipprowski, als sie das Glas ausgetrunken hat. »Ich sorge dafür, daß du deine Ordnung hast, und ich rede mit Willi, wenn es angebracht ist. Und wenn du in der Schule und zu Hause keinen Ärger machst, kommt niemand mehr auf die Idee, dich in ein Heim zu stecken. Es hängt also alles von dir ab – von dir ganz alleine.«

Ein Geschäft! Ein Tauschgeschäft: Wenn du mich leben läßt, laß ich dich auch leben, heißt das. Wenn du mir keinen Ärger machst, mach ich dir auch keinen Ärger! Kneipe gegen Heim.

»So ist das nun mal«, sagt die Frau hinter der Theke. »Eine Hand wäscht die andere.«

Frank steht vor der Klassentür und holt tief Luft, dann tritt er ein. Die Klasse verstummt, alle sehen ihn an. »Tagchen!« Frank wirft die Mappe auf seinen Tisch, hängt seine Jacke an einen der Garderobenhaken, setzt sich und wartet auf Elvis. Er weiß, daß Elvis kommen wird. Und richtig, kaum sitzt er, kommt Elvis auch schon und legt sich quer über Franks und Giselas Tisch. »Die Sache mit dem Zeichenmaterial ist gestorben. Ein Besuch bei den Eltern, mehr ist ihnen nicht eingefallen.«

Also war Frau Hagen auch bei Elvis' Eltern. »Was hätten sie denn sonst tun sollen?« Frank gibt sich, als hätte er nichts anderes erwartet.

»Und die Sache mit Jochen?« fragt Elvis.

»Mit dem rede ich nachher.« Die Show ist perfekt. Er redet mit Jochen, nicht umgekehrt.

Elvis erzählt von Slim: Der Bruder will ihm am Nachmittag den Tiger auf den Arm tätowieren. »Wenn du Lust hast, komm zu mir. Wenn ich Slim frage, tätowiert er dir auch was auf.«

»Klar komme ich. Wann denn?«

»Um drei«, sagt Elvis. »Slim hat heute Schule.«

Herr Gregor betritt die Klasse, grüßt und teilt die Arbeitshefte aus: Ein Russisch-Diktat steht an.

Frank meldet sich: »Ich hab gestern gefehlt.«

»Das macht nichts. Die Vokabeln sind alle aus dem Stoff der vorigen Woche.« Herr Gregor nickt Frank freundlich zu, hat längst vergessen, welchen Ärger er ihm machte.

Frank setzt sich und guckt Gisela an. »Das wird 'ne Pleite«, flüstert er. Gisela antwortet nichts, aber als es soweit ist, nimmt sie ihren linken Arm weg und schreibt so groß und deutlich, daß Frank alles mit Leichtigkeit entziffern kann. Er atmet auf und nutzt die Gelegenheit, die Gisela ihm bietet. Und als es dann zur Pause läutet und Herr Gregor die Hefte wieder einsammelt, bedankt er sich. »Ohne dich hätte ich 'ne fette Fünf geschrieben.«

»Haste wenigstens ’n paar Fehler eingebaut?«

Klar hat er das; er ist doch nicht blöd. Gisela schreibt in Russisch fast nur Zweien. Es würde auffallen, wenn er plötzlich auch eine Zwei hätte.

»Und wo warste gestern?«

»Keine Lust gehabt.« Frank gibt sich lässig. Der glückliche Verlauf des Russisch-Diktats hat etwas in ihm gelöst. Und weil er sich so gut fühlt, benutzt er gleich die erste Pause, um zu Jochen hinunterzugehen, klopft an die Tür des Pionierzimmers und wartet.

»Bitte!« ertönt es von drinnen.

Jochen sitzt hinter seinem Schreibtisch, schreibt etwas, schaut kurz auf, ist nicht überrascht, schreibt weiter.

»Ich ... ich wollte mich entschuldigen.«

Jochen legt den Kugelschreiber weg, verschränkt die Arme hinter dem Kopf und streckt sich. Doch er sagt nichts, sieht Frank nur an.

Frank senkt den Blick.

»Noch was?« Jochen beugt sich wieder über den Schreibtisch.

»Ja.« Frank spürt auf einmal eine wahnsinnige Wut. »Was ist das eigentlich, ein kleinbürgerliches Individuum?«

»Das ist einer, der für die Gesellschaft nutzlos ist.«

Frank steht da und wartet. Es muß doch noch etwas kommen.

»Das ist alles«, sagt Jochen.

Da dreht Frank sich um und geht. Für Jochen ist er gestorben, für den existiert er nicht mehr. Aber er hat nicht das Gefühl, darüber traurig sein zu müssen.

In der nächsten Stunde haben sie Musik. Frau Hendrich sitzt am Klavier, spielt ein paar Töne an und hebt die Hand, um der Klasse den Einsatz anzuzeigen. Alle Augen sind auf Frau Hendrichs Hand gerichtet, und genau im richtigen Moment singt die Klasse:

»Spaniens Himmel breitet seine Sterne
über unsre Schützengräben aus...«

Das Klavierspiel bricht ab. Frau Hendrichs Zeigefinger deutet auf den übertrieben laut singenden Elvis: »Bitte aussetzen!« Dann gibt sie erneut den Takt an:

»Spaniens Himmel breitet seine Sterne
über unsre Schützengräben aus...«

Der Musikraum ist hell, und draußen ist es klar und sonnig wie an einem kalten Wintertag. Frank schaut aus dem Fenster, denkt an Onkel Willi, Frau Hagen, Frau Schipprowski. Von jetzt an muß er aufpassen, vorsichtig sein. Sie dürfen keinen Grund mehr finden, ihn loswerden zu wollen...

Wieder unterbricht Frau Hendrich. »Warum singt denn nur die Hälfte mit?« fragt sie ärgerlich. »Kennt ihr den Text nicht?« Sie schaut sich in der Klasse um, entdeckt Frank und winkt ihn zu sich: »Komm doch mal her.«

»Ich? Wieso gerade ich?«

»Frag nicht, komm vor! Du kennst doch den Text?«

Frank kennt ihn.

»Also, dann!« Frau Hendrich spielt ein paar Takte vor und hebt die Hand. Und Frank singt. Voller Ärger und bemüht, die Sache schnell hinter sich zu bringen, legt er los:

»Spaniens Himmel breitet seine Sterne
über unsre Schützengräben aus,
und der Morgen grüßt schon aus der Ferne,
bald geht es zu neuem Kampf hinaus.
Die Heimat ist weit...«

Das ganze Lied muß er singen, Frau Hendrich hört einfach nicht auf zu spielen. Danach legt sie die Hände in den Schoß und sagt erstaunt: »Du kannst ja singen! Du kannst ja sogar gut singen.«

Verlegen geht Frank auf seinen Platz zurück und will sich hinsetzen, entdeckt gerade noch rechtzeitig den zusammengefalteten Zettel auf seinem Stuhl. Er nimmt das Briefchen und steckt es weg. Sicher steht irgendein Spott drauf, *Sängerknabe* oder so etwas.

»Jetzt aber wirklich alle.« Frau Hendrich gibt den Takt an:

»Die Heimat ist weit,
doch wir sind bereit.
Wir kämpfen und siegen für dich:
Freiheit.«

Frank zieht das Briefchen aus der Hosentasche und faltet es auseinander. *Ich muß heute zum orthopädischen Turnen. Wenn du willst, kannst du mich abholen. Um halb sechs vor der Schule. G.*

Gisela? Frank sucht Giselas Blick. Im Musikraum sitzt sie immer noch mit Rita zusammen. Aber Gisela schaut nicht zu ihm hin, guckt nur auf Frau Hendrichs Taktangaben, ist mit ihren Gedanken anscheinend wirklich bei den Freiheitskämpfern in Spanien.

Insel mit Palme

Mit der Schere in der Hand steht Frank vorm Spiegel, kämmt sich die Haare in die Stirn und schneidet, was ihm zuviel erscheint, rundum ab. Danach nimmt er Naumanns Brennschere und hält sie in die Flamme des Gasherdes.

Kalle hat ihm die Brennschere geliehen und eine Menge guter Ratschläge mit auf den Weg gegeben. Die Ratschläge hat er vergessen, es waren zu viele, aber die Szene in der Küche, als er zusah, wie Frau Naumann Kalle die Haare schnitt, die hat er noch vor Augen.

Die Schere wird schnell heiß und schnell kalt, es ist eine mühselige Arbeit, immer wieder neue Haarspitzen nach hinten zu drehen, aber Frank ist geduldig: Er will endlich einmal die Haare aus der Stirn bekommen.

Als er die Schere dann endlich weglegen kann, nimmt er die Pomade, die er sich gekauft hat, reibt und rubbelt sie in die Haare und kämmt sich das nun fettig glänzende Haar mal in die eine, mal in die andere Richtung. Er versucht diese und jene Frisur, ist aber mit keiner so richtig zufrieden. Schließlich kämmt er sich die Haare an den Schläfen nach hinten und auf dem Kopf nach vorn. Das ist Slims Frisur: vorne Schwalbe, hinten Ente. Einigermaßen zufrieden mit seinem neuen Aussehen, geht er dann los – zu Slim und Elvis, zum Tätowieren.

Slim und Elvis wohnen in der Dimitroffstraße, in einem Haus mit Stuckfassade, das früher mal zu den besseren Häusern gehörte. Auch im Treppenhaus erkennt man das noch. Frank steigt in den vierten Stock empor und klingelt.

Slim öffnet. »Noch ein Patient«, sagt er und nickt anerkennend mit dem Kopf: Franks neue Frisur gefällt ihm.

Frank grinst verlegen und geht hinter Slim her in das Zimmer, das Slim und Elvis bewohnen. Dort sieht es bunt aus, auf den beiden Betten liegen allerlei Dinge herum, und an den Wänden hängen ganzseitige Illustriertenfotos von Schauspielern und Schlagersängern. Elvis Presley ist darunter, Marilyn Monroe, Jerry Lee Lewis und natürlich James Dean.

Elvis sitzt an einem alten, schon ziemlich zerkratzten Tisch, auf dem ein Kofferradio ohne Rückwand und ein offenes Tintenfaß stehen und Stecknadeln liegen, und staunt Frank an. »Mann! Du hast ja 'ne tolle Mecke! Warste beim Friseur?«

»Mußte mal sein.« Frank setzt sich auf das Fensterbrett, um Slim und Elvis zuzuschauen.

Slim setzt sich Elvis gegenüber, läßt den Bruder den Arm ausstrecken, taucht eine der Stecknadeln in die Tinte und pikt Elvis damit in den Arm.

»Tut gar nicht weh.« Elvis grinst. Aber es ist ein anderes Grinsen als jenes, das er immer in der Schule aufsetzt. In der Schule markiert er immer den eiskalten Halbstarken, jetzt ist er nur Slims kleiner Bruder und fühlt sich wohl dabei.

Frank sieht zu, wie Slim an dem schon halbfertigen Tigerkopf herumarbeitet. Slim ist geschickt, kann wirklich gut zeichnen, und es scheint ihm auch Spaß zu machen.

Slim hebt den Kopf. Er hat Franks Blick bemerkt. »Was willst du denn als Markenzeichen mit dir herumtragen?«

»Eine Insel.«

»Was denn für 'ne Insel?«

»Eine mit 'ner Palme«, antwortet Elvis für Frank.

»Ach so! Das kenne ich. Im Knast lassen sie sich so was auftätowieren.«

»Warum denn gerade im Knast?« staunt Frank.

»Weil sie sich einsam fühlen, einsam wie auf 'ner unbewohnten Insel.«

Das hat Frank noch nicht gewußt, darüber muß er mal nachdenken.

»Aua!« Elvis zieht den Arm zurück.

»Sei nicht so zimperlich«, schimpft Slim. »Ohne Piken geht's nicht.« Aber er wird doch vorsichtiger.

So wie Elvis den harten Burschen nur spielt, ist auch Slim nicht der Bösewicht, für den viele Erwachsene ihn halten, nur weil er immer wie eine Mischung aus James Dean und Marlon Brando herumläuft. Die Lederjacke mit dem Superkreuz und die engen Röhrenjeans sind nun mal schick, und daß er mitmacht, wenn die anderen ein Remmidemmi veranstalten, kann Frank ihm auch nicht verdenken. Das gehört nun mal dazu, wenn man in einer Clique ist.

Der Tigerkopf ist fertig. Slim betrachtet ihn von allen Seiten. »Wenn die blaue Tinte eingezogen ist, mach ich dir mit roter Tinte noch ein paar Ornamente hinein«, verspricht er Elvis.

Frank betrachtet ebenfalls Elvis' Arm. Der Tiger sieht wirklich gefährlich aus.

»Zeichne mir deine Insel mal vor.« Slim schiebt Frank Papier und Bleistift hin. Frank gibt sich Mühe, aber so gut wie die Insel auf seinem Tisch in der Schule wird die auf dem Papier nicht.

Slim nimmt Franks linken Arm und reibt die Stelle, auf die er die Insel eintätowieren will, erst mit einem Waschlappen sauber und danach mit einem Handtuch trocken. »Wenn Schmutz reinkommt, gibt es Entzündungen.«

»Geht das eigentlich wieder ab?«

»Wenn ihr es nicht ab und zu auffrischen laßt, hält es nicht lange«, gibt Slim zu. »Ich kann euch keine echten Tätowierungen machen, dafür fehlen mir die Geräte.«

Frank ist froh, daß die Tätowierung auf seinem Arm nicht lange bleiben wird, aber er bemüht sich, das nicht zu zeigen. »Ist deine Tätowierung echt?« fragt er und blickt den blauroten Tigerkopf auf Slims Arm an.

»Die hab ich noch als Opa auf dem Arm.« Slim nimmt eine Nadel, tunkt sie in die Tinte und pikt Frank damit in den Arm. Es tut wirklich nicht besonders weh, aber Frank zuckt trotzdem zusammen.

»Du mußt stillhalten.«

Frank hält still. Es macht Spaß, zuzuschauen, wie die Insel entsteht, wie Slim die Wellen zeichnet und ganz zum Schluß die Palme. Allerdings wird die Palme ein bißchen zu groß für die Insel, das sieht ulkig aus. Aber Slim tröstet Frank: »Beim nächstenmal machen wir sie etwas kleiner.«

Frank ist sicher, daß es kein nächstes Mal geben wird, aber das behält er lieber für sich.

Pfützen soll man benützen

Es hat geregnet, die Straßen glänzen schwarz. Frank marschiert um den Häuserblock herum, immer wieder. Was ist, wenn Gisela nicht kommt? Wenn das Briefchen nur ein Scherz war und sie ihn morgen in der Schule auslacht? Er kann sich das zwar nicht vorstellen, aber ein ungutes Gefühl hat er doch.

Es ist halb sechs. Frank steht vor dem Schultor und späht in den dunklen Schulhof hinein. Nur wenige Fenster des Schulgebäudes sind erleuchtet.

Und wenn nun einer der Jungen den Brief geschrieben hat? Zacke oder Elvis? Nein! Er kennt Giselas Handschrift, die kann keiner so gut nachmachen, und schon gar nicht Elvis mit seiner Klaue.

Mädchenstimmen! Frank geht ein paar Schritte zur Seite und lehnt sich neben dem Tor an die Wand. Die Mädchen bleiben vor dem Tor stehen und reden weiter. Gisela ist dabei, schaut auch einmal kurz zu ihm hin, wendet sich dann aber gleich wieder den Mädchen zu. Die Mädchen mit dem Turnzeug unter den Armen sind neugierig, auf wen der Junge neben dem Tor wartet, Gisela aber verrät sich nicht, tut ganz harmlos. Erst als die Mädchen nicht wanken und weichen, verabschiedet sie sich und geht davon.

Frank wartet, bis auch das letzte der Mädchen gegangen ist, dann läuft er los, überholt Gisela und bleibt vor ihr stehen.

Gisela trägt einen neuen, hellgrünen Anorak und sieht ganz anders aus als sonst.

»Ich .... ich wollte dich nur fragen, ob der Zettel heute von dir kam.«

Gisela nickt.

»Und was willste von mir?«

»Mir deine Tätowierung angucken.«

»Hab ja gar keine.« Frank wird verlegen. Mit dieser Antwort hatte er nicht gerechnet.

»Glaub ich nicht.«

»Stimmt aber.«

»Darf ich nachsehen?«

»Nee.«

»Also haste doch eine.«

»Quatsch!«

»Warum läßte mich dann nicht nachsehen?«

»Was geht dich das denn an?«

»Dann geht's mich eben nichts an.« Gisela geht weiter, und Frank geht neben ihr her. Er ist enttäuscht, er hatte sich ihr Treffen anders vorgestellt. »Sie geht ja ganz leicht wieder ab«, sagt er leise.

Gisela bleibt unter einer Laterne stehen. »Zeig sie mir doch.«

Frank seufzt, schiebt den Ärmel seiner Jacke hoch, knöpft sich den Hemdsärmel auf und schiebt ihn mitsamt dem Pullover ein Stück in die Höhe. Dann tritt er ins Licht, und Gisela beugt sich über die Zeichnung. »Die Palme ist ja viel zu groß«, sagt sie und muß lachen.

»Ich hab ja gesagt, daß es ganz leicht wieder abgeht.« Frank kommt sich nun doch ein bißchen blöd vor.

Gisela befeuchtet einen Finger mit Spucke und wischt damit über die Palme hin. Die Tinte verwischt. »Tatsächlich!« sagt sie. »Jetzt sieht's aus wie auf dem Tisch in der Schule – als ob's regnet.«

Frank schiebt die hochgekrempelten Ärmel wieder nach unten. »Haste etwa gedacht, ich würd mir so was auf den Arm malen lassen, wenn's nicht wieder abginge?«

Gisela will darauf antworten, doch dann sieht sie Frank verdutzt an: »Wie siehst du denn aus?«

Seine neue Frisur! Schnell macht Frank einen Schritt aus dem Lichtkreis der Laterne. »War mal wieder beim Friseur.«

»Meinetwegen?«

»Quatsch!«

»Schade.« Gisela schlenkert den Turnbeutel in der Hand und geht wieder weiter, aber nun viel langsamer als vorhin.

Ob sie den neuen Anorak seinetwegen angezogen hat? In der Schule hat sie ihn noch nie getragen. Frank blickt zu Gisela hin. »Wieviel Zeit haste denn?«

»Eine Stunde.«

Eine Stunde! Eine ganze Stunde mit Gisela! Die hat sie doch vorher eingeplant, da muß sie doch ihren Eltern irgendwas erzählt haben... Dann hat sie aber auch den Anorak seinetwegen angezogen, dann wollte sie nicht nur die Tätowierung sehen, dann will sie ... ja, was? Was fängt er an mit ihr? Worüber sollen sie reden, eine ganze Stunde lang?

»In der Klasse bist du nicht so still«, sagt Gisela. »Da hast du heute ganz schön angegeben. Ich red mal mit Jochen und so.«

»Ach, der!« Frank winkt ab. »Der ist ja blöd.«

Gisela antwortet nicht. Anscheinend hat sie keine Lust, sich über Jochen zu unterhalten. Und weil Frank nichts weiter einfällt, schweigen sie nun beide.

»Und wo wollen wir nun hin?«

»Gehen wir ein bißchen spazieren«, schlägt Gisela vor und geht immer weiter, über die Prenzlauer Allee in die Nordmarkstraße hinein und auf den Nordmarkplatz hinauf. Frank geht einfach neben ihr her. Aber sein Herz klopft. Daß Gisela auf den dunklen Platz mit ihm geht, hätte er nicht zu hoffen gewagt.

Der Nordmarkplatz ist nicht nur still und dunkel, wie immer um diese Zeit, er ist auch voller Pfützen. Frank und Gisela müssen ihnen immer wieder ausweichen und kommen sich dabei manchmal so nahe, daß Frank schon überlegt, ob er nicht einfach Giselas Hand nehmen soll. Es wäre schön, Hand in Hand mit ihr über den Platz zu gehen. Aber dann traut er sich das doch nicht und tut jedesmal, wenn sie sich nahe kommen, als bemerke er das gar nicht. Doch er kann nicht verhindern, daß der Wunsch immer wieder neu in ihm aufkommt, und das verwirrt ihn so, daß er einmal voll in eine der Pfützen hineintritt, anstatt sie vorsichtig zu umkreisen. »Pfützen soll man benützen.« Gisela kichert.

»Warum?« fragt Frank, nur um etwas zu sagen, während es in seinem Schuh schwappt und quietscht vor Nässe.

»Weil's sich reimt.« Seine Begriffsstutzigkeit scheint Gisela nun langsam doch zu ärgern.

»Ach so!« sagt Frank – und könnte vor Wut über sich platzen. Da hat er sich immer schon gewünscht, mal mit Gisela allein zu sein, und nun ist er es, sogar mitten auf einem dunklen Platz, und da stellt er sich so an.

»Biste mir eigentlich noch böse?«

»Weswegen denn?«

»Wegen der Zeichnung.«

»Welche Zeichnung?« Gisela stellt sich dumm.

»Na, die ... nackte Frau.« Frank macht einen weiten Bogen um die nächste Pfütze.

»Kannste mir mal erklären, warum du ausgerechnet meinen Namen daruntergeschrieben hast?«

»Ich hab einfach nur so gemalt ... und dann dachte ich an dich ...«

»Was haste denn gedacht?«

»Ach, nur so ... 'ne ganze Menge.«

»Ich weiß genau, warum du das Bild gezeichnet und meinen Namen daruntergeschrieben hast.« Gisela geht ein Stück von Frank weg.

»Und warum?«

»Weil du mich gern hast.«

Das ist einfach. »Na klar hab ich dich gern! Ich hab dich immer schon gern gehabt.« Frank geniert sich ein bißchen, als er das sagt, aber Gisela hat damit angefangen, und außerdem ist ja nichts Schlechtes dabei, wenn man jemanden gern hat.

»Nicht so ein Gernhaben, wie du meinst – ein anderes ... Gernhaben.«

»Ich hab dich ja auch anders gern.«

»Haste mich darum auf dem Feld geküßt?«

»Denkste, ich küß jede Oma?«

Gisela muß lachen, richtig laut lachen muß sie nun. Und da wagt Frank die Frage: »Hast du mich denn eigentlich auch ... anders ... gern?«

»Klar«, sagt Gisela. »Denkste, sonst würde ich mit dir hier rumlatschen?«

»Nee.« Auch Frank muß lachen. Und dann traut er sich endlich, Giselas Hand zu nehmen. Und Gisela überläßt sie ihm, geht dicht neben ihm her und erzählt ihm von Hotte, der immer wieder Ärger bekommt, weil er manchmal nicht so will, wie seine Professoren wollen, und nun schon ein paarmal davon gesprochen hat, in Westberlin weiterzustudieren. Und sie vertraut ihm an, daß ihre Mutter wieder schwanger ist und sie bald noch einen Bruder oder eine Schwester bekommt und sich darauf freut.

Was Gisela ihm da berichtet, sind alles Dinge, die Frank nicht direkt betreffen; Gisela aber erzählt sie ihm so, als gehöre er mit dazu, als wäre seit jenen Tagen, da er mit ihr unter dem Tisch herumspielte und beim Abendbrot die Haferflockensuppe aufaß, die sie verschmähte, kaum Zeit vergangen. Frank gefällt diese Vertrautheit, er möchte gerne mehr wissen über Giselas Leben, und so fragt er sie nach diesem und jenem, und Gisela erzählt bereitwillig von allem, was in ihrer Familie so vorkommt. Darüber vergeht die Zeit, doch die beiden merken es nicht. Sie überqueren den Nordmarkplatz, gehen durch fremde Straßen, gehen und gehen und sprechen über Ernstes und Lustiges. Und manchmal schweigen sie. Wenn sie schweigen, spürt Frank ein Gefühl im Hals, ein richtiges Glücksgefühl, und da muß er aufpassen, nicht vor Glück zu lachen, damit Gisela ihn nicht mißversteht. Dann jedoch schrickt Gisela auf. Die Stunde, von der sie gesprochen hatte, ist längst vorüber. Sie muß nach Hause, wenn sie keinen Ärger bekommen will. Sie schlägt den Rückweg ein und geht ein bißchen schneller, aber nicht so schnell, daß sie sich nicht mehr unterhalten können.

»Können wir uns morgen wieder treffen?« Es wäre toll, wenn er von nun an jeden Abend mit Gisela spazierengehen könnte.

»Mal sehen«, sagt Gisela. Und als sie Franks Enttäuschung bemerkt: »Ich muß ja meiner Mutter helfen.«

»Und übermorgen?«

»Morgen oder übermorgen oder überübermorgen.« Gisela lacht. »Einmal klappt es bestimmt.«

Auf dem Nordmarkplatz bleibt Frank stehen und nimmt Giselas Hand. Dabei schaut er sie fragend an. Gisela wird ganz ernst und senkt den Blick. Franks Herz klopft. Vorsichtig nähert er seinen Mund Giselas Gesicht, läßt ihn einen Augenblick lang auf ihrem liegen und zieht dann den Kopf wieder zurück.

»Das war ganz anders als auf dem Feld«, sagt Gisela. »Aber ich hab mir schon gedacht, daß du in Wirklichkeit gar nicht so bist.«

»Wie ... bin ich denn?«

»Na ... zärtlich.«

»Du bist ja auch ... zärtlich.«

»Ja?« fragt Gisela erstaunt. Und dann geht sie weiter, als hätte Frank ihr eine erschütternde Neuigkeit mitgeteilt.

Erst vor der Haustür verabschiedet sich Gisela von Frank. Aber sie geht noch nicht. »Und was wird nun mit dir? Bleibste bei deinem Stiefvater?«

»Wo soll ich denn sonst hin? Etwa in ein Heim?«

»Natürlich nicht. Aber so ganz allein ... das muß doch schlimm sein.«

Darauf weiß Frank eine Antwort. Sie lautet: Solange ich dich habe, bin ich ja nicht ganz allein. Aber das sagt er Gisela nicht.

Gisela druckst noch ein Weilchen herum und bittet schließlich: »In der Schule tun wir so, als wäre alles wie immer, ja? Die lachen sonst bloß über uns.«

Frank ist einverstanden. Er hat auch keine Lust, das Gespött und die neugierigen Blicke der anderen zu ertragen. Obwohl er Zacke gern gezeigt hätte, wer schließlich bei Gisela Sieger geblieben ist.

»Und wir reden auch nicht darüber, ja? Mit keinem.«

Auch damit ist Frank einverstanden – wie er jetzt wohl mit allem einverstanden wäre. »Tschüs.« Gisela lächelt Frank noch mal zu, dreht sich um und läuft durch den Hausflur. Frank schaut ihr nach, bis sie nicht mehr zu sehen ist, dann geht er die paar Meter zurück und betritt die *Gemütliche Ecke.*

Onkel Willi kassiert gerade. Frank fängt seinen Blick auf und weiß Bescheid: Onkel Willi denkt nach. Die Sache mit dem Heim geht ihm nicht aus dem Kopf. Deshalb das Versteckspiel: Er hat Frau Hagens Besuch bisher noch mit keinem Wort erwähnt.

Ilse Fröhlich lehnt an der Theke. In der einen Hand hält sie ein Glas Bier, in der anderen eine Zigarette. Sie starrt Franks neue Frisur an, begreift aber nichts, ihre Augen sind schon glasig.

Frau Schipprowski stellt ein Tablett mit leeren Gläsern auf die Theke, legt den Arm um Frank und schiebt ihn ins Hinterzimmer. Dort steht ein Berg Brote bereit. Frank setzt sich und nimmt sich eines der Brote.

»Ich hab mit Willi gesprochen«, sagt die Frau. »Wenn du keinen neuen Ärger machst, brauchst du dir über das Heim keine Gedanken mehr zu machen.«

»Ich mache keinen Ärger mehr«, sagt Frank und beißt in das Brot.

»Versprichst du mir das?«

»Ja.«

»Und wie steht's mit Tante Trude?«

Frank tut, als müsse er lange an dem Bissen kauen. Dann sagt er: »Meinetwegen.«

»Meinetwegen, Tante Trude.«

»Meinetwegen, Tante Trude.«

Der erste Schnee

Es ist Dezember geworden, die Tage sind nicht mehr grau und verhangen, sondern klar und kalt; so kalt, daß Frank die Wohnung im ersten Stock heizen muß, wenn er aus der Schule nach Hause kommt. Herr Modersohn steht nun immer öfter in der Tür seines Ladens und schaut in den Tag hinaus. »Es wird bald schneien«, sagt er, wenn Frank an ihm vorübergeht. Und wenn Frank ungläubig guckt, sagt er: »Der Kalender ist doch nur gedrucktes Papier; Winter ist, wenn der erste Schnee fällt.«

In der zweiten Dezemberwoche schneit es dann tatsächlich. Mitten in der Nacht beginnt es, und als Frank am Morgen aufwacht, hört er von der Straße her schon die schurrenden Geräusche der Schneeschieber. Er steht gleich auf, zieht sich was über und geht auf den Balkon.

Draußen ist alles weiß; die Straße, die kahlen Bäume in der Prenzlauer Allee, die Dächer der Häuser. Eine Zeitlang steht Frank nur da und schaut den Hauswarten zu, die dick vermummt gegen die Kälte den Schnee an den Straßenrand schieben, wo er sich bereits zu Bergen türmt, während immer weiterer Schnee fällt. Als er dann aus der Haustür tritt, ist er neugierig, ob auch Herr Modersohn die Pracht schon entdeckt hat. Und richtig, in Schlafanzug und Bademantel und mit einem Schal um den Hals steht er in seiner Ladentür und strahlt: »Na? Was hab ich dir gesagt?«

Frank muß lachen, obwohl ihn der Schnee an Weihnachten erinnert, und vor dem ersten Weihnachtsfest ohne Mutter hat er Angst. Er kann sich einfach nicht vorstellen, daß alles wie immer sein wird, daß sie in der Ofenecke der Gaststube sitzen, zum Tannenbaum neben dem Klavier hinschauen, Würstchen mit Kartoffelsalat essen und er dann schließlich seine Geschenke auspackt – mit dem einzigen Unterschied, daß da, wo sonst immer die Mutter saß, nun Frau Schipprowski sitzt. Wenn es nach ihm ginge, würden sie Weihnachten dieses Jahr einfach ausfallen lassen. Aber es geht nicht nach ihm, und man kann Weihnachten wahrscheinlich auch gar nicht ausfallen lassen, weil man ja doch weiß, daß die anderen feiern.

Gisela kommt aus dem Haus. Sie hat schon auf ihn gewartet, denn sie gehen nun fast immer zusammen zur Schule. Und natürlich freut auch sie sich über den Schnee.

Frau Hagen gibt die Hefte mit den Aufsätzen zurück. Vor Franks Tisch bleibt sie stehen. »Ein schöner Aufsatz«, sagt sie. »Du hast begriffen, um was es geht. Wenn du in Physik und Chemie, vor allen Dingen aber in Russisch nur halb so gut wärst, hätten wir es einfacher.« Dann geht sie weiter, blickt sich aber noch einmal nachdenklich um. »Ich glaube, du hast dich gefangen. Ich freue mich darüber, obwohl ich mich, ehrlich gesagt, wundere. Wer hat dir dabei geholfen? Oder ist es wirklich nur aus dir gekommen?«

Frau Hagen erwartet keine Antwort, und Frank würde ihr darauf auch keine geben. Gisela hat ihm geholfen. Sie weiß es nicht, aber es ist so. Seit sie sich abends treffen und er sich vorgenommen hat, keinen Ärger mehr zu machen, geht es leichter. Er übersieht, was ihm nicht gefällt, grüßt freundlich, wenn er die Gaststube betritt, sagt auf Wiedersehen, wenn er sie verläßt. Er hilft der Schipprowski und geht Onkel Willi möglichst aus dem Weg. Eine Hand wäscht die andere. Er spielt mit; er will nicht ins Heim – und nicht weg von Gisela.

Eine Eins. Frank klappt das Heft zu und freut sich. Er bekommt für seine Aufsätze meistens gute Noten, dieser aber war besonders schwierig: Ein Vergleich zweier Gedichte und ihrer Autoren.

Gisela hat eine Zwei geschrieben. Sie ist auch zufrieden und lächelt Frank zu. Sie lächeln sich jetzt oft so zu, ohne daß es jemand merkt.

»Ich finde, wir sollten am Dienstag vor den Weihnachtsferien ein Klassenfest veranstalten.« Frau Hagen hat alle Aufsätze verteilt und blickt sich unternehmungslustig um. »Ein richtiges schönes Weihnachtsfest mit Julklapp und bunten Tellern und allem Drumherum.«

Die Mädchen sind begeistert und reden durcheinander, die Jungen freuen sich auch, zeigen es aber nicht so. Nur Elvis gähnt und singt: »Guten Abend, schön' Abend, es weihnachtet schon...«

»Ein guter Vorschlag«, greift Frau Hagen Elvis' Gesang auf. »Einige Weihnachtslieder sollten wir auch einstudieren.«

»Ha, ha!« Elvis kitzelt sich unter dem Arm, dann aber vergeht ihm das Lachen: Frau Hagen sagt, er solle sein Lied mal vorsingen, sie kenne es noch nicht.

»Bin ich bei der Oper?« Elvis lehnt den Vorschlag ab.

Einige Mädchen kennen das Lied. Sie singen es Frau Hagen

vor. Gisela singt mit. Sie singt leise, sie glaubt, sie hat keine gute Stimme, aber Frank gefällt Giselas Gesang. Er muß sich weit über den Tisch beugen, damit niemand sein Gesicht sehen kann.

In der großen Pause gibt es auf dem Hof eine Schneeballschlacht. Die Lehrer versuchen, sie zu verhindern, aber es gelingt ihnen nicht, zu unbändig ist die Freude der Jungen und Mädchen über den Schnee. Frank geht zwischen Uwi und Elvis; die Hände in den Taschen schauen sie dem lauten Treiben zu, fühlen sich irgendwie zu alt, um da noch mitzumachen. Dafür schimpft Elvis über das Klassenfest und das Geld, das jeder vorher mitbringen soll. »Drei Mark – für so 'ne Kacke! Ich brauch mein Geld für meine nächste Nietenhose.«

Gisela kommt vorübergelaufen, Zacke verfolgt sie.

»Der Zacke, der Zacke!« staunt Uwi. »Der schafft's noch und schnappt dir die Gisela weg.«

»Wieso wegschnappen?« Frank pustet sich in die kalten Hände, als ginge ihn, was Zacke und Gisela da anstellen, überhaupt nichts an. In Wirklichkeit ist ihm innerlich plötzlich ganz heiß geworden vor Schreck und Angst und Wut.

»Tu doch nicht so!« Elvis grinst Uwi zu.

Zacke hat Gisela eingeholt, nimmt ihren Kopf in den Schwitzkasten, greift mit der freien Hand in den Schnee und reibt ihr das Gesicht ein. Und Gisela schreit und juchzt, als gäbe es nichts Schöneres, als von Zacke eingeseift zu werden.

»Das läßt du dir gefallen?« fragt Elvis. Und auch Uwi schüttelt den Kopf, als ob Zacke sich da eine unerhörte Frechheit herausgenommen hätte.

»Ihr spinnt ja«, sagt Frank. Aber er muß sich zusammennehmen, um sich nicht auf Zacke zu stürzen. Dabei ist es gar nicht Zacke, der ihn ärgert, es ist Gisela. Wenn sie nicht mitmachen würde, könnte Zacke sie nicht einseifen.

Elvis verliert die Geduld. Er springt vor, zieht Zacke von Gisela weg und rollt mit ihm im Schnee herum. Und dabei seift er ihn ein, und zwar nach allen Regeln der Kunst. Gisela wischt sich den

Schnee aus dem Gesicht und lacht Frank zu. Doch Frank verzieht keine Miene. Er geht an Gisela vorüber, als hätte er sie noch nie zuvor gesehen.

Belogen und betrogen

»Bist du etwa eifersüchtig?« Gisela hat vor der Schule auf Frank gewartet und geht neben ihm durch die wirbelnden und tanzenden Schneeflocken.

Er ist eifersüchtig. Er hat ja nur Gisela! Wenn Gisela mit Zacke geht, ist er wieder allein. – Zacke ist nicht allein, Zacke hat Vater, Mutter, Schwester, sogar Großeltern...

»Biste stumm?« Gisela wird ärgerlich. »Ich kann doch nicht immer neben dir hergehen und Händchen halten... Damit alle wissen...«

»Sie wissen's sowieso schon! Und Zacke weiß es auch, will's nur nicht wissen.«

»Also biste doch eifersüchtig!« triumphiert Gisela.

»Na und? Ist doch klar: Wenn man jemanden...«

»Was? Wenn man jemanden – was?«

»Du weißt schon.« Frank fängt mit dem Mund eine Schneeflocke und läßt sie auf der Zunge zergehen. »Treffen wir uns heute?« fragt er dann.

Gisela tut, als müsse sie erst noch überlegen, ob sie sich überhaupt jemals wieder mit ihm treffen will, dann sagt sie: »Um fünf auf'm Nordmarkplatz« und verschwindet, ohne sich von ihm zu verabschieden, in der Haustür.

Frank geht weiter und ist schon am Schaufenster der Schneiderei Modersohn vorüber, als Herr Modersohn aus der Tür hinter ihm her ruft, er solle doch mal kurz zu ihm hereinkommen. Frank folgt der Aufforderung, schwingt sich auf den Bügeltisch und sieht den Schneidermeister erwartungsvoll an. Herr Modersohn setzt sich wieder hinter seine Nähmaschine, arbeitet aber nicht weiter. »Ich will dich vorwarnen«, sagt er. »Bei euch hat's Krach gegeben.«

Krach? Zwischen Onkel Willi und der Schipprowski?

»Sie hat ihm die Pistole auf die Brust gesetzt: Entweder er heiratet sie – oder sie geht. Da hat er sie entlassen.«

Die Schipprowski entlassen? Frank schaut den Schneidermeister ungläubig an. Kann man denn jemanden, mit dem man verlobt ist, so einfach entlassen?

»Ich sage dir das, damit du nicht allzu sehr überrascht bist«, erklärt der kleine Schneidermeister. »Unangenehme Neuigkeiten erträgt man leichter, wenn man vorher Bescheid weiß... Und wie ich gehört habe, hat der gute Willi seine Fühler ja schon wieder nach einer neuen Aushilfe ausgestreckt...«

Die Schipprowski geht weg und eine Neue kommt? Das ist wirklich eine schlechte Nachricht. An die Schipprowski hatte er sich schon fast gewöhnt...

»Ich würde dir raten, ganz ruhig zu bleiben, abzuwarten. Nichts wird so heiß gegessen, wie es gekocht wird.«

Herr Modersohn ist unsicher, weiß nicht, was er ihm sonst noch sagen soll. Frank springt vom Tisch, läuft aus der Schneiderwerkstatt heraus und in die *Gemütliche Ecke* hinein.

Onkel Willi geht mit dem Tablett von Tisch zu Tisch und serviert. Sein Gesicht ist gerötet. Er hat getrunken und sieht Frank aus ausdruckslosen Augen an. Frank verharrt nur kurz, dann läuft er an ihm vorbei ins Hinterzimmer hinein. Ein halbgefüllter offener Koffer liegt auf dem Tisch: Frau Schipprowski packt.

»Ach, du bist es!« sagt die Frau. »Na, da können wir uns ja wenigstens noch voneinander verabschieden.«

»Was ist denn passiert?«

»Was passiert ist?« Frau Schipprowski fährt sich mit dem Arm über die Stirn. »Belogen hat er mich, dein Herr Vater! Belogen und betrogen! Von Heirat hat er gesprochen und vom gemeinsamen Lebensabend. Und was will er wirklich? Seine Bequemlichkeit, aber keine feste Bindung. Ich könnte ja eines Tages Ansprüche stellen...«

Es ist also alles so gekommen, wie er es sich gedacht hatte. Frank hätte Genugtuung verspüren können, doch er ist nur bestürzt. »Vielleicht überlegt er's sich noch mal.«

»Dazu ist's zu spät. Ich kenne ihn jetzt. Ich würde auf keinen Fall mehr bei ihm bleiben.« Frau Schipprowski nimmt weitere Wäsche aus dem Schrank und legt sie in den Koffer. Dann schlägt sie den Kofferdeckel zu. »Was war ich dumm! Was war ich dumm! Aber so ist das eben, wenn man ganz allein ist. Man wirft sich jemandem an den Hals und wird enttäuscht.«

Allein! Die Schipprowski ist allein. Warum hat er das nicht früher bemerkt? »Aber Onkel Willi braucht doch jemanden. Er kann doch nicht alles alleine machen.«

»Der hat bald eine andere. Auf die Kneipe sind sie doch alle scharf.« Frau Schipprowski schaut von Frank weg. Sie hat sich verraten. »Nun geh schon in die Küche«, sagt sie ungeduldig. »Heute habe ich noch mal gekocht.«

In der Küche liegt ein Tannenbaum. Der Duft des Tannengrüns vermischt sich mit dem Geruch der Gemüsesuppe. Frank nimmt einen Teller aus dem Küchenschrank und füllt sich etwas von der Suppe ab. Dann ißt er.

Warum hat Onkel Willi die Schipprowski nicht geheiratet? War sie ihm zu alt? Aber er ist doch noch zehn Jahre älter als sie...

Die Tür zum Hinterausgang wird geöffnet und zugeschlagen: Frau Schipprowski ist gegangen. Einfach so. Ohne auf Wiedersehen zu sagen. In ihren Augen gehört er zu Onkel Willi.

»Ist sie weg?« Onkel Willi hat nur darauf gewartet, daß Frau Schipprowski geht. Nun steht er in der Küche und sieht Frank zufrieden an.

»Ja.«

»Wurde aber auch Zeit. Die hat sich eingebildet, sie müsse bei uns für geordnete Verhältnisse sorgen. Ausgerechnet so eine.«

Frank ißt schweigend. Er hat damit nichts zu tun, er steht nicht auf Onkel Willis Seite.

Onkel Willi weist auf den Tannenbaum. »Schmückst du den?«

Frank hat in den letzten Jahren immer den Tannenbaum geschmückt, er wird es auch dieses Jahr tun. Er nickt stumm.

»Dann stelle ich ihn schon mal auf.« Onkel Willi nimmt den Baum und geht mit ihm durch den Flur in die Gaststätte zurück.

Frank legt seinen Löffel weg und gießt den Rest Suppe in den Topf zurück. Er kann nichts mehr essen, das mit der Schipprowski hat ihm den Appetit verschlagen.

Willi hat den Tannenbaum in der Ecke neben dem Klavier aufgestellt, wie jedes Jahr. Frank geht in den Keller, holt all die Kugeln und elektrischen Kerzen, den Putz und Flitterkram, der ein Jahr lang unbeachtet neben der Kartoffelkiste lag, und beginnt den Tannenbaum zu schmücken, während Onkel Willi und Herr Braun an der Theke stehen und Schnaps trinken und Herr Braun mit erhobenem Zeigefinger auf Onkel Willi einredet. Doch Onkel Willi hört gar nicht wirklich zu, ist mit seinen Gedanken ganz woanders – bis Herr Bessel kommt, ihn beiseite zieht und sich leise mit ihm bespricht. Da nickt er ein paarmal, nimmt den Zettel, den Herr Bessel ihm reicht, geht ans Telefon und wählt eine Nummer. Als sich am anderen Ende der Leitung jemand meldet, sagt er etwas und steht dabei so gerade, als telefoniere er mit einer wichtigen Persönlichkeit. Doch er spricht nicht laut genug, Frank kann nicht verstehen, mit wem er telefoniert und worum es geht. Erst als Onkel Willi den Hörer auflegt, hört er: »Sie kommt.«

»Na bitte!« Herr Bessel stößt mit Onkel Willi und Herrn Braun an. Frank ordnet die elektrischen Kerzen und befestigt sie an den Zweigen rund um den Baum. Was wird das für eine sein, wenn Herr Bessel sie besorgt hat?

»Wollte sich ins warme Nest setzen, die Kuh!« zieht Onkel Willi über Frau Schipprowski her. »Die Kneipe unter den Nagel reißen wollte sie sich, weiter nichts.«

Frank geht um den Tannenbaum herum und hängt die roten, grünen, blauen und silbernen Kugeln auf. Onkel Willi hat nun schon sehr viel getrunken; es ist ihm egal, ob die Gäste hören können, was er sagt. »Geordnete Verhältnisse wollte sie schaffen. Vor allem wegen Frank, hat sie gesagt! Als ob Frank und ich nicht allein klarkämen.« Onkel Willi schaut zu Frank hin. »Du kannst doch auch mir sagen, daß du nicht ins Heim willst, oder?«

Frank antwortet nicht, nimmt nur seine Jacke und sagt: »Gib mir Geld. Wir brauchen Lametta.«

»Kannst du mir das auch sagen oder nicht?« schreit Onkel Willi.

»Jaaa!« schreit Frank zurück und kann nicht verhindern, daß ihm dabei das Wasser in die Augen schießt. Was Onkel Willi der Schipprowski da vorwirft, ist haargenau das, was er selber getan hat, damals vor sechs Jahren. Vielleicht hat er die Frau deshalb so gut durchschaut, vielleicht wollte er nicht auf die gleiche Weise hereingelegt werden.

»Wenn hier einer schreit, bin ich es«, sagt Onkel Willi leise, aber mit einer deutlichen Drohung im Unterton. »Hast du mich verstanden?«

»Ja«, flüstert Frank und beißt sich auf die Lippen. Onkel Willi hat ihn nun in der Hand, hinter jedem Satz, den er sagt, steckt ein unausgesprochener zweiter – und der lautet: »Oder willst du etwa ins Heim?«

»Na also!« Onkel Willi gibt Frank das Geld für das Lametta, und Frank verläßt die Gaststube. Er geht ein Stück an der *Gemütlichen Ecke* entlang und betritt, als er sicher ist, daß ihn von dort niemand mehr sehen kann, einen Hausflur, setzt sich auf die untersten Treppenstufen und heult sich aus. Aber es ist ein seltsames Heulen, er wickelt es ab wie etwas, das man nicht umgehen kann, weil es nun einmal da ist; er ist nicht mal richtig traurig.

In der kleinen Drogerie ist es voll, es scheinen bereits viele Leute ihre Tannenbäume zu schmücken, und fast alle benötigen sie neues Lametta.

»Schönen guten Tag, der Herr!« Kalle steht hinter Frank und freut sich über ihr Zusammentreffen. Frank, der gerade dran ist, bezahlt, nimmt die Tütchen mit dem Lametta und wartet vor der Tür auf Kalle. Und als Kalle kommt, geht er ein Stück neben ihm her.

»Jetzt spielen sie *Tarzan und das blaue Tal* im *Alhambra*«, sagt Kalle. »Wenn wir Geld hätten...«

»Wir haben Geld. Morgen sehen wir uns den Film an«, verspricht Frank.

»Deshalb hab ich's aber nicht gesagt.« Kalle ziert sich wieder mal ein wenig, aber dann kann er nicht anders als sich freuen. »Endlich mal wieder ein Tarzan-Film.«

Frank freut sich nicht. Er hat anderes im Kopf und wäre mit Kalle auch in einen Operetten-Film gegangen, wenn er ihm damit einen Gefallen getan hätte.

Vor der *Gemütlichen Ecke* trennen sich die beiden Jungen. »Bis morgen«, sagt Frank und betritt die Gaststätte. Doch Onkel Willi kommt ihm schon an der Tür entgegen, nimmt ihm das Lametta ab und sagt: »Geh mal ein bißchen spazieren. Ich kann dich jetzt nicht brauchen.«

Frank schiebt die Hände in die Taschen und geht. Bevor er aber ganz aus der Tür ist, dreht er sich noch einmal um. Am Stammtisch sitzt eine junge Frau. Sie spricht mit Herrn Bessel und raucht. Ihre Fingernägel sind rot lackiert.

Das ist sie, die Neue. Davon ist er überzeugt. Und sie ist ihm unsympathisch. Auch das sieht er gleich.

Es flimmert

Der Schnee fällt nicht mehr so dicht, auf den Fahrbahnen ist er bereits zu Matsch geworden. Frank geht um den Häuserblock und schaut in die Schaufenster. Es ist noch lange nicht fünf Uhr.

Die Puppe im Schaufenster der Bäckerei Wetzel trägt wieder den roten Mantel und den weißen Bart, wie jedes Jahr in der Vorweihnachtszeit. Sie dreht an der Kurbel, die den magischen Kreis in Bewegung hält, und nickt Frank rhythmisch zu. Frank schaut sie lange an: Wie hatte er sie früher lustig finden können? Es hat doch etwas Grausames an sich, dieses tote, fortwährende Lächeln und Nicken.

Frank geht weiter, aber das starre Lächeln der Puppe verfolgt ihn. Er versucht sich abzulenken, denkt an das letzte Weihnachtsfest mit der Mutter. Sie hatte ihm am Heiligen Abend von den Weihnachtsfesten ihrer Kindheit erzählt, von denen während des 1. Weltkrieges, in denen sie hungerten und nicht einmal einen Tannenbaum hatten, und von denen danach, als sie sich auch nichts kaufen konnten, weil der Vater im Krieg gefallen war und ihre Mutter sehen mußte, wie sie sich und die Kinder durchbekam...

Es war ein schönes Weihnachtsfest, dieses letzte vor ihrem Tod. Er liebt ja solche Erzählungen, obwohl er viel darüber nachdenken mußte. Wenn sein Großvater im 1. Weltkrieg und sein Vater im 2. Weltkrieg gefallen waren, hieß das vielleicht, daß er dann in einem 3. Weltkrieg fallen würde? Aber diese Gedanken hielten nicht lange an, da waren ja die Bücher, die die Mutter ihm geschenkt hatte, die Bücher lenkten ihn schnell ab.

Auf dem Nordmarkplatz ist es kalt, ein eiskalter Wind pfeift durch die Sträucher. Frank dreht eine Runde um den Park und dann noch eine. Es ist ja noch längst nicht fünf Uhr.

Heute morgen noch hatte er sich nicht vorstellen können, daß Frau Schipprowski am Heiligen Abend Mutters Platz einnehmen könnte, doch wie wird es nun sein? Wird diese Neue mit den rotlackierten Fingernägeln mit ihnen Weihnachten feiern? Oder Onkel Willi und er allein? – Es wäre wirklich das beste, sie würden es überhaupt nicht feiern, keine Weihnachtsmusik hören, keine Geschenke verteilen, sich gleich ins Bett legen, einschlafen und nicht daran denken.

Endlich ist es fünf Uhr. Frank steht an dem vereinbarten Platz neben der Bank und schaut zur Prenzlauer Allee hinüber. Er hat nun eiskalte Füße und ist auch sonst ganz durchgefroren. Seit er das Lametta abgab, war er noch nicht wieder zu Hause, aber nun hält er es nicht mehr lange aus in dieser feuchten Kälte.

Eine schmale Gestalt, die eine Tasche schleppt, nähert sich dem Treffpunkt. Es ist Gisela.

»Was willste denn damit?« Frank weist auf die Tasche. »Sollste das irgendwo abliefern?«

»Da sind Bücher drin. Hotte hat sie aussortiert. Er braucht sie nicht mehr. Sie sind für dich.«

»Für mich?« staunt Frank. »Warum hat er sie dir denn nicht geschenkt?«

»Ich kenn sie ja alle schon.«

»Und was machen wir jetzt damit? Wir können die Tasche doch nicht die ganze Zeit mit uns herumschleppen.«

Gisela ist enttäuscht. Sie dachte, Frank würde sich freuen. »Bring die Bücher doch nach Hause«, schlägt sie vor. »Ich warte hier auf dich.«

Frank kommt eine Idee, eine, die ihn auf einen Schlag alle Sorgen vergessen läßt.

»Du kannst ja mitkommen«, sagt er. »Ich bringe sie sowieso in den ersten Stock hoch. Da ist niemand.«

Gisela zögert.

»Oder haste Angst?«

»Wovor denn?«

»Na also!« Frank nimmt Gisela die Tasche ab und geht voran. Giscla folgt ihm, aber im Hausflur zögert sie wieder: »Ich weiß nicht...?«

»Jetzt komm schon!«

Auf der Treppe bleibt Gisela ein paar Stufen hinter Frank zurück, und als er die Tür aufgeschlossen hat und die Wohnung betritt, bleibt sie im Treppenhaus stehen und sagt: »Beeil dich. Ich warte hier.«

»Komm doch mit«, bittet Frank. »Ich will dir mal zeigen, wie ich wohne.«

Vorsichtig betritt Gisela den Flur und schaut sich um. Sie war früher öfter in dieser Wohnung; als Frank und sie noch nicht zur Schule gingen, haben sie manchmal hier gespielt. »Und du wohnst jetzt ganz allein hier oben?«

Frank legt die Tasche auf sein Bett, setzt sich daneben und beginnt, die Bücher durchzusehen. Einige davon kennt er schon, doch das sagt er nicht. Er sagt: »Tolle Bücher!« und dann zu Gisela, die vor ihm steht: »Setz dich doch«; er sagt es wie nebenbei, aber er zittert vor Aufregung.

Gisela setzt sich zu Frank, nimmt ein Buch und will Frank etwas darüber erzählen. Da hält Frank es nicht mehr aus, er legt das Buch weg und wirft sich auf Gisela, um sie zu küssen.

Gisela stößt ihn weg. »Was fällt dir denn ein? Spinnst du?«

Frank bleibt zwischen den Büchern liegen.

Gisela steht auf. »Was ist denn plötzlich los mit dir? Warum haste mich denn so erschreckt?«

»Ich liebe dich«, stammelt Frank. Er kommt sich blöd vor, aber ihm fallen keine anderen Worte ein.

Gisela schweigt. Müßte sie denn nun nicht sagen, daß sie ihn auch liebt? Oder zumindest, daß sie ihn gern hat? Frank wagt nicht aufzublicken, aber er muß es nun auch nicht mehr, denn Gisela legt sich zu ihm, schaut ihn an und streichelt seinen Arm.

Frank spürt, wie ihm noch heißer wird, er dreht sein Gesicht zu Gisela herum und beginnt nun auch, sie zu streicheln. Erst ihr Gesicht, dann ihren Hals, dann ihre Brüste. Gisela hält ganz still, guckt ihn aber nach wie vor an. Da legt Frank seinen Mund auf ihren Mund und bittet: »Mach ihn auf.«

Gisela öffnet den Mund, ganz wenig zwar nur, aber sie läßt es zu, daß er seine Zunge in ihren Mund schiebt.

Frank ist ganz vorsichtig, er will Gisela nicht erschrecken, will ihr nur zeigen, wie lieb er sie hat. Denn das könnte er nicht mit jedem Mädchen tun, ohne sich zu ekeln. Gisela merkt das und muß einmal sogar lächeln; Frank spürt es, weil sie dabei ihren Mund verzieht.

Als sie dann beide zur gleichen Zeit ihre Münder voneinander wegziehen, sehen sie sich nicht an, sitzen nur beieinander, halten sich an den Händen und sagen kein Wort. In Frank ist ein Gefühl, wie er es bisher noch nicht gekannt hat, ein Flimmern, das durch den ganzen Körper geht. Nun ist er ganz sicher, daß Gisela ihn mag.

»Heute hab ich nicht soviel Zeit«, sagt Gisela dann leise. »Ich muß meinem Vater noch beim Wareeinsortieren helfen.«

Frank weiß nicht, ob sie das nur sagt, weil sie Angst hat, noch länger hier oben zu bleiben, oder ob sie wirklich nach Hause muß – es ist auch nicht wirklich wichtig, jetzt, da Gisela ganz fest zu ihm gehört. »Ich bring dich noch«, sagt er nur, und dann begleitet er sie bis kurz vor die Tür des kleinen Lebensmittelladens und schaut zu, wie sie den Laden betritt und mit ihrem Vater redet, der gerade dabei ist, ein Regal neu aufzufüllen. Erst als Gisela hinter dem Vorhang, der den Laden von den Wohnräumen trennt, verschwunden ist, geht er zur *Gemütlichen Ecke* zurück und betritt die Gaststube, um das Lametta an den Tannenbaum zu hängen.

»Ah! Da ist er ja.« Onkel Willi strahlt Frank an, als wäre sein lang vermißt geglaubter Lieblingssohn endlich zurückgekehrt. Und er sagt das nicht zu irgendwem, sondern zu der Frau mit den rotlackierten Fingernägeln, die neben der Theke steht und bereits auf die Biere wartet, die Onkel Willi gerade zapft, und Frank ebenfalls aufmerksam entgegenblickt.

Frank geht hinter die Theke und schenkt sich ein Malzbier ein. Er tut das aus Verlegenheit, aber Durst hat er auch.

»Der Junior bedient sich selber?« Die neue Aushilfe streckt Frank die Hand hin. »Ich heiße Frieda – Frieda Klose. Ich hoffe, wir werden gute Freunde.«

Frank nimmt die Hand, wendet sich aber gleich wieder ab. Diese Frieda Klose ist gar nicht so jung, wie sie von weitem aussah, sie macht sich nur jung. Sie ist sicher schon weit über vierzig. Aber sie sieht gut aus, und sie weiß das; ihr Blick hat etwas Herausforderndes an sich.

Die Biere sind fertig, und die neue Aushilfe trägt sie an die Tische, als hätte sie nie etwas anderes getan. Ilse Fröhlich bemerkt Onkel Willis wohlgefälligen Blick und kann sich eine spöttische Bemerkung nicht verkneifen. »Junges Blut tut alten Knackern gut«, ruft sie und erntet von überall her beifälliges Gelächter. Frank ist gespannt, wie diese Frieda Klose reagieren wird, aber die Frau wirft nur ihr dunkles, leicht gewelltes Haar nach hinten und lacht herzhaft mit.

Frank trinkt sein Malzbier aus, nimmt das Lametta und beginnt es rings am Tannenbaum zu verteilen.

»Ah! Unser Weihnachtsmann!« Frieda Klose stellt sich neben Frank und guckt neugierig – und da weiß Frank, daß Onkel Willi ihr von ihm erzählt hat. Er legt den Rest Lametta aufs Klavier und geht an der Frau vorbei in die Küche. Dort steht er einen Augenblick hilflos herum, dann verläßt er die *Gemütliche Ecke* aus dem Hinterausgang und steht wieder auf der Straße.

Frau Wetzel stellt gerade den Apparat mit der Puppe ab, mitten in der Bewegung bleibt sie stehen. Frank geht ein Stück die Straße entlang, schaut in andere Schaufenster.

Diese Frieda Klose ist stark, viel stärker als er. Das spürt er. Die wird keine Tauschgeschäfte mit ihm machen, die serviert ihn ab, wenn er sich mit ihr anlegt – und er wird sich mit ihr anlegen müssen, wenn er nicht untergehen will.

Es wird sich also wieder alles ändern. Doch diesmal kommt es schlimmer, diesmal hat er keine Chance.

Frank geht die Straße hoch, macht kehrt und geht auf dem gegenüberliegenden Bürgersteig zurück. Giselas Mutter läßt die Jalousie herunter. Frank geht an dem Schaufenster des Lebensmittelladens vorüber und betritt den Hauseingang. Ohne das Licht anzuschalten, geht er durch den Hausflur auf den dunklen Hof.

Im Wohnzimmer der Wilkes brennt Licht. Die Vorhänge sind nicht zugezogen, er kann sehen, was hinter den Gardinen vor sich geht. Herr Wilke sitzt in einem Sessel und hält die Zeitung auf den Knien. Ab und zu läßt er sie sinken und sagt etwas zu Hotte, der am Radio dreht. Gisela sitzt am Tisch und klebt die abgeschnittenen Lebensmittelmarken auf Papierbögen, eine Arbeit, bei der er ihr früher manchmal half.

Frank rührt sich nicht von der Stelle. Er wünscht sich, daß Gisela weiß, daß er hier steht, ganz fest wünscht er sich das.

Giselas Mutter betritt das Wohnzimmer und beugt sich zu Gisela hinunter. Gisela steht auf und verläßt den Raum, und Frau Wilke ~~und~~ tritt an das Fenster, späht kurz in die Dunkelheit hinaus und schließt die Vorhänge.

In der Küche der Wilkes geht das Licht an. Gisela kommt und füllt einen Teekessel mit Wasser.

Frank geht etwas näher an das Küchenfenster heran und klopft vorsichtig an die Fensterscheibe. Gisela erschrickt, sie erkennt ihn nicht gleich. Erst als er sein Gesicht an die Fensterscheibe lehnt, öffnet sie das Fenster.

»Was machst du denn hier?«

»Ich guck zu.« Frank grinst. Aber dann wird er ernst und sagt: »Willi hat 'ne Neue.« Er sagt Willi, nicht Onkel Willi.

Gisela schweigt. Dann fragt sie: »Und die andere?«

»Die hat er rausgeschmissen.«

»Dieser Schuft!«

Frank lächelt. Daß Gisela so denkt wie er, macht es ihm leichter.

»Und du? Was machst du nun?«

Wieder grinst Frank. »Ich denk an dich.«

»Blödmann«, sagt Gisela und lacht. Aber sie weiß, daß er die Wahrheit gesagt hat.

Frank legt die Decke über die Kasse, tastet nach der Auslösetaste und drückt – nichts! Die Kasse öffnet sich nicht. Er drückt noch einmal, fester, doch die Kassenlade springt nicht heraus. Onkel Willi hat die Kasse abgeschlossen. Zum ersten Mal. Oder war es gar nicht Onkel Willi, sondern diese Frieda Klose?

Er läßt den Schein der Taschenlampe durchs Lokal wandern. Ihr Mantel! Er hängt noch an der Garderobe. Sie ist nicht nach Hause gegangen, ist hiergeblieben – gleich die erste Nacht!

Leise geht Frank mit seiner Decke durch die Gaststätte und den Flur. Vor der Tür, die vom Flur aus zum Hinterzimmer führt, bleibt er stehen. Onkel Willi schnarcht, sonst ist nichts zu hören. Aber sie ist hier, sie wird nicht ohne Mantel nach Hause gegangen sein. Vorsichtig geht Frank weiter, öffnet leise die Tür zum Hausflur und schließt sie ebenso leise. Heute wird er nicht frühstücken; er hat keine Lust diese Frau in der Küche herumhantieren zu sehen. Er bringt die Decke und die Taschenlampe in den ersten Stock zurück und schnappt sich seine Mappe. Dann tritt er auf die Straße, um vor Wilkes Lebensmittelladen auf Gisela zu warten. Doch er muß lange warten, er ist ja nun viel zu früh dran. Und so steht er im dichten Schneetreiben, schaut den dicken weißen Flocken nach, die durch die Luft taumeln und wirbeln, und denkt an diese Frieda Klose mit dem spöttischen Blick. Er hatte es ja gestern schon vermutet, aber nun ist er ganz sicher: Diese Frau weiß genau, was sie will; die versucht gar nicht erst, sich mit ihm anzufreunden; die geht einfach los auf ihr Ziel.

Gisela kommt und ist überrascht. Es passiert nicht oft, daß Frank vor ihr da ist. »Sie ist bei ihm geblieben«, sagt Frank, ohne Gisela erst zu begrüßen. »Gleich die erste Nacht.«

Gisela weiß nicht, was sie dazu sagen soll, stumm geht sie neben ihm her, bis sie ihn nach den Schularbeiten fragt. Doch Frank hat die Schularbeiten gar nicht gemacht. Und hätte er sie gemacht, hätte er keine Lust, jetzt darüber zu sprechen.

Gleich in der ersten Stunde hat die Klasse Deutsch. Frau Hagen hat einen alten Zylinderhut voller zusammengerollter Zettelchen mitgebracht. »Auf jedem Zettel steht ein Name«, erklärt sie. »Jeder von euch zieht so ein Los, und der, dessen Name auf dem Zettel steht, wird dann von dem, der den Zettel gezogen hat, beschenkt. Das nennt man Julklapp, ein alter Weihnachtsbrauch.«

Es wird getuschelt, geflüstert und gekichert, und Mäxchen Bessel ist dann der erste, der ziehen darf. Er zieht einen Zettel und guckt Julia an. Julia ist entsetzt. »Ausgerechnet der!« zischt sie.

»Ihr dürft euch nicht anmerken lassen, wen ihr gezogen habt, sonst macht's ja keinen Spaß.« Frau Hagen nimmt Mäxchen den Zettel wieder ab, rollt ihn zusammen und wirft ihn in den Zylinder. Mäxchen zieht ein zweites Mal, liest und blickt stur zur Tafel.

Frau Hagen geht von einem zum anderen, alle sind neugierig, wen sie wohl ziehen werden, und wissen sie es, machen sie bedeutungsvolle Gesichter. Nur Elvis nimmt seinen Zettel und steckt ihn ungeöffnet hinters Ohr.

Frank wünscht sich, daß er Gisela zieht. Aber als er den Zettel auseinandergefaltet hat, steht *Veronika Hagen* drauf. Ausgerechnet Frau Hagen!

Den letzten Zettel behält Frau Hagen. »Ich mach natürlich auch mit«, sagt sie. »Aber ich bitte mir aus, daß derjenige, der mich gezogen hat, nicht sein Sparschwein schlachtet. Wir setzen als Höchstbetrag drei Mark an. Wenn einer einem etwas kaufen will, das fünfzig Pfennige mehr oder weniger kostet, ist das kein Verbrechen, aber so ungefähr an diesen Drei-Mark-Betrag sollten wir uns halten.«

In der Klasse wird wieder getuschelt und gekichert und sich umgeblickt. Nun möchte jeder gerne wissen, wer Frau Hagen gezogen hat. Aber Frank macht ein so gleichgültiges Gesicht, daß auf ihn der geringste Verdacht fällt. Unter dieser Maske aber arbeitet es: Was soll er Frau Hagen bloß schenken? Und wovon? Er hat ja gar kein Geld mehr.

Dieser Gedanke begleitet Frank durch alle Unterrichtsstunden. Auch auf dem Heimweg wird er ihn nicht los. Wo soll er Geld herbekommen? Daß er am Nachmittag nicht mit Kalle ins Kino gehen kann, ist nicht so schlimm, aber die drei Mark für die Weihnachtsfeier? Und die drei Mark für das Julklapp-Geschenk! Zwar hat Frau Hagen noch gesagt, sie sollten nicht unbedingt daran denken, dem, den sie gezogen haben, etwas zu kaufen, was Selbstgebasteltes wäre viel schöner und besäße viel mehr Wert. Aber was sollte er ihr schon basteln? Er ist nun mal kein solcher Fummlerkönig wie Zacke.

Ob er mal mit Onkel Willi redet? Ob er sein Taschengeldangebot doch noch annimmt?

Unter diesen Gedanken betritt Frank die *Gemütliche Ecke* durch den Hintereingang und geht in die Küche.

In der Pfanne liegen drei Koteletts. Es sind drei riesige Dinger, und sie brutzeln und duften verlockend. Schnell geht Frank an den Küchenschrank, nimmt sich ein Stück Brot und das Glas mit dem Senf heraus und schnappt sich ein Messer. Damit läuft er in den ersten Stock hoch, setzt sich dort in der Küche an den Tisch, schmiert sich Senf aufs Brot und beißt ein Stück davon ab.

Soll die Klose kochen, für wen sie will, er wird von ihr nichts annehmen; er fällt nicht jedesmal auf denselben Trick herein.

An der Tür wird geschlossen. Frank legt sein Brot weg und richtet sich auf. Frieda Klose! Sie hat also mitbekommen, daß er schon zurück ist.

Die Frau kommt in die Küche und macht ihr spöttisches Gesicht. »Also hier oben verkriechst du dich! Ist das nicht ein bißchen viel, eine ganze Wohnung für einen allein? Und noch dazu für einen dreizehnjährigen Jungen?«

Frank sitzt ganz starr. Sie soll fortgehen, er kann sie nicht ertragen.

»Und du ißt lieber Brot mit Senf als Kotelett mit Rosenkohl?«

»Ja.«

Frieda Klose öffnet die Speisekammer, die im Lauf der Jahre, in denen sie niemand benötigte, zur Rumpelkammer wurde, und blickt sich darin um. Als sie zu Frank zurückkommt, sagt sie: »Ich habe gestern abend eine ganze Menge über dich zu hören bekommen, deshalb möchte ich dir gleich sagen: Mit mir machst du das nicht!«

»Lecken Sie mich am Arsch!«

Einen Moment lang ist die Frau nicht so selbstsicher, wie sie gerne sein möchte, doch sie fängt sich wieder. »Gerade das werde ich nicht tun«, sagt sie und lächelt. »Aber es ist schön, daß wir gleich wissen, was wir aneinander haben.«

Frank antwortet nichts mehr, wartet nur darauf, daß die Frau endlich wieder geht. Und als sie dann gegangen ist, wartet er ab, bis er ganz sicher ist, daß sie wieder in der *Gemütlichen Ecke* angekommen ist. Erst danach springt er auf, sucht sein Taschenmesser und läuft damit aus der Wohnung und aus dem Haus. Er läuft zum Nordmarkplatz hinüber, stapft durch den verharschten Schnee und schaut sich um. Er sucht eine Astgabel, eine passende Astgabel. Als er sie gefunden hat, klettert er auf den Baum, zieht sein Taschenmesser aus der Hosentasche und beginnt, eine Kerbe in den Ast zu ritzen.

Es dauert lange, bis die Kerbe tief genug ist und er den Ast abbrechen kann. Mit dem Ast in der Hand rutscht er dann vom Baum und fällt in einen schnellen Trab, damit ihm wieder warm wird. Erst an der Prenzlauer Allee wird er langsamer. Er geht an der *Gemütlichen Ecke* vorbei und bringt es fertig, nicht hinzuschauen. Trotzdem weiß er, daß unter dem Gaststättennamen noch immer *Inhaberin: Lisa Meisel* steht. Das ist ein Witz, ein bitterböser Witz. Und der zweite Witz ist das Wort *gemütlich.*

Er geht durch den Hausflur auf den Hof, setzt sich auf die untere Strebe der Teppichklopfstange und beginnt, mit dem Taschenmesser die Rinde von der Astgabel zu schaben. Das könnte er natürlich auch oben in der Wohnung tun, wo es wärmer ist. Aber gerade das will er nicht: Er wird die Wohnung erst wieder betreten, wenn er sich verbarrikadieren kann. Und das kann er, wenn er die Astgabel zwischen die Klinke der Wohnungstür und den Schrank im Flur schiebt. Nun müßte er dazu nicht extra die Rinde von der Astgabel entfernen, aber auch das will er, es gehört dazu; er will einfach mehr tun, als nur irgendeinen Ast vor die Tür klemmen.

Die Hoftür geht, Herr Modersohn trägt seinen Mülleimer zu den Mülltonnen. Franks Späne fliegen fort wie abgeschossen. Der Mülltonnendeckel klappert, der Eimer scheppert, dann geht Herr Modersohn den Weg, den er gekommen ist, zurück und bleibt vor Frank stehen. »Was machst du denn hier so ganz allein in der Kälte?« fragt er und deutet auf die Astgabel: »Willst du jemanden umbringen?«

Frank dreht das Holz in den Händen und kraust die Stirn, aber er antwortet nicht.

»Du kommst mit der jetzigen Aushilfe noch weniger klar als mit ihrer Vorgängerin, nicht wahr?«

»Ja.«

Herr Modersohn stellt den Mülleimer ab und reibt sich die kalten Hände. »Aber deshalb mußt du doch nicht gleich erfrieren wollen.«

»Mir ist nicht kalt.«

»So? Na, dann haben sie dir bei deiner Geburt wohl einen Ofen eingebaut.«

Frank lacht nicht.

»Ich verstehe dich«, sagt da Herr Modersohn, »ich verstehe dich besser, als du glaubst. Aber die Welt richtet sich nun mal nicht nach unseren Wünschen, sie ist, wie sie ist, und es ist besser, du stellst dich gut mit ihr – mit der Welt und mit Frieda Klose.«

»Nie!« ruft Frank und springt von der Teppichklopfstange. »Nie im Leben tue ich das.«

»Dann wünsch ich dir einen steifen Nacken und ein dickes Fell«, sagt Herr Modersohn. »Du wirst es brauchen können.« Er nickt traurig, nimmt seinen Mülleimer wieder auf und geht langsam davon.

Frank schaut dem kleinen Mann nach, bis er in der Tür verschwunden ist. Früher hatte er Herrn Modersohn alles unbesehen geglaubt – weil er ihn mochte. Er mag ihn immer noch, aber nun ist er oft anderer Meinung. Soll er denn jede von Willis Aushilfen einfach so hinnehmen, wie er ein Julklapp-Los hinnimmt? Ist er denn überhaupt niemand? Muß er sich alles gefallen lassen?

Ein bißchen so und ein bißchen so

Tarzan spannt die Muskeln an – der Baumstamm rührt sich nicht. Tarzan holt Luft, sein Brustkorb dehnt sich – der Baumstamm über der Schlucht knarrt, als wolle er sich wehren, dann aber poltert er hinunter. Die Verfolger auf der anderen Seite der Schlucht zügeln ihre Pferde, sind zu spät gekommen. Sie drohen und schreien und ballern mit ihren Pistolen in der Gegend herum, Tarzan aber steht hochaufgerichtet da, lacht und läuft leichtfüßig weiter. »Mann!« Kalle stößt Frank an. Er glüht vor Begeisterung.

Frank gefällt der Film auch, er ist wirklich sehr spannend und manchmal auch lustig, aber so richtigen Spaß hat er nicht daran. Kalle hat seinen Ausweis verkauft, und er hat mitgemacht, hat ihm den Zeitungskiosk gezeigt und war mit ihm in der Wechselstube, in der Kalle vierzig Westmark in über einhundertsechzig Ostmark eintauschte. Die restlichen zehn Westmark verprassen sie nun: Kino, Erdnüsse, Comics, Eis am Stiel und Zigaretten; richtige amerikanische Filterzigaretten.

Tarzan schwingt sich von Liane zu Liane und erledigt die Schufte, die nun vor ihm fliehen, einen nach dem anderen. Und Cheeta, sein kleiner Schimpanse, hilft ihm dabei. Dann ist der Film zu Ende, und Kalle verspricht Frank: »War das ein Film!

Den gucken wir uns noch mal an. Vielleicht schon übermorgen.«

Frank ist still. Da ist ein Gedanke, der läßt ihm keine Ruhe. Er will sich den Gedanken verkneifen, will an etwas anderes denken, aber dann, an der Ecke Dunckerstraße, als sie sich bereits verabschiedet haben, fragt er Kalle doch noch: »Was machst du denn jetzt mit dem ganzen Geld?«

»Ich kauf mir eine Hose, eine Popeline-Hose. Und ein Hemd.« Kalle grinst schief. »Fünfzig Mark sind ja leider schon wieder weg – für den neuen Ausweis.«

»Kannste mir zehn Mark leihen?«

»Zehn? Ich leih dir zwanzig. Ich schenk sie dir.« Kalle beeilt sich, das Geld aus der Hosentasche zu fummeln.

»Nein. Ich brauch nur zehn. Und ich will sie nicht geschenkt, sondern nur geliehen«, beharrt Frank.

Kalle gibt Frank die zehn Mark. »Aber du brauchst sie mir wirklich nicht wiedergeben. Du hast doch schon so oft für mich bezahlt.«

»Das war was anderes. Sobald ich Geld habe, bekommst du den Zehner wieder.« Frank verabschiedet sich noch mal von Kalle und läuft los. Er muß sich beeilen, die Geschäfte schließen gleich. Aber er hat Glück, die *Bücherstube* hat noch auf. Er betritt den kleinen, mit Regalen vollgestellten Laden und kniet sich vor dem Regal mit den Reclam-Bändchen hin. Er kennt die Preise: Jedes Sternchen auf der Rückseite bedeutet vierzig Pfennige.

»Suchst du was Bestimmtes?«

»Alles von Lessing.«

Die Verkäuferin hockt sich neben Frank und fährt mit dem Finger die Reihen der hellen Heftrücken entlang, bis sie bei L angelangt ist. »Brauchst du die Heftchen für die Schule?«

»Ja.«

Die Verkäuferin findet fünf Bändchen mit insgesamt sieben Sternchen: Zwei Mark achtzig! Frank bezahlt und verläßt die *Bücherstube,* um im Schreibwarengeschäft nebenan Weihnachtspapier zu kaufen. Und er hat wieder Glück, auch der Schreibwarenladen hat noch auf. Er kauft das Papier und läuft mit seinen Einkäufen in den ersten Stock hinauf. Oben angekommen wirft er sich gleich aufs Bett und blättert die Bändchen durch. Es sind meistens Theaterstücke; die will er nicht lesen, die sind langweilig, wenn man sie nicht auf einer Bühne aufgeführt sieht. Ein Band aber besteht aus Briefen, in einer altmodischen Sprache geschrieben, nicht leicht zu lesen, aber auch nicht zu schwer. Er beginnt einen der Briefe, den nächsten – und ist gepackt, liest auch den darauffolgenden und noch einen und schließlich alle Briefe, Seite um Seite und wie im Fieber. Als er das dünne Bändchen dann endlich aus der Hand legt, weiß er nicht, wieviel Zeit inzwischen vergangen ist; wie betäubt liegt er da.

Lessing hatte diese Briefe an eine Frau geschrieben, eine Frau die er viele Jahre lang liebte und nicht heiraten konnte, weil er zu wenig verdiente. Und als er sie dann endlich heiraten konnte, starb erst ihr gemeinsamer Sohn und dann die Frau... Er blieb mit seinen drei Stiefkindern allein zurück. *Ich wollte es auch einmal so gut haben wie andere Menschen. Aber es ist mir schlecht bekommen,* schrieb er danach einem Freund...

Daß es so etwas gibt, eine solche Liebe – und ein solches Ende! Aber Lessing liebte nicht nur diese Eva, er liebte auch seine drei Stiefkinder, liebte sie wirklich. Also muß er ein guter Mensch gewesen sein. Wer seine Stiefkinder liebt, kann nicht schlecht sein; einen besseren Beweis gibt es nicht.

Aber warum sind nicht alle Menschen so? Was macht die einen zu Onkel Willis und Bessels und die anderen zu Lessings, Modersohns oder Frau Hagens? Oder gibt es das gar nicht, nur gute und nur schlechte Menschen, sind alle ein bißchen so und ein bißchen so, wie die Mutter immer sagte?

Frank steht auf und geht in die Küche hinunter. Er hat Hunger, muß was essen. Und während er sich ein paar Brote macht, wird es ihm klar: Die Mutter hatte recht, sie sind alle ein bißchen so und ein bißchen so. Aber der eine ist ein bißchen mehr so und der andere ein bißchen mehr so, das ist der Unterschied.

Guten Abend, schön' Abend

Frank drückt auf den Klingelknopf und wartet, bis er schlurfende Schritte hört, dann macht er ein freundliches Gesicht. Er weiß: Uwis Oma studiert jeden, der vor der Tür steht, immer erst lange durchs Guckloch, bevor sie öffnet.

»Du?« Uwis Oma hält Frank für einen verwilderten Jungen, der kein rechter Umgang für Uwi ist, und zeigt ihm das jedesmal, wenn sie ihn sieht, auch recht deutlich.

»Ich möchte Uwi abholen. Wir gehen zusammen zur Weihnachtsfeier.«

»Ich komme gleich«, ruft Uwi aus der Küche.

Die alte Frau läßt Frank nicht in die Wohnung hinein. »*So* gehst du zur Weihnachtsfeier?«

Frank zuckt die Achseln: Er trägt, was er immer trägt. Aber er kann sich vorstellen, daß Uwi anders aussieht. Und er vermutet richtig. Als Uwi kommt, trägt er ein weißes Hemd mit einem Schlips unter dem Mantel und hastet, weil er Franks Spott befürchtet, vor ihm her die Treppe hinunter. Auf dem Hof knüpft er dann den Krawattenknoten auf und steckt den Schlips in die Hosentasche. »Was sollte ich denn machen«, entschuldigt er sich. »Was meinste, wir stur meine Oma ist.«

Frank grinst nur. Er hatte sich früher immer eine Oma gewünscht. Seit er Uwis Oma kennt, tut er das nicht mehr.

Auf der Straße weht ein frostiger Wind. Die Schneeberge an den Straßenrändern sind zu Eishügeln geworden. Ein paar Kinder spielen Bergkönig, kämpfen darum, den höchsten der Eishügel zu erobern und ihn gegen die anderen zu verteidigen. Frank packt sein Päckchen fester. Bestimmt hat er nicht das Richtige gekauft, bestimmt hat Frau Hagen Lessings *Gesammelte Werke* längst im Bücherregal stehen und weiß nicht, was sie mit den Reclam-Bändchen anfangen soll.

Uwi verrät Frank, daß er Julia gezogen hat, eben jenes Los, das Mäxchen wieder zurücklegen mußte, weil er sich verraten hatte.

»Und was hast du ihr gekauft?«

»Ein Kartenspiel.« Uwi blickt Frank unsicher an. »Ob sie sich darüber freut?«

»Na klar!« Frank findet, daß es viel einfacher ist, einem Jungen oder Mädchen etwas zu schenken als ausgerechnet der Lehrerin.

Die Feier findet im Pionierzimmer statt. Frau Hagen und einige Mädchen haben die Tische zu einer langen Tafel zusammengestellt und weiße Tischdecken über den blauen Fahnenstoff gelegt. Sie haben sich viel Mühe gegeben, auf jedem Platz steht ein Teller mit einem Stück Napfkuchen, daneben eine Tasse für den Kakao und ein bunter Teller mit einer Orange, einem Apfel, Bonbons und Gebäck.

Auf Jochens Schreibtisch steht ein Tannenbaum. »Das ist unser Baum«, erklärt Frau Hagen. »Den nehmen wir nachher wieder mit und stellen ihn bis zum Heiligen Abend auf den Balkon.« Mit »wir« meint sie sich und ihren Mann, der am äußersten Tafelende sitzt, eine Zigarette raucht und sich interessiert umschaut.

Vor dem Tannenbaum steht ein großer leerer Pappkarton, in den die ankommenden Jungen und Mädchen ihre Päckchen werfen. Dabei bemühen sie sich, nicht zu zeigen, in welches Papier ihr Geschenk eingewickelt ist, damit hinterher niemand weiß, von wem er sein Geschenk bekommen hat. Der letzte, der kommt, ist natürlich Elvis. Er geht zum Pappkarton, wirft sein Päckchen hinein und sagt laut: »Plumps!« Dann schaut er sich um und entdeckt Frank, der ihn auf den freien Stuhl neben sich winkt, weil er sich in diesem feierlichen Kreis nun doch sehr unbehaglich fühlt und Elvis als Verstärkung ansieht.

»Na, dann wollen wir mal!« Herr Hagen nimmt seine Streichhölzer aus der Jackentasche und beginnt, erst die Kerzen auf den Tischen und dann die am Tannenbaum anzuzünden. Frau Hagen steht an der Tür und wartet darauf, daß sie die Deckenbeleuchtung ausschalten kann. Sie macht ein erwartungsvolles Gesicht und sieht aus wie ein großes Mädchen, das einen wichtigen Auftrag zu erfüllen hat.

Gisela sitzt auf der anderen Seite der Tafel, Frank kann sie ansehen. Sie trägt einen grünen Pullover mit einem Halsausschnitt und einer weißen Bluse darunter. Ohrringe oder eine Halskette, wie die meisten anderen Mädchen, trägt sie nicht.

»Es geht los!« Frau Hagen löscht das Licht. Sofort ist Stille im Raum, und alles starrt in die Flammen der Kerzen, die leicht flackern.

Frau Hagen räuspert sich: »Ich schlage vor, wir singen jetzt erst einmal ein schönes Weihnachtslied.« Sie gibt den Ton an, und die Klasse fällt ein:

»Guten Abend, schön' Abend,
es weihnachtet schon.
Am Kranze die Lichter,
sie brennen so fein...«

Elvis singt mit, ein wenig verlegen zwar, aber er singt mit. Und Frank singt auch mit.

Noch zwei Lieder werden gesungen, dann schenken Rita und Frau Hagen aus Thermosflaschen den Kakao ein, und die Teller, Tassen und Löffel beginnen zu klappern.

Nach dem Kuchenessen beginnt der spannendste Teil der Feier, die Verteilung der Julklapp-Geschenke. Frau Hagen greift in den Karton, nimmt das erste bunte Päckchen und liest den Namen vor, der draufsteht. Wer aufgerufen wird, geht vor, holt sich sein Geschenk und setzt sich wieder, um es auszupacken. Und jedes Geschenk, das ausgepackt wird, wird von allen Seiten begutachtet und kommentiert. Oft wird aber auch gelacht. Zum Beispiel, als Elvis einen Schuhanzieher und einen Zettel in den Händen hält, auf dem steht: *Damit Du besser in Deine engen Hosen kommst.*

Elvis schaut Rita an, aber die schüttelt den Kopf: »Ich hätte dir was anderes geschenkt: ein Buch über gute Manieren.«

»Veronika Hagen.« Frau Hagen legt ihr Päckchen beiseite. »Machen wir erst weiter, sonst müßt ihr so lange warten.«

»Aufmachen!« protestieren die Mädchen.

»Also gut!« Frau Hagen öffnet das Band und wickelt die Reclam-Bändchen aus. »Na, das finde ich ja toll! Mein Lieblingsautor! Und da sind ja sogar Sachen drunter, die ich noch gar nicht kenne.« Sie ist tatsächlich überrascht, freut sich wirklich, hat also nicht Lessings *Gesammelte Werke* im Bücherregal stehen. Frank ist erleichtert.

Die Geschenkeverteilung geht weiter, Frank erhält sein Päckchen als vorletzter: Ein Kartenspiel ist drin. Sofort schaut er zu Uwi hin, der verlegen grinst. »Ich wollte nur wissen, ob du dich darüber freust.«

Also stimmte das mit Julia gar nicht? Frank kann über Uwi nur den Kopf schütteln, aber dann muß er lachen: Natürlich freut er sich.

Die letzte Tasse Kakao ist ausgetrunken, an den Kuchen erinnern nur noch die Krümel auf den Tischdecken, und die bunten Teller sehen auch schon ziemlich leergeplündert aus, aber noch will niemand gehen. Alles sitzt beieinander und unterhält sich, als ob man sich schon seit ewigen Zeiten nicht mehr gesehen hätte. Viele sind ganz anders als sonst, viel munterer, und es wird allgemein bedauert, daß es das letzte Mal ist, daß die Klasse zusammen feiert. Nächstes Jahr sind sie ja längst alle Lehrlinge, Mittel- oder Oberschüler.

»Du bist also der tolle Aufsatzschreiber?« Herr Hagen hat sich schon mit mehreren Jungen und Mädchen unterhalten, und so ist Frank nicht überrascht, daß nun er an der Reihe ist. Die Anrede aber verwundert ihn: Hat Frau Hagen ihrem Mann von ihm erzählt?

»Ich habe deine Aufsätze sogar gelesen«, sagt Herr Hagen, der Franks Frage errät. »Und ich muß sagen, sie sind wirklich ganz prima.«

Frank weiß nicht, was er dazu sagen soll. Das Lob freut ihn, aber es macht ihn auch verlegen. Und daß jetzt alle zu ihm hinschauen, macht es noch schlimmer.

»Was willst du denn mal werden?«

Frank will antworten, daß er das noch nicht weiß, aber Mäxchen Bessel, dem die Weihnachtsfeier so gut gefällt, daß er ganz besonders lustig ist, kräht laut: »Kneipier.«

»Schnauze!« fährt Frank Mäxchen an. Das hatte ihm gerade noch gefehlt, daß Mäxchen jetzt mit der Kneipe anfängt.

»Frank sieht mir nicht so aus, als würde er die *Gemütliche Ecke* übernehmen«, lacht Frau Hagen. Aber in ihrem Lachen ist auch etwas Ernst.

»Vielleicht wird er ein Künstler«, ruft Elvis dazwischen. »Ein Zeichner!«

Alle lachen, alle wissen, was gemeint ist. Nur Frank und Gisela lachen nicht.

»Warum denn nicht?« fragt Herr Hagen. »Künstler werden immer gebraucht. Das sind ja die Leute, die mithelfen, unsere Welt zu verändern und sie, wenn's geht, ein bißchen besser zu machen.«

»Lehrer auch«, ergänzt Frau Hagen lachend. Und ihr Mann nickt wie selbstverständlich. »Natürlich, es gibt eine Menge Berufe, in denen man was tun kann. Und wenn man es nicht in seinem Beruf kann, macht man es eben nach Feierabend. Auf diesem Gebiet gibt's Arbeit genug.«

»Und wir?« fragt Zacke. »Können wir auch was verändern?«

»Na klar!« antwortet Herr Hagen. »Ihr müßt bloß nicht zu allem ja und amen sagen, was von den Erwachsenen kommt. Sie müssen nicht klüger sein, nur weil sie älter sind.«

»Aber mit den meisten Erwachsenen kann man ja gar nicht reden«, wendet Frank da ein. »Und verändern wollen sie auch nichts.«

»Dann mußt du mit denen reden, mit denen du reden kannst«, entgegnet Frau Hagen, die weiß, welche Erwachsenen Frank meint. »Und wenn es gar nicht anders geht, mußt du eigene Wege gehen.«

»Dazu gehört natürlich besonders viel Mut«, sagt Herr Hagen.

»Das Bekannte erscheint einem immer einfacher als das Unbekannte. Wenn man aber das Unbekannte nicht wagt, kann man nie was verändern.«

Meinen die beiden das Heim? Sicher nicht nur, aber wie sie ihn jetzt angucken, verrät, daß sie auch daran denken. Also hat Frau Hagen mit ihrem Mann auch darüber gesprochen – und hält es nach wie vor für besser, wenn er aus der *Gemütlichen Ecke* rauskommt.

»Nun müßt ihr aber nach Hause, sonst wird's zu spät.« Frau Hagen stellt sich an die Tür und verabschiedet jeden einzelnen mit Handschlag. Herr Hagen geht mit Frank bis zur Tür vor und reicht ihm ebenfalls die Hand. »Du machst das schon«, sagt er. »Da bin ich mir ganz sicher: Einer wie du schafft auch das.«

Fotos

In der *Gemütlichen Ecke* ist es dunkel und still, es ist Schließtag. Frank geht durch die leere Gaststätte, schaltet das Licht über dem Stammtisch ein und setzt sich auf den Stuhl neben der Theke.

Onkel Willi und die Klose sitzen sicher in einer anderen Kneipe. Wo sollten sie denn sonst sein?

Eigene Wege, denkt Frank, eigene Wege! Und dann: Einer wie du schafft auch das. Was? Das Heim? Er steht auf, öffnet die Schranktür hinter der Theke und nimmt einen Schuhkarton heraus. Es sind Fotografien von früher in dem Karton, Fotos, die die Mutter immer gern gezeigt hat, wenn sie einem Gast etwas über die *Gemütliche Ecke* erzählen wollte. Er hat sie schon lange nicht mehr betrachtet.

Das Foto vom Eröffnungstag: Die Mutter, fast noch ein junges Mädchen, steht an der Seite ihres ersten Mannes vor der Tür mit den Pfingstbäumen rechts und links. Es sind Gesichter voller Hoffnung. Da wissen sie noch nicht, daß die Schulden, die sie machen mußten, um die *Gemütliche Ecke* eröffnen zu können, sie schon bald erdrücken werden.

Ein anderes Bild: Weihnachten im Krieg. Die Mutter mit dem kleinen Burkie an der Hand und ihm auf dem Arm vor dem Tannenbaum neben dem Klavier... Frank schaut zu dem Tannenbaum hin. Er sieht genauso aus wie der auf dem Bild: Er hat ihn geschmückt, wie die Mutter ihn geschmückt hätte.

Ein neues Foto: Burkie und er vor der Gaststätte. Das war kurz vor Burkies Tod. Er stemmt den linken Arm in die Seite und grinst...

An der Tür zum Hintereingang wird geschlossen. Schnell legt Frank den Deckel auf den Schuhkarton und klemmt sich den Karton unter den Arm. Er wird die Bilder mit nach oben nehmen, um sie in Ruhe weiterbetrachten zu können. Und er wird sie behalten, sie gehören ihm.

Das große Licht flammt auf, Onkel Willi und Frieda Klose betreten die Gaststube. Onkel Willi trägt seinen Mantel mit dem Samtkragen, Frieda Klose einen Pelzmantel; Onkel Willi guckt mißtrauisch, Frieda Klose neugierig.

»Was hast du hier zu suchen?« poltert Onkel Willi los.

Frank preßt den Karton an sich. »Nichts... Nur ein paar Fotos.«

»Warst du an der Kasse?«

»Nein.«

»Die ist abgeschlossen.« Frieda Kloses Neugier vermischt sich wieder mit dem üblichen Spott in ihrem Gesicht.

»Du hast ab sofort hier unten nichts mehr zu suchen«, befiehlt Onkel Willi. »Leg das zurück und verschwinde nach oben.«

»Die Fotos gehören dir nicht. Die behalte ich.«

»So?« Onkel Willi zieht den Mantel aus. »Na, das werden wir ja sehen.« Er will angeben, will dieser Frieda Klose zeigen, wer hier der Herr im Haus ist. Frank tritt neben den gußeisernen Ofen und nimmt den Feuerhaken von der Wand. »Damit du's weißt, ich laß mich nicht mehr schlagen.«

Onkel Willi schaut den Feuerhaken an. »Leg ihn weg.«

»Nein.« Frank umkrampft den Feuerhaken und geht mit seinem Karton unter dem Arm langsam rückwärts.

»Der ist ja gemeingefährlich.« Frieda Klose geht Frank aus dem Weg.

»Er wird schon sehen, was er davon hat.« Onkel Willi macht ein paar Schritte auf Frank zu.

»Bleib stehen!« Frank sieht alles wie durch einen Nebel. »Bleib stehen!« schreit er noch mal und schwingt den Feuerhaken.

Onkel Willi gehorcht, aber er sagt: »Jetzt reicht's! Jetzt kommst du ins Heim!«

»Da will ich ja hin«, schreit Frank. »Oder denkste, ich hab Angst davor?« Dann wirft er den Feuerhaken weg und läuft mit dem Karton unter dem Arm durch den Flur, aus dem Hinterausgang hinaus und in den ersten Stock hinauf. Dort angekommen, verbarrikadiert er die Tür mit dem Ast und wirft sich auf sein Bett.

Er hat es gesagt, und nun wird er es tun. Er muß es tun!

Ein heller Fleck

Die *Gemütliche Ecke* brennt. Aus allen Fenstern schlagen die Flammen. Männer und Frauen hasten mit Eimern, Feuerwehrleute rollen Schläuche aus. Frank steht zwischen den beiden Polizisten, die ihn festhalten, und starrt immer wieder die beiden blondgelockten Jungen auf den Glastafeln neben dem Eingang an. Sie gucken aus ihren Bierkrügen, als lebten sie. Und sie verziehen die Gesichter, als hätten sie Schmerzen. Oder ist es nur ein schadenfrohes Grinsen?

Onkel Willi kommt aus der Tür. Er hält den Feuerhaken in der Hand und will auf Frank los. »Faß mich nicht an!« schreit Frank. »Faß mich nicht an, Buffkeschwein!«

Wann hat er das gerufen? Das ist lange her. Wieso ruft er das jetzt wieder? Frank wirft sich auf dem Bett hin und her, träumt aber weiter.

Herr Modersohn kommt und hilft beim Löschen. Und auch Frau und Herr Hagen. Und Jochen! »Ich hab's ja gesagt!« schreit Jochen. »Ich hab's ja gesagt!« Und Frau Hagen sagt: »Das hättest du nicht tun sollen.« Nur Herr Modersohn lacht. »So ist sie, die Welt!« ruft er. »Wer sich mit ihr anlegt, den bestraft sie.«

Es prasselt und knackt, und die Luft wird immer heißer. Oder kälter? Frank erwacht. Der Wind zerrt an der offenen Balkontür. Er liegt in Kleidern auf dem Bett und friert. Steif steht er auf und tritt auf den Balkon hinaus.

Er ist eingeschlafen, ist beim Nachdenken eingeschlafen, lag noch gar nicht richtig im Bett. Aber es muß schon sehr spät sein, denn auf der Straße ist es dunkel und still, nirgendwo brennt noch ein Licht.

Was hat er da geträumt? Er hätte die *Gemütliche Ecke* angesteckt? Er? Noch eine ganze Zeit lang klingt der Traum in Frank nach, dann schließt er die Balkontür, zieht sich aus und legt sich wieder hin. Aber nun kann er nicht mehr schlafen, nun liegt er da, als gehöre er schon längst nicht mehr hierher.

Und wo gehört er hin? Woher weiß er, daß es in dem Heim besser sein wird? Da sind doch noch Kalle, Elvis, Uwi, Zacke, Gisela, Herr und Frau Modersohn, Frau Hagen... Es gibt eine Menge Leute, die er mag und die ihn mögen. Die gibt er alle auf; und nur wegen eines einzigen, wegen Onkel Willi? Aber was wäre gewesen, wenn Onkel Willi versucht hätte, ihm die Fotos wegzunehmen? Er hätte zugeschlagen! Mit dem Feuerhaken! Das ist es, deshalb muß er weg.

Frank schließt die Augen, ist nun doch wieder müde, will auch nichts mehr denken. Und dann schläft er wieder ein und wacht erst auf, als der Wecker klingelt.

Das Wetter ist über Nacht umgeschlagen, es schneit wieder. Frischer weißer Schnee liegt auf den Schmutz- und Eisschneehügeln an den Straßenrändern. Frank tritt Spuren in den Schnee, der unter seinen Schritten knirscht, und fühlt sich dunkel und leer. Es ist einfach, mutig vorwärtszudenken, wenn es Nacht ist. Bei Tag sieht alles ganz anders aus.

Was, wenn er zu Onkel Willi geht und sich entschuldigt? In fünf Jahren ist er achtzehn, dann kann er machen, was er will. Aber fünf Jahre sind eine unheimlich lange Zeit.

»Guten Morgen!« Gisela geht hinter Frank her, tritt in seine Fußstapfen und lacht.

Frank kann den Gruß nicht erwidern, muß hinunterschlucken, was in ihm aufsteigen will; er möchte nicht losheulen.

»Was ist denn mit dir?«

»Ich gehe in ein Heim.« Frank bekommt es heraus, aber dann muß er die Zähne aufeinanderpressen.

»In ein Heim?« Gisela ist bestürzt. »Warum denn? Wegen der Neuen?«

»Auch.«

Gisela schweigt. Dann fragt sie leise: »Schreibst du mir dann wenigstens mal?«

»Ich komme dich auch besuchen – wenn du willst?«

»Natürlich will ich.«

»Es könnte ja sein, daß du inzwischen ... daß ... ich meine ...«

»Was denn inzwischen? Ich meine, wieso denn ...« Gisela bringt ihren Satz auch nicht zu Ende, ist nun genauso still und trübsinnig wie Frank.

Es ist große Pause, die Klasse ist auf dem Schulhof, nur Frau Hagen und Frank sind im Klassenraum zurückgeblieben. Frank sitzt auf seinem Platz, und Frau Hagen sitzt neben ihm. Er hat ihr gesagt, daß er in ein Heim will und daß Onkel Willi nichts mehr dagegen hat. Nun sitzt er da und blickt nicht auf.

»Ein guter Entschluß«, sagt Frau Hagen, nachdem sie einige Zeit nachgedacht hat. »Und vor allem: ein tapferer Entschluß!«

Frank schweigt. Er weiß es besser. Er ist nicht tapfer, hat ganz einfach keine andere Wahl. Selbst wenn er sich entschuldigen wollte, er wüßte ja nicht einmal wofür.

»Willst du, daß ich mit deinem Vater spreche?«

»Nein!« Das Nein kommt zu heftig. Aber darum geht es ja: Es ist sein Entschluß, er geht fort, er wird nicht... fortgeschickt.

Frau Hagen versteht. »Eigentlich überschreite ich damit meine Befugnisse, aber in deinem Fall kann ich das verantworten. Ich werde mit dem Jugendamt telefonieren und heute nachmittag mit dir dort hingehen.« Sie legt Frank die Hand auf den Arm, nickt ihm noch einmal zu und geht dann.

Frank nimmt sein Taschenmesser aus der Hosentasche, klappt es auf und beginnt, die Insel aus dem Holz zu kratzen. Zurück bleibt nur ein heller Fleck.

Nachbemerkung

Franks Lebensweg ist dem meinen ähnlich. Er wächst in meiner Zeit und in meiner Umwelt auf, erlebt einiges von dem, was ich erlebt habe, denkt, fühlt und handelt manchmal, wie ich dachte, fühlte und handelte, oft aber auch ganz anders. Frank und alle anderen in diesem Buch dargestellten Personen sind literarische Figuren.

Klaus Kordon

Anhang

Nazis	Abkürzende Bezeichnung für die Mitglieder der Nationalsozialistischen Deutschen Arbeiterpartei (NSDAP), die am 30. 1. 1933 in Deutschland an die Macht kam und bis zum 8. 5. 1945, dem Tag, an dem der Zweite Weltkrieg zu Ende ging, Deutschland mit diktatorischen Mitteln regierte.
Keule	Berliner Ausdruck für Bruder, Kumpel
Steckbrief	Hier gemeint: Ein Steckbrief, der während der Nazi-Zeit ausgestellt wurde. Wie viele andere Parteien wurde zu jener Zeit auch die Kommunistische Partei verboten und verfolgt. Walter Ulbricht, der später in der DDR führende Partei- und Regierungsämter innehatte, war einer ihrer wichtigsten Funktionäre, weshalb nach ihm besonders intensiv gefahndet wurde.
Adenauer	Konrad Adenauer (1876–1967), erster Bundeskanzler der Bundesrepublik Deutschland.
FDJ	Freie Deutsche Jugend: DDR-Organisation für Jugendliche und Erwachsene bis zu 26 Jahren.
Junge Pioniere	DDR-Organisation für Kinder bis zu 14 Jahren.
Stalinallee	Nach Josef Wissarionowitsch Stalin (1879–1953; sowjetischer Parteiführer und Staatsmann) benannte ehemalige Frankfurter Allee in Berlin. Heute zu einem Teil wieder Frankfurter Allee, zum anderen Karl-Marx-Allee genannt.

SED	Sozialistische Einheitspartei Deutschlands – Regierungspartei der DDR
HO	Abkürzung für: Handelsorganisation. Staatliche Handelskette der DDR.
RIAS	Abkürzung für: Rundfunk im amerikanischen Sektor. In den fünfziger Jahren im Ostsektor Berlins und in der DDR der am häufigsten gehörte Westsender.
Sowjetzonale Regierung	Von 1945 bis 1949 war das ehemalige Deutsche Reich von den Siegermächten des Zweiten Weltkrieges in vier Besatzungszonen eingeteilt worden. Aus der sowjetischen Besatzungszone ging die DDR hervor, aus den drei westlichen Zonen die Bundesrepublik Deutschland. Da die DDR aber von den westlichen Ländern lange Zeit nicht als rechtmäßiger Staat anerkannt wurde, sprach man in politisch andersdenkenden Kreisen, wenn man die DDR-Regierung meinte, noch lange von der sowjetzonalen Regierung.
LPG	Landwirtschaftliche Produktionsgenossenschaft. Zusammenschluß aller landwirtschaftlichen Betriebe eines bestimmten Gebietes unter Aufhebung des Privateigentums an Feldern, Maschinen und Vieh.
Kasernierte Volkspolizei	Vorläufer der Nationalen Volksarmee der DDR. Wurde 1952 gegründet und stellte – bei 70000 Mann unter Waffen – so etwas wie eine als Polizei getarnte Ersatzarmee dar.
SA-Mann	SA ist die Abkürzung für Sturmabteilung. Entstand aus dem Saalschutz für Nazi-Veranstaltungen, war später Spezialtruppe für Propaganda und Straßenterror.

Schmökerhefte — Westliche Comics oder Romanhefte sind in der DDR verboten.

Fünf — In der DDR ist die Fünf die schlechteste Note.

Nietenhosen — Anfang der fünfziger Jahre wurden Hosen aus Jeansstoff auch bei deutschen Jugendlichen modern. Man nannte sie Nietenhosen, die Bezeichnung »Jeans« kam erst später auf.

Lebensmittelkarten — Während des Zweiten Weltkrieges und in den ersten Jahren danach wurden die Lebensmittel rationiert und nur gegen Abgabe von Lebensmittelkarten verkauft. In der DDR wurden sie erst 1957 vollends abgeschafft.

Defa-Film — Die Defa ist die staatliche Filmgesellschaft der DDR.

Sie kaufen damit bei uns ein — In den Jahren vor dem 13. August 1961 gab es zwischen Ost- und Westberlin noch keine festen Grenzanlagen, die Bewohner beider Stadtteile konnten ohne größere Kontrollen von dem einen Teil der Stadt in den anderen gelangen. Und so wie viele Ostberliner bestimmte Waren, die es in ihrem Stadtteil nicht gab, in Westberlin einkauften, so versorgten sich viele Westberliner in Ostberlin mit den dort erhältlichen und durch den günstigen Wechselkurs für sie wesentlich billigeren Lebensmitteln. Dadurch kam es bei der ohnehin vorhandenen Lebensmittelknappheit zu großen Lücken bei der Versorgung der Ostberliner Bevölkerung. Um das zu verhindern, führte die DDR-Regierung die Regelung ein, daß, wer etwas kaufen wollte, seinen DDR-Personalausweis vorzeigen mußte. Viele Westberliner besorgten sich deshalb DDR-Ausweise, um dennoch in Ostberlin billig einkaufen zu können.

15 Jahre Beltz & Gelberg Jubiläumsausgaben

Hans-Joachim Gelberg (Hrsg.)
Überall und neben dir
Gedichte für Kinder in sieben Abteilungen
Mit farbigen Bildern
Pappband, 304 Seiten ISBN 3-407-80056-8

Christoph Hein
Das Wildpferd unterm Kachelofen
Ein schönes dickes Buch von Jakob Borg und seinen Freunden
Bilder von Rotraut S. Berner
Pappband, 252 Seiten ISBN 3-407-80054-1

Janosch erzählt Grimm's Märchen
50 Märchen für Kinder von heute
Bilder in Schwarz und Gold von Janosch
Pappband, 300 Seiten ISBN 3-407-80055-X

Klaus Kordon
Frank guck in die Luft
Roman
Pappband, ca. 350 Seiten ISBN 3-407-80053-3

Erwin Moser
Großvaters Geschichten oder Das Bett mit den fliegenden Bäumen
Die Geschichten, die der Großvater erzählt, als der Herbert krank war
Bilder von Erwin Moser
Pappband, 244 Seiten ISBN 3-407-80050-9

Christine Nöstlinger
Geschichten für Kinder in den besten Jahren
26 Erzählungen mit Bildern von Wolfgang Rudelius
Pappband, ca. 250 Seiten ISBN 3-407-80051-7

Monika Pelz
Diebe der Zeit
Roman einer Zeitreise
Pappband, 452 Seiten ISBN 3-407-80057-6

Simon und Desi Ruge
Katze mit Hut
Roman in zehn Geschichten mit Bildern von Helga Gebert
Pappband, 208 Seiten ISBN 3-407-80052-5

85023-1011-37